Irgendwo dazwischen

Copyright © 2013 Anne Freytag

Titel: Irgendwo dazwischen
Autorin: Anne Freytag
1. Auflage

www.annefreytag.de
kontakt@annefreytag.de

Die Deutsche Nationalbibliothek verzeichnet diese Publikation in der Deutschen Nationalbibliothek; detaillierte bibliographische Daten sind im Internet über http://dnb.d-nb.de abrufbar.

Korrektorat: Sonja Hartl

Umschlaggestaltung und Satz: ad.
www.annadavis.de

Coverbild: © George Mayer - Fotolia.com

Alle Rechte vorbehalten.
ISBN: 1492824380
ISBN-13: 978-1492824381

Anne Freytag

Irgendwo dazwischen

Roman

Für meine Eltern, **Martin und Rita,**
die mich immer darin bestärkt haben, meinen Traum
zu leben. Ich verdanke euch unendlich viel.
Und genauso dankbar bin ich euch.

Danksagung.

Dieses Buch ist nebenher entstanden. Es war das erste (und völlig ungeplant). Erst nur eine Idee, dann ein paar Kapitel und letztlich ein ganzer Roman mit 650 Seiten ...

Ich denke, ich muss meinem Studium danken, das mich teilweise so gelangweilt hat, dass ich einen Ausgleich gesucht habe (und damit meine ich nicht, dass das Studium mich unterfordert hat, obwohl das teilweise auch stimmt, sondern, dass die Fächer teilweise so staubtrocken waren ...).

Ich danke Lili, Emma und Marie, die mich nicht mehr losgelassen haben.

Und ich danke meinen Freunden, für ihren Zuspruch. Auch denen, die am Anfang nur müde gelächelt haben (sie wussten es eben nicht besser ...).

Ich danke meinen Eltern. Nicht nur, weil es tolle Eltern sind, sondern weil sie nie müde gelächelt haben. Danke.

Mein spezieller Dank geht außerdem an Konni und Sybille – zwei wirklich aufmerksame, hilfsbereite Leserinnen.

Und ich danke dir, Michi. Für alles.

neun *Jahre* zuvor

Emma

Ja, ich bin schön. Ich bin schön, und ich bin blond. Da ist es nicht weiter verwunderlich, dass mich kaum einer für voll nimmt. Ich habe zwei Schwestern und einen Bruder. Und wir alle sind schön. Manche Menschen meinen, dass das Leben einfacher wird, wenn man schön ist. Ich kann das so nicht unterschreiben.

Ich bin 1,76 m groß, habe lange blonde Haare und bin gertenschlank. Ich muss dafür nicht einmal etwas tun. Kein Sport, keine besonders gesunde Ernährung, nur gute Gene. Und trotzdem will mich keine Modelagentur. Der Grund ist, dass ich nichts *Spezielles* an mir habe. Die Maße ja, die Ausstrahlung nein. Meine Schwester Lia hat das gewisse Etwas. Sie modelt, seit sie dreizehn ist. Und nicht nur das. Sie hatte immer sehr gute Noten, wurde drei Mal in Folge zur Schülersprecherin gewählt und hat ein absolut hammermäßiges Abitur hingelegt.

Und sie ist überall. Sie ist das Gesicht der neuen Sonnenbrillenkampagne von Gucci in Deutschland. Sie lächelt von der Instyle, sie lächelt von der Glamour, sie lächelt von der Young Miss. Lias Lächeln ist Erfolg. Und nicht nur ihr Lächeln. Denn als sie die Schule fertig hat, beschließt sie, Architektur zu studieren. Und man kann sich vorstellen, dass meine Eltern vor Stolz fast platzen.

Dann wäre da noch Leni, die Jüngste. Mal ganz abgesehen davon, dass die Jüngsten immer ihre Vorteile haben, ganz einfach, weil sie die Jüngsten sind, ist Leni hochintelligent und umwerfend schön. Sie kommt nach meinem Vater mit ihren tiefbraunen Locken. Leni würde niemals modeln wollen, auch wenn *sie* ganz sicher das gewisse Etwas hätte. Sie sagt, sie würde sich nie auf ihr Aussehen reduzieren lassen. Und auch darauf ist man stolz. Sie spielt begnadet Klavier und Geige, sie könnte jedes Jahr die Klasse überspringen, kurz, es gibt nichts, was sie nicht gut kann. Ihr Name ist gleichbedeutend mit gerührten Elternblicken. Und *sie* ist an meiner Schule. Schlimmer noch. Ich sitze hinter ihr im Biologie-LK.

Und dann wäre da noch mein Bruder Elias. Der Älteste und der einzige Sohn. Das reicht doch eigentlich schon, um stolz zu sein. Elias schaut fast schon unwirklich gut aus, studiert Medizin und in Sachen Charme stellt er jeden anderen Kerl locker in den Schatten. Auch er kommt nach meinem Vater. Elias ist sowas wie der Augapfel meiner Eltern. Oder eher meiner Mutter.

Und zu guter Letzt bin da noch ich. Ich bin niemands Augapfel. Eher der Dorn im Auge. Ich bin schön. Und sonst nichts. Und ich bin leider nicht schöner als eine meiner beiden Schwestern, weswegen meine Schönheit nicht wirklich ein Trumpf ist. Ich schreibe mittelmäßige Noten, bin weit davon entfernt, eine Klasse überspringen zu können, für das Amt der Schulsprecherin wäre ich viel zu faul, und ich kann keine Noten lesen, weswegen auch Rachmaninow eher nichts für mich wäre. Das heißt, ich bin keine Kate Moss, kein Mozart, kein potenzieller Stararchitekt und keine Ärztin. Ich habe keine besonderen Interessen, außer vielleicht Kerle. Und außer Zusammenfassungen in Reklamheftchen habe ich noch nicht ein Buch zu Ende gelesen, geschweige denn Weltliteratur. Ich bin ganz ohne jeden Zweifel der Versager der Familie. Die, auf die man nicht wirklich stolz ist. Das faule Ei. Das schwarze Schaf. Und das ist scheiße.

In der Schule ist das anders. Denn dort bin ich anders. Es gibt kaum einen Kerl, den ich nicht haben könnte. Klar, die meisten wollen mich nur flachlegen, aber unterm Strich ist das egal. Es ist doch so, ganz gleich, was diese Typen in mir sehen, andere Mädchen schauen zu mir auf. Sie wären gerne wie ich. Und wenn man zu Hause schon regelmäßig übersehen wird, dann ist es schön, wenn das in der Schule anders ist.

Ich bin dort nicht unsicher. Es ist, als könnte ich die unsichere Emma bei der Tram abschütteln, und sie holt mich erst wieder ein, wenn ich auf dem Nachhauseweg bin. Oder dann, wenn ich eine schlechte Note rausbekomme. Aber ansonsten ist in der Schule mein Lächeln Erfolg. Und ja, zugegeben, viele fragen mich nach meiner tollen Schwester Lia, aber von Leni nimmt keiner Notiz. In der Schule bin ich jemand, sie nicht. Und genau deswegen liebe ich es, dort zu sein.

Man könnte meinen, dass ich mit meinen Geschwistern kein gutes Verhältnis habe, aber so ist das nicht ganz richtig. Vor allem zu meinem Bruder habe ich eine gute Beziehung. Er hält mich nicht für dumm, und er ermutigt mich, mehr in mir zu sehen. Und auch mit Leni verstehe ich mich außerhalb der Schule gut. Zumindest haben wir uns einmal gut verstanden. Am wenigsten innig ist mein Verhältnis zu Lia. Vielleicht deswegen, weil sie das Leben hat, das ich gerne hätte. Sie sieht mir am ähnlichsten. Aber *sie* ist das Model. Sie ist meine größte Konkurrentin. Ein Teil von mir hasst sie dafür, ein anderer liebt und bewundert sie. Und weil das schwierig ist, gehe ich ihr aus dem Weg. Sie erinnert mich daran, dass ich mich klein fühle. Sie ist die, mit der ich mich messe. Und immer ziehe ich den Kürzeren.

Auch sie ist blond, auch sie hat blaue Augen. Doch sie ist 1,80 m, sie hat eine viel größere Oberweite, sie hat die Noten, die Selbstsicherheit, die Ausstrahlung, *das gewisse Etwas*. Wäre sie an meiner Schule gewesen, wäre ich ein absoluter Niemand. Ich wäre nicht einmal ein Schatten. Ich hätte einfach nicht existiert. Manchmal hoffe ich, dass ich mich in den nächsten drei Jahren noch entwickeln werde, dass meine Brüste sich endlich dazu entschließen, proportional mit meiner Körpergröße mitzuhalten.

Und manchmal wünschte ich, Lia würde über Nacht total fett. Einfach unglaublich fett. Eine Hauterkrankung würde auch reichen. Schlimme Akne. Doch das passiert nicht, und wenn doch, würde mich ein schlechtes Gewissen plagen, weil ich es mir gewünscht habe.

Es wäre einfach schön, wenn manchmal ich diejenige wäre, mit der meine Eltern bei ihren Freunden angeben. Doch dann wird mir klar, dass der Zug abgefahren ist. Seit ich vierzehn bin, habe ich dieselbe BH Größe. Lia könnte jeden Tag einen Ochsen fressen und würde dennoch ihr Gewicht halten, und ich habe sie noch nie mit einem Pickel gesehen. Und wenn ich nicht urplötzlich zur Spitzensportlerin mutiere und Gold in verschiedenen olympischen Disziplinen hole, werde ich nicht zum Gesprächsthema in elterlichen Angeberrunden. Nicht in diesem Leben. Es ist eben, wie es ist.

Und obwohl ich das weiß, kann ich solche Sätze wie, *Also Lia hat ja neben der Schule noch gemodelt und trotzdem nie so schlechte Noten geschrieben ...*, oder *Emma, was ist denn bloß los mit dir? Du musst ja nicht gleich so wissbegierig sein wie Leni, aber ein bisschen Bildung hat noch keinem geschadet ...*, oder *Schön sein bezahlt einem nicht die Miete, wenn man nicht gerade Model ist ...*, oder *Elias studiert Medizin ... Er wird Chirurg ... Und was willst du tun?*, einfach nicht mehr hören ...

Ich habe gelernt, nach außen hin damit klarzukommen, sogar gerne die weniger Perfekte in dieser abartig perfekten Familie zu sein. Was innen los ist, geht keinen was an. Und Männer sind das Beste, um den versteckten Teil zu verwöhnen. Eine Art innere Haarkur. Die ganzen Typen aus meiner Schule ziehen mich mit ihren Blicken aus. Und wenn sie es schlau anstellen, dann dürfen sie mich wirklich ausziehen. Meine neueste Errungenschaft ist Clemens. Er ist der Hingucker der Schule. Er ist der, an den die Mädchen denken, wenn sie den Duschkopf langsam zwischen ihre Beine führen, auch wenn das natürlich keine tut. Pfui. Also klar, jede tut es, doch man redet nicht darüber. Und jede zweite denkt an Clemens. Und er denkt an mich, wenn er sich etwas Gutes tut. Und dieser Gedanke ist viel toller als der Gedanke an eine Eins mit voller Punktzahl in

Mathe. Mal im Ernst. Eine Schule ist eine riesige Kontaktbörse. Alle schwimmen in einem gefährlichen Hormoncocktail und liegen auf der Lauer. Es ist doch verrückt, dass es früher hieß, dass masturbieren blind machen würde. In Wirklichkeit wirken regelmäßige Ejakulationen in der Pubertät vorbeugend gegen Prostatakrebs. Ist ja auch egal. Es gibt jedenfalls nur zwei Sorten Menschen, die gerne zur Schule gehen. Na ja, vielleicht auch drei. Nämlich Streber, also komische Leute, oder diejenigen, die nach etwas suchen, meistens nach dem anderen Geschlecht. Die dritte Sorte sammelt Freunde, von denen sie den Großteil nach dem Abitur verlieren wird.

Ich bin Typ zwei. Clemens könnte das Ende meiner Suche sein, wäre da nicht das Problem, dass meine beste Freundin auch auf ihn steht ... und sie hat es mir gesagt. Ich kann also nicht so tun, als hätte ich es nicht gewusst, weil ich es genau weiß. Und sie weiß, dass ich es weiß. Sie ist sowieso eifersüchtig auf mich. Und Lili schaut nicht einmal schlecht aus. Im Gegenteil. Sie ist wirklich schön. Der Haken ist, dass sie das nicht weiß. Vielleicht besser so.

Ich will ihr nicht wehtun. Ehrlich nicht. Ich liebe Lili. Sie ist eine der wenigen Menschen, die mehr in mir sehen als mein Aussehen. Und Clemens wäre sicherlich in erster Hinsicht nicht an meinem gewinnbringenden Wesen interessiert, sondern daran, seinen Hormonspiegel zu regulieren. Oder sich vor Prostatakrebs zu schützen. Verdammt. Triebe oder Vernunft. Freud hatte mit seiner blöden Über-Ich-, Ich- und Es-Geschichte vielleicht doch nicht ganz unrecht. Ich finde zwar, dass er mit seinem *Alles ist ein unbewusster Wunsch* ein bisschen weit geht, aber das Bild der drei Streithähne in einem Kopf ist nicht schlecht. Bei mir sieht es so aus: Mein Über-Ich und Ich haben sich verbündet und gehen auf mein Es los, weil mein Es eindeutig die Spannung wählt. Und Clemens ist spannend. Und weil mir dieser Streit echt auf die Nerven geht, habe ich beschlossen, dass ich einfach nichts tun werde. Wenn aber Clemens auf mich zukommt, dann ist er ohnehin nicht an Lili interessiert und dann werde ich nicht Nein sagen. Und weil ich davon ausgehe, dass Clemens nicht den Arsch in der Hose hat, um mich anzusprechen, sind mein Über-Ich und Ich mit dieser Lösung auch zufrieden.

„Kommst du mit in die Mensa?", frage ich Lili, als zum ersten Mal der Gong ertönt. Sie schüttelt den Kopf.

„Nee. Ich bleib lieber hier. Wir kommen zum Schröder immer zu spät." Ein bisschen beleidigt gehe ich in Richtung Mensa. Allein. Normalerweise begleitet mich Lili immer. Na, dann eben nicht. Ein paar Leute drängeln sich um die Theke. Es sind immer dieselben. Die *Zuspätkommer*. Zu denen gehöre ich auch. Und heute gesellt sich einer zu uns, der sonst nicht mit von der Partie ist. Clemens. Und auch wenn das nicht zu meinem Image passt, ihn zu sehen macht mich nervös.

Nachdem ich mir eine Butterbreze und ein Spezi gekauft habe, schlendere ich in Richtung Ausgang. Insgeheim hoffe ich, dass Clemens mir folgen wird. Doch dann frage ich mich, was ich davon hätte. Außer einen Haufen Ärger natürlich. Ich wüsste noch nicht einmal, was ich zu ihm sagen sollte. Also beschleunige ich mein Tempo und mache mich davon. Und in dem Moment, als die Erleichterung die Enttäuschung gerade fast überwiegt, höre ich jemanden meinen Namen rufen. Ich drehe mich um, und da steht er. Er wirkt fast ein wenig schüchtern, so als wäre auch er nervös. Ich frage mich, ob man mein Herz sieht, wie es panisch gegen meine Rippen springt.

Langsam kommt er näher und mit jedem Schritt, den er näher kommt, schwitzen meine Hände ein bisschen mehr. „Hallo Emma ..." Seine Stimme klingt weicher, als ich sie mir vorgestellt habe.

„Hallo ..." Im Gegensatz zu seinem Hallo klingt meines unterkühlt. Ich wünschte, es hätte sich etwas herzlicher angehört.

„Ich will dich nicht aufhalten", entgegnet er sichtlich irritiert. Als ich nicht reagiere, fährt er fort. „Ähm, ich wollte dich fragen, ob du, ähm, vielleicht Lust hättest ..." Ich hätte nie gedacht, dass Clemens meinetwegen stottern würde. Seine Unsicherheit gibt mir Selbstvertrauen.

„Ob ich Lust auf was hätte?", frage ich mit einem Lächeln im Gesicht.

„Na ja ..." Er wird rot. „Willst du mit mir ausgehen?" Ich starre ihn an. Er hat tatsächlich gefragt. In seinem Blick Erwartung gepaart mit der Angst vor Ablehnung, die er sicher nicht gewöhnt ist. Warum stelle ich mich so an? Ich habe schließlich Lust. Und Lili würde dasselbe tun. Ich meine, diese albernen Schwüre, dass Freundschaft über alles geht. Kompletter Schwachsinn. Und was kann ich dafür, wenn er sich für mich interessiert und nicht für sie. Je länger ich ihn anstarre, desto ängstlicher sieht er aus. Ich muss etwas sagen. Aber was? Was, wenn Lili nicht dasselbe tun würde? „Also, wenn du nicht willst, dann sag es mir bitte ..."

„Doch, doch, ja ...", unterbreche ich ihn, „... also ich meine, ich habe Lust ..." Noch nie habe ich gesehen, dass ein Gesichtsausdruck sich so schnell so drastisch verändern kann. Wo eben noch die Angst die Oberhand hatte, ist nun ein breites Grinsen, in seinen Augen der Triumph. So als wäre ich eine überaus leckere Beute und er der Jäger, der mich nun endlich erlegt hat. Oder zumindest am Bein erwischt. Und auch wenn es nur ein Streifschuss war, er hat mich. So oder so.

Es ärgert mich, dass ich gestottert habe. Ich habe meine Überlegenheit aufgegeben und ihm gezeigt, dass ich empfindsam bin. Und dafür war es eindeutig zu früh. „Es kommt natürlich darauf an, wohin du mich ausführen willst", versuche ich meine Position zu retten. Und es funktioniert. Denn das breite Grinsen verschwindet.

„Wir machen, was immer du willst."

„Dann überrasch mich", sage ich sicher. „Überleg dir was." Da ist es wieder, das kleine Fünkchen Angst. „Wann willst du mich denn treffen?", frage ich kühl.

„Heute Abend?"

Na, der lässt nichts anbrennen. Nicht stottern, Emma, bloß nicht stottern. „Hast du dir etwa schon was überlegt?", frage ich, um Zeit zu gewinnen.

„Lass dich überraschen." In seinen Augen blitzt etwas auf; etwas, das ich nicht deuten kann. Und ich weiß nicht, ob ich dieses Aufblitzen mag.

„Gut", sage ich knapp. „Hol mich um acht bei mir ab. Schlehbuschstraße 4 ..." Nachdem ich das gesagt habe, drehe ich mich um und verschwinde, ohne mich noch einmal umzudrehen. Das ist auch nicht nötig. Ich spüre, wie seine Blicke genüsslich über meinen Körper wandern. Ich spüre sie auf meinen Beinen, ich spüre sie auf meinem Hintern. Sie sind wie unzählige Hände, die mich berühren. Und ich genieße es.

Meine Knie zittern, mein Mund ist trocken. Er hat mich angesprochen. Er hat es tatsächlich getan. Und ich habe Ja gesagt. Wie soll ich das bloß Lili erklären?

Ratlos stehe ich vor unserem Klassenzimmer. Ich kann da nicht reingehen. Ich kann es einfach nicht. Und weil ich ohnehin schon viel zu spät bin, gehe ich auf den Raucherhof und warte, bis die Stunde vorbei ist und die Pause endlich anfängt.

Lili

Warum Männer so auf Blondinen abfahren, habe ich noch nie verstanden. Warum ich mit so einer befreundet sein muss, steht auch in den Sternen. Emma. Mit diesem Namen verbinde ich so viel Gutes und dennoch ist da immer dieser Schatten. Emma ist blond. Ich nicht. Emma ist absolut schlank. Ich nicht. Emma ist groß. Ich bin winzig. Sie hat die perfekte Familie, sie hat ein tolles Zuhause, sie hat alles. Das ist so sicher nicht ganz wahr und trotzdem fühle ich öfters diesen Stich der Eifersucht, wenn ich mit ihr zusammen bin. Wir können über alles reden, nur darüber nicht.

Sie hat eine Verabredung mit Clemens aus der höheren Jahrgangsstufe. Dass er mir gefallen hat, lange bevor sie ihn bemerkt hat, ist ein kleines Detail, das sie kurzerhand ausgeblendet hat. Als wir auf dem Raucherhof stehen und sie mir strahlend von dieser Verabredung erzählt, sage ich nichts dazu. Ella übernimmt die Begeisterung, die von mir hätte kommen müssen. Ella, ebenfalls blond, versucht zurzeit alles, um Emmas Busenfreundin zu werden. Und auch das stört mich zunehmend. Denn sie macht das ziemlich gut. Ella ist neu in unsere Klasse gekommen und scheint sofort gewusst zu haben, dass für sie und Emma eine tiefe blonde Freundschaft schon immer vorbestimmt war.

Es geht nicht wirklich um Clemens. Zugegeben, ein bisschen geht es schon um ihn, doch nicht primär. Alle finden Clemens toll. Von der Unterstufe angefangen, bis hin zur Mittelstufe. Und sogar einige aus der Oberstufe würden ihn nicht von der Bettkante stoßen. Er hat längeres hellbraunes Haar, ist ziemlich groß, so etwa 1,90 m und hat ein markantes Gesicht. Doch das Tollste an ihm sind zweifellos seine Augen. Braun-blau. Um die Pupille ein dunkelblauer Ring, der in einen dunkelbraunen übergeht. Mein Gott, in diesen Augen könnte man versinken. Er ist einer dieser Rudelanführer, weil er bei den Mädels ankommt. Alle scharen sich um ihn, lachen über seine Witze und versuchen ihn zu imitieren. Eigentlich lächerlich.

Nach dieser Pause wird die gesamte Schülerschaft wissen, dass Clemens Emma ausführen wird. Als ob Emma nicht ohnehin schon den Ruf der absoluten Rosine hätte.

Da haben sich ja zwei gefunden. Na, Hauptsache, Ella freut sich ...

Emma schaut mich an. Was erwartet sie sich? „Hast du nichts dazu zu sagen?", will sie wissen.

„Wann seht ihr euch denn?", ist das Einzige, was mir auf die Schnelle einfällt.

„Heute Abend ... er wollte keine Zeit verlieren ..." sagt sie. Und während sie das sagt, grinst sie übers ganze Gesicht. Vielleicht bin ich auch unfair und es ist ein Lächeln, doch für mich ist es ein dickes, fettes Grinsen, das nicht enden will.

Und siehe da, wer schlendert da auf uns zu? Clemens und Konsorten. Das ist so peinlich. Und was macht Emma? Sie lehnt betont lässig an der Betonwand zum B-Bau, die Sonne scheint ihr ins Gesicht, was ihre blauen Augen noch gigantischer aussehen lässt. Ihre langen Beine sind nur minimal von einem Röckchen bedeckt, das ich nicht einmal gegen Bezahlung anziehen würde. Doch ihr steht das. Er sieht zu ihr. Mich bemerkt der Arsch nicht einmal. Gott sei Dank dauert die Pause nicht mehr lange, dann muss ich dieses Theater nicht länger mit ansehen.

Im Unterricht geht es dann jedoch nahtlos weiter. Frau Hornung, unsere etwas beschränkte Biologie-Lehrerin, beschäftigt uns mal wieder mit Gruppenarbeit, was es Emma ermöglicht, bis ins kleinste Detail zu erzählen, wie Clemens sie abgefangen hat, dass er so niedlich nervös war und man das Zittern in seiner Stimme nicht überhören konnte. Ella will ja schon länger gewusst haben, dass Clemens auf Emma steht. Ach, tatsächlich, du blöde Kuh.

Als Emma ihn gefragt habe, wann er sie denn treffen wolle, sei es förmlich aus ihm herausgeplatzt, dass er sie noch am selben Tag treffen wolle. Wie im Film ... Na, mal sehen. Nichts ist so, wie es scheint ...

Emma

Die Art, wie ich es ihr gesagt habe, hat kein bisschen zu dem gepasst, wie ich mich fühle. Da war kein Fünkchen Schuldbewusstsein in meiner Stimme. Nichts. So, als wüsste ich überhaupt nicht, dass ich sie verraten habe. Ich weiß nicht, warum ich ihr nicht einfach gezeigt habe, wie ich mich wirklich fühle. Ich meine, wir reden hier von Lili. Sie hätte mich wahrscheinlich sogar verstanden. Aber was, wenn nicht? Und im Ernst, bin ich ihr etwa Rechenschaft schuldig? Wäre sie denn jemals auf ihn zugegangen? Hätte sie ihn jemals angesprochen? Nein. Und auch er hätte sie nicht angesprochen. Er will mich. Nicht sie. Und außerdem wäre es nicht das erste Mal, dass Lili meint, sich verliebt zu haben. Bei Klaus war es nicht anders. Ich glaube, der einzige Kerl, in den Lili je wirklich verliebt war, ist mein Bruder. Und der ist einfach 'ne Nummer zu groß für sie. Ja, Lili ist schön. Aber so schön nun auch wieder nicht. Männer sollten nicht besser aussehen als ihre Freundinnen. Und Elias könnte jede haben. Nichtsdestotrotz, in ihn war sie verliebt. Alles, was danach kam, war eher lauwarm. Und ich habe mich wirklich in Clemens verliebt. Ich bin ihr nichts schuldig. Jetzt habe ich mich fast selbst überzeugt. Aber nur fast.

Panisch reiße ich alles aus meinem Schrank. Heiß ja, aber nicht billig. Nichts zu Hochgeknöpftes, aber auch nichts Nuttiges. Ich habe aber bloß das eine oder das andere. Und wenn ich ganz ehrlich bin, habe ich mehr von der leicht billigen Sorte. Kurz und freizügig. Denn das kommt bei Kerlen an. Und ich will bei Clemens ankommen. Mehr noch, ich will bleibenden Eindruck hinterlassen.

Eine Stunde und fünf Outfits später schaue ich an mir runter. Fantastisch. Ich habe den Drahtseilakt geschafft. Heiß ja, aber nicht billig. Die junge Frau, die mich aus dem großen Spiegel anlächelt, sieht einfach fantastisch aus. Hautenge Jeans, hohe Schuhe, leicht durchsichtige Bluse.

Haare hochgesteckt, Augen betont. Zugegeben, ich rieche, als wäre ich drei Bahnen in meinem Parfum geschwommen, aber bis Clemens hier ist, ist das verflogen. Zumindest hoffe ich das. Meine Augen sind perfekt. Absolut perfekt. Natürlich bin ich viel zu früh fertig, aber was soll's. Und während mich die Nervosität innerlich auffrisst, schleicht sich für eine Sekunde das schlechte Gewissen ein, dass ich das, was ich bald tun werde, nicht tun sollte. Das Schlimmste ist, dass ich denke, dass Lili es nicht tun würde. Ach Schwachsinn. Jede Frau würde eine Einladung von 'nem Kerl wie Clemens annehmen. Zumindest, wenn sie nicht komplett gestört ist. Und ich bin die, die er gefragt hat. Aber auch damit habe ich mich selbst immer noch nicht ganz überzeugt. Verdammt.

Ein paar Stunden später weiß ich, dass es sich nicht gelohnt hat, Lili zu verletzen ... Ich bin enttäuscht. Aber was hab ich mir auch erwartet? Dass er mit mir über meine politischen Ansichten reden will? Dass er mich ernst nimmt? Oder vielleicht, dass er mich eingeladen hat, weil er meine Persönlichkeit kennenlernen möchte?

Ich wusste, dass er nicht an mir interessiert ist. Ich wusste es. Doch ich habe es nicht glauben wollen. Ich hatte bis zuletzt gehofft, dass ich mich täusche. Aber ich habe mich nicht getäuscht.

Er hat mich ausgeführt. Er hat mich in seinem BMW abgeholt. Er hat mich in ein kleines Restaurant gefahren. Und dort haben wir betreten geschwiegen. Und irgendwann hat er dann vorgeschlagen, dass wir zu ihm fahren können, was wir dann auch getan haben. Aber der Film, den er mir versprochen hat, war einfach *unauffindbar*. So als hätte ihn das DVD Regal gefressen. Ich habe den Film im Regal stehen sehen, aber nichts gesagt. Ich sehe mich noch dort stehen, mitten in seinem Zimmer. Ich weiß, ich hätte gehen sollen. Ich wusste, er will mich ins Bett kriegen. Doch all diese Vernunft wiegt nicht schwerer als Verliebtheit. All dieses Wissen ist nichts im Vergleich zu der

Schande, dass ich, sollte ich gehen, Lili verletzt habe und das wegen nichts. Und deswegen füge ich mich, als er mich bei der Hand nimmt und zum Bett schiebt. Ganz dicht sitzt er neben mir. Ich spüre seinen Atem auf meiner Haut, was ich nebenbei bemerkt nicht ausstehen kann. Immer näher kommt sein Schnaufen. Und wieder verdränge ich das ungute Gefühl, dass er mich ausnutzt. Ich bin wie ein kleiner Pokal. Schön und leer. Und nach außen hin funkle und glänze ich. Mein Lächeln ist gequält, doch es hält. Und meine Tränenkanäle melden große Enttäuschung, doch meine Augen sind noch immer perfekt. Und wegen 'nem Typen habe ich noch nie geweint. Na ja, fast nie. Aber Clemens ist nicht Stefan.

Mit geschlossenen Augen und leicht geöffneten Lippen kommt er auf mich zu. Mir ist klar, dass ich einfach hätte aufstehen und gehen sollen. Doch was in der Theorie immer einfach klingt, ist in der Praxis meistens das Gegenteil. Und ich tue das Falsche. Und noch während ich die Augen schließe und meine Lippen seine berühren, weiß ich das. Ich spüre es, als seine Zunge meine Lippen durchdringt. Ich spüre es, als ungeschickte Finger meine Bluse aufknöpfen. Ich spüre es, als er unbeholfen am Verschluss meines BHs herumfingert.

Ich fühle mich elend, schmutzig und irgendwie billig. Oben ohne sitze ich vor ihm. Und nicht nur mein Oberkörper ist entblößt. Ich fühle mich nackt. Seine Küsse werden immer fordernder. Und je fester er mich packt, desto mehr kämpfe ich mit den Tränen. Dann plötzlich hört er auf, mich zu küssen, und ein kleiner naiver Teil in mir denkt, er habe gemerkt, dass ich das nicht will, dass es mir zu schnell geht.

Er schaut mich an. Und dann sagt er es. „Ich will mit dir schlafen …" Der naive, kleine Teil in mir bricht in Tränen aus, doch meine Augen bleiben trocken. In seinem Gesicht sehe ich keine Wärme, nur Lust und Triebe. Er scheint nicht wirklich eine Antwort von mir erwartet zu haben, denn er lehnt sich zu einer Kommode, die neben seinem Bett steht und holt eine Packung Kondome heraus. Ohne mich anzusehen, öffnet er sie und reißt eines ab. Dann steht er auf und zieht sich aus. Ich schaue ihm zu. So als wäre ich nicht wirklich da. Ungläubig, völlig fassungslos. Und erst, als er sich gerade die Boxershorts ausziehen will, bemerkt er, dass ich noch immer barbusig und regungslos auf der Bettkante sitze. Seine Boxershorts wölben sich. „Was ist?", fragt er kalt. Ich schweige. Und zu meinem Entsetzen zieht er sie dann aus. Nackt steht er vor mir, so als würde das bestimmt den letzten Zweifel von mir nehmen. So als könnte ich seiner Erektion unmöglich widerstehen. Doch was er dann tut, übertrifft alles. Er setzt sich zu mir auf die Bettkante, nimmt meine Hand und führt sie zwischen seine Beine. Nie zuvor habe ich mich so klein gefühlt. Nicht einmal dann, wenn meine Eltern mich mal wieder haben spüren lassen, dass ich im Vergleich zu meinen Geschwistern eine Enttäuschung bin. Ich schaue ihn an. Ich zittere am ganzen Körper. Er lächelt. „Weißt du eigentlich, wie lange ich mir das schon wünsche?" Ich schüttle den Kopf. Und noch immer lächelt er. „Ewig ..."

„Wirklich?"

„Du bist wunderschön." Meine Hand liegt noch immer zitternd in seinem Schritt. Ich hasse mich dafür, dass ich mich so behandeln lasse. „Wir müssen ja nicht bis zum Äußersten gehen ...", sagt er dann. *Tröstlich*, dass wir das nicht müssen.

„Das will ich auch nicht." Er wirkt enttäuscht. Und das wiederum enttäuscht mich noch mehr.

„Ich dachte, du willst mich auch."

„Ich kenne dich doch gar nicht ...", entgegne ich vorsichtig. Mein Blick ist gesenkt, doch ich wage es nicht meine Hand wegzunehmen. Ich kann mir schon vorstellen, was er über mich erzählen wird. Das klingt vielleicht armselig, aber wenn er allen erzählt, dass ich prüde bin, kann ich mich nirgends mehr blicken lassen. Und die Schule ist der einzige Ort, an dem ich jemand bin.

„Ich will doch, dass du mich kennenlernst ..."

„Aber doch nicht so ...", falle ich ihm ins Wort.

„Wie soll ich mich konzentrieren, wenn ich an nichts anderes denken kann, als dich zu berühren?"

Ich fasse es nicht. Und obwohl ich durchschaue, was er tut, fange ich langsam an, meine Hand auf und ab zu bewegen. Er schließt die Augen und atmet tief. Dann höre ich abrupt auf. „Nur, dass das klar ist, ich werde heute nicht mir dir schlafen."

Er schaut mich an. Und nach einer Weile sagt er dann, „Okay, ist klar ..." Und ich mache weiter.

Ich liege auf meinem Bett. Es ist nicht so, dass es überhaupt nicht schön war. Also ich habe nicht mit ihm geschlafen, ich meine den Rest. Er hat mich ausgezogen, und meinen Körper mit Küssen übersät, die für meinen Geschmack ein wenig zu nass waren. Dann hat er mich geleckt. Und das war, na ja, er hat es halt versucht. Und vielleicht sollte ihm mal jemand sagen, dass das Vorteilhafte an menschlichen Fingern ist, dass man sie abwinkeln kann. Aber ansonsten war es ganz okay, auch wenn ich nicht ekstatisch schreiend da lag. Ich habe ihm nicht in einem Anfall von Erregung den Rücken in Fetzen gerissen, und er musste mir auch kein Kissen aufs Gesicht drücken, weil seine Eltern uns sonst gehört hätten. Aber wenn ich ehrlich bin, gab es bisher nur einen, der das bei mir machen musste. Und das liegt daran, dass ich mich bei ihm fallen lassen konnte. Und das kann ich bei Clemens nicht, weil er mir nicht die Zeit dazu gibt.

Es läuft mir eisig über den Rücken. Nicht nur, dass er mich gedrängt hat, er hat mich auch nicht ernst genommen. Nicht einmal, als ich gesagt habe, dass ich nicht mit ihm schlafen möchte. Er liegt auf mir, küsst mich und dann gleitet er mit der Hand zwischen meine Beine. Und erst dann bemerke ich, dass er versucht, in mich einzudringen. Und das nur, weil ich spüre, wie etwas Hartes sich seinen Weg in mich bahnt. Ich hätte ihm eine knallen sollen, ich hätte ihn anspucken sollen. Aber ich habe ihn nur sanft von mir gedrückt.

Ich hasse mich dafür, dass es mir so wichtig ist, was andere über mich denken. Ich wünschte, ich wäre anders. Aber ich würde lügen, wenn ich so tun würde, als wäre es mir egal. Das ist es nicht.

Und zum ersten Mal weine ich wegen eines Kerls. Na ja, nicht ganz. Wegen Stefan habe ich viel mehr geweint. Aber das war etwas anderes. Denn damals weinte ich, weil er wegmusste. Ich weinte, weil ich ihn liebte und er mich. Ich weinte, weil ich wusste, wie sehr ich ihn vermissen würde. Und nicht, weil er versucht hat, gegen meinen Willen mit mir zu schlafen. Bei ihm konnte ich mich fallen lassen. Nur bei ihm. Wenn er mich berührt hat, war alles um mich herum plötzlich unwichtig. Nur seine Hände auf meinem Körper. Er war mein Erster. Und ihn wollte ich spüren.

Doch er ist weg. Und Clemens ist da. Wäre doch Clemens weg, und Stefan da. Als Clemens mich nach Hause gefahren hat, habe ich versucht, an etwas anderes zu denken, nur damit ich erst weine, wenn er weg ist. Er hat mir über die Wange gestreift und sich für den wunderschönen Abend bedankt. Er hatte auch einen schönen Abend. Gleich bei der ersten Verabredung habe ich ihm einen geblasen. Und gleich bei der ersten Verabredung habe ich geschluckt. Und das in vielerlei Hinsicht. Darin bin ich gut. Meinen Würgreiz kann ich ziemlich gut kontrollieren. Clemens hat also eine gute Behandlung bekommen. Und ich war nicht prüde. Ich habe schließlich geschluckt. Das sollte reichen.

Und auch wenn ich keine Lust habe, muss ich Lili anrufen. Wenn ich sie schon hintergehe, dann muss ich sie wenigstens als Erste anrufen. Das klingt vielleicht paradox, doch das ist es nicht. Würde ich Ella anrufen, wäre es noch schlimmer. Lili kann Ella nicht leiden. Und deswegen muss sie die Erste sein, die ich anrufe. Doch ich werde ihr nicht die Wahrheit sagen. Ich kann sie ihr nicht sagen. Und deswegen spiele ich mein gut gelauntes Selbst und schwärme ihr vor, wie gut mein neuer Freund küsst. Und das ist nicht einmal ganz gelogen. Küssen kann er noch am besten.

Lili

Manches scheint doch so zu sein, wie es scheint. Eben hat Emma mich angerufen. Immerhin bevor sie Ella angerufen hat. Er ist so toll und so dies und so jenes ... ich höre nicht so genau hin.

Nebenbei mache ich meine Mathehausaufgaben, die Emma morgen von mir abschreiben wird, so wie jeden Tag ... Als ich mich gerade an die zweite Textaufgabe mache – Ruth ist 10 Jahre alt, ihr Vater ist drei mal so alt wie ihr Onkel war, als Ruth zwei wurde und – da höre ich das Wort *küsst* und ich unterbreche sie. „Was?!", schreie ich in den Hörer.

„Ja hast du mir gar nicht zugehört? Ich habe gesagt, dass er genauso gut küsst wie er aussieht ..."

Als ich abends in meinem Bett liege, versuche ich krampfhaft mir *nicht* vorzustellen, wie Clemens Emma küsst, doch es will mir nicht gelingen. Je mehr ich dagegen ankämpfe, desto blumiger werden meine Fantasien. Aus den Küssen werden Körper, aus den Körpern werden nackte, gierige Körper ... Hände, die über Haut gleiten, feuchte Küsse, lautes Atmen ...

Nach einer weniger guten Nacht schäle ich mich am nächsten Morgen um sieben aus meiner Decke und mache mich fertig. Das Zimmer ist von sommerlicher Luft erfüllt und die Sonnenstrahlen malen Muster an meine Zimmerwände. Er küsst genauso gut wie er aussieht. Hätte er doch mich geküsst.

Vor meinem Schrank dieselbe Frage wie jeden Morgen. Ich bin doch ein stiller Befürworter der Schuluniform. Dann könnte Emma sich auch nicht so aufbrezeln.

Na, dann eben das übliche Programm. Die blaue Jeans, das gestreifte Bikinioberteil und ein weißes Unterhemd. Haare zusammengebunden und die Wimpern getuscht.

Ich bin doch nicht weniger hübsch als Emma, denke ich. Ich habe lange dunkelbraune Haare und smaragdgrüne Augen. Große Augen wohlgemerkt. Doch auf mich stehen immer nur die Kerle, die mich überhaupt nicht interessieren. Zum Beispiel Paul aus der Parallelklasse oder Simon aus der Stufe drüber.

Vor der Turnhalle steht eine Traube von kichernden Mädchen. Ich parke meinen Roller. Ich weiß jetzt schon, wer da im Zentrum dieser Ansammlung steht. Emma. Ihr goldenes Haar schmiegt sich an ihren zierlichen Oberkörper, das rosé-farbene Chiffonhemdchen umspielt ihre Brust und die knackenge Hüftjeans zeigt einen formvollendeten Po. Sie lacht und wirft ihr Haar in den Nacken. Als sie mich sieht, gibt sie ein Zeichen, dass man mir Platz machen soll. Man begrüßt mich, als würde es einen Unterschied machen, dass ich jetzt da bin. Doch das tut es nicht, denn es geht weiterhin nur um Clemens und die Tatsache, wie unglaublich gut er küsst. Ich hasse Clemens. Erst habe ich ihn gehasst, weil er nicht mich küssen wollte, und nun hasse ich ihn, weil er plötzlich eine derart große Rolle spielt. Emma hatte schon öfter mal was mit irgendeinem Kerl am Laufen, doch es war noch nie so wichtig. Na ja, fast nie ... aber das mit Stefan war was anderes.

Und gerade als ich Clemens vor meinem inneren Auge massakriere, taucht er auf. Und zu allem Überfluss sieht er mal wieder unverschämt gut aus. Die Mädchentraube teilt sich für ihn, wie für Moses das Meer, und Emma sinkt in seine muskulösen Arme. Dieser Kuss scheint die Zeit anzuhalten. Alles, was ich und meine Mitbeobachterinnen noch sehen, sind Emmas volle Lippen, wie sie mit seinem weichen Mund verschmelzen. Zungen, die sich umspielen und seine Hände, die ihren Po festhalten, als hätte er Angst, die beiden perfekten Backen könnten augenblicklich abfallen.

Emma

Ich fühle mich furchtbar. Absolut grauenhaft. Ich selbst bin mein übelster Gegner. Mein schärfster Kritiker. Und die Liste der Unzulänglichkeiten ist lang. Wie kann ich so mit ihr umgehen? Doch ich tue es andauernd. Und weil ich ihr nicht in die Augen schauen kann, schaue ich einfach weg. Ich ignoriere sie. Ich sollte mit ihr reden, aber ich kann es nicht. Ich sollte mich einer Lawine kalter Verachtung aussetzen, doch ich tue es nicht. Stattdessen spiele ich Beziehung. Und darin bin ich einsame Klasse.

Vor der Turnhalle konnten heute alle Zeugen eines perfekten Kusses des perfekten Paares werden. Ich sehe umwerfend aus, er sieht umwerfend aus. Er schließt mich in die Arme und küsst mich. Der Kuss sieht besser aus, als er sich anfühlt. Zumindest hoffe ich das. Das Schrecklichste ist aber, dass ich nichtsdestotrotz etwas für ihn empfinde. Vielleicht erreicht er nicht den Stefan-Status, aber er ist der Erste, für den ich überhaupt etwas fühle, seit Stefan weg ist. Ich spüre Lilis Blick auf uns. Pure Enttäuschung brennt auf meiner Haut. Aber was soll ich machen? Für einen Rückschritt ist es nicht nur schon längst zu spät, sondern dafür will ich ihn zu sehr. Und auch wenn es nicht gerade für mich spricht, jemanden zu wollen, der mich nur vögeln will, so ändert es nichts an den Tatsachen. Ich will ihn. Fertig.

Abend zwei in der unendlichen Tragödie Emma und Clemens. Er ist nackt. Sein Atem poltert gegen meinen Nacken. Ich friere. All das fühlt sich falsch an. Er auf mir, ich nackt und schutzlos unter ihm, auch wenn ich noch Unterwäsche trage. Und doch sage ich nichts, weil ich ihn nicht enttäuschen will. Ich gehöre zu den Frauen, die man problemlos in einer Musterehe der Fünfzigerjahre unterbringen könnte. Ich lächle, mache die Beine breit und ich kann backen. Ziemlich gut sogar. Ich bin der absolute Traum eines jeden altmodischen Arschloches.

Und wie kann man sich selbst so sehr hassen, dass man sich damit bestraft, sich in jemanden zu verlieben, der nichts von einem wissen will und nichts erwartet, außer, dass man willig ist. Er hat mir nicht eine einzige persönliche Frage gestellt. Er weiß nichts von mir und ich habe keine Ahnung, wer er ist. Aber er liegt nackt auf mir. Und was tue ich? Ich schweige. Ich bin so dumm. So unendlich dumm. Und das Schlimmste ist, dass ich das weiß.

Er schaut mich an. Und ich weiß, was dieser Blick sagt. Er sagt, *zier dich diesmal nicht so*, er sagt *ich will dich, und zwar gleich*, er sagt *Wenn du heute wieder kneifst, war es das mit uns.* Und ich lächle. Das scheint für ihn wohl ein *Ja* gewesen zu sein, denn er rollt sich von mir runter und plumpst neben mir auf die Matratze. Er dreht sich zu seiner Kommode und kramt ein Kondom hervor.

„Bist du dir sicher, dass du das willst?" Diese Frage klingt fast wie eine Drohung. Sie klingt so, als hätte er mal irgendwo gelesen, dass man das fragen sollte, bevor man loslegt.

„Ist das eine rhetorische Frage?" Dieser Gedanke ist mir so rausgerutscht.

„Was für eine Frage?" Er klingt unsicher. Und ich bin schockiert, dass er nicht weiß, was rhetorisch bedeutet.

„Ach nichts ...", fange ich an. Mein kleinlautes Ich ist aufgewacht, „... das ist nur so 'ne Redensart ..."

„Ach so ..." Er steht in der Mitte des Zimmers. Komisch, dass er immer aufstehen muss, um ein Kondom drüberzustülpen. Vielleicht gehört das in seinen Augen zum Vorspiel. Vielleicht denkt er, dass mich das über die Maßen erregt? Oder vielleicht stand auch in der FHM, dass man das als richtiger Mann so macht.

Und wieder schaut er mich an. Ich Dummerchen habe mich noch nicht ganz ausgezogen. Er ist schon in den Startlöchern, Feuer und Flamme vorzustoßen, und ich bin immer noch nicht fertig. Für die Fünfzigerjahre muss ich doch noch üben. Ich ziehe wortlos meine Unterwäsche aus. Das grelle Deckenlicht blendet mich. Vielleicht besser so. Es ist ja nicht so, dass ich noch Jungfrau wäre. Augen zu und durch.

Mit geschlossenen Augen liege ich zitternd auf dem Bett. Er drückt meine Beine auseinander und ich spüre, wie sein Becken sich zwischen meine Schenkel drängt. Und als ich denke, dass er jetzt jeden Augenblick in mich eindringen wird, fragt er plötzlich, ob bei mir alles in Ordnung ist. Ich öffne die Augen. Das Licht noch immer viel zu hell, blinzle ich und versuche seinen Gesichtsausdruck zu erkennen. „Du wirkst so verkrampft ..." Gut erkannt. Ich bin auch verkrampft. Ich sage nichts. „Wenn du das nicht willst, musst du schon was sagen ..."

„Ich weiß nicht, ob ich das will."

„Ja und warum sagst du das nicht?" In seiner Stimme erkenne ich etwas Verärgertes.

„Weil es dich nicht wirklich interessiert."

„Doch, das tut es."

„Ach, wirklich?", frage ich sarkastisch.

„Sicher." Es ist bedrohlich still. „Glaubst du, ich will mit einer schlafen, die regungslos unter mir liegt, und sich fragt, wann ich fertig bin?"

„Das war ehrlich ...", sage ich verletzt.

„Hör mal", er zieht mich hoch, und endlich erkenne ich sein Gesicht. Der Ausdruck darin ist unerwartet sanft. „Ich weiß, was ich will."

„Und was?", frage ich, noch immer unsicher.

„Ich will dich. Deswegen bin ich mit dir zusammen. Ich bin verrückt nach dir."

„Nach mir, oder nach meinem Körper?"

„Seid du und dein Körper nicht zusammenhängend?"

„Doch schon, aber da ist ein Unterschied."

Er lächelt. „Ich hätte nie gedacht, dass du so sensibel bist." Na toll. Ich suche nach etwas, womit ich mich zudecken kann. Ich fühle mich so ausgeliefert. „Emma." Ich schaue hoch in seine wundervollen Augen. „Ich habe mich in dich verliebt. Und ja, ich bin an dir interessiert. An dir und deinem Körper." Ich lächle, und zum ersten Mal bin ich locker. Zumindest ansatzweise. „Und ja, ich will mit dir schlafen – wer würde das nicht wollen? – aber wenn du nicht willst, haben wir beide nichts davon ..." Ich ziehe ihn an mich, und wir gleiten zurück in die flauschigen Bettdecken. Ich kann noch immer nicht sagen, warum ich es will, aber ich will mit ihm schlafen. Und vielleicht ist es nur, weil ich denke, dass er mich verlassen könnte, wenn ich es nicht tue. Vielleicht ist es aber auch, weil er gefragt hat, ob alles bei mir in Ordnung ist. So ein Klotz ist er also doch nicht.

Unsere Küsse werden fordernder. Seine Hände gleiten über meine Haut, und sein Körper duftet nach Sex. Ich greife vorsichtig zwischen unsere verknoteten Beine und lasse ihn in mich eindringen. Und auch, wenn es mir eigentlich zu schnell geht, es fühlt sich schön an.

So vergehen einige Wochen. Ich weiß nicht viel mehr über Clemens. Aber wir haben viele neue Stellungen ausprobiert. Das ist doch auch eine Art Intimität. Und ganz egal, was ich mache, ich fühle mich klein. Und ich weiß, es ist, weil ich meine beste Freundin verliere. Und wenn ich nicht bald etwas tue, ist es zu spät. Ich kann ihr nicht ewig aus dem Weg gehen. Ich kann und ich will nicht. Sie ist eine der wenigen Konstanten in meinem Leben. Alle Momente, die wirklich wichtig waren, habe ich mit ihr geteilt. Und da ist es wieder – das Problem zwischen Theorie und Praxis. Denn in meiner Vorstellung wird sie nicht schreien. Sie wird mich verstehen, sich sogar für mich freuen. Sie wird einsehen, dass unsere Freundschaft wichtiger ist. Das heißt, sie wird ihre Prioritäten eben *nicht* so setzen, wie ich meine, als es um Clemens ging. Und genau das kann man eben nicht erwarten.

Lili

Inzwischen sind Emma und Clemens seit einigen Wochen das Gesprächsthema Nummer eins. Ich habe sie seither nicht mehr ohne ihre Saugnapf-Begleitung angetroffen. In jeder Zwischenstunde, vor der Schule, nach der Schule, überall hinterlassen die beiden ihre Spuren. Und doch, der ganzen Aufregung zum Trotz, scheint sie nun endlich zu merken, dass unsere Freundschaft momentan nicht allzu gut läuft. Heute Nachmittag werde ich nach längerer Zeit wieder einmal zu ihr fahren. Erst werden wir reden, dann kommen einige Leute zu ihr. Wer wohl?

Als ich bei Altmanns klingle, öffnet mir Emmas Bruder Elias die Tür. Er sieht Emma eigentlich überhaupt nicht ähnlich. Ja, auch er ist groß und mit einem Körper gesegnet, für den manch ein Kerl gnadenlos töten würde – ich kenne Elias schon lange und daher auch relativ unbekleidet, ich weiß also, wovon ich spreche – doch er hat schwarzes, längeres Haar, welches er meistens in einem Pferdeschwanz trägt, und tiefschwarze Augen. Selbst wenn die Sonne in seine Augen scheint, kann man kaum einen Unterschied zwischen Pupille und Iris erkennen. Emma und er sind beide perfekt, nur eben anders perfekt. Emma und Lia kommen nach ihrer blonden Mutter Lydia, Elias und Leni nach ihrem schwarzhaarigen Vater Enno. Wenn man es genau nimmt, ist Elias fast noch perfekter als Emma, denn sie kämpft mit einer zu kleinen Brust, während an ihm wirklich alles stimmt. Sogar der Charakter. Emma würde es natürlich niemals zugeben, dass sie unter ihrer verhältnismäßig kleinen Oberweite leidet. Das nennt sich dann wohl ausgleichende Gerechtigkeit, denn das ist das Einzige, womit ich nicht zu kämpfen habe ...

„Hallo, Kleines ... Komm rein. Emma ist noch nicht da ..."

Wie noch nicht da?? Das denke ich. Und sagen höre ich mich, „Ach so ... Macht ja nichts ..." Dann folge ich ihm in Richtung Garten.

Auf der Terrasse sitzen einige seiner Freunde. Die meisten kenne ich, ein paar jedoch sehe ich heute zum ersten Mal. Lydia und Enno Altmann sind nicht zu Hause. Das ist nichts Ungewöhnliches, denn sie gehören zu den wenigen Eltern, von denen man es glaubt, dass sie gerne Zeit miteinander verbringen. Und mehr noch, man merkt ihnen an, dass sie sich nicht nur schon nackt gesehen haben, sondern es auch jetzt noch genießen. Und das selbst nach 25 Jahren Ehe und vier Kindern. Es kam nicht nur einmal vor, dass man verdächtige Laute aus ihrem Schlafzimmer hörte, wenn man durch den Flur ging. Und das zu jeder Tages- oder Nachtzeit.

„Sind Lia und Leni nicht da?", frage ich ein wenig unbeholfen. Mit Elias allein zu sein, habe ich kein Problem, aber inmitten einer Horde seiner Freunde fühle ich mich doch ein wenig deplatziert.

„Nein. Beide unterwegs. Lia ist bei ihrem neuen Typ und Leni ist mit Kim unterwegs. Lia kommt heute auch nicht mehr. Mama hat etwas gegen diesen Neuen ... Simon glaub ich. Und Leni kommt, wenn überhaupt, erst gegen Abend. Setz dich doch, Kleines ..." Normalerweise mag ich es, dass er mich Kleines nennt, doch gerade jetzt ist mir das unangenehm. Ich wünschte, Emma würde endlich auftauchen. Immerhin waren wir bereits vor einer halben Stunde verabredet. Ich bin extra mit fünfzehn Minuten Verspätung gekommen, um sicherzugehen, dass sie da sein wird. Als ich mich nicht von der Stelle rühre, nimmt mich Elias bei der Hand und führt mich zu einem der freien Plätze. „Was magst du trinken?", fragt er lächelnd und ich merke, dass ich nervös bin, was ich mir nicht erklären kann. Doch es wird an Elias Freunden' liegen.

„Ich nehme ein Wasser", sage ich und könnte mich im selben Moment ohrfeigen, weil Wasser sicher nicht ist, was er dabei im Sinn hatte ...

„Ein Wasser? Bist du sicher?", fragt er grinsend.

„Ähm, vielleicht doch lieber ein Glas Wein. Weißwein, wenn du dahast ...", sage ich in einem Ton, von dem ich hoffe, dass er selbstsicher klingt.

„Klar, Kleines. Ich bring dir ein Glas ..." Er lächelt. Dann wendet er sich dem Haus zu. Ich sehe ihm nach. Langsam drehe ich mich zur Runde. Moritz, Ben und Severin nicken mir zu und lächeln. Ich lächle zurück. Maurice ist auch da. Mit ihm hatte ich einmal was bei einer Seeparty. Ich sage nur so viel, er küsst nicht genauso gut, wie er aussieht ... Aber er ist ein lieber Kerl und wir verstehen uns nach wie vor blendend. Er hat mich noch nicht bemerkt. Abseits erkenne ich noch Paul, einen Freund von

Maurice. Die anderen kenne ich nicht. „Dein Wein, Kleines ...", höre ich eine vertraute, tiefe Stimme neben mir.

„Danke. Lieb von dir. Kommen noch mehr Leute?", frage ich.

„Eher nicht. Vielleicht noch ein oder zwei. Emma und Clemens kommen noch. Vielleicht bringen die beiden noch Leute ..."

„Sie kommen zu zweit?", unterbreche ich ihn.

„Die sind doch nur noch zusammen ...", sagt er, verdreht die Augen und macht sich auf zu einem der Kerle, die ich nicht kenne. Hätte ich gewusst, dass sie mit Saugnapf kommt, hätte ich bestimmt nicht zugesagt.

Der Wein schmeckt nicht übel und das Glas ist fix leer. „Hallo, ich bin Rüdiger. Willst du auch noch was zu trinken?", unterbricht jemand meine Gedanken. Ich schaue mich um und sehe den Kerl, mit dem Elias eben noch gesprochen hat.

„Ähm, ja, gerne. Ich bin Lili ...", antworte ich.

„Ich weiß. Elias hat mir von dir erzählt. Ich komm gleich wieder, ja?", sagt Rüdiger und nimmt mir das Weinglas aus der Hand. Wenige Sekunden später kommt er mit gefüllten Gläsern wieder.

„Was hat er von mir erzählt?", frage ich neugierig.

„Verschiedenes", antwortet er und schaut sich nach Elias um. „Die Botschaft lautete jedenfalls, dass man dich besser nicht schief von der Seite anmachen sollte ..."

„Und hast du das nicht gerade gemacht?", frage ich lächelnd.

„Na ja, von der Seite schon, aber eben nicht schief", entgegnet Rüdiger. „Was kann ich dafür, dass ich der einzig aufmerksame Kerl hier bin. Dein Glas war schon eine ganze Weile leer ..."

Mit Rüdiger vergeht die Zeit wie im Flug. Wir unterhalten uns prächtig und er bringt mich zum Lachen. Kaum sind die Gläser leer, springt er auf und holt Nachschub. Inzwischen aber Wasser, denn ich habe nicht vor, mich wieder so zu betrinken, dass sich der Abend der Seeparty wiederholt. Nur dieses Mal eben mit Rüdiger, anstelle von Maurice. Nein, das mache ich nicht noch einmal.

Ich bin schon leicht beschwipst und es ist ziemlich dunkel geworden. An sich ist es mir egal, dass Emma nicht aufgetaucht ist. Vorhalten werde ich es ihr trotzdem. Insgeheim hoffe ich sogar, dass sie nicht mehr kommt. Im Moment bin ich hier das einzig weibliche Wesen unter einer Horde von Kerlen und dementsprechend groß ist deren Aufmerksamkeit. Wann sitze ich sonst schon mit Zweiundzwanzig- bis Fünfundzwanzigjährigen im Sommer bei einem Gläschen Wein auf der Terrasse?

Rüdiger kommt mit großen Wassergläsern und überreicht mir eines. Mein Blick fällt auf Elias. Er schaut mich an. Sein Blick hat etwas Beobachtendes an sich. Zumindest scheint es so.

Rüdiger ist schon ein gut aussehender Typ. Braune, kurze Haare, Drei-Tage-Bart, blau-graue Augen, schöne Hände. Er hat Humor und ein herzhaftes Lachen. Bei der besagten Seeparty war Elias nicht mehr da gewesen. Er hat sich damals wahnsinnig über Maurice aufgeregt. Die beiden haben Wochen nicht miteinander gesprochen. Emma meinte dazu, dass Maurice generell kein guter Typ mit Frauen sei und sich Elias deswegen so aufgeregt habe. Das hat mich gewundert. Und es wundert mich noch, weil ich mich beim besten Willen nicht daran erinnern kann, dass Elias sich je bei einer seiner drei Schwestern eingemischt hätte.

Emma

„Sie wird mich umbringen ..."

„Wer? Lili?"

„Wer sonst?", frage ich scharf.

„Ach, komm." Er lächelt und zieht mich an sich.

„Wann kommen deine Eltern wieder?"

„Übermorgen."

„Hast du meinen BH gesehen?" Er schüttelt den Kopf.

„Schau mal in der Küche ..." Als er das sagt, höre ich, dass er in sich hineingrinst.

„Das ist nicht komisch", sage ich betont ernst und schaue auf die Uhr. „Wir sollten jetzt schon da sein."

„Wir?"

Erst denke ich, das wäre ein Scherz. Doch dann wird mir klar, dass es keiner ist. „Ja, wir."

„Ich komme nicht mit, ich bin mit den Jungs verabredet."

„Wie jetzt?", frage ich entgeistert.

„Klammer nicht so ..."

„Ich klammere nicht!!"

„Was ist so schlimm daran, wenn ich mit meinen Freunden weggehen will?"

„Es ist mir einfach nicht recht."

„Schön. Und weiter?"

„Nichts und weiter", fauche ich. Ich sehe ihn schon vor mir. Er inmitten seines Rudels. Die Disco sein Revier, sein Aussehen seine Waffe.

„Was ist denn plötzlich los mit dir?"

„Blöde Frage."

„Eigentlich nicht. Eigentlich ist das eine berechtigte Frage."

„Dich würde es also gar nicht stören, wenn ich mich jetzt mit meinen Mädels treffen würde, um mit ihnen um die Häuser zu ziehen?" Ich wünschte, ich hätte das nicht gefragt, denn die Antwort könnte mir nicht gefallen.

„Warum sollte ... Ach so."

„Was ach so?", frage ich entnervt.

„Du bist eifersüchtig." Er grinst.

„So ein Quatsch."

„Was ist es dann?"

„Ich weiß auch nicht. Es würde dich also nicht stören?" Und da tue ich es noch einmal. Ich stelle die böse Frage tatsächlich ein zweites Mal.

„Nein, warum auch?" Na, wunderbar. Hätte ich doch nur nicht gefragt. „Du bist mit mir zusammen. Dafür wirst du deine Gründe haben ..." Wir schweigen, obwohl in mir ein wortreiches Gefecht stattfindet. „Ich hätte ehrlich nicht gedacht, dass du so wenig Selbstbewusstsein hast ..."

„Sonst noch was?", frage ich schnippisch.

„Nein, eigentlich nicht."

„Du kennst mich ja auch nicht. Du kennst mich nur, wenn ich nackt unter dir liege ..."

„Nackt und stöhnend bitte ..."

„Ach weißt du was? Leck mich doch am Arsch ..."

Nachdem ich ihm das entgegengeschrien habe, klaube ich meine Sachen vom Boden und marschiere nackt aus seinem Zimmer, um meine restlichen Sachen zu suchen. Im Treppenhaus finde ich meine Hose, und in der Küche liegt tatsächlich der vermisste BH. Und obwohl ich versuche, es nicht zu tun, fange ich an zu weinen. Langsam ziehe ich mich an. Und mit jedem Kleidungsstück, das meine Haut bedeckt, geht es mir besser. Als ich im Flur meine Reflektion im Spiegel betrachte, ist sie wieder da, meine Selbstsicherheit. Ich nehme meine Tasche, schlüpfe in meine Schuhe und gehe in Richtung Tür. Der kann sich freuen, dass ich mich überhaupt mit ihm abgebe. Und gerade, als ich die Tür theatralisch hinter mir ins Schloss werfen will, ruft er mir nach.

„Emma! Warte!"

„Lass mich in Ruhe!" Meine Worte hallen durch den gefliesten Flur.

„Bitte warte ..." Und da steht er. Oben ohne und barfuß. „Ich wollte dir nicht wehtun."

„Hast du aber ..."

„Ja, und das tut mir leid ..." Da stehen wir nun und schweigen. „Ich hatte noch nie eine Freundin ... ich weiß nicht, wie ich mich verhalten soll ..."

„Anders", sage ich knapp.

„Ja, schon klar, aber ..." Und auch, wenn er jetzt gerne hätte, dass ich seinen Satz für ihn beende, schweige ich eisern. „Es tut mir leid, Emma." Ich liebe seine Augen. „Es tut mir leid ... Ehrlich ..."

Dann kommt er auf mich zu und küsst mich. Und ich erwidere seinen Kuss. Ich will ihm glauben. Vielleicht lasse ich deswegen zu, dass er mich zurück ins Haus zieht, die Türe schließt, und mich langsam auszieht. So ist er eben. Und während seine großen Hände über meinen Körper gleiten, denke ich kurz an Lili, die inzwischen schon längst da sein wird, und ich denke daran, mit Clemens zu schlafen, und lege mich auf den Boden. Lili wird warten müssen. Und auch wenn es nicht so klingt, ich habe ein schlechtes Gewissen. Aber nicht schlecht genug, um ihn abzuweisen und zu gehen ...

Lili

Rüdigers Blick irritiert mich. Es ist kein normales Anschauen, es ist ein Starren. Ich versuche, dieser seltsamen Situation auszuweichen, indem ich vorgebe, nach Elias zu suchen, als ich plötzlich eine Hand auf meinem Schenkel spüre und eine zweite an meiner Wange. Ich schaue Rüdiger an. Es ist nicht so, dass ich keine Lust habe, ihn zu küssen, ich weiß nur nicht, ob ich genug Lust habe, ihn zu küssen. Die Umgebung um die Terrasse dreht sich und alles wirkt leicht verzerrt. Er zieht mich näher an sich und ich wehre mich nicht. Als unsere Lippen sich fast berühren, drücke ich ihn von mir weg. Ohne zu wissen warum, widert mich der Gedanke, ihn zu küssen plötzlich unheimlich an. Mit einem Mal weiß ich, dass ich das nicht will. Je mehr ich ihn von mir stoße, desto fester zieht er mich zu sich. Ich spüre seine Lippen auf meinen und seine Zunge, die sich in meinen Mund bohrt. Ich spüre seine Hand auf meiner Brust und die andere zwischen meinen Beinen. Ich will das nicht. Er soll aufhören. Doch er hält mich fest. Zu fest.

Dann geht alles unglaublich schnell. Rüdigers Hände verschwinden blitzartig von meinem Körper, seine Zunge aus meinem Mund ... Als ich die Augen öffne und langsam zu mir komme, hält mich Ben in den Armen. Er streichelt mir tröstend übers Haar. Ich zittere. Was genau passiert ist, weiß ich nicht. Wo ist dieser Dreckskerl? Ich schaue zurück zur Terrasse. Wie bin ich überhaupt ins Wohnzimmer gekommen? Was sich da draußen abspielt, kann ich nicht fassen. Elias schlägt auf Rüdiger ein. Rüdiger drischt Elias ins Gesicht. Die anderen sind schwer damit beschäftigt, die beiden voneinander zu trennen. Mir kommen die Tränen, und nicht etwa deswegen, weil mir gerade ein Kerl unerlaubt zwischen die Beine gelangt, oder meine Brust begrabscht hat, und auch nicht, weil seine nach Vodka und Wein schmeckende Zunge mich fast erstickt hätte, sondern weil Elias geschlagen wird. Unaufhörlich steigen mir Tränen in die Augen und laufen über mein Gesicht. Ben versucht mich zu beruhigen, scheitert jedoch kläglich. Ich reiße mich von Ben los und stürze ohne nachzudenken auf die Terrasse. Ich höre Ben noch irgendetwas sagen, bevor ich eine Faust auf mich zukommen sehe und mir schwarz vor Augen wird.

Wie viel Zeit vergangen ist, kann ich nicht sagen. Es können Stunden, Minuten oder sogar Tage gewesen sein. Als ich die Augen öffne, sehe ich Elias' Gesicht. Er hat eine Wunde über der rechten Augenbraue und seine tiefschwarzen Augen sind mit Tränen gefüllt. Scharlachrotes, getrocknetes Blut klebt in seinem wunderschönen Gesicht. Mein Kopf dröhnt und mein Kieferknochen tut unbeschreiblich weh. Als ich versuche etwas zu sagen, durchfährt mich ein so durchdringender, stechender Schmerz, dass mir augenblicklich Tränen in die Augen schießen. Ich höre eine fremde, sanfte Stimme. Sie klingt, als wäre sie Meilen entfernt.

„Nicht sprechen.", sagt die fremde, sanfte Stimme. „Sie haben einen gebrochenen Kiefer. Ich habe Ihnen schon etwas gegen die Schmerzen verabreicht. Es dürfte nicht mehr lange dauern, bis es wirkt. Bleiben Sie einfach ganz ruhig und entspannt liegen ..." Der Notarzt ist ziemlich jung. „Da haben Sie einen ganz schönen Schlag abbekommen ... Wen wollte sie denn retten?", fragt er und schaut zu Elias.

„Mich", antwortet er, und obwohl ich nichts wirklich wahrnehme und alles um mich herum schummrig und irreal erscheint, ist es nicht zu überhören, dass er weint.

„Ich möchte mitfahren", fährt er fort, „Ich will bei ihr sein."

„Kein Problem", sagt der Arzt. „Ich nehme an, Sie sind ihr Freund?"

„Leider nicht", antwortet Elias und ich trete langsam weg.

Emma

„Was?! ... Nein ... Das ist alles meine Schuld ..."

„Was ist denn passiert?", unterbricht Clemens das Telefonat. Ich winke ab.

„Ich konnte nicht früher ... Ja, hätte ich denn wissen sollen, dass so was passiert? ... Eben ... Ja, dann tu nicht so, Elias ... Und wer war es? ... Hätte ich mir denken können ... Ja und jetzt? ... Ja, aber in welchem Krankenhaus?"

„Wer ist im Krankenhaus?" Clemens' Stimme klingt besorgt. Ich schaue ihn an. Er ist nackt. Seine Haare sind zerzaust. Während ich mit ihm geschlafen habe, wurde Lili der Kiefer gebrochen.

„Ja, ich bin noch dran ... Schrei mich nicht an ... Du bist noch dort?! Warum du? ... Ja, tut mir leid ... War sie wach? ... Ja, ich mache mich auf den Weg ... Wir reden zu Hause ... ja, ist gut ... dann bis später."

„Und?" In Clemens' Gesichtsausdruck Unsicherheit.

„Lili liegt mit einem gebrochenen Kiefer im Dritten Orden."

„Wie ist das passiert?" Er wirkt tatsächlich betroffen.

„Rüdiger hat sich an sie rangemacht und nicht aufgehört ... Elias hat ihm dann eine reingehauen." Ich seufze. „Die beiden haben sich auf der Terrasse geprügelt, und Lili ist irgendwie dazwischengeraten und hat eine Faust abbekommen."

„Von wem?"

„Wie von wem?", frage ich genervt.

„Na, war es Elias' Faust oder Rüdigers?"

„Keine Ahnung ... hab ich nicht gefragt."

„Wärst du früher gegangen ..."

„... wäre das vermutlich nicht passiert ... ich weiß ...", beende ich seinen Satz.

„Ich hätte dich nicht aufhalten sollen."

„Hätte ich wirklich gehen wollen, hättest du mich nicht aufhalten können."

Abends liege ich in meinem Bett und ersticke in Schuldgefühlen. Und auch wenn Elias mir gut zugeredet hat, weiß ich, dass ich daran schuld bin. Zumindest teilweise. Ich habe sie versetzt, weil Clemens und ich Streit hatten, und weil ich lieber mit ihm schlafen wollte, als mich ihrer berechtigten Enttäuschung zu stellen. Ich bin eine beschissene Freundin. Ich bin das Letzte. Und sie liegt im Krankenhaus. Ganz alleine. Scheiße.

Lili

Wirre Träume, in denen Rüdiger mich umbringt, Elias mit Ella schläft oder Emma mich am Boden liegen lässt, plagen mich in den folgenden Tagen und Nächten. Ich spüre, dass jemand da ist, werde aber nie wach genug, um zu wissen, wer da meine Hand hält. Es könnten meine Eltern sein, oder Emma. Es könnte Marie sein, die einzige Freundin, auf die zurzeit Verlass ist. Oder es könnte Elias sein. Ich wünschte, es wäre Elias.

Nach vier Tagen bin ich zum ersten Mal wieder richtig ansprechbar. Zumindest laut meinem betreuenden Arzt, Dr. Feichtmann. Und als ich aufwache, ist kein Mensch da. Der Geruch von Desinfektionsmittel steigt mir beißend in die Nase. Einige Wochen werde ich mit dem Sprechen noch Schwierigkeiten haben, meint Feichtmann, doch mein hübsches Gesichtchen werde unverändert sein. Na, das ist doch die Hauptsache.

Nach einer Stunde in der Realität kommen meine Eltern. Es ist schön, dass sie da sind. Zwei besorgte Gesichter, Hände, die mir über die Stirn streicheln, Erleichterung darüber, dass nichts Schlimmeres passiert ist. Sie machen mir keine Vorwürfe. Im Gegenteil. Sie sind stolz auf mich, weil ich mich eingesetzt habe. *Wer weiß, wie lange sich die beiden noch geprügelt hätten ... und Gott sei Dank war Elias da ... und wenn ich diesen Rüdiger in die Finger bekomme ...* Ganz mein Vater. Innerlich muss ich lächeln, äußerlich versuche ich es lieber nicht.

Am späten Nachmittag machen sich meine Eltern auf den Heimweg. Meine Mutter hat mir mein Lieblingskissen und den kleinen Ghetto-Blaster mitgebracht, der sonst bei uns im Bad steht, damit ich wenigstens meine Kassetten zum Einschlafen hören kann. Auch wenn man noch so erwachsen tut, ein paar ganz kindliche Charakterzüge bleiben einem eben doch, und einer meiner kindlichen Züge ist, dass ich abends Gullivers Reisen oder Harry Potter Hörbücher brauche, um einschlafen zu können.

Emma

Ich sitze in der Tram und versuche herunterzuspielen, was passiert ist. Ich versuche vor mir zu leugnen, dass ich bin, wie ich bin, und dass das teilweise total beschissen ist. Ich bin ich-bezogen, eingebildet und unsicher. Ich bin nach außen hin eine andere als in mir, und ich kann nicht fassen, dass ich mich immer schon billig verkauft habe, bloß, damit ich in den Augen anderer ein begehrenswertes Leben führe. Ich bin erbärmlich. Ich trage immer hautenge Sachen und wundere mich, dass mich fast alle Lehrer für dumm halten. Ich habe keine Interessen, außer Männern, und wundere mich, warum sich in meinem Leben alles um Männer dreht. Ich bin prinzipientreu, aber nur, wenn es darum geht, wie andere sich mir gegenüber verhalten. Ich kann mich gerade nicht leiden. Und ich könnte verstehen, wenn Lili mich hochkant aus der Klinik werfen lässt, sobald sie mein Gesicht sieht. Doch ich kenne sie, und sie weiß, dass ich nie wollte, dass so etwas passiert. Sie weiß, dass ich innerlich ein Wrack bin. Sie weiß, dass ich alles tun würde, um es ungeschehen zu machen. Und obwohl ich weiß, dass sie das weiß, habe ich Angst, ihr gleich gegenüberzutreten. Ich bin so viel kleiner, als man denken würde.

Und das Schlimmste ist, dass ich es irgendwie nicht bereue, dass ich bei Clemens geblieben bin. Klar wünschte ich, dass Lili nichts passiert wäre. Aber es war wunderschön mit Clemens. Unsere Laute haben durch den Flur gehallt, die kühlen Fliesen der Untergrund für brennende Haut. Vielleicht hatte ich in der Sekunde einen Orgasmus, als Lili eine Faust ins Gesicht gedonnert wurde. Das ist ja grausam.

Marie

Ich bin neunzehn und lesbisch. Lange wusste ich das nicht. Also nicht, dass ich neunzehn bin, sondern, dass ich mich zu Frauen hingezogen fühle. Wobei das vielleicht so nicht stimmt. Vielleicht wusste ich es schon, habe es mir nur nicht eingestehen wollen. Ich weiß nicht, woran es liegt. Ich weiß es wirklich nicht. Vielleicht hat es mit meiner Mutter zu tun. Sie hat meinen Vater wegen einer Frau verlassen. Genauer gesagt wegen ihrer Yogalehrerin. Ihr fehlte etwas, obwohl sie nach außen hin alles hatte. Ein nettes Reihenhaus, einen guten Job, eine bezaubernde kleine Tochter, einen liebevollen Ehemann. Doch sie fühlte sich leer. Manchmal denke ich, mir fehlt auch etwas ... Bevor ich mir eingestanden habe, dass ich auf Frauen stehe, dachte ich, ich wäre vielleicht einfach prüde oder nicht gut im Bett. Es war nicht so, dass ich kein gutes Verhältnis zu mir und meinem Körper hatte. Im Nachhinein denke ich, dass ich dieses Geheimnis sogar vor mir selbst verheimlicht habe.

Ich hatte Sex mit einigen Kerlen, und es hat auch gutgetan, ich meine, ich empfand es als schön. Aber so berauschend, wie ich mir das gedacht hatte, war es auch nicht. Nicht ein einziges Mal ... Ich hatte oft Sex – vielleicht auch deswegen, weil ich dachte, irgendwann muss ja mal einer dabei sein, der es mir richtig besorgt. So wie in den ganzen Filmen, in denen ein Mann auf einer Frau liegt und sie vergeht unter seinen Bewegungen. Ich hatte viele. Frei nach dem Motto, wenn Qualität versagt, muss eben die Quantität herhalten.

Irgendwie hat das aber nicht ganz hingehauen. Es lief jedes Mal ziemlich ähnlich ab. Wir ziehen uns aus, mal schneller, mal langsamer, wir küssen uns, mal intensiver, mal sanfter, ich erforsche seinen Körper, er berührt meinen, und irgendwann hole ich ihm einen runter, er haucht mir ins Ohr, dass er mich will, und ich denke, dass ich ihn auch will. Er dringt in mich ein und ich genieße es, die Bewegungen und den Rhythmus zu spüren, doch so richtig in Ekstase bringt mich das alles nicht ... Er wird schneller, dann spüre ich es in mir pumpen, und ich weiß mal wieder, dass es das ja wohl nicht sein kann ... und ich kann nicht einmal behaupten, dass diese Kerle nicht gut im Bett waren. Ich weiß es nicht. Vielleicht wäre jede andere Frau begeistert gewesen. Deswegen dachte ich, ich wäre einfach nicht gut im Bett oder prüde oder ich könnte mich nicht fallen lassen ... Einige haben sich tatsächlich richtig ins

Zeug gelegt ... Einer hat mich so lange geleckt, dass ich irgendwann einen Orgasmus vortäuschen musste, sonst wäre er wohl heute noch zwischen meinen Beinen beschäftigt.

Und ich hatte auch mal eine Beziehung, aber wenn ich ganz ehrlich bin, dann war diese Beziehung weit entfernt von dem, was man prickelnd nennen könnte. Wenn ich sie in einem Wort beschreiben müsste, käme mir spontan *bequem* in den Sinn. Es gab bisher nur einen einzigen Kerl, der es geschafft hat, dass ich tatsächlich daran gezweifelt habe, lesbisch zu sein. Zumindest für einen Abend. Und zwar Paul.

Lili

Ein wenig enttäuscht sehe ich aus dem Fenster. Ich hätte schon mit Emmas Erscheinen gerechnet. Und immer wieder frage ich mich, ob Elias auf die Frage *Ich nehme an, Sie sind ihr Freund?* wirklich mit *Leider nicht* geantwortet hat, oder ob ich mir das zusammenreime, weil ich einen Schlag auf den Kopf bekommen habe. Und jedes Mal wenn ich mich das frage, beschleunigt sich mein Herzschlag, obwohl ich von Elias doch gar nichts will ... Und er von mir doch auch nicht. Er hat sicher eher gesagt *Bin ich nicht* und nicht *Leider nicht.* Doch kaum denke ich das, hoffe ich, dass ich mich nicht verhört habe.

Ich war einmal in Elias verliebt. Ziemlich lange sogar. Über eineinhalb Jahre habe ich kaum einen Piep rausgebracht, wenn er in der Nähe war. Emma hat mich immer deswegen aufgezogen. Damals hatte er eine Freundin. Giselle. Eine kleine, braun gebrannte Französin. Er konnte die Finger nicht von ihr lassen. Gott, habe ich sie gehasst. Irgendwann habe ich dann eingesehen, dass diese Schwärmerei mich nirgends hinbringt und habe Emmas Zuhause kurzerhand gemieden. Und weil man sich mit neuen Umständen anfreundet, habe ich mich nach ein paar Monaten in Leon verliebt. Doch Leon war 'ne Flasche und ich habe die rosa Brille schneller wieder abgesetzt als geplant. Dann dachte ich, mich in Klaus aus der Parallelklasse verliebt zu haben, was aber nicht stimmte. Ich war verliebt in den Gedanken, einen Freund zu haben, und weil Klaus an mir interessiert war, dachte ich, die Gefühle würden sich schon noch entwickeln, was sie allerdings nicht taten. Und dann kam Clemens. Emmas Clemens. Wir haben uns einmal wunderbar unterhalten. Und das hat schon gereicht, um mich zu gewinnen. Es war eine von diesen beschränkten, aber lustigen Schulparties. Nein, stimmt nicht, es war die Abifeier. Emma war gerade mit einem der Absolventen zusammen, und ich trauerte pro forma Klaus hinterher. Wusste ja keiner, dass ich mich nur in ihn verlieben wollte und es nicht geklappt hat. Clemens kam nach draußen, um eine zu rauchen und ich saß schon eine ganze Weile im Freien, weil ich es satthatte, Emma beim Vorspiel zuzusehen. Er schaute zu mir und setzte sich neben mich. Da habe ich zum ersten Mal seine Augen gesehen. Wir haben viel zusammen gelacht, und er hat mir Persönliches von sich erzählt. Von seiner Unsicherheit, seiner Familie und von seiner Angst, dass alle seine Freunde nur mit ihm befreundet sind, weil er bei Frauen gut ankommt. Er sagte das nicht eingebildet, sondern eher traurig. Ich Dummkopf hatte das Gefühl, wir seien uns an diesem Abend wirklich nähergekommen. Ich dachte doch tatsächlich, dieser Abend hätte nicht nur mir etwas bedeutet. Ich dachte, er wäre an mir interessiert. Das nennt sich dann wohl Projektion, denn ich war an ihm interessiert. Ich bin häufig die Kumpel-Frau, nicht die, der der jeweilige Kerl letzten Endes verfällt. Das ist Emma. Vielleicht sollte ich auch auf die *weniger ist mehr*-Strategie umsteigen und meinen Körper für sich sprechen lassen. Vielleicht sollte ich meine Brust nicht länger kleiner drücken, sondern Push-up BHs kaufen. Doch was dann? Finde ich dann jemanden, dem es um mein Wesen geht? Oder muss ich erst jemanden mit meinen Reizen locken, damit ich überhaupt eine Chance habe, durch meinen Charakter zu bestechen?

Ich finde solche Frauen ja eigentlich lächerlich. Und würde ich Emma nicht besser kennen, würde ich auch sie lächerlich finden. Nach außen hin ist sie nicht mehr als eine schöne Hülle, mit der man(n) angeben kann. Kein Mensch würde von ihrem Aussehen sofort auf einen hohen Intellekt schließen oder ihr überhaupt zutrauen, dass sie denken kann. Sie ist einfach nur schön. Punkt. Und das stimmt nicht. Emma ist nicht dumm. Die ist nur zu schön, um auch noch schlau sein zu können. Doch so besonders interessant ist sie eigentlich nicht. Wäre ich ein Kerl, ich würde mich nach einer Weile an all der Perfektion sattgesehen haben. Aber ich bin kein Kerl. Ich fände Emma schöner, wenn sie sich nicht so billig zur Schau stellen würde. Wenn sie ihr Gesicht mehr und ihre Beine ein wenig weniger betonen würde. Doch sie scheint mit ihrer Methode viel besser zu fahren als ich. Vielleicht bin ich ja wirklich ein bisschen blöd, aber ich habe gar keinen so kurzen Rock.

Um sieben Uhr öffnet dann doch noch jemand die weiße, sterile Tür zu meinem Zimmer. Es ist Emma. Ich frage mich, warum mich das enttäuscht, ich wollte doch, dass sie kommt. Und, oh Wunder, sie ist tatsächlich allein.

Emma bleibt, bis die Krankenschwester sie fast bei ihren blonden Haaren zur Tür hinausschleift. Es ist schön, einmal wieder so mit ihr Zeit verbracht zu haben. Auch wenn ich nicht wirklich viel sprechen konnte, es war ein schöner Abend. Es war die Emma, die ich mag, die mich besucht hat, nicht die schöne Hülle. Sie hat sich sogar Vorwürfe gemacht, weil sie nicht gekommen ist.

„Wäre ich gekommen, wäre das alles nicht passiert", sagt sie. Und sie hat wahrscheinlich recht. Sie hat Tränen in den Augen, als sie es sagt. Das rührt mich schon. Mit

Schwierigkeiten frage ich sie, warum sie nicht da war. Und ob man es nun glaubt oder nicht, sie und Saugnapf hatten Streit. Er wollte mit seinen Freunden allein losziehen. Sie fand den Gedanken nicht so toll, dass ihr wunderschöner Frauenheld ohne seine Anstandsdame um die Häuser zieht. „Ich meine, ich bin nicht eifersüchtig ... ehrlich nicht. Ich meine, wenn er mit einer anderen zusammen sein wollte, wäre er das doch, oder? Also, ich bin doch wohl keine, die klammert. Du kennst mich, Lili. Ich klammere doch nicht. Clemens hat gesagt, ich würde klammern. So ein Quatsch. Soll er doch weggehen." Das scheint sie richtig zu schlauchen.

„Was sagt denn Ella dazu", hauche ich unter Schmerzen.

„Ach, hör mir mit der auf – (Triumph!!) – Die hat sich neulich so an ihn rangeschmissen ... Unglaublich ... Er ist natürlich *kein bisschen* darauf eingegangen." Den letzten Teil betont sie etwas zu sehr. Übersetzt bedeutet das, dass er ziemlich darauf eingegangen sein muss.

„Nimm ein wenig Abstand von ihm ... Zeig ihm, dass du ihn nicht brauchst ... Er wird schon merken, dass er sich nicht so verhalten kann", sage ich, ohne meinen Kiefer übermäßig zu bewegen.

„Sag lieber nichts. Es tut mir so leid, dass dir das passiert ist. Und ich rede nur von meinen Problemen. Also es sind ja keine Probleme ... ach, wem mache ich was vor. Du kennst mich sowieso ..." *Danke, Emma.* „Elias schaut auch nicht besonders gut aus ... also nicht halb so schlimm wie du" – *na, vielen Dank* – „aber sein Veilchen ist auch nicht ohne." Endlich sind wir bei dem Thema, wo ich hinwollte. Elias. Warum will ich überhaupt über Elias reden? Hör auf, Gehirn. Ich will nichts von Elias. Aber vielleicht hat er ja doch *leider nicht* gesagt. „Hörst du mir zu? Du bist so abwesend", durchbricht Emmas Stimme meine Gedanken.

„Ähm, ich habe mir nur gerade Elias mit einem Veilchen vorgestellt", lüge ich.

„Ja, schaut schlimm aus ... Er war jeden Tag da, aber du warst so weggetreten, dass du nichts davon mitbekommen hast, nehme ich an ... Ich war natürlich auch täglich hier ...", sagt sie mit einem sanften Lächeln. Vielleicht war es doch Elias, der meine Hand gehalten hat. „Und Marie war da. Wir haben uns mit Händchen halten abgewechselt." So schnell können Träume platzen.

„Marie war da?", heuchle ich Interesse.

„Ja, war sie. Warte, da ruft jemand an ... hmmm ... Clemens. Soll ich rangehen?", fragt Emma. Ich liebe Emma, wenn sie unsicher ist. Das macht sie so menschlich. Sogar perfekte Menschen sind dann und wann unsicher. Ich nicke. Sie atmet tief ein, nimmt ihr Haar mit der linken Hand zusammen und schließt kurz die Augen, bevor sie hingeht. Clemens hat es ihr wirklich angetan. „Hallo ... Ja ... Wenn du möchtest ... Du kannst machen, was du willst ... Wo ich bin? Unterwegs ... Nein, ich weiß noch nicht, wann ich zu Hause bin ... Klar kannst du übernachten ... ich weiß es eben noch nicht ... Nein, ich kann dir nicht sagen, wann ... Bitte eng mich nicht ein ... Nein, ich bin nicht bei einem anderen Kerl ... Ist gut, ich melde mich dann später." Gut gemacht, Emma. „War das zu unterkühlt?", fragt sie mich.

„Das war perfekt", hauche ich, und das zustimmende Lächeln lässt meinen lädierten Kiefer leicht knacken.

„Oh Gott, das klingt ja grauenhaft." Ihr Gesichtsausdruck ist eine Mischung aus erschrocken und leicht angewidert. „Wann kommst du denn wieder raus?".

„In einer Woche. Die Operation lief gut", murmle ich kaum hörbar.

„Ende der Besuchszeit. Es ist neun Uhr. Junge Dame, ich muss Sie bitten zu gehen. Fräulein Richter muss sich erholen. Morgen können Sie ja gerne wiederkommen ... jetzt aber husch husch ...", erklingt die glockenhelle Stimme der Nachtschwester.

Diese Frau war eine gute Wahl, wenn man Gäste schnell vertreiben will. Keiner lässt sich von dieser Stimme zwei Mal bitten zu gehen. „Also, Kleines, ich mach mich dann mal los ...", sagt Emma und verdreht die Augen in Richtung Nachtschwester. *Kleines*. Mein Gott. Ein winziges Wort und ich bekomme Schweißausbrüche. Warum ist Elias heute nicht gekommen. Heute wäre ich wach gewesen ...

Emma

Es war schön, einmal wieder mit Lili zu reden. Ich hatte das Gefühl, zum ersten Mal seit Langem wieder ich selbst zu sein. Ich habe mich wohl gefühlt und echt. Und ich habe wieder einmal bemerkt, dass es Menschen gibt, die wirklich viel von mir und meinem Wesen halten. Obwohl Lili das Recht hätte, das anders zu sehen. Und wieder denke ich nur an mich. Sie liegt da in einem kargen Zimmer, ganz allein, und ich denke an mich. Wäre *ich* im Krankenhaus, Clemens würde an meinem Krankenbett sitzen und meine Hand halten. Er wäre jeden Tag da und würde sich sorgen. Zumindest rede ich mir das ein, und es ist ein schönes Bild. Zu Lili kommt kein besorgter Freund, der über ihre Wange streichelt. Gut, Elias war da, aber auch nur, weil er ein schlechtes Gewissen hatte. Ich meine, vielleicht war er es, der ihr den Kiefer gebrochen hat. Da hätte ich auch ein schlechtes Gewissen.

Und doch spukt die Frage in meinem Kopf herum, ob er doch noch aus einem anderen Grund jeden Tag bei ihr war. Aber dann beschwichtige ich mich wieder damit, dass Elias sechs Jahre älter ist als Lili. Und damit, dass Elias jede haben könnte, warum sollte er da ausgerechnet Lili wollen? Und außerdem, nur weil Lili einmal in ihn verliebt war, heißt das doch nicht, dass sie es jetzt immer noch ist. Sie ist schließlich in Clemens verliebt. Und auch das ist ein Thema, an das ich lieber nicht denken möchte, denn sonst sitze ich gleich wieder bis zum Hals in wohl verdienten Schuldgefühlen.

Marie

Ich fühle mich allein. Und das eigentlich chronisch. Und es ist nicht so, dass ich keine Menschen in meinem Leben hätte, die mir etwas bedeuten. Ich habe eine tolle Mutter, ich verstehe mich super mit ihrer Freundin, und ich habe enge Freunde. Und doch fühle ich mich allein. Es ist schrecklich, sich unter vielen Menschen alleine zu fühlen. Es ist schrecklich in Gesellschaft einsam zu sein. Ich bin anders. Und das war ich immer.

Ich habe Lili. Aber eben nicht so, wie ich mir das wünsche. Sie ist auch der Schlüssel, warum ich endlich kapiert habe, warum es mir nicht viel gibt, wenn Männer auf mir herumturnen. Es war eigentlich ein ganz gewöhnlicher Abend. Aber ist das nicht immer so, bis dann etwas Ungewöhnliches passiert? Wie auch immer, ich war bei Lili. Sie ist nicht nur irgendeine Freundin. Sie ist meine beste Freundin. Wir haben ferngesehen. Und dann haben wir uns ewig unterhalten, im Hintergrund lief noch der Fernseher. Nach einer Weile hörten wir lautes Stöhnen und wandten uns zum ersten Mal wieder dem Programm zu. Es lief ein billiger Porno. So ein Filmchen ohne Handlung, ohne jeden Hintergrund. So was wie, eine Hausfrau hat Probleme mit dem Geschirrspüler, ruft den Klempner und der kommt, um das leckende Rohr zu stopfen. Und auch wenn wir beide betont angewidert waren, konnten wir dennoch nicht wegsehen. Das könnte daran liegen, dass wir überhaupt nicht angewidert waren. Doch mit vierzehn ist man eben so. Das Stöhnen der Frau, ihr gieriger Blick und ihre Brüste erregten mich. Der Klempner hingegen war eher überflüssig. Ich weiß nicht, warum ich mich getraut habe, doch ich fragte Lili, ob wir wirklich Freunde wären. Sie hat genickt. Dann habe ich sie gefragt, ob sie es auch so sieht, dass man sich vor Freunden für nichts schämen muss. Und wieder hat sie genickt. Und nach einer kleinen Weile, in der ich Lust gegen Vernunft abwägte, öffnete ich meine Jeans und fing an mich selbst zu befriedigen. Ich hatte Angst, dass Lili mich jeden Moment anschreien würde. Doch sie sagte nichts. Ich denke, sie war fassungslos. Vielleicht aber auch einfach so perplex, dass sie keinen Ton rausbrachte. Ihr Schweigen war fast noch schlimmer als ihr potenzielles Schreien. Ich kann mich noch genau erinnern. Die Hausfrau schreit vor Lust, krallt dem Klempner ihre roten Fingernägel in den Rücken und bebt vor Verlangen. Und Lili sitzt nur regungslos neben mir. Dann halte ich inne und schaue sie an. Ich sage ihr, dass sie sich vor mir für nichts schämen muss, dass sie mir vertrauen kann. Dann mache ich weiter, hoffe, dass sie auch anfangen wird, habe Angst, dass sie es nicht tut. Nach einem kleinen Moment jedoch öffnet sie ihre Jeans und gleitet mit den Fingern zwischen ihre Beine. Nie zuvor war ich so erregt. Sie erregt mich, nicht der Film. Zu sehen, wie sie kommt, macht mich fertig.

In den folgenden zwei Jahren schauen wir immer häufiger solche banalen Filmchen. Und während Lili wirklich vom Film erregt ist, beobachte ich nur sie im Augenwinkel. Und manchmal erscheint es mir so, als würde auch sie einen Blick zu mir riskieren.

An einem dieser Abende habe ich all meinen Mut zusammen genommen und ihr gesagt, dass ich mich zu Frauen hingezogenfühle. Sie schenkte mir ein sanftes Lächeln und sagte, es sei ihr egal. Und dann gestand ich ihr, dass sie diejenige sei, die mich über alle Maßen errege. Ich habe nicht gedacht, sondern gehandelt. Es ist einfach passiert. Im Hintergrund das laute, künstliche Stöhnen der

Darstellerin, im Vordergrund die knisternde Erotik zwischen uns. Ich weiß nicht, was genau es war, doch ich küsste sie. Und zu meinem Erstaunen drückte sie mich nicht von sich. Wenn ich die Augen schließe, kann ich den Kuss noch spüren. Erst ist er zurückhaltend, dann wird sie fordernder. Ich wusste immer, dass sie gut küssen würde, doch was dieser Kuss in mir auslöst, ist einfach unbeschreiblich. Ich denke nicht an die Folgen, genieße nur den Moment. Ich ziehe ihr Oberteil aus, dann meines. Dann schaue ich sie an. In ihrem Blick Verstörtheit und Erregung. Als sie nichts sagt, öffne ich ihren BH. Ihre Brüste sind groß und wunderschön. In diesem Moment kann ich nicht glauben, dass ich sie tatsächlich gerade ausziehe. Immer habe ich ihre Konturen mit den Augen abgetastet und mir immer gewünscht, ihre Brüste nur ein Mal berühren zu dürfen, doch nie hätte ich gedacht, dass es passieren würde. Schüchtern, jedoch bestimmt strecke ich meine Hände aus. Meine Fingerkuppen gleiten ängstlich über ihre sanfte Haut. Sie schließt die Augen. Und mich erregt, dass meine Berührung ihr gefällt. Vorsichtig, so als könnte ich etwas kaputt machen, umspiele ich mit den Fingern ihre Brustwarzen. Ihre Augen sind noch immer geschlossen. Und auch wenn es mich Mut kostet, so gibt es jetzt ohnehin kein Zurück mehr, und ich lehne mich nach vorne und beginne ihre Brüste mit der Zunge abzutasten. Sie sind warm und schmecken nach Lust. Sie atmet tiefer. Dann spüre ich, wie sie langsam meinen BH öffnet.

Die Tatsache, dass sie aktiv wird, lässt mich kurz erstarren. Ich schaue sie an. Sie lächelt. Dann küssen wir uns, und unsere Zungen tasten einander ab, so als würden sie sich gerade schüchtern kennenlernen. Das Spiel unserer Zungen wird intensiver, fordernder. Ihre Hände wandern über meinen Oberkörper ... doch dann plötzlich drückt sie mich weg. Und in diesem Moment bin ich sicher, dass es ihr zu weit geht, dass sie zur Vernunft kommt, dass sie mir erklären wird, dass sie das nicht möchte. Doch sie sagt nichts, schaut mich nur an. Ihr Blick ist von einer derartigen Intensität, dass es mich wundert, dass er keine Spuren auf meiner Haut hinterlässt.

    Sie steht auf, greift nach einer Decke und breitet sie auf dem Boden aus. Lange schaut sie mich an. Wieder mit diesem Blick. Langsam ziehe ich sie aus. Sie legt sich hin. Die Luft brennt, und ich kann kaum atmen. Vollkommen nackt liegt sie vor mir. Ich ziehe meine Jeans und meine Unterhose aus und lege mich nackt neben sie. Der Duft ihres Körpers erfasst mich. Sie riecht nach weißen Moschusblüten, so wie immer. Doch dieses Mal riecht ihr Duft warm und greifbar. Ich schließe die Augen. Als ihre Hand mich zwischen meinen Schenkeln berührt, durchfährt es mich eiskalt. Ich will sie festhalten, will sie küssen, will den Moment behalten ... Ich weiß, dass ich gleich zum ersten Mal durch die Berührung eines anderen Menschen kommen werde. Und obwohl ihre Finger zittern, zögert sie nicht. Nie werde ich den Moment vergessen, in dem sie in mich eingedrungen ist. Eiskalte Finger, zitternd und erregt. Und instinktiv bewegt sie ihre Finger so, dass ich alles um mich vergesse. Ich bäume mich auf, werde lauter, und bewege mich mit ihr. Meine Hände suchen ihre Wärme und finden sie zwischen ihren Schenkeln. Und auch meine kalten Finger dringen in ihren warmen Körper. Im Hintergrund Stöhnen. Warme Flüssigkeit umgibt meine Fingerkuppen. Wir liegen uns gegenüber und befriedigen uns gegenseitig. Nackt und völlig ungehemmt liegt sie da, stöhnt, gibt sich mir hin. Ich spüre jede ihrer Bewegungen, nehme sie förmlich in mich auf. Ich drücke sie mit der Schulter zur Seite und ganz sanft schiebe ich ihre Knie auseinander, dass sie schließlich mit gespreizten Beinen vor mir liegt. Ganz langsam gleite mit dem Gesicht zwischen ihre wundervollen Schenkel. Meine Zunge kreist erst sanft, dann fester. Ich umfasse ihre Taille mit meinen Händen, halte sie fest. Sie ist so erregt, dass sie immer wieder unvermittelt zuckt. Ihr Atem wird lauter. Mit ihren Händen krallt sie sich in der Innenseite ihrer Oberschenkel fest. Unter ihrem lauten Seufzen sagt sie dann plötzlich meinen Namen, und dann kommt sie.

Ich kann nicht glauben, dass sie meinen Namen gesagt hat. Sie hat sich keinen Mann vorgestellt, sie war vollkommen bei mir und mit mir zusammen. Ermattet liegt sie tief schnaufend da. Ich lege mich neben sie. Und wegen mir hätte nichts weiter zwischen uns passieren müssen. Dann rollt sie sich unvermittelt zur Seite und legt sich auf mich. Als ich sie anschaue, wird mir klar, dass alles, was ich bisher empfunden habe, lächerlich war. Tief in mir wünsche ich mir, diesen Moment für immer bewahren zu können. Ich ziehe sie fest an mich. Ich spüre ihren Herzschlag auf meiner Haut. Und wieder küsst sie mich. Sie spreizt die Beine, ihr Schenkel zwischen meinen. Und gemeinsam bewegen wir uns. Erst langsam, dann schneller. Ich spüre Flüssigkeit auf meiner Haut. Die Reibung ihrer Haut auf meiner und meiner auf ihrer. Immer fester drückt sie sich an mich, halte ich sie fest. Ihre Brüste pressen gegen meine. Winzige Schweißperlen tanzen zwischen unseren Körpern, und unsere Haut macht klebrige Geräusche, als wir uns bewegen.

Dann der Moment, der der Anfang und das Ende ist. Innerhalb von Sekunden, werde ich von der schönsten Qual erlöst. Mit einem lauten Knall bricht es aus mir heraus. Ich kann nicht sagen, was ich gesagt habe, ob ich überhaupt etwas gesagt habe, doch ich spüre mich wie nie zuvor. Ein letztes Mal bewegt sie sich, dann fällt sie über mir zusammen. Noch immer sind unsere Lippen aufeinandergepresst, noch immer drücken ihre Brüste auf meine. Noch immer spüre ich ihren Herzschlag.

Es ist vorbei. Ich kann mich nicht erinnern, mich jemals lebendiger gefühlt zu haben. Die Frau, die ich liebe, liegt auf mir, warm und weich. Doch ich weiß, sie ist nicht lesbisch. Zu sehr war sie in Elias verliebt. Zu sehr hat sie von ihm geschwärmt. Sie hat es über die Maßen genossen. Und das ist schön. Doch es war nicht dasselbe für sie wie für mich. Und weil es so wehtut, versuche ich diesen Gedanken aus meinem Kopf zu verbannen, um den Moment so lange wie möglich genießen zu können. Denn er wird vermutlich nie wieder kommen.

Lili

Die ganze Woche vergeht. Und kein einziges Mal kommt Elias. Auch wenn ich sonst haufenweise Besuch bekomme, kann ich mich nicht wirklich darüber freuen. Emma besucht mich jeden Tag. Marie auch. Ihre Mutter und deren Lebensgefährtin hatten mal wieder riesigen Krach. Das ist nichts Ungewöhnliches. Maries familiäre Verhältnisse sind, na ja, sagen wir ungewöhnlich. Maries Eltern, Markus und Karin Schuster, sind glücklich verheiratet, kaufen ein Reihenhäuschen und bekommen eine zauberhafte, kleine Tochter. Das Glück scheint perfekt. Bis Karin Schuster sich in ihre Yogalehrerin Lara verliebt, die Scheidung einreicht, das Reihenhausleben hinter sich lässt und mit der neuen Frau an ihrer Seite ein neues Leben beginnt. Marie war damals neun. Nun ja, und seitdem leben Karin, Lara und Marie zusammen in einer Loftwohnung in der Innenstadt. Marie und ihr Vater haben ein gutes Verhältnis. Und inzwischen redet er auch wieder mit seiner Exfrau. Das muss für ihn schon ein ziemlicher Schock gewesen sein, als seine Frau ihm verkündet hat, dass sie beim Yoga nicht nur ihre innere Mitte entdeckt hat.

Marie ist ganz anders als Emma. Die beiden verstehen sich zwar gut, doch Marie und ich kommen noch um einiges besser klar. Wir haben eine sehr enge Freundschaft. Nicht enger als mit Emma, aber anders. Marie ist lesbisch. Das weiß sie aber noch nicht sehr lange. Und außer mir wissen es nur zwei, drei wirklich gute Freunde. Ich weiß es deswegen, weil sie an mir interessiert war. Und es ist nicht so, dass sie mich überhaupt nicht gereizt hätte, aber es hätte nicht gereicht. Wir hatten einmal etwas miteinander.

Es war prickelnd, und ich denke wirklich gerne daran zurück. Sie hat mit meinem Körper gespielt, als wäre er ein Instrument und sie das Wunderkind. Doch mehr als Freundschaft ist da von meiner Seite einfach nicht. Dennoch habe ich mich geehrt gefühlt, dass eine so tolle Frau Interesse an mir hatte. Wäre ich ein Mann, *sie* würde ich wollen. Hellbraune Locken, gigantische Augen, toller Körper. Ich mag ihre Brüste, mit und ohne Kleidung. Und zugegeben, wenn sie plötzlich eine Freundin hätte, ein wenig eifersüchtig wäre ich schon.

„Stehst du wieder auf Elias?", forscht sie.

„Wie kommst du denn auf die Idee?", frage ich entgeistert. *Zu* entgeistert.

„Ich kenne dich, mein Schatz, und du hast immer wieder gefragt, ob ich ihn gesehen habe. Warum sollte dich das sonst so interessieren?" Sie kann ihr Grinsen nicht verbergen.

„Was willst du von mir hören?", ist das Einzige, was mir einfällt.

„Die Wahrheit?" Na toll. Die Wahrheit also.

„Die Wahrheit ist, ich weiß es nicht. Da brauchst du gar nicht so zu schauen. Ich habe ehrlich keine Ahnung. Elias ist 'ne Spur zu groß für mich. Er ist vierundzwanzig und ich bin achtzehn. Er nennt mich *Kleines* und genau das bin ich für ihn."

„Bogart hat die Bergman so genannt und der hat sie bestimmt nicht als so klein gesehen. Außerdem war Elias jeden Tag hier bis …"

„Ja, bis ich aufgewacht bin", unterbreche ich sie.

„Was soll er auch sagen? Er fühlt sich schuldig und Emma hat ihm ohne Ende Vorhaltungen gemacht. Genauso wie seine Eltern, die der Meinung sind, er habe sich nicht seinem Alter angemessen verhalten, genauso wie einige …"

„Was soll der Blödsinn? *Er* hat Rüdiger davon abgehalten, mich weiter anzugrabschen. *Er* war es, der sich für mich eingesetzt hat, und *er* war es, der sich für mich hat schlagen lassen. Warum sollte er sich schuldig fühlen?", fahre ich Marie an.

„Schon gut … nicht ich habe gesagt, er habe Mist gebaut. Ich habe es nur weitergegeben. Dein Kiefer hält wieder mehr aus, wie ich sehe …" Ach, Marie, ich will, dass er kommt. Das sage ich nicht. Das denke ich nur.

Marie

Und ich hatte recht. Lili wird niemals von Elias loskommen. Er ist für sie, was sie für mich ist. Ich sollte nicht so sein. Ich kann von Glück reden, dass sich unsere Freundschaft nicht geändert hat. Es hätte auch ganz anders kommen können. Sie hätte am kommenden Morgen aufwachen und erkennen können, dass sie einen Fehler gemacht hat. Sie hätte sich in meiner Gegenwart unwohl fühlen und letzten Endes den Kontakt abbrechen können. Doch sie hat es nicht getan. Ich glaube auch nicht, dass sie es bereut. Ich denke, dass sie es genossen hat und dass es eine Erfahrung für sie war. Für mich war es, na ja, der perfekte Moment. Lili ist für mich der wichtigste Mensch, abgesehen von meinen Eltern. Doch ich habe sie immer mit anderen Augen gesehen als sie mich. Jedes Mal, wenn wir uns umziehen, bevor wir weggehen, wandern meine Augen über ihren Körper und lassen mich in den bittersüßen Gedanken schwelgen, dass ich diesen Körper berühren durfte. Und jedes Mal, wenn ich daran denke, dass ein Mann in den Genuss kommt, mit den Fingerkuppen über ihre samtige Haut zu streifen, erfüllt mich Trauer und auch Wut. Aber was soll man machen? Man kann nicht einfach stehen bleiben, nur weil einem die Richtung nicht gefällt. Man muss weitergehen, auch wenn der Weg, der vor einem liegt, scheiße ist.

Ich fürchte mich einfach vor dem Tag, an dem ein Kerl kommen wird, der nicht zu blind und zu bescheuert ist, um zu sehen, was ich sehe. Und dann wird ein Teil in mir zerbrechen. Nämlich der Teil, der noch immer hofft, aller Vernunft zum Trotz. Der kleine Teil, der sich wünscht, dass auch sie mich liebt. Denn sie wird ihn so sehen, wie ich sie sehe, und das tut weh. Und vielleicht wird dieser Jemand Elias sein. Und dann stirbt die Hoffnung, wenn auch zuletzt.

Emma

Ich weiß, dass er mich nicht liebt. Ich spüre es. Alles in mir sagt mir, dass er mich nur begehrt, mehr nicht. Er verwechselt Liebe mit Lust. Und obwohl ich das weiß, tue ich nichts dagegen. Ich ignoriere meine Vorahnung, weil ich es nicht sehen will.

Wenn er mit mir schläft, dann spüre ich seine Gefühle für mich, aber leider nur dann. Und das Schlimmste ist, dass ich mit niemandem darüber reden kann. Denn es würde kein Mensch verstehen, warum ich das mit mir machen lasse. Elias meint, dass Männer häufig schlecht darin sind, ihre Gefühle anders zu zeigen. Ich habe ihm nicht erzählt, was ich denke, ich habe nur gesagt, dass es mir so vorkommt, als würde ich mehr empfinden als Clemens. Und das ist stark untertrieben.

Es ist genauso, wie ich wusste, dass es sein würde. Und zwar vom ersten Moment an. Das war dieses Blitzen in seinen Augen. Dieser Ausdruck, den ich nicht mochte. Ich bin eine Trophäe. Ich bin die Beute. Und wenn er neues Freiwild ortet, wird er mich sitzen lassen. Ella, meine angebliche Freundin, ist ein gutes Beispiel. Kaum verlasse ich für nur eine Sekunde den Raum, klebt sie an ihm, wie die Fliegen an der Scheiße. Sie will ihn. Und sie will ihn vor allem deswegen, weil ich ihn habe. Ella denkt, ich führe das perfekte Leben. Sie denkt, dass ich alles habe, und deswegen will sie sein wie ich.

Es ist nur eine Frage der Zeit, bis er es tun wird. Ich habe früher immer getönt, dass ich mich nie so von einem Kerl behandeln lassen würde. Und jetzt? Ich hatte keine Ahnung. Gut, Clemens ist nicht Stefan, aber er ist mir wichtig. Wo ist bitte meine Würde geblieben? Ich meine, einen Kerl, der mich vögeln will, finde ich wieder. Das dürfte nicht allzu lange dauern. Es ist schwer, sich einzugestehen, dass man sich selbst belügt. Seit ich mit Clemens zusammen bin, denke ich ständig an Stefan. Immerzu frage ich mich, wie es ihm wohl geht und was wohl gewesen wäre, wenn wir es trotz der Distanz versucht hätten. Was soll ich sagen? Ich weiß, dass Clemens und ich nicht lange zusammen bleiben werden. Ich weiß auch, dass Ella mit im Spiel sein wird. Vielleicht ist mir das insgeheim ganz recht. Vielleicht komme ich so am einfachsten aus der ganzen Geschichte wieder raus. Ich bin doch komplett gestört ...

Marie

Sie hat etwas an sich, das mich unheimlich anmacht. Und ich bin es offengestanden nicht gewöhnt, dass eine andere Frau als Lili das bei mir auslöst. Sie hat etwas Neckisches an sich. Ich betrachte ihr Gesicht und den Ausdruck, der darauf liegt. Selbstsicher, unkonventionell, wunderschön. Und zugegeben, sie sieht ihr ähnlich. Ziemlich sogar. Doch im Gegensatz zu Lili scheint sie zumindest nicht ausschließlich an Männern interessiert zu sein. Ihr Blick ist anders, er ist fordernd, so als sähe sie mir an, dass ich sie ausziehen will, jetzt und hier. Ich bin froh, dass Maurice mich überredet hat zu kommen. Elias und seine Freunde bemerken nicht, wie die Funken zwischen uns springen. Doch ganz sicher kann man sich da nie sein. Wer weiß, vielleicht taucht in zwei Minuten ihr braun gebrannter, muskulöser Freund auf, der sie dann in seine braun gebrannten, muskulösen Arme schließt und vor meinen Augen verschlingt. Es ist seltsam, doch ich habe mich so an meine Fassade gewöhnt, dass ich mich teilweise schon selbst damit überzeugt habe. Die meisten Menschen meinen, ich gehöre zu der Sorte Mensch, an der alles abprallt, so als umgäbe mich eine unsichtbare Schutzschicht, die mich vom Rest der Welt trennt. Man würde mich niemals weinen sehen. Und man kann mich scheinbar nicht verletzen. Ich bin die Schulter. Ich bin die Verfechterin derer, die ungerecht behandelt werden. Ich erhebe die Stimme, wenn es keiner tut, was meistens der Fall ist. Ich handle mir den Ärger ein, der nicht mir gehört. Und eigentlich habe ich keinen Schimmer, warum ich das tue. Vielleicht liegt es daran, dass ich über Jahre der Arsch war. Ich war die mit den zwei Müttern, die, die man gefragt hat, welche der beiden jetzt der Mann ist. Ich weiß nicht mehr, wie oft man mich gefragt hat, ob mein Vater denn keinen Schwanz hätte. Ich war die, die immer anders war. Und lange hätte ich alles getan, um nicht anders zu sein. Doch irgendwann wurde mir klar, dass es besser ist, so zu sein wie ich, als so wie all die stumpfsinnigen Mitläufer, die mich nur schlecht behandelt haben, weil sie zu große Angst davor hatten, selbst einmal auf dem elektrischen Stuhl der Klasse zu landen. Ich habe diesen Stuhl überlebt. Und das hat sie geärgert. Meine Mutter hat immer zu mir gesagt, *Sei freundlich zu deinen Feinden, nichts ärgert sie mehr.* Dieser Satz war sicher nicht von ihr, doch ich denke, dass sie damit recht hatte. Ich denke, dass es schwerer ist, anders zu sein, als sich anzupassen. Aber anpassen ist nichts für mich. Und dann kamen Menschen, die mehr in mir gesehen haben als die Lesbentochter. Lili war eine von ihnen. Und seitdem bin ich die Stimme und die Schulter. Ich weiß, dass Lili mich durchschaut, doch sie gehört zu den wenigen. Die meisten halten mich für tough. Und das bin ich. Zumindest nach außen hin, denn im Inneren bin ich klein und verletzlich. In Wirklichkeit bin ich zart und ängstlich. Doch eine Klasse ist wie ein Rudel, und der Anführer riecht Angst. Er braucht die Schwachen, um seine Stärke demonstrieren zu können. Wie bei Hunden wird der Schwächste zerfleischt. Und deswegen bin ich nicht mehr zart. Ich bin Außenseiter aus Leidenschaft. Ich habe es mir in dieser Stellung bequem gemacht und man lässt mich in Frieden. Und Frieden ist gut. Frieden ist sogar sehr gut.

Außer Lili und zwei anderen weiß keiner, dass ich mich zu Frauen hingezogen fühle. Früher habe ich öfters mal 'nen Typen mit nach Hause genommen, doch nach Lili hat das aufgehört. Ich weiß, dass ich eher darunter leiden würde, als es zu genießen. Seine Hände wären nicht ihre. Seine Haut falsch, sein Geruch falsch, alles an ihm falsch. Deswegen warte ich auf die Frau, die Lilis Platz einnimmt. Und vielleicht ist es die schöne Fremde. Vielleicht ist sie die, auf die ich gewartet habe. Und es gibt nur einen Weg, das herauszufinden ...

Ich sitze auf der Terrasse. Alles um mich ist taub, oder nur ich bin taub. Ich kann es nicht sagen. Ich ziehe an meiner Zigarette und verfluche das Leben. Natürlich habe ich nicht mit ihr gesprochen. Ich bin eben nur nach außen hin die, die sich nimmt, was sie will. Innerlich zittere ich und habe Angst vor der Ablehnung. Sie schläft. Und vermutlich hat sie keine Ahnung, dass ich empfinde, wie ich empfinde. Denn ich bin undurchsichtig.

Es ist sternenklar und die Luft ist angenehm warm. Der Sommer um mich herum kann nichts daran ändern, dass alles scheiße ist. Es ist etwa fünf Uhr morgens. Und Lili liegt im Krankenhaus. Ich weiß nicht, aber ich habe ein schlechtes Gewissen. Lili wurde operiert und ich denke an nichts anderes als an Monas schneeweiße Haut. Andererseits denkt Lili auch an nichts anderes als an Elias. Ich wusste, dass das kommen würde, doch es tut dann doch weh, wenn der Moment kommt. Ich habe doch auch das Recht darauf glücklich zu sein, auch wenn es nicht mit Lili ist. Und dennoch habe ich feige Kuh nicht ein Wort mit Mona gewechselt. Sie hat mir Zeichen gegeben, viele Zeichen, die ich dachte, möglicherweise falsch zu deuten. Doch es kam kein muskulöser, braun gebrannter Kerl. Den ganzen Abend nicht. Sie hat mich mit diesem Blick angesehen. Aber auf mich zugekommen ist sie auch nicht. Warum soll ich immer alles machen? Ich meine, wenn sie an mir interessiert ist, warum tut sie dann nichts? Und warum kann ich nicht einfach akzeptieren, dass ich eben nichts gemacht habe? Ich drücke meine Zigarette aus und starre in den Himmel. Es ist einfach zum Kotzen, wenn man sich selbst bremst. Es ist nicht Lilis Schuld und auch nicht Monas. Es ist meine. Und das ärgert mich am meisten. Es ist immer am einfachsten, alles auf die anderen zu schieben. Lili hat mich nicht geliebt, meine Mitschüler haben mich geschnitten, und meine lesbische Mutter hat mit ihrer sexuellen Einstellung mein Leben ruiniert. Aber das ist eben nicht ganz wahr. Nur einfacher.

Als ich gerade aufstehen will, um mich auf die Couch zu legen, steht Mona in der Tür. Sie trägt ein Nachthemd und ihre Haare sind offen. Lange schauen wir uns einfach an. Sie trägt keine Schuhe. Im Mondschein kann ich ihr Gesicht nicht genau erkennen, nur, dass sie mich ansieht. Ohne ein Wort zu sagen geht sie auf mich zu, setzt sich auf eine der freien Sonnenliegen und zündet sich eine Zigarette an. Ihre Anwesenheit macht mich nervös. Marie, reiß dich zusammen, sag etwas. Und dann sage ich etwas, nur um das Schweigen zu brechen, von dem ich nicht weiß, wie ich es deuten soll.

„Kannst du nicht schlafen?", flüstere ich leicht heiser, weil ich so lange nicht gesprochen habe. Sie schüttelt den Kopf. „Warum nicht?", frage ich weiter, weil offene Fragen besser sind, als welche, wo sie mit Ja und Nein antworten kann.

„Mir geht zu viel durch den Kopf ...", sagt sie schließlich.

„Und was?", frage ich langsam etwas genervt, weil ich es hasse, Leuten alles aus der Nase ziehen zu müssen.

„Du." Damit hab ich nicht gerechnet. Normalerweise bin ich die Direkte. Normalerweise bin ich die, die Tacheles redet, was mein jeweiliges Gegenüber verschreckt. Sie lächelt. Und in diesem kleinen Lächeln sehe ich, dass sie es genießt, mich aus der Fassung zu bringen. Und nachdem sie das gesagt hat, lehnt sie sich zu mir und küsst mich. Einfach so. So, als wäre das ganz leicht. Ihre Lippen sind weich, und ihre Zunge umspielt meine. Dieser Kuss ist von einer Leichtigkeit, die ich so nicht kannte. Sie schmeckt nach Abenteuer und Sünde, und doch ist alles schwerelos, sanft wie der Schlag des bunten Flügels eines Schmetterlings. Ich denke nicht mehr, genieße nur noch. Meine Hände erkunden seidige Haut, ich rieche Vanille und irgendwelche Blüten. Ihr Haar kitzelt meine Wange. Ihre Berührungen sind bestimmt, so als wüsste sie genau, was sie tut. Dann schiebt sie mich von sich und lächelt mich wieder an. Und auch als sie langsam aufsteht, verliert sie mich nicht aus den Augen. Sie greift nach dem unteren Ende ihres langen T-Shirts und zieht es hoch. Sie enthüllt ihre Beine, dann sehe ich ihre zu einem schmalen Strich rasierten Schamhaare, dann ihren Bauch. Mein Blick verschlingt sie. Und noch immer lächelt sie mich an. Immer weiter zieht sie sich aus, zieht dann das Nachthemd über ihren Kopf und wirft es auf den Boden. Splitternackt steht sie vor mir und wartet. Ganz langsam strecke ich meine Hände aus. Meine Fingerkuppen erreichen ihre Haut und ich taste sie ab, so wie ein Blinder seine Umwelt.

Ich ziehe mein Oberteil aus, dann stehe ich auf, knöpfe meine Jeans auf und schiebe sie nach unten. Sie schlingt ihre Arme um mich und öffnet meinen BH. Sie ist hastig und vielleicht sogar ein wenig ungeduldig, doch das gefällt mir. Ihre Hände gleiten an meine Hüfte und langsam schiebt sie meine Unterhose nach unten. Sie kniet vor mir, mein Slip hängt zwischen meinen Fußgelenken, und ich spüre ihren Atem an meinen Schenkeln. Ihre Lippen übersäen meine Haut mit kleinen Küssen. Dann steht sie auf. Eng umschlungen stehen wir da. Ihre Brüste reiben gegen meine. Es fühlt sich gut an, sie zu spüren, und ich wundere mich darüber, dass ich mir nicht insgeheim wünschte, sie wäre Lili. Ihre Küsse werden fordernder, ungestümer. Unter meinen Händen sanfte Haut. Langsam dirigiert sie mich in Richtung Wiese und wir legen uns hin. Das Gras ist leicht feucht und weich.

Ihr Stöhnen klingt fremd, doch wunderschön. Ich spüre, dass sie sich zusammennehmen muss, um nicht lauter zu werden. Einen Teil ihrer Lust unterdrückt sie, und dieser Teil klammert sich an mir fest. Ihre Hände an meinem Rücken, ihre Beine weit gespreizt, der Wind wie tausend zusätzliche Hände, die über unsere Körper gleiten. In diesem Anblick könnte ich mich verlieren. Es ist wie ein Traum, zu unbegreiflich, um real sein zu können. Doch ich träume nicht. Sie liegt vor mir mit weit gespreizten Beinen, die mich einladen, sie zu berühren. Entblößt und lieblich. Ich gleite mit dem Gesicht weiter nach unten, meine Finger bewege ich weiter. Ich gleite mit der Zunge um ihren Nabel, dann gehe ich noch tiefer. Ich bewege meine Zunge und meine Finger gleichmäßig. Ihr Atmen wird lauter, ihre Hände wandern zu meinen Schultern und krallen sich in mein Fleisch. Doch dieser Schmerz ist schön. Ich genieße es. Und dann passiert es. Sie bäumt sich auf, drückt ihre Nägel noch fester in meine Haut und stöhnt auf. Eine Weile bleibt sie in dieser angespannten Position. Sie atmet nicht. Und ich mache weiter, weil ich nicht aufhören will. Und dann, ganz langsam löst sich ihre Anspannung und ich schaue auf.

Es hätte noch ewig so weitergehen können, wenn nicht Elias auf die Terrasse gekommen wäre, um eine zu rauchen. Ich glaube, mir ist nie etwas Peinlicheres passiert. Ich glaube das nicht nur, ich bin mir absolut sicher. Mein Kopf zwischen Monas Schenkeln. Mit gespreizten Beinen, tief atmend liegt sie da, und ich knie dazwischen. Mein Hintern weit rausgestreckt. Plötzlich ein Geräusch, dann sehe ich, wie Mona die Augen öffnet und schockiert in Richtung Wohnzimmer starrt. Ich drehe mich um. Und da steht er. Völlig erstarrt. Sein Gesichtsausdruck versteinert, so als wäre er eingefroren. Dann passieren viele Dinge auf einmal, die für einen stummen Vierten sicher sehr lustig ausgesehen hätten. Ich kreische, Mona springt auf, Elias hält sich die Hände vor die Augen und ruft etwas wie *Ich habe nichts gesehen*. Ich halte mir panisch die Handflächen vor meine Brüste und kneife meine Schenkel zusammen. Unterdessen wirft sich Mona auf den Boden, dreht sich auf den Bauch und vergräbt ihr knallrotes Gesicht im Gras. Elias stolpert blind und völlig perplex zum stockfinsteren Wohnzimmer. Erst ein lautes Rumsen und ein dumpf gemurmeltes Fluchen und dann verschwindet er im Haus, wo ihn letzten Endes die Dunkelheit verschlingt. Dann ist es wieder still. Ein paar Sekunden stehe ich wie erstarrt da, dann fällt mein Blick auf die ebenso erstarrte Mona, und wir müssen unheimlich lachen. Nackt rollen wir uns auf der weichen Wiese und verdauen, was gerade passiert ist. Denn ganz gleich, wie peinlich das gerade war, es war auch unglaublich komisch.

Lili

An meinem letzten Tag kommt Marie noch einmal vorbei. Sie wirkt verändert. „Was ist denn mit dir los?", frage ich erstaunt.

„Du bist schneller, als alle anderen. Aber das wundert mich nicht ..."

„Jetzt sag schon, was los ist. Hat sie einen Namen?"

„Du bist wirklich gut ... Ja, sie hat einen Namen ...", strahlt sie mich an. Alle scheinen momentan ihr Glück zu finden. Mit Ausnahme von mir. Ich mache lieber einen Rückschritt in meiner Entwicklung. Elias, die Zweite.

„Ja los, nun spuck sie schon aus, die schmutzigen Einzelheiten. Wer ist sie, wie sieht sie aus, was macht sie, muss ich eifersüchtig sein, ist sie schön, woher kennst du sie?"

„Mal langsam ...", unterbricht sie mich. „... also, wer ist sie. Sie heißt Mona und ist neunzehn. Wie sieht sie aus. Sie hat braune lange Haare, unzählige kleine Sommersprossen, blaue, wunderbare Augen, einen wunderbaren Mund, mit dem sie wunderbare Dinge tut ..."

„Was?! Moment ... Wie lange kennt ihr euch?", falle ich ihr ins Wort.

„Zu viele Fragen. Wir sind noch bei dem Punkt, wie sie aussieht. Sie ist etwa so groß wie du. Oder sollte ich sagen, so klein?" Ich schaue sie beleidigt an. Sie weiß, ich wäre gerne größer. „Ach komm, Schatz ..." Sie lächelt. „Sie hat wunderschöne Brüste ... Mehr Details verrate ich nicht. Also der nächste Punkt, was macht sie. Sie geht auch noch zur Schule. Letzte Klasse. Leistungskurse Biologie und Geschichte. Musst du eifersüchtig sein? Kommt darauf an. Wenn der Gedanke dir missfällt, dass eine andere mich befriedigt, dann ja. Wenn du befürchtest, keine wichtige Rolle mehr in meinem Leben zu spielen, dann nein ... Ich bin nicht Emma." Sie macht eine Pause und sieht mich an. „Bist du eifersüchtig, wenn eine andere mich befriedigt, Lili?", fragt sie und durchdringt mich mit ihrem Blick.

„Ich ... ja, vielleicht. Nein ... Ach, ich weiß nicht ... Ein bisschen ...", gebe ich zu.

„Aber es verletzt dich nicht, oder?" Ich schüttle den Kopf. „Gut. Wo war ich? Ach, ja ... Ist sie schön? Ja, sie ist absolut abgöttisch schön." Als Marie ins Schwärmen verfällt, spüre ich den kalten Stich der Eifersucht. So hat Marie immer nur mich gesehen. Bis jetzt. Alle anderen waren immer bloß Bettgeschichten gewesen. Mich hat sie wirklich geliebt. Und das sage ich nicht nur so. Wenn ich mit Sicherheit sagen kann, dass mich jemand außer meinen Eltern geliebt hat, dann Marie. Ich habe es geliebt, von ihr geliebt zu werden. Durch sie habe ich mich immer unheimlich schön und erotisch gefühlt. „... sie ist so zerbrechlich und doch so ... ist alles okay? Du bist so blass ..."

„Ja ...", sage ich, „... alles in Ordnung. Ich freue mich, dass du so glücklich bist ..." Das ist die Wahrheit, wenn auch nicht die ganze.

„Ich wusste, dass du dich freuen wirst. Und ich verspreche dir, dass nichts und niemand sich je zwischen uns drängen wird. Du bist mir unbeschreiblich wichtig ... Das weißt du. Das weißt du doch, oder?" Ich nicke. „Gut. Wie habe ich Mona kennengelernt? Sie ist eine entfernte Freundin von Elias." Sie macht eine Pause und fügt dann schmunzelnd hinzu, „Ja, genau. Von deinem Elias. Schön, dass ich nun deine ungeteilte Aufmerksamkeit habe ..."

„Stopp. Erstens ist er nicht mein Elias." Auch das noch, ich stottere.

„Und zweitens?", fragt Marie mit hochgezogenen Augenbrauen und einem verschmitzten Lächeln.

„Zweitens hattest du die ganze Zeit schon meine ungeteilte Aufmerksamkeit ..."

„Wie auch immer ... sie hat bei Altmanns übernachtet und ich war bei Elias, weil Maurice mich eingeladen hat ..."

„Warte mal ... sie hat bei Altmanns oder bei Elias übernachtet?", unterbreche ich sie erneut.

„Sag mal, hörst du zu? Sie ist lesbisch." Und jetzt klingt Marie verärgert.

„Ja und? Kann eine Person, die lesbisch ist, nie etwas mit einem Kerl gehabt haben? Ich bin nicht lesbisch und ich habe mit dir geschlafen ..."

„Keine Ahnung. Aber zur Abwechslung ging es einmal um mich, Lili. Um mich. Bei Emma geht es immer um Emma und um Clemens und bei dir um Elias. *Mal wieder* wohl gemerkt."

„Werd nicht unfair. Ich höre dir gerne zu. Und es geht auch nicht immer nur um mich, wenn wir reden. Als du neulich da warst, haben wir nur über deine Mutter und Lara gesprochen ..."

„Wenn dich das langweilt, musst du nur etwas sagen, Lili", fährt sie mich an.

„Was soll denn das jetzt?", frage ich ein wenig sauer. „Es stört mich kein bisschen. Ich will doch wissen, wie es dir geht. Und auch, wie du Mona kennengelernt hast. Was ist denn nur los?" Ich bin wirklich verwundert. So etwas habe ich nicht erwartet. Wir schweigen uns lange an, ohne dass unsere Blicke sich trennen.

„Ich weiß nicht, was los ist", sagt Marie schließlich. „Du kennst mich. Ich bin eben komisch. Manchmal habe ich das Gefühl, dass andere sich für mich weniger interessieren als ich mich für sie, und ..."

„Das denkst du auch von mir?", unterbreche ich sie nun laut.

„Nein ... ich ... Mensch, keine Ahnung. Das Letzte, was ich will, ist mit dir zu streiten. Emma hat mich so auf die Palme gebracht. Ständig nur Clemens, Clemens, Clemens. Ich hätte das nicht an dir auslassen dürfen."

„Nein, hättest du nicht ...", ist alles, was ich dazu sage. Und nach einer Weile füge ich lächelnd hinzu: „Nun, du kennst Mona über Elias und sie hat bei Altmanns übernachtet, und du warst da und sie ist lesbisch ... Und weiter?"

Marie lehnt sich zu mir und küsst mich lange auf den Mund. „Danke, Schatz ...", sagt sie.

„Mach dich nicht lächerlich", antworte ich. „Und? Weiter ..."

„Also, ich habe keine Ahnung, ob sie je etwas mit Elias am Laufen hatte, ich kann es mir aber nicht vorstellen ... Du musst übrigens nicht zugeben, dass du ihn mehr als nur magst ...", sie lächelt, „zurück zu Mona." Ich liebe Marie. „Sie war ein bisschen angetrunken und Emmas Mama hat, Gott sei Dank, darauf bestanden, dass sie übernachtet und in diesem Zustand nicht mehr fährt ... Alle haben schon geschlafen, und ich saß noch draußen und hab eine geraucht. Sie konnte nicht schlafen und hat sich zu mir rausgesetzt ... und dann haben wir uns geküsst." Sie seufzt.

„Und weiter?", bohre ich.

„Lili, es war wundervoll ... Es hätte perfekt werden können, wenn nicht ... ja, wenn nicht Elias rausgekommen wäre, um eine zu rauchen ..."

„Was?!", schreie ich heraus. „Nein!"

„Doch ... es war uns allen unheimlich peinlich. Er ist natürlich sofort wieder ins Haus. Oder er hat es zumindest versucht. Mit 'nem riesigen Scheppern ist er erst gegen die Terrassentür gestolpert, dann ist er in der Dunkelheit verschwunden. Gott, Lili, es war so peinlich, ich wäre am liebsten gestorben ..."

„Ja und wie seid ihr verblieben?", frage ich und unterdrücke mein Lachen.

„Am nächsten Morgen haben wir drei uns kurz angesehen und mit einem Lächeln war klar, dass diese Geschichte unter uns bleiben wird." Sie grinst. „Nach dem

Frühstück hat Mona angeboten, mich mitzunehmen. Und bei ihr haben wir miteinander geschlafen ... Bis, na ja, bis eben ..." Maries strahlende Augen leuchten mir entgegen. Lange schaue ich sie an. „Ach ja ...", sagt Marie dann unvermittelt, „Elias hat nach dir gefragt ..."

„Hat er?", frage ich viel zu schnell.

„Oh, ja ... hat er ... Und das nicht nur einmal ..."

Emma

Heute war einer dieser Tage, die man gerne vorspulen würde, weil einfach nichts so klappt, wie man es sich wünscht oder vorstellt. Ich bin nicht in die Schule gegangen, weil Clemens und ich ausnutzen wollten, dass meine Familie nicht da ist. Da sein Vater zu Hause arbeitet, kann man bei ihm nur dann ungestört sein, wenn seine Eltern mal übers Wochenende wegfahren. Und bei mir ist eigentlich immer jemand da. Nur heute nicht.

Ich frage mich, was ich erwartet habe? Als es klingelt, schlägt mir das Herz bis zum Hals. Ich bin nackt. Barfuß husche ich in den Flur. Die Kälte der Fliesen kriecht erst meine Waden hoch, klettert dann noch weiter. Es ist ja nicht so, als hätte er mich noch nie nackt gesehen. Eigentlich kennt er mich fast nur nackt, doch das ist anders. Das Wohnzimmer steht voller Kerzen. Es duftet nach Wärme und Geborgenheit. Sanfte Musik hallt durchs Haus. Es ist perfekt. Ich hatte diese Situation schon einmal. Es ist wie ein Déjà-vu. Auch damals bin ich nackt zur Tür gegangen. Und auch damals flackerten die Kerzen, viele Schatten tanzten nervös über die Wände und die Musik hallte durchs Treppenhaus. Doch dieses Mal bin ich nervös. Das war ich damals nicht. Mit Stefan habe ich mich immer wohlgefühlt. Ich konnte echt sein. Mit Clemens spiele ich mich und hoffe, überzeugend zu sein. Ich atme tief ein, dann öffne ich die Tür. Seine Augen leuchten. Langsam wandern sie nach unten. Er lächelt. Und ich lächle. Doch in dieser Sekunde weiß ich, dass das falsch ist. Er ist der falsche Kerl. Er ist nicht Stefan. Und dennoch werde ich mich ihm gleich hingeben. Ich werde unter ihm liegen, die Augen schließen und mir vorstellen, dass sich ein anderer in mir bewegt. Und danach werde ich mich fragen, wie so oft in letzter Zeit, ob Stefan auch ab und zu an mich denkt.

Das mit uns ist sehr plötzlich auseinander gegangen. Eines Morgens in der Schule hat er mir gesagt, dass er wegziehen muss. Ich sehe mich noch dort stehen, wie ich versuche, meine Tränen zu unterdrücken. Ich sehe mich noch, wie ich innerlich zerbreche. Er war meine erste Liebe. Er war der, an den ich morgens nach dem Aufstehen dachte, und abends, bevor ich eingeschlafen bin. Er war der, mit dem ich alles geteilt habe. Ihm habe ich damals mein Herz geschenkt, und als er gegangen ist, hat er es mitgenommen. Vielleicht wäre alles anders gekommen, wenn ich nicht so feige gewesen wäre. Doch er ist nicht nach Hamburg oder so gezogen, er hat das Land und den Kontinent verlassen und mich als kleinen unbedeutenden Klecks zurückgelassen. Sie sind nach Kanada gezogen, weil sein Vater dort ein tolles Angebot bekommen hat. Und ja, wir haben uns vorgenommen, uns zu schreiben und zu telefonieren, doch nach und nach wurden wir uns fremd. Er wusste nichts mehr von meinem Leben, und ich hatte keine Ahnung von seinem. Und irgendwann wurde mir klar, dass es nur eine Frage der Zeit war, bis er eine andere treffen und lieben lernen würde. Ich wollte nicht die sein, die sich an etwas klammert, das keinerlei Zukunft hat. Ich habe ihm geschrieben, dass ich denke, dass wir alleine weitergehen müssen, weil wir unser Leben leben und nicht träumen sollten. Im Nachhinein denke ich, ich wollte einfach diejenige sein, die es beendet, bevor er es tut. Ich war so feige. Und was tue ich jetzt? Ich stelle die schönste Situation meines Lebens nach, um ihn aus meinem Kopf zu verbannen. Doch stattdessen wird nur wieder in mir wach, was er war und was Clemens nicht ist. Ich habe in diesem Brief geschrieben, dass wir in diese kleine Verliebtheit nicht mehr hineininterpretieren sollten, als es tatsächlich war. Und das war gelogen. Es war keine kleine Verliebtheit. Dennoch habe ich genau das geschrieben. Ich habe ihm wehgetan, um es endlich zu beenden. Ich wusste, ich konnte so nicht weitermachen. Alles in meinem Leben drehte sich um einen Menschen, der nicht mehr da war, um ein Phantom, das mich immer begleitete. Und weil ich dumm war, dachte ich, das wäre am besten. Und zwar für uns beide.

Ich weiß nicht, wie oft ich seine Antwort gelesen habe. Mindestens tausend Mal. Jedes Wort war er. Jedes Wort war echt. Und jedes Wort zeigte, wie sehr ich ihn verletzt hatte.

Ich liege auf dem Boden. Unter mir eine weiche Decke, die mir Geborgenheit geben sollte, doch sie tut es nicht. Auf mir liegt ein Fremder, der mich nicht liebt. Seine Augen sind geschlossen, und er genießt es, sich in mir zu bewegen. Ganz langsam und tief dringt er in mich ein. Er ist sanft und gefühlvoll. Und ich weiß, das ist er, weil er denkt, dass es mir gefällt. Und es ist auch schön. Doch vor meinem inneren Auge durchlebe ich jenen Nachmittag mit Stefan. Sein Kopf auf meiner Brust, sein Atem kühl auf meiner Haut. Die Türen zur Terrasse waren weit geöffnet und lauer Wind schwappte zu uns auf den Boden. Mit den Fingerkuppen gleitet er über meine Haut. Nur unser Atem und leise Musik. Dazwischen das Rascheln der Blätter im Wind. Seine Wärme an meinem Körper.

Clemens bewegt sich schneller, und ich bin froh, weil ich weiß, dass er bald gehen wird. Bin ich unfair, oder ist er unaufmerksam? Sollte er nicht merken, dass ich in Gedanken ganz woanders bin? Dass ich in Gedanken mit einem anderen schlafe? Oder sollte ich das hier einfach nicht tun? Wem mache ich etwas vor? Und dann plötzlich sehe ich Stefan, wie er mit einer anderen schläft. Dieses Bild schmerzt wie tausend Messerstiche. Er liegt auf dem Rücken, sie sitzt auf ihm. Langsam und genussvoll bewegt sie sich. Seine Hände gleiten über ihre Haut. Das soll aufhören. Ich will das nicht sehen. Die Schlampe soll verschwinden. Raus aus meinem Kopf. Doch sie tut es nicht. Sie bewegt sich weiter. Und sie genießt es in vollen Zügen. Ich spüre, wie mir Tränen in die Augen steigen und versuche sie zu unterdrücken. Was soll ich Clemens sagen, wenn er fragt, warum ich weine? Sie beugt sich hinunter und küsst ihn. Seine Augen sind geschlossen und in seinem Gesicht brennt die Lust. Ich hasse Stefan.

Clemens hat nicht bemerkt, dass ich geweint habe. Und jetzt ist er weg. Besser so. Ich liege auf meinem Bett und starre an die Decke. Noch immer sitzt sie auf ihm. Noch immer bewegt sie sich mit ihm. Schlampe. Und je mehr ich versuche, mir das nicht vorzustellen, desto detaillierter spielt sich alles ab. Gedanken haben immer noch die beste Grafik. Sein Griff wird fester, und ich weiß, er wird bald kommen. Ich sehe es ihm an. Ich kenne diesen Gesichtsausdruck. Und sie wird spüren, wie die Anspannung der Entspannung weicht. Langsam stehe ich auf und gehe zu meinem Schrank. Ich weiß, ich sollte das nicht tun, doch ich kann nicht anders. Nur so werden die Bilder weggehen. Ich greife nach einem kleinen Karton und ziehe ihn vorsichtig hervor. Mein Karton und ich sitzen gemeinsam auf dem Bett und warten. Lange schaue ich ihn an, bevor ich den Deckel abnehme und zwischen vielen Briefen einen bestimmten herausziehe.

Liebste Emma,

dein Brief klingt nicht nach der Emma, die ich kenne und liebe. Ich kann nicht verstehen, warum du mir so wehtust. Ich weiß, dass ich mehr für dich war als eine kleine Verliebtheit. Ich weiß, dass du in deinem Inneren ein empfindsames und leicht erschütterbares Wesen bist. Ich weiß, dass du oft an dir zweifelst, und ich weiß, dass du Angst hast. Aber die Emma, die ich kenne, wusste, dass ich nur sie liebe. Und diese Emma hätte mir auch nicht einen solchen Brief geschrieben.

Das alles ist nicht einfach, aber ich wusste, dass es das nicht sein würde. Du hast uns durch diesen Brief verraten. Und auch wenn es vielleicht naiv ist, ich glaube dir nicht. Du hast mich geliebt. Und ich denke, dass du mir wehtust, weil du Angst hast, ich könnte mich neu verlieben. Und ja, das könnte passieren. Doch ich gehe lieber dieses Risiko ein als dich aus meinem Leben zu drängen.

Ich liebe dich, Emma. Und ich dachte, du liebst mich. Doch ich bin erst drei Monate weg, und du redest davon, dass wir beide weitermachen müssen. Unser Leben leben, nicht träumen. Ich lebe mein Leben. Und ja, du fehlst mir. Trotzdem lebe ich. Und das solltest du auch tun.

Einen Tag, bevor ich deinen Brief bekommen habe, war ich im Reisebüro und habe einen Flug gebucht, weil ich dich überraschen wollte. Ich habe ihn storniert. Doch ich werde wiederkommen. Wenn ich mit der Schule fertig bin, werde ich wiederkommen. Und ich hatte gehofft, dass du dann auf mich warten würdest.

Die ganze Zeit hoffe ich, dass du mir schreiben wirst, dass du das alles nicht so gemeint hast. Ich wünsche mir, dass ich mich nicht so in dir getäuscht habe, weil ich dann alles hinterfragen müsste. Jedes Wort. Und das will ich nicht. Noch nie habe ich mich so elend gefühlt. Nicht einmal, als ich erfahren habe, dass wir umziehen. Das ist vielleicht nicht fair, aber ich finde, du solltest wissen, dass es mir noch nie so schlecht ging.

Ich will dich nicht verlieren, Emma, ich will nicht aufhören, an uns zu glauben. Ich will, dass wir das schaffen können. Wenn du das auch willst, dann musst du etwas tun, um mich davon zu überzeugen. Ich hoffe, du wirfst uns nicht weg. Ich wünsche mir, dass du dich genauso schlecht fühlst wie ich, denn das hast du verdient. Du hast es verdient, dass es dir schlecht geht, weil es mir deinetwegen schlecht geht. Und ich habe das nicht verdient. Ich habe dir keinen Grund gegeben. Wenn ich jedoch an deinen Duft denke, oder an die Farbe deines Haares oder an dein Lachen, dann kann ich nicht länger bitter sein. Wenn ich dich sehe, dann geht es mir gut. Und das zeigt mir, dass du die Eine bist. Die Frau, die ich will. Und auch wenn ich dir nicht sagen kann, was passieren wird, ich finde, wir haben eine Chance verdient. Ich habe diese Chance verdient. Und ich habe es nicht verdient, dass du mich verletzt. Dräng mich nicht aus deinem Leben, nur weil du Angst hast. Angst gehört zum Leben dazu. Und du gehörst zu meinem.

Ich liebe dich wirklich.

Stefan

Ich lese ihn ein zweites und ein drittes Mal. Große Tränen laufen über meine Wangen. Zäh und heiß. Ich weiß noch, wie ich mich gefühlt habe, als ich seinen Brief öffnete. Ich hatte gehofft, dass er mehr an uns glauben kann, als ich es damals konnte. Und dann wurde mir klar, dass ich einen nicht wiedergutzumachenden Fehler gemacht hatte. Ich hatte uns verraten. Nicht ich hatte ihn verlassen, es war meine Angst. Seitdem ist nicht ein Tag vergangen, an dem ich mir nicht gewünscht habe, ich hätte mehr Selbstwertgefühl. Das Schlimmste ist aber, dass ich den einzigen Menschen verstoßen habe, der mich wirklich kannte und dennoch wirklich liebte. Ich hatte es verdient zu leiden. Und ich verdiene es noch heute.

Ich habe ihm geantwortet, doch den Brief nie abgeschickt. Ich konnte es nicht. Viele Leute halten mich für oberflächlich. Sie haben unrecht. Doch wie sollen sie das wissen, wenn ich sie nicht an mich ranlasse? Ich habe niemandem von diesem Brief erzählt. Nicht einmal Lili. Ich habe immer alles mit mir selbst ausgemacht. Was sollen andere auch tun gegen den Schmerz, der in mir wütet? Lauwarme Sätze erfüllen einen nicht mit Wärme. Und mehr als lauwarme Sätze können sie einem aber nicht geben. Wie auch?

Und wieder liege ich auf meinem Bett und habe Clemens' Geschmack im Mund. Und wieder denke ich, ich sollte diese Farce beenden. Nicht nur, weil er mich nicht liebt, sondern vor allem, weil ich glaube, dass ich noch immer Stefan liebe. Das ist zwar nach der ganzen Zeit armselig, aber so ist es nun einmal. Ich habe nie aufgehört, andere Kerle an ihm zu messen. Keiner ist an ihn herangekommen. Und ich wage zu bezweifeln, dass es einer so bald schaffen wird. Vielleicht ist es an der Zeit, den Wunden Zeit zum Heilen zu geben. Und es sind große Wunden. Tiefe Wunden. Noch immer offene Wunden.

Lili

Nach zwei Wochen im Krankenhaus sitze ich wieder in meinem Zimmer. Warum hat er mich nicht besucht? Er hat wahrscheinlich nur nach mir gefragt, weil sein Freund mich angegrabscht hat ...

Eine tolle Sache daran, wieder zu Hause zu sein, ist, dass ich zum ersten Mal seit vierzehn Tagen mein Handy wieder einschalte. Und es hört nicht auf zu piepen ... So beliebt ist man erst, wenn man nicht da ist, und erst recht, wenn einem der Kiefer zu Brei geschlagen wurde.

Der Speicher ist voll. Den ersten Schwung Kurzmitteilungen kann ich getrost löschen. Die ersten vier von Emma, in denen sie sich entschuldigt, dass sie nicht aufgetaucht ist. Dann eine, wieder von Emma, in der sie schreibt, ich solle mich nicht so stur stellen und ihr endlich antworten. Dann noch eine, in der sie sich für die vorhergehende entschuldigt. Dann eine von Ella, die ich gelöscht habe, ohne sie zu lesen, und zwei von Marie. Als diese neun gelöscht sind, piept es weiter. *Ich verschwinde ab jetzt öfter mal für ein paar Tage ...* Diese Nummer kenne ich nicht. *Hey Kleines ...* Mein Herz bleibt stehen. Tief durchatmen. Noch mal von vorne. *Hey Kleines, ich wünschte, Rüdiger hätte mich erwischt und nicht dich. Er hat so etwas noch nie gemacht. Ich kann noch immer nicht fassen, dass er dich so in die Enge getrieben hat. Tut mir leid, dass ich dich nicht mehr besucht habe, aber Emma war ja dann da. Dein Elias.* Ich lese diese

Nachricht mindestens ein Dutzend Mal. *Dein* Elias. *Emma war ja dann da.* Ja und?! Dann war Emma eben da ... Ich speichere seine Nummer und öffne die Nachricht erneut. Vor elf Tagen hat er sie geschrieben. Es piept wieder ... dieses Mal ist es leider Ella. Optionen, Löschen. Sind Sie sicher? Ja. Und wieder piept es. Name des Senders *Mein Elias*. Oh, mein Gott. *Hey Kleines ... ich würde dich gerne besuchen, aber Giselle ist überraschend aus Frankreich zu Besuch und spannt mich ziemlich ein. Wie ich höre, geht es dir schon viel besser ... Marie sagt das zumindest ... ich hoffe, dich bald zu sehen. Elias.* Ab dem Wort Giselle kann ich nicht mehr scharf sehen. Warme, dicke Tränen laufen über mein Gesicht. Wut steigt in mir hoch. Ich kann mir vorstellen, wie sie dich einspannt. Bildlich sogar. Kein *Dein* Elias mehr. Gott, bin ich naiv. Optionen, Löschen. Sind Sie sicher? Ja, bin ich denn sicher? Ja – gelöscht. Telefonbucheintrag *Mein Elias* umbenennen? Ja. Neuer Name *Elias* gespeichert.

Emma

Ihn mit Giselle zu sehen, ist schon ein bisschen komisch, aber die beiden gehören einfach zusammen. Er hat sie so unsagbar geliebt. Gut, sie hat ihn dann hängen lassen und ist wieder zurück nach Paris, aber jetzt ist sie wieder da, und das ist es doch, was wirklich zählt.

Es ist ein großer Schritt, die Heimat, die Familie und die Freunde hinter sich zu lassen. Sie hat es getan. Für ihn. Das ist wahre Liebe.

Es scheint allerdings so, als wäre da irgendwas nicht in Ordnung. Er hat zwar gelächelt, als er sie gesehen hat, aber es war so ein erzwungenes Lächeln. Ich kenne Elias, und dieses Lächeln war nicht echt.

Ich weiß noch, wie er gelitten hat, als sie gegangen ist. Es hat lange gedauert, bis er wiederhergestellt war. Sie hat noch ewig in ihm gewütet. Und ich weiß nicht einmal, ob er jemals *wirklich* über sie hinweggekommen ist. Ich meine, es gab keine andere nach ihr. Sicher, da waren ein paar Kurzgeschichten, aber nichts Ernstes. Giselle war seine große Liebe. Mein Stefan. Lilis Elias. Gott, ist das verworren ...

Lili

In der Schule frage ich Emma möglichst unauffällig: „Du hattest ja gar nicht erwähnt, dass Giselle zu Besuch ist ..." Und kaum sage ich es, merke ich, wie blöd das war. Vielleicht merkt Emma es ja nicht.

„Ach ja, hatte ich ganz vergessen. Sie ist vor eineinhalb Wochen gekommen, aber ich hab nicht viel von ihr gesehen. Wenn ich nicht bei Clemens war, war ich ja bei dir ... Woher weißt du denn dann, dass sie da ist?" Mist, sie hat es gemerkt. Ehrlich sein oder lügen? Vielleicht hat Elias meine Nummer von Emma, dann weiß sie es sowieso und lügen wäre scheiße.

„Elias hat mir 'ne SMS geschickt und davon geschrieben." Ich hab mich kurzerhand für die Wahrheit entschieden.

„Ach, deshalb wollte er deine Nummer. Ich dachte schon, du willst wieder was von ihm. Aber das Kapitel haben wir ja *Gott sei Dank* hinter uns gelassen ... Mein Bruder und meine beste Freundin ... nein, das wäre gar nicht gut", sagt sie und ich denke, *ja, für dich wäre das nicht gut. Für dich, Emma ...*

Ich weiß nicht, warum ich tue, was ich tue, doch ich tue es dennoch. Ich lasse mich für denselben Nachmittag zu Emma einladen und hoffe, Elias und seine französische Schlampe zu sehen. Die letzten drei Unterrichtsstunden wollen überhaupt nicht vergehen. Emma quasselt von Clemens und wie unglaublich es ist, mit ihm zu schlafen.

Wenn jemand so sehr behauptet, dass alles so toll ist, dann stimmt da etwas nicht. Ich weiß nicht, ob ich ihr glauben soll. Aber sie scheint glücklich. Wir haben mal wieder Biologie. Kim versucht, zu lauschen und Ella sitzt am Fenster und ist beleidigt, weil Emma Ella seit Neuestem meidet. Mir geht währenddessen durch den Kopf, wie vernarrt Elias in Giselle war.

„Emma ... Ich habe ganz vergessen, dass ich heute erst noch heimmuss. Meine Mama und ich gehen noch zum Friseur. Ich brauch 'ne Veränderung, weißt du ... Passt es dir auch, wenn ich erst am späten Nachmittag komme?" Als sie mich verdutzt anschaut, füge ich hinzu: „Wenn ich mich nicht irre, hat Clemens heute sowieso abends Training und dann könntest du ihn davor noch sehen."

„Das ist wirklich süß von dir, dass du dir solche Kleinigkeiten merkst ... Klar ... Ab halb sechs bei mir? Was willst du denn machen beim Friseur? Und seit wann machst du wieder was mit deiner Mama?", fragt Emma verblüfft.

„Der Kieferbruch hat viel verändert ", sage ich kurz, „und ja, halb sechs passt prima ..."

Emma

Ich fühle mich wie immer. Und das ist scheiße. Ich spiele allen etwas vor. Und insgeheim wünschte ich, jemand würde diese Maskerade durchschauen. Doch keiner tut es. Alle beneiden mich um mein Glück mit Clemens. Wenn Lili heute kommt, werde ich es ihr sagen. Vielleicht. Ach was ... ich werde sicher nichts sagen. Ich habe ihr wehgetan. Ich kann doch jetzt unmöglich zugeben, dass alles zwischen Clemens und mir der absolute Witz ist. Außerdem war ich nicht ganz unehrlich. Der Sex ist das Beste an der Sache. Vielleicht auch, weil es das Einzige ist, was zwischen uns ist. Doch in letzter Zeit bin ich in Gedanken bei

Stefan, und Clemens scheint auch nicht mehr so sehr daran interessiert, mich auszuziehen. Manchmal wünschte ich, ich wäre wieder klein. Was hatte man da schon für Sorgen? Blöd nur, dass einem diese, aus heutiger Sicht winzigen Sorgen damals riesig erschienen. Und wer will den ganzen Mist schon zwei Mal machen? Nein, klein sein wäre doch scheiße. Aber älter sein ist auch nicht besser.

Vielleicht ist mein größtes Problem, dass ich weiß, was ich will, aber mal wieder zu feige bin, den entscheidenden Schritt zu machen. Aber wenn ich Stefan schreibe, was dann? Es ist schon lange aus. Er hat wahrscheinlich inzwischen eine schnuckelige Kanadierin gefunden, die nicht so blöd ist wie ich. Und dann kommt aus heiterem Himmel, und noch dazu viel zu spät, ein Brief von der bekloppten Emma, die doch noch darauf gekommen ist, dass sie nicht will, dass es vorbei ist. Das ist so erbärmlich. Ich meine, ich habe Lili ewig vorgehalten, dass sie nicht über Elias hinwegkommt. Und ich? Ich bin keinen Deut besser. Na ja, vielleicht ein wenig. Immerhin waren Stefan und ich über ein Jahr zusammen. Elias hat in Lili doch nie mehr gesehen als eine zusätzliche kleine Schwester. Mir war nie klar, wie schwer das für sie gewesen sein muss ...

Marie

Irgendwie ist sie manchmal seltsam. Sie erzählt nichts von sich. Alles muss man ihr aus der Nase ziehen. Ja, sie schläft gerne mit mir. Und wir haben einen ähnlichen Geschmack. Und wir können über ähnliche Dinge lachen. Doch ich weiß nicht, wer sie wirklich ist. Da scheint etwas in ihr zu sein, das sie mir nicht zeigen will. Es könnte auch sein, dass ich mir das einbilde. Ich meine, wir kennen uns noch nicht lange. Vielleicht gehe ich zu sehr von Lili aus. Sie ist ein offenes Buch für mich. Sie vertraut sich mir an. Mona ist ein Rätsel. In ihrem Zimmer stehen Fotos von einem Kerl. Und wenn ich sie dann frage, wer er ist, antwortet sie nur kurz und desinteressiert. Ich weiß auch nicht, ob ich sie wirklich liebe. Wenn ich meine Gefühle für Mona mit meinen Empfindungen für Lili vergleiche, dann sicherlich nicht. Aber vielleicht war Lili eben die große Liebe, und Mona ist nur die kleine. Es ist so wie bei einem Surfer. Sicher will er eine große Welle, aber er freut sich nach einer langen Flaute auch über eine mittlere. Und Mona ist so eine mittlere Welle nach einer langen Flaute. Das klingt furchtbar, aber ich will eben auch nicht immer die sein, die niemanden hat. Und wenn es bloß zum Streiten ist. Alle können über dramatische Ausbrüche ihrer Beziehung erzählen, und ich bin immer die, die nickt und Verständnis zeigt. Und meistens kommt dann so ein Blick. So ein *was weißt du denn schon* Blick. Ich habe das satt. Und deswegen nehme ich eine Übergangs-Welle. Ich dachte nie, dass ich so denken könnte, aber man überrascht sich eben immer wieder selbst.

Das Seltsame ist, dass es mich verletzen würde, wenn Mona ebenso denken würde. Und immer wenn sie in meinen Armen liegt, dann denke ich, die mittlere Welle könnte doch noch zu einer großen werden. Wenn wir uns küssen oder sie mir sagt, wie glücklich ich sie mache, dann will ich keine andere. Ich bin einfach verwirrt. Und ich habe Lili länger nicht gesehen. Ich fürchte mich davor, dass sie Mona nicht mögen könnte. Ihre Meinung ist mir wichtig. Was, wenn sie sie nicht leiden kann? Was, wenn sie ... Und wenn schon. Würde ich Elias nicht mögen, würde das an Lilis Gefühlen für ihn nichts ändern.

Aber Elias ist erstens die *ganz* große Welle, und zweitens ist er ein toller Kerl. Wenn ich auf Typen stehen würde, würde er mir auch gefallen. Noch ein Grund, warum ich manchmal doch froh bin, auf Frauen abzufahren. Nicht auszudenken ... Und wenn mir jemand erzählt hätte, Lili ist nicht die richtige, hätte ich gelächelt und hätte mein Gegenüber stehen lassen. Also hinkt der Vergleich.

Ich werde zu ihr fahren. Ist sowieso schon längst überfällig.

Lili

Das bin nicht ich. Die, die da im Spiegel dieselben Bewegungen macht wie ich, ist eine Fremde. Doch diese Fremde sieht wirklich nicht übel aus. Marie lächelt über meine Schulter. „Meine Herren, das wurde auch mal Zeit, dass sich die Raupe endlich in einen Schmetterling verwandelt. Die Metamorphose ist vollbracht", sagt Marie, als sie mich von Kopf bis Fuß mustert. Dabei zieht sie die linke Augenbraue hoch. Das tut sie immer, wenn sie Frauen begutachtet.

„Findest du das nicht alles viel zu viel?", frage ich verunsichert.

„Iwo ... das ist perfekt ... Elias werden die Augen rausfallen ... und Emma erst. Sie wird sich ab jetzt noch fester an ihren Clemens klammern, als sie es ohnehin schon tut." Die Boshaftigkeit steht ihr ins Gesicht geschrieben.

„Jetzt übertreibst du." Marie macht eine abschätzige Bemerkung, die ich ignoriere. Stattdessen betrachte ich die Fremde im Spiegel. Meine Haare sind ein Stückchen kürzer, und das Braun ist ein klein wenig schokoladiger. Und vor allem trage ich die Haare offen. Das tue ich sonst nie. Meine Augen sind viel stärker betont, und meine Lippen schimmern mit zartem Gloss. Ich trage einen normalen BH, keinen Push-up. Das war sogar Maries Ansicht nach zu aufdringlich für untertags. Doch dieses dralle Dekolleté kann sich auch so wirklich sehen lassen. Ausnahmsweise trage ich kein Unterhemd, sondern ein hautenges schwarzes Top. Und weil ich Miniröcke immer noch billig finde, habe ich mir eine enge Hüftjeans geleistet. Und auch wenn es lange gedauert hat, bis meine Mutter und Marie mich davon überzeugt hatten, dass ich nicht zu dick für so eine

Hose bin, finde ich jetzt, dass meine weibliche Figur in so einer Hose fast noch besser aussieht als so ein Kleinkindkörper.

„Ach ja ..." Ich schaue hoch und sehe in Maries Gesicht.

„Was?", frage ich verunsichert. Ich schaue an mir herunter.

„Nein, das ist alles perfekt ..."

„Was ist dann?"

„Ich würde dir gerne Mona vorstellen ..." Und nun höre ich Unsicherheit in ihrer sonst so sicheren Stimme.

„Sag nur wann, und ich bin dabei ...", entgegne ich und streife über ihren Arm. „Ich habe mich schon gefragt, wann du endlich fragst ..."

Als ich bei Altmanns klingle, schlägt mir das Herz bis zum Hals. Das letzte Mal, als ich hier stand, hat Elias mir geöffnet. Ich betrachte meine Reflektion in der Glasscheibe der schweren, dunkelbraunen Eingangstüre. Ich muss schon sagen, ich sehe einfach umwerfend aus und trotzdem nicht aufgetakelt. Schießer Feinripp ist nicht übel, aber dieses Top ist einfach unschlagbar. Als sich die Türe öffnet, steht da nicht Elias, nein, auch nicht Emma, sondern Clemens. „Ähm, hi Lili ... wow ... du siehst, also du siehst, na ja, du siehst einfach umwerfend aus ...", stöpselt Clemens unbeholfen. Er starrt mich an. Na, so was ...

„Danke. Ich nehme an, Emma ist drinnen", sage ich selbstsicher. Er schaut immer noch. Nein, das, was Clemens da tut, ist nicht nur schauen, es ist eher schlingen. Von Kopf bis Fuß verschlingt er mich. Ja ja, Clemens. Aber an mir warst du nicht interessiert. Du schaust bei Frauen eben wirklich auf die inneren Werte. „Ist sie nun drinnen?", frage ich noch einmal. „Emma, deine Freundin?" Ich muss unfreiwillig lächeln.

„Ähm, ja ... sie ist ..."

Doch Emmas Stimme unterbricht sein Stammeln. „Ist das Lili?" Keine Reaktion. „Schatz? Ist das Lili an der Tür?"

„Äh, ja, ist sie ...", antwortet Clemens. Doch er redet so leise, dass selbst ich Probleme habe, ihn zu verstehen, und ich stehe nur etwa einen Meter von ihm entfernt. Plötzlich schiebt sich Emmas Kopf an Clemens' breiter Schulter vorbei, und auch sie starrt mich an. Reflexartig schlingt sie schützend ihre Arme um ihren Freund und erinnert ihn, dass er wirklich schon spät dran sei und sich schicken müsse, wenn er es noch rechtzeitig zum Training schaffen wolle. Nachdem er noch einen kurzen, aber deswegen nicht weniger gierigen Blick in meinen Ausschnitt wirft, trottet er davon, und wir gehen ins Haus. So fühlt sich also Emmas Leben an. Nicht schlecht. Ich frage mich, wie er wohl geschaut hätte, wenn ich im Rock angerückt wäre. Doch ich bleibe dabei. Das ist billig.

Emma ist begeistert von meiner Verwandlung. Und doch kann sie nicht verbergen, dass sie mich plötzlich als Konkurrenz wahrnimmt. Als ihr Schatten habe ich ihr bestimmt besser gestanden. Ich sehe das anders.

„Ich finde es echt super, dass du so aus dir rauskommst ... ich habe dir immer gesagt, dass viel mehr in dir steckt ..." Das stimmt. Das hat sie öfter gesagt. Doch sie hätte nicht gedacht, dass so viel mehr in mir steckt. Zugegeben, ich auch nicht. „Doch woher der Sinneswandel? Hast du etwa einen kennengelernt, von dem ich nichts weiß?", fragt sie neugierig. Vielleicht ist das aber auch ein Hoffen in ihrer Stimme. Und ich bin ehrlicher zu ihr, als ich es jemals war. Nein, ich sage ihr nichts von Elias. Das wäre zu viel des Guten. Doch ich sage ihr, was ich von ihr halte, weil sie mit Clemens ausgeht. Dem Clemens, von dem ich ihr Monate vorher sagte, dass ich mich in ihn verliebt habe. Sie schaut betreten zu Boden, und ich weiß, dass ihr ihr Verhalten furchtbar peinlich ist. „Was soll ich sagen, Lili? Ich weiß, ich habe Scheiße gebaut ... ich habe mich in Clemens verliebt, nachdem du mir von ihm erzählt hast. Ich habe mir damals geschworen, dass ich nicht den ersten Schritt machen würde, und würde sich zwischen euch etwas ergeben, habe ich mir geschworen, dass ich mich für dich freuen würde ... Ich habe nicht damit gerechnet, dass er auf mich zukommen würde. Ehrlich nicht. Und ob du es glaubst oder nicht, ich habe es nicht darauf angelegt. Doch dann stand er vor mir und hat mich angesprochen. Ich weiß, ich hätte ihn abblitzen lassen sollen, Lili, aber ich konnte es nicht ... Glaub mir, es tut mir leid. Aber warum, glaubst du, habe ich dich anfangs so gemieden?" Sie schaut mich an. Eigentlich ist das alles inzwischen egal, denn ich will Elias, auch wenn ich ihn niemals bekommen werde.

„Du hättest mit mir reden sollen. Du hättest das damals ansprechen und nicht totschweigen sollen", sage ich kalt.

„Ich weiß ... ich weiß es ja ... aber es ist immer leichter als Außenstehender das Richtige zu tun oder zu sagen", sagt sie kleinlaut, womit sie nicht ganz unrecht hat. Lange schauen wir uns an.

„Vergessen wir diese leidige Geschichte einfach ... Es spielt keine Rolle mehr. Clemens ist mir egal ..."

„Ehrlich?", fragt sie erstaunt.

„Ehrlich."

„Gott, Lili, ich kann dir nicht sagen, wie erleichtert ich bin ... Du hast was gut bei mir und zwar was richtig Großes ...", sagt Emma, und man sieht ihr die Erleichterung deutlich an. Na, hoffentlich vergisst sie das nicht, denn wenn sich jemals etwas zwischen Elias und mir ergeben sollte, werde ich sie mit Sicherheit daran erinnern. „Du hast mir vorhin nicht geantwortet ...", sagt sie nach einer Weile.

„Worauf?", frage ich irritiert.

„Gibt es einen Kerl?"

Ich will nicht lügen. Aber die Wahrheit will ich auch nicht sagen. „Ich habe da jemanden ins Auge gefasst", sage ich möglichst vage.

„Wusste ich es doch!", sagt sie zufrieden mit sich selbst. „Ja und wen?"

Genau in diesem Moment ruft Emmas Mutter, ob wir etwas essen wollen. Das war perfektes Timing. Danke.

Emma

Wenn ich sie anschaue, sehe ich da zwar schon noch Lili, aber nicht mehr die Lili, die ich kenne. Sie sieht einfach unglaublich aus. Was so ein bisschen Schminke und die Existenz eines Kleidungsstils ausmachen können. Okay, das war fies. Nein, sie sieht einfach, sagen wir, gefährlich aus. Clemens hat nur noch gestottert. Und nachdem er auf Ellas Anmachen angesprungen ist, warum nicht auch auf Lilis? Nein, Lili ist nicht so eine. Sie hat ihn nicht angemacht. Und außerdem, was soll das? Ich liebe ihn nicht. Ich mag ihn nicht einmal besonders. Trotzdem soll er mir Lili nicht vorziehen.

Ich kann es einfach nicht fassen, wie fantastisch sie aussieht. Eine solche Lili ist plötzlich eine Konkurrenz. Lili war nie eine Konkurrenz. Sie war immer da, klar, aber sie war nie so präsent wie heute. Ich muss zugeben, dass ich sie nie wirklich gesehen habe.

Und ja, ich hatte mir vorgenommen, ihr die Wahrheit zu sagen, aber nachdem sie mir gerade gesagt hat, dass ich sie so verletzt habe, geht das nicht mehr. Es ist nicht so, dass ich es ihr nicht sagen will. Im Gegenteil. Ich wünschte, ich könnte mich jemandem anvertrauen. Aber ich kann nicht. Und zugegeben, ich kann es vor allem deswegen nicht, weil ich Mist gebaut habe.

Lili

Die Frage, ob wir etwas essen wollen, kommt gerade recht. Erstens will ich nicht auf Emmas bohrende Fragen antworten und zweitens habe ich Hunger. Und weil meine weibliche Figur Nahrung braucht, um nicht zum Kleinkindkörper zu mutieren, gehen wir in die große Küche, und ich lasse mich von Lydia Altmann bestaunen.

„Toll siehst du aus … Wahnsinn … du bist schlichtweg atemberaubend", schwärmt sie und dreht sich zu ihrem Mann, der in diesem Moment die Küche betritt, „und du, schau ja nicht zu genau hin … Da kann ich nicht mehr mithalten." Emma wirkt entnervt, und Herr Altmann antwortet genau so, wie ein perfekter Mann antworten sollte.

„Liebling, keine ist so schön wie du, auch wenn du wirklich bezaubernd aussiehst, Lili." Er nimmt sie in die Arme und küsst sie. Er ist ein toller Mann. Wie der Vater, so der Sohn.

Anscheinend wird Emma dieses Gesprächsthema zu bunt, denn sie fragt: „Wo sind Lia und Leni? Und kommen Elias und *Giselle* zum Essen?" Das hat gesessen. Elias und Giselle. Ich hatte gehofft, dass diese zwei Namen getrennte Wege gehen würden.

„Lia ist bei diesem *komischen Simon,* und Leni fühlt sich nicht besonders. Sie liegt seit Stunden in ihrem Zimmer", plaudert Lydia los. „Wenn ihr mich fragt, hat sie Liebeskummer, will aber nicht darüber reden. Leni eben. Ob Elias kommt, weiß ich nicht. Ursprünglich wollten er und Giselle essen gehen, aber die beiden haben sich gezofft."

„Gezofft? Warum?", fragt Emma. *Danke, Emma.*

„Sie dachte wohl, jetzt, wo sie wieder nach München zieht, könnten Elias und sie wieder da anknüpfen, wo sie aufgehört haben, als sie damals gegangen ist. Er scheint das aber anders zu sehen. Ich glaube ja, da gibt es eine andere. Aber was weiß ich schon. Elias ist da ein Buch mit sieben Siegeln. Ich wäre wohl die Letzte, der er so was erzählen würde. Vielleicht will er auch einfach diese leidige Geschichte mit Giselle endgültig vom Tisch haben."

Eine Stille fällt über die eben noch so redselige Runde, und die Stille wird vom Geräusch eines Schlüssels gebrochen, der die Haustüre aufsperrt.

„Hör zu, Giselle, es ist nichts zwischen uns gelaufen, weil ich nicht wollte ..."

„Warum willst du misch nischt?", unterbricht ihn eine Stimme mit französischem Akzent.

„Du hast mich komplett überraschend besucht. Es ist schon lange aus zwischen uns ... du tauchst plötzlich auf und da denkst du tatsächlich ..."

„Wär ist dieses Mädschön? Isch spüre doch, dass es ier um eine anderö geht ... Wär ist sie?", schleudert Giselle ihm entgegen. Plötzlich bemerkt er uns. Stille. Erst schweift sein Blick durch die Küche, bleibt dann auf mir ruhen. Er rührt sich nicht. Mein Gott, ist er schön ... Meine Handflächen fangen an zu schwitzen, ein dicker fetter Kloß macht sich in meinem Hals breit und meine Knie zittern.

„Oh ... Hallo zusammen", sagt er betont lässig, „wir sind gekommen, weil, na ja, weil ..." Er sieht mich an, und ich genieße es, dass ich ihn dermaßen aus der Fassung bringen kann.

„Giselle eiße isch", sagt Giselle mit fester Stimme.

„Ach so, ja, weil Giselle ihre Sachen holen will ...", stammelt Elias, ohne sie anzusehen.

„Will isch das? Wir waren gerade dabei, das zu besprechön, odèr etwa nischt? Isch kann misch nischt erinnörn, dass wir schon etwas Konkrètös beschlossen ätten ...", sagt das Miststück schnippisch. Als Elias nicht reagiert, sagt sie: „Eliás, isch möschte bittö mit dir redön. Jetzt gleisch." Und auch wenn er ihr nachtrottet, genieße ich meinen Triumph in vollen Zügen.

Es gibt vielleicht eine andere. Und vielleicht, ganz vielleicht bin ja diese andere ich. Um die Probleme, die damit verbunden wären, wenn ich tatsächlich diese andere wäre, mache ich mir Sorgen, wenn ich wirklich die andere bin. Abèr sischèr noch nischt jetzt. Gute Nacht, kleine, braun gebrannte Giselle. Es hat sich aus-gisellet.

Emma

Die Situation in der Küche war seltsam. Wie er sie angesehen hat. Er hat sie angeschaut, wie Stefan mich immer angesehen hat. Gut, Lili sah heute anders aus. Aber sein Blick ist förmlich an ihr kleben geblieben. Ich bilde mir da sicher etwas ein. Lili würde mir sagen, wenn da etwas wäre. Ich bin da vielleicht nicht gerade das Paradebeispiel, aber ich war auch nicht die, die gesagt hat, dass man Dinge nicht totschweigen sollte, sondern darüber reden. Das war Lili. Also würde sie es mir sagen. Ich meine, ich bin ihre beste Freundin.

Und doch werde ich das Gefühl nicht los, dass da was nicht stimmt. Er hatte nichts mit Giselle. Warum? Elias ist auch nur ein Kerl. Und Giselle würde so leicht keiner von der Bettkante stoßen. Zumindest keiner, der nicht komplett gestört ist. Außer natürlich, meine Mutter hat recht, und es gibt eine andere. Aber wenn es eine andere gäbe, würde er es mir doch sicher sagen. Ich bin seine Schwester. Ich rede mit ihm auch über Clemens. Und zugegeben, nur zensierte Versionen, aber ich rede mit ihm. Elias und ich waren immer Freunde. Ich habe ihm und er mir immer vertraut. Und was, wenn er nichts sagt, weil er tatsächlich in Lili verliebt ist? Das wäre schrecklich. Ich kann nicht einmal sagen, warum das so schlimm wäre. Es fühlt sich einfach falsch an. Lili ist meine engste Freundin. Und Elias ist mein Bruder. *Ich* bin das Bindeglied. Und so soll es bleiben. Ich könnte es nicht ertragen, wenn sie jeden Tag verschlafen aus seinem Zimmer trottet. Wenn ihre Zahnbürste plötzlich neben meiner steht, oder ich ihr Stöhnen aus dem Nachbarzimmer hören würde. Er ist mein Bruder. Ein asexuelles Wesen. Und sie ist immer meinetwegen hierhergekommen. *Meinetwegen.*

Ich denke sicher zu viel. Denn sie würden es mir sagen. Beide würden es mir sagen. Sie würden sich mir anvertrauen. Bestimmt würden sie das. Und weil ich mir da gar nicht so ganz sicher bin, werde ich mit Elias reden. Ich muss es wissen.

Ich klopfe an Elias' Tür, doch er hat keine Zeit. Meine Wahnvorstellungen werden immer blumiger. Lili in Elias' Armen. Nein, das darf einfach nicht sein. Er ist der, der mich in Schutz nimmt, wenn meine Eltern wieder davon anfangen, dass ich die Einzige bin, die immer Ärger macht, dass ich eine Enttäuschung bin. Er ist es, der mich tröstet, wenn alles scheiße ist. Er ist mein bester Freund, mein Vertrauter. Und Lili ist die einzig wahre Freundin, die ich jemals hatte.

Moment mal. Lili hat doch gesagt, dass sie jemanden ins Auge gefasst hat. Sie hat wahrscheinlich einen kennengelernt. Und nur weil meine Mutter denkt, dass Elias verliebt ist, muss das noch lange nicht stimmen. Was weiß meine Mutter schon? Sie hat es selbst gesagt, sie wäre die Letzte, die davon etwas erfahren würde. Und da hat sie recht. Jetzt bin ich fast beruhigt.

Und noch einmal klopfe ich. Dieses Mal eine Stunde später. Ich habe Giselle eben aus dem Zimmer gehen sehen.

„Kann ich reinkommen?", frage ich leise.

„Sicher, komm rein." Ich schiebe die Tür auf und setze mich auf sein Bett. „Ist alles in Ordnung?" Seine Stimme klingt, als wäre er abwesend.

„Ja", lüge ich, „ich wollte nur mal wieder mit dir reden ..."

„Schön." Er lächelt. „Du weißt, ich rede immer gerne mit dir." Ich nicke. Es ist schön, dass er solche Dinge nicht nur denkt, sondern auch sagt. „Was ist denn mit Lili los?" Als er das fragt, schaue ich auf.

„Was meinst du?"

„Na, sie hat sich so rausgeputzt ..."

„Ach so, das ...", sage ich etwas genervt.

„Hat sie jemanden kennengelernt?"

„Weiß ich nicht genau. Sie hat nur was angedeutet."

„So? Was denn?"

„Warum interessiert dich das so?", frage ich ernst.

„Wir können das Thema auch wechseln, wenn du willst ..."

„Nein, ist schon gut", sage ich sanft. Er hat ja nichts gemacht. Glaube ich zumindest. „Sie hat gesagt, sie hätte jemanden ins Auge gefasst ... Mehr weiß ich nicht." Ich schaue ihn an, um irgendein Anzeichen von irgendwas in seinem Gesicht zu erkennen. „Ich glaube, sie ist verliebt."

„Na, das ist doch schön ..." In seiner Stimme ist ein kaum hörbarer Unterton.

„War das ironisch gemeint?", frage ich vorsichtig.

„Nein ... Wie kommst du darauf?"

„Na, ich weiß nicht ... Es klang eben so."

„Ich finde es schön, dass sie jetzt auch jemanden hat. Kennst du ihn?"

„Nein. Ich sage doch, dass ich nicht weiß, wer er ist ... warum interessiert dich das so?"

„Es muss doch ziemlich hart für sie gewesen sein in letzter Zeit."

„Wieso hart?", frage ich verständnislos.

„Na, du und Clemens."

„Ach so, das ..."

„Hast du nicht gesagt, dass sie in ihn verliebt war? Und dann sieht sie euch zusammen ..."

„Ja, das stimmt."

„Ich freue mich einfach, dass sie jetzt auch jemanden gefunden hat ..."

„Und das ist alles?", bohre ich.

„Aber ja ..." Er schaut mich an. „Worauf spielst du an?"

„Es geht mich ja nichts an, aber warum weist du Giselle ab? Ich meine, sie ist extra deinetwegen wieder hierher ..."

„Emma, das mit Giselle und mir ist vorbei. Du hast da diese romantische Vorstellung von Giselle und mir. Du denkst vielleicht, Giselle war für mich, was Stefan für dich war, aber das stimmt nicht. Ich liebe sie nicht."

„Na und? Sie will dich ..." Betreten schaut er zu Boden. „Was ist?"

„Nichts ... Du hast recht."

„Clemens ist auch nicht mein Stefan. Und trotzdem sind wir zusammen. Ich habe jemanden, Lili hat den geheimnisvollen Unbekannten ... Ich sage ja nur, du solltest auch jemanden haben. Du musst sie ja nicht gleich heiraten ..."

Bei diesem Satz bricht Elias in schallendes Lachen aus. „Gott sei Dank muss ich das nicht ..."

Als ich abends in meinem Bett liege, bin ich überzeugt, dass Elias nichts von Lili will. Das Stöhnen geht so lange, dass ich mir schließlich Wachs-Stöpsel aus dem Bad hole, um endlich schlafen zu können. Gut, er liebt Giselle nicht, aber wenn er ehrlich in Lili verliebt wäre, dann würde er das nicht tun. Nicht einer wie Elias. Er ist nicht wie ich. Er schläft nicht mit einer Frau und denkt währenddessen an eine andere.

Lili

„Das ist Mona", sagt Marie und schaut mich erwartungsvoll an.

„Hallo Mona, ich bin Lili", sage ich und lächle mechanisch. Ich hasse solche Situationen. Nicht, dass Mona unsympathisch wäre. Im Gegenteil. Doch ich weiß, dass Marie gerade total unter Strom steht, weil ihre beste Freundin und ihre neue Traumfrau sich zum ersten Mal gegenüberstehen. „Ich hasse solche Situationen", sage ich, um die Spannung etwas aufzulockern.

„Ich weiß genau, was du meinst. Dieses erste Kennenlernen ist schrecklich", sagt Mona locker. „Gerade bei dir hatte ich richtig Angst, dass wir uns nicht verstehen könnten ..." Ihre Ehrlichkeit ist erfrischend.

„Warum gerade bei mir?"

„Weil du Marie unheimlich wichtig bist. Ich weiß, wie sehr sie in dich verliebt war, und dass euch beide eine tiefe Freundschaft verbindet. Ihr kennt euch seit Ewigkeiten. Und dann tauche ich auf ... Eifersucht wäre da eigentlich ganz verständlich."

Ich mag Mona auf Anhieb, und Marie merkt das. Die Spannungen sind genauso schnell verflogen, wie sie entstanden sind. Wir sitzen in einem schönen Eiscafé in der Innenstadt und die Sonne brennt vom Himmel. Mona ist wirklich eine schöne Frau. Und ohne mir selbst schmeicheln zu wollen, wir sehen uns in gewisser Weise ähnlich. Sie ist genauso klein wie ich, von hinten könnte man uns fast nicht auseinanderhalten. Die gleiche Haarlänge, die gleiche Haarfarbe, eine ähnliche Figur. Ich bin ein wenig runder als Mona und ich habe einen um einiges größeren Busen. Doch es besteht Ähnlichkeit. Kein Zweifel. Die ersten zwei Stunden scheint es Marie richtig zu freuen, wie wunderbar Mona und ich uns verstehen. Nach und nach allerdings scheint ihr genau das zu missfallen. Die Gratwanderung erweist sich als schwieriger, als ich dachte. Sie soll mich mögen. Ich soll sie mögen. Und ja, wir sollen uns gegenseitig respektieren. Doch mehr auch nicht. Marie ist immer mehr außen vor, und Mona widmet sich mehr mir als ihr. Das könnte böse enden ...

„Sag mal, Marie, wie läuft es eigentlich mit deinen Prüfungen?", lenke ich das Gespräch in ihre Richtung. Sie lächelt. Marie kennt mich gut.

„Ich hänge gerade ein wenig, aber ich werde es schon schaffen ... Mona macht es da nicht einfacher ...", sagt sie und streichelt ihrer neuen Freundin sanft über den Arm.

„Keine Angst, ich lasse dich schon lernen ... ich habe ja auch noch was zu tun", sagt Mona und realisiert nicht, dass das die falsche Antwort war. Marie zieht ihre Hand langsam weg. Weil ich nicht weiß, was ich sagen soll, fange ich an, irgendwas zu sagen.

„Ihr habt euch also bei Altmanns kennengelernt ... Dann kennst du ja sicher auch Emma. Sie und ich gehen in dieselbe Klasse." Das ist ja so interessant ... Die Spannungen sind wieder da.

„Ja, ich kenne Emma. Allerdings nur flüchtig", geht sie auf meinen Nonsens ein, „Elias kenne ich da schon um einiges besser." Was soll das denn heißen? „Ich habe ihn über einen Freund kennengelernt", sagt sie schließlich und nimmt einen Schluck von ihrem Latte.

„Welcher Freund ist das denn? Vielleicht kenne ich ihn ja", frage ich, obwohl ich eigentlich gerne fragen würde, *was zum Teufel meinst du damit, wenn du sagst, Elias kenne ich da schon um einiges besser ... Sag schon ... was meinst du damit?!*

„Ich kenne Elias über Rüdiger. Kennst du den?" In diesem Moment wird mir heiß, und die Demütigung steigt in mir hoch. In diesem Augenblick empfinde ich die Situation, die sich vor einigen Wochen auf Altmanns Terrasse abgespielt hat, als schlimmer als in jenem Moment. „Ist alles in Ordnung, Lili?", fragt Mona besorgt. „Lili?" Mona schaut Marie Hilfe suchend und fragend an. „Was hat sie denn?", richtet sie sich nun an Marie. Doch Marie schweigt.

„Kennst du Rüdiger gut?", frage ich mit zitternder Stimme.

„Du kennst ihn also?", fragt sie. Ich nicke. „Sagen wir mal so", fährt sie fort, „ich mochte ihn einmal sehr. Mehr noch. Wir waren drei Jahre zusammen." Auch das noch. Der Vodka-Geschmack, seine Hände an meiner Brust, zwischen meinen Beinen, ich spüre ihn und seine Berührungen auf meinem Körper. Mir wird ganz plötzlich richtig übel. Es scheint, als hätte der Schlag in mein Gesicht die ganze Geschichte total überschattet, denn ich habe nicht ein einziges Mal darüber nachgedacht. Deshalb hat er mich angegraben. Weil ich ihn an sie erinnert habe. Gerade bin ich wieder dort, auf dieser Terrasse. Und auch wenn es vielleicht sehr dramatisch klingt, frage ich mich, was Rüdiger getan hätte, wenn Elias nicht da gewesen wäre. Plötzlich schmecke ich nur noch den sauren Geschmack von Magensäure und will bloß noch weg.

„Ich muss gehen", schleudere ich Marie entgegen. Ihr Blick verrät, dass sie versteht, warum. Mona nicht. Ist mir egal. Ich wende mich ab, ohne zu zahlen.

Emma

Ich fahre zu Clemens. Dort wird alles so sein, wie es immer ist. Wir werden Sex haben. Mal wieder. Und ich werde die Augen schließen und an Stefan denken, weil es guttut, an Stefan zu denken. In den vergangenen Tagen habe ich immer wieder versucht, ihm zu schreiben. Nicht, dass ich diesen Brief jemals abschicken würde, aber dann wären die Gefühle mal formuliert und nicht länger ein einziges Wirrwarr. Doch ich schaffe es nicht. Vielleicht, weil meine Gefühle ein einziges Wirrwarr sind. Und es ist nicht einfach, das auseinanderzuklamüsern. Ich will ihn vergessen. Und ich will einen anderen Kerl finden. Clemens und ich, das hält nicht mehr lange. Doch ich will nicht allein sein. Manchmal habe ich das Gefühl, dass es nichts Schlimmeres in unserem Alter gibt, als ohne Freund zu sein. Marie hatte recht. Sie denkt, man wird anders angeschaut. Und so ist es. Aber Clemens ist auch nicht das Gelbe vom Ei.

Seit Wochen schlafe ich mit ihm, und ich weiß nicht einmal, ob er einen zweiten Namen hat. Oder ob er mal ein Haustier hatte. Ich weiß nicht, woher er die Narbe an seinem Knie hat. Ich weiß nicht, welche Bands er mag. Ich kenne keinen seiner Lieblingsfilme. Und ich weiß nicht wirklich, ob mich das stört. Es würde mich wahrscheinlich nicht wirklich interessieren. Es ist fast schon schockierend, wie gut ich mich selbst täuschen kann. Ich dachte, mich in

Clemens verliebt zu haben. Doch ich war nie in ihn verliebt. Vielleicht war er genauso meine Trophäe wie ich seine. Und wenn er auf mir liegt, ist das schon schön. Diese Wärme, diese Nähe. Macht ja nichts, dass es der falsche Mann ist. Und genau das ist der Punkt. Es macht nämlich sehr wohl etwas aus. Das macht sogar alles aus. Das ist der entscheidende Unterschied.

Doch der, den ich will, ist nicht nur weit weg, ich habe auch noch dafür gesorgt, dass er mich jetzt hasst. Also fahre ich zu Clemens. Wo soll ich auch sonst hin? Lili ist mit Marie unterwegs und bei mir ist keiner zu Hause. Da schlafe ich doch lieber mit Clemens, und denke an Stefan. Ich bin absolut unter meiner Würde ...

Lili

Mein neues Ich läuft über meine Wangen und brennt in meinen Augen. Ich will zu Elias. Doch weil das nicht geht, will ich zu Emma. Ich hoffe, sie ist da. Die Tram schleppt sich von Haltestelle zu Haltestelle. Eine Gruppe Mädchen steigt ein und schaut mich bestürzt an. Kaum sind sie an mir vorbei gehuscht, höre ich sie kichern. Was wisst ihr schon ... Noch drei Stationen. Mein Handy-Akku ist leer und ich kann niemanden anrufen. Wie kann eine Frau wie Mona mit einem Kerl wie Rüdiger zusammen gewesen sein? Das will mir einfach nicht in den Kopf. *Nächster Halt: Amalienburgstraße.* Na, endlich. Warum mich dieses Gefühl dermaßen überfällt, verstehe selbst ich nicht so richtig. Was war da schon? Seine Hände unter meinem Unterhemd und seine Finger zwischen meinen Beinen. Es ist ja nicht so, als ob er lange Zeit gehabt hätte. Doch dieses Gefühl, dass ich mich nicht wehren konnte ... Dass jemand einfach so viel stärker ist und ich dermaßen ausgeliefert bin ... klein, abhängig und hilflos ... Er widert mich so an. Und Mona widert mich an. Ein letztes Mal versuche ich, mein Handy einzuschalten, als ich in den Bus einsteige. Keine

Chance. Gestern habe ich mich noch gefragt, ob ich das Scheißteil aufladen soll. Hätte ich es doch nur gemacht ... Wie alle Leute schauen. Als hätten sie noch nie in ihrem Leben einen Menschen gesehen, der weint. Traurig soll man bitte im Stillen sein. Alles Heuchler.

Bevor ich bei Altmanns klingle, versuche ich noch die schwarzen Streifen, die mein gesamtes Gesicht bedecken, ein wenig wegzuwischen, was aber leider überhaupt nicht klappt. Ganz im Gegenteil. Ich verschmiere sie nur noch mehr und sehe deswegen anschließend noch viel schlimmer aus als vorher. Ist auch schon egal ... Ich drücke einmal auf die Klingel, zwei mal, warte ein wenig, klingle ein drittes und ein viertes Mal. Keiner da. Ich fasse es nicht. Ich setze mich auf die Stufen vor dem Haus, stütze den Kopf in die Hände und weine.

Ich weiß nicht, wie lange ich schon da auf den Treppen sitze, als ich neben mir eine Stimme höre. „Lili?" Ich schaue hoch. Es ist Elias. Und obwohl ich versuche, mein Schluchzen zu kontrollieren, scheitere ich kläglich. Im ersten Moment steht Elias da wie angewurzelt und starrt mich einfach nur an. Ist mir egal, was er denkt. Ist mir alles egal. „Mein Gott, Kleines, was ist denn passiert?", fragt er schließlich. Ich kriege keinen Ton raus. „Wie lange sitzt du schon hier? Warum hast du mich nicht angerufen?" Ich halte mein Handy hoch. So als würde das alles erklären. Er setzt sich neben mich auf die warmen Stufen. Die Sonne geht schon unter. Ich muss eine ganze Weile hier gesessen haben. Langsam legt Elias seinen Arm um mich und ein eiskalter Schauer durchfährt mich. „Beruhige dich. Versuch ruhiger zu atmen ... Komm her zu mir ..." Er zieht mich an sich, seine Hand auf meiner Wange. Und tatsächlich, ich werde ruhiger. Nicht nur ruhig, sondern richtig erschöpft liege ich auf Elias' Schulter. Ganz so, als wäre ich nun endlich zu Hause angekommen. „Komm, Kleines. Lass uns reingehen. Du zitterst am ganzen Körper. Es wird viel zu kühl hier auf den Stufen." Er steht langsam auf und zieht mich mit sich hoch. Wie ein nasser Sack hänge ich an ihm, klammere mich fest, so als wollte ich diesen Moment nicht entwischen lassen. Ich bekomme nur am Rande mit, wie er die Tür aufsperrt und mich in Richtung Treppen dirigiert. Erst jetzt merke ich, dass ich zittere. Doch ich friere nicht. Kein bisschen. Ich hebe den Kopf und schaue ihn an. Meine Augen sind bestimmt total verquollen und rot, mein Gesicht verschmiert mit Wimperntusche. Elias bückt sich, greift mit dem Unterarm unter meine Kniekehlen und trägt mich, als wäre ich leicht wie eine Feder, in den ersten Stock. Alles ist dunkel. Er tastet sich zu seinem Zimmer. Trotz der Dunkelheit ist erkennbar, dass seine Zimmertüre offen steht. Ganz behutsam trägt er mich seitlich in den Raum und legt mich sachte auf sein Bett. Als er aufstehen will, lasse ich ihn nicht los. Er soll nicht gehen. Er soll bei mir bleiben.

„Geh nicht weg", sage ich mit zitternder Stimme.

„Ich zünde nur ein paar Kerzen an. Es ist so ..."

„Nein, bitte, warte noch", unterbreche ich ihn.

Und er wartet. Eine ganze Weile sitzen wir eng umschlungen auf seinem Bett. Ich kann nicht behaupten, dass diese Position besonders bequem gewesen wäre, und doch habe ich mich noch nie in meinem Leben geborgener gefühlt.

Es könnten Minuten oder Stunden vergangen sein, bis ich meinen Griff lockere und er langsam vom Bett aufsteht und einige Kerzen auf dem Fensterbrett anzündet. Die Flammen flackern und der Raum erstrahlt in warmem Licht. Die Stimmung ist vertraut. Ich hätte nie gedacht, dass ich mich so bei Elias fallen lassen könnte. Gehofft ja, gedacht nein. Er kommt zum Bett zurück, wo ich zusammengerollt liege.

„Was ist passiert, Lili? Sag es mir. Egal, was es ist, du kannst es mir sagen ..." Am liebsten würde ich ihm sagen, was ich für ihn empfinde. Ich würde ihn gerne fragen, ob er wirklich nichts mit Giselle hatte, als sie da war und ich wüsste gerne, was es heißt, wenn Mona sagt, *Elias kenne sie da schon um einiges besser*. Doch was er wissen will, ist, warum ich dermaßen zerstört vor seiner Tür saß. „Was geht dir durch den Kopf?", fragt er irritiert.

„Ich kann das schwer erklären."

„Versuch es einfach", antwortet er.

Und dann versuche ich es. „Ich habe heute Mona kennengelernt. Marie hat sie mir vorgestellt." Ich mache eine Pause. „Nach und nach sind wir ins Gespräch gekommen und ich habe sie gefragt, wie die beiden sich denn nun genau kennengelernt haben. Eigentlich wusste ich das alles schon, doch die Situation war so angespannt und ich wollte einfach irgendwas sagen, bloß um etwas zu sagen ... Kennst du das?" Er nickt. „Ich hab gefragt, ob sie auch Emma kennt, so blabla-Zeug einfach und sie hat gesagt, Emma kenne sie flüchtig, dich kenne sie da schon um einiges besser ..." Ich schaue ihn an. Frage ich oder nicht?

„Und weiter?"

„Ich habe mich gefragt, was sie mit dieser Aussage meint, dich kenne sie da schon viel besser und weil sie im selben Atemzug gemeint hat, sie kenne dich über einen gemeinsamen Freund, habe ich sie gefragt, welcher Freund das denn ist ..." Als ich all das wiederhole, steigen mir erneut Tränen in die Augen. Gerade will ich Luft holen, um weiterzuerzählen, da legt mir Elias zwei Finger auf den Mund.

„Ich weiß, wie die Geschichte weitergeht", sagt er leise, „das muss ganz schön viel in dir hochgebracht haben." Wir schauen uns an. Nach einer längeren Pause sagt er dann: „Zwischen mir und Mona ist nie etwas gewesen ... Sie wollte, ich nicht." Mit seinem Daumen wischt er Tränen von meiner Wange. „Das wolltest du doch wissen, oder?" Ich nicke. „Warum wolltest du das wissen?", fragt er. Ich sage nichts. „Emma sagt, du bist an 'nem Kerl interessiert, den ich nicht kenne ... Stimmt das?"

„Was?", frage ich entgeistert.

Er lächelt. „Bist du nicht?"

„Nein", sage ich kalt.

„Wirklich nicht?"

„Nein, wirklich nicht", antworte ich. „Du kennst ihn." Und nun schaut er erschrocken. „Hast du mit Giselle geschlafen, als sie hier war?"

„Was hat das denn jetzt damit zu tun? An welchem meiner Freunde bist du interessiert?"

„Hast du, oder nicht?", bohre ich.

„Ist es Ben?", fragt er und schaut zu Boden. „Bitte sag, dass es nicht Ben ist ..."

„Was soll Ben nicht sein?"

„Mensch, Lili, stell dich nicht blöd ... liebst du Ben? Weil wenn ja, dann ..."

„*Ben?*", unterbreche ich ihn. „Ich liebe *dich.*" Ich kann nicht fassen, dass ich es tatsächlich gesagt habe. Wir schauen uns an. Die Stille ist fast greifbar, und ich breche sie, weil ich sie nicht aushalten kann. Ich hätte das nicht sagen sollen. „Ich meine, also, wie kommst du darauf, dass ich ...", und dann nimmt er mein Gesicht zwischen seine großen, sanften Hände und küsst mich. Wenn ich jetzt, in diesem Augenblick sterben würde, wäre es nicht schlimm. Unsere Lippen, die sich langsam öffnen, die Zungen, die sich schüchtern finden, so als hätten sie sich schon immer nach einander gesehnt. Die Erregung, die meinen ganzen Körper erfasst und die mich innerlich zum Beben bringt. Er saugt an meinen Lippen, küsst mich leidenschaftlicher ... Und plötzlich hört er auf ... Tausend Dinge schießen mir gleichzeitig durch den Kopf. Doch allen voran, dass er gerade realisiert, dass er einen Fehler macht. Sein Blick brennt fast auf meiner Haut. „Ich bin zu jung, richtig?", frage ich nach einer Weile und halte den Blick gesenkt. Das Kerzenlicht flackert und die Schatten ringsum tanzen nervös an den Wänden entlang.

„Ich liebe dich, Lili", sagt Elias. Ich schaue ungläubig hoch. Die Flammen der Kerzen schimmern in seinen schwarzen Augen. „Ich liebe dich, Kleines. Und das schon ziemlich lange ..."

Warme Tränen quellen aus meinen Augen. Mit den Daumen wischt er mir sanft über die Wangen. Ich war nie glücklicher als in diesem Augenblick. Nie habe ich mich lebendiger gefühlt. Nie so erregt.

Unsere Zungen umspielen sich zärtlich und doch fordernd, ängstlich und doch sicher. Seine Hände umfassen meine Hüfte und er zieht mich fester an sich. Als er mein Oberteil langsam auszieht, genieße ich es, seine Haut auf meiner zu spüren. Er löst sich von mir, um das Top über meinen Kopf zu ziehen, und sieht mich an. Seine Augen wandern über meine Konturen. Ich ziehe sein T-Shirt aus und meine Fingerspitzen gleiten über seinen sehnigen Körper. Ich fasse nicht, dass das gerade wirklich passiert. Ich führe meine Hände hinter meinen Rücken und öffne meinen BH. Ich streife die Träger von meinen Schultern und löse den BH von meiner Brust. Meine Brustwarzen ziehen sich unter seinen Berührungen zusammen. Als er anfängt, sie sanft zu beißen, zucken die Muskeln in meinen Armen. Der Gedanke, mit Elias zu schlafen, bringt mich fast um den Verstand. Er drückt meinen Oberkörper langsam in die Decken und zieht meine Socken aus. Er knöpft meine Jeans auf und hält inne. Er schaut mich irritiert an. „Ich trage nie Unterwäsche", sage ich, und er lächelt. Dann steht er auf und knöpft seine Jeans auf, die sich im Schritt stark wölbt. Unsere Blicke sind wie verschmolzen. Dann plötzlich fragt er: „Geht dir das zu schnell?" Er klingt unsicher. Als ich nichts sage, sagt er: „Ich meine, das ist sehr schnell, oder? Vielleicht sollten wir, ich weiß nicht, wir sollten vielleicht ..."

„Bitte, Elias, schlaf mit mir", flüstere ich kaum hörbar in sein Stammeln.

„Sicher?"

„Ganz sicher." Einen Augenblick betrachtet er mein Gesicht, so als würde er darin lesen, dann zieht er langsam seine Hose und die Boxershorts aus. Nackt steht er vor mir. Im sanften Licht der Kerzen versinke ich im Anblick seines Körpers. Es ist, als würde seine Wärme zu mir gleiten und mich umarmen. Dann greift er neben sich in die Schublade seines Nachtkästchens und holt ein Kondom. Mein Herz rast und mir ist schwindlig vor Erregung und Erwartung ... Und auch, wenn ich schon mit anderen geschlafen habe, so ist es, als wäre das hier das erste Mal. Er kniet sich zu mir aufs Bett und reißt die Verpackung auf. Innerlich bebe ich. Jede Zelle meines Körpers will ihn spüren. Er streift das Kondom über und tastet sich langsam zwischen meine Beine. Mit seiner linken Hand stützt er sich neben meinem Kopf ab. Er schaut mir in die Augen, dann dringt vorsichtig in mich ein. Als ich ihn in mir spüre, vergesse ich alles um mich herum. Er küsst mich und nimmt meine Brust in seine zitternde Hand. Ich genieße das Gewicht seines Körpers. Ganz tief dringt er in mich ein, die Bewegungen werden schneller und seine warme, weiche Haut reibt an meiner. Ich verliere mich in dieser Intimität, die ich vorher so nicht gekannt habe. Sein Körper reibt sanft gegen meinen. Er schläft mit mir. Er, der Mann, den ich immer schon begehrt habe. Ich stelle mir vor, uns beiden zuzusehen. Ich sehe ihn, wie er auf mir liegt und sich in mir bewegt. Ich spüre, dass ich gleich kommen werde, und ziehe ihn an mich, damit er noch tiefer in mich dringt.

„Ich liebe dich, Kleines ...", seufzt Elias und genau in diesem Moment öffne ich die Augen, sehe sein fast schmerzverzerrtes Gesicht und komme ... Ich spüre nur noch unsere Körper, die zu einem verschmolzen scheinen. Der Geruch von Schweiß und Nähe erfüllt den Raum. Man kann Liebe tatsächlich riechen, denke ich ... In mir spüre ich es pumpen. Ein dumpfes regelmäßiges Pochen. Er hebt den Kopf. Eine Weile schauen wir uns nur an. Dann küsst er mich und beginnt wieder sein Becken sanft zu bewegen. Dieses Gefühl ist so gut, es tut fast weh. Mein tiefes Atmen wird lauter und ich vergehe in seinen Armen.

„Bitte hör nicht auf ..." Und er hört nicht auf. Ich komme noch vier Mal.

Eine ganze Zeit liegen wir ermattet nebeneinander. „Das war ..." Ich suche nach dem perfekten Wort oder Ausdruck, doch mir fällt nichts ein. „Ich weiß nicht, das war ..."

„Sehe ich genauso ...", flüstert Elias lachend und küsst mich.

Wir gehen nackt auf seinen Balkon und die laue Sommerluft streichelt meinen Körper. Es ist, als wäre es das Natürlichste der Welt, nackt mit Elias durch die Gegend zu laufen, und ich genieße das. „Ich habe nur einen Stuhl hier, aber ich möchte sowieso nicht, dass dein wunderbarer Hintern auf diesem eisigen Metallteil sitzen muss." Er setzt sich, verzieht wegen der Kälte kurz das Gesicht und zieht mich zu sich. „Setz dich auf meinen Schoß, Kleines ..." Mit angezogenen Beinen sitze ich wie ein kleiner Ball auf seinem warmen Schoß. Seine Arme legt er schützend um mich. Und da sitzen wir nun, schweigend, weil es nichts zu sagen gibt, und teilen uns eine Zigarette.

Eine halbe Ewigkeit später sagt er plötzlich: „Es fühlt sich gut an, dein Freund zu sein ... Das bin ich doch, oder? Ich meine ..."

„Ja, das bist du ...", sage ich lächelnd und kann nicht glauben, dass er es ist.

„Emmas Gesicht möchte ich sehen ... der werden die Augen rausfallen ...", sagt er, ohne nachzudenken.

„Sie wird das überhaupt nicht mögen", sage ich ernst.

„Ben auch nicht ...", fügt Elias hinzu, „... er steht schon lange auf dich." Als sich unsere Blicke treffen, prusten wir beide los. Und auch, wenn es uns nicht wirklich egal ist, was da auf uns zukommt, kuscheln wir uns wenig später gemeinsam in sein Bett. Wir reden und reden, bis die Vögel draußen schon fast penetrant anfangen zu zwitschern.

„Elias?"

„Ja, Kleines ..."

„Hast du vielleicht Kinderkassetten?" Ja, zugegeben, es ist peinlich, aber irgendwann muss ich es ihm ja doch sagen.

„Kinderkassetten?", fragt er. Und auch wenn ich sein Gesicht nicht sehen kann, weil ich auf seiner Schulter liege, höre ich, dass er lächelt.

„Ja, Kinderkassetten ... Oder Hörbücher ... ich kann sonst nicht einschlafen", gebe ich kleinlaut zu.

„Du bist ohne jeden Zweifel das bezauberndste Geschöpf, das ich je kennengelernt habe", sagt er und schält sich aus dem Bett. „Irgendwo habe ich ganz bestimmt eine Kinderkassette für dich ..."

„Hast du auch noch einen dünnen Pullover? Ich friere doch ..."

„... immer an den Armen ...", unterbricht er mich lächelnd. „Ich weiß ..." Er geht zu seinem Schrank und zieht einen hauchdünnen Pullover heraus. „Ich gehe schnell zu Leni rüber, die hat sicher Kassetten." Ich schlüpfe in seinen Pullover, der mir natürlich viel zu groß ist, und ziehe ihn mir über die angezogenen Knie, sodass ich fast ganz und gar in ihm verschwinde. Er duftet nach Waschpulver und nach Elias. Diesen Pullover wird er nie wieder sehen, denke ich, und schnuppere noch einmal am Ärmel. Als ich hochschaue, steht er im Türrahmen.

„Das bezauberndste Geschöpf", sagt er noch einmal, legt eine Kassette ein und kuschelt sich zu mir.

Ganz leise fängt im Hintergrund Musik an zu spielen, und ich murmle: „Pumuckl ... etwas Besseres hättest du nicht finden können." Er lacht, küsst mich auf die Stirn und binnen weniger Minuten schlafen wir ein.

Nie hat sich etwas richtiger angefühlt.

Emma

„Kann mal jemand Elias fragen, ob er auch etwas essen will?", fragt meine Mutter in die Runde.

Und weil sich niemand rührt, sage ich schließlich, „Ich geh schon ..."

Langsam steige ich die Treppen hoch in den ersten Stock. Die Nacht bei Clemens war wieder eine dieser Nächte. Wir haben die ganze Nacht miteinander geschlafen. Und es war schön. Gut, ich bin nicht gekommen, aber das ist doch nicht alles, worum es geht ... Ich habe den Abend genossen. Ehrlich. Und wieder spiele ich mein Lieblingsspiel. Emma täuscht die Welt. Ich bin richtig gut darin. Natürlich wäre ich gerne gekommen, aber immer wieder sind mir Bilder durch den Kopf geschossen. Bilder von Stefan und seiner gesichtslosen rothaarigen Schlampe. Und wenn sie nicht auf ihm saß, hing sie mit dem Kopf zwischen seinen Beinen, oder er hat sie von hinten genommen. Ich bin nicht mal mehr fähig, mir vorzustellen, dass er mit mir schläft. Dann würde ich nämlich kommen. Nein, ich stelle mir vor, wie er es einer anderen besorgt.

Ich stehe vor Elias' Zimmertür. Ich klopfe einmal, dann noch einmal etwas lauter. Kurz frage ich mich, ob er vielleicht gar nicht da ist, dann klopfe ich ein drittes Mal. Und als dann keiner reagiert, öffne ich die Tür. Erst einen kleinen Spalt weit, weil ich nicht weiß, ob Giselle bei ihm ist, oder ob er nackt schläft.

Doch was ich dann sehe, übertrifft alles. Elias und Lili. Sie sind nackt. Sie sind verknotet. Lieber hätte ich Elias in flagranti mit Giselle erwischt. Fassungslos stehe ich im Türrahmen und starre sie an. Und dann nach ein paar Sekunden gehe ich einen Schritt rückwärts und schließe wortlos die Tür.

Lili

Ein leises Klopfen. Dann etwas lauter. Eine kleine Pause und dann ein drittes Klopfen. Und schließlich höre ich, wie die Zimmertür aufgeht. Ich öffne die Augen, und kann kaum etwas sehen. Stille. Diese Stille wirkt bedrohlich und das Zimmer scheint binnen Sekunden eiskalt geworden zu sein. Die wohlige Wärme, die eben noch meinen Schlaf begleitet hat, ist fort. Langsam wird alles um mich scharf. Neben mir Elias, der senkrecht im Bett sitzt. Sein Blick eine Mischung aus ertappt worden sein und heimlichem Schuldbewusstsein. In der Tür steht Emma. Die Tatsache, dass sie schweigt, ist noch viel schlimmer, als würde sie schreien oder gar kreischen. Die Fassungslosigkeit steht ihr ins Gesicht geschrieben ... Eine Weile ist es, als wäre der Moment der Peinlichkeit eingefroren worden. Dann plötzlich schaut Emma weg, geht einen Schritt zurück und schließt die Tür hinter sich.

Elias bleibt regungslos sitzen. „Scheiße", sagt er nach ein paar Sekunden, „das habe ich mir anders vorgestellt." Inzwischen werden die restlichen Mitglieder der Altmann-Familie Bescheid wissen. Und wenn ich aus dieser Tür trete, wird alles anders sein als vorher. Andererseits, wer sagt schon, dass es schlimm sein muss? Mein Gefühl sagt das. Der Moment, von dem ich dachte, er würde ohnehin nie kommen, ist nun da. Und ich bin nicht vorbereitet, denn ich dachte ja, er würde niemals kommen.

„Bereust du es?", frage ich leise.

„Kein bisschen ... Und du?" Ich schüttle den Kopf und lächle ihn an. Dann küsst er mich. Und auch wenn ich weiß, dass meine einzige Sorge sein sollte, Emma zu besänftigen, so lasse ich mich in Elias' Armen gehen, genieße seine Hände auf meinem Körper, seine Küsse auf meinem Hals und den Duft seines Körpers. Und anstatt aufzustehen und es hinter mich zu bringen, schlafe ich mit ihm. Immer und immer wieder.

Am späten Nachmittag gehen wir auf seinen Balkon. Und weil wir Stimmen hören, die eindeutig von der Terrasse unter uns kommen, sind wir so still, es eben geht, um unsere Anwesenheit nicht zu verraten.

„Wie konnte sie das tun?", höre ich Emmas Stimme. „Ich meine, sie ist meine beste Freundin. Zumindest war sie das."

„Ach Emma, was soll denn das? Zwischen Elias und Lili waren doch schon ewig Spannungen. Mich wundert das nicht besonders. Es dreht sich nicht alles um dich. Andere schauen auch, dass sie zu dem kommen, was sie glücklich macht. Du hast das auch gemacht", sagt eine Stimme, die ich als Lenis identifiziere.

„Darum geht es nicht. Ich sage doch nicht, sie solle nicht glücklich sein ... Aber warum denn gerade unser Bruder?"

„Weil Elias ein toller Kerl ist." Das war nicht Lenis Stimme. Das war Lia. Toll. Alle sitzen versammelt da unten und halten großen Rat. „Er ist ehrlich und sieht gut aus. Zu alle dem ist der auch noch intelligent und charmant. Er ist ein Hauptgewinn", fährt sie fort. Ich schaue zu Elias und muss lächeln. Ein Hauptgewinn also. Lächelnd erwidert er meinen Blick.

„Warum kannst du dich nicht ein bisschen für die beiden freuen? An dem Abend, als das mit der Schlägerei passiert ist, war schon klar, dass er mehr für sie empfinden muss. Warum sonst wäre er jeden Tag bei ihr im Krankenhaus gewesen?"

„Ein schlechtes Gewissen?", schlägt Emma vor.

„Wieso *er*? Wenn, dann müsstest doch *du* ein schlechtes Gewissen haben. Du hast sie schließlich versetzt, oder?" mischt sich Lia erneut ein.

„Er hat sich für sie eingesetzt. Mehr noch, verprügeln lassen. Warum sollte er da ein schlechtes Gewissen haben?", schneidet Leni Lia das Wort ab.

„Ist ja gut!", sagt Emma nun lauter. „Es ist ja schön, dass ihr das alle so super findet. Ich nicht. Sie wusste, was ich davon halte. Sie wusste es. Und trotzdem hat sie es getan. Damit ist sie für mich ein Teil der Vergangenheit." Und auch wenn alle da unten meine Partei ergreifen, höre ich nichts mehr nach diesem letzten Kommentar. Ein Teil der Vergangenheit. Ich hatte damit gerechnet, dass Emma richtig sauer werden würde. Doch das hatte ich nicht erwartet. Ob das nun naiv war oder nicht, ist Ansichtssache. Mich trifft es jedenfalls wie ein Vorschlaghammer. Und auch Elias' Küsse können daran nichts ändern.

Als ich reingehe, wird es unten plötzlich still. Leises nervöses Flüstern. Sie wissen, dass wir sie gehört haben. Oder einer von uns. Zumindest wissen sie, dass ihr kleines Gespräch zusätzliche Zuhörer hatte. Und ich hoffe, dass Emma ein wenig unter dieser Tatsache leidet. Wenigstens ein bisschen.

Ich sitze auf Elias' Bett. Kleine Tränen laufen über meine Wangen. Wie kann es sein, dass etwas, das mich so glücklich macht, jemand anderen so sehr stört. Wie kann es mich glücklich machen, und Emma unglücklich? Und wie kann etwas mich so glücklich machen und, weil es Emma unglücklich macht, mich dadurch auch? Elias ist der Traum. Und Emma meine beste Freundin. Zumindest eine meiner besten Freundinnen. Warum kann nicht beides gehen? Das ist wieder diese Kuchensache. Man kann den Kuchen nicht essen und behalten. Und genau das habe ich versucht. Und jetzt ist er weg.

Das Schlimmste ist aber, dass ich es nicht bereue, von der verbotenen Frucht genascht zu haben. Ich bin wie der Dieb, der nicht bereut, gestohlen zu haben, sondern sich darüber ärgert, erwischt worden zu sein. Sie hat recht, ich wusste, was sie davon hält. Und dennoch habe ich es getan. Und warum habe ich es getan? Nicht etwa, um ihr wehzutun, sondern weil ich mehr an mich als an sie gedacht habe. Gut, die Suppe, die ich mir eingebrockt habe, muss ich jetzt auslöffeln. Na, wenigstens ist es eine leckere Suppe ...

Emma

Ich kann es nicht glauben. Und es ist nicht einmal die Tatsache, dass sie zusammen sind. Halten die mich denn für total bescheuert? Ich meine, ich habe mit Elias geredet.

Zwei Tage zuvor habe ich mit ihm geredet. Ich habe es ihm einfach gemacht. Gut, ich wäre auch dann sauer gewesen, aber ich hätte es hingenommen. Die Tatsache, dass sie mich beide so hintergehen, verletzt mich am meisten. Hochverrat. Beides Verräter. Ich hasse Lili. Ich hasse sie aus tiefstem Herzen. Sie ist wirklich das Letzte. Und ich frage mich, ob sie weiß, dass er kurz vorher noch mit Giselle geschlafen hat. Dann ist Elias nämlich doch nicht so edel, wie alle Welt denkt. Er ist auch eine Schlampe. Auch er dachte an eine andere, während Giselle laut stöhnend und schwitzend unter ihm lag.

Mit Lili bin ich fertig. Sie existiert de facto nicht mehr. Und das tut weh. Sehr sogar. Doch das ändert nichts daran, dass ich sie spüren lassen werde, dass sie ein Nichts ist. Elias meint es niemals ernst mit ihr. Wie können mir die beiden Menschen, die mir am nächsten stehen, so etwas antun? Von nun an wird Lili immer zuerst kommen. Sie ist seine Freundin. Und ich kenne Elias mit Frauen. Ich will das nicht. Ich will, dass alles wieder so ist wie früher. Ich will Stefan und ich will, dass ich aus dem bösen Elias-Lili-Traum aufwache. Warum ich mich nicht freuen kann? Ja, weil es daran nichts zum Freuen gibt. Ganz einfach. Daran ist nichts gut.

Leni meinte, ich sei viel zu selbstsüchtig, und wenn ich nicht immerzu mit mir beschäftigt gewesen wäre, hätte ich schon lange gemerkt, dass zwischen den beiden etwas ist. Und wieder bin ich schuld. Wieder bin ich die, die zu blöd war, die Zeichen zu deuten.

Es ist aber nicht meine Aufgabe, Zeichen zu deuten. Von Elias und Lili hätte ich mir Ehrlichkeit erwartet. Und auch daran bin ich selber schuld, meint zumindest Lia. Denn beide wussten, dass ich so reagieren würde, und es sei ihnen nicht zu verdenken, dass sie versucht haben, es zu verheimlichen. Und sie hätten es mir sicher schonender beibringen wollen. Also da bin ich wieder das schwarze Schaf. Die, die schuld ist. An allem. Das war schon immer praktisch, und das ist es auch dieses Mal. Ich bin der Arsch. Und ich habe es satt, der Arsch zu sein.

Und auch wenn nicht alles von der Hand zu weisen ist, was meine Schwestern sagen, ich bin zutiefst enttäuscht. Und zwar von beiden. Und kein Argument kann etwas daran ändern. Elias hat mich eiskalt belogen. Und das ist eine Tatsache, die nicht zu beschönigen ist. Und was Lili betrifft, sie hat zwar nicht gelogen, doch sie hat die Wahrheit für sich behalten. Und das macht sie nicht besser.

Lili

Die nächsten Tage in der Schule geben einen ersten Vorgeschmack auf die Auswirkungen meines Handelns. Am Anfang redet Emma einfach nicht mit mir. Sie würdigt mich keines Blickes. Nicht, dass mich das besonders wundern würde, damit habe ich gerechnet, doch ihre Ignoranz ist dermaßen verachtend, dass jeder Schlag ins Gesicht ein willkommener Zug gewesen wäre. Wenn man es genau nimmt, hat Emma nichts anderes getan. Gut, Clemens ist nicht mein Bruder. Doch eigentlich war die Tatsache, dass ich für Clemens auch Gefühle hatte, schlimmer als der Fakt, dass Elias Emmas Bruder ist. Sicher bedeutet diese neue Entwicklung Veränderung. Aber ist das so schrecklich?

Emma scheint das so zu empfinden, denn sie scheut sich nicht davor, schwerste Geschütze aufzufahren. Ella steht höher im Kurs als jemals zuvor, und Emma versucht, sogar Marie auf ihre Seite zu ziehen, was ihr selbstverständlich nicht gelingen wird. Im Gegensatz zu Emma ist Marie nämlich loyal. Außerdem ist Marie nicht da.

Emma

So ganz ohne Marie scheint Lili sich auf dem Schulgelände nicht mehr frei bewegen zu können. Denn ich bin normalerweise die, an die sie sich hängt. Lili hatte in der Schule nie viele Freunde. Und die, die sie hatte, waren eher meine als ihre. Das hätte sie sich eben früher überlegen müssen. Es ist auch bemerkenswert, dass Marie eigentlich erst meine Freundin war. Es scheint eben Lilis Art zu sein, sich Menschen unter den Nagel zu reißen. Menschen, denen etwas an mir liegt.

Marie und ich waren ab der Grundschule zusammen in einer Klasse. Sie kam zu uns, als sie neun war. In der Grundschule hatten wir nicht so viel miteinander zu tun. Sie war die Neue. Die mit den zwei Müttern. Doch ab der fünften war das anders. Marie hat sich sehr verändert. Sie wurde sehr direkt. Man wusste, dass man sich mit ihr besser nicht anlegen sollte. Sie hat mit Latein, ich mit Französisch angefangen. Und so habe ich Lili kennengelernt. Sie und ich saßen in der Französischklasse, Marie bei den Lateinern. Und weil ich anfangs niemanden kannte, habe ich mich mit Marie angefreundet. Nach und nach kam Lili dazu. Und noch etwas später ersetzte Lili dann Marie. Letztlich ist Lili zum Bindeglied zwischen Marie und mir geworden. Sie wurden unzertrennlich. Ich hatte immer das Gefühl, dass sie mir etwas verheimlichen. Da ist etwas, was die beiden verbindet, wovon ich nichts weiß. Auch das hat mich immer verletzt. Und trotzdem habe ich Lili nie darauf angesprochen.

Ich weiß, dass Lili auf Maries Beistand gehofft hat. Ich kenne sie. Mit Marie ist sie weniger unsicher, weniger klein. Das liegt bestimmt auch daran, dass Marie neben mir Lilis einzige wahre Freundin ist. Und ja, zugegeben, ich habe auch keinen Stall an echten Freunden, und doch stehen sie hinter mir. Und in diesem Fall ist es mir egal, was diese ganzen Mitläufer von mir halten.

Noch vor der ersten Stunde setzte ich mich zu Ella. Ella ist bestimmt keine gute Freundin, doch sie eifert mir nach. Und weil sie mich fragt, warum ich nicht mehr bei Lili sitzen möchte, erzähle ich ihr, dass Lili mich hintergangen hat. Ich erzähle ihr alles. Angefangen von Lilis fast schon bemitleidenswerter Schwärmerei für meinen Bruder, bis hin zu deren heimlicher Liebesnacht. Ich lasse auch nicht aus, dass ich weiß, dass Elias mit Giselle geschlafen hat. Kurz, ich bin indiskret. Doch das ist nun mal der Kollateralschaden. Lili soll spüren, dass sie mich verloren hat. Sie soll spüren, dass man Menschen, die man liebt, nicht so hintergehen darf. Und ich werde dafür sorgen, dass sie sich allein fühlt.

Und auch wenn dieses Pochen nur klein ist, so höre ich mein schlechtes Gewissen, das versucht, sich Gehör zu verschaffen. Doch ich ignoriere es. Sie hat es nicht verdient, dass man Mitleid mit ihr hat.

Lili

Die Sitzordnung hat sich ein wenig verändert. Emma hat sich zu Ella gesetzt. Ich sitze allein. Und weil jede Situation auch gute Seiten hat, werde ich an diesem Tag nicht nur negativ überrascht. Leni, Emmas kleine Schwester, ist voriges Jahr in unsere Klasse gekommen. Das war damals auch eine mittlere Tragödie. Leni hat die zehnte Klasse übersprungen. Sie ist ohne Zweifel Mamas und Papas kleiner Augenstern. Das hat Emma schon immer gestört. Elias ist der große, tolle Sohn, der Stolz des Vaters und das Mark der Erde, wenn es nach seiner Mutter geht. Lia studiert Architektur, nachdem sie ein Spitzenabitur geliefert hat. Sie arbeitet als Model und das, nebenbei bemerkt, ziemlich erfolgreich. Und sie war Schulsprecherin. Leni ist die jüngste. Sie ist sehr intelligent und vergräbt sich in höherer Literatur im zarten Alter von 15 Jahren. Sie ist eines dieser Mädchen, das bildhübsch ist, und es nicht weiß. Sie ist eines dieser Mädchen, das intelligent ist, und es nicht wirklich glaubt. Und damit wird sie zu einer von den Frauen werden, an denen Männer ihre anderen Frauen messen. Und Emma? Emma ist wunderschön. Sie liefert mittelmäßige Noten, hat keine wirklichen Interessen, außer einkaufen zu gehen, und hat nicht einmal die Pflichtlektüren der Schule gelesen. Sie schwört auf Zusammenfassungen in Reklamheftchen oder auf meine detaillierten Erklärungen. Emma ist irgendwo dazwischen. Und genau das hat sie immer verletzt. Na, jedenfalls kommt Leni an diesem Morgen ins Klassenzimmer, sieht mich alleine am Fenster sitzen, lächelt mich an und kommt sicheren Schrittes auf mich zu.

„Kann ich mich neben dich setzen?", fragt sie mich. Ich kann kaum fassen, dass sie das tut. Ich habe mich immer gut mit Leni verstanden. Doch nie *so* gut. Ich wollte Emma nicht kränken. Deswegen habe ich es mit Leni immer bei schlichten Freundlichkeiten belassen.

„Ähm, sicher", antworte ich, sichtlich erstaunt. „Denkst du, das ist eine gute Idee?", frage ich sie, als sie sich schon längst neben mich gesetzt hat.

„Aber klar. Was wird Emma schon tun? Ich kenne sie sehr gut, und deswegen weiß ich, dass diese harte Art reine Fassade ist. Wäre sie so zu dir, wenn du ihr egal wärst? Würde sie sich so dermaßen lächerlich machen? Nein. Natürlich nicht. Und ich werde einen Teufel tun und bei dieser Tour mitmachen", sagt sie und wirft ihrer Schwester einen vielsagenden Blick zu. Emma ist zu schockiert, um den Blick sofort zu erwidern, und ich kann ihr das nicht einmal verdenken. Leni beeindruckt mich wirklich. Gleichzeitig tut Emma mir leid. Ein solcher Tritt von der eigenen Schwester.

Emma

Ich kann echt nicht fassen, dass sie das tut. Und ich weiß, dass das nicht auf Lilis Mist gewachsen ist. Denn auch wenn sie das nicht sein müsste, ist Lili loyal. Zumindest weiß ich, dass sie nichts tun würde, um mich zu verletzen. Ich weiß, dass sie sich nur wünscht, dass wir das klären, auch wenn das nicht passieren wird. Sie hätte sich kleinlaut alleine an den Tisch gesetzt und es über sich ergehen lassen. Und dann kommt Leni. Meine Eltern wären sicher stolz, dass sie sich behauptet und sich für Lili einsetzt. Sie hätten diesen Gesichtsausdruck, den sie nie haben, wenn es um mich geht.

Es versetzt mir einen richtigen Stich, dass sie das tut. Und doch weiß ich, dass ich es verdient habe. Denn Leni und ich haben noch eine alte Rechnung offen. Ich hätte mir denken können, dass sie das tut. Ich hätte es sogar wissen müssen. Denn ich habe Leni wehgetan. Und auch wenn das schon länger her ist, weiß ich, dass sie es mir nie verziehen hat.

Eigentlich konnte sie mir nicht verzeihen, denn ich habe nie um Verzeihung gebeten. Ich habe nie zugegeben, dass ich einen Fehler gemacht habe. Sie hätte mir zwar wahrscheinlich auch dann nicht verziehen, doch dann hätte es etwas zu verzeihen gegeben. Nur dann. Und ich hätte ihr auch nicht verziehen, wenn sie getan hätte, was ich getan habe. Sie hat also eigentlich ein Recht auf ihre Revanche. Doch ich hätte nicht gedacht, dass sie das tun würde. Vielleicht hätte ich auch nur nicht gedacht, dass sie sich traut.

Lili

Es ist kurz vor Unterrichtsbeginn, als mein Handy piept. Als ich mich zu meiner Tasche bücke, höre ich Emmas bissigen Kommentar „Wie niedlich, jetzt bekommt Lili auch mal eine SMS von 'nem Kerl." Miststück, denke ich. Doch sie kann denken, was sie möchte ... Sie soll schauen, dass sie ihren Saugnapf halten kann ... Ella wird da sicher noch eine Herausforderung.

Eine neue Nachricht. Öffnen. *Mein Elias. Guten Morgen, Kleines. Diese Nacht war ganz schrecklich, weil du nicht neben mir geschlafen hast ... und auch wenn du lachen wirst, ich habe trotzdem Pumuckl gehört ... Ich fahre jetzt zur Uni und ich werde dich jeden einzelnen Augenblick vermissen ... Ich liebe dich – Dein Elias.* „Deinem Lächeln nach zu urteilen ist die Nachricht von Elias", sagt Leni und strahlt mich an.

„Ja, ist sie", gebe ich zu. Ich halte ihr mein Handy hin.

„Es scheint ihn wirklich schwer erwischt zu haben", sagt sie, nachdem sie die SMS gelesen hat. „Er hat mir vor einiger Zeit schon gesagt, wie sehr er in dich verliebt ist."

Ich schaue sie ziemlich verdutzt an. „Ach, wirklich?"

Sie nickt. „Weißt du, Elias und ich haben ein enges Verhältnis, obwohl der Altersunterschied ziemlich groß ist, oder vielleicht gerade deswegen. Ich meine, er hat auch zu Emma ein wirklich inniges Verhältnis – oder sollte ich sagen *hatte* ..." Ich schlucke und schaue schuldbewusst zu Boden. „Schau nicht so. Sie hat sich diesen Weg ausgesucht. Keiner hat sie gezwungen, sich so zu verhalten. Und sie hätte an deiner Stelle nicht anders gehandelt ... Glaub mir."

„Was heißt hier *hätte*", sage ich eher zu mir selbst.

„Ich verstehe nicht ganz ...", sagt Leni leicht irritiert.

„Ich fand Clemens toll. Sogar ziemlich lange. Emma wusste das und ist trotzdem mit ihm zusammengekommen."

Leni schweigt eine Weile. „Das wusste ich gar nicht", sagt sie nach einer Weile.

Nach dieser Aussage ist sie sehr still. „Ist alles bei dir in Ordnung?", frage ich ein wenig betreten. Vielleicht hätte ich das nicht sagen sollen.

„Kein feiner Zug von ihr. Und es läuft genau auf das hinaus, was ich eben gesagt habe. Sie nimmt sich, was sie will, ohne Rücksicht auf Verluste ..."

„Na ja ... findest du nicht, dass das ein wenig zu weit geht? Sie hat sich eben in ihn verliebt ...", entgegne ich auf diese doch ziemlich harte Äußerung.

„Du bist eine wirklich gute Freundin, Lili ... Emma hat dich gar nicht verdient ..." Und nach einer Weile fügt sie hinzu: „Nach allem, was sie sich geleistet hat, bist du immer noch loyal."

Emma

Mit Leni an ihrer Seite scheint es, als wäre es Lili vollkommen egal, dass ich sie verachte. Nie hätte ich gedacht, dass Lili das tun würde. Gut, Leni hat ein Recht, mich zu bestrafen, doch Lili hätte sie abweisen müssen. Das geht nur Lili und mich etwas an. Sonst niemanden. Jetzt hat sie auch noch Leni mit reingezogen. Und weil ich meine Enttäuschung nicht zeigen kann, steigt die Wut in mir mehr und mehr. Eigentlich weine ich innerlich. Eigentlich sterbe ich innerlich tausend Tode, weil ich Lili nicht verlieren will. Doch sie hat mich verraten. Sie hat zugelassen, dass das passiert. Sie hat sich in meine Familie gedrängt. Und jetzt schläft sie nicht nur mit meinem Bruder, jetzt verbringt sie die Pause mit meiner kleinen Schwester. Wenn sie denkt, dass mein Schweigen das Einzige ist, was sie aushalten muss, dann hat sie sich getäuscht.

Ich kann nicht verstehen, wie das alles überhaupt passieren konnte. Ich meine, Lili und ich, wir waren einmal wie Schwestern. Und jetzt? Wie konnte ich nur so blind sein? Wie konnte ich es nicht merken, dass sie sich wieder in ihn verliebt hat. Oder vielleicht hat sie nie wirklich aufgehört, ihn zu lieben. Vielleicht ist sie nämlich genauso erbärmlich wie ich.

Sie hatte eigentlich nie einen anderen. Klar, da gab es so ein paar arme Typen, die sich die Zähne an ihr ausgebissen haben. Und ja, ein paar durften ihr auch an die Wäsche. Doch sie hat nie wieder so über einen geredet wie über Elias. Ich hätte es merken müssen. Ich hätte es einfach spüren müssen. Eigentlich sitzen Lili und ich in einem Boot. Nur wissen wir das nicht. Oder ich wusste es bis eben nicht. Und *sie* ahnt noch immer nichts davon. Wann haben wir aufgehört, uns gegenseitig zu vertrauen? Wann hat das angefangen? Ich weiß es nicht mehr.

Und auf einmal macht es Sinn, dass Lili mir das mit Clemens nicht wirklich übel genommen hat. Sie war nicht wirklich in ihn verliebt. Sie wollte vielleicht. Und vielleicht dachte sie es sogar. So wie ich. Vielleicht wollte sie einfach in ihn verliebt sein. Genauso wie ich es eben wollte. Und unterm Strich ist es so, dass sie immer meinen Bruder geliebt hat, und ich eben Stefan. Der Schock ist bloß, dass Elias sie, wie es aussieht, auch liebt. Und das kann ich nicht glauben. Er ist zu alt für sie. Und er ist zu ... ich weiß nicht ... Er soll sie nicht lieben. Er soll eine in seinem Alter finden. Lili ist meine Freundin. Zumindest war sie das.

Und obwohl ich das alles weiß, kann ich nicht auf sie zugehen. Eher würde ich mir die Zunge abbeißen. Sie wird sich bei mir entschuldigen müssen, denn *ich* gehe nicht einen Millimeter auf sie zu. Sie ist schuld. Nicht ich. Und auch wenn das nicht ganz stimmt, es stimmt fast ganz.

Lili

Der Tag verläuft weniger schlimm, als ich gedacht hätte. In der Pause stehe ich mit Leni und Kaya vor der Schule und rauche eine. Kaya ist noch zu jung, um auf dem Raucherhof rauchen zu dürfen. Die beiden waren zusammen in einer Klasse, bis Leni übersprungen hat. „Leni hat mir schon viel von dir erzählt", sagt Kaya und schaut mich erwartungsvoll an. Man merkt, dass sie eigentlich etwas ganz anderes sagen oder fragen wollte. Und nach einer kleinen Pause fragt sie dann ziemlich unvermittelt „Stimmt es, dass du mit Lenis Bruder zusammen bist?"

Ich blicke zu Leni, die ein wenig rot wird, und sage dann mit einem Lächeln auf den Lippen: „Ja, Elias und ich sind zusammen." Es fühlt sich toll an, das zu sagen.

„Wirklich? Fantastisch. Er ist einfach wundervoll ... Also, ich meine, er sieht toll aus ...", sagt Kaya und nun wird auch sie rot.

„Ja, da hast du recht. Ich finde ihn auch fantastisch." In diesem Moment vibriert mein Handy. Ich habe es vorhin auf Vibrationsalarm umgestellt. Insgeheim hoffe ich, die Nachricht wäre von Elias. Doch sie ist von Emma. *Verzweiflung kennt keine Grenzen. Du bist der lebende Beweis dafür. Mein Bruder wird nicht ewig Mitleid haben ... Deine „ich bin klein, mein Herz ist rein"-Masche wird auch nicht immer ziehen ... Ich hätte nicht gedacht, dass du dich nicht einmal mehr auf den Raucherhof wagst ... aber vielleicht bist du bei meiner kleinen Schwester ohnehin besser aufgehoben. Die Invasion auf meine Familie scheint begonnen ... du bist echt das Letzte ...* Es ist eine Mischung aus Trauer und Wut, die in mir aufsteigt. Doch ich werde ihr nicht die Genugtuung geben, verheult in den Englisch-LK zu kommen.

„Was ist denn los, Lili?", fragt Leni.

„Ja, du bist plötzlich so still ... ich hoffe, ich war nicht zu indiskret, ich wollte nicht ..."

„Du warst kein bisschen indiskret ... ich habe nur eine unschöne SMS bekommen, das ist alles", unterbreche ich Kaya und zwinge mich zu lächeln.

„Emma?", fragt Leni. Ich nicke. „Je mehr sie feuert, desto verzweifelter ist sie. Lass es möglichst nicht zu nah an dich heran ... Ich kenne Emma, und sie schießt mit schweren Geschossen, wenn sie meint, einen Grund dafür zu haben, der Zweck heiligt bekanntlich die Mittel", sagt Leni und ihr Blick ist tatsächlich tröstend. Und dann fragt sie: „Erinnerst du dich an Timo?"

„Timo? Ja, dunkel ... war Emma nicht vor ein paar Jahren kurz mit ihm zusammen?"

„Ja, genau.", antwortet Leni, und in ihrer Stimme ist Verbitterung zu hören.

„Und was ist nun mit ihm?", frage ich vorsichtig.

„Er war mit *mir* zusammen. Ich war wirklich in ihn verliebt. Für Emma war er eine kleine Trophäe, nichts weiter. Für mich nicht. Dennoch hat er mit mir Schluss gemacht, um mit ihr zusammen zu sein. Sie hat dann nach drei Tagen mit ihm Schluss gemacht. Und auch wenn ich es ihm gegönnt habe, war eigentlich *sie* das Problem. Auch wenn er sich in sie verliebt hat, hätte sie das nicht tun dürfen." Wir schweigen. Und ich kann nicht fassen, dass Emma so was getan hat. „Doch sie hat es getan, und sie hat nicht mit der Wimper gezuckt. Wäre sie wirklich in ihn verliebt gewesen, wäre das eine Sache, doch sie war nicht in ihn verliebt. Ihre Wirkung auf Männer ist nicht gut für sie. Genauso, wie sie mit Männern spielt, sehen sie sie nur als einen Körper. Mehr ist sie nicht." Stille überkommt uns. Ich hatte keine Ahnung von all dem. Timo war in meinen Augen keine große Sache gewesen, weil Emma ihn eben nach ein paar Tagen in den Wind geschossen hat. „Immerhin hat sie nicht mit ihm geschlafen", sagt Leni in die Stille, und es scheint, als hätte sie eher laut gedacht als mit uns gesprochen.

„Was?", frage ich, ohne zu denken. Ich wünschte, ich hätte mir auf die Zunge gebissen. Doch das war so ein böser Gedanke, der schon ausgesprochen war, bevor ich ihn zu Ende gedacht hatte. Denn Emma hat die gesamten drei Tage dieser Beziehung – wenn man das so nennen kann – nichts anderes getan, als mit Timo zu schlafen.

„Weißt du von etwas anderem?", fragt Leni. Ihr Gesichtsausdruck ist voller Anspannung. Es scheint sie große Mühe zu kosten, nicht zu schreien. „Hat sie mit ihm geschlafen?" Ihr Blick ist fordernd. Das ist eine dieser Situationen, die man nicht einmal seinem ärgsten Feind wünscht. Soll ich Leni die Wahrheit sagen oder die Wahrheit um Emmas willen für mich behalten? „Du musst nichts sagen", unterbricht Leni meine Gedanken. „Dein Schweigen spricht Bände ... Ich finde beeindruckend, dass du einer Person gegenüber loyal bist, die so etwas wie Loyalität nicht kennt. Sie wird jedes noch so schmutzige Geheimnis von dir ausplaudern, wenn es einem Zweck dient. Sie wird jedes Geheimnis von dir verraten, alles, was du je über irgendwen gesagt hast ..." Ich schaue sie an. Und ich weiß, dass sie recht hat. Nach einer Weile fügt sie hinzu: „Aber du hast mich nicht angelogen ... Das rechne ich dir hoch an."

„Ich dachte, Timo ist dir dann ewig hinterhergelaufen?", frage ich, um vom Thema Sex abzulenken.

„Ja, das stimmt. Aber ich bin nicht von der Wohlfahrt und für Emmas abgenutzte Ware bin ich mir zu gut. Das habe ich Timo damals auch gesagt. Er hat was von Fehlern gestammelt und dass Menschen nicht perfekt sind ... Blabla ... Für mich war die Sache erledigt, auch wenn ich insgeheim noch Monate darunter gelitten habe ..." Und da sind sie, die Prinzipien. Genau deswegen werden solche Frauen zum Maßstab für alle anderen. Weil sie so selten sind. „Weißt du, ich hatte mich damals noch nicht bereit gefühlt, mit ihm zu schlafen. Jetzt, da ich weiß, dass Emma ihm diesen Gefallen getan hat, weiß ich wenigstens, dass er mich nicht wirklich ihretwegen verlassen hat. Emma ist einfach gut für gewisse Stunden ..." Das ist hart. So hart können wohl nur Schwestern sein. Das denke ich zumindest. Plötzlich wirkt Leni abwesend. „Es klingt vielleicht, als würde ich Emma hassen", sagt sie dann nach einer Weile, „aber das tue ich nicht ..."

„Natürlich nicht", sage ich kopfschüttelnd.

„Es ist nur so, dass sie ihren Fehler von damals nie eingesehen hat, und wenn doch, hat sie ihn mir gegenüber nie zugegeben ..."

„Sie ist nicht gut darin, Fehler einzugestehen. Das heißt aber nicht, dass sie es nicht weiß", antworte ich nach einer Weile. „Emma ist sehr viel empfindsamer, als man meinen würde. Ich bin mir sicher, dass es ihr leidtut."

„Vielleicht tue ich ihr unrecht, aber das glaube ich nicht ... andererseits, kennst du sie vermutlich um einiges besser als ich. Vielleicht besser als irgendjemand sonst." Nachdem sie das sagt, schweigt sie wieder.

„Du, Leni, kann ich dich mal was fragen?" Leni schaut mich an und lächelt. „Wie lange weißt du schon, dass Elias an mir interessiert ist?"

„Etwa ein Jahr ...", antwortet sie.

„Was? So lange schon?" Ich kann das kaum fassen.

„Warum sonst hat ein Kerl wie Elias so lange keine Freundin? Sicher nicht aus einem Mangel an Möglichkeiten." Sie lächelt.

„Leni", flüstert Kaya, „Da kommt Clemens." Leni dreht sich um. Sie sieht ihn an, und ich kann diesen Blick nicht deuten. Minimal ist da ein Lächeln zu erkennen, betrachtet man die Augen jedoch, ist der Gesichtsausdruck vollkommen neutral.

„Clemens", sagt Leni.

„Leni", entgegnet er. Seine Mimik ist da schon eindeutiger. Er strahlt sie an. Es ist ein fordernder Ausdruck in seinen Augen. Sie wendet sich ab. „Lili. Schön dich zu sehen", richtet er sich dann an mich.

„Ähm, ja ... Schön dich zu sehen, Clemens", antworte ich, und ich klinge ein wenig verdutzt, als ich das sage. Das war zweifellos eine seltsame Situation. Ein elektrisches Knistern, als stünde die laue Luft unter Strom. „Ist da was zwischen dir und Clemens?", frage ich nach einer Weile. Und auch, wenn die Frage mir seltsam erscheint, weil ich Leni nicht gut kenne, so denke ich, hatten die Spannungen von eben nichts mit Kaya oder mir zu tun. Rache wäre in diesem Fall auch nichts wirklich Unverständliches. Emma hat dasselbe getan.

„Ich weiß, wie es aussieht, aber die Antwort ist Nein. Auch wenn es ein verführerischer Gedanke wäre ... So was tue ich nicht."

„Es ist ja nicht so, dass ich davon ausgegangen wäre, dass du es darauf angelegt hast, aber Kaya hat so verheißungsvoll geflüstert, als wärst du an ihm interessiert ..."

„Sagen wir so, er gefällt mir. Er gefällt mir sogar sehr. Man könnte sagen, er ist der erste seit Timo, der mir wirklich gefällt."

„Du bist in ihn verliebt?"

„Keine Ahnung ... es ist ohnehin egal. Clemens ist Emmas Freund." Leni ist einfach unglaublich. Frauen mit Prinzipien werden nicht umsonst so begehrt, ob nun in der Literatur oder im echten Leben.

„Ich will dir nicht zu nahe treten", sage ich dann etwas kleinlaut, „aber wenn man nicht weiß, ob man in jemanden verliebt ist, ist man es meistens doch. Weil wenn man es nicht ist, weiß man es eindeutig. Alles dazwischen ist meistens ein Leugnen von Tatsachen ..."

„Elias?"

„Ich habe über Wochen versucht, mir klarzumachen, dass ich zwar tiefe, aber *rein platonische* Gefühle für ihn habe. Ich habe mir eine ganze Zeit eingeredet, ziemlich erfolgreich nebenbei bemerkt, dass diese absolut unschuldigen Gefühle eher etwas von der Liebe unter Geschwistern haben ... Marie wusste, dass das Blödsinn ist ... Sie wusste es schon lange vor mir. Zumindest lange bevor ich es mir eingestanden habe ..."

„Sagen wir mal so", geht Leni auf meine Aussage ein, „ich weiß genau, was ich für Clemens empfinde. Und ich hatte diese Gefühle schon, bevor Emma und er zusammengekommen sind. Letzten Endes ist es trotzdem egal, denn er ist vergeben. Und sogar wenn er sich dazu entschließen würde, sie meinetwegen zu verlassen, würde ich ihn nicht wollen. Und auch dann nicht, wenn er aus einem anderen Grund mit ihr Schluss machen würde. Denn er hat mit ihr geschlafen. Ich weiß, dass ich den Gedanken nicht ertragen würde, dass er schon in meiner Schwester zu Gange war. Du siehst also, er steht so oder so nicht zur Debatte."

„Sieht er das auch so?", schaltet sich Kaya nach einer längeren geistigen Abwesenheit wieder ein. „Du weißt genau, dass er nicht nur einmal Andeutungen in deine Richtung gemacht hat ..."

„Es ist vollkommen egal, wie er das sieht", sagt Leni, und Kaya und ich wissen, dass das Thema damit abgeschlossen ist.

In der Englischstunde zeigt Emma dann, auf welches Niveau sich Frauen begeben können, wenn sie jemandem den Krieg erklärt haben. Da sie mit mir nicht mehr redet, erzählt sie es eben denen, die zuhören wollen. Und weil unser Klassenzimmer nicht übermäßig groß ist, kann jeder hören, was sie von sich gibt.

„Mein Bruder behauptet ja, dass er nicht mit seiner Exfreundin geschlafen hat. Sie ist ein französisches

Model ... Sie war neulich da. Und *sie* hat er wirklich geliebt" – dabei betont sie das Wort *sie* übertrieben stark – „Ich denke ja, dass das nicht stimmt. Ich habe da andere Geräusche aus seinem Zimmer gehört ... Ihr wisst schon, was ich meine", dabei lacht sie, und die kleine Runde um sie herum tut es ihr gleich. „Man sollte eben in seiner Liga spielen. Das hat Lili noch nicht so ganz kapiert. Habe ich eigentlich schon erzählt, dass sie in Clemens verliebt war?" Ella schaut zu mir. Und nicht nur sie. Alle starren mich mit jenem mitleidigen Blick an, den man Witwen auf Beerdigungen zuwirft. „Und sie dachte doch tatsächlich, sie hätte Chancen ..."

„Träumen ist nicht verboten, Emma", sagt Ella und kann sich ein Lachen nur schwer verkneifen.

Und sosehr ich mir auch vorgenommen habe, nicht auf diese Schlammschlacht einzugehen, kann ich mich doch nicht zusammenreißen. Wenn sie einen Krieg will, kann sie ihn haben. Mein Blick fällt auf Leni, die eben ins Zimmer kommt. Ich hoffe, sie denkt nicht schlechter von mir, wenn ich erst einmal gesagt haben werde, was ich gleich sagen werde. „Es ist natürlich viel besser, eine schöne, aber geistig total verkümmerte Hülle zu sein, die zwar jeder Kerl gern mal so richtig rannehmen würde, der aber kein Mensch tatsächlich Gehirntätigkeit zutraut." Emma schaut schockiert. Und sogar ich selbst bin schockiert über mich. Das war weit unterhalb der Gürtellinie. Sie sagt nichts. Ich weiß, dass sie mit aller Macht gegen die Tränen ankämpft. Ich weiß das so genau, weil ich eben in derselben Situation war. „Seien wir doch einmal ehrlich, du hast von meiner Freundschaft viel mehr profitiert als ich von deiner", feuere ich weiter. „Sieh zu, wie du die Prüfungen schaffst ... Ganz ohne meine Aufzeichnungen, ohne meine Erklärungen und ohne meine Hilfe ... Zu dumm, dass die meisten Lehrer weiblich sind, sonst hättest du vielleicht durch deine eingeschränkten Qualitäten überzeugen können." Lange schaue ich sie an. Die Luft scheint zu knistern. „Du tust so, als wärst du so selbstsicher, aber im Gegensatz zu dir brauche ich keine Menschenschar im Rücken, um mich sicher zu fühlen."

Die Stille in der Klasse ist bedrohlich. Leni schaut mich mit großen Augen an. In ihrem Blick kann ich jedoch keine Enttäuschung erkennen. Eher Bewunderung oder Respekt. Vielleicht sogar beides. Mein Blick schweift zurück zu Emma, deren glasige Augen Bände sprechen. Langsam, ganz langsam steht Emma auf. Mir ist klar, dass ich vor diesem Ausbruch noch eine weiße Weste hatte. Ich hätte mich weiterhin in Unschuld baden und passiv bleiben können. Doch was habe ich schon getan? Ich habe mich in ihren Bruder verliebt und mit ihm geschlafen. Ja, ich habe nicht mit ihr geredet, jedoch nur, weil ich nie gedacht hätte, dass sich jemals etwas zwischen Elias und mir ergibt. Wenn ich mich zwischen meinem und Emmas Glück entscheiden muss, wähle ich meines. Auch wenn ich schade finde, dass ich überhaupt wählen muss.

Emma geht in Richtung Tür. „Ach ja", sage ich noch, und ich weiß, dass sie mich hört, „ich hätte dich schon zum Teufel schicken sollen, als du mit Clemens zusammengekommen bist, wohl wissend, dass ich in ihn verliebt war ..." Sie dreht sich zu mir um und schaut mich an. Tränen laufen über ihre Wangen. „Damals hast du unsere Freundschaft auf die Probe gestellt und ich habe dir verziehen ... Ich hatte was gut bei dir, etwas richtig Großes, weißt du noch? *Das* wäre es gewesen ... Dass du dich für mich freust. Aber dazu bist du anscheinend nicht fähig. Du bist echt armselig ..."

Den letzten Teil hätte ich mir wirklich verkneifen sollen. Der Rest war in Ordnung. Emma ist verschwunden und taucht den restlichen Schultag nicht mehr auf. Abgesehen von einigen spitzen Kommentaren von Ella und Kim, vergeht der restliche Tag ziemlich friedlich. Deren dumme Sprüche halten jedoch gerade einmal einem *Haltet doch einfach eure beschissenen Klappen* stand. Verwundert und mundtot gefallen mir Ella und Kim immer noch am besten.

Marie

Ich starre aus dem Fenster. In Gedanken erlebe ich den gestrigen Abend zum mindestens zehnten Mal. Die ganze Nacht lag ich wach. Immer und immer wieder frage ich mich, warum es mich so kränkt. Ich denke, ich habe einfach nicht damit gerechnet. Es war eben so wie immer. Sie hat sich nicht gezeigt. Zumindest mir nicht. Ein Teil von ihr blieb immer im Verborgenen. Bis gestern. Nun weiß ich, was ich immer vermutet habe, vielleicht schon die ganze Zeit wusste und nicht sehen wollte. Die Fotos in ihrem Zimmer waren schon ein Zeichen. Doch sie waren nicht der Grund. Manchmal denke ich, es ist besser die Wahrheit nicht zu kennen. Das ermöglicht es einem, den Traum zu leben, die Illusion zu wahren. Doch dann frage ich mich, ob ein Leben in einem Paralleluniversum wirklich erstrebenswert ist, und dann wird mir klar, dass die Wahrheit oft eine gute Sache ist.

Ich höre, wie meine Mutter die Wohnungstür aufsperrt. Lara ist noch nicht zu Hause. Sie gibt zur Zeit Abendkurse für Schwangere.

„Marie?" Erst antworte ich nicht. Ich frage mich, wie meine Mutter Lara gefunden hat. Ich meine, ich weiß wo, aber wie wussten die beiden, dass die jeweils andere lesbisch ist. „Schatz? Bist du da?", ruft sie noch einmal.

„Ich bin hier." Meine Stimme klingt belegt. Ihre Schritte nähern sich meinem Zimmer, und dann klopft sie sachte an.

„Kann ich reinkommen?"

„Sicher ..." Ein Lichtstrahl fällt in die Dunkelheit.

„Warum sitzt du hier im Dunkeln?"

Das ist mal wieder so eine Frage. So eine Frage, die nur Mütter stellen können. Ja, weil ich eben im Dunkeln sitze. So halt. Weil ich will. „Ich weiß nicht." Als sie das Licht einschalten will, sage ich nur leise: „Bitte nicht ..."

„Was ist denn los mit dir?" Was soll ich sagen? Etwa, eine Frau hat mich verlassen. Schon wieder. Und wieder bin ich allein. Und ich will doch nichts anderes, als mich bei jemandem zu Hause fühlen. Ich will Geborgenheit. Ich will mich geliebt fühlen. „Marie?"

„Es ist nichts", lüge ich.

„Ist es eine Frau?" Ich starre sie an. Die Dunkelheit mag meinen Gesichtsausdruck verschlucken, doch meine Mutter scheint ihn zu spüren. Sie lacht. „Dachtest du, ich weiß es nicht?" Ja, eigentlich dachte ich das.

„Irgendwie schon", antworte ich ziemlich erstaunt.

„Ach, Marie ..."

„Was, ach Marie?"

„Es ist nicht einfach, anders zu sein ..."

„Du hast leicht reden ..."

„Wie meinst du das?" Ihre Frage klingt überrascht.

„Du hast gleich den Glücksgriff gelandet, du hast gleich die richtige Frau gefunden ..."

„Ja, das meinst du ..."

„Was soll das denn jetzt bitte heißen?"

„Marie, denkst du denn, ich wusste erst durch Lara, dass ich mich zu Frauen hingezogen fühle?"

„Ja, an sich dachte ich das schon."

„So stimmt das aber nicht." Lange schweigen wir beide. „Wenn dich normales Licht stört, hast du dann auch etwas gegen eine Kerze?", fragt sie unvermittelt in die Stille.

„Nein ..." Sie steht auf und kramt in ihrer Tasche nach einem Feuerzeug und zündet drei Kerzen an, die auf meinem Nachttisch stehen. Die hat Mona dort hin gestellt. Als wir das letzte Mal miteinander geschlafen haben, haben ihre Flammen unsere Körper sanft ausgeleuchtet. Natürlich wusste ich da noch nicht, dass es das letzte Mal sein würde. Meine Mutter sitzt mir wieder gegenüber. „Also?", frage ich ungeduldig.

„Ich wusste schon in deinem Alter, dass mich Frauen mehr erregen als Männer ..."

Ich bin sprachlos. Als ich mich wieder gefangen habe, frage ich dann entsetzt: „Wie konntest du dann einen Mann heiraten?"

„Die Zeiten damals waren ein wenig anders, Schatz." Sie seufzt. „Es ist heute noch schwierig, aber vor zwanzig Jahren ... undenkbar ..." Nach einer längeren Pause, sagt sie schließlich: „Es ist nicht, dass ich deinen Vater nicht geliebt hätte ..."

„*Sondern?*", falle ich ihr ins Wort.

„Ich habe ihn nur nicht begehrt."

„Hast du während eurer Ehe mit anderen Frauen geschlafen?" Sie nickt. „Mit mehreren?" Und wieder nickt sie. In ihrem Blick Schuldbewusstsein. „Und Papa?"

„Ob er andere hatte?" Diesmal nicke ich. „Ich glaube nicht ... Aber ich kann das nicht sicher sagen ..."

„Und hat er es gewusst?"

Sie schüttelt den Kopf. „Er weiß es bis heute nur von Lara."

„Wie konntest du das geheim halten?"

„Das ist der Vorteil daran, lesbisch zu sein in einer Hetero-Ehe. Sie waren einfach Freundinnen." Das hätte ich nie gedacht.

„Und wie hast du diese Frauen kennengelernt? Ich meine, woher wusstest du, dass sie lesbisch sind?"

„Nach einer Weile spürt man das ..."

„Und wann fängt das mit dem Spüren an?"

Sie lacht. „Das dauert."

„Na, toll ...", sage ich ernüchtert. „Und wann hattest du deine Erste?"

„Etwa in deinem Alter."

„Und wie, ich meine, wie konntest du dann mit einem Mann schlafen?"

„Hast du doch auch ..."

„Ja, aber ..."

„Was aber?", fragt sie schmunzelnd. „Marie, ich wollte Kinder. Ich habe mir lange eingeredet, dass ich nur normal sein will, weil es eben einfacher ist, aber irgendwann konnte ich es nicht mehr ..."

„Wegen Lara?"

„Sie wollte eine Entscheidung."

„Wie lange lief da schon was, bevor du es ihm gesagt hast?"

„Ungefähr zwei Jahre."

„Was?!", platzt es aus mir heraus.

„Ich wollte Lara vom ersten Moment an ... ich hatte wirklich versucht, den Frauen zu entsagen ... Und eine ganze Weile hat es auch geklappt ..."

„Und dann?"

„Ich habe eine intensivere Beziehung zu deinem Vater gehabt. Ich habe viel mit ihm geschlafen, ich wollte lernen, es genauso zu genießen, wie ich es genossen habe, mit Frauen zu schlafen ... Und dann habe ich Lara getroffen ..." Sie schaut aus dem Fenster. „Nach der ersten Yoga-Stunde sind wir einen Kaffee trinken gegangen, und dann zu ihr ..."

„Aber du hattest Angst ..."

„Sicher ... alles, was mein Leben ausgemacht hat, hinter mir zu lassen, schien mir verrückt ... Außerdem warst da du, und ich wollte, dass du glücklich bist ..."

„Und wann hast du dich dazu entschlossen, es doch zu riskieren?", frage ich nach einer Weile.

„Lara hat eine Frau kennengelernt, die dazu bereit war, den entscheidenden Schritt zu machen. Sie hat mir gesagt, dass sie mich liebt, aber dass sie sich nicht länger verstecken will. Sie hat gesagt, dass sie ein reales Leben will, keine gestohlenen Stunden, keine Lügen und keine Ehemänner." Sie zieht ihre Jacke aus. „Ich wusste, ich würde sie verlieren, wenn ich nicht endlich den entscheidenden Schritt wage ..."

„Und dann hast du es getan ..."

Sie nickt. „Ich musste ..."

„Du wolltest ...", entgegne ich.

„Nein, Marie, ich musste ... ich habe sie geliebt ..." Betreten schaue ich zu Boden. „Hast *du* sie denn geliebt?"

„Wen?", frage ich irritiert.

„Na, die Frau, die dich verlassen hat ..."

„Ich habe nicht gesagt, dass sie mich verlassen hat."

„Nein, aber deine Augen sagen das." Lange schaue ich sie an, dann schüttle ich den Kopf. „Warum hast du dann geweint?"

„Weil man eben nicht gerne verlassen wird."

„Ist das alles?"

„Nein ..."

„Was ist sonst?"

„Die Frau, die ich liebe, liebt einen anderen. Und sie wird ihn immer lieben ... Sie liebt ihn, obwohl er ihre Liebe wahrscheinlich nie erwidern wird."

„Weiß sie, dass du sie liebst?" Ich nicke. „Woher?", bohrt sie.

„Weil ich es ihr gesagt habe."

„Das war mutig von dir ..."

„Sie hat mit mir geschlafen."

„Obwohl sie dich nicht liebt?"

„So eine ist sie nicht", sage ich überzeugt. „Sie wollte mir nie wehtun."

„Aber das hat sie ..."

„Ja, das hat sie ..." Für den Bruchteil einer Sekunde sehe ich Lili vor mir. Ihre Hände auf meiner Haut, ihre Augen geschlossen, ihre Lippen einen Spalt weit geöffnet.

„Bereust du es?"

„Was?"

„Na, dass du mit ihr geschlafen hast?"

„Kein bisschen."

„Warum nicht?"

„Weil es der schönste Augenblick meines Lebens war. Ich wusste immer, dass sie mich nicht auf die Art liebt, auf die ich sie liebe."

„Und trotzdem hast du es getan."

„Ja."

„Dann behalte diese Erfahrung ... es wird eine andere kommen. Und diese Frau wird deine Gefühle erwidern."

Meine Augen füllen sich mit Tränen. „Was ist, wenn ich keine andere will?"

„Warum solltest du keine andere wollen?", fragt sie ein wenig verblüfft.

„Weil ich immer nur sie geliebt habe. Ich kann es mir nicht vorstellen, sie nicht mehr zu lieben."

„Irgendwann kannst du das, Liebes. Irgendwann ..." Tränen kullern über meine Wangen. Nach einer kleinen Pause fügt sie hinzu: „Es wird wieder eine geben, die dich ebenso in ihren Bann zieht wie Lili." Die Tatsache, dass sie das immer wusste, ist wie ein Schlag ins Gesicht. „Ja, Marie, ich wusste es ..." Es tut gut zu weinen. Es ist, als würde sich ein riesiger Knoten lösen. Ein Knoten, an den ich mich schon richtig gewöhnt hatte. Dann steht sie auf, küsst mich auf die Stirn und sagt: „Ich bin für dich da, mein Schatz ... immer ..." Dann geht sie zur Tür und zieht sie sanft hinter sich ins Schloss.

Lili

Am selben Nachmittag ruft Elias an. „Was ist denn bei euch heute passiert?" Seine Stimme verrät, dass er Emma gesehen hat.

„Sagen wir einfach, es war nicht schön." Ich habe gar keine Lust, den ganzen Scheiß noch einmal durchzugehen.

„Ist das alles?", fragt er irritiert, „Ich meine, Emma sah absolut zerstört aus. Was hast du bloß zu ihr gesagt?"

„Bitte, was? Was soll das denn jetzt heißen? Warum fragst du nicht stattdessen, was sie zu mir gesagt hat? Ich fasse es einfach nicht ..."

„Dann sag mir eben, was sie gesagt hat ... red einfach mit mir." Wir sagen beide nichts. Und ich habe im Moment auch nicht vor, noch etwas zu sagen. „Diese Sache hat doch auch mit mir zu tun. Mit Emma kann ich nicht darüber reden. Vielmehr redet sie nicht mit mir. Warum lässt du mich auch außen vor?", bricht Elias unser Schweigen.

„Das könnte daran liegen, dass es keinen Spaß macht, demütigende Situationen gleich mehrfach hintereinander zu erleben", antworte ich ein wenig zickig. „Und zusätzlich könnte es auch noch daran liegen, wie du auf mich zugegangen bist. Du hast mich gleich angegriffen. Wenn du tatsächlich denkst, dass ich vollkommen grundlos auf Emma losgehe, dann hab ich überhaupt keine Lust mehr, mit dir zu telefonieren."

„Du hast dich einfach nicht besonders mitgenommen angehört, das ist alles. Emma sieht aus, als wäre das der schlimmste Tag ihres Lebens."

„Wenn das so ist, dann weil sie es *verdient* hat ..."

„Mir tut es weh, sie so zu sehen. Und ich hätte gedacht, dir würde es ähnlich gehen. Ich kann mir nicht vorstellen, dass sie das verdient hat ..."

„Ach, und woher willst du das wissen?"

„Wenn du mir nichts sagst, dann bilde ich mir meine Meinung eben auf den paar Brocken, die ich weiß ..."

„Na, wunderbar. Dann tu das und habe Mitleid mit ihr. Und auch wenn das für dich herzlos klingen mag, ich habe keines und dabei wird es bleiben." Er sagt nichts. Und auch wenn ich versucht habe, mir Emmas Äußerungen bezüglich der Geräusche aus Elias Schlafzimmer nicht allzu sehr zu Herzen zu nehmen, und auch wenn ich dachte, ich würde sie ignorieren können, bohrt die Angst in mir, dass Emma das nicht nur gesagt hat, um mir eins reinzudrücken, sondern weil es stimmt. „Eine Frage habe ich noch", sage ich kalt.

„Und zwar?", antwortet er kein wenig versöhnlicher.

„Emma hat gesagt, du hättest mit Giselle geschlafen, als sie hier war. Sie sagt, dass sie euch dabei gehört hat ... Stimmt das?" Er schweigt. „Ich gebe dir gerade die einmalige Chance, mir die Wahrheit zu sagen. Hast du mit ihr geschlafen oder sonst irgendwas mit ihr gehabt?"

„Einmal davon abgesehen, dass das nichts mit uns zu tun hätte", antwortet er schließlich, „lautet die Antwort Nein."

„Emma hat sich diese Laute also eingebildet, ja?"

„Wenn du dir gerne einreden möchtest, dass ich mit ihr geschlafen habe, ist das dein Privatvergnügen. In diesem Fall wäre es ohnehin egal, was ich sage, denn du würdest glauben, was du willst ..."

„Wenn du mir sagst, dass es *wirklich* nicht stimmt, dann werde ich dir glauben. Mir ist unheimlich wichtig, dass wir ehrlich zueinander sind, Elias. Ich will dir vertrauen können und das kann ich nur, wenn du ehrlich zu mir bist."

„Also zum letzten Mal ... Ich habe *nicht* mit Giselle geschlafen, als sie hier war ... Und auf die Gefahr hin, dass diese Frage gleich kommt, nein, ich hatte auch sonst nichts mit ihr. Ich dachte, du hast unseren Streit mitbekommen, als sie wissen wollte, warum ich sie abgewiesen habe. Abgewiesen im Sinne von, *nicht* mit ihr zu schlafen."

„Du hast recht. Erstens wäre die Frage ganz bestimmt gekommen und zweitens hab ich gehört, wie ihr darüber diskutiert habt", antworte ich schnippisch. „Aber, wenn ich mich nicht irre, war sie noch zwei weitere Nächte da. Es hätte in diesen beiden Nächten gewesen sein können, oder etwa nicht?"

„Hätte es, ja. Ist es aber nicht. Dieses Thema geht mir echt richtig auf die Nerven." Er seufzt. „Vielleicht telefonieren wir später noch einmal. Ich habe echt keinen Geist mehr für dieses präpubertäre Verhör. Wenn du ein mangelndes Selbstwertgefühl hast, ist das nicht meine Schuld." Nachdem er das sagt, legt er auf. Ich dachte, so was machen nur Frauen. Auflegen meine ich. Eine ganze Weile halte ich noch den Hörer in der Hand und schaue ins Nichts. Ein präpubertäres Verhör, also. Na, da habe ich mich wohl doch in Elias' ritterlicher Art ein wenig getäuscht. Ich lege das Telefon weg.

Und auch wenn ich nicht weiß, warum, so weiß ich dennoch nicht, ob ich ihm wirklich glaube. Und ja, vielleicht hat er wirklich recht, und ich habe zu wenig Selbstbewusstsein, vielleicht glaube ich ihm nicht, weil ich ihm nicht glauben will. Vielleicht, weil ich mir nicht vorstellen kann, dass ein Kerl eine Frau wie Giselle ablehnt und das auch noch meinetwegen. Zusätzlich frage ich mich, ob es meinetwegen gewesen wäre, wenn er doch sagt, dass er nie gedacht hätte, dass sich zwischen uns etwas ergeben würde. Und wenn es nicht wegen mir war, warum hat er es dann nicht getan? Es hat doch schließlich nichts mit uns zu tun. Und das wiederum würde bedeuten, er wäre mir keine Rechenschaft schuldig. *Hätte* er jedoch mit ihr geschlafen und mir von Anfang an die volle Wahrheit gesagt, hätte ich an jenem Abend sicher nicht mit ihm geschlafen. Der Gedanke, dass er ein paar Tage zuvor noch auf Giselle herumgeturnt hat, wäre einfach zu abstoßend gewesen. Und das auch noch in demselben Bett ...

Es spricht also mehr dafür, dass er mit ihr geschlafen hat, als dass nicht. Und er hätte gute Gründe, wenn ihm etwas an mir liegt, dahingehend zu lügen. Und wenn er gelogen hat, wäre es in seinen Augen vielleicht ratsamer, bei dieser Version der halben Wahrheit zu bleiben, wenn er will, dass ich ihm vertraue ... Vielleicht ist es nämlich überhaupt nicht präpubertär, sondern entspricht genau den Fakten. Und das würde auch erklären, warum er dermaßen überzogen reagiert hat. Und auch, warum er mich absichtlich verletzt. Denn wenn er das Augenmerk auf mein mangelndes Ego und mein unreifes Alter lenkt, geht es plötzlich nicht mehr um ihn, sondern um mich.

Natürlich könnte es auch einfach sein, dass ich das alles falsch sehe. Es könnte sein, dass er einfach enttäuscht von mir ist, oder verärgert, weil ich ihm nicht glaube und seine Antwort infrage stelle ... Ich habe keine Ahnung. Normalerweise würde ich mit Emma darüber reden. Doch das geht nicht. Und mit meinem neuen Verbündeten kann ich nicht sprechen, weil *er* das Problem ist. Leni kann ich nicht anrufen, weil ich ihre Handynummer nicht habe, und ich würde eher töten, als bei Altmanns am Festnetz anzurufen. Denn im Moment will ich weder Emma noch Elias am Hörer haben. Und weil ich mir sicher bin, dass Marie gerade in, auf oder unter Mona ist, verwerfe ich auch den Gedanken, sie anzurufen.

Nach einer halben Stunde der stillen Zweifel, schreibe ich Marie letztlich doch eine SMS. *Hey Schatz ... Ich hoffe, ich störe dich nicht. Mir geht es gar nicht gut. Warst du nicht in der Schule? Habe dich gesucht ... Wenn du Zeit hast, melde dich bitte ... Kuss Kuss, Lili!* Nach einer weiteren dreiviertel Stunde schreibe ich eine weitere SMS. *Noch mal ich, Liebes. Wenn du dich innerhalb der nächsten halben Stunde nicht meldest, rufe ich an, auch auf die Gefahr hin, dass ich störe. Ich will wissen, ob mit dir alles in Ordnung ist. Mit mir nämlich nicht. Bitte, ruf mich an. Ich bin daheim. Kuss Kuss!* L

Ein paar Minuten später piept mein Handy. Es ist Leni. *Na, Du? Wie geht's Dir? Wollte Dir nur sagen, dass es mich freut, dass wir uns nach Jahren jetzt endlich besser kennenlernen. Nur die Umstände sind nicht so, wie ich es mir gewünscht hätte ... Hier, jetzt hast Du jedenfalls meine Nummer. Wenn Du Lust hast, etwas zu machen, meld Dich einfach, ja? Liebe Grüße – Leni*

Und auch wenn mich diese Nachricht wirklich freut, kann ich mit ihr nicht über dieses Problem reden. Auch wenn ich gerne wollte. Antworten sollte ich trotzdem.

Komm schon, Marie. Jetzt meld' dich endlich. Als ich nach dem gestellten Ultimatum immer noch nichts von Marie gehört habe, rufe ich sie an. Und genau in dem Moment, in dem ich überlege, ob ich auflegen soll, geht sie doch ans Telefon. Und sie klingt grauenvoll. „Hallo Lili", flüstert sie verheult in den Hörer.

„Mein Gott, Marie, was ist denn passiert?"

„Musst du wirklich noch fragen? Was soll es schon sein, außer das Übliche?"

„Nein! Ach, Liebes, das tut mir so leid ... Warum denn?" Ich versuche überrascht zu klingen, doch ich glaube, das klang zu überrascht und einfühlsam.

„Sie fühlt sich zu mir hingezogen, doch das reicht nicht für eine feste Beziehung. Die Heimlichkeiten seien ihr zu viel und gleichzeitig wolle sie sich nicht outen. Vor allem deswegen, weil sie auf ne gute Nummer mit 'nem Kerl nicht dauerhaft verzichten könnte. O-Ton. Genau so hat sie es gesagt."

„Ich dachte, sie war vor dir auch mit einer Frau zusammen?", frage ich, weil ich nicht weiß, was ich sonst sagen soll.

„Ja, war sie auch. Mit einer jüngeren, die sich nicht bereit gefühlt hat, zu ihrer Sexualität zu stehen. Mit ihr wollte Mona sich als Paar präsentieren, sie hat Mona aber den Laufpass gegeben. Und diese Geschichte haben wir jetzt noch einmal, nur dass diesmal ich die mit dem Laufpass bin ..."

„Kennst du sie?", frage ich wieder, um wenigstens irgendetwas zu fragen.

„Nein. Mona hat mir nicht einmal den Namen gesagt, weil sie ironischerweise an unserer Schule ist ... Eigentlich spielt das alles keine Rolle. Aber was ist mit dir? Warum geht es dir nicht gut?"

„Es ist viel passiert, seit wir uns zuletzt gesehen haben. Du hast andere Dinge im Kopf und da ist kein Platz mehr für meine Sorgen ..."

„Blödsinn. Raus damit", sagt sie, und ich höre ein klein wenig Neugierde in ihrer Stimme.

„Okay. Also, ob du es nun glaubst, oder nicht, das Unmögliche ist tatsächlich wahr geworden. Elias und ich sind ...", doch weiter komme ich nicht, denn Marie kreischt in den Hörer

„Nein!!?! Das darf ja wohl nicht wahr sein? Ihr seid doch zusammen, oder? Das wolltest du doch sagen."

„Ja, wir sind zusammen, aber ..."

„Ja, dann verstehe ich nicht, warum es dir nicht gut geht. Das wolltest du doch immer", unterbricht sie mich erneut.

„Emma hasst die Tatsache, dass wir zusammen sind. Dieser Tag heute in der Schule war der absolute Horror, und jetzt habe ich auch noch mit Elias gestritten ..." Ich erzähle Marie alles. Von der Nacht mit Elias, von der Giselle-Geschichte, von Emma, die im Türrahmen steht und wortlos geht, und vom Familienrat der Altmanns auf deren Terrasse. Ich erzähle ihr alles erst nur grob, doch sie will jede Einzelheit wissen. Wie es denn gewesen sei, mit Elias zu schlafen, ob ich es mir so vorgestellt hätte, ob ich meine Entscheidung bereuen würde. „Es war keine Entscheidung in dem Sinne. Ich hätte mich nicht anders entscheiden können." Ich versuche, das, was ich gefühlt habe, in Worte zu fassen. „Mein Bauch hat einfach entschieden ..." Ich atme tief ein. In Gedanken liege ich unter Elias. Ich schaue in seine schwarzen Augen. „... was ich versuche zu sagen, ist, dass es nicht einen Moment gegeben hat, in dem ich irgendwas bewusst entschieden habe ... Macht das für dich Sinn?", frage ich ein wenig unsicher, denn für mich klang diese Ausführung ein wenig wirr.

„Sicher macht das Sinn ... Mann, jetzt bist du endlich mit dem Mann zusammen, den du insgeheim schon immer wolltest und den du schon immer auf die ein oder andere Art geliebt hast ..." Sie hat recht mit dem, was sie sagt. Es gab nie wirklich einen anderen. Und sogar Clemens war ein Luftschloss, denn sonst hätte ich Emma wohl kaum so leicht verzeihen können. „Schade nur, dass du es dir nehmen lässt", unterbricht Marie meinen Gedankenfluss.

„Nehmen? Was?", frage ich und verstehe überhaupt nicht, was sie damit meint.

„Na, dein Glück ... Verstehst du nicht, Lili? Unterm Strich ist es doch völlig egal, ob er mit dieser französischen Schlampe geschlafen hat. Denn wenn er es überhaupt getan hat, hat es ihm dann wirklich etwas bedeutet? Wäre sie ihm wichtig, wäre er mit ihr zusammen, sie ist schließlich in greifbarer Nähe. Er ist aber nicht mit ihr, sondern mit *dir* zusammen. Verstehst du? Es spielt keine Rolle. Und außerdem weißt du nicht einmal, ob er mit ihr im Bett war. Solltest du da nicht eher einfach seinem Wort glauben?" Ich sehe Marie vor mir, wie sie mit wilden Gesten versucht, mich davon zu überzeugen, dass sie recht hat. „Emma hat allen Grund, bei euch dazwischenzupfuschen. Du solltest bei ihm sein. Du solltest in diesem Moment mit ihm schlafen ... stattdessen sitzt du in deinem Zimmer und grübelst. Das meine ich mit, du lässt es dir nehmen."

Ich liebe Marie. Ich weiß, das habe ich schon gesagt, doch es ist eben eine Tatsache. „Wir haben genug von mir geredet. Dir geht es nicht gut und deswegen sollten wir uns treffen", lenke ich ab. „Außer, du willst nicht reden?"

„Ich weiß das zu schätzen, aber ich leide lieber allein, und der Gedanke, wie du nackt und schwitzend unter Elias liegst, gefällt mir um einiges besser, als die Vorstellung, wie du mir ein Taschentuch nach dem anderen reichst."

„Ich liebe dich, Marie ... das weißt du, oder?"

„Ja, das weiß ich", sagt sie leise. „Nur eben leider nicht so, wie ich gerne hätte, dass du mich liebst."

„Ich dachte, du wärst in Mona ..."

„Das dachte ich auch", fällt sie mir ins Wort. „Und ich habe mich auch in sie verliebt. Aber es gibt einen Unterschied zwischen verrückter Verliebtheit und echter Liebe ..." Nachdem sie das sagt, macht sie eine kurze Pause und wechselt das Thema. „Ruf ihn an ... oder besser noch, fahr einfach gleich zu ihm und sei glücklich. Zu wissen, dass du glücklich bist, reicht fast schon aus, um mich glücklich zu machen."

Und auch wenn Marie eigentlich mit allem, was sie gesagt hat, recht behält, so macht es für mich schon einen Unterschied, ob er mit Giselle geschlafen hat oder nicht. Es macht einen gefühlsmäßigen Unterschied. Es geht um Ehrlichkeit und Vertrauen. Es geht darum, den steinigen Weg zu gehen, weil es der richtige ist und nicht den einfacheren, bloß weil er einfacher ist. Nichtsdestotrotz fühle ich mich besser, was nicht heißt, dass ich Elias anrufen werde. Auch wenn ich ihn gerne sehen würde. Und nicht nur sehen.

„Wir gehen jetzt, mein Schatz", sagt meine Mutter und steckt den Kopf in mein Zimmer.

„Wann kommt ihr denn wieder?", frage ich, und meine Mama sieht sofort, dass ich geweint habe.

„Sei nicht traurig, Lili. Er wird sich schon melden. Glaub mir. Es ist besser, wenn ihr euch wieder beruhigt." Es ist schön, wieder so mit ihr reden zu können. Und ich weiß, dass es auch ihr viel bedeutet hat, dass ich vorhin zu ihr ins Wohnzimmer gekommen bin und ihr alles erzählt habe. Selbstverständlich war das eine zensierte Version der Wahrheit. Eine Version ohne Sex. Und auch im Bezug auf Elias Alter war ich geschickt genug, diese Frage zu umgehen. Ich weiß genau, dass meine Mutter nichts gegen Elias hätte. Im Gegenteil. Sie wäre vermutlich hingerissen. Aber ich glaube, ihr würde der Gedanke nicht wirklich gefallen, dass ein erwachsener Mann Hand an ihr kleines Blümchen legt. „Möchtest du, dass wir bleiben? Weil, wenn ja, dann ist dieses Wochenende in zwei Minuten abgesagt. Ein Wort von dir genügt ..."

„Das ist wirklich nicht nötig, Mama, ich komme schon klar. Ich habe genug zu lernen dieses Wochenende. Außerdem werde ich Marie und Leni treffen. Aber es ist schön, dass du gefragt hast ..."

„Na, gut. Du hast ja alle Telefonnummern, falls etwas sein sollte ..." Sie lächelt mich an. „Und auch wenn das jetzt total spießig für dich klingen mag, ich will nicht, dass er hier schläft. Zumindest nicht, solange dein Vater und ich ihn nicht kennen. Hast du mich verstanden?" Als ich versuche, dieser eindeutigen Frage auszuweichen, fragt sie noch einmal. „Lili, habe ich dein Wort?"

„Mama, wir haben uns gestritten. Er wird mich nicht und ich ihn nicht anrufen. Du musst dir also keine Sorgen ..."

„Das ist keine Antwort", schneidet sie mir das Wort ab. „Denn sogar, wenn er sich in aller Form bei dir entschuldigt, möchte ich nicht, dass ihr dann zu zweit hier alleine seid. Dein Vater und ich haben die Verantwortung ..."

„Ist ja gut ... Ich habe verstanden."

„Gut ... Also, mein Schatz. Schönes Wochenende. Und wenn etwas ist ..."

„... dann rufe ich an", beende ich ihren Satz. „Schöne Zeit."

„Dir auch ..." Sie verlässt mein Zimmer. „Wir sind Sonntag Mittag zurück", ruft sie noch durch den Flur.

Wie wunderbar, dass ich nur sagen musste, dass ich sie verstanden habe. Verstehen heißt nämlich nicht, dass sie mein Wort hat. Und verstanden habe ich sie ja wirklich. Ich habe also nicht gelogen. Und um noch ein wenig fairer zu sein, verspreche ich mir selbst, Elias weder anzurufen, noch ihm anzubieten, bei mir zu schlafen. Mehr kann man von einer Achtzehnjährigen nun wirklich nicht erwarten.

Marie

Sie sind also tatsächlich ein Paar. Das Unmögliche ist grausame Realität geworden. Ich freue mich für sie. Ehrlich. Zumindest ein Teil von mir tut das. Der andere weiß nun, dass meine Träume niemals wahr werden. Ich sitze im Bett und trage in Gedanken mein letztes Fünkchen Hoffnung zu Grabe. Das war es. Das war der letzte Schritt. Sie wird mich nie auf die Art lieben, auf die ich sie liebe. Sie hat nicht nur Gefühle für eine andere Person, sie hat Gefühle für einen Mann. Und da kann ich nicht mithalten. Ich werde ihr nie geben können, was sie braucht. Sie liebt mich, begehrt mich aber nicht. So wie meine Mutter meinen Vater geliebt hat. Und vielleicht denkt sie sogar, dass ich ihr Typ wäre, wenn ich ein Kerl wäre, doch ich werde nie einer sein.

Zusammengekauert liege ich auf dem Bett und weine. Jede Träne ein Stückchen meines gebrochenen Herzens. Ich wusste es immer, doch begriffen habe ich es nie so wirklich. Denn Elias war immer nur ein Luftschloss, ein

Phantom, eine Traumvorstellung. Und nun ist er Realität. Er schläft mit ihr. Er berührt sie. Er liebt sie. Und ich weiß, ich sollte mich freuen, ich sollte glücklich sein, weil sie so lange darunter gelitten hat. Genauso wie ich. Doch ihr Glück ist mein Unglück.

In meiner Vorstellung schläft sie mit ihm. Ihr Gesicht verzieht sich bei jeder seiner Bewegungen. Ihre Körper eng aneinandergepresst, ihr Atem an seinem Nacken. Er riecht ihren Duft, saugt ihn ein, inhaliert ganz tief den Geruch von Lust und Moschus. Je detaillierter ich mir ihren Duft und ihren Körper vorstelle, desto grauenhafter geht es mir. Und dann nach einer Weile sehe ich nur noch sie. Ihren Körper. Er ist nicht länger wichtig. Und diese Vorstellung ist wunderschön. Sie genießt. Und plötzlich ist das Bild, das mich eben noch fast zerrissen hat, erregend. Und weil ich sie *wirklich* liebe, schreibe ich ihr eine SMS. Denn ihr Glück ist nicht nur mein Unglück. Ihr Glück ist gewissermaßen auch meines. Es ist an der Zeit loszulassen. Denn nur so kann ich weitermachen. Die Wahrheit ist hart und tut weh, doch ich will nicht länger in einer Parallelwelt leben. Ich will die Realität. Und die habe ich heute von zwei Frauen bekommen. Monas Part war jedoch nicht so schmerzhaft wie Lilis.

Lili

Ein paar Stunden später schreibt mir Marie. *Weinst du noch, oder schwitzt du schon?*, und ich muss lachen. Antworten tue ich nicht, weil ich nicht lügen will. Eine erneute Predigt, dass ich mein Glück nicht nehme, brauche ich aber auch nicht. Und so kuschle ich mich wieder in meine Decke und sehe mir weiter *Notting Hill* an. Wunderbarer Film. Gut, zugegeben, es ist der absolute Kitsch, aber es ist eben wunderschöner Kitsch. Ich bin gerade bei der Szene, als er endlich auf der Pressekonferenz ankommt und der

Reporter gebeten wird, seine Frage ein zweites Mal zu stellen, als mein Handy klingelt. Es ist Elias.

„Hallo", sage ich kühl.

„Hallo, Kleines", sagt er, und es klingt ein wenig so, als würde ihn ein schlechtes Gewissen plagen. Ich warte. Er wird ja wohl nicht nur angerufen haben, um *hallo Kleines* zu sagen. Und wenn doch, dann hat er das nun getan und kann getrost auflegen. „Es tut mir leid", sagt er leise. „Ich habe mich falsch verhalten, so was von falsch." Er macht eine Pause. „Es ist völlig verständlich, dass du nachgefragt hast. Ich hätte das auch gemacht. Und natürlich geht es dich etwas an. Denn ich gehe dich etwas an." Ich schließe die Augen und stelle mir sein Gesicht vor. „Weißt du, ich stehe schon eine ziemlich lange Weile vor deiner Haustür, traue mich aber nicht ..."

„Du stehst vor meiner Tür?!", unterbreche ich ihn.

„Ja, aber da ich deine Eltern nicht kenne, wusste ich nicht, ob es vielleicht zu aufdringlich rüberkommt, wenn ich so mit der Tür ins Haus falle ... auf der anderen Seite wollte ich dich so gerne sehen und ...", während er weiterhin wundervolle Dinge sagt, stehe ich auf und mache mich auf den Weg zur Haustür. „... wenn es ungelegen ist, gehe ich wieder, ich wollte nur, dass du weißt ..."

Ich öffne die Tür. Und da steht er. „Dass ich was weiß?", frage ich. Er schaut mich an. Eine Weile stehen wir nur da, beide mit den Telefonen am Ohr. Dann schließlich lege ich auf und trete zur Seite, damit er reinkommen kann.

Ich habe schließlich nur verstanden und nicht mein Wort gegeben.

Emma

Ich liege auf dem Bett und schaue an die Decke, so als würden dort alle Antworten stehen. Doch sie ist kahl und bräuchte mal wieder einen Anstrich.

Lili hatte recht. Und zwar mit allem, was sie gesagt hat. Ich bin die, die man nicht ernst nimmt, und ich bin selbst schuld daran. Ich gebe mich so, wie andere es von mir erwarten. Ich sehe mich mit deren Augen, obwohl ich weiß, dass ich mehr zu bieten habe als eine nette Figur. Ich habe aufgehört, mich anders zu sehen. Ich habe die Vorurteile anderer verachtet und gleichzeitig erfüllt. Ich habe Leni Timo ausgespannt. Ich habe mich von Clemens einladen lassen, obwohl ich wusste, dass Lili ihn mag. Und ich denke nur an mich.

Das Schlimmste ist, dass ich so unglücklich bin und es niemandem sagen kann, weil ich weder mit Elias noch mit Lili reden kann. Und auch das habe ich mir ausgesucht.

Langsam stehe ich auf und gehe zu meinem Schreibtisch, wo immer noch ein leeres Stück Papier auf mich wartet. Ich setze mich hin und starre es an. Dann nehme ich den Stift und lege ihn auf die erste Zeile, so als hoffte ich, dass er dann schon anfangen würde, von selbst zu schreiben. Es gäbe viel zu schreiben. An Lili, an Leni, an Elias und an Stefan. Jedem würde ich gerne etwas sagen. Bei jedem würde ich mich gerne entschuldigen. Doch es scheint so, als wäre es in allen vier Fällen zu spät. Es ist genauso, wie wenn jemand niest. Es gibt ein Zeitfenster, in dem man *Gesundheit* sagen kann. Und dieses Fenster ist klein. Wenn man es nicht in diesen paar Sekunden gesagt hat, geht es nicht mehr. Es ist einfach zu spät. Mit Entschuldigungen ist es ähnlich.

Das mit Timo ist schon zwei Jahre her. Und ich kann nicht einmal mehr genau sagen, wieso ich es getan habe. Ich wollte nichts von ihm. Ich hatte keine Gefühle für ihn. Ich denke, ich habe es getan, weil Leni immer die ist, die alles hinbekommt. Ich denke, ich habe es tatsächlich getan, *um* ihr wehzutun. Und ich weiß nicht mehr, warum. Leni hat mich nie verletzt. Sie hat immer zu mir aufgeschaut. Zu mir, ihrer großen Schwester.

Und dann fällt es mir plötzlich wieder ein. Ganz plötzlich weiß ich es wieder. Leni sitzt mit meinen Eltern am Esstisch. Ich komme in die Küche, um mir etwas zu trinken zu holen. Und das war mein Fehler. Wäre ich doch einfach in meinem Zimmer geblieben. Oder hätte ich Wasser aus der Leitung im Bad genommen. Doch ich bin in die Küche gegangen. Und als ich durch die Tür komme, höre ich sie im Nachbarzimmer reden. Und sie reden über mich. Und wenn man über mich redet, sind das meistens keine schönen Gespräche. Ich weiß es wieder. Mein Vater hat gesagt, dass er nicht weiß, wie er mir helfen soll, weil ich schließlich nichts dafür könne, dass ich nicht so intelligent bin wie meine Geschwister. Er wünschte, er könne etwas tun, doch das läge nicht in seiner Macht. Und meine Mutter stimmt ihm zu. Es ist nur ein kleiner Laut, doch es ist Zustimmung. Ich stehe vor dem Kühlschrank und rühre mich nicht. Dann höre ich Leni, die mich verteidigt. Und ich kann nicht sagen, warum, doch das ist die größte Demütigung. Dass sie mich in Schutz nimmt. Sie, die perfekte Tochter. Mein Vater ist gerührt von ihrer Einfühlsamkeit. Und meine Mutter sagt nichts. Und dann sagt mein Vater, was ich nie wusste, was sie immer vor mir geheim gehalten haben. „Weißt du, Leni, deine Schwester hatte nicht die Noten fürs Gymnasium. Es hat mehr als nur überzeugende Worte gebraucht, dass sie heute ist, wo sie ist ... Und sie weiß es nicht zu schätzen. Vielleicht haben wir sie überfordert. Vielleicht hätte sie es an einer weniger anspruchsvollen Schule einfach leichter." Ich gebe keinen Laut von mir. Stille Tränen laufen über meine Wangen. Sie sind schwer wie Blei. Sie sind gefüllt mit Enttäuschung. Enttäuschung darüber, dass meine Eltern mich nicht sehen. Ich bin inmitten meiner Geschwister nicht existent. Sie reduzieren mich auf Noten und Leistung. Und Leni sitzt dazwischen. Und dieses Mal ergreift sie nicht meine Partei, sondern schweigt.

Einige Tage später werden wir uns streiten, und sie wird mir sagen, dass ich minderbemittelt bin. Und ich werde eine Woche später mit Timo schlafen, um ihr heimzuzahlen, dass sie es gewagt hat, in meinen wundesten Punkt zu stechen. Und während ich mit ihm schlafe, werde ich den Gedanken genießen, dass sie leidet. Weil sie es verdient hat.

Lili

„*Notting Hill*? Der ist gut. Willst du das Ende noch sehen?", fragt er mich relativ unvermittelt.

„Dir gefällt *Notting Hill*? Ehrlich?"

„Ich weiß, das ist nicht besonders männlich, aber ja, ich mag den Film ganz gern. Wollen wir das Ende noch anschauen?", und er fragt das so, als würde er es wirklich ansehen wollen.

„Sicher ... aber nur, wenn du auch wirklich willst ..." Wortlos schiebt mich Elias zum Sofa und wir wickeln uns in meine Bettdecke. Er schlingt seine Arme um mich, und gemeinsam schauen wir das vielleicht kitschigste Ende der Filmgeschichte. Vielleicht habe ich mich in Elias' ritterlicher Art ja doch nicht getäuscht ...

Als der Film vorbei ist, drehe ich mich zu ihm und strahle ihn an.

„Und was machen wir jetzt?", fragt er mich.

„Keine Ahnung ... entweder noch ein Film oder ... oder hast du auf etwas anderes Lust?" Und erst als ich die Frage schon ausgesprochen habe, fällt mir auf, wie eindeutig zweideutig sie war. Während ich langsam rot anlaufe, geht mir durch den Kopf, dass das zweite Mal viel schwerwiegender ist als das erste Mal, wenn man miteinander schläft. So sehe ich das zumindest.

„Was für Filme hast denn da? Wir können gerne noch einen Film anschauen, wenn du magst." Also, entweder hat er überhört, wie zweideutig die Aussage eben war, oder er hat einfach keine Lust darauf, mit mir zu schlafen. „Lili?"

„Was? Tut mir leid, ich war eben in Gedanken ... Was hast du gesagt?"

„Ich habe gefragt, was du für Filme da hast."

„Überwiegend Frauen-Filme. Aber wenn du *Notting Hill* überstehst, dann können die andern dich auch nicht wirklich schocken."

„Du denkst, ich schaue lieber einen Film, als mit dir zu schlafen, richtig?"

„Na ja, zugegeben, es ist mir kurz durch den Kopf gegangen. Das Problem ist aber eigentlich, dass mir dieses zweite Mal wirklich zu schaffen macht."

Er richtet sich auf und zieht die Augenbrauen hoch. „Inwiefern?"

„Es ist komisch ... nein, mehr noch als nur komisch. Ich habe fast ein wenig Angst davor", gebe ich zu.

„Und weißt du auch, warum?", fragt er schmunzelnd.

„Was bitte ist komisch daran, wenn mir der Gedanke, ein zweites Mal mit dir zu schlafen, Angst macht?", frage ich ein wenig verärgert über sein Schmunzeln.

„Nichts. Ich würde nur gerne wissen, was genau daran dir Angst macht."

„Vielleicht die Tatsache, dass es bald passieren muss. Vielleicht auch, weil unser erstes Mal sich einfach *ergeben* hat und ich nicht nachdenken musste."

„Was meinst du eigentlich mit *zum zweiten Mal?* Wir haben doch bestimmt sechs Mal miteinander geschlafen."

„Ich meine doch nicht die *Anzahl*", sage ich kopfschüttelnd. „Das war alles irgendwie fließend. Wir habend das Bett ja kaum verlassen."

„Dann fürchtest du dich also eigentlich vor etwas anderem."

„Ich fürchte mich davor anzufangen."

„Anzufangen?", fragt er grinsend.

„Ja, Elias, anzufangen." Ich spiele nervös mit meinen Fingern. „Ich weiß nicht, wie ich anfangen soll. Das letzte Mal hat es sich eben irgendwie einfach ergeben. Ich weiß nicht, wie ich das ... ach, vergiss es, ich kann es nicht erklären."

„Versuch es."

„Das habe ich doch gerade."

„Okay, versuchen wir es anders." Er richtet sich auf. „Hast du schon einmal daran gedacht, mit mir zu schlafen? Also, ich meine, bevor wir zusammengekommen sind ..." Der Ausdruck in seinem Gesicht ist schelmisch.

„Was tut denn das bitte zur Sache?"

„Antworte doch einfach. Hast du oder hast du nicht? Sag schon ..."

Ich denke an die verschiedenen Situationen, in denen ich mit Elias geschlafen habe. Zumindest in Gedanken. „Das ist mir unangenehm ", lenke ich ab „Ich dachte, du wolltest wissen, was genau mir Angst macht."

„Das *Anfangen.* Ich weiß. Dazu komme ich noch. Aber erst hätte ich gerne eine Antwort auf meine Frage."

„Ich habe aber keine Lust, darauf zu antworten", sage ich und hoffe, dass wir es dabei belassen können.

„Warum ist es für viele Menschen nur so schwierig, über Sex zu reden? Wie oft haben wir miteinander geschlafen? Sechs, sieben Mal?"

„Ja, das kommt hin, und?", frage ich ein wenig verstört.

„Hast du es genossen?"

Ich schaue zu Boden. Vielleicht ist es ja ein Zeichen von Schwäche, dass es mir peinlich ist, aber wenn das so ist, dann ist das eben so. „Die Fragen werden ja immer besser", sage ich und atme einmal tief ein. Meine innere Zerrissenheit scheint Elias ungemein zu amüsieren, denn er prustet los. „Was ist so lustig?", frage ich angesäuert.

„Es tut mir leid, Kleines", presst er lachend heraus, „Es ist einfach komisch ..." Als sich meine Miene kein bisschen verändert, unterdrückt er sein Lachen und versucht, möglichst ernst zu schauen. Und auch wenn es ihm nicht gelingen will, rechne ich ihm an, dass er es wenigstens versucht. „Also ich habe ja", sagt er, nun einigermaßen ernst, „nicht nur einmal daran gedacht, mit dir zu schlafen ... ich habe mir bis ins kleinste Detail vorgestellt, wie es sein könnte." Er lächelt mich an. „Vielleicht ist deswegen der Gedanke daran, wie ich anfangen würde, nicht weiter schwierig, weil ich in meinem Kopf schon so oft damit angefangen habe ..." Es gefällt mir, wie er darüber redet. Und vielleicht bewundere ich auch ein wenig, wie unbefangen er ist.

„Ich kann nicht sagen, wie oft ich es mir vorgestellt habe", sage ich schließlich, auch wenn ich es viel schüchterner sage als er. Immerhin sage ich es.

„Also hast du es dir vorgestellt ..."

„Das habe ich doch gerade gesagt."

„Na, dann sag es eben noch einmal." Er grinst.

„Ich habe es mir oft vorgestellt ... Zufrieden?"

„Ja, ziemlich sogar", sagt er lächelnd. „Und wie hat es in deiner Vorstellung angefangen?"

Einen Augenblick denke ich nach. „Mitten drin", sage ich schließlich, was Elias ernsten Gesichtsausdruck in sich zusammenfallen lässt. Er versucht angestrengt, es nicht zu tun, doch das Grinsen ist stärker. „Ich weiß jetzt, was mir Angst macht", ignoriere ich sein Grinsen. „Es ist die Tatsache, dass es noch nicht passiert ist. Irgendwie scheine ich darauf zu warten. Und deswegen bin ich total verkrampft ..." Er atmet tief ein und schafft es schließlich, sein Grinsen zu unterdrücken. „Vor einigen Tagen, stand ich einfach komplett neben mir. Ich hatte keine Erwartungen, keine Hoffnungen, nichts. Ich hätte nie gedacht, dass sich etwas zwischen uns ergibt. Deswegen war ich locker und konnte mich gehen lassen ..."

„Und das kannst du jetzt nicht?"

„Nicht so. Irgendwie bin ich erleichtert, dass du nicht nur auf meinen Körper fixiert bist, andererseits erwarte ich irgendwie, dass du die Finger nicht von mir lassen kannst ... So wie damals bei ..."

„Lass mich raten ... damals bei Giselle", unterbricht er mich.

„Ja. Ich habe euch gesehen. Vielleicht zu lange."

„Hör auf, Kleines. Das ist wirklich nicht, worum es geht. Glaub mir, wenn es nach mir ginge, würde ich die ganze Zeit mit dir schlafen." Ich schlucke und das viel zu laut. „Aber ich will unter keinen Umständen, dass du das Gefühl hast, ich bin nicht an *dir* interessiert, weil ich das wirklich bin." Als er das sagt, hebt er meinen Kopf.

„Weißt du eigentlich, was ich immer getan habe, als ich mir vorgestellt habe, mit dir zu schlafen?"

„Nein, was denn?", fragt Elias, und seine schwarzen Augen funkeln. Ich schiebe ihn von mir weg und ziehe mir langsam den Pullover über den Kopf. „Wenn du willst, zeige ich es dir ...", flüstere ich lächelnd, während ich den Verschluss meines BHs öffne. Und plötzlich ist das Anfangen gar nicht mehr so schwierig.

Marie

„Du wusstest doch, dass das irgendwann passieren wird ..." Seine Stimme klingt warm und weich.

„Ich weiß", antworte ich kleinlaut. „aber ich wusste nicht, wie weh es tun würde."

„Marie, unerwiderte Liebe tut immer weh ... ich weiß, wovon ich spreche ..."

Paul hat mich geliebt. Vielleicht tut er es noch. „Es tut mir leid, Paul."

„Das braucht dir nicht leid zu tun. Was kannst du denn dafür?" Paul gehört zu den wenigen, die wissen, dass ich lesbisch bin. Und nur er weiß, dass ich Lili liebe. Außer meiner Mutter. Die wusste es ja, ohne dass ich etwas gesagt habe. Und Lili natürlich. Paul ist seit Jahren mein engster Freund. Mein einziger Vertrauter. Und das ist er nur, weil er mir vor etwas über einem Jahr seine Liebe gestanden hat.

Es war in diesem Zimmer. Wir hatten einen Film angesehen. *Matrix* war es. Als der Film zu Ende war, haben wir uns Stunden unterhalten. Mir hat immer gefallen, dass man mit ihm reden kann. Er ist einer dieser Typen, die genau auf den Punkt bringen können, was sie gerade empfinden. Er hat mich fasziniert. Seine Ansichten und seine Denkweise.

Und dann, als wir mitten in einer spannenden Diskussion darüber sind, ob es denn vielleicht möglich wäre, dass wir tatsächlich in einer Matrix leben, es aber nicht merken und dieser Film nur gedreht wurde, um uns indirekt davon zu überzeugen, dass es keine Matrix geben kann, weil die Maschinen es sicher nicht zulassen, dass so ein Film gedreht wird, beugt er sich plötzlich zu mir und küsst mich. Einfach so. Ohne jede Vorwarnung. Und ich weiß nicht warum, doch ich erwidere seinen Kuss.

Vielleicht, weil es so unvermittelt passiert ist. Vielleicht auch, weil es schön ist, ihn zu küssen. Einerseits ganz sanft, doch nicht unsicher. Es war keiner von diesen Küssen, wo man Angst hat zu ersticken oder sich zu übergeben, weil er mit seiner Zunge wie wild im Kreis rührt und dabei ständig an das kleine Ding im Rachen kommt, das den Brechreiz auslöst. Nein, es war ein wundervoller Kuss. Und es war ein erregender Kuss. Und weil es mich so verwundert, dass er mich so erregt, lasse ich zu, dass er mich berührt. Ich lasse mich bei ihm fallen, weil ich ihm vertraue, weil ich ihn lieben will. Seine Hände gleiten unter mein Oberteil und seine Fingerspitzen tasten sich sanft zu meinem BH vor. Ich spüre, wie er den Verschluss öffnet. Jeder Muskel in meinem Körper scheint angespannt zu sein, doch ich rege mich nicht. Meine Augen sind geschlossen, und seine Berührungen sind wie tausend kleine Nadeln, die in meine Haut stechen. Seine Zunge schmeckt süß und sein Atem riecht nach Bier. Und auch das erregt mich. Langsam zieht er mir das Oberteil über den Kopf und schiebt die Träger des BHs über meine Schultern. Ich weiß nicht warum, doch ich will ihn. Ich denke, ich wollte wissen, ob ich vielleicht doch nur mit den Falschen im Bett war und ob er es schaffen könnte, mir zu zeigen, dass ich eben doch nicht ausschließlich auf Frauen stehe. Unsere Küsse werden intensiver und seine Hände erforschen meine Brüste. Noch nie hat mich ein Mann so berührt. Weder meinen Körper noch meine Seele. Langsam drückt er mich zu Boden. Ganz sachte, ganz vorsichtig. Und dann, als ich auf dem Rücken vor ihm liege, zieht er meine Hose aus, dann die Unterhose. Und auch das geschieht ganz langsam. Ich spüre das Blut durch meinen

Körper schießen. Dann fällt mein Blick auf das Standbild vom *Matrix*-Abspann. Paul sitzt noch vollkommen angezogen zwischen meinen Beinen auf dem Fußboden. Es fühlt sich schön an, vor ihm nackt zu sein. Es ist ein gutes Gefühl, wie seine Blicke über meinen Körper wandern. So, als könnten sie mich anfassen. Ich spüre sie. Als er anfängt, sich auszuziehen, schließe ich wieder die Augen, lausche nur den minimalen Geräuschen, wie er den Reißverschluss seiner Jeans öffnet oder dem leisen Summen des DVD-Spielers. Und dann sind da wieder seine Hände. Sie sind sanft. Es sind Hände, die nie schwer arbeiten mussten. Es sind geschlechtslose Hände. Kaum spürbar kreisen seine Fingerkuppen an der Innenseite meiner Schenkel. Eine halbe Ewigkeit liegen wir nur da, und er malt kleine Muster auf meine Haut. Und mit jedem Schnörkel wandert er millimeterweise aufwärts. Ich wünsche mir, dass er mich von meinen Qualen erlöst, und gleichzeitig genieße ich es zu warten, fast zu ersehnen, was gleich passieren wird. Meine Augen sind geschlossen, mein Mund trocken. Mein Atem wird immer schneller, meine Handflächen schwitzen. Seine Finger gleiten über meine Leisten, dann streift er für den Bruchteil einer Sekunde über mein Schambein, und dieser winzige Augenblick ist von einer derartigen Intensität, dass sich alles in mir zusammen zieht. Zum ersten Mal gebe ich einen Laut von mir, der nicht gespielt ist, wegen der Berührung eines Mannes. Ich spüre, dass er sich zusammenreißen muss, seine Hände so langsam zu bewegen. Ich spüre, dass er mich will, und ich genieße es, dass Paul mich will. Und wieder verfehlt sein Finger ganz knapp sein Ziel. Es erregt ihn, mich in der Hand zu haben. Es gefällt ihm, dass seine Berührungen meinen Körper durchfließen wie elektrische Stöße. Seine Blicke verschlingen mich. Ich weiß es, ohne ihn zu sehen. Und dann, ganz unvermittelt, ebenso aus dem Nichts wie der Kuss, dringt er in mich ein. Ich höre mich schwer atmen, und es klingt auf eine seltsame Art schön. Ich kann das schlecht erklären.

Gemeinsam bewegen wir uns, seine Finger geben den Takt vor. Es ist, als würde er mich führen, und ich folge ihm. Ich spüre nur noch mich. Nur noch die Lust, die meinen Körper durchströmt. Ich bin wie in Trance versetzt. Und plötzlich spüre ich seine Zunge, wie sie sich zwischen meine Schamlippen schiebt. Und es geschieht, was ich nie für möglich gehalten hätte. Ich weiß, ich werde jeden Augenblick kommen. Und ich weiß, dass es Paul ist, der mich dazu bringt. Mein bester Freund Paul. Ich atme tief ein, und dann ist der Moment, in dem sich alles in mir verkrampft, in dem meine Hände nach Halt suchen und ihn an Pauls Kopf finden. Ich drücke ihn noch fester zwischen meine Beine, will, dass er weitermacht, nur noch diese eine Sekunde, bis ich alles vergesse und die Anspannung ebenso schnell verfliegt, wie sie gekommen ist. Ich weiß nicht, wie laut ich war, ich weiß nicht, ob ich noch atme, ich weiß nur, dass ich in diesem Moment das Glück in mich einsauge. Ich nehme es auf. Und dann muss ich lächeln. Innerlich bin ich vollkommen gelöst. Für diesen wundervollen Moment sind alle Sorgen verflogen.

Und dann, ganz plötzlich, ist alles anders. Ich öffne die Augen und sehe, wie er ein Kondom aus seiner Tasche zieht und es überrollt. Er lächelt. Und dieses Lächeln ist mehr als nur ein normales Lächeln. Es schreit förmlich, dass das der Moment ist, auf den er schon ewig gewartet hat. Und ich habe es nicht bemerkt. Ich schließe die Augen, weil ich ihn nicht länger ansehen kann. Ich spüre, wie Paul zwischen meine Beine robbt. Ich spüre, wie er in mich eindringt. Und dann ist sie wieder da, die Gewissheit, dass ich nicht *ihn* will. Bis eben hätte er auch eine Frau sein können. Meine Augen waren geschlossen, meine Gedanken frei. Doch die Tatsache, dass er sich in mir bewegt, macht es mir klar. Er ist keine Frau, er ist ein Mann. Er ist Paul, mein bester Freund. Und ich sollte das nicht tun. Andererseits kann ich ihn doch jetzt nicht abweisen, nicht jetzt. Nicht, nachdem ich gekommen bin. Er würde es nie verstehen. Wie auch? Ich habe ihm eindeutige Zeichen gegeben weiterzumachen. Ich wollte ihn. Und jetzt will ich ihn nicht mehr. Doch er bewegt sich. Und er wird schneller. Was soll ich sagen? *Du, Paul, bitte hör auf, das reicht jetzt...* Vielleicht dauert es ja nicht mehr lange. Vielleicht kommt er gleich, und es ist vorbei. Sein Atem an meinem Hals, seine Zunge in meinem Ohr. Und plötzlich mag ich auch den Biergeruch nicht mehr. Wie gelähmt liege ich unter ihm. Hoffentlich hat er es bald. Dann hört er auf. „Marie?" Ich schlage die Augen auf. „Ist alles in Ordnung?" Er ist außer Atem. Bisher hat noch keiner bemerkt, dass ich das nicht will. Doch Paul kennt mich. Die Wahrheit oder doch lieber die Lüge? „Marie?" Er sieht unsicher aus.

„Alles okay ...", hauche ich.

„Sicher?" Ich nicke, weil ich es nicht schaffe, noch einmal zu lügen. Und dann schließe ich wieder die Augen. „Ganz sicher?"

Und dann sage ich es, ihm zuliebe. „Bitte mach weiter..." Ich sage es nicht nur, ich stöhne es. Ich will ihn nicht abweisen. Nicht so und nicht jetzt. Und er glaubt mir, denn er macht weiter. Erst sanft, dann werden seine Bewegungen gierig, und sein Atem schwerer. Ich atme mit ihm, ich bewege mich unter ihm. Ich spiele Lust. Und dann hält er inne. „Hör nicht auf", fordere ich.

„Warte ... ich will es noch herauszögern ..."

Auch das noch. „Nein, bitte, bitte mach weiter", bettle ich. Und ich bewege mich weiter. Und dann spüre ich es, sein Körper wird steif, seine Hände vergraben sich in meinem Fleisch. Und da ist es wieder. Das Pumpen. Es ist vorbei. Endlich.

Und zu meinem Entsetzen ist es das doch nicht. Denn nach wenigen ermatteten Sekunden bewegt er sich weiter. „Ich will, dass du auch kommst", flüstert er. Ich kann das nicht. Ich schaffe es nicht. Ich kann ihm das nicht vorspielen. Und in diesem Moment wünschte ich, ich hätte ihn abgewiesen, als er mich geküsst hat. Ich wünschte, ich hätte ihm gesagt, dass ich Lili liebe. Das wäre sicher hart gewesen, aber noch härter wird es jetzt für ihn werden. Ich will nicht mehr. Ich will ihn nicht mehr in mir spüren. Und dann sage ich es. „Bitte hör auf ..."

Emma

Zum dritten Mal fange ich den ersten Satz an. Ich weiß nicht, ob es wirklich Sinn macht, das zu versuchen. Ich meine, wofür, wenn ich ihn doch nicht abschicke? Mein Handy klingelt. Und ich weiß, dass es Clemens sein wird, der sich mit mir treffen will. Doch ich habe keine Lust. Ich will nicht mit ihm schlafen, und reden kann ich mit ihm nicht. Man offenbart Fremden nicht die tiefsten Schmerzen der Seele. Und Clemens ist ein Fremder. Ein Fremder, mit dem ich schlafe. Ein Mensch, der mich nicht kennt. Ich schaue auf das Display. Er ist es. Und dann schalte ich auf lautlos um, weil ich nicht vorhabe, mit ihm zu reden.

So. Was will ich Stefan sagen? Was soll er wissen? Was fühle ich? Also, noch ein Versuch. Ein letztes Mal werde ich es noch versuchen.

Lieber Stefan,

ich weiß, es ist lange her. Ich weiß, es ist viel passiert. Und ich weiß, dass es zu spät ist. Ich will dir trotzdem diesen Brief schreiben, von dem ich noch nicht weiß, ob ich ihn je abschicken werde. Aber zumindest schreiben muss ich ihn.

Ich will, dass du weißt, dass ich schon viele Briefe geschrieben habe. Sie liegen alle vor mir auf dem Schreibtisch. Keiner von ihnen hat seinen Weg zu dir gefunden. Und der Grund war jedes Mal derselbe. Meine Feigheit.

Ich wollte dir schreiben, dass es mir leidtut. Ich wollte, dass du weißt, dass ich bereue, was ich getan habe. Und mir ist klar, dass eine einfache Entschuldigung nicht ausreicht. Wie kann man Fehler wiedergutmachen? Wie geht das? Ich wünschte, ich wüsste es. Ich sollte es schnell lernen, denn es gibt einige Fehler, für die ich mich entschuldigen muss.

Ich habe dich geliebt. Vielleicht mehr, als ich mich selbst geliebt habe. Und es wäre möglich, dass ich nie aufgehört habe, dich zu lieben. Ich habe es mir ziemlich erfolgreich vorgespielt, aber ganz tief in mir habe ich es immer gewusst.

Ich denke, ich kann dir nicht mehr wehgetan haben als mir selbst. Sich selbst zu hassen ist schlimmer, als jemand anderen zu verachten.

Nach all der Zeit, die wir getrennt sind, schaffe ich es immer noch nicht, dich aus meinen Gedanken zu verbannen. Glaub mir, ich habe es wirklich versucht, aber es gelingt mir nicht. Wenn ich mit meinem Freund schlafe, den ich nebenbei bemerkt nicht liebe, und der mich auch nicht liebt, dann schließe ich die Augen und denke an dich. Manchmal klappt das. Manchmal auch nicht. Manchmal sehe ich dich mit einer anderen, und immer wenn das passiert, hasse ich dich, obwohl es nur eine Fantasie ist. Ein Tagtraum. Gedanken.

Du warst der einzige Mensch, der mich kannte und trotzdem geliebt hat. Du hast mich verstanden, mehr noch. Du hast mich durchschaut und meine sanfte Seite gesehen. Du hast mich nie auf mein Aussehen reduziert und hast mich nie für dumm gehalten.

Gott, wie ich dich geliebt habe ... Für alles, was du bist. Manchmal denke ich an deine kleinen Marotten, die nur ich kannte. Dauernd hast du deine benutzten Taschentücher herumliegen lassen. Überall. Und beim Zähneputzen hast du immer Zahnpasta an den Spiegel gespritzt. Und dein Tick mit Ohrenstäbchen. Ich kenne niemanden, der gepflegtere Fingernägel hat. Und ich kann mir keinen launischeren Menschen als dich vorstellen. Und doch, sogar das habe ich geliebt.

Ich habe jeden an dir gemessen. Du warst die oberste Messlatte, und alle, die nach dir kamen, sind an dieser Messlatte gescheitert. Eigentlich hatten sie von Anfang an keine Chance. Vor dir war ich

ich. Ich war nackt, sogar dann, wenn ich angezogen war. Du konntest in mir blättern wie in einem Buch, und ich konnte in dir lesen. Diese Vertrautheit kenne ich nicht mehr.

Und vielleicht hast du inzwischen eine wunderschöne, intelligente Kanadierin gefunden, die nicht so dumm ist wie ich. Eine, die nicht von Angst zerfressen ist. Eine, die genug Selbstvertrauen hat, um verstehen zu können, warum du sie liebst. Ich denke, ich konnte das nie. Vielleicht habe ich dich deswegen verletzt. Weil ich mir sicher war, du würdest eines Tages aufwachen und merken, dass ich eben doch nur eine kleine Verliebtheit war. Eine Frau für gewisse Stunden. Eine, die dir haushoch unterlegen ist.

Es gibt keine Entschuldigung. Ich habe es vermasselt. Ich habe dich und damit auch mich verletzt. Ich habe versucht, dich aus meinem Leben zu streichen, und alles, was ich geschafft habe, war dich und uns zu verdrängen. Und im Verdrängen bin ich echt gut.

Doch die kleinen und auch größeren Monster meiner Vergangenheit haben nur geschlafen. Nun sind sie wach. Sie sind so wach, dass ich es kaum aushalten kann. Und nichts, was ich tue, entspricht dem, was ich fühle.

Es ist, als hätte ich mein Herz und all meine Empfindungen in einem kleinen Karton eingeschlossen und in meinen Schrank verbannt. Und dort saß er dann, seit deiner Abreise. Vor ein paar Tagen habe ich ihn herausgeholt. Und Wunden, von denen ich dachte, sie wären fast verheilt, sind in Wahrheit noch offen. Sie sind tief und sie tun weh.

Ich kann nicht sagen, ob ich dich noch liebe, oder ob ich nur die Vorstellung von dir liebe. Ich kann nicht sagen, ob und wie du dich verändert hast. Ich weiß nicht, ob wir uns noch etwas zu sagen hätten. Aber ich musste dir schreiben, dass ich uns innerlich nie verraten habe. In mir habe ich uns zelebriert. Und auf diesem Podest stehen wir noch heute. Auch wenn das außer mir keiner weiß. Sollte ich diesen Brief jemals abschicken, weißt du es auch.

Und im Moment denke ich, dass ich es tun werde. Doch das heißt gar nichts.

Solltest du Lust haben, mir zu antworten, würde ich mich unheimlich darüber freuen. Und es wäre schön, dich irgendwann einmal wiederzusehen. Ich wüsste gerne wieder, wie es ist, dir in die Augen zu schauen. Vielleicht schaffe ich es bis dahin auch wieder, mir selbst auf Augenhöhe zu begegnen.

Es tut mir leid, dass ich dich verletzt habe. Das hätte ich nicht tun dürfen. Und ich wollte es auch nicht. Ich wollte mich beschützen. Ich hoffe, du kannst mir verzeihen und glaubst mir, dass ich nichts jemals mehr bereut habe.

Ich schicke dir eine Umarmung.

Pass auf dich auf.

Deine Emma

Lange starre ich auf den nun fertigen Brief. Und je öfter ich ihn lese, desto klarer wird es mir, dass er genau das ausdrückt, was ich fühle. Und das will schon etwas heißen. Ich schaffe es normalerweise nie, meine Gefühle zu ordnen. Ich habe ja auch ein ganzes Zeitchen dafür gebraucht. Jahre.

Und weil ich weiß, dass ich es mir sonst bestimmt anders überlege, stecke ich den Brief sofort in einen Umschlag, schreibe seine Adresse von einem anderen ab, klebe eine Briefmarke in die Ecke, schlecke über die Lasche des Umschlags und klebe ihn zu. Unschuldig liegt er vor mir auf dem Tisch. Es ist, als würde er mich ansehen. Fast scheint es, als würde er flüstern, dass ich ihn ohnehin nicht abschicken werde. Und weil ich es wirklich bedenklich finde, dass ich mich von einem kleinen Umschlag verhöhnen lasse, gehe ich kurzerhand los, und werfe ihn, ohne darüber nachzudenken, in den Briefkasten an der nächsten Straßenecke.

Kaum haben meine Finger ihn losgelassen, frage ich mich, ob es richtig war, das zu tun. Doch nun ist es zu spät. Und auch wenn ich kurz mit dem Gedanken spiele, den Briefkasten aufzubrechen und meinen Brief wieder rauszuholen, weiß ich, dass es an der Zeit war, ihn abzuschicken. Es war schon lange überfällig.

Lili

„Guten Morgen, mein Schatz." Die Sonne scheint schon ins Wohnzimmer, als ich verschlafen die Augen öffne.

„Guten Morgen ..." Als ich mich zur Seite drehe, fühlt sich mein Rücken unheimlich steif und unbeweglich an. „Die Nacht auf dem Betonboden war vielleicht sehr romantisch, dafür muss ich jetzt vorerst einmal die Woche zur Krankengymnastik und brauche mindestens eine Fango-Packung."

„Meine Lendenwirbelsäule fühlt sich auch irgendwie falsch an ... Aber diese Erfahrung war es wert ..." Elias bückt sich zu mir und küsst mich, nachdem er das sagt.

„Ich muss unbedingt duschen ..."

„Ich muss jetzt dann sowieso gehen. Um eins muss ich bei der Arbeit sein."

„Aber es ist erst halb zwölf ... Geh doch mit mir duschen ..."

„Nichts täte ich lieber ..."

„Aber?", erwidere ich.

„Nichts aber ... gehen wir duschen, nackt sind wir ja schon ..."

Zusammen zu duschen, erweist sich als schwieriger, als ich angenommen hatte. Denn Elias duscht gewöhnlich mit kochend heißem Wasser, ich dagegen lieber lauwarm, wenn nicht sogar kühl. Nach einigem Kreischen und Seufzen einigen wir uns auf eine Kompromisstemperatur und tasten uns unter den Wasserstrahl. Da unsere Dusche ziemlich eng ist, und selbst das ist noch eine Untertreibung, ist es schier unmöglich, zu zweit zu duschen, außer es handelt sich um zwei Gummimenschen. Und weder Elias noch ich zählen zu der besonders beweglichen Sorte Mensch, insbesondere nach der vergangenen Nacht. Die Vorstellung, gemeinsam zu duschen, ist völlig realitätsfern. Denn in meiner Vorstellung schaffen wir es aus der Dusche ohne blaue Flecken und Frakturen.

In der Realität jedoch ramme ich Elias meinen Ellenbogen ins Schienbein, als ich mich zu meinem Duschgel bücke. Wenig später erwischt er meinen Hinterkopf unsanft mit seinem, als er sich umdrehen will. Fluchend und lachend stehen wir beengt aneinander. Seine nasse Haut an meiner und das Gefühl von warmem Wasser, das zwischen unseren Körpern hindurchfließt. Mit seinen großen Händen schäumt er meine Brüste ein, gleitet hinunter zu meinem Bauch, zwischen meine Beine und dann weiter zu meinem Po, während meine Hände seinen Körper abtasten. Es ist immer wieder unfassbar, dass das keine Fantasie ist. Ich dusche mit Elias. Seine Lippen sind rutschig und glitschig vom Wasser. Elias schaut mich an. Seine langen, schwarzen Wimpern kleben aneinander. „Kommst du irgendwie ans Shampoo, Kleines? Ich will dir keine inneren Verletzungen zufügen beim Versuch, mich zu bücken ..." Ich muss lachen. Langsam gehe ich in die Hocke und taste blind nach den verschiedenen Flaschen, die inzwischen alle in der Duschwanne verteilt sind und wild umherschwimmen. „Ein Stückchen weiter rechts noch ... Nein, nicht die, noch ein Stück", sagt Elias und in genau diesem Moment rutscht mir die Flasche wieder zwischen den Fingern hindurch.

„Scheiße", murmle ich.

Und dann sagt Elias endlich „Ja, die ist es ... " Als ich mich vorsichtig wieder aufrichte, streift mein Arm seinen gesamten Körper entlang. Und was ich da spüre, fühlt sich durchaus vielversprechend an ...

Nachdem wir beide mehr als nur sauber sind, trocknet Elias uns ab. Dabei lässt er sich sichtlich Zeit. Tatsächlich lässt er sich so viel Zeit, dass er, als er sieht, wie spät es ist, in eine fast schon amüsante Hektik verfällt. „Schon so spät?! Scheiße! So ein Mist! Kleines, ich ..."

„Lass alles liegen und zieh dich an ... Ich räume hier auf ...", unterbreche ich ihn.

„Sicher? Ich hatte gehofft, dass es noch nicht so spät ..."

„Ja, ganz sicher ... Geh schon ...", sage ich und schiebe ihn lachend weg.

„Ich rufe dich nachher an, ja?", sagt er, drückt mir einen Kuss auf die Stirn und rennt die Stufen hinunter. Nicht einmal drei Minuten später höre ich die Haustüre ins Schloss fallen.

In aller Gemütsruhe creme ich mich ein. Und meine Gedanken kreisen um die letzte Nacht. Nachdem ich mich in meinen Bademantel gehüllt und den Saustall aufgeräumt habe, gehe ich zurück ins Wohnzimmer. Wenn meine Mutter das sehen könnte, würde sie mich mit Sicherheit umbringen. Der Boden ist übersät mit meiner Kleidung, leeren Kondomhüllen und vielen kleinen zusammengeknüllten Klopapierfetzen. Mein BH hängt im Ficus auf dem Fensterbrett. Ich mache mich daran aufzuräumen. Als ich mich etwa eine halbe Stunde später umsehe, sieht alles wieder so aus, als wäre Elias nie hier gewesen. Auf allen vieren krieche ich auf dem Boden herum, auf der Suche nach verschollenen Kondomhüllen. Eine finde ich unter dem Couchtisch, eine weitere unter dem Fernsehsessel. Beim Aufstehen knackt mein Genick, und ich muss lachen. Das war ganz ohne jeden Zweifel eine absolut unvergessliche Nacht ...

Marie

Es tut mir immer noch weh, dass ich ihm das angetan habe. Ich werde nie vergessen, wie er geschaut hat. Ich habe ihn so verletzt.

Er schaut mich an. „Ich will nicht aufhören ..."

„Aber ich will, dass du aufhörst ..." In seinen Augen sehe ich nur Verständnislosigkeit. Noch immer steckt er in mir. „Bitte, Paul ... Bitte ..." Und dann ganz langsam spüre ich, wie er aus mir herausgleitet. Er steht auf und zieht sich an. „Paul, lass es mich erklären ..."

„Nicht nötig", schneidet er mir das Wort ab.

„Doch, eben schon ..."

„Wie willst du das erklären?"

„Es liegt nicht an dir, sondern ..."

„Spar dir den Atem ...", faucht er mich an. „Du hättest mir sagen können, dass es einen anderen gibt ..." Er bückt sich nach seinem Pullover, der verkehrt herum auf dem Boden liegt.

„Es gibt keinen ..."

„Ja, dann hättest du mich eben abweisen müssen, weil du nichts von mir willst ..." Während er das sagt, dreht er den Pullover um.

„Wenn du dich hinsetzt und mir die Chance dazu gibst, dann werde ich es dir erklären ..."

Lange schaut er mich an. Dann nimmt er seine Schuhe und geht zur Tür. „Ich weiß nicht, ob ich diese Erklärung heute auch noch verkrafte ..." Nachdem er das sagt, öffnet er die Tür und schließt sie hinter sich.

Noch immer sitze ich nackt auf dem Boden. Hätte ich ihm vielleicht doch etwas vorspielen sollen? Hätte ich einfach drei Mal laut stöhnen sollen? Hätte ihn das überzeugt?

Und während ich darüber nachdenke, geht plötzlich die Tür wieder auf. Da steht er, und er hat Tränen in den Augen. Er kommt auf mich zu und setzt sich auf den Boden. In seinem Gesicht Wut, Unverständnis und Verletztheit. „Was? Was habe ich falsch gemacht?", platzt es aus ihm heraus. Er ist ein wirklich gut aussehender Kerl. Er hat ein wunderschönes ebenmäßiges Gesicht. Das hatte er schon im Kindergarten. Ich kenne ihn schon fast mein ganzes Leben lang.

„Du hast nichts falsch gemacht ... Im Gegenteil."

„Red nicht in Rätseln, Marie. Und zieh dir bitte etwas an, so kann ich nicht denken." Ich schaue an mir herunter und greife nach meinem Oberteil. Während ich es anziehe, überlege ich krampfhaft, wie ich es ihm erklären soll. Ich schaue ihn an. Und als ich gerade Luft holen will, sagt er, „Bitte zieh dich erst an ... Ich kann dir nicht zuhören, wenn du halb nackt bist ..." Ich stehe auf und schlüpfe in meine Jogginghose, dann setze ich mich wieder zu ihm. „Also?"

„Willst du die lange oder die kurze Version?"

„Schnell und direkt."

„In Ordnung ..." Ich seufze, dann sage ich „Paul ...", mehr bekomme ich nicht raus. Ich schaue ihm in die Augen.

„Sag es einfach ..."

„Ich bin lesbisch." So. Jetzt ist es raus. Ich versuche, in seinem Gesicht irgendetwas zu erkennen. Doch da ist nichts. Kein Ausdruck. Nichts. Sein Blick ist völlig leer.

„Was? Du bist *was*?" Und dann erzähle ich ihm alles. Er schweigt und hört zu. Ich erzähle ihm von all den Männern. Ich erzähle ihm davon, dass ich noch nie bei einem Mann gekommen bin, und dass er der erste war, der mich ehrlich erregt hat. Ich gestehe, dass ich dachte, er wäre vielleicht der Beweis dafür, dass ich doch nicht auf Frauen stehe. Ich erzähle ihm von Lili, die er nur aus meinen Erzählungen kennt. Ich erzähle ihm, dass ich sie liebe, dass ich mit ihr geschlafen habe. Ich schwöre ihm, dass ich ihm nie wehtun wollte, aber dass ich mich so geborgen bei ihm gefühlt habe, dass ich es genossen habe, aber dass ich plötzlich bemerkt habe, dass ich eben nicht mit ihm schlafen will.

Noch immer starrt er mich an. Tränen laufen über seine Wangen. „Liebt sie dich?", fragt er schließlich.

„Lili?" Er nickt. „Nicht so, wie ich sie liebe ..."

„Und du bist noch nie mit einem Kerl gekommen?"

„Bis auf heute nicht, nein ..."

„Und das war echt?"

Ich nicke. Nach einer Weile frage ich: „Hat es dir gefallen, mit mir zu schlafen?" Ich schaue zu Boden, als ich das frage.

„Machst du Witze? Es war der perfekte Moment ..." Ich blicke auf. „Hast du es wirklich nie bemerkt?"

„Was bemerkt?"

„Na, dass ich dich liebe ..."

„Nein", gebe ich zu.

„Im Ernst jetzt? Ich meine, du hast es nicht einmal vermutet?" Ich schüttle den Kopf. „Ich dachte, ich war ziemlich offensichtlich ..."

„Warst du nicht ..." Eine Weile schweigen wir.

„Das heißt dann, dass es das zwischen uns war ... es wird nie ein *Wir* in dem Sinne geben?"

„Ich denke nicht, nein."

„Das tut echt weh ..." Und auch mir tut es weh. Denn ich wünschte, es wäre anders. Und zum ersten Mal verstehe ich, wie es Lili gehen muss, und ich begreife, dass es auch keinen Spaß macht, die zu sein, die die Liebe nicht erwidert. Es ist so und so scheiße. Denn ich wünschte, ich könnte Paul in die Arme sinken und ihm sagen, dass ich ihn liebe. Ich wünschte, es wäre so. Ich wünschte, ich könnte das beeinflussen. Doch das kann ich nicht.

So war es eben. Er liebte mich. Ich liebte Lili. Lili liebte Elias. Und Elias liebte Giselle. Da fragt man sich doch, was das alles soll ...

Emma

„Hey, Liebes ... Lust auf 'ne Party?" Es ist Kim. Und eigentlich habe ich keine Lust. Aber ich sage trotzdem zu. Ich kann ja nicht ewig zu Hause rumsitzen ... Vielleicht ist das die beste Lösung. Ich werde mich betrinken. Ich werde mich dafür verfluchen, dass ich Stefan geschrieben habe. Und ich werde tanzen.

„Klar, bin dabei ...", sage ich in dem Ton, den ich immer habe, wenn ich mit Kim rede. „Holt ihr mich ab? ... Gut ... Nein, ruf du ihn doch an, ich muss noch was erledigen ... Okay, super ... ja, dann bis später ..." Ich habe nichts zu erledigen, aber ich will Clemens nicht fragen, ob er mitkommen will. Ich frage mich, ob Lili dort sein wird. Ich will sie nicht sehen. Und Elias erst recht nicht. Ach, und wenn schon ... ich werde mir einen schönen Abend machen.

Mit diesem Gedanken gehe ich in die Küche und öffne eine Flasche Wein. Meine Flasche und ich gehen wieder nach oben. Ich setze mich an meinen Schreibtisch. Leni. Ich werde ihr schreiben. Ich werde ihr erklären, warum ich ihr das angetan habe. Ich will, dass sie weiß, dass es mir leidtut. Ich nehme einen großen Schluck aus der Flasche.

Und dann noch einen. Wie fange ich an. Und nach einer Weile beschließe ich, dass heute nicht der richtige Tag für einen solchen Brief ist. Man kann so was nicht erzwingen.

Ich frage mich, ob Stefan mir antworten wird. Ich frage mich, ob er sich freut, von mir zu hören. Und dann nehme ich mir vor, Leni einen Brief zu schreiben, wenn Stefan auf meine Entschuldigung reagiert. Wenn nicht, dann ist diese Art, sich zu entschuldigen, vielleicht doch nicht die beste Idee. Ich werde abwarten. Abwarten ist gut.

Ich setze die Flasche an und trinke. Der Wein läuft langsam meine Kehle hinunter. Jeder Schluck betäubt mich ein bisschen mehr. Und ich finde es schön, nichts mehr zu spüren. Und als ich das denke, finde ich es bedenklich. Ich schiebe die Flasche angewidert von mir weg. Doch kurze Zeit später greife ich dann doch wieder danach und trinke weiter. Ich frage mich, was meine Eltern tun würden, wenn ich sterben würde. Ich frage mich, was sie tun würden, wenn ich mich umbringe und in meinem Abschiedsbrief ihnen die Schuld gebe. Aber so verzweifelt bin ich nicht. Dafür glaube ich viel zu sehr an die Liebe. Und ich wäre außerdem zu feige. Ich hänge am Leben. Ich lebe gerne. Trotzdem würde mich interessieren, was sie tun würden. Würden sie vielleicht endlich merken, dass sie mich immer übersehen haben? Dass sie mich reduziert haben? Oder würden sie die Schuld von sich weisen? Sie würden sie vermutlich mir geben ...

Viele denken, meine Familie sei perfekt. So ein Quatsch. Mein Vater hatte eine Affäre. Nur Elias und ich wussten davon. Er hat sie in der Kanzlei kennengelernt. Und nach und nach haben sie sich dann noch besser kennengelernt. Und dann ist es eben passiert. Meine Mutter wollte es nicht sehen. Das hätte ihre Fassade angekratzt. Und nichts darf die Fassade zum Bröckeln bringen. Es war vor etwas über einem Jahr. Ich hatte vor, das Wochenende bei Stefan zu verbringen. Meine Mutter war mit Leni beim Skifahren, Lia war mit ihrem Exfreund in Italien und Elias bei Giselle. Mein Vater hatte einen Berg an Arbeit angehäuft und konnte leider nicht mitfahren. Er war *so* traurig. Er hat mir tatsächlich leidgetan. Meiner Mutter auch. Sie wollte das Wochenende absagen, doch er bestand darauf, dass sie fahren. Ich fand das so selbstlos.

Ich war also bei Stefan. Und wie das eben so ist, haben wir uns in die Haare gekriegt. Nach einer Stunde übler Wortgefechte bin ich theatralisch abgehauen. Als ich zu Hause ankomme, sehe ich Licht im Wohnzimmer. Es ist schummrig, so wie Kerzenlicht. Und ich höre Musik. Es ist vom Stil her eine schmalzige Kuschelrock-CD. Ich versuche, die Tür aufzusperren, doch von innen steckt der Schlüssel. Ich frage mich, warum mein Vater den Schlüssel hat stecken lassen, denn das tut er nie. Die Musik ist so laut, dass auch mein Klopfen darin untergeht. Entnervt gehe ich in den Garten und tappe im Dunkeln in Richtung Terrasse. Die Vorhänge sind zugezogen, aber ein kleiner Spalt ist offen. Und ich schaue hindurch. Und dann sehe ich meinen Vater. Er sitzt auf dem Sofa. Und auf ihm eine Frau. Sie ist nackt. Seine Hände an ihrem Arsch. Sein Kopf zurückgelehnt. Kerzen flackern.

Ich drehe mich weg. Ich kann das nicht glauben. Eine Brünette vögelt meinen Vater auf unserer Couch, und das bei Kuschelrock. Ich hätte nie gedacht, dass mein Vater der Kuschelrock-Typ ist. Dann ist es plötzlich still. Das Lied ist zu Ende. Und ich höre sie. Einen winzigen Augenblick später setzt das nächste Lied an, und ich gehe.

Ich gehe zu Stefan. Ich erzähle ihm, was ich gerade gesehen habe. Und am nächsten Tag erzähle ich es Elias. Und er redet mit unserem Vater. Er sagt ihm, dass wir es wissen und es unserer Mutter sagen werden. Und mein Vater wird uns bitten, nichts zu sagen. Er wird versprechen, die Sache zu beenden, was er nicht tun wird. Und eines Tages wird meine Mutter unerwartet nach Hause kommen. Und er wird sie nicht hören, weil er die Brünette unter der Dusche vögelt. Sie wird sie dabei erwischen. Und es wird nie wieder darüber geredet. Weil wir nun mal die perfekte Familie sind. Da werden Tränen und Gefühle beiseite geschafft oder erstickt. Und dann wird weitergelächelt. Denn das ist der Preis, den man zahlt.

Lili

Am Abend klingelt mein Handy. Es ist Elias. „Hallo, mein Schatz ..."

„Hallo, Kleines. Ist es okay, wenn ich komme?", fragt er erwartungsvoll.

„Ich weiß nicht, ob das eine gute Idee ist ... Meine Mutter kommt doch schon früher nach Hause ... Sie hat mir vorhin geschrieben."

„Hat sie geschrieben, wann? Ich will dich sehen. Ich könnte doch einfach auf 'nen Film vorbeikommen und danach verschwinde ich wieder. Auf dem Weg zu dir ist 'ne Videothek, ich könnte uns was ausleihen ... Außer, du hast einen genauso guten Film da wie *Notting Hill*."

Ich muss lachen. „Ja, komm her ... und bitte beeil dich, dieser Tag wollte und wollte nicht vergehen ..." Ich höre ihn lächeln. „Such uns doch einfach einen schönen Film aus, ja? Nichts zu Blutrünstiges ... es darf aber ruhig spannend sein ..."

„Weißt du was, Kleines, ich hol dich ab, und wir fahren zusammen."

„Ist gut, lass einfach bei mir anklingeln, wenn du da bist, ich komm dann raus ..."

Zwanzig Minuten später klingelt mein Handy, und ich stolpere zur Tür. Ich drücke Elias weg. Doch kaum stecke ich das Handy in meine Tasche, geht es schon wieder los. Was Leute an dem Ausdruck *anklingeln* nicht verstehen, kapiere ich nicht ganz ... Gehetzt sperre ich die Haustür hinter mir zu und laufe den kleinen Weg von unserem Haus zur Straße. Es ist schon ziemlich dunkel, doch es ist eine schöne Dunkelheit. Es ist diese typische Dunkelheit, die Sommernächte ausmacht.

Ich reiße die Beifahrertür auf und steige ein. „Elias, anklingeln bedeutet, dass du anrufst, und ich den Anruf ablehne, damit du nicht bezahlen musst. Wenn ich also sage, lass anklingeln, solltest du nicht, wenn ich dich wegdrücke, gleich noch einmal anrufen ...", sage ich, noch bevor ich richtig sitze.

„Es freut mich auch, dich zu sehen, und ja, den ganzen Tag habe ich dich vermisst", sagt Elias. Doch er lächelt. „Ich werde es mir merken", sagt er letzten Endes, lehnt sich zu mir und küsst mich.

Marie

„Hört es wieder auf?"

„Was?", fragt Paul und lächelt.

„Das leere Gefühl."

Er nickt. „Es ist nicht einfach, aber es geht vorbei."

„Wann hast du aufgehört, mich zu lieben?"

„Ich weiß nicht, ob ich überhaupt damit aufgehört habe. Vielleicht warte ich einfach noch darauf, dass jemand deinen Platz einnimmt ... Aber zumindest tut es nicht mehr weh."

„Ich will sie nicht lieben."

„Denkst du, ich wollte dich lieben?" Ich schüttle den Kopf. „Marie, sie ist mit Elias zusammen, du musst das kapieren."

„Danke, das weiß ich auch", fauche ich ihn an.

„Sie wird dich nie so lieben wie du sie …"

„Weiß ich …"

„Tut mir leid."

„Nein, mir tut es leid …"

„Ist schon gut. Ich kann das verstehen." Er lächelt. „Hab ich dir schon erzählt, dass ich am Wochenende mit 'ner Frau im Bett war?"

„Was?", frage ich entgeistert. „Nein, hast du nicht …"

„Ich hab sie gerade erst kennengelernt. Keine Ahnung, ob was draus wird."

„Und?", bohre ich.

„Was und?"

„War es gut?" Er grinst. „Also war es gut …" Und immer noch grinst er. „Jetzt spuck es schon aus!" Ich stoße ihn in die Seite.

„Es war gut …"

„Vielleicht könntest du ein wenig ins Detail gehen?"

„Okay … Also …" Dann setzt er sich auf und räuspert sich. „Sie ist älter als ich. Sie heißt Helene. Und sie hat die Initiative ergriffen, kannst du dir das vorstellen? Na ja, wie auch immer, wie du weißt, bin ich ein gebranntes Kind …" Ich nehme ein Kissen und fege es über seinen Kopf. Schallend lachend sagt er: „Schon gut … Also, ich war auf dieser Party. Und sie ist 'ne Freundin des großen Bruders oder so … Wir haben es in der Gartenhütte gemacht. Außen rum waren lauter fremde Leute … Es war gut …"

„Und weiter?"

„Was willst du noch wissen?"

„Na alles …"

„Alles?", fragt er lachend.

„Darf ich dich daran erinnern, wie detailliert ich dir erzählen musste, wie ich mit Lili geschlafen habe? Und mit Mona?"

„Kann ich dich mal was ganz anderes fragen?"

„Klar ..."

„Nee, vergiss es einfach."

„Jetzt frag halt ..."

„Ich weiß nicht, ob du die richtige Ansprechpartnerin bist."

„Das werden wir erst wissen, wenn du mich fragst."

„Okay", er holt tief Luft, dann fragt er: „Bin ich gut im Bett?"

Erst sage ich nichts, doch dann antworte ich: „Du bist der Beste, den ich je hatte ... Der Einzige, der mich geknackt hat."

„Ehrlich?"

„Na, hör mal, du hast mich zum Orgasmus gebracht. Und ich steh nicht mal auf Männer ..."

Dann beugt er sich zu mir und drückt mir einen Kuss auf die Wange. „Kann ich dich noch was fragen?" Ich lächle und nicke. „Was wollen Frauen im Bett? Ich meine, worauf stehen sie?"

„Das willst du wirklich wissen?" Er nickt und lehnt sich zurück. „Wie lange hast du Zeit?"

Er lacht und versteckt sein Gesicht in seinen großen Händen. „Die ganze Nacht ..."

„Na, dann ..." Und dann fange ich an Paul zu erklären, was Frauen wollen. Und er saugt jede Information auf wie ein Schwamm.

Lili

Der Besuch in der Videothek entpuppt sich als wahrer Härtefall. Ich hoffe, Filmgeschmack sagt nicht zu viel über den Charakter. Denn wenn doch, dann stimmt mit Elias etwas nicht. Alles, was ich als richtig furchtbar einstufen würde, findet er *irgendwie gut*. Und es ist nicht so, dass ich diese Filme schrecklich finde, nur kann ich ihnen nicht genug abgewinnen, um sie gut zu nennen. Damit gehören sie nicht zu der Art Film, die ich immer wieder sehen will. Es gibt durchaus Filme, die ein absolut unglaubliches Drehbuch haben, oder durch herausragende schauspielerische Leistungen bestechen. Oder solche, die einen enorm zum Nachdenken anregen. Wenn einen das Nachdenken aber nirgends hinführt, ärgert mich das. Es ärgert mich tatsächlich so sehr, dass ich einen David Lynch fragen möchte, was er sich dabei gedacht hat, einen Film wie *Mulholland Drive* zu produzieren. Vielleicht bin ich aber auch einfach zu schlicht, um eine derart tiefgründige Handlung wahrhaftig verstehen zu können. Und ja, es könnte auch sein, dass ich mich sperre. Parallelexistenzen sind eben nicht jedermanns Sache. Und ich finde das auch nicht wirklich tragisch.

Als wäre David Lynch nicht schon schlimm genug, schlägt Elias als nächstes *21 Grams* vor. Und auch diesen Film habe ich schon gesehen. Es ist ein wirklich guter Film. Vor allem, wenn man einen Grund sucht, um sich das Leben zu nehmen. Alle Filme, die mein Freund sehen will, sind Meisterwerke. Und auch wenn sie das vielleicht sind, mir tun solche Filme nicht gut. Denn sie beschäftigen mich nicht nur, sie fressen mich förmlich von innen auf. Ich denke noch Wochen über sie nach, frage mich, was wohl der tiefere Sinn dahinter gewesen sein könnte, wenn es denn überhaupt einen gibt, außer mich um den Verstand zu bringen, und ärgere mich, wenn der Film letzten Endes hauptsächlich einen üblen Nachgeschmack hinterlässt. Meine Biologie-Lehrerin, und damit meine ich nicht die beschränkte Frau Hornung, sondern eine wirklich fähige, meinte, dass jeder Film eine Dreckspur im Gehirn hinterlässt. Damit denke ich, könnte sie recht haben.

Möglicherweise bin ich auch einfach zu zynisch. Wenn irgendjemand einmal beschlossen hat, dass etwas gut ist oder gar ein Meisterwerk, und alle anderen sich diesem Urteil einfach fügen, ist das etwa richtig? Ob nun bei Büchern oder Filmen. Sobald irgendein namhafter Kritiker nämlich entscheidet, dass etwas gut oder schlecht ist, entscheidet er damit über den Erfolg oder das Scheitern der Arbeit eines Künstlers und damit vielleicht über dessen Zukunft. Denn wenn eine Kritik erst einmal sagt, etwas sei schlecht, machen die wenigsten Menschen sich noch die Mühe, sich selbst eine Meinung zu bilden. Und genau das finde ich schwach. Es ist doch noch so, dass Geschmäcker verschieden sind, oder hat ein Kritiker irgendwann beschlossen, dass diese wunderbare Eigenschaft abgeschafft wird? Schließt allein die Tatsache, dass jemand *Die unerträgliche Leichtigkeit des Seins* gelesen hat, denn automatisch auf einen hohen Intellekt? Oder zeugt es von Tiefe, wenn man bei der Rubrik Lieblingsfilme *Mullholland Drive* oder *21 Grams* angeben kann? Denn ich habe *Die unerträgliche Leichtigkeit des Seins* gelesen, und ich fühle mich seitdem kein bisschen intelligenter. Und auch David Lynch hat mich nicht wirklich zu einem tiefgründigen Menschen gemacht. Vielleicht sollte ich mir *Tristan und Isolde* aufs Nachtkästchen legen – selbstverständlich mit unzähligen eingeknickten Seiten, die beweisen, dass ich das Werk auch tatsächlich lese. Meiner Meinung nach verhindern es Prädikate wie *meisterhaft*, dass Menschen für sich selbst denken. Jemand anders hat sich schon eine Meinung für sie gebildet.

Ich zum Beispiel lese manchmal ganz gerne die *Neon*. Das bedeutet aber nicht, dass ich deswegen nicht auch die *Gala* lese. Und viele Menschen würden mich allein deswegen als schlicht und hohl verurteilen. Ich persönlich finde ja, die *Gala* hat fast schon therapeutische Wirkung. Mein Gehirn kann abschalten und zur selben Zeit erkennen, dass auch die Schönen und Reichen ihr Päckchen zu tragen haben. Und ich kenne keine Frau, die beim Friseur oder Arzt nicht als Erstes zur *Gala* oder *Bunten* greift. Doch die meisten stehen zu dieser *Schwäche* nicht öffentlich. Da wird die Klatschzeitung lieber in die *Süddeutsche* gewickelt, wenn man unterwegs ist. Ich gehöre nicht zu den Menschen, die *Querdenker* Kreuzworträtsel lösen können. Macht mich das dumm? Und manche *Spiegel*-Artikel schüchtern mich schon ihrer Länge wegen ein. Was sagt das über mich aus? Fakt ist, dass der Kassierer niemals einen schwachen Spruch ablassen würde, wenn man ihm die *Neon*, das *Managermagazin* und die *Wirtschaftswoche* auf die Theke knallt. Wenn aber die *Gala* dabei wäre, sänke mein IQ augenblicklich um mindestens 30 %. Das ist so lächerlich. Und auch bei Filmen habe ich verschiedene Vorlieben. Ich liebe *L'Auberge Español*, den ersten und den zweiten Teil wohlgemerkt, bin aber auch süchtig nach Serien. Vor allem *24* und *Spooks*. Ich lasse mich nur sehr ungern in eine Schublade drängen. Denn ich habe eine Meinung, nämlich meine eigene. Ich kann für mich sprechen und sagen, dass ich alle *Harry Potter* Bände absolut liebe, und dennoch ist es möglich für mich, im selben Atemzug zu kritisieren, dass meine Heldin J.K. Rowling teilweise abgekupfert hat. Und zwar von Tolkien. Keiner, der aufmerksam ist, kann verschiedene Parallelen leugnen. Doch eigentlich darf man nichts gegen ihr Werk sagen, denn sie ist unantastbar. Denn irgendjemand hat das irgendwann so bestimmt.

Marie

„Und wie ist es dazu gekommen?"

„Die Gartenhütte?" Ich nicke. „Wir haben uns unterhalten, und nach und nach wurde es immer lauter um uns.

Irgendwann sind wir in den Garten gegangen. Sie hat mir von ihrer Familie erzählt ... Weißt du, ihre Eltern trennen sich, und ihr Vater leidet furchtbar, weil er seine Frau nicht verlieren will ... Sie hat sich mir anvertraut, und ich habe ihr zugehört ... Ich war einfach für sie da ... Und dann hat sie mich gefragt, ob es eine Frau in meinem Leben gibt. Und dann habe ich von dir erzählt."

„Du hast was? Warum?"

„Ich habe gesagt, die einzige Frau in meinem Leben ist meine lesbische beste Freundin ..." Ich nicke. „Dann habe ich sie gefragt, ob es eine Frau in ihrem Leben gibt. Sie hat gelacht und gesagt, sie sei nicht an Frauen interessiert – ich musste das einfach vorher wissen, du verstehst ..."

„Ja."

„Und dann hat sie mich geküsst."

„Echt? Einfach so?"

Das Lächeln in seinem Gesicht ist triumphierend. „Sie hat mich fast gefressen."

„Jetzt übertreibst du ..."

Er schüttelt vehement den Kopf. „Ehrlich ... und dann sie hat mich einfach so an der Hand genommen und in die Gartenhütte gezogen. Sie hat erst sich und dann mich ausgezogen und dann haben wir miteinander geschlafen."

„Und war es schön?"

„Ich hab doch schon gesagt, dass es gut war ..."

„Ja, schon ... ich meine ...", dann breche ich ab.

„Du willst wissen, ob es so schön war wie mit dir?" Ich nicke. „Es war anders, aber bestimmt nicht schöner ..."

Emma

Ich bin betrunken. Und es ist mir egal. Unten höre ich meine Mutter. Sie ist in der Küche und spielt heile Welt. Ich frage mich, ob mein Vater seit der Brünetten noch andere Frauen hatte. Wenn ja, dann war er nicht mehr so unvorsichtig. Er hat sich zumindest nicht mehr erwischen lassen. Wenn ich mit meiner Mutter verheiratet wäre, würde ich sie auch betrügen. Na ja, ich würde auch meinen Vater betrügen, wenn ich meine Mutter wäre. Sie sind beide nicht echt. Manchmal hört man sie, wenn sie Sex haben. Mir kommt es so vor, als wäre das geplant. So, als sollten es unsere Freunde hören. Denn das stärkt das Bild des perfekten Ehepaars. Selbst nach zwanzig Jahren können sie nicht voneinander ablassen. Wahrscheinlich ist es ein altes Videoband. Würde zu ihr passen.

Ich gehe nach unten. Ich weiß nicht, warum. Vielleicht suche ich nach Konfrontation. „Ach, Emma, du bist da?"

„Ja, tut mir leid ..."

„Was meinst du?"

„Es muss dein Weltbild zerstören, dass eines deiner Kinder nicht perfekt ist. Verfluchst du Gott ab und zu deswegen?"

„Hast du getrunken?"

„Du bist so scharfsinnig."

„Bitte fang keinen Streit an, Emma."

„Weißt du, was du noch nie ganz kapiert hast? Einer allein kann nicht streiten ..."

„Aber einer fängt an ..."

„Und der andere macht mit ..." Sie schweigt. „Du hast ein so schön schlichtes Weltbild. Ich habe darüber nachgedacht und ich denke, das hast du dir schlau überlegt. Bei dir sind es immer die anderen."

„So stimmt das nicht ..."

„Ach nein?"

„Nein."

„Und ob das stimmt. Ist dir schon einmal aufgefallen, dass du mich nicht bemerkst?"

„Das ist doch nicht wahr ..."

„Und ob das wahr ist ... Ich bin die, die irgendwo dazwischen ist. Die, die nicht vollkommen ist. Ich bin die, die du am wenigsten vermissen würdest. Du hast mich immer nur über Noten und Leistung definiert." Sie ist erschüttert. Ich sehe es in ihrem Blick. „Du weißt nichts von mir. Du kennst mich nicht. Und du hast nie versucht, mich kennenzulernen." Sie schweigt. „Wusstest du, dass ich mit einem Kerl zusammen bin, dem ich egal bin? Wusstest du, dass ich in Wirklichkeit noch immer Stefan liebe? Weißt du, wie es sich anfühlt, wenn einen alle für dumm halten? Weißt du, wie es ist, wenn der Einzige, der einen ernst nimmt, plötzlich mit der besten Freundin zusammen ist? Hast du überhaupt eine Ahnung, wer ich bin?"

„Du hast dich mir doch nie anvertraut ..."

„Und wieder bin ich schuld. Merkst du es, Mama?"

„Warum bist du nie zu mir gekommen?"

„Vielleicht, weil du nie *mit mir* geredet hast, sondern lieber *über mich* ..."

„Was meinst du?"

„Ich weiß das mit dem Gymnasium ... ich weiß, dass man bei mir *nachhelfen* musste. Ich habe gehört, wie ihr mit Leni darüber geredet habt." Als ich das sage, fällt ihr die Farbe aus dem Gesicht. „Ja, ich habe euch gehört. Eines würde mich wirklich interessieren. Ich frage mich, ob in dieser perfekten Familie nur geliebt wird, wenn die Leistung stimmt? Oder wenn etwas Anständiges aus einem wird? Was muss ich tun? Geige spielen? Soll ich anfangen, einen Leistungssport zu machen? Würdest du mich dann lieben? Wäre ich dann eine von euch? Würde Papa dann aufhören, mich so anzusehen?" Als ich das sage, fange ich an zu weinen. Und auch meiner Mutter laufen Tränen übers Gesicht. „Ihr seid auch nicht perfekt. Keiner von euch. Nur merkt man es euch nicht so schnell an. Ihr seid alle zerfressen. Dein Lächeln ist versteinert. Du tust alles, damit niemand merkt, wie beschissen es dir eigentlich geht. Du bist wie eine Marionette ... ich kann das nicht. Und ich will es auch nicht." Dann drehe ich mich um und verlasse die Küche.

„Emma, warte ... Hör mir zu ..."

„Nein. Weißt du was? Du musst mich nicht so lieben wie Elias oder Lia oder Leni, aber bemerken musst du mich. Denn ich existiere."

„Aber ich liebe dich doch, Emma ... natürlich liebe ich dich."

Lili

„Was hältst du von *LA Crash*?", fragt Elias, nun fast schon verzweifelt.

„Wegen mir können wir den schon nehmen. Ich suche trotzdem noch etwas anderes. Dann bekommt eben jeder seinen eigenen Film." Nachdem ich das gesagt habe, schlendere ich alleine durch die Gänge der Videothek. Einige Minuten später hadere ich zwischen *The Notebook* und *Elizabethtown*, beides Filme, die ich wirklich liebe. Und weil ich mich einfach nicht entscheiden kann, nehme ich kurzerhand beide mit.

Im Auto sind wir beide sehr still. Ich frage mich, ob ich ihm seinen Geschmack nicht lasse, weil er sich von meinem unterscheidet, oder weil es mir so erscheint, als wäre es nicht wirklich sein eigener. „Was findest du an solchen Filmen wie *21 Grams* so toll? Sie sind doch eigentlich furchtbar. Was gibt es dir, so etwas zu sehen?", frage ich nach einer Weile.

„Das ist schwer zu sagen ... sie faszinieren mich einfach. Das Leben ist nicht nur schön, Lili. Und diese Filme zeigen Aspekte von einem Leben, das wir nicht sehen wollen."

„Das ist doch Blödsinn. Wenn wir es nicht sehen wollen, warum schauen wir es uns dann an? Und außerdem ist und bleibt es ein Film, und die Menschen darin spielen Rollen. Du setzt dich damit nicht der Realität aus, sondern einer Fiktion der Realität ... Sicher ist das Leben nicht nur schön. Es reicht, die Nachrichten anzuschauen, um das zu erkennen. Man könnte nach Afrika reisen und sich das Elend vor Ort ansehen. Oder man könnte Menschen besuchen, die auf ein Spenderorgan warten, oder ab und zu ins Hospiz fahren. Aber das tut man nicht. Und warum tut man es nicht? Weil es einem die Spur zu real wäre."

„Kann ich nicht einfach eine andere Meinung haben als du?", fragt er mich.

„Ist es denn deine Meinung?", frage ich zurück.

„Was soll das denn jetzt? Wessen Meinung sollte es denn sonst sein?"

„Darum geht es ja. Ein Beispiel. Ich werde dich jetzt gleich etwas fragen, und ich bitte dich, ganz spontan darauf zu antworten, okay?"

„Na, gut ... Frag."

„Was sind deine absoluten Lieblingsfilme?", frage ich.

„Zwei weißt du schon. Ansonsten noch *Romeo und Julia* und *Monster's Ball* ... Und was sagt das über mich aus, Fräulein Freud?", fragt Elias schelmisch.

„Ziemlich viel ... wenn ich allein von deinem Filmgeschmack auf dein Wesen schließen müsste, wärst du meiner Meinung nach schwer gestört, wenn auch gebildet und hochintelligent, mit einem Hang zur Depression."

„Nicht schlecht ... Und warum?", will er wissen.

„Weil alle diese Filme auf die eine oder andere Art destruktiv sind. Sie handeln von der ein oder andern Liebe, die letzten Endes entweder in den Tod führt, auf Lügen aufgebaut ist, oder zerstörerisch und unbarmherzig ist. Es geht um Menschen, deren Lebensweg sie zu Boden drückt und deren Erfüllung nur im Tod zu finden ist. Allen diesen Filmen hat irgendein hochrangiger Kritiker ein hohes Lob ausgesprochen und damit eine Meinung für alle vorgefertigt. Kennst du irgendjemanden, der *Romeo und Julia* nicht gut findet? Kennst du jemanden, der über *21 Grams* sagen würde, dass er es anmaßend findet, dass jemand behauptet, eine Seele wöge 21 Gramm? Kennst du jemanden, der in aller Öffentlichkeit zugeben würde, dass ihn *Mulholland Drive* schier zur Verzweiflung getrieben hat, weil dieses letzte *Silencio* einfach keinen Sinn gibt? Machen einen denn schwermütige, destruktive Filme allein schon zu einem tiefgründigen Intellektuellen?"

Elias starrt mich an. „Gut, und was sind deine Lieblingsfilme?", fragt er mich.

„Unzählige ... *Grüne Tomaten, The Notebook, Tatsächlich Liebe, Brot und Tulpen, Elizabethtown*, aber nur auf Englisch, *L'Auberge Español* beide Teile, *Die Verurteilten, Stranger than Fiction, Herr der Ringe, Mädchen Mädchen 1+2, In her Shoes, The Departed, Elizabeth, Die Dolmetscherin* ... Willst du noch mehr hören? Es gibt noch mehr ... Viel mehr", feuere ich los und füge sarkastisch hinzu: „Was verbirgt sich denn hinter meinen Vorlieben, Doktor Freud?"

„Wenn ich es mir recht überlege, weißt du noch nicht so recht, wer du bist. Ich bin einfach der destruktive Typ. Du kannst dich nicht entscheiden und bist sprunghaft.

Außerdem sind viele dieser Filme auch viel gepriesene Meisterwerke, oder etwa nicht?"

„Warum sollte ich mich entscheiden? Mir kann doch mehr als ein Genre gefallen. Es kommt doch immer darauf an, aus welcher Perspektive man argumentiert. Denn man könnte meine Unfähigkeit, Entscheidungen zu treffen, wie du es eben interpretiert hast, ebenso vom entgegengesetzten Standpunkt betrachten. Ich könnte also auch einfach jemand sein, der den verschiedensten Dingen etwas abgewinnen kann, und wäre damit ein offener Mensch", verteidige ich mich.

„So könnte man das schon sehen. Doch damit bist du trotzdem nicht auf meinen letzten Einwand eingegangen. Viele dieser Filme wurden auch hoch gelobt. Was unterscheidet dich da so sehr von mir?"

„Ich könnte dir bei jedem Film sagen, was mir persönlich gefällt. Ich würde dir nicht einfach ein *der Film ist halt gut*, oder *solche Filme faszinieren mich* hinknallen. Ich habe eine eigene Meinung zu diesen Filmen. Und außerdem sind einige Filme auf meiner Liste nicht besonders bekannt ... Oder willst du mir tatsächlich weismachen, dass du *Brot und Tulpen* kennst? Oder *Elizabethtown*?", frage ich ein wenig entnervt. Vielleicht hätte ich dieses Thema gar nicht erst anschneiden sollen. Denn es gibt keine Lösung dafür. Der Verlust der eigenen Meinung ist nun mal ein Fakt. In meiner Generation macht man sich über nichts mehr Gedanken. Keiner ist mehr wirklich gebildet oder an Bildung interessiert. Es ist, als ließe der Staat das Volk bewusst verblöden. Denn konditionierte und desinteressierte Menschen sind nicht nur leichter zu manipulieren, sondern halten sich lieber aus allem raus. Das macht das Regieren leichter. In der Schule wird einem nicht wirklich vermittelt, selbstständig zu denken. Anstatt uns selbst Gedanken zu machen oder eine Meinung zu bilden, lernen wir lieber auswendig und zitieren einen Experten. Im Endeffekt haben wir dann also die Meinung des Experten als die unsere verkauft. Denn darauf gibt es bessere Noten. Es ist doch einfach traurig, wo es mit uns hingeht.

„Was hat dir an *Herr der Ringe* gefallen? Sag mir deine Meinung. Erleuchte mich ...", unterbricht Elias' Stimme meine Gedanken.

„Du musst mich nicht verarschen ... Mir hat gefallen, dass alles so eindeutig ist. So wie in den Augen eines Kindes. Es ist Gut gegen Böse, und das Gute ist absolut gut, das Böse absolut böse. Der Kampf dient dabei dem höchsten Gut, nämlich der Freiheit. Es ist ein Kampf, der es wert ist, geführt zu werden, auch wenn Menschen dafür sterben müssen. Es ist ein Kampf gegen die Unterdrückung und die Unterjochung des Rechts auf Leben. Es zeigt den Sog der Macht und was das Streben nach Macht für Folgen haben kann. Außerdem zeigt es den Menschen als Wesen, das sich überschätzt und dennoch schwach ist. Ein weiterer Punkt ist Loyalität und Freundschaft. Und dem allen liegt die Macht des Glaubens und der Liebe zugrunde ... Es geht nicht um die Geschichte an sich, sondern um die Bedeutung dieser Reise und der Wesen, die den Weg kreuzen. Für mich geht es um Hoffnung und darum, nicht aufzugeben, selbst wenn es aussichtslos erscheint. Für mich persönlich ist auch nicht Frodo der Held, sondern jeder Einzelne trägt seinen Teil dazu bei."

Elias starrt mich an. „Das macht Sinn ...", sagt er nach einer Weile und schaut dann wieder zur roten Ampel. „Und du hast über jeden Film eine derart durchdachte Meinung?", fragt er ein wenig später in die Stille.

„Ich bin Einzelkind. Vielleicht habe ich zu viel Zeit alleine verbracht ... Zu viele Bücher und Filme ..."

„Heißt das, du hast zu jedem Film eine solche Meinung? Wirklich zu jedem?", wiederholt er seine Frage.

„Nicht zu jedem, aber zu den meisten. Bei manchen Komödien kann auch ich nur sagen, dass sie meinen

Humor treffen ..." Bis wir in meine Straße einbiegen, sagen wir beide kein Wort. Elias parkt den Wagen gegenüber von unserem Gartentor.

„Wie ist es mit dem Film *Swimming Pool*? Hast du nicht einmal gesagt, dass du den magst?"

„Ja, das habe ich ... Und?"

„Ist das nicht auch einer dieser Filme?"

„Einer dieser Filme?", frage ich.

„Ja. So ein Film, der einem letzten Endes gar nichts sagt ... So ein Film, von dem man immer denkt, ihn verstanden zu haben, und es dann doch nicht tut ..."

„Ich kann nicht sagen, ob ich ihn verstanden habe, aber er hat mir etwas gegeben ...", antworte ich.

„Und was?"

„Ich finde es nicht wichtig, ob es Julie wirklich gibt, oder nicht. Ich denke sogar, dass sie ein Teil der Schriftstellerin ist. Entweder lebt sie ihn nur gedanklich oder durch ihr Buch aus, vielleicht lebt sie diesen Teil tatsächlich aus, fernab ihrer Realität. Im Grunde ist es auch egal, ob es real ist oder nicht, denn für sie fühlt es sich schließlich echt an. Julie verkörpert alles, was sie selbst nicht ist. Sie ist jung, wunderschön, scheut kein Tabu, lebt sich aus und fürchtet sich nicht vor ihren Trieben. Ich denke, jede Frau hat eine Julie in sich. Die eine lebt mehr, die andere weniger ... Vielleicht wurde sie nur von ihrem eigenen Verlangen übermannt, vielleicht gibt es tatsächlich zwei Töchter. So oder so hat Julie Sarahs Leben verändert. Es ist, als wäre sie zum ersten Mal wirklich lebendig. Ironischerweise ist dieses wunderbare Gefühl mit dem Tod eines anderen verbunden. Außerdem knistert der Film vor Erotik ... Ich finde diese Stimmung wirklich gut umgesetzt ..."

„Ich könnte mich stundenlang mit dir über Filme unterhalten."

„Gefällt dir der Film denn gar nicht? Ich meine, mal abgesehen von den *Sexszenen*?" Er lacht. Und auch, wenn ich mit ihm lache, verrät dieses Lachen, dass ihm diese Szenen wohl wirklich gefallen haben.

„Ich würde nicht sagen, dass er mir gar nicht gefällt. Ich mag, dass sie sich nicht länger versteckt. Sie ist einer dieser Menschen, die sich dermaßen in der Vernunft verstricken, dass sie vergessen haben, was es bedeutet zu leben. Der Verstand blockiert sie komplett und so

sehr sie auch versucht, locker zu sein, sie wirkt immer steif und verkrampft. Ich habe Julie immer als tatsächlich existent gesehen, aber wie du das sagst, macht das viel mehr Sinn ..." Er schaut mich an. „Ist alles okay?", fragt er mich.

„Haben dir die Sexszenen gefallen?"

„Du meinst, ob sie mich erregt haben?"

„Ja", antworte ich und frage mich, warum ich das gefragt habe.

„Haben sie dich denn erregt?"

„Ich hasse es, wenn man auf Fragen mit Gegenfragen antwortet."

„Es hat einen Grund, warum ich das getan habe. Sag schon ... Haben sie dich erregt?"

„Ja, haben sie. Und weiter?"

„Na, warum wäre es denn dann so schlimm, wenn sie mich auch erregt hätten?" Eigentlich hat er da einen guten Punkt, und er hat das auch sehr geschickt gemacht, dennoch hat er nicht auf meine Frage geantwortet, zumindest nicht direkt.

„Die Stellen haben dich also erregt ... Der Unterschied ist, dass es hier um eine Frau geht. Wenn dich eine Frau erregt, ist das was anderes, als wenn sie mich erregt, findest du nicht?"

„Es ist fast ein wenig unheimlich, wenn sie dich erregt ..." Einen winzigen Augenblick denke ich an Marie und die Nacht, die wir zusammen verbracht haben. Und in diesem Augenblick frage ich mich, ob ich Elias davon erzählen sollte. Doch ich entscheide mich dagegen. Vielleicht würde es Marie stören. Und außerdem ist es ja auch schon eine ganze Weile her. „Worüber denkst du nach?"

„Ich kann mir nicht vorstellen, dass dir der Gedanke an zwei Frauen, die miteinander schlafen, nicht gefallen würde. Außerdem ist das überhaupt nicht bedenklich, weil die meisten Frauen Frauenkörper als erregend empfinden. Außerdem ist sie für dich keine Konkurrenz. Du bist ein Mann, für mich hingegen ..."

„Für dich ist sie auch keine, und das nicht nur, weil sie unerreichbar ist", schneidet er mir das Wort ab. „Ja, die Szenen waren gut. Aber sie sind nichts im Vergleich zu dem, was ich mit dir vorhabe ..."

Und auch wenn es eine Weile dauert, bis wir eine bequeme Stellung gefunden haben, so kann ich doch sagen, dass das Auto wirklich nicht zu verachten ist ...

Emma

Ich stehe unter der Dusche und schrubbe, als wollte ich mich reinwaschen. Ich habe zum ersten Mal gesagt, was ich wirklich denke. Ich habe meiner Mutter gesagt, dass ich nicht länger übersehen werden will. Es hat gutgetan. Es ist, als hätte ich immer einen mit Steinen gefüllten Rucksack getragen und heute habe ich ihn abgestellt. Jedes Kind sehnt sich nach Anerkennung. Jedes Kind will geliebt werden. Ich hatte immer das Gefühl, dass ich um jedes Fünkchen Anerkennung kämpfen musste. Wenn ich eine gute Note hatte, hatte Lia eine bessere. Wenn ich eine Rolle im Schulspiel bekommen habe, hat Leni einen Klavierauftritt gehabt, der meine schauspielerischen Künste locker an die Wand gespielt hat. Wenn ich ein Geschenk für meine Mutter gebastelt habe, habe ich es wenig später im Keller wiedergefunden. Gut, es gibt Kinder, denen ging es viel schlechter. Doch auch Verachtung ist eine sehr wirksame Waffe. In unserem Flur hängen Familienbilder und Kinderfotos. Von mir hängt da nur eines, von Elias acht. Das sagt doch schon etwas aus. Das eine Bild von mir ist das Alibi-Bild, damit sie sagen können, *Aber Emma, da hängt doch auch eines von dir, und Elias war eben so fotogen.*

Endlich habe ich etwas gesagt. Und ich werde ab jetzt nicht mehr dulden, dass sie mich klein machen. Ich bin vielleicht nicht so, wie sie mich gerne hätten, aber ich bin in Ordnung, wie ich bin. Ich habe ein gutes Herz. Und ich bin nicht dumm. Ich bin sicher kein Einstein, aber ich bin auch nicht minderbemittelt. Und es ist an der Zeit, dass ich mir eine eigene Meinung über mich bilde und nicht länger die anderer annehme. Ich wasche mir die Haare und schäume meinen Körper ein. Ich bin mehr als nur eine schöne, leere Hülle. Ich bin ein empfindsames Wesen. Und ich bin zum ersten Mal seit Langem wieder zufrieden mit mir.

Lili

Die Autoscheiben sind beschlagen und nach und nach lösen sich unzählige, kleine Tröpfchen und laufen um die Wette. Wie in einer kleinen Nebelschwade liegen wir verknotet auf dem Beifahrersitz, Elias' Kopf auf meiner Brust. Ein dünner Schweißfilm umgibt meine Haut, so wie Morgentau auf Grashalmen glänzt. Bis auf unser schweres Atmen ist es still. Es ist ein wundervolles Gefühl, einen

Teil von Elias' Körper in mir zu spüren. Wundervoll und irgendwie komisch ... Mein Po klebt auf dem Ledersitz und mein linkes Bein kribbelt, als würde es jeden Augenblick taub werden.

Elias hebt den Kopf und schaut sich in der Dunkelheit um. „Hast du ein Taschentuch oder etwas Ähnliches?", fragt er nach einer Weile.

„Wieso ein Taschentuch?", frage ich verständnislos. „Wir haben doch ein Kondom benutzt ..."

„Ja, schon, aber es fühlt sich ziemlich feucht an ..."

„Feucht?", frage ich schmunzelnd.

„Ja, feucht ... von dir ..."

„Ach so, von mir ..."

„Das hoffe ich zumindest ..." Ich schaue ihn an. „Hast du nun ein Taschentuch?"

„Ich bin nackt, wo sollte ich da bitte ein Taschentuch haben? Und meine Tasche liegt auf dem Rücksitz, da komme ich aus dieser Position nicht hin."

„Und ich habe keine im Auto", sagt Elias mit einem Grinsen. Ich strecke meinen Arm aus und versuche, an meine Tasche zu kommen. Doch es fehlen die letzten Zentimeter. Und sosehr ich mich auch verrenke, ich komme nicht an sie heran. Außerdem weiß ich nicht einmal, ob ich in der Tasche welche hätte. Im Sommer habe ich nur selten einen Taschentuchvorrat dabei. Die gesamte Situation hat fast schon etwas Absurdes und je länger wir mit den Armen rudern, desto mehr muss ich lachen. Und je mehr Elias sich bewegt und ich lache, desto brenzliger wird es, etwas Taschentuchartiges aufzutreiben. „Halt doch still ... wenn du so lachst, rutscht er raus", sagt Elias ernst. Es ist aber einfach zu absurd, um nicht darüber zu lachen.

„Mein Bein ist eingeschlafen und mein Hintern ist inzwischen eins mit dem Ledersitz", sage ich lachend, „Dein Beckenknochen bohrt sich in meine Leiste und ich muss wirklich dringend aufs Klo ... Und falls es dich interessiert, da kommt ein älteres Paar mit Hund." Die Vorstellung, wie die beiden verstört auf ein wackelndes, komplett beschlagenes Auto schauen, macht alles gleich noch viel amüsanter.

„Wo sind Leute?", fragt Elias, der sich sichtlich um seinen weißen, leicht behaarten zur Windschutzscheibe gestreckten Hintern sorgt.

„Sie sind nicht mehr weit weg. Und wenn ich sie sehen kann, können sie uns auch sehen ...", antworte ich prustend.

„Nicht nur sehen können sie dich ... Wenn sie uns noch nicht bemerkt hatten, dann haben sie uns jetzt sicher entdeckt, so laut wie du lachst." Seine wachsende Verzweiflung führt bei mir zu stillen Lachkrämpfen, die in einen schweren Wadenkrampf münden.

„Meine Wade ...", presse ich heraus.

„Was ist mit deiner Wade?", fragt er, während er mit dem Oberkörper schon fast im Kofferraum hängt.

„Oh Gott ... ahh ... ein Krampf ..." Und obwohl es wirklich wehtut, ist es eine Art Schmerz, der diese Erfahrung nur noch mehr unterstreicht.

„Beweg den Fuß hoch und runter."

„Das macht es noch schlimmer", stöhne ich lachend.

„Sind die Leute noch da?", ignoriert er meinen letzten Kommentar.

„Ja. Sie sind stehen geblieben ..." Diese Tatsache scheint Elias den letzten Nerv zu kosten, denn er dreht sich fast schon panisch zur Straße und versucht seinen Po unterhalb des Armaturenbretts zu verstecken. Ich wünschte, ich könnte uns als Außenstehender sehen. Wir müssen ein wunderbares Bild abgeben. „Reich mir einen Socken ...", sage ich schließlich.

„Einen Socken?"

„Ja. Einen Socken. Wir sind uns doch wohl einig, dass wir keine Taschentücher haben. Zumindest nicht griffbereit. Und deswegen muss es eben ein Socken tun ..." Elias kramt im Fußraum vor dem Beifahrersitz herum, nun auf der Suche nach einem Socken.

„Ich finde keine Socken", sagt er nach einer Weile.

„Da müssen aber welche sein", antworte ich, immer noch lachend.

„Warte, da spüre ich was ..." Einige Sekunden später hält Elias triumphierend einen Socken hoch. „Tah Dah!", sagt er strahlend, und ich befreie uns aus unserer Verknotung.

„Und das Kondom?", frage ich ängstlich.

„Scheint in Ordnung zu sein ..."

„Sicher?", frage ich verunsichert. Er hält es mir entgegen. Der vordere Zipfel ist voll mit weißlicher Flüssigkeit.

„Wie geht es deiner Wade?", fragt Elias, als er auf den Fahrersitz klettert.

„Die Wade ist nicht das Problem ... Mein linkes Bein ist komplett taub ..."

Er nimmt mein Bein und drückt daran herum. „Spürst du was?"

„Nein", antworte ich und er kneift noch fester. „Aua!", schreie ich ihn an. „Das war zu fest ..."

„Tut mir leid, Kleines ...", sagt er kleinlaut. „Aber wenigstens spürst du dein Bein wieder ..."

Marie

„Ich wüsste zu gerne, wie sie aussieht."

„Wer? Helene?" Ich nicke. „Also sie ist in etwa so groß wie du, hat schulterlanges braunes Haar und dunkelbraune Augen."

„Wenn ich ehrlich bin, kann ich sie mir jetzt trotzdem nicht wirklich vorstellen."

„Warte, ich kann sie dir im Internet zeigen ..." Er nimmt meinen Laptop vom Nachttisch und geht auf Facebook. Dann gibt er ihren Namen ein. Helene König. Na ja, kein so toller Name. Und dann zeigt er mir ihre Bilder. Ich spüre, wie er mich von der Seite ansieht.

„Sie ist hübsch ..." Und das ist noch untertrieben. Sie sieht richtig gut aus. Ein wirklich schönes Gesicht. Ich frage mich, warum mich das stört. Na, weil ich will, dass ich besser aussehe, ist doch logisch. Klar, ich bin lesbisch, aber es war schön, was Paul in mir gesehen hat. Bis, ja bis Helene auf der Bildfläche erschienen ist. Ich interpretiere da sicher zu viel rein. Er hat schließlich gesagt, dass er noch immer nach jemandem sucht, der meinen Platz einnimmt. Und da hatte er schon mit ihr geschlafen. Also hat sie ihn nicht eingenommen.

„Findest du sie ehrlich hübsch?"

„Ja, sie sieht ganz gut aus."

„Aber?"

„Nichts aber ... sie ist hübsch ..."

„Ich höre da so einen Unterton."

„Was denn für einen Unterton?"

„Na, so einen Unterton eben ..."

„Was soll ich sagen, sie ist wirklich hübsch. Sehr sogar." Ich versuche zu lächeln, aber mein Lächeln sieht sonst sicher ganz anders aus.

„Das scheint dich irgendwie zu ärgern ..."

„Ach was ..."

„Doch, es ärgert dich. Ich kenne dich Marie, und ich weiß, wenn dich etwas wurmt."

Ich sage nichts. Nach einer Weile sehe ich Paul im Augenwinkel grinsen. „Was?", fahre ich in an. „Was ist so komisch?"

„Du bist eifersüchtig ..."

„So ein Blödsinn."

„Doch, bist du. Du bist eifersüchtig."

„Ach, lass mich in Ruhe."

„Gib es zu, du bist eifersüchtig."

„Ja, und sogar wenn es so wäre."

„Dich soll einer verstehen ..." Er schüttelt den Kopf. „Ewig will ich nur dich, und dann, wenn ich endlich eine finde, die mir gefällt, dann bist du eifersüchtig ... Ich denke, du liebst Lili?"

„Darf ich denn nicht eifersüchtig sein, nur weil ich lesbisch bin?"

„Sicher darfst du, aber verstehen tu ich es halt nicht."

„Es war schön, von dir geliebt zu werden." Er lächelt. „Du bist ein toller Kerl. Du siehst super aus, hast was im Kopf, kannst über Gefühle reden, bist authentisch, hast Humor ... Ich vertraue dir und ich verstehe, wie du denkst.

Du bist manchmal ein Rätsel, aber ich kann dich verstehen ... Und die Art, wie du mich immer angeschaut hast ... wegen dir habe ich mich immer besonders gefühlt."

„Wäre ich eine Frau ..."

„... dann wärst du die eine ...", unterbreche ich ihn.

„Ich wünschte, du würdest auf Männer stehen."

„Oder so ... mir wäre beides recht."

Er zieht mich an sich und nimmt mich in den Arm. „Es ist unfair."

„Was ist schon fair?"

„Ja schon, aber *das* ist wirklich unfair ..."

„Was meinst du?"

„Du kannst dich von mir im Arm halten lassen."

„Ich verstehe nicht ganz, was du meinst ..."

„Marie, mit meinen Fingerspitzen spüre ich den Ansatz deiner Brust. Die andere presst sich gegen meine Rippen ... Ich empfinde dich als sexuelles Wesen, du mich nicht." Ich schweige. „Jedes Mal, wenn ich dich in die Arme schließe, denke ich an meine Tante, weil es mich sonst zu sehr erregen würde."

„Wie sieht deine Tante denn aus?"

„Martha? Das kann man nicht beschreiben, das muss man gesehen haben ..."

„So schlimm?"

„Schlimmer ..." Ich muss lachen. „Weißt du, was ich richtig abartig finde?"

„Nein, was?"

„Manchmal wünschte ich ..."

„Ja?"

„Vergiss es ..."

„Ach komm, Paul, du wirst es mir letzten Endes sowieso sagen."

Er seufzt. „Ich wünschte manchmal, du würdest noch ein einziges Mal mit mir schlafen. Und ich würde es sogar hinnehmen, wenn du nur spielen würdest, dass es dir gefällt. Das ist doch abartig, oder?"

„Ich finde das nicht abartig. Ich habe es lange bei Lili genauso empfunden."

„Weißt du, damals wusste ich ja nicht, dass das erste Mal auch das letzte Mal sein wird. Hätte ich es gewusst, hätte ich versucht, es noch intensiver wahrzunehmen."

„Würdest du damit umgehen können, dass ich dich nicht auf diese Art liebe?"

„Ich weiß es nicht ..." Nach einer kleinen Pause fragt er dann., „Ist es denn für dich furchtbar gewesen?"

„Du weißt genau, dass es nicht furchtbar war."

„Ja, aber du hast gesagt, dass es sich falsch angefühlt hat."

„Ja, weil du nicht wusstest, dass ich lesbisch bin ..."

„Und sonst?"

„Sonst wäre es schön gewesen ..."

„Ehrlich?"

„Ich bin vielleicht lesbisch, das ändert aber nichts daran, dass es sich gut angefühlt hat, dich in mir zu spüren ..."

„Wie?"

„Was wie?"

„Inwiefern schön?"

„Das ist echt schwer zu erklären."

„Versuch es ..."

„Okay ... es fühlt sich an wie ... hmm ... so wie ... es fühlt sich einfach gut an ..."

„Aber du bist lesbisch."

„Ich bevorzuge Frauen, ja ..."

„Warum?"

„Ja, wieso bevorzugst du denn Frauen?"

Er lacht. „Weil Frauen viel schönere Körper haben ... viel sanftere, rundere, weichere Körper ..."

„Sehe ich genauso ..." Eine ganze Weile liege ich nur da und spüre seinen Atem. Dann frage ich: „Wie hättest du versucht, es intensiver zu erleben? Ich meine, wenn du gewusst hättest, dass es nur diese eine Mal geben wird ..."

„Keine Ahnung."

Dann schaue ich zu ihm auf. „Du weißt, ich liebe dich nicht ..."

„Ich weiß ... Und?"

„Nichts und ... das wollte ich geklärt haben ..." Und dann küsse ich ihn. Und nach einem kurzen Zögern erwidert er meinen Kuss. Ich schließe die Augen und spüre die sanften Bewegungen seiner Zunge. Und wieder erregt es mich, ihn zu küssen. Er drückt mich von sich.

„Warum tust du das?"

„Weil ich Lust habe ... du nicht?"

Und anstatt zu antworten, zieht er mich wieder an sich, und küsst mich. Wenn ich je ein männliches Wesen geliebt habe, dann Paul. Ich liebe ihn. Und ich genieße es, von ihm berührt zu werden. Man könnte verwerflich finden, was ich tue, doch keiner von uns ist in einer Beziehung. Wir beide suchen Nähe und Zärtlichkeit. Und dieses Mal weiß er, dass es das letzte Mal sein wird. Und er weiß, dass ich lesbisch bin.

Während er mich auszieht, öffne ich die Augen und er schaut mich an. „Das letzte Mal?", fragt er schwer atmend. Ich nicke. Dann liege ich nackt vor ihm. Und dieses Mal schaue ich ihn an. Ich schließe nicht die Augen. Ich werde mit Paul schlafen. Und ich will es. Ich kann nicht sagen, warum ich es will, nur dass ich es will. Ich will ihn. Er gleitet zwischen meine Beine und mit dem Kopf zwischen meine Schenkel. Seine Zunge ist hart. Es tut gut. Es ist so, als wäre das immer zwischen uns gestanden. Und nun liegen wir wieder da. Beide nackt. Ich spüre seine Erektion an meiner Wade. Und auch das ist schön. Seine sanften Hände halten mich an der Hüfte. Sein Griff ist fest, und es gefällt mir, dass er mich so festhält. Seine Zunge zeichnet Kreise. Und ich könnte das für immer spüren. Es ist absolut unbeschreiblich. Und ich lasse mich fallen, denn ich vertraue ihm. Mein Atem wird schneller, mein Puls rast. Kurz hört er auf, und fragt: „Magst du es so?" Ich drücke seinen Kopf wieder nach unten, damit er weitermacht, und höre ihn lachen. Es ist schön, dass das passiert. Und dann frage ich mich, ob ich wirklich so lesbisch bin, wie ich es vorgebe, denn es macht mich an, dass ich ihn so errege. Es fühlt sich richtig an. Und dann dringt er mit zwei Fingern in mich ein. Ich habe ihm erzählt, dass das allen Frauen, die ich hatte, gefallen hat ... Ich spüre den sanften Druck seiner Finger in mir, der langsam zunimmt.

Ich will mit ihm schlafen. Und ohne zu denken, sage ich es, „Schlaf mit mir ..."

Er schaut hoch. „Sicher?"

„Sicher ..." Und dieses Mal ist es ehrlich gemeint. Ich will ihn spüren. Ganz bewusst. Mit offenen Augen. Er rührt sich nicht, schaut mich nur an. „Ich meine es ernst ..." Ich rolle mich zur Seite und hole ein Kondom aus der oberen Schublade meines Nachttisches. Diese Kondome wurden lange nicht mehr gebraucht. Sie sind ein Relikt aus alten Tagen. Ich halte es ihm entgegen. Erst zögert er, dann nimmt er es, reißt die Hülle auf und rollt es ab. Und es erregt mich, ihm dabei zuzusehen.

Er rutscht nach oben, greift mit der rechten Hand zwischen unsere Beine und dringt langsam in mich ein. Sein Gesicht verzieht sich. Es ist, als würde es ihm wehtun. Ganz vorsichtig bewegt er sich in mir. Vor einem Jahr hatte sich das ganz falsch angefühlt. Ich wollte Lili. Doch jetzt ist es unbeschreiblich. Was ist nur los mit mir? Nicht denken. Bloß nicht denken. Einfach fühlen. Er öffnet die Augen.

„Inwiefern schön?" Er presst die Frage aus sich heraus. Es ist ein hartes Flüstern. Man hört, dass es ihn Anstrengung kostet zu sprechen.

„Du bist ein Teil von mir ... in diesem Moment bist du ein Teil von mir." Ich sehe, dass sich seine Augen mit Tränen füllen. Dann küsst er mich. Sein Körper reibt gegen meinen, langsam gleitet er aus mir, dann wieder ganz tief in mich. Meine Brüste pressen sich gegen seinen Brustkorb. Seine Hand an meiner Hüfte. Und dann geschieht etwas Unbeschreibliches. Es kribbelt überall, mein Körper zittert und meine Muskeln zucken. Ich werde lauter, höre mich stöhnen, halte mich an ihm fest. Es ist kaum auszuhalten, es ist schrecklich, es ist so wunderbar, dass es mich fast um den Verstand bringt. Es ist eine Qual. Und dann höre ich mich hauchen, „Paul ... Paul ich komme ..." Und dann passiert es. Die Erlösung. Der unbeschreiblichste Moment meines Lebens.

Er bewegt sich weiter. Meine Augen sind geschlossen, mein Körper erlebt einen Rausch. Jede Zelle tanzt. So etwas habe ich noch nie erlebt. Ich öffne die Augen. Paul schaut mich an. In seinem Blick eine Kombination aus purer Fassungslosigkeit und Freude. Tränen laufen über meine Wangen. Er küsst mich auf die Stirn und macht weiter. Und ich liebe ihn dafür. Ich liebe es, mit ihm zu schlafen. Mit Lili zu schlafen war nicht schöner. Es war nur anders. Und dann kommt es wieder, das Gefühl, dass ich ihn auseinanderreißen will, weil es so gut ist. Und wieder zittere ich am ganzen Körper. Und wieder stöhne ich auf. „Ja ... Gleich ..." Ganz tief in mir spüre ich ihn. Sein Atem auf meiner Haut, seine Bewegungen, sein tiefes Atmen, sein Geruch ... ich rieche Schweiß, ich rieche Waschpulver, ich rieche seinen Duft gemischt mit seinem Parfum.

Ich betrachte sein Gesicht. Seine ebenmäßigen Züge sind angestrengt, seine Augen zusammengekniffen, die Lippen einen Spalt weit geöffnet. Ich versinke in diesem Ausdruck. Als er sich schneller bewegt, kriecht wieder das Kribbeln durch meinen Körper. Aber dieses Mal lässt es sich Zeit. Es gleitet genüsslich und langsam durch mich hindurch. Seine sanfte Haut schmiegt sich an meine. Sein unruhiger Atem streift mein Gesicht. Er wird flacher und schneller. Dann öffnet er unvermittelt die Augen und schaut mich an. „Marie ... ich komme ..." Und dann explodiere ich unter ihm.

Lili

Wo das ältere Paar abgeblieben ist, weiß ich nicht, und ich kann auch nicht sagen, ob sie uns gesehen haben, aber ich denke schon. Dieser Gedanke ist immer noch amüsant. Wir sitzen auf der Couch und knobeln, welchen Film wir zuerst ansehen sollen. Am Ende halte ich alle drei Filme hinter meinen Rücken, und Elias muss einen auswählen. Und weil immer der Film rauskommt, den man nicht sehen will, halte ich zuletzt *LA Crash* in der linken Hand und die Sache ist beschlossen. Ich wünschte, ich hätte ein

Veto, das ich einlegen könnte, doch ich füge mich in mein Schicksal und lege die DVD ein. Wieder so ein Film mit dem Prädikat wertvoll. Na wunderbar.

Ich sitze da und sage nichts. Und auch Elias schweigt. Gleich wird er mich fragen, wie ich den Film nun fand. Und er wird es deswegen tun, weil er recht hatte und ich mich getäuscht habe. *LA Crash* ist ein unwahrscheinlich guter Film. „Und? Was meinst du?", fragt Elias, und es wundert mich, dass es tatsächlich so lange gedauert hat, bis er das fragt.

„Er ist gut", gebe ich kleinlaut zu und lächle ihn an. „Und ja, du hattest recht. Der Film ist unglaublich ... Auch wenn ich wünschte, er hätte den Kerl nicht erschossen ... ich meine, warum hat er nicht einfach gesagt, dass er die gleiche Figur hat? Ist doch wohl klar, dass der andere nicht weiß, was ihn erwartet, oder?"

„Wir haben halt unsere Vorurteile. Nur weil er der Gute ist, nehmen wir an, er könne keine Fehler machen. Und der andere, der einem von Anfang an unsympathisch ist, wird letztlich doch derjenige, der über sich selbst hinauswächst. Es ist eben nicht schwarz-weiß ...", antwortet Elias. Und es stimmt, was er sagt. Der andere war ein Musterbeispiel für die Art Mann, die verachtenswert ist. Scheinbar. Doch nichts ist so, wie es scheint, auch wenn wir denken, es wäre so. „Welchen jetzt?" Ich halte Elias beide Hüllen hoch. „Welcher ist besser?"

„Man kann die beiden Filme nicht vergleichen ... sie sind beide auf ihre Art wirklich gut", antworte ich.

„Na, dann *Elizabethtown* ...", entgegnet Elias.

Und auch wenn er mich anlächelt, so weiß ich, er bedauert gerade, dass er kein Veto gegen beide Filme einlegen kann.

Marie

Er liegt noch immer auf mir. Sein Herz schlägt gegen meines. Nach einer langen Weile schaut er mich an. „Das war ..."

„... einfach fantastisch", unterbreche ich ihn. „Absolut fantastisch."

„Finde ich auch ..." Wir bleiben eng umschlungen liegen. Und ich inhaliere seinen Duft. Es ist ein guter Duft.

Nackt sitzen wir auf dem Fußboden. Ich halte ihm eine Zigarette entgegen. „Danke ..." Da sitzen wir nun und rauchen. Es ist still, doch es ist eine schöne Stille, ein heiliges Schweigen. „Marie?"

„Hm?"

„Du bist ehrlich gekommen?"

„Dreimal."

„Ja, aber ..."

„Ich kann es dir auch nicht erklären ... ich muss nachdenken."

„Okay ..."

Und dann schweigen wir wieder. Und wir lächeln. Wir lächeln wie Verliebte. Noch nie in meinem Leben war ich so verwirrt. Und niemals zuvor wusste ich weniger, was ich will. Und dann klingelt sein Handy. Und es ist Helene.

„Du kannst ruhig hingehen ..."

„Sicher?" Ich nicke. Und tief in mir drin gestehe ich mir ein, dass ich wünschte, er hätte sie weggedrückt.

Lili

„Und?", frage ich erwartungsvoll.

„Der Film ist großartig ..."

„Du wolltest ihn erst nicht sehen ...", sage ich mit einem kleinen, kaum merklichen Lächeln auf dem Gesicht.

„Sagen wir so, ich hätte ihn aufgrund der Beschreibung nicht geliehen ..." Als ich in diesem Moment etwas Schlaues entgegnen will, klingelt mein Handy und es ist Leni. Mit gemischten Gefühlen gehe ich dran. Ich weiß, Leni stört es nicht, dass ich mit Elias zusammen bin, trotzdem ist es komisch, dass ich, seitdem wir zusammen sind, von Emma ignoriert werde und Leni erst besser kennenlerne.

„Hallo", sage ich so, als hätte ich gerade nichts anderes zu tun.

„Hey Lili ...", flötet Leni. „Schön, dass ich dich erwische. Ich hoffe, ich störe nicht?"

Es sind genau diese Fragen, die mir unangenehm sind. „Ähm, nein. Gar nicht, wir schauen einen Film", antworte ich betreten. „Was gibt's?"

„Wir gehen jetzt auf 'ne Party und ich wollte fragen, ob ihr mitkommen wollt?"

„Es ist schon recht spät. Was ist das für 'ne Party?", frage ich mit geheucheltem Interesse.

„Um ganz ehrlich zu sein, weiß ich das nicht", sagt Leni kleinlaut. „Kaya hat die Adresse. Sie ist schon dort und es ist wohl 'ne ziemlich gute Stimmung ..."

„Wie groß ist die Wahrscheinlichkeit, dass Emma und Ella dort sein werden?"

„Das kann ich dir nicht sagen. Aber soweit ich weiß, ist Emma bei Clemens."

Das muss sich ja toll für Leni anfühlen. „Warte mal, ich frage Elias ...", sage ich zu Leni und wende mich ihm zu. „Hast du Lust, spontan auf 'ne Party zu gehen?"

„Ist das Leni?" Ich nicke. „Und wessen Party das ist, weiß man nicht, richtig?"

„So ungefähr ... Kaya ist schon dort und sagt, es wäre nicht übel ...", sage ich wenig enthusiastisch. Elias schaut mich an.

„Sag Leni, wir rufen sie gleich zurück."

„Leni, können wir dich in fünf Minuten noch mal anrufen?"

„Aber klar. Ich bin noch 'ne Viertelstunde daheim ..."

„Du willst da nicht hingehen ...", sagt Elias in dem Moment, als ich aufgelegt habe.

„Keine Ahnung", antworte ich, und es ist die Wahrheit. „Ich bin nicht absolut abgeneigt, aber ich habe keine Lust, Emma und Clemens in die Arme zu laufen ..."

„Da werden doch sicher viele Leute sein ..."

„Ja schon", sage ich leise, „aber ich weiß nicht, wer diese Leute sind, und auf Emma und ihre Anhänger habe ich keine Lust ..."

„Also ich hätte schon Lust auf 'ne Party. Wir können uns doch nicht dauerhaft verstecken, Kleines. Und wenn Leni uns fragt, finde ich, sollten wir hingehen. Außerdem kannst du doch Marie fragen, ob sie mitkommt ..." Er hat recht. Und das mit Marie ist eine hervorragende Idee. Denn mit Marie fühle ich mich überall sicherer. Und es wäre auch schön, wenn Leni und Marie sich besser kennenlernen würden.

„Machen wir's so, wenn Marie mitkommt, gehen wir, ansonsten bleibe zumindest ich zu Hause", sage ich und schaue ihm in die Augen.

„Na, dann ruf sie an", antwortet Elias, und ich weiß, dass diese Aussage bedeutet, dass er einverstanden ist.

„Hallo", höre ich Maries Stimme. Und sie klingt viel besser als bei unserem letzten Telefonat.

„Hallo, Liebes ... Ich bin's ..."

„Das ist ja ein lustiger Zufall, eben wollte ich dich anrufen. Ich wollte gerade deine Nummer wählen."

„Ist was passiert?", frage ich ein wenig erschrocken.

„Nein, alles in Ordnung", beruhigt sie mich. „Ich wollte mich bloß melden ..."

„Du klingst so anders ..."

„Paul ist hier ..."

„Ach so, ich wollte dich nämlich fragen, ob du Lust hast, auf 'ne Party zu gehen ..."

„Vom wem?" fragt Marie nach einer kurzen Pause.

„Keine Ahnung. 'ne Freundin von Elias' Schwester Leni weiß, wo das ist. Lust mitzukommen?", frage ich und füge hinzu: „Das heißt, wenn du nicht mitkommst, gehe ich nicht, mitkommen war also das falsche Wort ... Paul kann auch kommen ..."

„Ich bin in fünfzehn Minuten bei dir, ja? Finde du schon mal raus, wo wir hinmüssen", sagt sie und legt auf.

„Sie ist in fünfzehn Minuten da", sage ich zu Elias, der sich darangemacht hat, ein halb ausgefülltes Kreuzworträtsel zu lösen.

Er schaut hoch. „Gut. Dann rufe ich jetzt Leni an, biete ihr an sie abzuholen, weil ich mich noch umziehen muss, und hole euch dann wieder hier ab, ja?"

Ich schaue an mir herunter und antworte schließlich, „Wunderbar, dann kann ich mich noch fertig machen", und füge hinzu, als er sein Handy aus der Hosentasche holt: „Ach ja, kannst du rausfinden, wo genau die Party ist?"

Während Elias Leni anruft, räume ich das Wohnzimmer auf. „... ja klar, also dann bis gleich ...", höre ich Elias noch sagen, bevor er seinen Kopf ins Wohnzimmer steckt und sagt: „Also Kleines, ich bin in 'ner halben, dreiviertel Stunde so was wieder da, okay?"

Marie

„Nein, ist schon gut ... ich gehe jetzt auf eine Party."

„Ach so ... mit wem?"

„Lili hat eben angerufen."

„Gut, wenn es dir sicher nichts ausmacht – ich wäre auch hiergeblieben ..."

„Nein, geh du nur und triff dich mit Helene."

Er zieht sich an. Und es tut mir weh, dass er geht. Aber, was soll ich sagen? Es ist besser so. Außerdem muss ich mich umziehen. Als er in der Tür steht, suche ich Unterwäsche aus. Und ich entscheide mich für schwarze Spitzenwäsche, weil ich weiß, dass er es sieht. Was tue ich denn? Und warum tue ich es? „Hast wohl Pläne für heute Abend?" Er lächelt, doch es ist kein echtes Lächeln.

„Nein, das nicht ... ich fühle mich einfach danach."

„Na gut, dann verschwinde ich mal."

„Warte ..." Er dreht sich noch einmal um. „Was soll ich anziehen?"

„Hauptsache, du ziehst noch etwas an ..." Er grinst und schließt die Tür hinter sich. Ich fühle mich leer. Ich will nicht, dass er geht. Und schon gar nicht zu dieser blöden Helene. Und weil ich verletzt bin, krame ich aus meinem Schrank den einzigen Rock, den ich besitze, und mache mich richtig hübsch. Wenn er sich mit Helene treffen kann, kann ich auch einen Rock anziehen. Tolle Logik.

Fünf Minuten später schaue ich in den Spiegel. Und auch wenn ich nicht aussehe wie ich, die im Spiegel sieht scharf aus.

Lili

Ich stehe vor meinem Schrank. Warum habe ich nichts Anständiges zum Anziehen? Oder anders gefragt, warum habe ich nur anständige Sachen im Schrank? Ich hätte gern, dass Elias der Atem stockt, wenn er mich sieht. Aber mit den ganzen Lumpen wird das eher nichts. Mit dem Zeug sehe ich eben aus wie Lili. Toll.

Na, dann muss eben das herhalten. Als ich gerade mit einem Bein in einer Jeans stecke und gleichzeitig versuche, in ein ziemlich enges Top zu kommen, klingelt es an der Tür. Warum ist Marie immer pünktlich? Ich gehe zum Fenster meines Zimmers und öffne es. „Marie", schreie ich hinunter.

„Ja, Schatz ...", hallt es mir entgegen.

„Ich werfe dir den Schlüssel runter ..." Ich hole den Schlüssel aus meiner Tasche und werfe ihn aus dem Fenster. Ein sanftes Klirren, dann Stille. „Hast du ihn?"

„Nein ...", antwortet sie, und dann: „Ah doch, hab ihn. Ich komm hoch."

Als Marie meine Zimmertür öffnet, traue ich meinen Augen kaum. Sie ist immer schön, doch dafür, wie sie gerade aussieht, gibt es keine Beschreibung. „Wow", ist alles, was ich rausbringe.

„Ehrlich?", fragt sie mich, und wirkt dabei leicht verunsichert.

„Wow", wiederhole ich. Und mein Gesichtsausdruck muss in ihren Augen überzeugend sein, denn sie strahlt mich an.

„Danke ...", sagt sie, und ihre Wangen erröten. Sie trägt einen Rock. Doch es ist keiner von diesen gürtelartigen Röcken, es ist ein echter Rock, denn er geht ihr bis knapp übers Knie. Er ist aus weißem, wallendem Stoff und mit unzähligen klitzekleinen roten Streublümchen übersät. Dazu hat sie ein schulterfreies Oberteil an, ebenfalls weiß, das ihre wunderschöne Brust betont. Und zu meinem Erstaunen trägt sie Ballerinas. Das ist mehr als untypisch. Aber es steht ihr unheimlich gut.

„Ballerinas?", frage ich entgeistert.

„Ja, ich weiß, das passt nicht zu mir", sagt Marie kleinlaut. „Röcke ja eigentlich auch nicht ..."

„Nein, das meine ich nicht. Es passt sehr wohl zu dir ... du trägst so was nur sonst nie ...", sage ich leicht verdutzt. „Aber das solltest du", füge ich nach einer Weile hinzu.

„Wirklich?"

„Ja, wirklich", sage ich und gebe ihr einen Begrüßungskuss auf die Wange. Ihre Augen sind schwarz geschminkt und ihre Wimpern wirken endlos. Das Haar trägt sie leger in einem Knoten.

„Ich habe dir was zum Anziehen mitgebracht ...", unterbricht Marie meine Gedanken.

„Ach, echt?", frage ich.

„Ja", antwortet sie und leert den Inhalt ihrer Tasche auf meinem Bett aus. Ein paar Minuten und etwa zwanzig Outfits später fällt mir wieder ein, warum ich Parties so hasse. „Probier mal das dazu", berät mich Marie.

„Ich hab keine Lust mehr, Sachen zu probieren", sage ich, und werfe ein schwarzes, rückenfreies Oberteil in die Ecke.

„Ach komm, Schatz ... Nur das eine noch, okay?"

„Na, wegen mir", murmle ich schlecht gelaunt in den Raum. Marie durchwühlt den Kleiderberg auf meinem Bett.

„Ich weiß genau, dass ich es eingepackt habe", sagt Marie, mehr zu sich selbst, als zu mir. „Ah! Da ist es ja ..." Wortlos hält sie mir einen winzigen Fetzen Stoff entgegen, etwa in der Größe eines Putzlappens.

„Und was genau soll das sein?", frage ich sie und mache keinerlei Anstalten, ihr das Ding aus der Hand zu nehmen.

„Probier es einfach", sagt sie, und ihr Ton lässt nicht viel Spielraum für Verhandlungen.

„Na, wenn es sein muss." Ich greife nach dem kleinen Stück Stoff und denke, dass die Menge Stoff nicht einmal ausreichen wird, um meine Brüste zu bedecken. „Ich finde ja, der Push-Up ist schon die Härte ...", sage ich, als ich versuche, in den Hauch von Nichts einzusteigen. Doch Marie sagt nichts dazu. Ich gehe zum Spiegel und mache mich darauf gefasst, entweder in Tränen oder in schallendes Lachen auszubrechen. Doch zu meinem Erstaunen sehe ich absolut atemberaubend aus.

„Dachte ich es mir doch ", sagt Marie, und blickt mir zufrieden über die Schulter. „Meine Mama hat mir das geschenkt, aber es ist mit zu groß", redet sie weiter, während ich mich bestaune. „Du kannst es haben ... steht mir sowieso nicht ..."

„Spinnst du?", schneide ich ihr das Wort ab. „So was kannst du doch nicht einfach verschenken ..."

„Genau genommen habe ich das gerade getan. Außerdem habe ich mehr davon als du ...", sagt sie und zwinkert mir zu. Sie schaut mich an. „Ich gehe auf die Terrasse, eine rauchen ..." Sie nimmt ihre Handtasche vom Bett und geht in Richtung Tür. „Ach, ja", sagt sie plötzlich und dreht sich unvermittelt zu mir um. „Wann genau kommt Elias denn nun eigentlich?" Ich schaue auf die Uhr.

„In zehn Minuten", stelle ich fest. „Na, dann muss ich mich ja nicht hetzen."

Sie wirft mir einen vielsagenden Blick zu, und ihre Silhouette verschwindet im dunklen Flur. Ich liebe ihre Art. Und ich kann mir durchaus vorstellen, dass sie es sich gleich auf der Sonnenliege bequem macht, den Rock hochschiebt und mit der Hand in ihre Unterhose gleitet. Das macht sie öfters. Ich werde nie vergessen, wie sie es zum ersten Mal vor mir gemacht hat.

Marie

Ich liege auf der Sonnenliege und rauche eine Zigarette. Und sosehr ich mich auch bemühe, ich kann an nichts anderes denken als an Paul. An seine Hände, an seinen Geruch, daran, dass wir vor nicht einmal zwei Stunden miteinander geschlafen haben. Ich drücke die Zigarette aus und schaue in den Himmel. Und in diesem Augenblick frage ich mich, ob Paul vielleicht auch gerade daran denkt oder ob er mit seinen Gedanken bei Helene ist.

Lili

Mein Handy klingelt. Es ist Elias. Als er auflegt, weiß ich, dass er unten steht. Ich schaue noch ein letztes Mal in den Spiegel. Und ich muss sagen, dass ich gut aussehe. Ich werfe alles, was herumliegt, in meine Tasche, mache das

Licht aus und werfe die Tür hinter mir zu. Am Treppenabsatz wartet Marie. „Siehst super aus …", sagt sie und lächelt mich an. Ihr Lächeln wirkt irgendwie unecht, so als wäre sie eigentlich wehmütig oder sogar traurig. Ich kenne sie, wenn sie nachdenklich ist.

„Ist alles in Ordnung bei dir?", frage ich. „Du wirkst irgendwie traurig."

„Ich bin nicht traurig", antwortet Marie als sie die Haustür öffnet, „ich denke nur nach."

„Und worüber?" Doch in dem Moment, als sie den Mund öffnet, um zu antworten, klingelt mein Handy ein zweites Mal.

„Wow", sagt Elias. „Du siehst einfach toll aus, Kleines." Dann fällt sein Blick auf Marie, und er fügt hinzu: „Du siehst auch wunderschön aus, Marie." Und auch wenn ich weiß, dass Marie lesbisch ist und dass Elias nicht an ihr interessiert ist, stört mich sein Kommentar.

Marie scheint das zu spüren und sagt: „An deine Freundin komme ich aber nicht ran."

Und er antwortet: „Ich hätte es nie gesagt, aber an Lili kommt keine ran." In mir tobt der Triumph, er grölt und jubiliert. Es ist schon komisch, dass Frauen sich gegenseitig immer als Konkurrentinnen sehen. Wir sind eng verbunden, glauben an eine Freundschaft bis ins Rentenalter, und kaum kommt ein Kerl, ist alles vorbei. Emma und ich sind das beste Beispiel. Wir waren von der fünften Klasse an befreundet. Emma und ich waren gemeinsam Kinder und wurden gemeinsam jugendlich und waren sicher, wir würden auch gemeinsam erwachsen und dann alt werden. Doch dann kam Clemens. Und dann Elias. Und wo sind wir jetzt? Wir machen alles zunichte, was uns immer wichtig war. Ich vermisse sie. Aber ich bin zu stolz, um auf sie zuzugehen. Mit Emma habe ich Wohnungen für unsere Barbies gebaut, sie war es, der ich von meinem ersten Kuss erzählt habe, mit ihr habe ich meinen ersten BH gekauft und mit ihr war ich zum ersten Mal richtig besoffen. Mit ihr wurde die Nacht zum Tag. Mit ihr habe ich den Tag verträumt. Sie war die Schwester, die ich immer gerne gehabt hätte. Wir wollten immer den Traummann, und nun, wo wir ihn haben, ist unsere Freundschaft der Preis, den wir für unser Glück zahlen müssen. Ja, ich habe Emma immer im Stillen beneidet und war eifersüchtig auf sie, aber ich habe sie geliebt. Ich liebe sie noch. Seit ich denken kann, ist da Emma. Und auch, wenn die Freundschaft zu Marie irgendwie spezieller ist, so ist sie mir trotzdem nicht wichtiger. Das ist schwierig zu beschreiben. „Du wirkst so nachdenklich, Lili", reißt mich Lenis Stimme aus meinen melancholischen Gedanken.

„Ich bin nur müde", lüge ich, weil ich keine Lust habe, die Emma-Geschichte aufzurollen. Ich bereue nicht, dass Elias und ich zusammen sind. Im Gegenteil. Ich bereue nur, dass ich meine Emma verloren habe.

Mich trifft, dass wir uns so schwach verhalten. Ich wünschte, wir würden einen Weg finden. Aber dafür müssten wir den jeweils anderen sehen, und das bedeutet, sich selbst weniger wichtig zu nehmen und Reife zu zeigen. Und im Moment weiß ich, dass wir das beide nicht können. Denn weder sie noch ich sind bereit einzugestehen, dass wir Fehler gemacht haben – zumindest nicht vor jemand anderem als uns selbst. Denn ganz tief drin wissen wir das. Ich weiß, dass ich mit Emma hätte reden müssen. Ich hätte ihr von meinen Gefühlen für Elias erzählen müssen. Ich hätte ihr vertrauen, sie einweihen müssen. Stattdessen habe ich sie durch meine Unehrlichkeit beleidigt. Ich habe sie nie gefragt, warum es so schlimm für sie wäre, wenn Elias und ich zusammen wären. Ich wollte ihre Gründe nicht wissen, weil sie mich vielleicht von meinem Glück abgehalten hätten. Ich hatte Angst, dass sie von Anfang an dagegen gewesen wäre und ich mich wieder in ihren Schatten gestellt hätte. Trotzdem hätte ich das nicht tun sollen. Ich hätte reinen Tisch machen sollen. Sie hat das nicht verdient. Und ich habe nie wirklich viel für Clemens empfunden. Das hätte ich ihr sagen sollen, damit sie ihr Glück wirklich genießen kann, aber auch das habe ich nicht getan. Wer weiß, vielleicht bekomme ich irgendwann meine Chance, ihr all das zu sagen. Wann das sein wird, und ob das überhaupt passieren wird, kann ich nicht sagen. Aber ich wünsche es mir von Herzen. Denn sie fehlt mir.

Als ich aus dem Auto steige, höre ich schon laute Musik und schrilles Lachen. Einige Leute sitzen im Vorgarten und sind alternativ. Lange Haare, Gitarrenmusik, der Duft von Joints und tiefschürfende Gespräche über die Negation überirdischer Existenz. Ich habe nichts gegen lange Haare, Gitarrenmusik, oder tiefschürfende Gespräche. Nur leider empfinde ich diese Gespräche meistens nicht als besonders tiefgründig, sondern eher als banal. Einmal habe ich ein solches Gespräch mit angehört. Es ging um das barbarische Verhalten der Gottesanbeterin, die das Männchen nach vollzogenem Akt auffrisst. Das ist nun einmal der Lauf der Natur. Kein Mensch setzt sich für die arme Antilope ein, die vom bösen Löwen zerfleischt wird. Das ist normal. Es geht um die Tatsache, dass das Weibchen das Männchen erledigt, sonst nichts. Und dieser Fakt ist wohl wider die Natur.

Wie dem auch sei. Als ich mich an den Alternativen vorbei in Richtung Haustüre schiebe, kommt noch etwas Schlimmeres als tiefschürfende Kommentare über die Brutalität der Gottesanbeterin. Ich sehe Ella. Und wenn Ella da ist, kann Emma nicht weit sein. Leni tippt mich an und deutet mit dem Kopf in Richtung Flur. „Da ist Ella", sagt sie leise.

„Ich habe sie auch eben gesehen", antworte ich mit finsterer Miene.

„Willst du lieber gehen?" Aber auch wenn ich gerne gehen möchte, kann ich es nicht mehr tun. Es ist zu spät.

Denn Ella hat mich gerade entdeckt. Sie wirft mir einen vielsagenden Blick zu und verschwindet in einem der Zimmer, die vom Flur abgehen.

Emma

Sie lacht über jeden seiner Witze, und so komisch ist er auch wieder nicht. Ella ist echt eine hinterhältige Schlange. Sie lächelt mich an, obwohl sie wünschte, ich wäre nicht da. Ich hasse solche Partys. Sie waren immer nur mit Lili auszuhalten. Mit ihr habe ich mich über andere Leute lustig gemacht. Wir standen immer abseits und haben uns über den Tanzstil anderer ausgelassen. Wir haben manchmal so gelacht, dass ich nicht mehr atmen konnte. Ich vermisse das und ich vermisse sie. „Ist alles okay, Emma?" Es ist Kim.

„Ja, alles bestens", lüge ich.

„Ella schmeißt sich ganz schön an Clemens ran." Ich drehe mich um und sehe Ella und ihre Hand auf Clemens Schenkel. Und es ist mir egal. „Findest du nicht?" Kim schaut erstaunt.

„Sie unterhalten sich doch nur."

„Du hast sicher recht. Marcel sagt immer, ich bin viel zu eifersüchtig." Ich lächle und nicke. Ich frage mich, ob Stefan meinen Brief schon bekommen hat. Ich frage mich, ob er mir antworten wird. Und ich wüsste gerne, wie es wäre, ihn zu sehen. Wären die Gefühle wieder da? Oder würde ich mich fragen, was in aller Welt ich so toll an ihm fand?

Clemens legt gelangweilt seinen Arm um mich. Ich lächle ihn kurz an, stelle fest, dass Ella verschwunden ist und schaue wieder in die Leere. Inzwischen müsste Stefan meinen Brief eigentlich bekommen haben. Die Frage ist nur, ob er ihn liest oder ob er ihn ungeöffnet in den Müll wirft. Das wäre ihm nicht einmal zu verdenken.

Ein paar Minuten später kommt Ella und stört mich in meinen Gedanken. „Ich habe eben Lili gesehen." Auch das noch. Lili ist hier. Und wenn sie hier ist, dann ist Elias nicht weit. Und vermutlich haben sie auch noch Leni und Marie im Schlepptau. Das wäre typisch.

Lili

„Ich gehe nirgends hin", sage ich, und auch wenn ich versuche, locker zu klingen, spucke ich jede Silbe förmlich aus.

„Es wäre echt kein Zeichen von Schwäche, wenn du gehen willst", sagt Leni, und stellt sich vor mich. „Vielleicht wäre es das Beste für uns alle. Denn wenn wir erst einmal alle etwas getrunken haben, könnte diese Geschichte ziemlich ungemütlich werden." Sie hat recht. Aber bin ich zu stur. „Wir könnten doch noch woanders hingehen, hm?" Ich sage nichts. Schweigen scheint mir im Moment das Klügste zu sein. In ihrem Gesicht spiegelt sich Besorgnis. Ich versuche, ihrem Blick auszuweichen, und sehe Marie und Kaya. Sie kommen auf uns zu.

„Hast du gesehen, wer hier ist?", fragt Marie, und in ihrer Stimme höre ich, dass sie einer Konfrontation nicht aus dem Weg gehen würde.

„Ja, ich habe Ella gesehen und ich nehme an, dass Emma inzwischen auch schon weiß, dass ich hier bin", antworte ich eisig. „Hallo Kaya ...", füge ich hinzu, und zwinge mich zu lächeln.

„Hallo", entgegnet sie, und strahlt mich an. „Also wegen mir können wir gerne noch woanders hingehen ...", fügt sie hinzu, nachdem sie lange zu Leni geschaut hat. „Die Leute sind komisch, und die Musik war vorhin auch besser." Doch das Thema erübrigt sich, denn ziemlich unvermittelt steht Emma vor mir, und sie ist nicht allein.

„Du hast ja deine ganzen kleinen Freunde mitgebracht ...", sagt sie, und die kleine Traube Menschen hinter ihr fängt an zu lachen. Ella allen voran.

„Es sind eben nicht alle Leute so oberflächlich und beurteilen Freundschaften nach Kriterien wie dem richtigen Alter, Emma", sage ich ruhig, denn ich schäme mich keineswegs für meine Begleitung. Meine Begleitung ist mir in jedem Fall lieber als die ihre.

„Du bist ja so schlagfertig", ist alles, was ihr dazu einfällt.

„Im Gegensatz zu dir ist sogar ein Aschenbecher schlagfertig, Emma", kontere ich. „Jeder sollte das tun, was er am besten kann ... In deinem Fall ist das einfach nur dastehen und schön aussehen ..." Damit habe ich sie verletzt, und das weiß ich. Doch warum legt sie sich auch mit mir an. Jedes Mal fängt sie an und kommt dann nicht damit klar, dass man zurückschießt. Sie kämpft mit den Tränen. Ich will gerade Luft holen, als mir Leni in die Seite stößt, was wohl heißen soll, dass es reicht. Ich drehe mich um.

Als ich gerade weggehen will, schreit mir Emma hinterher: „Und auch wenn du es nicht glauben willst, er *hat* mit ihr geschlafen, als sie hier war." Ich bleibe stehen und drehe mich langsam wieder um. „Ich habe sie gehört, und ich habe Giselle nackt aus dem Zimmer kommen sehen." Und als ob das noch nicht genug gewesen wäre, fügt sie noch hinzu: „Ich weiß vielleicht nicht viel, Lili, aber ich weiß genau, wie es sich anhört, wenn eine Frau die ganze Nacht schreit, weil ein Kerl es ihr richtig besorgt." Nun steigen mir Tränen in die Augen. Und im Vergleich zu Emma kämpfe ich nicht gegen sie an. Unaufhaltsam kullern sie über meine Wangen. Mich überkommt das Gefühl, absolut naiv und dumm zu sein. Ich wende mich von

Emma und ihren Anhängern ab. Wie in Trance verlasse ich das Haus und bekomme nur am Rande mit, wie Leni, Marie und Kaya hinter mir herlaufen.

„Lili", sagt Marie, und zieht mich am Arm. „Glaub ihr kein Wort ... Sie sagt das doch nur, um dich zu verletzen." Ich will allein sein. Ich brauche keine aufbauenden Worte, und Mitleid will ich schon gar keines.

„Marie hat recht", mischt Leni sich ein. „Das mit Giselle hatte doch nichts zu bedeuten ..."

Ich bleibe abrupt stehen, und schaue Leni direkt in die Augen. „Was hast du gesagt?" Ich gehe einen Schritt auf sie zu. „Heißt das, es stimmt?", frage ich und wische mir mit dem Handrücken über die Wangen.

„Er ist ihr Bruder ...", sagt Kaya. „Hättest du ihn etwa an ihrer Stelle verraten?" Meine Augen füllen sich wieder mit Tränen. Und in diesem Augenblick wird auch Kaya klar, was sie gerade gesagt hat.

„Es stimmt also", sage ich mehr zu mir als zu irgendjemandem sonst. „Und ihr habt es gewusst." Als keine von beiden Anstalten macht, mich vom Gegenteil zu überzeugen, drehe ich mich um, und gehe langsam in Richtung Straße. Versunken in Gedanken, wie Elias' Hände über Giselles wohlgeformten Körper gleiten, bemerke ich nicht, wie ich geradewegs in eine Gruppe Jungs stolpere.

„Wenn man vom Teufel spricht", höre ich Elias' Stimme. „Das ist meine Freundin Lili."

Marie

Das hätte ich nie gedacht. Nicht von Elias. Ich meine, es ist seine Sache, mit wem er ins Bett geht, aber sie hat ihn zweimal direkt gefragt, und er hat gelogen. Und das hätte er nicht tun sollen. Ich weiß, es gibt nichts, was ich zu Lili sagen könnte. Alles wären leere Worte. Keines davon würde ihr helfen. Und ich weiß nicht, warum, aber ich fange an zu weinen. Es sind viele kleine Tränen. Wenn Seifenblasen platzen, bricht alles in einem zusammen. Und ich wundere mich darüber, dass ich mich nicht insgeheim freue. Ich bin wahrhaftig und ehrlich traurig. Und auch das verwirrt mich.

Lili

Ich starre Elias an. Und es gibt nichts, was ich sagen möchte. Vollkommen betäubt stehe ich vor ihm. Wirre Bilder vermischen sich mit der lauten Musik, die aus dem Haus nach draußen dringt. Alles um mich herum konzentriert sich zu einem riesigen Klumpen. „Hast du geweint?", fragt Elias erschrocken. Er hat mich belogen. Und es ist ja nicht so, dass er mir Rechenschaft schuldig gewesen wäre. Aber er hat den einfacheren Weg anstatt des richtigen gewählt. Ich habe ihm die Chance gegeben, die Wahrheit zu sagen, und das nicht nur einmal. Menschen machen Fehler, aber sie sollten sich nicht hinter ihnen verstecken, sondern zu ihnen stehen. „Lili?" Seine Stimme zittert. Er zieht mich weg von der Gruppe Jungs, mit der er eben wohl noch ein hübsches, nichtssagendes Gespräch geführt hat, und schaut mir fest in die Augen. „Was ist passiert?" Er hätte mit mir reden sollen. Er hätte vielleicht darauf bauen sollen, dass ich ihn verstehen würde, wenn er denn einen guten Grund gehabt hat. Elias schaut sich um, als läge die Antwort für mein bizarres Verhalten neben ihm im Blumenbeet.

„Was könnte denn mit mir los sein?", frage ich ihn nach einer längeren Weile. Meine Stimme klingt unheimlich kalt, obwohl ich innerlich zerbreche. Denn egal, was er sagt, es wird wehtun. Entweder er bestreitet alles, und ich werde ihm nicht glauben können, oder er gibt zu, was ich schon weiß, und verletzt mich damit mindestens genauso sehr.

„Ich weiß nicht, was mit dir los ist ...", antwortet Elias ratlos.

„Dann denk nach."

Er schaut zu Boden. „Ist Emma hier?", fragt er wenig später.

„Ja."

„Was hat sie gesagt?"

„Sag du es mir."

„Etwa wieder diesen Quatsch, dass ich mit Giselle geschlafen habe?" Und er tut es wieder. Er verspielt noch eine Chance.

„Ich glaube ihr."

„Was?"

„Du hast schon richtig gehört", antworte ich. Und auch wenn meine Stimme noch immer unterkühlt klingt, steigen mir Tränen in die Augen. „Warum konntest du nicht einfach ehrlich sein?"

„Ich war ehrlich", entgegnet er ein wenig trotzig.

„Nein, das warst du nicht."

„Na, solange du das weißt."

„Hör endlich auf, es zu bestreiten ..." Er wendet sich ab. Und mit diesem Blick weiß ich, dass es stimmt. Ich hatte wohl bis zuletzt gehofft, mich doch zu täuschen. Ich drehe mich weg und gehe zur Straße. Ich weiß nicht, wo ich hinwill, aber ich weiß, dass ich hier nichts mehr verloren habe. Ich will alleine sein und nachdenken.

„Lili", ruft Elias hinter mir her. „Warte ..." Er holt mich ein.

„Elias, bitte lass mich allein ..."

„Hör mir doch mal zu ... Es ..."

Ich bleibe stehen und schaue ihn an. „Wenn ich es mir recht überlege, war das keine Bitte ..."

Marie

Ich stehe am Gartentor und schaue ihr nach. Diese Situation ist falsch. Sie gehören zusammen. Und plötzlich verspüre ich ein unbeschreibliches Bedürfnis, Paul anzurufen. Ich verlasse den Garten und schlendere in die entgegengesetzte Richtung, in die Lili eben gegangen ist. Nach ein paar Metern ist es leise genug und ich hole mein Handy aus der Tasche. Ich war noch nie nervös, wenn ich Paul angerufen habe. Aber dieses Mal zittern meine Hände. Plötzlich wird mir heiß und ich schwitze. Das darf ja wohl nicht war sein. Ich kann mich doch unmöglich in Paul verliebt haben. Das gibt es nicht. Nach so vielen Jahren. Nach so vielen Nächten in einem Bett. Nach so vielen Umarmungen.

Es klingelt. „Hallo?" Und es ist nicht seine Stimme, die ich höre. Es ist eine glockenhelle Stimme, ja fast ein wenig piepsig.

„Wer ist da dran?" Das ist seine Stimme.

„Hallo?" Ihr Kreischen peitscht mein Trommelfell. Ich bringe keinen Ton raus.

„Was steht denn auf dem Display?", höre ich ihn im Hintergrund fragen. Ich höre sie noch meinen Namen ablesen, dann lege ich auf.

Emma

Kim reicht mir ein Abschminktuch, und ich wische über die schwarzen Schlieren in meinem Gesicht. Sie streichelt mir über den Rücken, und zum ersten Mal begreife ich, dass Kim nicht eine von denen ist. „Du weißt, dass Lili dich nicht so sieht ...", sagt sie und lächelt mich an. „Du bist ihr wichtig."

„Ich bin ein Idiot", sage ich und rücke etwas näher an den Spiegel. Neue Tränen laufen über mein Gesicht und ziehen die Wimperntusche zäh mit sich.

„Dann red doch einfach mit ihr."

„Das kann ich nicht."

„Emma, ich weiß, wir kennen uns nicht wirklich gut und es geht mich auch nichts an, aber ich denke, dass ihr es beide bereuen werdet, wenn keine von euch beiden den ersten Schritt macht."

Durch den Spiegel schaue ich ihr in die Augen. Noch immer streichelt sie mir über den Rücken. „Du hast recht", antworte ich schließlich. „Aber ich weiß nicht, wie ich auf sie zugehen soll. Ich habe keine Ahnung. Ich weiß nicht, wie man so etwas wiedergutmacht."

„Hat er denn wirklich mit seiner Ex geschlafen?" Ich nicke. „Ich dachte, du sagst das nur so."

„Nein, das hat er ... Aber ich hätte es trotzdem nicht sagen sollen. Ich wusste, dass es ihm nichts bedeutet hat. Diese Nacht mit Giselle, war ein Ausrutscher ..." Ich schließe die Augen und seufze. „Hätte ich doch einfach den Mund gehalten"

„Warum hast du es dann gesagt?"

Ich schlage die Augen auf. „Um ihr wehzutun."

„Manchmal hat man schwache Momente. Die hat jeder. Und Lili hat sich auch schwach verhalten."

„Ja, aber ich habe mit diesem einen Satz etwas kaputt gemacht, das ihr alles bedeutet." Ich stütze mich am Waschbecken ab und schüttle den Kopf.

Kim zieht ein weiteres Abschminktuch aus ihrer riesigen Handtasche und zieht mich vorsichtig vom Waschbecken weg. „Wir können das Problem mit Lili im Augenblick nicht lösen, aber wir können dein Gesicht wieder in Ordnung bringen."

Lili

Ziellos gehe ich die Straße hinunter, bis ich zu einer kleinen Bank komme. Ich lege mich auf den Rücken, zünde eine Zigarette an und schaue in die Leere. Ganz entfernt höre ich noch die Musik, das Lachen und das Chaos, das ich hinter mir gelassen habe. Gedankenfetzen tanzen wirr durch meinen Kopf. Jetzt hat Emma es doch noch geschafft. Aber andererseits weiß ich nur ihretwegen, dass Elias mich belogen hat. Leni und die ganze verlogene Bande hätten ja nichts gesagt. Emma ist selbst als Feindin eine bessere Freundin als so manche Freunde. Wenn mein Leben ein Film wäre, liefe jetzt ganz melancholische Musik. Musik, die alles ausdrückt. Vielleicht Anya Marina ... Oder Alex Lloyd. Oder Foy Vance. Oder Gavin DeGraw ... Auf jeden Fall wäre die Musik bedeutsam. Eine samtige Stimme, zarte, traurige Gitarrenklänge, kombiniert mit dem tiefen Schmerz, den nur eine Akustikgitarre vermitteln kann. So wie in den ganz dramatischen Momenten von *Dawson's Creek*. Momente, in denen die Seele weint. Keine Sprache kann Trauer besser ausdrücken als Musik.

In solchen Momenten war Emma sonst immer für mich da. Dieses Mal nicht. Dieses Mal bin ich alleine. Und eigentlich ist das egal, denn sie hätte mir nicht helfen können. Trotzdem tut es weh zu wissen, dass sie feiert, während meine Welt gerade zusammenbricht. Es geht dabei weniger um die Tatsache, dass Elias mit diesem Dreckstück geschlafen hat, als dass er mich immer wieder belogen hat. Ich habe auch meine Fehler. Und ich habe sicher nicht wenige. Aber ich bin nicht feige. Mein Handy klingelt. Das hat ziemlich lange gedauert. Doch ich habe nicht vor, dran zu gehen. Ich hoffe, die Sorge um mich bringt ihn fast um. Ich setze mich auf, krame in meiner Tasche nach meinem Handy und schaue auf das grelle Display. Zu meiner Enttäuschung ruft da nicht Elias an, sondern Leni. Egal. Alles egal. Ich stelle mein Handy auf Vibration, lege mich wieder auf meine Bank und starre zum Himmel. Und wieder summt es in meiner Tasche. Dieses Mal ist es Elias. Und wenige Minuten später ruft Marie an. Die Last meines Selbstmitleides droht die Bank unter mir zum Einstürzen zu bringen. In Sachen Selbstmitleid bin ich gut. Ein richtiger Profi. Ein alter Hase. Das fängt damit an, dass alle meine Freundinnen in allem besser sind als ich oder eben schöner, und endet damit, dass ich nun weder die Freundschaft noch die Beziehung habe. Das Geräusch von sich nähernden Schritten stört meinen Selbstmitleids-Prozess. Ich setze mich auf und erkenne Clemens. „Lili ..." Na, der hat mir gerade noch gefehlt. Da ich Emma nicht die Genugtuung geben kann, dass ich mich auch noch bei ihrem Freund ausheule, wische ich mir die Tränen aus dem Gesicht und versuche zu lächeln. Vor meinem inneren Auge implodiert die Musik. „Du bist es doch, oder?", fragt er, als er noch etwa zwanzig Meter von meiner Rettungsinsel entfernt ist.

„Ja ...", entgegne ich. „Hallo Clemens."

„Was machst du so alleine hier?",

„Ich wollte einfach weg. Die Leute sind mir auf die Nerven gegangen", lüge ich.

„Kann ich gut verstehen ...", antwortet er und deutet auf die Bank. „Kann ich mich zu dir setzen?"

Was soll ich auch sagen, *nein, hau bloß ab*? Innerlich knirsche ich mit den Zähnen, äußerlich setze ich mich auf und mache ihm Platz. „Klar, setz dich." Eine Weile sitzen wir nur da und starren vor uns hin. Doch es ist nicht unangenehm, was mich wundert. Ganz im Gegenteil. Seine Gesellschaft ist schön. Vielleicht, weil er mir nicht wichtig ist. Er ist einfach nur da.

„Wir beide hatten nicht den besten Start", sagt er relativ unvermittelt in die angenehme Stille.

„Wie meinst du das?", frage ich desinteressiert.

„Ich meine, seit ich mit Emma zusammen bin, muss ich dich mehr oder weniger ignorieren."

„Das verstehe ich schon", antworte ich. Und offen gestanden ist es mir egal. „Ist nicht so schlimm ..."

„Ich finde es schade."

„Und warum?", frage ich verwundert.

„Weil ich dich mag. Ich kann dich wirklich gut leiden, Lili. Und das, seit wir uns bei der letzten Abifeier unterhalten haben." Er macht eine Pause und schaut mich an. „Ich kann kaum fassen, wie du dich verändert hast."

„Na, so sehr ja auch nicht", antworte ich ein wenig verärgert.

„Das war ein Kompliment ...", sagt Clemens.

„So?"

„Natürlich", antwortet er. „Du bist wunderschön. Aber nicht billig. Du bist intelligent, und man kann sich gut mit dir unterhalten", und wieder schaut er mich an. „Du hast dich einfach zu lange in Emmas Schatten gestellt ..."

„Das ist ja alles ganz nett, aber was willst du mir damit sagen?" Sein Blick brennt fast auf meiner Haut. Er hat wirklich wunderbare Augen.

„Menschen machen Fehler", sagt er dann.

„Damit hast du absolut recht ...", entgegne ich und denke an Elias. „Das tun sie."

„Ich meine die Sache mit Emma", sagt er dann leise.

„Das ist ja nicht deine Schuld", sage ich und lächle mechanisch. „Du warst nur der Auslöser, nichts weiter ..."

„Das meine ich nicht", sagt er nüchtern.

„Sondern?", frage ich, obwohl es mich eigentlich nicht interessiert. Vielleicht hat er einfach zu viel getrunken. Sein Atem stinkt nach zu viel Bier. Er rückt ein wenig näher zu mir und legt seine Hand auf meinen Schenkel. Die andere wandert an meine Wange.

„Ich fühle mich so zu dir hingezogen."

Mit allem hatte ich gerechnet, aber nicht damit. „Ähm, Clemens, das ist keine so gute Idee."

„Da liegst du vollkommen verkehrt", antwortet er und zieht mich noch näher an sich.

„Nein, jetzt einmal im Ernst." Ich drücke ihn von mir. Und auch wenn der Gedanke verlockend wäre mich einfach gehen zu lassen und mich von ihm hier und jetzt verführen zu lassen, ich kann es nicht. Ja, ich würde Emma und Elias zur selben Zeit zutiefst verletzen. Aber ich würde mich selbst verraten. Ich empfinde nichts für Clemens. Und ich würde mit geschlossenen Augen doch nur an Elias denken und mir vormachen, es wären seine Hände, die mich berühren. Und egal, was Emma getan hat, das würde ich ihr nie antun.

„Lili ... Du machst mich fertig ..."

„Das ist ja schön und gut Clemens", sage ich und bin schwer damit beschäftigt, seine Hände in Schach zu halten, „Ich bin nicht nur nicht an dir interessiert und ich habe nicht nur keine Lust, ich würde es nicht einmal tun, wenn ich es wollte und mich die Lust förmlich zerreißen würde."

„Je mehr du dich wehrst, desto mehr will ich dich." Das ist ja krank. „Du hast so etwas an dir, ich weiß auch nicht, was es ist, aber ..."

„Du hast zu viel getrunken, Clemens", sage ich und stehe auf. „Und du hast eine Freundin."

„Ist ja gut ...", sagt er schließlich und nimmt seine Hände weg. „Du bist eben prüde."

„Wenn du das sagst ..." Und plötzlich tut Emma mir furchtbar leid. Denn ich weiß, er bedeutet ihr wirklich viel. Auch, wenn ich inzwischen nicht mehr verstehe, warum.

Ich sitze im Bus in Richtung Pasing. Bis auf mich ist der Bus vollkommen leer. Um mich herum prasseln Tropfen an die Scheiben, der Himmel ist tiefschwarz, und diese Stimmung spiegelt genau meine Gefühle wider. Meine Mutter hat einmal meinen Vater betrogen. Ich weiß nicht, warum mir das gerade jetzt einfällt, doch es schwirrt mir durch den Kopf. Und es ist mir schon klar, dass das in keinerlei Relation zu dem steht, was mir heute passiert ist. Denn sie waren seit vielen Jahren zusammen und Elias hat mich technisch nicht einmal betrogen. Ich schalte mein Handy auf lautlos. Zumindest nicht so, wie man das gemeinhin versteht. Betrogen, meine ich. Vielleicht hat er mich um seine Ehrlichkeit betrogen, doch ansonsten war er mir nichts schuldig. Wie auch immer. Meine Eltern steckten einmal in einer schlimmen Krise. Und es ist die Frage, ob sie in dieser Krise gesteckt haben, weil meine Mutter meinen Vater betrogen hat, oder ob die Krise schon viel länger da war. Wo war der Anfang? War sie schuld? Und war er unschuldig, weil er sie nicht betrogen hat? Könnte es nicht sein, dass er ebenso schuldig war wie sie? Ich weiß noch genau, wie sie mir damals ihre Version erzählt hat. Sie war ehrlich. Es ging nicht um Opfer und Täter, es ging um Tatsachen. Zumindest in ihren Augen.

Mein Vater ist Anwalt. Er ist ein guter Typ. Ehrlich. Fairness, Objektivität und Fürsorglichkeit machen ihn aus. Doch so ein Job bedeutet Verpflichtungen. Schwierige Fälle, Überstunden und ständige Müdigkeit sind die Kehrseite. Er hat das alles für seine Familie getan. Oder doch nicht? Klingt das vielleicht einfach nobler? Vielleicht hat er es unter anderem für uns getan, doch es gab Zeiten, da schien er es eher für sich selbst zu tun. Er war der Gewinner. Und dieser Gewinner hat seine Frau nicht mehr gesehen. Er war vertieft in Recht und Unrecht. Er war so sehr mit seinen Mandanten beschäftigt, dass er vergessen hat, über seine Karriere hinauszusehen. Seine Frau unterdessen, eine erfolgreiche Dolmetscherin, kommt viel herum. Und plötzlich auf einem Kongress in New York trifft sie einen Mann. Und er sieht sie so, wie ihr Mann es seit Jahren nicht mehr tut. Er bemerkt sie und ihre Bedürfnisse. Er will sie. Und sie hat Zweifel. Denn sie liebt ihren Mann. Sie lässt den aufmerksamen und gut aussehenden Mann abblitzen. Dieses Mal. Wenige Monate später, ihr Mann ist noch immer mit einem besonderen Härtefall beschäftigt, trifft sie ihn wieder. Zufällige Blicke, schüchterne Berührungen, lange Gespräche. Sie hat nie wieder an diesen Fremden gedacht. Doch als er dann plötzlich vor ihr steht, da fällt ihr wieder ein, wie gut sich seine Blicke anfühlen. Nach dem Kongress lädt er sie auf ein harmloses Essen ein. Essen muss schließlich jeder, warum also nicht zusammen gehen? Wo man in der fremden Stadt doch ohnehin niemanden kennt. Er hat Humor, er hat Stil, er hat Zeit. Vielleicht ist das das Entscheidende. Er nimmt sich Zeit für sie. Er lächelt, er berührt ihre Hand, er macht sie verlegen. Sie fühlt sich wie damals, als sie sich noch jung und schön gefühlt hat. Er ist perfekt, nur leider liebt sie ihn nicht. In diesem Moment macht das nichts aus, denn er ist da, er begehrt sie. Und sie hat sich seit Jahren nicht mehr begehrenswert gefühlt. Daran konnte auch keine Reizwäsche und keine Therapie etwas ändern. Er blickt auf den blank polierten Tisch, und dann direkt in ihre großen Augen. Erwartungsvolle Blicke, Schuldgefühle und Verlangen sind eine gefährliche Mischung. Der Wein entfaltet seine volle Wirkung. Und doch ist da dieser kleine Augenblick, in dem sie genau weiß, was sie tut. Sie sucht nicht nach Ausreden. Sie gibt nach. Sie beugt sich dem Verlangen und der Lust. Sie schläft mit ihm. Und während sie das tut, genießt sie es. Sie vergeht in seinen Armen. In den Armen eines Fremden, der sie so angesehen hat, wie einst mein Vater, als er noch Zeit dazu hatte. Wer ist also schuld? Ist sie die Böse, weil Ehebruch eben nicht zu tolerieren ist? Oder ist er selbst daran schuld, weil er sie und ihre Bedürfnisse nicht gesehen hat?

Meine Mutter hat mir das nicht so ausführlich erzählt. Ich habe einige ihrer Streitigkeiten mitbekommen. Der Fremde hat auch einen Namen, den mein Vater sich geweigert hat auszusprechen. Alex. Er wollte meine Mutter wirklich. Er wollte sein Leben für sie ändern. Sie wollte das nicht. Es ging nicht um Alex. Es ging um das, was er mit ihr gemacht hat. Es ging um Sex, es ging um Lust und es ging um Zeit. Sie hat ihn noch einige Male gesehen. Das schlechte Gewissen schmerzte weniger und weniger, denn mein Vater bemerkte keine Veränderung. Er war zu beschäftigt. Eines Abends platzte der Knoten. Alex rief an. Er wollte eine Entscheidung, denn er könne so nicht weitermachen. Er liebe sie. Für ihn sei das alles ein bisschen mehr als reiner Sex, Lust und Zeit gewesen. Eigentlich tut er mir bei dieser ganzen Geschichte am meisten leid, denn er konnte nichts dafür. Wenn man so will, war er einfach zur falschen Zeit am falschen Ort. Das nennt man dann wohl Pech. Mein Vater war kreidebleich. Er hat nichts gesagt. Doch ich weiß noch, dass ich ihn an jenem Abend zum ersten Mal in meinem Leben habe weinen sehen. Für ihn ist eine Welt zusammengebrochen. Er hat sich noch mehr zurückgezogen. Zu dieser Zeit war ich mir sicher, meine Eltern würden sich trennen. Aber das haben sie nicht. Und das ist der Punkt. Meine Mutter sagte damals, sie habe sich dafür entschieden, an ihrer Ehe zu arbeiten. Und sie stellte meinen Vater vor ein Ultimatum. Entweder könnten er und sie gemeinsam an ihrer Beziehung arbeiten und sehen, was daraus werden würde, oder sie könnten sich trennen. Sie haben gearbeitet. Hart gearbeitet. Doch es hat sich gelohnt. Mein Vater hat schließlich seinen Teil an der ganzen Sache nicht nur gesehen, sondern eingestanden. Er hat eine kleine Kanzlei gegründet, die viel weniger Zeit frisst und die es ihm ermöglicht, mehr Zeit bei seiner Frau zu verbringen. Und noch wichtiger, nicht nur bei ihr, sondern tatsächlich mit ihr. Ich kann mir nicht einmal ansatzweise vorstellen, wie es für ihn gewesen sein muss, zum ersten Mal wieder mit ihr zu schlafen, aber sie haben auch das geschafft. Und seitdem höre ich ab und zu sehr viel Sex, Lust und Zeit aus ihrem Schlafzimmer. Und auch wenn es bei uns zu Hause nicht ganz so zugeht wie bei den Altmanns, so haben meine Eltern doch eine innige und echte Beziehung. Und die wurde ihnen nicht etwa geschenkt, sondern sie haben hart daran gearbeitet.

Vor ein paar Wochen habe ich meine Mutter gehört, als sie zu meinem Vater gesagt hat, dass das Schlimmste für sie gewesen war, ihn selbst dann noch zu vermissen, wenn er anwesend war. Sie sagte, sie konnte die Lügen nur ertragen, weil sie sich immer wieder sagte, dass er ohnehin nicht da sei, sogar wenn er neben ihr im Bett lag. Es ist wirklich schlimm, beide verstehen zu können. Aber das tue ich. Es wäre nur schön, wenn ich dieses Verständnis bei meinen eigenen Problemen auch hätte.

Emma

„Hast du Clemens gesehen?"

„Nein, Emma, tut mir leid."

Ich suche ihn nun schon seit einer Stunde. Ich will endlich gehen. Ich wünschte, ich hätte es Lili nicht gesagt.

Hätte sie mich nicht so verletzt, dann hätte ich die Klappe gehalten. Glaube ich zumindest. Es ist zu einer richtigen Schlammschlacht geworden. Mit diesem Satz habe ich unserer Freundschaft den Todesstoß versetzt.

Ich gehe in Richtung Eingang. Die Türe zur Toilette ist abgesperrt. Dann gehe ich eben oben. Ich ziehe mich die Treppen hinauf und gehe durch den düsteren Gang. Und dann höre ich eine Frau stöhnen. Und ich höre ein konstantes Rumsen. Es kommt aus dem Klo. Na toll, können die nicht woanders vögeln? Es gibt vielleicht noch ein paar Menschen, die das Klo auch mal brauchen. „Ich steh so drauf, wenn du mich von hinten nimmst." Erst muss ich lachen, dann wird mir klar, dass ich diese Stimme kenne, wenn auch nicht in diesem Tonfall. Es ist Ella. Und plötzlich wundert es mich nicht mehr, dass ich Clemens nicht finden kann. Plötzlich gibt alles Sinn. Und jetzt verstehe ich auch, warum er in letzter Zeit nicht einmal mehr Lust hatte, mit mir zu schlafen.

Weil ich davon ausgehe, dass abgeschlossen ist, drücke ich die Klinke nach unten. Doch zu meiner großen Überraschung springt sie auf. Da steht Clemens, seine Hose zwischen den Fußgelenken. Seine Hände an Ellas Arsch. Ihr Hauch eines Tangas hängt zwischen ihren Schenkeln. Eine Weile stehe ich da und starre sie an. Ich kann es nicht glauben. Und obwohl ich ihn nicht liebe, füllen sich meine Augen mit Tränen. Bitteren Tränen, weil ich niemanden habe. „Emma, warte." Doch ich warte nicht. Und Clemens rennt mir auch nicht theatralisch hinterher, um es mir zu erklären und zu schwören, dass es nur das eine Mal war. Auf den Treppen drehe ich mich noch einmal um und sehe, wie jemand die Tür wieder schließt. Und dann höre ich wieder Ella und das Rumsen.

Kopflos verlasse ich das Haus. Ich kann nicht mehr denken, ich weiß nicht, was ich tun soll. An der nächsten größeren Straße bleibe ich stehen und hoffe auf ein Wunder. Und es zeigt sich in Gestalt eines Taxis. Panisch reiße ich beide Arme in die Höhe und winke. Wenig später sitze ich im Auto. Und weil ich nicht weiß, was ich machen soll, rufe ich Lili an. Ich brauche Lili. Wenn sie auflegt, kann ich nichts machen, aber ich muss es versuchen.

Lili

Ich schaue mich um. Es ist schön, so allein zu sein. Keine mitleidigen Blicke von Menschen, die es doch nicht verstehen, wie es sich anfühlt, angelogen und für blöd verkauft zu werden. Keine Worte des Trosts, die einen doch nicht trösten. Nur der Busfahrer und ich. Und viele emsige kleine Tropfen, die an den Scheiben um die Wette laufen. Vielleicht hätte ich Elias fragen sollen, warum er so gehandelt hat. Unsere Beziehung gleicht einer kleinen Knospe, die nicht einmal die Chance hatte zu blühen. Alle Vernunft treibt uns weiter von dem weg, was sich richtig anfühlt. Denn wann sind sich unser Herz und unser Gehirn schon einmal einig? Wann ist denn schon einmal alles im Einklang? Nur die wenigsten Dinge im Leben sind so eindeutig. Alles hat mindestens zwei Seiten. Aber ich habe nur meine gesehen, weil es wehtut. Und es könnte noch mehr wehtun, seine Seite zu kennen. Man versteckt sich, weil man verwundbar ist.

Mein Vater hat mir ziemlich oft den Eindruck vermittelt, nicht seinen Erwartungen zu entsprechen. Ich hatte das Gefühl, ihm nicht gerecht werden zu können, egal wie sehr ich mich auch bemüht habe. Viele Kinder denken so. Es ist, als wäre die Liebe der Eltern an Bedingungen oder Leistungen geknüpft. Und wahrscheinlich haben es sich unsere Eltern sogar vorgenommen, solche Fehler niemals zu begehen, wenn sie erst einmal selbst Kinder haben. Aber sie tun es. Und es ist schwierig, als Kind zu wissen, dass die Eltern einen lieben, selbst dann, wenn sie es nicht zeigen oder wenn es so wirken mag, dass ihre Liebe an Leistungen gekoppelt ist. Mir ist erst ziemlich spät aufgegangen, dass mein Vater mich wirklich liebt. Das ändert nichts an dem Gefühl, ihm in manchen Dingen nicht zu genügen. Und genau das tut weh und macht uns klein. Es macht uns aber auch menschlich, denn wir sind empfindsam. Wenn auch nicht jeder. Vielleicht habe ich einfach Angst, dass ich Elias auch nicht genüge. Vielleicht ist da tief in mir dieses kleine Monster, das mir zuflüstert, dass diejenigen, die mir wenig zutrauen, eigentlich recht damit haben.

Vielleicht ist aber das Schlimmste, dass ich mir selbst nicht genüge. Vielleicht hat es nichts mit anderen Menschen zu tun. Vielleicht ist da einfach eine Stimme in meinem Kopf, die ab und an von innen gegen meine Schläfen hämmert und mir sagt, dass ich eben leider nichts Besonderes bin. Und vielleicht ist es am einfachsten, diese Unsicherheit meinem Vater in die Schuhe zu schieben. Wenn man nicht weiß, wer versagt hat, dann waren es im Zweifelsfall sowieso immer die Eltern.

Marie

Ich liege auf meinem Bett und drohe mich in Tränen aufzulösen. Nicht nur, dass sie an sein Telefon geht, nein, als sie gesagt hat, dass ich dran war, hätte er mich anrufen müssen. Ich meine, wir haben eben noch hier in diesem Bett miteinander geschlafen. Das benutzte Kondom liegt im Müll neben mir. Die Kissen riechen nach ihm.

Ich wollte nie zu so einer werden. Ich habe nie wegen eines Mannes geweint. Gut, dafür wegen Frauen, oder zumindest wegen einer. Und nun heule ich wie ein Schlosshund wegen Paul. Ausgerechnet Paul. Ich kann die Ironie des Schicksals förmlich durch mein Zimmer tanzen sehen. Sie lacht mich aus, und das zu Recht.

Ich frage mich, wie es Lili wohl geht. Und ich spiele kurz mit dem Gedanken, sie anzurufen. Aber ich würde ihr gerade noch fehlen. Die lesbische Marie, die sich plötzlich in ihren Kindergartenfreund verliebt hat.

In meinem Kopf sind so viele Gedanken, dass ich ihn am liebsten abnehmen würde. Was, wenn er gerade mit ihr schläft? Oder noch schlimmer, was ist, wenn er sich in sie verliebt hat? Hätte er dann mit mir geschlafen? Es war schließlich das letzte Mal. Ich übertreibe sicher. Ich versuche mir vorzustellen, wie ich mit Lili geschlafen habe. Das hat immer gereicht, um mich in Stimmung zu bringen. Doch ständig stört Paul. Es ist zwar schön, an Lilis und meine gemeinsame Nacht zu denken, aber immer kommt mir das Bild in den Kopf, wie er auf meinem Bett kniet und sich das Kondom überstreift. Mich erregt dabei am meisten, wie er mich angeschaut, und dass er einen Ständer hat. *Hallo! Ich bin lesbisch.* Und ich habe lange gebraucht, mich damit abzufinden. Und jetzt, wo ich es absolut in Ordnung finde, da liege ich stöhnend unter Paul.

Und auch wenn es zugegebenermaßen peinlich ist, nehme ich die Kondomhülle aus dem Müll und lege sie in mein Tagebuch. Als Erinnerung. Als Erinnerung an das letzte Mal, dass Paul und ich miteinander geschlafen haben.

Und dann schlafe ich mit roten Augen und einer verstopften Nase ein. Ich hasse ihn. Und er fehlt mir.

Lili

Die nächste Station ist endlich Pasing. Und weil ich mich so alleine in Bahnhofsgegenden nicht besonders wohlfühle, beschließe ich, meine Mutter anzurufen, den einen Menschen, der immer für mich da war.

Als der Bus anhält, gehe ich zur vorderen Tür und verabschiede mich vom Busfahrer, meinem stillen Freund. Ich gehe zum Burger King und krame nach meinem Handy.

Fünf Anrufe in Abwesenheit. Fünf Mal eine unbekannte Nummer. Egal. Kaum will ich meine Mutter anrufen, blinkt das Display hysterisch. Und wieder ist es eine unbekannte Nummer. Da ist einerseits der Gedanke, dass es höchstwahrscheinlich jemand sein wird, den ich nicht sprechen will, aber andererseits ist da die Neugierde. Ich kann ja immer noch auflegen ... „Hallo", sage ich leise, aber bestimmt. Niemand sagt etwas, es ist nur Schluchzen zu hören. „Wer ist denn da?", frage ich, und meine Stimme zittert ein wenig.

„Lili?", sagt eine Stimme, und diese Stimme zittert noch viel mehr als meine. Das kann nicht sein. Es ist Emma. Und wenn nicht, dann jemand, der genauso klingt wie sie.

„Emma?", frage ich unsicher.

„Bitte leg nicht auf", schluchzt sie. „Bitte ..." Ich fasse es nicht. Nach allem, was sie sich geleistet hat, traut sie sich tatsächlich noch, mich anzurufen. „Bist du noch dran?"

„Ja", antworte ich kalt. „Was willst du?"

„Ich kann verstehen, dass du nicht mit mir reden willst ..."

„Stimmt, ich will nicht mit dir reden", unterbreche ich sie. „Sag was du willst und dann lass mich in Ruhe."

„Hast du Zeit?"

„Bitte?" Ich bin fassungslos.

„Können wir uns treffen?", fragt sie, und ich höre, dass sie weint.

„Wozu?"

„Bitte Lili ... ich weiß nicht, wo ich hin soll, ich weiß nicht, mit wem ich reden ..."

„Vielleicht mit einem deiner tollen neuen Freunde, Emma ... Wie wäre es denn mit Ella?" Und als ich diesen Namen sage, bricht Emma am anderen Ende der Leitung förmlich zusammen. „Emma? Emma, was ist denn passiert?" Und in diesem Moment sind alle Demütigungen vergessen. Es ist, als wäre nie etwas zwischen uns vorgefallen. Denn sie braucht mich. Und ich brauche Emma. Ich fange an zu weinen, ohne das wirklich zu bemerken. „Was ist passiert?", wiederhole ich meine Frage. „Emma!"

„Können wir uns treffen?", fragt sie, und ich fühle mich nicht imstande, sie abzuweisen.

„Sicher", antworte ich. „Wann und wo?"

„So schnell wie möglich. Wo bist du?"

„In Pasing", antworte ich.

„Und wo genau?"

„Nordseite. Vorm Burger King"

„Gut, ich komme da hin. Ich sitze schon im Taxi", sagt sie schnell.

„Gut, dann bis gleich."

Und als ich gerade auflegen will, sagt sie noch, „Lili ... Danke ...", und dann legt sie auf.

Ich laufe auf und ab. Was hat sie so fertiggemacht? Wenn der Name Ella etwas damit zu tun hat, kann ich es mir eigentlich fast denken. Es ist schon paradox. Die ganze Geschichte hat mit Clemens begonnen, ist wegen Elias ausgeartet, und nun, wo ich weiß, dass Elias doch mit Giselle geschlafen hat, und Clemens sich wohl an Ella rangemacht hat oder umgekehrt, ist alles wieder aufgehoben. Wenn alles über einem zusammenbricht, weiß man eben doch, auf wen man bauen kann. Und man merkt, dass alles relativ ist. Glück, Geborgenheit, guter Sex, einfach alles. Denn guter Sex ersetzt keine Freundschaft. Und auch wenn eine gute Freundschaft einem keine derartige Befriedigung geben kann, so sollte man ihre Wichtigkeit dennoch nicht unterschätzen. Frauen sind in dieser Beziehung schon besonders komisch. Männer können die innigste Freundschaft zerreißen, und wenn die Männer es verbocken, ist die beste Freundin dann doch das sichere Netz. Zwischen uns wird nie ein Kerl kommen ... *Pah* ... Blödsinn. Denn wenn man sich verliebt, verliert alles andere in diesem Moment an Bedeutung. Wenn zwei Frauen sich in denselben Typen verlieben, wird nur in den seltensten Fällen die Freundschaft siegen, denn Lust und Leidenschaft wiegen schwerer. Die Hormone und die körperliche Anziehungskraft stellen jede noch so enge Freundschaft meistens in den Schatten. Das sind Urinstinkte. Gehet hin und paaret euch. Und genau das macht man mit Freunden nicht. Vor allem mit gleichgeschlechtlichen. Unser Es hat auf einmal die Zügel in der Hand. Und wie bei einem Rodeoritt sitzt es jodelnd und jubilierend in Sattel. Während diesem Auf und Ab der Gefühle geht es um schwitzende Körper und um ein *Wir gegen den Rest der Welt-Gefühl*. Und genau dieses Gefühl hatte man zuvor mit der besten Freundin. Vielleicht kann man es einfach nicht mit zwei Menschen zur selben Zeit empfinden. Und da haben wir das Problem. Egal wie viel eine Freundin zu geben hat, sie bringt dich nicht zum Orgasmus, und sie macht dich nicht nervös. Ihretwegen fühlst du dich auch nicht schöner oder einzigartiger. Außer sie heißt Marie und ist lesbisch. Doch mal im Ernst. Emma hatte nur noch Augen für Clemens. Und ich hatte nur noch Augen für Elias. Wenn man es aus der Distanz betrachtet, so wird einem plötzlich einiges klar. Sie hat nicht nur mich verloren. Sie hat auch noch ihren Bruder an mich abtreten müssen. Und ich habe ihr nicht vertraut. Sie hat es auf die wohl unpassendste Art und Weise erfahren. Elias und ich nackt in seinem Bett. Sicher, sie hatte kein Recht, sich dermaßen aufzuführen, aber ich kann sie verstehen. Auf einmal kann ich genau verstehen, wie das für sie gewesen sein muss. Elias war für

Emma immer der Held. Er hat ihr immer wieder das Gefühl gegeben, mehr als nur schön zu sein. All das fällt mir erst jetzt wieder ein.

Ich schlendere zu einer Bank und denke nach. Warum habe ich ihr nicht einfach gesagt, dass ich ihn liebe? Ich hatte sicher einen Grund. Aber ich weiß ihn nicht mehr. Feigheit. Angst. Meine beiden Feinde. Die Straßen sind wie leer gefegt. Am Taxistand stehen ein paar Kerle und warten auf den nächsten Anruf. Sie lachen, und der Rauch ihrer Zigaretten schlängelt sich kunstvoll im schwachen Licht der Laternen dem Himmel entgegen. Ich greife in meine Tasche und zünde mir selbst eine an und schaue den filigranen Schwaden nach, bis ich ein herannahendes Auto höre, was mich herunterschauen lässt. Das Taxi hält an. Wenige Momente später geht die Beifahrertür auf und ich sehe Emma. Ihr blondes Haar ist zerzaust. Sie ist in einen dicken braunen Strickmantel eingehüllt, der niemals ihr gehört. Sie schaut sich um. Ich stehe auf. Sicheren Schrittes kommt sie auf mich zu. Und in diesem Moment frage ich mich, ob sie auch für mich da gewesen wäre. Aber bevor ich etwas sagen kann, fällt sie mir in die Arme. Ihr graziler Körper zittert und bebt. Schluchzend hängt sie an mir, so als hätte sie es gerade noch geschafft. „Emma ...", sage ich, weil ich eine Antwort auf diese Frage brauche. Ich drücke sie von mir, was mir nur halbwegs gelingen will. „Wenn ich dich jetzt angerufen hätte, wärst du dann auch für mich da gewesen?"

Sie schaut hoch. „Ehrlich?", fragt sie.

„Ja, ehrlich ...", antworte ich distanziert.

„Ich weiß es nicht. Ich glaube schon. Aber du hättest dir diese Blöße sowieso nie gegeben. Du hättest einfach Marie angerufen."

Damit hat sie nicht einmal ganz unrecht. Denn bis vor zehn Minuten war ich in meinen Augen das Opfer und Emma der Täter. Ich schiebe sie zu meiner Bank. Als wir sitzen, schaue ich sie an. „Er hat mit Ella geschlafen", sage ich schließlich. Erst spiegelt sich in ihrem Gesicht Verwunderung wider, doch dann füllen sich ihre Augen erneut mit Tränen, und schließlich nickt sie. „Du hast sie erwischt?"

Sie blickt zu Boden und nickt noch einmal. „Woher weißt du das?"

„Nur so eine Vermutung."

„Ja, aber warum?" Ich ringe mit mir selbst. Soll ich es ihr sagen? Es wird sie nur verletzen, und ich weiß nicht, ob sie das noch aushalten würde. „Lili?" unterbricht Emma mein Schweigen. „Sag es mir."

„Okay." Es fällt mir wirklich schwer, das zu sagen. Aber dann tue ich es. „Er war echt betrunken und hat sich an mich rangemacht." Ihr Gesicht verzieht sich, und sie stützt den Kopf in beide Hände.

„Und du hast Nein gesagt.", schluchzt sie.

„War das eine Frage?"

„Nein, ich weiß, dass du das nie tun würdest", entgegnet sie. „Das stimmt doch, oder? Du würdest so was nie tun, richtig?", fragt sie dann und schaut mich mit großen verheulten Augen an. Ihr schönes Gesicht ist komplett verschmiert, kleine Äderchen in ihren Augen sind geplatzt, und ihre Nase läuft.

„Nein, das würde ich nicht", antworte ich.

Erleichtert sackt sie in meine Arme. „Du hast mir gefehlt, Lili ..."

Ich stehe auf und ziehe sie mit mir hoch. Diese Situation erinnert mich an den Abend, als das alles mit Elias angefangen hat. Als er mich in sein Zimmer getragen hat. Hat es an diesem Abend wirklich erst angefangen? Oder war da schon die ganze Zeit etwas da? Na, jedenfalls bin dieses Mal ich die Stütze. Emma klammert sich an mich, als wäre ich der Rettungsring, der sie in der tosenden See vor dem Ertrinken retten könnte. „Lass uns gehen", sage ich sanft.

„Aber wohin denn?", fragt Emma, und ihre Stimme klingt, als hätte sie eine schlimme Nasennebenhöhlenentzündung.

„Zu mir", antworte ich. Und ohne ihre Antwort abzuwarten, rufe ich meine Mutter an. „Vielen Dank Mama ... Ja, vorm Burger King ... erzähl ich dir später ... Nein, nein ... Also bis gleich ..." Als ich auflege, bin ich erleichtert. Ich bin erleichtert, weil meine Mutter kommt. In solchen Momenten merkt man, was der Unterschied ist, zwischen sich erwachsen zu fühlen und erwachsen zu sein.

„Es tut mir leid, Lili", flüstert Emma in die Stille.

Ich schaue in ihr verheultes Gesicht. „Mir tut es auch leid ..." Mein Blick fällt wieder auf den braunen Strickmantel, der mich an Emma irgendwie irritiert. „Was ist das eigentlich für ein komischer Mantel?"

Emma schaut an sich hinunter. „Ich konnte meine Jacke nicht finden und dann habe ich einfach irgendwas angezogen."

„Hm", sage ich. „Der steht dir nicht."

„Ja, ich weiß."

Zehn Minuten später, in denen wir überwiegend schweigen, steigen wir ins Auto meiner Mutter. „Ihr seht ja furchtbar aus", sagt sie erschrocken. „Was ist denn passiert?" Ich schaue in den Spiegel. Und ich muss ihr recht geben. Wir sehen wirklich furchtbar aus. Ich dachte, Emma sähe schlimm aus, aber ich sehe kein bisschen besser aus als sie.

„Männer ...", schluchzt Emma.

„Ja, Männer", stimme ich ihr zu. Und auch wenn ich das Gesicht meiner Mutter nicht sehen kann, weiß ich, dass sie lächelt. Und nicht etwa, weil sie uns nicht ernst nimmt, sondern weil sie erleichtert ist. Erleichtert, dass es nur um Männer geht.

Marie

Mitten in der Nacht klingelt mein Handy. Ich taste danach und finde es neben meinem Kissen. Das Display ist so grell, dass ich es nicht anschauen kann.

Mit zusammengekniffenen Augen versuche ich zu erkennen, wer um diese Uhrzeit anruft. Und ich ertappe mich dabei, dass ich hoffe, dass es Paul ist. Wenn mein erster Gedanke nach dem Aufwachen Paul ist, dann ist es wirklich ernst. Und dann erkennen meine müden Augen einen Namen. Und es ist sein Name. Plötzlich bin ich wach. Ich sitze kerzengerade im Bett und starre auf das Display. Dann gehe ich ran. „Ja?"

„Marie?"

„Ja ... Was gibt's?"

„Hab ich dich etwa geweckt?"

„Nein, ich war wach", lüge ich.

„Bist du noch auf der Party?"

„Nein."

„Hast du mich vorhin angerufen?"

„Wenn du mit vorhin vor einigen Stunden meinst, dann ja", sage ich unterkühlt.

„Bist du sauer?"

„Ich? Nein, wieso auch?"

„Hör zu, es tut mir leid, dass Helene drangegangen ist ... ich ..."

„Du schuldest mir keine Erklärung", falle ich ihm ins Wort.

„Ich wollte nur hören, ob es was Wichtiges war ..."

„Also wenn es wirklich um Leben und Tod gegangen wäre, wärst du ein bisschen spät dran, meinst du nicht?"

„Was ist los? Ist was passiert?" Er klingt besorgt.

„Hat sich erledigt ..." Ich schaue mich nach einem Taschentuch um, weil meine Nase immer noch verstopft ist. „Ich verstehe schon, dass du nicht früher anrufen konntest. *Freunde* verstehen das. Da ist dir eben der Sex mit Helene dazwischengekommen."

„Bestrafst du mich dafür, dass wir miteinander geschlafen haben? Ich dachte, du wolltest es auch."

„Das tut jetzt nichts zur Sache."

„Was hab ich gemacht?"

„Gar nichts."

„Ja, und was soll das dann?"

„Vielleicht ist ja genau das das Problem."

„Was? Dass ich nichts gemacht habe?"

Und dann lege ich auf, weil ich schon wieder diesen Kloß spüre. Den bösen Heulkrampf-Kloß. Und das wegen Paul. Männer. Ich hätte nicht gedacht, dass ich das jemals denken würde.

Lili

„Ich habe mich von dir verraten gefühlt, Emma ... Ich konnte dir nicht einfach verzeihen, weil die Tatsache, dass

Clemens dich wollte und nicht mich, mir wieder einmal gezeigt hat, dass ich immer nur die zum Reden bin ... Ich kann dir gar nicht sagen, wie sehr ich es hasse, auf jemanden so eifersüchtig zu sein, der mir so wichtig ist ... ich hasse es, mich so klein zu fühlen ... und ich bin enttäuscht. Ich bin so enttäuscht von Elias. Ich liebe Elias. Egal, wie sehr dich das stört. Und wenn es einen Weg gibt, dass alles wieder in Ordnung kommt, werde ich ihn gehen. Und das tue ich nicht, um dir wehzutun, sondern weil er mich glücklich macht ... Zumindest, wenn er mich nicht gerade unglücklich macht." Zwischen dem Schluchzen muss ich lachen. Über mich. Über die Situation. Über alles. Emmas Wangen glänzen, und viele kleine Tränen laufen über ihr Gesicht und über das Gesicht meiner Mutter laufen Tränen. Und über mein Gesicht laufen Tränen. Wir reden und reden. Und mit jedem Satz, der gesagt wird, scheint es, als würden sich riesige Knoten lösen. Knoten, die man so lange mit sich herumgetragen hat, dass sie einem normal vorgekommen sind. Und plötzlich bemerke ich, dass er mir jahrelang die Luft abgeschnürt hat. Ich schaue auf den Boden und sehe mich dort liegen, Elias auf mir. „Ich habe mich nicht an das gehalten, was du zu mir gesagt hast, Mama", sage ich, ohne groß darüber nachzudenken. „Als ihr ..."

„... ich weiß", fällt sie mir ins Wort, und ihre Stimme klingt angeschlagen, weil sie so lange nichts gesagt hat.

„Was weißt du?", frage ich sie und spüre, wie ich rot werde.

„Ich habe hinter dem Fernseher und unter der Wolldecke Kondomhüllen gefunden", antwortet sie. Und in ihrer Stimme ist keine Wut zu hören. „Ich habe nicht nach Beweisstücken gesucht, falls du das denkst", fährt sie fort. „Mir ist die Fernbedienung runtergefallen und als ich mich gebückt habe, um sie aufzuheben, habe ich Hülle Nummer eins gefunden. Im ersten Moment war ich stinksauer", sie macht eine Pause, „dann habe ich mir alles zurechtgemacht für einen gemütlichen Abend, weil dein Vater noch einen Tag länger bei seinem Bruder geblieben ist, und als ich die Decke aufgehoben habe, ist mir Hülle Nummer zwei entgegengekommen."

„Und du warst noch wütender", denke ich laut.

„Komischerweise nicht."

„Nein?", frage ich entgeistert.

„Nein", sagt sie noch einmal.

„Warum nicht?"

„Weil mir in diesem Moment etwas klar wurde."

„Und was?", frage ich unsicher.

„Ich habe in deinem Alter nichts anderes getan. Mit meinem ersten Freund habe ich in jedem Zimmer im Haus meiner Eltern geschlafen, sobald sie zur Tür raus waren ..." Ich bin fassungslos. Sicher war mir klar, dass meine Mutter ein Sexualleben hatte und noch hat, aber so klar dann doch nicht. „Schaut nicht so schockiert", lacht meine Mutter. Ich blicke rüber zu Emma, die mich noch immer im Arm hält. Ihr Gesicht könnte das Spiegelbild von meinem sein. „Ich habe ihn wirklich geliebt. Und er war für mich der Erste in so ungefähr allem, was man sich vorstellen kann. Er war es, mit dem ich zum ersten Mal richtig betrunken war. Mit ihm habe ich meinen ersten Joint geraucht und mit ihm habe ich zum ersten Mal geschlafen ... Er war meine erste große Liebe ... Das alles ist mir eingefallen, als ich diese zweite Hülle gefunden habe. Und ich war glücklich, dass ihr überhaupt verhütet." Bei dieser Aussage werde ich wieder rot.

„Was ist passiert mit dir und ihm? Warum ist es auseinandergegangen?", fragt Emma, und sie klingt immer noch, als hätte sie eine schwere Nebenhöhlenentzündung.

„Er ist weggezogen. Sein Vater hat eine Stelle im Ausland angenommen und das war's."

„Wie, einfach so?", frage ich enttäuscht. „Ihr habt es nicht einmal versucht?"

„Lili, wir waren gerade einmal siebzehn. Damit will ich eure Gefühle nicht herunterspielen, wirklich nicht ... Aber man lernt jemanden anderen kennen. Und auch wenn ich Fabian nie vergessen habe, das Leben ist weitergegangen und hat mich hierher gebracht."

„Was macht er jetzt? Weißt du das?", fragt Emma.

„Nein. Und das ist auch besser so. Ich bin verheiratet, und er vermutlich auch. Wir würden uns an eine Zeit voller Leidenschaft erinnern und uns davon beflügeln lassen. Aber wir kennen uns nicht. Nicht mehr." Sie schaut zum Fenster hinaus in die schwarze Nacht. „Und ich möchte lieber meine wunderschöne Erinnerung an ihn und unsere Zeit behalten, als ihn wiederzusehen."

„Vielleicht wäre es aber auch schön. Man weiß nie", sage ich.

„Ja, im schlimmsten Fall wäre es schön, Lili. Und was dann? Alles aufgeben? Wohl eher nicht. Erwachsen zu sein, bedeutet Verantwortung zu übernehmen."

Und auch wenn ich das äußerst unromantisch finde, weiß ich, dass sie recht hat.

Emma

Als sie ihre Geschichte mit Fabian erzählt, schlucke ich. Denn genauso war es mit mir und Stefan. Und ich habe Angst, dass sie recht hat. Vielleicht kommt einfach jemand anders. Aber ich bin nicht bereit für etwas Neues. Zumindest denke ich das. Ich will eine Antwort von Stefan. Ich will ihn sehen. Und wenn wir uns gesehen haben, werde ich es wissen. Erst dann. Und bis dahin werde ich weiter davon träumen, dass auch er mich noch liebt. Vielleicht ist das ja weltfremd, aber so sind Träume eben ...

Lili

Ich bin wie hypnotisiert vom Rauschen der Wellen ... ich beuge mich nach vorne und greife nach einer Weinflasche. Die Sterne über mir funkeln und das Wasser schimmert in tiefem Schwarz. Ich lehne mich wieder zurück, und ein kühler Wind streift meine Haut. Dann drehe ich mich zu ihm ... er lächelt ... ich kenne ihn schon seit Jahren und fühle ich mich in seiner Gegenwart unheimlich wohl. Ich nehme noch einen Schluck Wein und stehe auf ... Der lauwarme Wind umgibt meinen Körper wie ein durchsichtiger Schleier. Ich spüre den Alkohol ... Die weißen Schaumkronen der Wellen erreichen den Sand, und im Hintergrund brodelt das Meer ... Das Wasser verschmilzt mit dem Boden und zieht sich dann leise zurück. Ich blicke mich um und sehe ihn an. Durch den dünnen Stoff meines Kleides zeichnet sich mein Körper ab, und seine Augen wandern über meine Konturen ... das gefällt mir ... unsere Blicke treffen sich ... mir wird heiß und ich kann im ersten Moment nicht sagen, ob mir der Wein zu Kopf steigt oder ob es an ihm liegt. Mein Herz schlägt dumpf und aufgeregt gegen meine Rippen, und kleine Schweißperlen lösen sich unter meiner Brust. Ich trinke noch einen Schluck, dann stelle ich die Flasche zurück in den Sand ... Ich blicke wieder in die Brandung. Ich spüre seine Augen auf meiner Haut. Ich erhebe mich vom Boden und ich streife langsam die Träger über meine Schultern, der Stoff bedeckt noch meine Brüste. Sein Blick wandert über meinen Rücken. Ich spüre keinen Wind mehr und ich sehne mich nach dem erfrischenden Gefühl von kühlem Wasser auf meiner Haut, nach seinen Händen auf meinem Körper, ich sehne mich danach, das Feuer seines Blickes zu spüren ... mein

Kleid gleitet über meine Brust, über meinen Bauch und fällt zu Boden. Seine Augen gleiten über meinen Körper.

Das Wasser ist kühl, als es meine Fesseln umspült ... ich warte in die Fluten, und mein ganzer Körper pulsiert ... es ist stockfinster, als ich in die Wogen eintauche, und ich genieße diese Frische ... als ich auftauche, umweht ein kalter Schauer meine Brüste und meine Brustwarzen ziehen sich zusammen. Seine warmen Hände umfassen meine Hüfte, und ich spüre seine Erregung an meinem Po ... er küsst meinen Nacken, und seine Hände erforschen meinen Körper. Jede seiner Berührungen durchfährt mich ... ich gleite mit den Händen durchs Wasser, bis ich seine Wärme spüre ... seine Haut ist sanft ... ich drehe mich zu ihm, und er fasst meinen Kopf mit beiden Händen und zieht mich an sich ... Seine Lippen schmecken salzig ... er riecht nach Lust und Abenteuer, er riecht nach Verlangen ...

Ich öffne die Augen und betrachte ihn ... das schummrige Licht des Mondes reflektiert auf der Wasseroberfläche und erhellt sein Gesicht ... er ist wunderschön ... er schaut mich an, und ich frage mich, was er wohl sieht, wenn er mich ansieht ... er hat tiefbraune Augen, große Augen, wache Augen ... er streift über meine Wange und fährt mit dem Daumen über meinen Mund ... er hat ein markantes Gesicht, ein männliches Gesicht ... männlich und ebenmäßig. Er hat volle, weiche Lippen ... der Wind zerzaust sein schwarzes Haar ... er zieht mich an sich und schaut mich an. Seine Hände packen meine Hüfte und meine Beine umschlingen seine Lenden ... ich kann nicht mehr klar denken ...

Dann wache ich schweißgebadet auf. Ich schaue mich um. Kein Meer, kein Elias, kein Sternenhimmel. Neben mir liegt Emma und schläft friedlich. Ich bin froh, dass sie keine Ahnung hat, was ich eben geträumt habe. Nicht einmal in meinen Träumen lässt Elias mich in Ruhe. Ich rolle mich zur Seite und versuche, wieder einzuschlafen, um an genau derselben Stelle weiterzuträumen.

Marie

Ich schalte mein Handy ein. Und insgeheim hoffe ich, dass Paul mir geschrieben hat. Aber das hat er nicht. Wie kann ein Abend bloß das gesamte Leben umkrempeln? Eben war noch alles normal und plötzlich habe ich Gedanken, von denen ich nie gedacht hätte, dass ich sie jemals haben könnte. Es ist, als wäre da eine Marie in mir aufgewacht, die mein bisheriges Leben geschlafen hat. Tief und fest. Und jetzt ist sie wach. Hellwach.

Ach Paul ... was hast du bloß gemacht. Warum kann nicht alles wieder so sein, wie es war? Und warum hast du mich gestern nicht gleich zurückgerufen? Wieso bist du überhaupt zu dieser blöden Helene gefahren. Ich meine, gerade liegst du noch auf mir, und dann fährst du zu ihr? Und ja, ich habe gesagt, dass es okay ist, aber Mensch, du kennst mich doch besser. Du hättest wissen müssen, dass das gelogen war.

Er wollte zu ihr. Und da liegt das Problem. Ich liege auf meinem Bett und höre das melancholischste Lied der Geschichte. Na ja vielleicht nicht ganz. *Mysteries* von Beth Gibbons. Und genau das ist es. Das mit Paul ist mysteriös. Fast schon unheimlich. Und das Lied fängt von vorne an. Und das wird es tun, bis ich diesem Wahnsinn ein Ende setze.

Ich könnte Pascal anrufen. Aber auch darauf habe ich keine Lust. Ruf mich an. Los. Bitte, ruf mich doch an. Beende meine Qualen.

Es klopft. „Marie?" Es ist meine Mutter. Was hab ich auch erwartet? Dass Paul mit einem dicken, fetten Strauß roter Rosen vor der Tür steht und sagt, *Marie, du bist die eine*? „Marie? Kann ich reinkommen?" Ach ja, meine Mutter.

„Hm", raune ich. Sie öffnet die Tür einen Spalt weit und steckt ihren Kopf ins Zimmer. „Was hörst du denn da?" Ich antworte nicht. „Etwa wegen Lili?"

„Nein. Wegen Paul."

„Was hat er denn gemacht?"

„Das ist kompliziert ..."

„Ich mag kompliziert."

„Du hältst mich für gestört, wenn ich es dir sage, und ich will nicht, dass du denkst, dass ich gestört bin ..."

Langsam kommt sie zu meinem Bett und setzt sich auf die Kante. „Wenn du es mir nicht sagen willst, ist das in Ordnung, aber du kannst es mir sagen ... Wenn du willst ..."

Ich setze mich auf und seufze. „Ich habe mit Paul geschlafen." Und auch wenn sie versucht, nicht schockiert zu schauen, es gelingt ihr nicht.

„Ach so ... Ja und warum hast du das getan?"

„Es war nicht das erste Mal ..." Ich hätte nicht gedacht, dass sie noch entgeisterter schauen könnte, aber sie schafft es. Nach diesem Satz schafft sie es. Und dieser Ausdruck in ihren Augen lässt mich lächeln.

„Ich dachte ..."

„Das ist es ja ..."

„Er hat sich mehr erhofft und jetzt ist er furchtbar verletzt, weil du ihm gestanden hast, dass du nicht auf Männer stehst."

„Nicht ganz ... das habe ich ihm schon vor einem Jahr gesagt. Da haben wir das erste Mal miteinander geschlafen ..."

„Und warum dann noch einmal?"

„Ich kann das nicht richtig erklären ... ich wollte es eben. Keine Ahnung wieso ..."

„Und jetzt?"

„Ja, jetzt denke ich immer an ihn und werde nervös, es fehlt nur noch, dass ich anfange zu stottern ... ich meine, das ist doch lächerlich ..."

„Warum?"

„Wir reden hier von Paul ... und ich bin lesbisch ..."

„Na, vielleicht ja doch nicht."

„Mama, ich hatte noch nie Spaß, wenn ich mit einem Mann geschlafen habe, aber bei den Frauen war es immer wunderschön ..."

„Und bei Paul? War das auch nicht schön?"

„Doch." Ich seufze. „Genau das verstört mich ja so."

„Was ist daran so schlimm?"

„Ich weiß nicht mehr so recht, wer ich bin ... ich habe das Gefühl, als wäre ich eine Fremde."

„Aber Marie, deine Sexualität ist doch nicht alles, was dich ausmacht."

„Nein, das nicht aber ..."

„Aber gar nichts ... Vielleicht ist das mit Paul eine Ausnahme, vielleicht waren die Frauen, mit denen du zusammen warst, nur Experimente ... das ist nicht so wichtig ..."

„Und was jetzt?"

„Was fühlt Paul denn für dich?"

„Das ist das nächste Problem ... er hat eine kennengelernt. *Helene.*" Als ich den Namen ausspreche, ziehe ich jedes *e* in die Länge. Sie lacht. Und auch ich muss darüber lachen.

„Red mit ihm." Sie drückt mir einen Kuss auf die Stirn. „Ich wollte dir eigentlich nur sagen, dass Lara und ich frühstücken. Iss doch mit uns." Sie lächelt mich an, steht auf und verlässt mein Zimmer.

Lili

Ob ich weitergeträumt habe oder nicht, kann ich leider nicht sagen. Schade eigentlich. Ich hätte ja gerne gewusst, wie es weitergegangen wäre. Emma schläft noch immer. Ich schäle mich aus meiner Decke und gehe ins Bad. Mein Gesicht sieht aus, als wäre es ein einziger riesiger Mückenstich. Ich taste mit den Fingerkuppen über meine Haut. Aufgedunsen und verquollen, mit schwarzen Klecksen und roten Augen schaue ich mir selbst entgegen. Was für ein Abend. Ein leises Knarren lässt mich aufschauen. Hinter mir steht Emma. Und ihr Gesicht sieht ungefähr genauso scheußlich aus. Ich nehme sie in die Arme, und wir müssen lachen.

„Du siehst schrecklich aus", sage ich prustend.

„Ich finde, das steht mir", entgegnet sie schallend lachend.

Nachdem wir uns abgeschminkt haben und mit Gurkenscheiben auf den Augen auf der Couch liegen, fühle ich mich schon besser. Ich höre Emma schluchzen.

„Clemens?", frage ich vorsichtig und nehme mir die Gurken von den Augen.

„Untersteh dich, diesen Namen je wieder in meiner Gegenwart laut auszusprechen", sagt sie halb ernst, halb lachend. Sie setzt sich auf. Die Gurkenscheiben fallen auf ihren Schoß. Große Tränen kullern über ihre Wangen. „Ja, es geht um ihn."

„Was ist denn eigentlich passiert, Emma? Ich weiß, du willst nicht gerne darüber reden, aber ..."

„Genau, ich will nicht darüber reden ...", unterbricht sie mich. „Oder möchtest du über meinen Bruder und Giselle reden?"

„Wegen mir", antworte ich.

„Ehrlich?", fragt sie erstaunt.

„Durchs Ignorieren geht es ja auch nicht weg."

„Sie haben es auf dem Klo getrieben."

„Elias und Giselle?", frage ich schockiert. „So genau wollte ich es vielleicht doch nicht wissen", gestehe ich.

„Nein, Clemens und Ella ..."

„Auf der Party?!"

„Ja. Und wie es aussieht, war es nicht das erste Mal."

„Und woher weißt du das?", hake ich nach.

„Ich weiß es eben."

„Ja, aber woher?"

Sie spielt nervös mit ihren langen Fingern. „Bevor ich die Tür aufgemacht habe, hat sie gerade so was gesagt wie, dass sie so drauf abfährt, wenn er sie von hinten nimmt."

„Ist ja abartig", rutscht es mir raus.

„Ja, oder?", sagt Emma, und ich sehe in ihrem Gesicht ein klitzekleines Lächeln.

„Ja und weiter?"

„Ich stand da wie angewurzelt und habe keinen Ton rausgebracht."

„Verständlich", sage ich angewidert.

„Und dann wollte ich einfach nur weg ..."

„Ist er dir nicht einmal nachgerannt?", frage ich vorsichtig.

„Nein. Er hat die Tür wieder zugemacht. Und dann habe ich es wieder Rumsen gehört."

„Ach, Emma ..."

„Ist nicht so schlimm."

„Lieben tut er Ella bestimmt nicht", sage ich schließlich.

„Was spielt das für eine Rolle? Er hat mit ihr geschlafen ... Und es ist ja nicht so, dass ich mich ihm verweigert hätte." Das kränkt sie. Es kränkt sie unheimlich. „Und an dich hat er sich auch rangemacht." Das sagt sie mehr zu sich selbst als zu mir.

„Er war sehr betrunken."

„Ja, und?", fragt sie aufgebracht. „Hat ihn ja keiner dazu gezwungen ..." Sie seufzt. „Und wenn er wirklich so betrunken gewesen wäre, dann hätte das mit dem Sex am Klo auch nicht so reibungslos geklappt."

Eine Weile sage ich nichts. Ich schaue Emma nur dabei zu, wie sie eine dünne Haarsträhne um den Zeigefinger wickelt. „Also", sage ich und atme tief ein. „Elias hat also mit ihr geschlafen."

„Ja."

„Auch nicht viel besser, oder?"

„Doch. Denn er hat dich nicht betrogen."

„Ist mehrfaches Abstreiten und Lügen denn wirklich so viel besser?", frage ich sie mit hochgezogenen Augenbrauen.

„Nein ...", sagt sie kleinlaut. „Aber er hatte seine Gründe."

„Ach, tatsächlich?", frage ich erstaunt. „Wenn diese Gründe so einleuchtend waren, warum hat er dann nicht einfach die Wahrheit gesagt?"

„Weil er gerade erst mit dir zusammengekommen ist und es nicht gleich versauen wollte ... Ich glaube, er bereut es, aber er kann nichts mehr daran ändern ..."

„Wenn du ihn so gut verstehst, warum hast du es mir dann immer wieder gesagt?", bohre ich.

„Weil ich verletzt war und es vielleicht immer noch bin", gibt sie zu. „Nicht nur du kennst Eifersucht ... Ich kenne sie auch." Wir schweigen. „Clemens hat immer wieder gesagt, wie gut man mit dir reden kann. Mit mir wollte er nie reden. Ich hab ihn doch gar nicht interessiert. Und dann auf einmal schwärmt er auch noch von deinem Aussehen." Sie nimmt ihre Beine hoch und setzt sich im Schneidersitz auf die Couch. „Er konnte nicht verstehen, warum ich mich dir gegenüber so verhalten habe."

„Als wir gestritten haben, oder was?"

„Nein ... Ich habe ihm gesagt, dass du in ihn verliebt warst", gibt sie zu.

„Du hast was? Warum?"

„Weil ich ein schlechtes Gewissen hatte", sagt sie nach einer Weile. „Ich glaube, ich wollte, dass er bestärkende Dinge sagt. So was wie, dass man sich eben nicht aussuchen kann, in wen man sich verliebt ... Irgendwas in die Richtung jedenfalls. Doch stattdessen hat er mich gefragt, ob ich denke, dass du dich mir gegenüber auch so unfreundschaftlich verhalten hättest."

„Oh ..."

„Ja genau ... Was soll man dazu noch sagen."

„Bitte nimm es mir nicht übel, aber hat der Kerl auch gute Seiten?"

Sie lacht. „Ja, er hat gute Seiten ..."

„Was ist denn eine gute Seite?" Ich frage das nicht etwa, um ihr wehzutun, aber ich kann beim besten Willen nichts Gutes an Clemens finden. Nicht mehr.

„Er hat Humor. Er ist einfühlsam. Na ja, zumindest manchmal. Also, zumindest dann, wenn er nicht gerade uneinfühlsam ist ... ach, eigentlich ist das alles Quatsch ... Ich kenne ihn gar nicht. Wir haben nichts anderes getan als miteinander zu schlafen. Ich weiß nicht, ob er Humor hat. Und einfühlsam? Na, ich weiß nicht. So wollte ich ihn sehen, denke ich."

„Du hast dich in ihn verliebt ..."

„Na ja ...", sagt sie leise.

„Was meinst du?"

„Ich war nicht in ihn verliebt ... ich dachte es, aber es war nicht so. Im Nachhinein betrachtet, war Clemens nicht wirklich wichtig ... Es gab wichtigere."

„Stefan", sage ich lächelnd.

„Ja, genau. Stefan", wiederholt Emma seinen Namen, als sei dieser Name heilig. Und für sie ist er das sicher auch. Stefan war Emmas Elias.

„Was macht Stefan jetzt eigentlich?"

„Hab gehört, er kommt wieder nach München. Mehr weiß ich nicht."

„Wann?"

„Kann ich dir nicht sagen ... in ein paar Monaten."

„Wer sagt das?"

„Miriam hat es erwähnt ..."

„Sie haben noch Kontakt?" Sie nickt. „Würdest du ihn gerne wieder sehen?" Das war eine blöde Frage. Ich kenne die Antwort darauf.

„Wäre ich denn ich, wenn ich ihn nicht gerne wieder sehen würde?"

„Stimmt ... Blöde Frage", antworte ich kleinlaut. „Vielleicht solltest du ihm schreiben", sage ich vorsichtig. „Was hast du zu verlieren?"

„Lili, du denkst vielleicht, ich habe nichts zu verlieren. Und du denkst auch, ich bin für viele die Frau schlechthin, aber im Grunde wollen sie mich doch nur flachlegen." Sie schaut zum Fenster. „Mit mir haben sie vielleicht mehr im Sinn, aber das heißt nicht, dass sie es ernst mit mir meinen ..."

„Das stimmt doch nicht ...", unterbreche ich sie.

„Ich bitte dich, Lili, kein Kerl spricht mich an, weil er sich tiefsinnig mit mir unterhalten möchte. Sie wollen mich ins Bett kriegen. Ganz einfach. Die meisten trauen mir nicht einmal zu, dass ich ein Gehirn habe, geschweige denn, dass ich weiß, wie man es benutzt. Und meine Meinung interessiert sowieso keinen." So habe ich Emma noch nie reden hören. So unsicher und verletzlich. „Wenn überhaupt mal einer nach meiner Meinung fragt, dann nur, weil er wissen will, ob er gut war."

„Das ist doch nicht wahr", protestiere ich. „Patrick hat dich nicht so gesehen ... Und Stefan war verrückt nach dir."

„Ja, Stefan war verrückt nach mir ..."

„Und Clemens hätte aus allen Mädchen der gesamten Schule wählen können, aber er wollte dich."

„Ja, weil er mich flachlegen wollte."

„Es ging ihm doch sicher nicht nur darum."

„Doch, ich glaube schon", sagt sie und wickelt die Haarsträhne wieder um ihren Finger.

„Was macht dich da so sicher?"

„Schon bei unserem ersten Treffen hat er mich dazu gedrängt, mit ihm zu schlafen ... er wollte sich nicht mit mir unterhalten ..."

„Aber du hast doch geschwärmt, wie gut er küsst."

„Ja, das habe ich." Sie sagt das so, als hätte sie sich damit selbst belogen.

„Und stimmt das denn nicht?"

„Mehr oder weniger ... Das Küssen ging. Aber das war auch schon alles, was ich an jenem Abend über Clemens erfahren habe ..." Oft ist es eben doch nicht so, wie es scheint.

„Aber du hast nicht gleich mit ihm geschlafen?"

„Nein ... das ging mir alles zu schnell. Aber kurz darauf habe ich nachgegeben ..."

„Das klingt ja furchtbar ..."

„Es war nicht furchtbar", sagt sie nachdenklich. „Na ja, es war aber auch nicht wirklich schön ... ich habe es ihm zuliebe getan, und nicht, weil ich es wollte ... wenn man es genau nimmt, habe ich es getan, damit er nicht rumerzählt, dass ich prüde bin ..." Sie seufzt wieder. „Na ja, ich war jedenfalls total verkrampft und habe mich irgendwie schäbig dabei gefühlt."

„Hast du mit ihm darüber geredet?"

„Wie schon gesagt", entgegnet Emma, „er hat es nicht so mit dem Reden ..."

„Also nein ...", sage ich nüchtern.

„Nein." Eine ganze Weile schweigen wir. „Du solltest Stefan anrufen", sage ich schließlich in die Stille.

„Und was sage ich ihm? *Hallo Stefan, hier ist deine Psycho-Ex-Freundin aus München, die dir aus Angst, verlassen zu werden, vorsichtshalber den Laufpass gegeben hat ... ich weiß, es ist schon seit Ewigkeiten aus zwischen uns, aber ich dachte, ich melde mich mal, weil du für mich bist, was Elias für Lili ist, und da dachte ich, vielleicht ist es ja noch nicht zu spät ...*"

„Na ja, vielleicht ohne den Teil mit der Psycho-Ex-Freundin", sage ich lächelnd. Und nach einer Weile füge ich hinzu: „Vielleicht ist Clemens ja Alex ..."

„Wieso Alex?", fragt Emma sichtlich irritiert.

„Er ist der Alex in dieser ganzen Geschichte."

„Hä?"

„Na, der Typ, mit dem meine Mutter damals geschlafen hat, hieß Alex."

„Und weiter?"

„Es ging nicht um ihn. Er hat ihr nicht wirklich etwas bedeutet. Er war eben da. Er war ein Mittel zum Zweck ..."

„Könntest du etwas genauer werden?"

„Ich dachte, mich in Clemens verliebt zu haben, aber ich war nie wirklich in ihn verliebt ... ich war immer nur in Elias verliebt." Ich mache eine Pause und schaue sie an. „Ja und du, du empfindest auch nicht wirklich viel für ihn ... Er hat dich gekränkt und deinen Stolz verletzt, aber es ist nicht wie damals, als du erfahren hast, dass Stefan weggehen wird." Sie schweigt. Und dieses Schweigen hat etwas sehr Nachdenkliches.

„Vielleicht hast du recht", sagt sie dann schließlich.

„Wenn du ihn nicht anrufen willst, solltest du ihm vielleicht schreiben."

„Das habe ich schon getan ..."

„Ach ja?", frage ich erstaunt. „Wann?"

„Vor ein paar Tagen ..." Sie lächelt. Und auch wenn Emma wegen Clemens viele Tränen vergossen hat, so verrät dieses kleine Lächeln auf ihren Lippen, dass er nie wirklich mehr war als ein vorüberziehender Meteoritenschauer. Kurz und heftig.

Emma

Ich habe es Lili erzählt. Und zwar alles. Es ist wieder so wie früher. Es ist sogar besser. Es war, als hätten wir beide die Karten auf den Tisch gelegt. Und zwar alle. Und durch das Gespräch wurde mir klar, wie gut sie mich kennt. Alles, was sie gesagt hat, stimmt. Und an diesem Abend kuschle ich mich ins Bett und fühle mich wunderbar. Ich bin wieder ich. Und zwar das Ich, das ich mag. Und als ich gerade die Augen schließen will, klopft es an meiner Tür. „Ja?"

„Ich bin's, Elias ... Kann ich reinkommen?"

„Sicher, komm rein ..."

Er sitzt am Fußende meines Bettes. So habe ich ihn nie gesehen. „Ist es wahr?"

„Wenn du von Ella und Clemens redest, dann ja."

„Leni hat es erzählt ..."

„Ja, die beiden haben sich vergnügt ..."

Lange schaut er mich an. „Das tut mir leid."

„Es ist nicht schlimm. Ehrlich. Es ist nicht wichtig ..."

Eine ganze Weile schweigen wir, dann fragt er: „Warum hast du es ihr gesagt?"

„Ehrlich? Weil ich so verletzt war ..." Ich schaue auf meinen karierten Bettbezug. „Ich hätte es nicht sagen sollen. Es tut mir leid, Elias ... Wirklich ..."

„Wie geht es ihr?"

„Nicht so gut ..." Er schaut zu Boden. „Kann ich dich mal was fragen?"

„Klar, was?"

„Wie lange liebst du sie schon?"

Er lächelt. „Lange ..."

„Ja schon, aber wie lange?"

„Etwa ein Jahr ..." Er seufzt. „Wenn nicht sogar noch länger ..."

„Warum hast du nie mit mir geredet?"

„Keine Ahnung. Ich konnte es nicht." Irgendwie verstehe ich das. Plötzlich kann ich es verstehen. „Denkst du, sie wird mir verzeihen?"

„Sicher wird sie das ..."

„Wie kannst du dir sicher sein?"

„Weil du Elias bist ..." Er lächelt. „Sie hat immer nur dich geliebt. Schon als sie dreizehn war, warst es nur du ... Und jetzt ist das kein bisschen anders ..."

„Hätte ich das gewusst ..."

„Was dann?"

„Dann hätte ich nie mit Giselle geschlafen ..."

„Hast du währenddessen an Lili gedacht?"

Er nickt. „Und du an Stefan?"

Ich lächle verlegen. „Ja, habe ich ..."

„Ich wusste es ..."

„Was wusstest du?"

„... na, dass du Clemens nicht liebst." Wir schweigen.

„Nein, das habe ich wohl nicht ... aber ich hätte nicht gedacht, dass du auch so eine Schlampe bist."

„Eine Schlampe?", fragt er lachend. Wir haben lange nicht mehr zusammen gelacht.

„Dass *ich* mit jemandem schlafe und an jemand anderen denke, das traut mir jeder zu ... aber du? Du bist doch ein *anständiger* Kerl. Und anständige Kerle vögeln nicht eine Frau und denken an eine andere ..."

„Ich habe nicht erwartet, dass eine Schlampe wie du mich versteht."

„Was fällt dir ein?" Ich boxe ihm in den Arm. Und dann umarmt er mich. Und mit dieser Umarmung scheint der Gürtel um meinen Brustkorb lockerer zu werden. Elias hat mir gefehlt.

Marie

Ich frage mich, ob ich mir Sorgen machen soll. Ich habe seit der Party nichts von Lili gehört. Und ja, es kam schon öfter vor, dass wir nicht telefoniert haben, aber das ist etwas anderes. Sie ist nicht in der Schule. Und auch Emma fehlt. Ich frage mich, was nach der Party noch vorgefallen ist. Ich meine, ich hab mich gleich nach dem unliebsamen Gespräch mit Helene aus dem Staub gemacht. Ich habe keinem Bescheid gesagt. Ich würde Lili so gerne davon erzählen. Doch ich denke, ich sollte warten, bis sie sich meldet. Sie sollte jetzt Zeit für sich haben. In diesem Moment bekomme ich eine SMS. Und sie ist nicht von

Lili. Sie ist von Paul. *Liebe Marie, ich weiß nicht, was ich falsch gemacht habe, aber du wirst deine Gründe haben, mich zu meiden. Du fehlst mir. Paul* Und weil ich mich nicht traue ihn anzurufen, schreibe ich ihm zurück. Es nicht zu tun, wäre nicht in Ordnung. Ich meine, ich habe gesagt, es wird das letzte Mal sein. Vielmehr hat er gefragt, und ich habe *Ja* gesagt. Wie soll er wissen, dass ich mich nach fünfzehn Jahren plötzlich unsterblich in ihn verliebt habe, nachdem ich ihn vor einem Jahr knallhart abgewiesen habe? Und das wegen einer Frau.

Lieber Paul ... ich kann dir nicht sagen, was los ist, weil ich es selbst nicht verstehe. Aber du kannst dir sicher sein, dass du mir auch fehlst. Grüß Helene von mir. Marie. Und noch bevor ich darüber nachdenken kann, drücke ich auf *senden*. Nicht einmal zwei Minuten später kommt seine Antwort. *Marie, sag mir doch bitte, was in deinem Kopf vorgeht. Vielleicht verstehe ich es ja wirklich nicht, aber schließ mich nicht so aus. Bereust du es? Und waren die Grüße ehrlich gemeint? Paul.* Ja klar, die Grüße kamen von Herzen. Idiot. *Ich bereue es nicht. Kein bisschen. Marie.*

Mehr kann ich ihm nicht schreiben. Noch nicht. Vielleicht kommt das noch. Ich muss erst begreifen, dass Paul nicht länger nur Paul ist. Und ich muss aufhören, daran zu denken, mit ihm zu schlafen, denn sonst kann ich mich auf nichts mehr konzentrieren.

Emma

Ich schaue auf die Uhr und frage mich, ob Elias wohl schon bei Lili ist ... Bestimmt. Ich frage mich, ob sie ihm die Tür öffnen wird. Natürlich wird sie das. Es geht hier um Elias.

Bei Elias denke ich an Menschen, die man liebt, und damit automatisch an Stefan. Ob ich ihn wohl noch lieben würde, wenn ich ihn sehe? Oder wäre alles wie ein weit entfernter Traum, an den man sich nur noch schwach erinnern kann? Wäre er noch immer, was ich in ihm gesehen habe? Oder wäre er einfach ein Mensch, der mir einmal viel bedeutet hat?

Manchmal denke ich, es wäre am besten, wenn es endgültig vorbei wäre. Ich meine, wenn ich die Zeit mit ihm als Erinnerung behalten, ihn aber gehen lassen könnte. Je länger ich darüber nachdenke, desto mehr glaube ich, dass wir unsere Zeit hatten. Kann man jemandem verzeihen, der einen aus Angst verlassen zu werden, verlassen hat? Ich weiß nicht, ob ich es könnte. Es heißt immer, dass Liebe alle Hürden überwinden kann. Doch ich glaube das nicht. Ich glaube, es gibt Dinge, die man nicht ungeschehen machen kann, die immer zwischen einem stehen werden. Und auch wenn der andere vorgibt, es zu verzeihen, tut er es wirklich oder sagt er es bloß? Wie soll man das wissen? Ich weiß es nicht. Und ich werde es ich vermutlich auch nie.

Trotzdem wünsche ich mir, ihn zu sehen. Und auch meine Vernunft kann daran nichts ändern. Denn inzwischen glaube ich, dass ich vielleicht nicht unrecht hatte, ihn zu verlassen. Das mag konfus klingen, aber ganz offensichtlich war ich nicht so weit. Ich konnte nicht verstehen, dass er mich geliebt hat. Sollte man das nicht? Sollte man nicht verstehen, warum jemand einen liebt? Und wenn ich ihn wirklich so sehr geliebt habe, warum habe ich ihn dann verlassen? Meine Angst von ihm verlassen zu werden, war vielleicht größer als meine Gefühle es waren. Ich kann nicht sagen, was passieren wird. Und zum ersten Mal habe ich keine Angst deswegen. Ich bin sogar gespannt. Es hat schließlich auch etwas Gutes an sich, dass wir nicht wissen, was passiert. Sonst wäre es doch wirklich langweilig ...

Lili

Ich starre auf meine Füße, weil ich seinem Blick nicht standhalten kann. Trotz meiner schwarzen Kuschelsocken und dem Strickmantel meiner Mama ist mir eiskalt. Meine Füße sind zu kleinen Eiszapfen mutiert, und die Kälte kriecht meine Waden hoch. Eine ganze Weile sagen wir beide nichts. „Warum hast du mit ihr geschlafen? Und warum hast du mir nichts gesagt?"

Er holt tief Luft. „Ich habe mit ihr geschlafen, weil ich dachte, du wärst an Ben interessiert ..."

„Das ist keine Entschuldigung", schneide ich ihm das Wort ab.

„Lass mich doch einfach ausreden ..." Und auch wenn ich wirklich an mich halten muss, so sage ich nichts mehr. „Also, ich dachte, dass es zwischen uns nie klappen wird. Und weil ich mir da so sicher war, habe ich es getan. Es klingt vielleicht idiotisch, aber Menschen machen eben idiotische Sachen ... Sie hat sich mir angeboten, mehrfach. Und ich dachte, wenn ich mit ihr schlafe, kriege ich dich vielleicht aus dem Kopf. Ich dachte, ich könnte sie wieder lieben. Keine Ahnung, was ich dachte. Ich glaube, ich wollte sie lieben, weil das einfacher gewesen wäre. So oder so, es hat nicht funktioniert ..." Nun weicht er meinem Blick aus.

„Wann war es?", frage ich kalt. „War es bevor oder nachdem du mich in der Küche bei euch gesehen hast?"

„Danach." Er räuspert sich. „Es war an dem Abend." Er sagt es, als würde es ihm körperliche Schmerzen zufügen, es laut auszusprechen. „Dich zu sehen, war mit ein Grund, warum ich es getan habe ..."

„Bitte?", platzt es aus mir heraus. „Jetzt soll ich auch noch was damit zu tun haben?"

„Kapierst du es denn nicht, Lili? Du hast *alles* damit zu tun. Ich war mir sicher, zwischen dir und Ben wäre was ... Er hat gesagt, ihr wärt euch *nähergekommen*. Und Ben ist einer meiner besten Freunde. Er will schon so lange was von dir. Und dann sehe ich dich in der Küche und du siehst so schön aus. Und Emma hat gesagt, du hast jemanden ins Auge gefasst. Und da dachte ich, wenn ich mit Giselle schlafe, will ich vielleicht wieder sie. Das wäre viel einfacher gewesen ... Ich habe in dieser Nacht mit ihr geschlafen, und ich habe es noch in derselben Nacht bereut." Alles, was er sagt, macht Sinn. Und auch, wenn es wehtut, ist es absolut einleuchtend. Ich hätte es vielleicht auch getan.

„Warum hast du gelogen?"

„Liegt das nicht auf der Hand? Ich habe einen Fehler gemacht ..." Er macht eine Pause. „Du hast so geweint. Was hätte ich denn tun sollen? Im Ernst jetzt. Ich meine, hätte ich es dir da sagen sollen? In dem Augenblick, als ich dich zum ersten Mal in den Armen gehalten habe?" Ich sage nichts. „Ich erwarte nicht, dass du alles vergisst, und ich erwarte nicht einmal, dass du mir verzeihst, aber ich will, dass du wenigstens versuchst, mich zu verstehen." Und ohne zu wissen warum, küsse ich ihn. Es scheint plötzlich so klar und so unbedeutend. Es braucht einen kurzen Moment, bis er realisiert, was passiert, aber dann schließt er mich in seine Arme, und ich habe das Gefühl, wieder zu Hause anzukommen.

Marie

Ich werde ihm ganz einfach schreiben. Dann muss ich ihm nicht in die Augen sehen. Das ist eine gute Idee. Und auf den Deutschunterricht hab ich sowieso keine Lust. Wer will schon Gedichte analysieren?

Lieber Paul,

es ist seltsam, dir einen Brief zu schreiben, weil es bis jetzt immer so war, dass ich dir alles sagen konnte. Und jetzt kann ich es nicht mehr. Es ist etwas passiert. Etwas Unbegreifliches. Als wir miteinander geschlafen haben, da war das mehr, als ich verstehen konnte. Es war mehr, als ich beschreiben kann. Sogar, wenn ich es versuchen würde, würde es nicht dem entsprechen, wie ich mich fühle.

Doch du bist wichtig, und deswegen werde ich es versuchen. Dich zu spüren, war vor einem Jahr so falsch. Damals wusste ich, wer ich bin. Zumindest dachte ich das. Aber jetzt? Auf einmal weiß ich es nicht mehr.

Ich fand dich immer toll. Ich war fasziniert von deinen Ansichten, deiner Kreativität. Doch jetzt sehe ich dich mit anderen Augen. Es ist, als würde ich dich zum ersten Mal wirklich sehen. Unter dir zu liegen und dich zu spüren, hat alles geändert. Dein Herz an meinem. Meine Haut an deiner, du hast dich in mir bewegt, ich habe dich überall gespürt. Und ich tue es noch.

Ich habe mich in dich verliebt. Und das so sehr, dass ich leide wie nie zuvor. Nicht einmal bei Lili. Ich hätte nie für möglich gehalten, dass ich mehr empfinden könnte. Und erst recht nicht für einen Mann.

Ich frage mich immerzu, warum Helene an dein Handy gegangen ist. Da wollte ich es dir sagen. Ich wollte dir sagen, dass ich an nichts anderes mehr denken kann. Ich wollte dir sagen, wie wunderbar es sich angefühlt hat, mit dir zu schlafen. So, als hätte das einen Schalter in meinem Hirn umgelegt. Ich kenne dich so gut wie keinen anderen Menschen. Außer vielleicht Lili. Und jeden Tag, den ich nichts von dir höre, hasse ich.

Warum bist du zu ihr gefahren? Warum wolltest du nicht bei mir bleiben? Eben sitzen wir noch nackt auf dem Boden, und dann auf einmal ziehst du dich an und gehst weg. Zu ihr. Ich hasse sie, vor allem, weil ich weiß, wie schön sie ist. Du hast mit ihr geschlafen. Und das am ersten Abend, als ihr euch begegnet seid. Du hattest recht, ich war eifersüchtig. Und jetzt brenne ich vor Eifersucht. Aber ich habe kein Recht, mich einzumischen. Ich habe dich abgewiesen, und jetzt ist es vermutlich zu spät.

Du hast mich gefragt, ob es schön für mich war, mit dir zu schlafen. Nie war etwas schöner. Selbst mit Lili nicht. Und ich weiß nicht, was ich jetzt tun soll. Ich war so überzeugt davon, zu wissen, wer ich bin. Aber jetzt?

Ich habe die Kondomhülle aufgehoben. Als Erinnerung. Und ich höre schrecklich transusige Musik. Ich bin zu so einer Frau geworden. Ich wollte nie so eine Frau sein. Und du bist schuld. An all dem bist nur du schuld.

Ich vermisse deinen Geruch. Und mir fehlt deine Stimme. Und dein Lachen. Kurz, du fehlst mir. Und ich liebe dich, vielleicht habe ich das schon immer getan und es nicht bemerkt. Ich weiß es nicht. Aber jetzt weiß ich es. Ich liebe dich, Paul.

Deine Marie

Ob ich ihm diesen Brief je gebe, weiß ich nicht. Vermutlich nicht. Aber er drückt aus, was ich denke. Und das ist doch schon mal was. Wie oft hat man schon solch lichte Momente? Eben.

Ich stehe auf dem Raucherhof und ziehe genüsslich an meiner Zigarette. In meiner linken Hand mein Handy. Und als ich gerade aufhöre, telepathische Schwingungen an Paul zu senden, vibriert es. *Liebe Marie ... Bitte lass uns die Woche reden. Ich halte das nicht länger aus. Ich hätte nicht zu Helene fahren sollen, das ist mir jetzt auch klar, aber bitte hör auf, mich zu bestrafen. Ich weiß nicht einmal genau wofür. Bitte meld dich. Paul* Und mein Herz rast. Das ist inzwischen auch nichts Neues mehr ...

Lili

Ich liege unter ihm und versuche, ich selbst zu sein. Aber es geht nicht. Mein Körper will nicht mit ihm schlafen. Es fühlt sich so an, als hätte mein Gehirn es verstanden, aber mein Körper nicht. Ja, er wollte mir nicht wehtun. Das stimmt sicher. Aber er hat mir wehgetan. Und dieses schwere Gefühl liegt auf meiner Brust und riecht nach Elias.

Es ist schön, ihn zu spüren. Seltsam, aber schön. Seinen Atem, seine Haut. Aber ich kann mich nicht darauf konzentrieren. Vor meinem inneren Auge schläft er mir ihr. Und niemand hatte jemals besseren Sex als Elias und Giselle in meiner Fantasie.

Und es widert mich an, dass mich dieses Bild erregt. Sollte es mich nicht abstoßen? Oder erregt es mich, weil ich gerade mit ihm schlafe? Er hält Giselles wunderschönes Gesicht in seinen Händen. Ihr glänzendes Haar liegt wie schwarze Seide auf den weißen Bettbezügen. Seine Lippen gleiten über ihren Hals. Ihr Stöhnen füllt meinen Kopf.

Tränen laufen über mein Gesicht, über meine Schläfen in meine Haare. Sie saugen sie auf. Eine nach der anderen. Sollte ich etwas sagen? Sollte ich das Thema wieder aufrollen? Obwohl ich ihn geküsst habe? Bin ich nachtragend? Oder habe ich ein Recht, mich so zu fühlen?

„Kleines?" Ich öffne die Augen. „Weinst du?" Ich schüttle den Kopf. Elias streift mit dem Daumen über meine Schläfen. „Doch, natürlich weinst du. Was ist?" Er küsst mich auf die Stirn.

„Nichts", lüge ich, ziehe ich ihn an mich und küsse ihn. Einen Augenblick zögert er, dann bewegt er sich weiter. Doch so schön es sich auch anfühlt, das Bild in meinem Kopf bleibt. Es hält sich eisern.

Marie

Ich sitze da und starre Löcher in die Luft. Und es mag so wirken, als herrschte gähnende Leere in meinem Kopf, aber das stimmt nicht. Im Gegenteil. Ich wünschte, es wär so. Das wäre echt entspannend.

Er hat mich so lange mit diesem Blick beschenkt. Und ich habe ihn nicht zu schätzen gewusst. Und jetzt? Ich sollte Pascal anrufen. Blödsinn ... Als ob Pascal helfen könnte.

Pascal und ich, das ist so was wie eine Vernunftsehe. Wir haben uns vor ein paar Monaten in einem Club kennengelernt. Ich mochte die Art, wie sie tanzt. Sie kennt ihren Körper und sie weiß, wie sie ihn einsetzen muss. Abgehacktes Licht. Ihre Bewegungen waren wie Zeitlupe. Ihre Hüften wiegten zur Musik, ihre Augen waren geschlossen. Ihre Lippen haben die Worte der Texte mitgesungen. Ich habe ihr zugesehen. Einfach nur zugesehen. Und das hätte mir gereicht. Kurz bevor ich gehen will, spricht sie mich an. Damit hätte ich nicht gerechnet. Und es wäre mir auch egal gewesen. Denn auch wenn es mir gefallen hat, wie sie ihre Hüften zur Musik bewegt, mehr hat mich an ihr eigentlich nicht interessiert.

Sie begleitet mich zu mir. Und wir haben Spaß. Aber mehr ist es nicht. Es ist unverbindlich und es ist einfach. Vielleicht ist es das, was mir daran gefällt. Was ist sonst schon einfach?

Wir sehen uns ab und zu. Und jedes Mal ist es schön. Sie weiß auch im Bett, wie sie ihren Körper einsetzen muss. Aber ich wüsste nicht, worüber ich mich mit ihr unterhalten sollte. Sie ist nicht dumm, im Gegenteil, sie ist nur nicht mein Typ. Ihre Denkweise könnte meiner nicht mehr widersprechen. Es fängt schon mal damit an, dass sie nicht zu sich steht. Ich meine, sie muss sich in der Öffentlichkeit nicht lesbisch zeigen. Aber ich kann nicht verstehen, wie man mit einem Kerl zusammen sein kann, von dem man zugibt, ihn nicht zu lieben. Wie kann man mit jemandem zusammen sein, bloß damit andere denken, man sei es nicht. Lesbisch, meine ich. Da stimmt doch was nicht.

Und wie kann sie ihm das antun? Sie betrügt ihn nach Strich und Faden. Und nicht nur mit mir. Es gibt andere. Ich weiß das. Er nicht.

Allein die Art, wie sie mit fremden Männern tanzt ... nach meinem Geschmack ist das schon Teil des Vorspiels. Aber sie geht nie mit ihnen nach Hause. Sie macht sie an, sie gibt grünes Licht, sie gibt stillschweigend Versprechungen, um sie dann zu brechen.

Denn nach Hause geht sie mit mir. Oder eben einer anderen Frau. Und was denkt der Freund? Sie tut ihm leid, weil sie so viele Nachtschichten schieben muss. Sie schläft mit ihm. Sie spielt ihm vor, ihn zu lieben. Und so behandelt man Menschen einfach nicht. Und schon gar nicht diejenigen, die einen lieben. Es gibt Grenzen. Unsichtbare Grenzen. Und nur, weil sie nicht sichtbar sind, heißt das nicht, dass man sie einfach überschreiten darf. Deswegen gibt es so was wie Moral.

Na, das ist jedenfalls der Grund, warum zwischen uns nie mehr war. Ich habe keine Lust mehr auf sie. Und es ist mir plötzlich egal, dass sie unkompliziert ist. Sie ist eine schlechte Person. Eigentlich mag ich sie nicht besonders. Also ihr Wesen. Und sie ist eine Frau. Und im Moment ist das nicht das, was ich will. Auch wenn es mich schockiert, das zuzugeben. Ich will Paul. Leider.

Außerdem weiß ich, dass ich nur mit dem Gedanken spiele, sie anzurufen, weil ich gerne hätte, dass mein Leben wieder ein bisschen weniger kompliziert wäre. Und vielleicht würde ich dann weniger an Paul denken. Und das ist der größte Quatsch.

Es ist doch kaum zu glauben, wie man sich selbst belügt. Und wie bereitwillig man es tut. Das Seltsame ist, dass ich weiß, dass Pascal sicher nicht die Lösung ist. Sie würde es nicht besser machen. Im Gegenteil. Was mir jetzt unkompliziert erscheint, würde in Wirklichkeit alles nur noch schlimmer machen.

Als ich zu Hause ankomme, ist niemand da. Alles ist still und leer, genau wie ich. Nur in meinem Kopf wüten die Gedankenfetzen. Jetzt wähle ich seine Nummer schon zum fünften Mal und lege wieder auf. Wie kann man sich nur so peinlich aufführen? Das ist doch echt lächerlich. Ich muss ihn nur anrufen. Ich habe Paul schon unzählige Male angerufen. Aber eben nicht unter diesen Umständen. Gäbe es doch diese blöde Helene nicht. Gut, er hat geschrieben, dass er nicht hätte zu ihr fahren sollen, aber er hat es getan.

Und dann wähle ich sie noch einmal. Und dieses Mal warte ich ein bisschen zu lange.

„Marie?"

„Ja ... ähm, hallo ..."

„Wie geht es dir?"

„Ganz gut und dir?" Ich lüge, warum lüge ich?

„Meine Mutter wollte wissen, ob du mitessen willst?" Das war Helene.

„Ja, gerne ... Sag ihr vielen Dank"

Ich fasse es nicht. Ja gerne?? Ich bin so dumm. „War das Helene?"

„Ja."

„Ich muss leider Schluss machen ..."

„Marie?"

„Was!?", fauche ich ihn an.

„Wann kann ich dich sehen?"

„Ich wollte dir vorschlagen, dass wir uns heute treffen können, aber da wusste ich noch nicht, dass Helenes Mutter dich zum Essen einlädt ..."

„Dann sage ich eben ab ..."

„Nein danke ..."

„Marie?"

„Hoffentlich *erstickst* du an ihrem Essen."

Ich lege mich in die Wanne. Ich glaube, ich tue es, um meinen Hass auf Paul in Badeschaum zu ertränken. Der Schaum verdeckt meinen Körper, nur meine Brüste gucken hervor. Ich schließe die Augen. Und kaum sind sie geschlossen, sehe ich Paul. Er sitzt auf dem Sofa. Er ist nackt. Seine Augen sind verbunden. Langsam gehe ich auf ihn zu. Er streckt seine Hände aus, und seine Fingerkuppen treffen sanft auf meine Haut. Nackt und blind sitzt er vor mir. Ich hocke über seinem Schoß. Ich muss nur nach unten gleiten, dann werde ich ihn spüren. Ich taste mich hinunter. Und dann spüre ich, wie mein Körper einen Teil seines Körpers aufnimmt. Er atmet auf. Und dann sagt er, *Helene* ...

Moment mal, das ist meine Fantasie. Wie kann er da Helene sagen?! Ich versuche, mich zu konzentrieren. Also noch mal. Wieder hocke ich auf ihm. Meine Brüste reiben gegen seinen Oberkörper, als ich mich langsam nach unten sinken lasse. Er dringt in mich ein. Sein Atem an meinem Nacken. Und dann sagt er, *Helene* ...

Ich öffne die Augen. Tränen der Wut laufen über mein Gesicht. *Helene?!* Paul, ich hasse dich. Ich wünschte, ich könnte dich wieder so sehen wie vorher. Da wäre es mir egal gewesen, mit wem du vögelst. Und so ein *Helene* ... wäre nie passiert. Nicht in meiner Fantasie. Und weißt du auch, warum? Weil du darin nicht vorgekommen bist. Du warst ein Freund. Ein asexuelles Wesen. Und jetzt bist du auf einmal das sexuellste Wesen der Welt. Und das ist eine verkehrte Welt. Oder es ist zumindest nicht meine.

Emma

„Ist sonst alles in Ordnung? Ich meine, habt ihr euch wieder vertragen?"

„So mehr oder weniger ..." Ich versuche, in seinem Blick zu lesen, was er damit meint. „Sie hat mich geküsst, aber ich glaube nicht, dass es damit erledigt ist."

„Aber es ist doch ein guter Anfang, oder nicht?"

„Ja, das schon, aber sie war anders ..."

„Wie anders?"

„Ich glaube, das willst du nicht wissen."

Ich schlucke. „Es hat etwas mit Sex zu tun." Er nickt. In seinen Augen ist so ein ganz seltsamer Ausdruck. „Wenn du es loswerden willst, dann kannst du es mir sagen."

„Sie hat geweint."

„Währenddessen?" Er nickt. Sein Blick klebt auf dem blank polierten Fußboden. „Freudentränen?", frage ich vorsichtig.

„Vielleicht."

„Aber du glaubst das nicht."

„Nein."

„Was denkst du, warum sie geweint hat?"

„Ich weiß es nicht ..." Er fährt sich mit den Händen durchs Haar. „Sie war irgendwie nicht wirklich da."

Und auch, wenn ich nur zu gerne etwas tun würde, damit es ihm besser geht, weiß ich, dass ich das nicht kann. Manchmal weinen wir innerlich, und es gibt nichts, was man dagegen tun kann.

Marie

Ich wasche meine Haare, dann dusche ich mich ab und steige aus der Wanne. Ich fühle mich verspannter als vor dem Bad. Schmollend liege ich in meinem Bett. Der Bademantel und die Decke hüllen mich in Geborgenheit. In dem Lied, das ich höre, singt die Sängerin, *I'm not falling in love, I'm just falling to pieces* ... Das kann ich gut verstehen. Sie singt vom Aufgeben. Davon, dass sie auseinanderbricht. Weinend liege ich da, mit meinem Kissen im Arm. Meine Nase ist verstopft. Mein Zimmer ist verschwommen. Und dann klopft es.

„Ich will allein sein ..."

„Marie?" Blitzartig setze ich mich auf. Es ist Paul. „Marie? Kann ich reinkommen?" Ich bin eindeutig schizophren. Keine Frage. Eine Stimme in mir schreit *Hau ab! Verschwinde!*, die andere weint und sagt, *Endlich bist du da* ... Meine echte Stimme schweigt. Er drückt die Türklinke nach unten. „Marie?"

„Komm rein." Ich klinge, als hätte ich eine wirklich schlimme Erkältung.

Bis auf das Flackern der Kerzen ist es dunkel. Die Vorhänge verstecken die Sonne. Ich fühle mich nicht nach Sonne. Blöde Sonne.

Langsam kommt er näher. Und erst, als er an meinem Bett ankommt, erkenne ich sein Gesicht, und es zu sehen, versetzt mir einen schmerzhaften Stich.

„Was ist los? Sag es mir doch bitte ..." Was soll ich sagen? *Bitte, liebe mich?* Wir sind doch nicht in einem Film. Was sagt man zu dem Mann, den man liebt? Ich habe noch nie einen Mann geliebt. Ich habe keine Ahnung, was zu tun ist. „Weißt du, ich denke inzwischen, dass es ein Fehler war ..."

„Du denkst, mit mir zu schlafen war ein Fehler?" Meine Stimme zittert, als ich ihn das frage.

„Ich meine, seit diesem Abend ist alles anders ..."

„Da gebe ich dir recht. Das war aber keine Antwort auf meine Frage ..."

„Ja, bereust du es denn nicht?" Ich schüttle den Kopf. Wie kann ein einzelner Mensch nur so blind sein? Die Tatsache, dass er es bereut, sticht bei jedem Atemzug in meiner Brust. So kommt alles auf einen zurück. Jetzt weiß ich, wie er sich vor einem Jahr gefühlt hat. „Unsere Freundschaft ..."

„Was ist damit?"

„Sie ist plötzlich so weit entfernt ..."

„Ja, du bist ja auch nur noch bei Helene."

„Bitte?"

„Du hast schon richtig gehört."

„Was redest du denn da?" Wir schweigen. „Marie ..." Ich schaue ihn an.

„Was?"

„Du bist mir ein komplettes Rätsel. Und das warst du früher nicht. Ich erkenne dich nicht wieder." Na, da sind wir schon zu zweit. „Was denkst du? Warum schaust du mich so an?" Weil ich dich liebe. Weil ich mit dir schlafen will. Weil ich mir wünsche, dass du mich in deine Arme schließt und küsst. Weil mein Herz mit deinem reden möchte. Dann steht er auf und geht Richtung Tür.

„Wo willst du hin?"

„Ich dachte, wir könnten reden ..."

„Bitte bleib ..."

„Wozu?"

„Früher musste ich dir keine Gründe nennen."

„Früher hast du auch nicht durch mich durchgeschaut, Marie."

„Bitte bleib ..." Langsam kommt er zurück und setzt sich zu mir. „Kannst du mich einfach in den Arm nehmen?" Lange schaut er mich an, dann zieht er die Schuhe aus und legt sich zu mir. Als ich meinen Kopf auf seine Schulter lege, bricht mir der Schweiß aus. „Ich bin so verwirrt."

„Das merkt man ... warum?" Wie kannst du nur so blöd sein? Muss ich es dir etwa buchstabieren, du Holzkopf?

„Können wir einfach schweigen?"

„Wenn du das möchtest ..." Und dann schweigen wir. Ich liege auf seiner Brust und höre sein Herz schlagen.

„Wie es aussieht", sage ich nach einer langen Pause, „ist aus dir und Helene etwas geworden ..." Als ich das frage, hoffe ich, dass diese Frage beiläufig klingt.

„Meinst du, weil ich bei ihr zum Essen war?"

„Ja."

„So würde ich das nicht sagen. Keine Ahnung. Wir sind jedenfalls nicht zusammen."

„Warum nicht?"

„Das kann ich dir nicht sagen."

„Weil du nicht willst oder weil du es nicht weißt?"

„Weil ich es nicht weiß ..." Na toll. „Marie?"

„Hm?"

„Hat es dich verletzt, dass ich an jenem Abend noch zu ihr gefahren bin?"

„Ja." Wir schweigen. „Ziemlich sogar ..."

„Ich wollte dir nicht wehtun ..."

„Warum bist du gefahren?"

„Ich wollte eigentlich gar nicht."

„Aber?"

„Als du gesagt hast, dass du zu der Party fährst, da war ich total vor den Kopf gestoßen und dann bin ich eben gefahren."

„Wieso hast du nichts gesagt?"

„Keine Ahnung ..."

„Und ich bin nur zu der Party gegangen, weil ich dachte, du willst zu Helene."

„Was?" Er setzt sich auf und zieht mich mit sich hoch.

„Sie hat angerufen, und du hast sie nicht weggedrückt." Er senkt den Blick. „Du hast mit ihr geschlafen ... und es war schließlich unser letztes Mal ..."

„Verstehe." *Du verstehst gar nichts ...* „Ist das das Problem?"

„Was?"

„Dass es das letzte Mal war?" Und nun senke ich den Blick. „Marie?"

„Ja, vielleicht ist es das ..."

„Hättest du denn gerne, dass es wieder passiert?"

„Und du?"

Lili

Und auch wenn ich einen riesigen Kloß im Hals habe, kann ich nicht weinen. Ich bin vollkommen taub, und es ist, als wäre das nicht wirklich ich, nicht mein Körper. Was soll denn das? Das ist so übertrieben. Wir waren noch nicht zusammen, und er hat sich schließlich entschuldigt. Vielleicht habe ich ihn einfach zu lange mit ihr gesehen. Vielleicht habe ich ihn einfach zu lange geliebt.

Die Sonne brennt vom Himmel. Ich sitze mit angezogenen Beinen auf der Terrasse und betrachte einen großen Stein, der im Schatten des kleinen Busches mitten im Blumenbeet liegt, und warte. Aber ich weiß nicht, worauf. Vielleicht darauf, mich besser zu fühlen.

„Lili?"

Ich schaue hoch. „Hallo Mama."

„Was ist denn los?"

„Wie lange denkst du, hat Papa gebraucht, um die Bilder zu vergessen?"

„Welche Bilder?", fragt sie irritiert und setzt sich zu mir.

„Die von dir und Alex."

Einen Augenblick schweigen wir beide, dann fragt sie: „Wie kommst du darauf?"

„Nur so", lüge ich.

„Ich habe keine Ahnung, aber sicher eine ganze Weile." In ihrer Stimme schimmert Schuldbewusstsein.

„Hast du ihn geliebt?"

Sie schüttelt den Kopf. „Nein, ich habe nur geliebt, zu was für einer Frau ich mit ihm wurde."

„Und was für eine Frau war das?"

„Ich war verrückt nach ihm, und ich habe geliebt, wie er mich gesehen hat." Sie seufzt. „Ich bin in seinen Armen zu einer anderen Frau geworden. Zu einer leidenschaftlichen, zügellosen Frau, die sich nimmt, was sie will und was sie braucht. Aber außerhalb des Schlafzimmers oder des Badezimmers oder des Hauseingangs oder der Parkgarage, war ich nicht an ihm interessiert."

„Des Hauseingangs? Der Parkgarage?", frage ich perplex.

„Ja, Lili, ich habe die besten Erfahrungen meines Lebens mit Alex gehabt. Zumindest, was die sexuellen Erfahrungen angeht. Aber ich habe nicht *ihn* geliebt, sondern das, was er mit mir gemacht hat. Ich habe *mich* mit ihm geliebt." Sie schaut mich lange an. „Ich wäre nie dauerhaft mit ihm glücklich geworden. Da war keine Basis. Mit Lukas hatte ich eine Basis. Und er war mein Zuhause. Er war mein Mann. Alex war wichtig. Und das in vielerlei Hinsicht. Aber geliebt habe ich ihn nicht."

„Aber im Bett war es mit Alex besser ..."

„Ja, das war es ..."

„Weiß Papa das?"

„Nein, tut er nicht. Und er wird es auch niemals wissen", sagt sie schließlich.

„Aber das ist doch furchtbar ..."

„Was genau findest du so furchtbar? Dass ich ihn belüge oder dass ich bei ihm geblieben bin? Oder dass ich nie wieder so tollen Sex gehabt habe und nie wieder haben werde? Was genau findest du daran furchtbar?"

„Na, das alles." Ich starre sie an. „Wenn du wüsstest, dass es niemals rauskommt, würdest du dann noch einmal mit Alex schlafen?"

„Ja, Lili, das würde ich. Und ich würde es genauso genießen wie damals. Aber ich weiß, dass es rauskommen würde. Man kann sich nicht für immer hinter seinen Fehlern verstecken. Und ich liebe deinen Vater. Aber er hat nie verstanden, was mich körperlich glücklich macht. Unter seinen Händen bin ich nie zu der Frau geworden, zu der ich mit Alex wurde. Aber, glaub mir, es gibt viel Wichtigeres als körperliche Nähe."

„Aha ...", sage ich schockiert.

„Deinen Vater und mich verbinden über 24 Jahre. Sex ist etwas, das weniger wird. Das Verlangen, die Leidenschaft, all das kommt und geht. Aber ich kann mit Lukas reden. Ich vertraue ihm. Er ist nicht nur ein Körper. Er ist der Mensch, bei dem ich mich immer am wohlsten gefühlt habe. Und er ist der Mann, den ich immer geliebt habe. Und mit ihm zu schlafen, ist wunderschön. Es ist nur nicht so leidenschaftlich. Ich brenne nicht unter ihm. Und das muss ich auch nicht. Ich habe es nie bereut, mich für deinen Vater entschieden zu haben und damit für immer auf Alex zu verzichten ..."

„Aber du würdest trotzdem mit ihm schlafen, wenn es nie rauskäme?"

„Ja, sofort." Entgeistert schaue ich sie an. „Lili, ich war 17, als ich mit deinem Vater zusammengekommen bin. Er war der zweite, mit dem ich geschlafen habe. Und wir haben geheiratet, als ich 22 war. Und als ich 23 war, haben wir dich bekommen. Ich war so jung, als ich Lukas kennengelernt habe. Er war so jung. Mit Alex habe ich meinen Körper kennengelernt. Und es tut mir leid, dass ich Lukas verletzt habe. Aber ich bereue nicht, dass ich mit Alex geschlafen habe ... Ich habe das gebraucht. Und ich habe es genossen, dass mich ein gut aussehender Mann so sehr will." Sie schweigt. „Ich erwarte nicht, dass du mich verstehst, aber das ist die Wahrheit ... Natürlich hätte ich gerne einen Mann, der diese beiden Seiten hat. Sicher hätte ich gerne, dass Lukas mir dieses Gefühl gibt. Aber so ist es eben nicht ... Du musst mich nicht verstehen, aber du bist alt genug, um die Wahrheit ..."

„Ich verstehe dich sehr gut", schneide ich ihr das Wort ab. „Ehrlich, das tue ich."

Zum ersten Mal seit einer ganzen Weile schaut sie hoch. In ihrem Gesicht erkenne ich ein kleines Lächeln. „Wirklich?"

„Ja", sage ich lächelnd.

„Wollen wir einen Eiskaffee trinken gehen?" Sie grinst. Und ich grinse. Und in dem Augenblick, als ich nicke, verblasst Giselles Gesicht. Es wird immer durchsichtiger, bis es sich schließlich vollkommen auflöst und in der Unwichtigkeit verschwindet. Denn sie ist unwichtig. Und Elias hat beide Seiten.

Marie

Und in dem Moment, als er den Mund öffnet, klingelt sein Handy. Er kramt in seiner Hosentasche. Als er es herauszieht, sehe ich für den Bruchteil einer Sekunde das Display, und leider erkenne ich den Namen der Person, die ihn anruft. Helene. Wenn er jetzt drangeht, schmeiße ich ihn raus.

„Das dauert nur eine Sekunde ..." Ich fasse es nicht. „Helene?" Langsam schiebe ich die Decke zur Seite und krieche aus meinem Bett. Mit Helene und Paul in meinem Bett wird es einfach zu eng für mich. „Warte mal." Das sagt er zu ihr. „Marie, wo willst du hin?"

Ich drehe mich zu ihm um und schaue ihn lange an. Einzelne Tränen laufen über meine Wangen. Dann gehe ich, ohne ein Wort zu sagen zu meinem Schrank und hole Unterwäsche. Ich weiß, er kann mich sehen. Er soll mich sehen. Ich ziehe an der Schlaufe meines Bademantels und lasse ihn auf den Boden fallen. Dann sehe ich zu Paul. Er starrt mich an. Sein Blick wandert über meinen Körper. Das Handy noch immer an sein Ohr gepresst. Ich weiß, er hört ihr nicht zu. Und dann denke ich, *Schau ein letztes Mal hin ... Schau genau hin ...* Dann ziehe ich mich an. „Helene, ich rufe dich zurück ..." Zu spät, mein Guter. Zu spät. „Marie?"

„Ich muss jetzt weg ..."

„Wohin?"

„Ich treffe Pascal ..."

Und ich weiß, dass Paul weiß, was das heißt, denn Paul kennt Pascal, und er weiß, dass wir uns nicht treffen um zu reden.

„Aber ..."

„Du solltest Helene anrufen ... sie wartet." Ich gehe zur Tür.

„Geh nicht ... nicht so ..."

„Du kannst zum Telefonieren ruhig hierbleiben."

Dann öffne ich die Tür und gehe, ohne mich noch einmal umzudrehen.

Ich sitze auf einer Parkbank bei mir um die Ecke. Und natürlich habe ich Pascal nicht angerufen. Auch wenn ich mit dem Gedanken gespielt habe.

Was soll ich bloß machen? Ich kann es Paul nicht sagen. Ich meine, wie viel offensichtlicher braucht er es denn noch? Ich weise ihn ab, ich rede nicht mehr mit ihm, ich sage ihm, er solle an dem blöden Essen ersticken ...

Und dann ganz plötzlich fällt mir der Brief ein, den ich ihm geschrieben habe. Ich muss es ihm ja nicht persönlich sagen. Vielleicht sollte ich ihm den Brief schicken. Nein.

Das mache ich nicht. Ich werde abwarten. Wo kämen wir denn hin, wenn wir nur noch in Briefen kommunizieren könnten?

Als ich gerade in Richtung unserer Wohnung zurückgehe, sehe ich Paul über die Straße laufen. Ich bleibe stehen und schaue ihm nach. Er steuert auf einen roten Golf zu, der gegenüber parkt, und steigt ein. Und dann fährt der rote Golf an mir vorbei, und am Steuer sitzt Helene. Ich erkenne sie von den Bildern, die mir Paul im Internet gezeigt hat.

Ich kann mich nicht bewegen. Das glaube ich nicht. Hat sie etwa draußen auf ihn gewartet? Und als ich das denke, frage ich mich, ob er vielleicht doch recht hat. Vielleicht wäre es besser, es wäre nie passiert.

Emma

Als ich die Tür aufschließe, bin ich nervös. Ich denke an die Post und an Stefan.

„Ich werde sie anrufen." Ich zucke zusammen, schaue hoch und entdecke Elias, der mit dem Telefon in der Hand im Flur steht und mich anschaut.

„Was?"

„Ich sollte sie anrufen, findest du nicht?"

Ich nicke. „Ja, das solltest du. Sag ihr, dass es dir leidtut."

„Aber das habe ich doch schon getan."

„Dann tu es noch mal. Sag es ihr."

„Aber das muss sie doch wissen. Ich liebe sie, ich würde ihr doch nie absichtlich wehtun."

„Dann sag ihr das ... sag ihr, dass du sie liebst ... sag ihr, dass du nicht weißt, was du tun sollst ..."

„Einfach so?"

„Sei einfach ehrlich. Sie wird das spüren." Er lächelt. „Ach ja, hast du ihr eigentlich schon von der Wohnung erzählt?"

„Wann denn bitte? Sie hat schließlich nicht mit mir geredet ..."

„Dann frag sie jetzt, ob sie mitkommt." Ich lege meine Hand auf seine Schulter, dann drehe ich mich um und gehe in die Küche, weil meine Mutter die Post immer auf den Küchentisch legt.

„Emma?"

Ich drehe mich zu ihm. „Ja?"

„Danke ..."

Und nun lächle ich. „Aber wofür denn?"

„Dass du für mich da warst." Er erwidert mein Lächeln, schaut auf das Telefondisplay und verschwindet im Flur. Lächelnd gehe ich zum Küchentisch. Und während ich im Hintergrund höre, wie sich Elias entschuldigt, fällt mein Blick auf einen Umschlag, auf dem mein Name steht. Und es ist Stefans Handschrift. Und diese Schrift zu sehen, reicht aus, dass es sich anfühlt, als ob mein Herz in meinem Körper galoppiert.

Elias und ich steigen ins Auto. Und während er rückwärts aus der Einfahrt rollt, ziehe ich mit zitternden Fingern den Brief aus dem Umschlag. Und plötzlich weiß ich nicht mehr, ob ich wissen will, was er geschrieben hat. Doch dieses Mal bin ich nicht feige. In einem Ruck ziehe ich die Seiten heraus und fange an, ihn zu lesen.

Liebe Emma,

nach so langer Zeit von dir zu hören, hat mich ehrlich erstaunt. Aber erstaunt heißt nicht, dass es mich nicht gefreut hat. Im Gegenteil.

Es ist schön, von der Emma zu hören, die ich kenne. Sie war lange weg. Und sie hatte in manchen Dingen vielleicht auch recht.

Ich denke, ich hätte die Zeit nicht überstanden, wenn wir noch immer zusammen gewesen wären. Dieser Schwebezustand hätte uns beide kaputt gemacht. Ich denke zwar noch immer, dass wir das geschafft hätten, aber wir beide hätten nicht wirklich unser Leben gelebt. Und damit meine ich nicht, dass man mit anderen ins Bett springen muss, um das zu tun.

Ich habe lange gebraucht um zu kapieren, dass es aus ist zwischen uns. Ich habe es nicht begreifen können. Vielleicht wollte ich es auch nur nicht verstehen. Ich weiß genau, wie es dir geht. Bei mir war es in vielerlei Hinsicht ähnlich. Ich habe jemanden gesucht, der die Leere in mir wieder füllt. Und ich habe mehrfach gedacht, diese Person gefunden zu haben. Aber es war dann doch nicht so. Ich denke, ich habe es mir so sehr gewünscht, dass ich es irgendwann geglaubt habe. Du bist mir trotzdem nicht aus dem Kopf gegangen.

Dann habe ich Jaqueline kennen gelernt. Mit ihr war ich ein halbes Jahr zusammen. Und für sie habe ich viel empfunden. Ich kann nicht sagen, ob es Liebe war. Ich weiß nur, sie hat mir geben können, was ich gebraucht habe.

Das ändert nichts an der Tatsache, dass ich mich immer wieder gefragt habe, wie es dir geht und was du tust. Ich habe mich immer wieder gefragt, wie es wäre, dich wieder zu sehen. Ich habe mich gefragt, ob du dich verändert hast. Und sicher hast du das. Man verändert sich auch dann, wenn man es selbst nicht bemerkt. Die Zeit hinterlässt ihre Spuren.

Ich werde bald nach München kommen. Und es wäre wirklich schön, dich dann zu sehen. Es würde mich interessieren, was es in mir auslöst nach so langer Zeit.

Ich denke, es wäre für uns beide wichtig. So oder so. Entweder bemerken wir, dass wir uns an die Vergangenheit geklammert haben, oder wir stellen fest, dass da doch mehr ist. Mehr als wir uns lange eingestehen wollten.

Ich werde mich bei dir melden, wenn ich da bin. Und ich freue mich darauf, dich zu sehen. Ich freue mich und ich bin nervös deswegen.

Ich danke dir für deine Entschuldigung. Sie hat mir viel bedeutet. Und ich weiß, dass sie dich Kraft gekostet hat.

Ich schicke dir eine Umarmung, Stefan

„Warum hast du mir nicht gesagt, dass du Stefan geschrieben hast?", fragt Elias. Und ich höre Enttäuschung in seiner Stimme.

„Ich weiß nicht ..." Ich seufze und zucke mit den Schultern. „Keine Ahnung."

„Und wie ist der Brief?"

Ich lächle. „Es ist ein guter Brief ..."

„Wird er wiederkommen?"

„Ja, bald."

„Und werdet ihr euch dann sehen?"

„Er meldet sich, wenn er da ist ..."

„Das freut mich ... ehrlich ..." Dann nimmt er meine Hand in seine und drückt sie. „Emma?"

„Hm?"

„Du bist mir sehr wichtig." Es ist lange her, dass er das zu mir gesagt hat.

„Du mir auch ..."

Und dann fahren wir lächelnd zu Lili. Es geht mir gut.

Lili

Fast schon panisch renne ich durch mein Zimmer. Ich greife hastig nach meiner Tasche, stolpere über einen Turnschuh, halte mich an der Türklinke fest, fluche und laufe dann kurz darauf die Treppen hinunter. Plötzlich muss ich an Marie denken. Ich muss sie anrufen, hören, wie es ihr geht.

„Bis später, Mama ...", schreie ich ins Wohnzimmer.

„Bis später, Liebes!", ruft sie zurück.

Ich reiße die Tür auf, und da steht er. Mit großen, strahlenden Augen. Sein Blick verführt mich. Er ist wunderschön. Er und der Blick. Elias zieht mich an sich und küsst mich. Und in diesem Moment verstehe ich, was meine Mutter meint, wenn sie sagt, sie hätte unter Alex' Händen gebrannt. Wenn Elias mich berührt oder küsst, bebt mein ganzer Körper. Ich öffne die Augen und schaue in seine. In meinem inneren Auge sehe ich für den Bruchteil einer Sekunde die verschrumpelte, verwelkende Version von Giselles Gesicht, die immer kleiner wird. Dann lächle ich.

„Wollen wir?", fragt er.

Emma steigt aus und lächelt mich an. Ich drücke ihr einen Kuss auf die Wange. Es ist unbeschreiblich schön, dass das wieder geht. Sie klettert auf den Rücksitz. „Ich kann auch hinten sitzen ..."

„Mach dich nicht lächerlich", entgegnet sie lachend.

Wir fahren in Richtung Innenstadt. „Wo ist denn die Wohnung?"

„In Neuhausen."

Marie

Auf meinem Bett liegt ein Zettel. *Marie, ich versuche, dich zu verstehen, aber ich tue es nicht ... Wenn du bereit bist zu reden, melde dich. Ich werde darauf warten, aber ich werde mich nicht mehr melden. Ich hoffe, deine Zeit mit Pascal war so, wie du sie dir gewünscht hast ... Paul*

Und nachdem ich das gelesen habe, gehe ich meiner neuen Lieblingsbeschäftigung nach: Heulen.

Ich kann nicht mehr sagen, ob es Tag ist oder Nacht. In mir ist es dunkel. In mir ist es pechschwarz. Und daran kann auch die hellste Sonne nichts ändern. Ich fühle mich allein. Und ich hasse es, dass alles so verworren ist. Ich wünschte, es wäre anders. Und dann frage ich mich, ob ich wirklich wünschte, Paul und ich hätten nicht miteinander geschlafen. Und dann wird mir klar, dass ich es nicht bereue. Kein bisschen. Es tut vielleicht jetzt weh, aber es war richtig. Morgen werde ich Lili anrufen, denn ich muss es ihr erzählen. Und bei diesem Gedanken rolle ich mich in meine Decke und schlafe ein.

Lili

Ich liebe die Wohnung. Ich liebe sie. „Und? Was meinst du, Kleines? Gefällt dir die Wohnung?" Er weiß, dass er sich die Frage hätte sparen können. Mein Gesichtsausdruck spricht Bände.

„Ob sie mir gefällt?", frage ich entgeistert. „Ich liebe die Wohnung." Und auch Emma ist sichtlich begeistert. Elias wendet sich dem Makler zu.

„Sie liebt die Wohnung", sagt er mit einem breiten Grinsen.

Der Makler nickt, als würde er unseren Geschmack damit absegnen. „Ich habe sehr viele Interessenten", sagte er mechanisch lächelnd. „Aber da Ihr Vater ein alter Freund ist, können Sie sie haben. Wollen Sie sie?", fragt er.

„Wir wollen sie", antwortet Elias.

„Wir wollen sie?", frage ich begeistert.

„Wir wollen sie." Gerade wird mir klar, wie viel älter Elias ist als ich. Er ist ein Mann. Er ist erwachsen. Und er ist mein Freund. *Mein* Freund.

„In zwei Wochen können Sie einziehen, wenn die Rahmenbedingungen stimmen. Sie müssen lediglich die Selbstauskunft ausfüllen, Gehaltsnachweise von einem Bürgen vorlegen, und dann würde ich Ihnen den Mietvertrag zuschicken."

„Wunderbar ... Dann bringe ich Ihnen morgen alles vorbei.

„Könnten Sie um 14:00 Uhr da sein?"

„14:00 Uhr ist perfekt."

Wir steigen in den Aufzug und verlassen Elias' zukünftiges Zuhause, in dem ich mich jetzt schon zu Hause fühle, obwohl alles leer ist und jeder Raum hallt. Denn die Wohnung hat eine gute Seele.

In zwei Wochen. Und als hätte er meine Gedanken gelesen, sagt Elias: „In zwei Wochen bekommen wir die Schlüssel." Er strahlt. „Das einzig Blöde ist, dass genau in zwei Wochen ein Freund aus Finnland kommt und ich versprochen hab, ihm bei der Wohnungssuche zu helfen ..."

„Woher hast du einen Freund aus Finnland?", frage ich ein wenig irritiert.

„Ich habe Joakim durch die Arbeit kennengelernt. Er war für ein Jahr in München und ist ständig in der Bar rumgehangen, als ich Schicht hatte ... Und nach und nach sind wir ins Gespräch gekommen ... Jetzt zieht er für sein Studium her ..."

„Kann er denn Deutsch?", frage ich vorsichtig.

„Sein Vater ist Deutscher, seine Mutter Finnin ..."

„Ich dachte, in dem Haus, in das du jetzt ziehst, ist noch eine Wohnung frei?", fragt Emma.

„Hat der Typ das gesagt?"

„Ich dachte, er hat gemeint, dass nächste Woche eine im ersten Stock frei wird."

„Hat er?"

„Ja, hat er", bestätige ich Emma.

„Na, das wäre ja die einfachste Lösung ... Ich werde den Makler gleich noch einmal anrufen ..."

Emma

An diesem Abend liege ich im Bett und bin glücklich. Und auch wenn ich nicht weiß, wie es sein wird, Stefan wiederzusehen, ich weiß, dass es besser wird, als wenn ich ihm nicht geschrieben hätte. Und weil ich mir geschworen habe, Leni zu schreiben, falls Stefan antwortet, werde ich mich morgen daranmachen, mich bei ihr zu entschuldigen, und ihr zu erklären, warum ich ihr wehgetan habe. Das wird nicht leicht, aber was ist schon leicht?

Man fühlt sich jedenfalls besser, wenn man die Steine loswird, die einen zu Boden zwingen. Dann drehe ich mich um, schalte das Licht aus und kuschle mich in meine Decke.

Lili

Als ich abends zu Hause ankomme, rufe ich Marie an. Sie hat schon geschlafen, obwohl es erst elf ist. Sie freut sich über meinen Anruf. Es ist schön, ihre Stimme zu hören, und es tut gut, mal wieder mit ihr zu reden. Fast eine Stunde lang quatsche ich sie voll. Ich erzähle ihr alles – alles von Elias, Emma und der Affäre meiner Mutter mit Alex.

„Das ist ja furchtbar ...", sagt sie schließlich. Ich sehe ihr Gesicht vor mir. Ich sehe den sanften Ausdruck in ihren Augen. „Und ich dachte, meine Mutter hatte es schwer. Aber da ist lesbisch sein ja ein richtiger Spaziergang dagegen." Ich muss lachen. Maries trockene Art hat mir schon immer gefallen. „Ich habe mit Paul geschlafen", sagt sie dann völlig unvermittelt.

„Bitte was?!", schreie ich in den Hörer. Meine Entgeisterung scheint sie unheimlich zu amüsieren, denn ich höre, wie sie am anderen Ende der Leitung fast zusammenbricht. „Warum?", frage ich, als ich mich wieder gefasst habe.

„Ich habe vor einem Jahr schon einmal mit ihm geschlafen."

„Du hast was? Aber warum?"

„Er hat mich geküsst, und ich habe mich damals auch irgendwie geschmeichelt gefühlt, und es ist ja nicht so, dass ich, es nicht genossen habe ..."

„Aber?"

„Es war schön, ehrlich ... zumindest bis zu dem Moment, als er in mich eingedrungen ist ... da wusste ich plötzlich, dass ich das nicht will ..."

„Oh Gott ... wie hat er es verkraftet?"

„Ich habe nichts gesagt ..."

„Du hast was?"

„Ich habe es nicht geschafft ..." Wir schweigen. „Ich habe ihm zuliebe so getan, als ob es mir gefällt, und gehofft, dass er schnell fertig ist ..."

„Aber Marie ..."

„Ja, ich weiß ... Das Schlimmste war aber, dass er mir zuliebe weitergemacht hat, als er fertig war ..."

„Oh nein."

„Und dann habe ich doch etwas gesagt ... er hatte natürlich keine Ahnung, was mit mir los ist ..."

„Verständlich ... Und weiter?"

„Es hat ihn echt verletzt, aber er hat sich für unsere Freundschaft entschieden."

„Okay, aber warum hast du denn noch mal mit ihm geschlafen?"

„Es hat sich so ergeben."

„Es hat sich so ergeben?"

„Ja ..."

„Ist das alles? Es hat sich so ergeben?" Ich muss lachen. „Also, ich kenne sonst niemanden, bei dem sich das unter Freunden einfach mal so ergibt."

„Er hat eine kennengelernt. Und wir haben über sie geredet ... und irgendwie war ich ... eifersüchtig." Sie macht eine Pause. „Kannst du dir das vorstellen? Ich war richtig eifersüchtig."

„Warum?"

„Erst dachte ich, es wäre, weil es sich immer so gut angefühlt hat, von ihm geliebt zu werden ..."

„Und dann?"

„Ich lag in seinen Armen, und er hat gesagt, dass er wünschte, er hätte damals gewusst, dass dieses eine Mal das erste und letzte Mal zwischen uns sein würde ... Und je mehr wir uns darüber unterhalten haben, desto größer wurde meine Lust, mit ihm zu schlafen ..."

„Ach was ..."

„Seltsam oder?"

„Na, eigentlich nicht."

„Na, für mich schon ..."

„Weiter ..."

„Und dann haben wir miteinander geschlafen ..."

„Und wie geht er damit um?"

„Die Frage ist nicht, wie er, sondern wie ich damit umgehe."

„Gut, wie gehst du damit um?"

„Das ist es ja ... ich weiß es nicht ..."

„Red mit ihm, dieses Mal wusste er schließlich, dass du lesbisch bist ..."

„Ich bin gekommen, Lili ..."

„Nein!" Das kann nicht sein. Das ist nicht möglich. Marie ist noch nie mit einem Kerl gekommen. „Unmöglich ...", sage ich noch einmal.

„Dreimal ..." Ich kriege keinen Ton raus. Mit allem hatte ich gerechnet, aber nicht damit. „Lili? Bist du noch da?"

„Ja, 'tschuldige, bin nur sprachlos ... Ja und jetzt?"

„Lili, was ist, wenn er mein Elias ist, und ich nur zu blöd war, das zu kapieren?"

„Du musst so oder so mit ihm reden ..."

„Ja, ich weiß ..."

„Was hast du zu verlieren?"

„Alles ..."

„Ja und wieso? Liebt er dich nicht?"

„Ich weiß es nicht ..."

„Hast du ihn seitdem nicht mehr gesehen?", frage ich während ich versuche, mir Marie an der Seite eines Mannes vorzustellen.

„Doch schon ..."

„Und?"

Sie zögert. „Ich konnte es ihm nicht sagen ..."

„Scheiße ..."

„Du sagst es ... Können wir uns die Tage mal wieder sehen? Es gibt viel zu erzählen ..."

„Erzähl es doch jetzt ...", flehe ich sie an, und ich weiß, dass sie lächelt.

„Ich will dich lieber sehen. Passt dir morgen?"

„Morgen ist perfekt ..." Nach ein paar Sekunden frage ich noch, „Und du wirst mir jetzt ehrlich nichts mehr erzählen? Nicht mal ein paar Details?"

Sie lacht. „Wir sehen uns morgen, Lili."

„Warte, Marie."

„Ich sage kein Wort mehr ..."

„Na gut."

„Um elf zum Frühstücken im *Glockenspiel?*"

„Perfekt."

Marie

Kaum habe ich aufgehört, mit Lili zu reden, piept mein Handy. *Marie. Ich weiß, ich wollte mich nicht mehr melden, aber ich halte hier einen Umschlag in meinen Händen, auf dem mein Name steht. Und ich frage mich, ob ich ihn aufmachen soll. Ich habe ein schlechtes Gewissen, dass ich ihn mitgenommen habe. Sagst du mir, was drin steht, oder muss ich ihn öffnen?* Als ich das lese, bleibt mein Herz fast stehen. Ich schaue auf mein Nachtkästchen. Und erst jetzt fällt mir wieder ein, dass ich ihn dort hingelegt habe. Ich hatte es vergessen. Wie konnte er ihn einfach mitnehmen? Hätte ich das auch getan? Vermutlich schon. Vielleicht wäre es am besten, wenn er ihn einfach liest. Das wäre am einfachsten. Aber es kommt mir nicht richtig vor. Dann piept es wieder. *Marie ... wenn dieser Brief mir Aufschluss darüber geben kann, was mit dir los ist, dann werde ich ihn lesen. Ich werde ihn so oder so lesen, wenn du nicht antwortest ...* Und dann wähle ich seine Nummer. Ich muss mit ihm reden.

Es klingelt noch nicht einmal, da ist er schon dran.

„Marie?"

„Ja, ich bin's ..."

„Ich werde ihn jetzt lesen."

„Wo bist du?" Eigentlich frage ich mich, warum ich ihn das überhaupt frage.

„Bei Helene."

„Wenn du meinen Brief in ihrem Beisein öffnest, dann bist du für mich gestorben ..."

„Sie ist nicht hier."

„Ich will nicht, dass du ihn liest. Hätte ich es gewollt, hätte ich ihn dir schon gegeben."

„Ich weiß."

„Ja und?"

„Nichts und ... ich werde ihn lesen, wenn du mir nicht endlich sagst, was los ist."

„Das sage ich dir nicht am Telefon."

„Gut, dann komm ich zu dir."

„Aber lass dich nicht von ihr fahren."

„Du hast uns gesehen?"

„Offensichtlich hab ich euch gesehen. Hellseherische Kräfte habe ich noch keine entwickelt."

„Du warst nicht bei Pascal?"

„Nein."

„Aber du hast doch gesagt ..."

„Ich weiß, was ich gesagt habe, aber ich war nicht dort."

„Ich komme vorbei ... und ich lasse mich nicht von ihr fahren."

„Gut, dann bis gleich ..."

„Ach ja, und Marie?"

„Ja?"

„Den Brief werde ich nicht mitnehmen ... wenn du es mir heute nicht sagst, werde ich ihn lesen." Ohne mich zu verabschieden, lege ich auf.

Ich sitze in meinem Bett und frage mich, was ich sagen soll ... Eigentlich beeindruckt es mich, dass er den Brief nicht längst gelesen hat. Ich hätte das nicht gekonnt. Ich hätte ihn bestimmt schon gelesen.

Ich weiß nicht, wo die blöde Schlampe wohnt, deswegen habe ich keine Ahnung, wie lange es dauern wird, bis er da ist. Und bei jedem noch so kleinen Geräusch zucke ich zusammen, weil ich mir sicher bin, dass es gleich klingeln wird.

Und obwohl ich mich darauf gefasst mache, dass er jeden Moment ankommen könnte, erschrecke ich trotzdem zu Tode, als es dann endlich klingelt. Unsicher gehe ich zur Tür und öffne. Jeden Moment wird er vor mir stehen. Und es gibt kein Zurück. Denn er hat den Brief. Und ich kenne Paul. Wenn ich es ihm nicht sage, wird er ihn lesen. Ich drücke den Einlasser, lasse die Wohnungstür einen Spalt weit offen und gehe zurück in mein Zimmer. Denn dort fühle ich mich etwas sicherer.

Und dann höre ich, wie die Türe knarrend geöffnet und dann einen Moment später wieder geschlossen wird. Seine Schritte nähern sich meinem Zimmer. Er drückt die Tür auf und kommt direkt auf mich zu.

„Also?"

„Erst einmal will ich eine Sache klarstellen ..."

„Und zwar?"

„Du hast zwar meinen Brief und kannst ihn lesen und dann wirst du wissen, was mit mir los ist, aber wenn du ihn ohne meine Erlaubnis liest, werde ich nicht mehr mit dir sprechen." Er schweigt. „Das war mein Brief. Und du hattest nicht das Recht das zu tun ..."

„Ich weiß."

„Ich muss ein paar Dinge wissen, bevor ich etwas sage. Und wenn die Antworten schlecht sind, werde ich es dir nicht sagen. Dann wirst du eben meinen Brief lesen. Und wenn du das getan hast, sind wir geschiedene Menschen ..." Er sagt nichts. Sein Trumpf scheint nichts mehr wert zu sein.

„Gut, frag ..."

„Also, erstens, bist du mit Helene zusammen?"

Er schüttelt den Kopf. „Das habe ich doch schon gesagt."

„Gut, zweitens, bist du in Helene verliebt?"

„Was hat Helene überhaupt damit zu tun?"

„Willst du wissen, was mit mir los ist?"

„Ja."

„Dann antworte auf meine Frage ..."

„Nein, ich bin nicht in sie verliebt." Und in diesem Moment ist jede Zelle meines Körpers plötzlich wie betrunken.

„Warum ist sie an dein Handy gegangen, als ich dich angerufen habe?"

„Ich war mit ihr in einem Café. Und als du angerufen hast, war ich gerade auf dem Klo ... Als ich wiederkam, war sie schon dran, und als ich gefragt habe, wer am Telefon ist, hast du aufgelegt ..."

„Wieso hast du mich nicht zurückgerufen?"

„Erstens war ich sauer auf dich, weil du auf die Party gegangen bist, und außerdem hatte ich Helene erzählt, dass du meine lesbische beste Freundin bist. Sie war ohnehin schon verdutzt, dass du einfach aufgelegt hast."

„Warum bist du in letzter Zeit so oft bei ihr?"

„Weil ich mit ihr reden kann."

„Ja und worüber?", frage ich entgeistert. „Kannst du denn plötzlich nicht mehr mit mir reden?"

„Also erstens hast du nicht mehr mit mir geredet, und zweitens ..." Dann macht er eine Pause. „Was soll das eigentlich?"

„Und zweitens?", bohre ich.

„Ist es denn tatsächlich so einfach?"

„Einfach?", frage ich verwundert.

„Du bist eifersüchtig, weil ich mich mit einer andern gut verstehe?"

„Ist das denn alles?"

„Wie, ist das denn alles?"

„Du versteht dich also nur gut mit ihr?" Er schaut mich an. „Hast du noch mal mit ihr geschlafen?"

„Weißt du was, Marie? Es reicht ..." Er steht auf. „Auch auf die Gefahr hin, dass du nie wieder mit mir sprichst, ich werde jetzt gehen, und ich werde den Brief lesen ..."

Und auch ich stehe auf. „Wenn du das tust, rede ich kein Wort mehr mit dir ..."

„Das macht keinen Unterschied ... du redest doch sowieso nicht mit mir." Er stürmt aus meinem Zimmer.

„Paul, warte ..."

Dann dreht er sich um. „Ich habe lange genug auf dich gewartet, Marie." Ich bleibe stehen. „Ich habe immer nur auf dich gewartet ... erst weil ich dachte, dass du auch Gefühle für mich hättest, dann weil ich gehofft habe, dass du eines Tages begreifen würdest, dass du doch nicht auf Frauen stehst, und jetzt warte ich wieder ... ich habe es langsam satt zu warten."

„Bist du wirklich so dumm?"

Das schockiert ihn. Ich sehe es ihm an. „Was!?"

„Bist du so blind? Ehrlich?"

„Red endlich!", brüllt er mich an.

„Ich will erst wissen, ob du es wirklich nicht weißt."

„Vielleicht weiß ich es ... aber vielleicht ist es auch an der Zeit, dass du endlich mal etwas sagst ..." Und dann geht er zur Tür.

„Mein Gott, Paul!", schreie ich ihm nach. „Was muss ich tun, damit du kapierst, dass ich mich in dich verliebt habe? Was!?" Er starrt mich an. „Was muss ich machen? Reichen dir denn meine Eifersuchtsausbrüche nicht? Wie soll ich dir sagen, dass ich mich so sehr in dich verliebt habe, dass ich es kaum aushalten kann. Wie geht das? Wie soll man etwas aussprechen, das man selbst nicht verstehen kann?" Und erst dann kapiere ich, dass ich es gesagt habe. Immer noch starrt er mich an. Und er ist genauso so fassungslos wie ich es bin.

„Du ... Du, bist was?"

„Ach, Paul ..."

„Du ... was?!"

Ich kann ihn nicht länger ansehen. Ich weiß nicht warum, aber es geht nicht. Vielleicht wollte ich es ihm nicht sagen, weil ich Angst davor hatte, wie er reagieren würde. Und nun weiß ich, dass diese Angst berechtigt war. Ich drehe mich um und gehe in mein Zimmer.

Ich liege in meinem Bett und warte darauf, die Wohnungstür ins Schloss fallen zu hören. Aber ich höre nichts. Gar nichts. Hätte ich doch die Tür offen gelassen, dann könnte ich ihn sehen. Ich habe sie aber nicht offen gelassen. Sie ist zu. Und sie steht zwischen uns. Zwischen ihm und mir. Ich schlucke meine Tränen hinunter. Ich schlucke sie hinunter, damit er mich nicht hört, und ich bin froh, dass er sie nicht sieht. Dann plötzlich höre ich Schritte. Und ich kann nicht sagen, ob sie von meinem Zimmer weg führen oder zu ihm hin. Und dann geht die Tür auf. Erst nur einen Spalt, dann öffnet er sie ganz. Das Licht aus dem Flur fällt auf mein Bett und auf mein Gesicht. Ich kann ihn nicht sehen, sein Gesicht ist ein einziger schwarzer Fleck.

Er kommt zu meinem Bett. Und er geht so langsam, dass es mir wie eine Ewigkeit erscheint, bis er sich endlich mir gegenüber hinsetzt. Lange sitzen wir nur da und schweigen. Doch dieses Schweigen ist drückend. Es liegt wie Blei auf uns. Es ist schwer und kalt. Dann endlich räuspert er sich.

„Du liebst mich?"

„Ja."

„Sag es ..." Es fällt mir schwer, weil ich nicht weiß, was er dann sagen wird. Weil ich nicht weiß, ob es nicht schon längst zu spät ist. „Bitte sag es ..."

„Ich liebe dich, Paul." Und als ich es erst einmal gesagt habe, ist es nicht mehr schwer. Jetzt könnte ich es immer und immer wieder sagen. Kein Blei mehr. Die Luft ist wieder federleicht. „Ich liebe dich." Aber mit jeder Sekunde, die er nicht antwortet, gewinnt die Luft wieder an Gewicht.

„Ich kann das nicht fassen." *Gott sei Dank, er hat etwas gesagt.* „Ich meine ..." Er schaut mich nicht an. Und ich deute das so, dass er es nicht erwidern kann. Ich habe ihm mein Herz auf dem silbernen Tablett serviert. Aber es ist zu spät. Ein Jahr zu spät. Und er schweigt.

„Da ich es dir gesagt habe, kannst du jetzt auch wieder gehen ..."

Und dann, ganz plötzlich zieht er mich an sich und küsst mich. Es ist so plötzlich, dass ich im ersten Moment gar nicht begreife, was passiert. Es ist ein nasser Kuss. Ein unbeholfener Kuss. Es ist ein Kuss voller Tränen. Und ganz plötzlich ist es da. Das Wir.

Lili

Ich gehe über den Marienplatz. Und ich bin gespannt. Ich frage mich, ob Marie mit ihm geredet hat oder nicht. Wäre ich sie, hätte ich es sicher vor mir hergeschoben. Man weiß schließlich nie, was der andere sagen wird. Und es könnte wehtun. Es muss nicht, aber es könnte. Und dann neigt man dazu, den feigen Weg zu gehen. Ich hoffe, Marie ist da anders. Denn es nicht zu wissen ist eigentlich schlimmer als Ablehnung zu erfahren. Und vielleicht geht es dem anderen genauso. Wenn aber beide den feigen Weg wählen, werden sie es nie wissen oder sie reden nach vielen Jahren darüber und wünschten, sie hätten sich getraut. Denn dann ist es womöglich zu spät.

Das mit Elias und mir ist ein treffendes Beispiel. Ich meine, wir beide empfinden so viel für einander. Aber wir hätten nichts gesagt. Weder er noch ich. Die Hindernisse schienen zu groß. Und wenn es nicht die Hindernisse waren, dann war es eben die Feigheit. Ich kann es jedenfalls verstehen, dass man den feigen Weg wählt. Denn auch wenn er trist und einsam ist, er ist leichter zu gehen, wenn man mal von der Last der Gefühle und der andauernden Frage absieht, ob man nicht vielleicht doch hätte handeln sollen. Vielleicht ist er doch nicht leichter. Aber er scheint einfacher, und deswegen ist er so verlockend. Es ist schon schade, dass es meistens unsere Angst ist, die uns bremst. Und gleichzeitig ist Angst so wichtig. Trotzdem sollte sie unser Handeln nicht dominieren.

Marie

Ich sitze unter einem grünen Sonnenschirm und schlürfe an meinem Eistee. Die Sonne wärmt meinen Rücken, und ich beobachte das geschäftige Treiben der Kellner. Lili ist noch nicht da. Aber das macht nichts. Es ist ein wunderschöner Tag. Ein perfekter Tag. Ich hole mein Handy aus der Tasche und lese zum mindestens zehnten Mal eine SMS von Paul.

Mein Leben ist auf einmal ein Wunschkonzert. Alles ist bunt, alles ist schön ... Es fühlt sich an, als reite ich auf Wolken ... die Nacht mit dir war einfach unbeschreiblich. Du bist unbeschreiblich ... Meine Augen gleiten behutsam über jedes Wort, so als könnten sich die Buchstaben auflösen, wenn man sie zu oft liest. Und mit jedem Blick nehmen sie all die Wärme auf, all die Zuneigung, die in diesen vier Sätzen verborgen ist.

Als ich hochschaue, sehe ich Lili aus dem Aufzug steigen. Ohne nachzudenken, springe ich auf und rufe ihren Namen. Sie sieht zu mir, und an ihrem Blick erkenne ich, dass es ihr peinlich ist, dass alle sie ansehen. Es sollte einem egal sein, was andere denken. Es sollte einen nicht kümmern. Sie sind fremd, und man wird sie nie wieder sehen ... Sie schlendert auf mich zu und lächelt.

„Hallo Liebes ...", sage ich strahlend.

„Wie es aussieht, hast du mit ihm geredet ..." In ihren Augen blitzt etwas Neckisches auf, als sie das sagt.

„Ist das so offensichtlich?" Lili nickt. „Warum?"

„Nun, du bist grundsätzlich eher der sarkastische Typ, und in letzter Zeit warst du überwiegend mürrisch ... und jetzt bist du ..."

„Glücklich?"

„Ja. Glücklich trifft es gut."

„Es ist mehr als das. Ich bin, ich weiß auch nicht ... fast schon beängstigend glücklich."

„Wieso beängstigend?"

„Ich weiß nicht." Ich muss lachen. „Warum schaust du mich so an?"

„Du siehst aus wie eine dieser Frauen aus den Fünfzigerjahren."

„Ja, aber die waren doch gar nicht so glücklich ..."

„Dein Lächeln zeigt sogar deine Backenzähne ..." Und es stimmt. Ich kann nicht aufhören zu lächeln. Alles ist so schön. „Erzähl schon."

Und ich erzähle ihr alles. Ich erzähle ihr von dem Brief und von unserer Unterhaltung, und ich erzähle ihr von Helene und dass sie ihn abgeholt hat. Und davon, dass er zu mir gekommen ist und wir gestritten haben. Und dann erzähle ich ihr, wie ich auf dem Bett saß und mir sicher war, dass er gehen würde. „Aber er ist geblieben ..."

„Ja, ganz offensichtlich ...", sagt sie lächelnd. „Und dann?"

„Er ist zu mir gekommen, und dann hat er gefragt, ob ich ihn liebe, und ich habe Ja gesagt ... Und er hat gesagt, ich soll es aussprechen. Und dann habe ich es getan, ich habe ihm gesagt, dass ich ihn liebe ..." Ich atme tief durch. „Und dann hat er mich geküsst ..." Ich strahle.

„Ja, und er?"

„Was, und er?", frage ich irritiert.

„Hat er dir denn nicht gesagt, dass er dich liebt?"

„Das war nicht nötig ... ein Kuss sagt viel mehr aus als dieser plumpe Satz ..."

„Na ja, ich meine, er wollte es von dir hören, hat es aber selbst nicht gesagt ..."

„Was willst du damit sagen?" In mir steigt Wut hoch.

„Ich finde einfach nur, er hätte es auch sagen können."

„So wie im Film?", frage ich sarkastisch.

„Nein ..." Sie schaut zu Boden.

„Sondern, Lili?"

„Ich meine es genau so, wie ich es sage."

„Weißt du, das passt zu dir ..."

„Was?"

„Na, dass du jeden Augenblick kontrollieren willst ... der Moment wäre nur dann vollkommen gewesen, wenn er es gesagt hätte, oder?"

„Was heißt vollkommen? Ich hätte es eben hören wollen."

„Nimm mir das jetzt nicht übel, aber ich denke, du bist eine von diesen Frauen ..."

„Eine von diesen Frauen?"

„Du brauchst solche Sätze ... ich denke, es gibt die Sorte Frau, die solche Liebesschwüre braucht, und es gibt die, der das Handeln wichtiger ist ..."

„Du willst mir doch nicht erzählen, dass du dir nicht gewünscht hast, dass er es sagt?"

„Ich sage doch, es war nicht nötig ... Was sagt dieser Satz schon?"

„Er drückt tiefe Empfindungen aus ..."

„Ja, aber doch nur, weil wir Menschen versucht haben, einen Satz zu finden, durch den wir unbeschreibliche Gefühle ausdrücken können ... Außerdem ist es nicht besonders schwierig, diesen Satz zu jemandem zu sagen, für den man rein gar nichts empfindet. Dieser Satz muss nichts bedeuten."

„Sollte er aber ..."

„Bist du ehrlich so naiv?"

„Was soll das denn? Kann ich nicht eine andere Meinung haben?"

„Sicher kannst du das ... Deshalb kannst du doch trotzdem naiv sein, oder nicht? Das ist doch kein Widerspruch."

„Was ist daran naiv?"

„Du bist so darauf angewiesen, dass man dir sagt, dass man dich liebt, dass ich denke, dass es mit deinem angekratzten Selbstwertgefühl zu tun haben muss ... Ich kenne niemanden, der so dringend Liebesbekundungen braucht." Und ich weiß, dass ich ihr damit wehtue, vor allem, weil sie mich so nicht kennt. Sie kennt mich nur als die Marie, die sie liebt. Als die, die sie das spüren lässt.

„Und was ist daran naiv?" In ihren Augen erkenne ich, dass ich sie verletzt habe.

„Lili, meine Mutter hat diesen plumpen Satz zigmal zu meinem Vater gesagt ... sie hat ihm ihre Liebe öffentlich geschworen, mit Kirche und allem. Und nach wenigen Monaten hat sie sich in die Arme fremder Frauen geflüchtet." Sie schweigt. „Es sind Worthülsen ..."

„Und nur, weil deine Mutter es nicht ernst gemeint hat, heißt das, der Satz bedeutet gar nichts?"

„Sie ist doch nur ein Beispiel ..."

„Willst du damit sagen, dass Elias nicht meint, was er sagt?"

„Nein, das will ich nicht ... ich will damit sagen, dass der Satz nicht so viel bedeutet. Das, was Menschen *tun,* ist von Bedeutung. Denn einen Satz zu sagen ist weniger anstrengend, als Liebe zu zeigen ..."

„Und ein Kuss zeigt Liebe?"

„Natürlich nicht jeder Kuss ..."

„Aber Pauls Kuss tut es, ja?", fragt sie boshaft.

„Warum kannst du dich nicht einfach für mich freuen?"

„Na, weil ich finde, er hat es sich einfach gemacht."

„Nur, weil er die heiligen drei Worte nicht gesagt hat?"

„Verarsch mich nicht ..."

„Doch, Lili, genau das tue ich ... Ich weiß, dass Paul mich liebt. Ich brauche da keinen Satz dafür ... Einen Satz, der total abgedroschen ist, und der doch nicht aussagen kann, was man fühlt."

„Sicher geht es primär darum, dass man Liebe zeigt, aber es ist doch trotzdem schön, wenn man es hört ... du zum Beispiel weißt, dass du mir wichtig bist, heißt das deswegen, dass du es nie wieder von mir hören willst? Ach, komm Marie ..."

„Wenn du mir zeigst, dass ich wichtig bin, indem du für mich da bist, ist der Satz nicht so entscheidend."

„Ich glaube trotzdem, dass wir es hören wollen. Wir wollen es fühlen und hören ... Hättest du ihm denn eins übergezogen, wenn er es gesagt hätte?"

„Nein", sage ich ruhig.

„Na, also. Da hast du's. Ich denke, es ärgert dich, dass er es nicht gesagt hat."

„Lili, er hat es mir vor einem Jahr schon gesagt ... und die Art, wie er mich geküsst hat, sagt dasselbe ..." Sie ist still. Und ich sehe ihr an, dass sie nach einem Gegenargument sucht. „Dich verstört, dass es ein Mann ist, richtig?" Erst reagiert sie nicht, dann schließlich nickt sie. „Würde ich von einer Frau sprechen, nennen wir sie Paula, dann würde dich das weniger stören ..."

„Es stört mich nicht, dass es Paul ist und nicht Paula. Es *ver*stört mich. Das ist ein Unterschied."

„Lili, denkst du denn nicht, dass das für mich mindestens genauso komisch ist?"

„Ich weiß es nicht. Vor zwei Wochen liebst du noch mich, und jetzt liebst du Paul?"

„Geht es darum, dass dein guter alter Liebesbrunnen Marie nun erschöpft ist? Geht es darum, dass ich nun nicht mehr dir meine Liebe schenke, sondern Paul?"

Sie schaut zu Boden. „Ja, vielleicht ..."

„Ich dachte, du würdest dich für mich freuen ..."

„Kannst du das nicht verstehen? Eben war er nur Paul. Und plötzlich ist er dein Freund. Ihr seid doch zusammen, oder?" Ich nicke. „Genau, und du hast mir nicht einmal erzählt, dass da vor einem Jahr schon etwas war."

„Lili, es gibt auch viel, das du mir nicht sagst ..."

„Ach ja, und was?"

„Woher soll ich das wissen? Du erzählst mir sicher auch nicht alles ..."

„Ich erzähle dir alles, was wichtig ist."

„Das mit Elias hast du nicht zugegeben ..."

„Aber du wusstest es."

„Ja, weil ich dich kenne ..."

Lange sagen wir nichts. „Wenn nicht bald ein Kellner kommt, werde ich richtig wütend ..."

Ich halte ihr meinen Eistee hin. „Danke." Sie nimmt einen Schluck.

„Was ist los, Lili?"

„Ich weiß nicht ..." Das scheint die erste ehrliche Antwort zu sein. „Hast du mit ihm geschlafen?" Ich nicke. „Und, war es schön?"

„Es war unbeschreiblich."

„Ja?"

„Ja."

„Ist es nicht seltsam, plötzlich mit einem Mann zu schlafen?"

„Seltsamerweise nicht ..."

„Er hat Glück ...", sagt sie leise.

„Elias auch."

Dann endlich kommt ein Kellner, und wir bestellen. Es ist eine seltsame Stimmung, aber nicht im Sinne von schlecht. Seltsam eben ... Und ich denke, Lili kann schwer damit umgehen, dass nicht länger sie die Nummer eins ist. Denn das tut weh. Ich weiß das. Man ist gerne für jemanden die wichtigste Person. Sogar dann, wenn das nicht auf Gegenseitigkeit beruht. Sie denkt, sie verliert mich. Und bei den anderen Frauen wusste sie, dass insgeheim sie meine erste Wahl wäre. Sie wusste, dass ich jede in den Wind geschossen hätte, wenn sie mich nur geliebt hätte. Und nun ist da ein Kerl. Und sie spürt, dass es mir ernst ist. Sie weiß, sie spielt nicht mehr die Hauptrolle in meinem Leben. Und das tut weh. Und deswegen ist sie kratzbürstig. Und ich hatte damit gerechnet, dass sie komisch reagiert, aber nicht so.

Lili

Ich weiß gar nicht, was mein Problem ist. Ich meine, Marie ist schließlich eine meiner besten Freundinnen, und ich sollte mich doch freuen, dass sie jemanden gefunden hat, der ihr so wichtig ist und der ihr geben kann, was sie braucht. Und trotzdem freue ich mich nicht so richtig. Es ist nicht so, dass ich mich überhaupt nicht freue, wirklich nicht. Aber ich kann nicht aus tiefstem Herzen sagen,

Marie, ich freue mich für dich. Das wäre gelogen. Und was ich da über Liebe gefaselt habe, kann ich auch nicht fassen. Sie ist glücklich, und ich komme daher und werfe Paul vor, den ich wohlgemerkt nicht einmal kenne, dass er nicht gesagt hat, dass er sie auch liebt. Das geht mich doch nun wirklich nichts an. Ich sitze da und starre auf den Alten Peter. Der Himmel dahinter ist blau, und nur vereinzelte Wölkchen machen weiße Tupfen auf die blaue Decke. Sie sehen aus wie Schafe, die über eine blaue Wiese gehen. Gemütlich.

Marie ist auf dem Klo. Und ich kann mich nicht leiden. Warum bin ich so? Ich liebe Marie nicht. Ich liebe Elias. Und da bin ich mir sicher. Aber trotzdem ist es, als hätte Marie mich betrogen. Und das auch noch mit einem Mann.

Eines der Schafe ist gerade hinter dem Turm verschwunden, und ich sehe zu einem anderen, einem viel kleineren Schäfchen. Früher habe ich gerne auf der Wiese bei unserem Haus gelegen und in den Himmel geschaut. Ich habe es geliebt, in den Wolken Tiere zu erkennen. Ich lag dort oft und lange. Seltsam, dass einem das als Kind nicht zu langweilig wird. Ich meine, nur auf dem Boden liegen und Wolken anstarren, und das für mehrere Stunden.

Ich habe sie verloren. Ich war ihre große Liebe. Und jetzt ist da Paul. Und das verletzt mich. Es ist komisch, aber es ist, als wäre Marie jetzt nicht mehr Marie. Sie war die, die über Männer hergezogen hat. Und das schon immer. Und jetzt schläft sie mit einem, und es gefällt ihr. Also nicht, dass das schlimm wäre, es gibt ja viele Frauen, die mit Männern schlafen und denen das gefällt. Aber Marie? Sie hat es genossen, wenn Frauen sie berührt haben. Sie hat von ihren sanften Körpern und ihren zierlichen Händen geschwärmt. Und sie hat immer gesagt, dass Männer von ihren Geschlechtsteilen besessen wären und wir Hetero-Frauen sie auch noch darin bestärken. Und jetzt ist auch sie besessen. Sie ist plötzlich eine Hetero-Frau. Und das will nicht so ganz in meinen Kopf.

Vielleicht ist es auch, dass all die anderen Frauen nie wirklich eine Konkurrenz für mich waren. Ich bin mir sicher, dass Marie jede von ihnen verlassen hätte, wenn ich mich in sie verliebt hätte. Und jetzt ist da Paul. Und plötzlich wird mir klar, dass ich nicht mehr die für sie bin, die ich vorher war. Die Frau in ihrem Leben. Na ja, vielleicht bin ich es noch, doch jetzt ist da auch noch ein Mann in ihrem Leben. Und es ist nicht irgendeiner, es ist Paul. Ihr bester Freund seit dem Kindergarten. Er ist ihr Elias. Und lange dachte ich, ich wäre ihr Elias. Aber das war ich nicht. Klar, ich war wichtig, und ja, sie hat mich geliebt, aber eben nicht so. Und vielleicht dachte sie es selbst, doch jetzt ist sicher auch ihr klar geworden, dass ich kein Elias bin, sondern Lili. Einfach nur Lili. Und für Marie war ich nie einfach nur Lili. Ich habe sie noch nie so gesehen. So glücklich, so entspannt, so gelöst und schön. Wir haben uns auch noch nie gestritten. Vielleicht weil ich damals noch der Elias in ihrem Leben war. Doch heute hat sie mir gesagt, was sie denkt und dass ich unrecht habe. Und sie hat recht.

Paul. Wer ist eigentlich Paul? Ich kenne ihn nicht einmal. Warum hat sie ihn mir in all den Jahren nicht einmal vorgestellt? Zugegeben, ich habe sie nie darum gebeten, aber sie hat ihn fast versteckt. Ach so ein Quatsch. Ich denke manchmal so einen Mist. Als ob Marie ihn versteckt hätte.

„Lili ..." Ich drehe mich weg von meinem Schäfchen und zu unserem Tisch. Marie sitzt mir gegenüber. Sie lächelt.

„Seit wann bist du wieder zurück?", frage ich irritiert.

„Eine Weile" Wir schweigen. „Die Wolken sehen aus wie Schafe ..." Sie kennt mich gut. „Du hast sie beobachtet, stimmt's?" Ich nicke. „Hör mal, Lili ..."

„Nein, warte Marie ...", unterbreche ich sie. „Es tut mir leid ..."

„Was tut dir leid?"

„Es tut irgendwie weh festzustellen, dass nicht ich, sondern Paul dein Elias ist ... das gibt mir aber nicht das Recht, so einen Mist zu reden ... Ich meine, Paul soll dir doch seine Liebe gestehen, wann und wie er es will. Verstehst du, ich habe Angst, dass ich einfach nur noch eine von vielen bin ..." Sie schaut mich an. Und in ihren Augen sehe ich Verständnis. „Bei dir war es immer toll, Lili zu sein und jetzt ist es plötzlich so ... so banal ..."

„Lili ..."

Ich hole tief Luft. „Ja?"

„Du bist nicht eine von vielen, und das wirst du nie sein. Von allen Frauen, die es gibt, bist du sicher mein Elias. Aber von allen Menschen ist es Paul. Und das überrascht mich mindestens genauso wie dich ..." Sie lächelt.

„Warum kenne ich ihn nicht?"

„Wenn ich ehrlich bin, habe ich keine Ahnung."

„Und wann lerne ich ihn kennen?"

„Bald ..."

„Und wie bald?"

„Das kommt auf dich an."

„Vielleicht morgen?" Marie lächelt. „Aber erst musst du mir etwas von letzter Nacht erzählen ..."

Emma

Nun gut. Wie schreibt man der Schwester, dass man immer eifersüchtig auf sie war? Wie gesteht man, dass man so tief gesunken ist, mit jemandem zu schlafen, nur um einem anderen damit wehzutun? Und wie schafft man es, dass die hintergangene Person einen versteht? Was müsste Leni schreiben, damit ich ihr verzeihe? Einmal davon abgesehen, dass Leni so etwas nie tun würde. Denn Leni ist Leni. Und Leni hält sich an ihre Prinzipien. Sie misst nicht nach zweierlei Maß, so wie ich das tue. Sie ist eben einfach der edlere Mensch. Und sie hat seit ihrer Geburt vermittelt bekommen, dass sie perfekt ist. Genauso, wie sie ist. Und das hat sie zu einem viel sichereren Menschen gemacht, als ich es bin. Eigentlich sind meine Eltern schuld. Sie sind die, die ihre Liebe unfair verteilt haben. Manchmal denke ich, sie haben das absichtlich getan. Jeder braucht jemanden, an dem er sich abreagieren kann. Und das traurige letzte Glied der Hackordnung in unserem Hause war ich. Und das schon immer.

Im Hintergrund läuft der Soundtrack von *Love Song for Bobby Long*. Das ist die nötige Dosis Melancholie, die ich brauche, um einen solchen Seelen-Strip hinzulegen.

Liebe Leni,

ich hätte diesen Brief schon vor langer Zeit schreiben sollen. Eigentlich sollte ich nicht so feige sein, ich hätte schon lange mit dir darüber reden sollen. Persönlich. Und noch ehrlicher wäre, es gleich zuzugeben, dass ich wünschte, es gäbe gar keinen Anlass für ein ernstes Gespräch oder einen solchen Brief. Aber es ist nötig, und es ist an der Zeit, wenn nicht schon längst überfällig.

Ich habe dir wehgetan, und das mit voller Absicht. Ich wollte dir wehtun, und ich wusste, dass es dir das Herz brechen würde, wenn Timo dich meinetwegen verlässt. Ich wusste, du liebst ihn. Da ich die Wahrheit sagen will, gebe ich alles zu. Ich weiß, du denkst, wir haben nicht miteinander geschlafen. Aber das ist nicht wahr. Timo und ich waren nicht einmal eine ganze Woche zusammen, aber ich habe gleich in der ersten Nacht mit ihm geschlafen. Ich habe ihn verführt. Und ich habe es genossen, dass er mich dir vorzieht.

Und vielleicht denkst du, ich hatte keinen Grund, aber den hatte ich, auch wenn dieser Grund keine Rechtfertigung ist. Und zugegeben, es ist ein armseliger Grund, aber genauso armselig habe ich mich gefühlt. Und vielleicht habe ich mich nicht nur so gefühlt. Vielleicht war und bin ich es.

Ich weiß nicht, ob du dich daran erinnerst. Es ist schon länger her. Du hast dich mit Mama und Papa im Wohnzimmer unterhalten. Sie haben von mir geredet. Sie haben dir erzählt, dass bei mir nachgeholfen werden musste, damit ich am Gymnasium akzeptiert werde. Sie haben dir erzählt, dass ich ja an sich nichts dafür könnte, dass ich weniger intelligent sei. Sie haben gesagt, dass es vielleicht falsch war, mich auf eine so anspruchsvolle Schule zu schicken ... Ich stand in der Küche und habe jedes Wort gehört. Und als ob die Tatsache, dass sie so von mir denken, nicht gereicht hätte, haben sie es auch noch dir erzählt. Wie konnten sie das tun? Wie konnten sie ihrer perfekten und hochintelligenten Tochter das erzählen? Gerade dir ... Solange ich denken kann, war ich der Dorn im Auge, du das Mark der Erde. Ich habe dich bewundert und gehasst. Bewundert, weil ich mir gewünscht hätte, ich wäre so wie du, damit sie nur einmal mich so ansehen, wie sie es bei dir immer tun. Andererseits gehasst, weil ich wusste, dass ich nie wie du werden würde. Denn dann wäre ich nicht mehr ich, sondern nur eine Kopie von dir.

Ein paar Tage später hatten wir beide dann Streit. Wir standen im Bad und haben uns wegen einer Banalität in die Haare gekriegt. Es war so unwichtig, dass ich mich nicht einmal mehr daran erinnere, worum es ging. Ich weiß nur noch, dass du mich mit einem verachtenden Blick angesehen und mich minderbemittelt genannt hast. Und dazu hattest du kein Recht. Das hättest du nicht tun dürfen.

Nach diesem Streit wollte ich dir wehtun. Ich wollte dir den Schmerz zufügen, den die Worte unserer Eltern und dieses klitzekleine Wort aus deinem Mund mir zugefügt haben. Und weil ich dir eigentlich in nichts das Wasser reichen kann, habe ich das Einzige getan, was ich besser kann als du. Ich habe die eine Sache, die mir mehr liegt als dir, gegen dich verwendet. Ich habe Timo angemacht. Und das auf die hinterhältigste Art und Weise. Ich wollte, dass er dich verlässt, und ich wollte, dass er mich will. Mich und nicht dich.

Und es hat funktioniert. Nicht einmal drei Tage später hat er dich in den Wind geschossen. Einfach so.

Ich muss auch zugeben, dass ich zu jener Zeit kein schlechtes Gewissen hatte. Auch nicht als ich mit ihm geschlafen habe. Ich habe den Gedanken genossen, dass du leiden würdest. Doch als du dann tatsächlich gelitten hast, habe ich es nicht genossen. Als es kein Gedanke mehr, sondern Realität war, hatte ich unbeschreibliche Schuldgefühle. Als ich deine Tränen gesehen habe, haben sie mir fast körperliche Schmerzen zugefügt. Jede einzelne. Meine Schuldgefühle haben mich langsam von innen aufgefressen. Deswegen habe ich mit Timo Schluss gemacht.

Und auch wenn er dir etwas anderes erzählt hat, als ich ihn verlassen habe, hat er geweint. Er hat mich angefleht, es mir zu überlegen, weil er sich so sehr in mich verliebt habe. Und auch noch in der Zeit, als er versucht hat, dich zurückzugewinnen, hat er mir Briefe geschrieben.

Erinnerst du dich an den großen Blumenstrauß, den ich zum Valentinstag bekommen habe? Den, den ich dann unserer Nachbarin geschenkt habe? Er war von Timo. Ich schreibe dir das nicht, um dir noch mehr wehzutun, sondern damit du siehst, dass nicht nur ich ein schlechter Mensch bin. Er ist nicht besser gewesen. Und die Art, wie er über dich geredet hat, war auch nicht wirklich charmant. Damit will ich nicht sagen, dass du mir eigentlich dankbar sein solltest. Aber er war nicht der, der er vorgegeben hat zu sein. Und das ist die Wahrheit. Ich habe die Briefe noch. Wenn du sie lesen willst, kannst du das gerne tun. Wenn nicht, dann könnten wir sie vielleicht irgendwann gemeinsam verbrennen? Oder du könntest sie lesen, und wir verbrennen sie dann?

Ich wünsche mir von ganzem Herzen, dass du mir irgendwann verzeihen kannst. Und ich wünsche mir, dass du meinen Grund vielleicht sogar ein klein wenig verstehst. Ich weiß, du hättest nie getan, was ich getan habe. Deswegen sind unsere Eltern schon immer stolz auf dich gewesen und nie stolz auf mich. Sie hatten schon ihre Gründe. Und ich weiß nicht nur, dass du es nie getan hättest, ich weiß, dass du es nicht getan hast. Vielleicht bin ich ja wirklich nicht die Hellste, aber ich habe schon bemerkt, dass Clemens dir nicht abgeneigt gewesen wäre.

Aber du bist nicht ich. Rache hast du nicht nötig. Denn Rache ist für Leute mit weniger Charakter, für kleinere Leute. Eben für Leute wie mich.

Ich erwarte nichts von dir. Ich wollte mich nur bei dir entschuldigen. Mehr noch, ich wollte dich um Verzeihung bitten. Ich wollte dir sagen, dass ich mich nie so schäbig gefühlt habe, und dass ich mir die Tatsache, dir so unendlich wehgetan zu haben, selbst nie verziehen habe. Doch ich denke, es ist an der Zeit, Fehler einzugestehen. Und das ist der gravierendste Fehler, den ich vor mir und nun auch vor dir zu rechtfertigen habe.

Leni, ich habe dich enttäuscht. Und ich habe mich enttäuscht. Doch ich denke, dass ich mir verzeihen muss, wenn ich weiter machen will, und das kann ich nur, wenn ich dich um Verzeihung bitte. Und auch wenn du mir nicht verzeihst, so weißt du jetzt wenigstens, dass es mir unendlich leid tut. Und du weißt, warum ich es getan habe und dass Timo durch und durch ein Lügner war. Kurz, du kennst nun die Wahrheit. Oder zumindest meine Sicht der Wahrheit.

Ich liebe dich, Leni. Und ich bewundere dich. Und das wird sich niemals ändern.

Deine Emma

Ich stecke den Brief in einen kleinen Umschlag und schreibe *Leni* in Großbuchstaben auf die Vorderseite. Ich stehe auf und gehe in den Flur. Ich bin allein zu Hause. Alles ist still. Und ich genieße die Stille und die kühlen Fliesen unter meinen nackten Füßen, als ich zu Lenis Zimmer gehe. Ich öffne die Tür. Und da sitzt sie. Und weil ich damit nicht gerechnet habe, stehe ich einfach nur im Türrahmen und starre sie an.

„Kannst du nicht klopfen?" Sie sitzt auf ihrem Bett und lehnt an der Wand. Auf ihren Knien ein dickes Buch. Leni konnte sich schon immer still beschäftigen. „Ich habe dich etwas gefragt ...", fragt sie scharf.

„Ähm, tut mir leid ... ich dachte, ich wäre allein zu Hause ..."

„Ach, und was wolltest du bitte in meinem Zimmer, wenn du dachtest, ich wäre nicht da?" Ich hätte nicht gedacht, dass der Tonfall von eben an Schärfe noch zu übertreffen wäre, doch mit diesem Satz hat sie mir gezeigt, dass das eben noch gar nichts war. Wortlos gehe ich auf sie zu und halte ihr meinen Brief entgegen. Und die Tatsache, dass ich sie nicht anschreie, sondern schweige, scheint ihr den Wind aus den Segeln zu nehmen. Vielleicht ist sie aber auch einfach nur deswegen perplex, weil ich ihr einen Brief entgegenstrecke. Lange stehe ich so da, mit einem ausgestreckten Arm und warte darauf, dass sie meinen Brief nimmt. Und lange bewegt sie sich keinen Millimeter. Die Situation ist ähnlich wie dieses blöde Spiel, wo derjenige verliert, der zuerst blinzelt. Hier geht es anscheinend darum, sich nicht zu bewegen. Der, der sich zuerst bewegt, ist inoffiziell der Verlierer. Und Leni, das werde nicht ich sein, also streck schon deinen Arm aus und nimm meinen Brief. Und so, als hätte sie meine Gedanken gelesen, streckt sie die Hand aus und nimmt ihn.

Noch bevor sie mich fragen kann, was das für ein Brief ist, drehe ich mich um und verlasse ihr Zimmer. Jetzt gibt es kein Zurück mehr. Jetzt hat sie den Brief. Bis vor ein paar Minuten hätte ich mich noch drücken können. Ich hätte den Brief zerreißen und im Klo runterspülen können Dann wäre es eben bei der stillen Verachtung geblieben, die Leni seit Langem für mich hegt. Doch sie war zu Hause. Und sie hat den Brief genommen. Sie ist vermutlich gerade dabei, ihn zu lesen. Und das macht mich nervös. Sehr sogar.

Lili

„Wie war es?", frage ich neugierig.

„Unbeschreiblich ..."

„Ja?"

„Ja." In ihrer Stimme ist ein schmachtender Unterton zu hören. „Er ist einfach unbeschreiblich im Bett ... ich meine, er scheint meinen Körper besser zu kennen, als ich ..."

„Also, er hat dich geküsst, und du hast den Kuss erwidert ... und dann?"

„Wir haben uns ausgezogen ... aber dieses Mal nicht langsam und zärtlich, sondern fast ein bisschen panisch ... Ich habe ihn in die Kissen gedrückt, und bin langsam nach unten geglitten ..."

„Du hast ihm ... *einen geblasen?*", frage ich flüsternd. Und obwohl ich das leise frage, schauen die beiden Frauen vom Nachbartisch interessiert zu uns hinüber. Sie sitzen uns praktisch auf dem Schoß.

„Ja ..."

„Und? Ich meine, war es dir angenehm?"

„Ja, das war es ... mehr als das ..."

„Und dann?"

„Dann habe ich mich auf ihn gesetzt ..." Sie nimmt einen Schluck von ihrem inzwischen warmen Eistee. „Ich muss sagen, ich mag es, wenn ich oben bin ... es war einfach absolut ..."

„Unbeschreiblich ...", beende ich nach einer Weile ihren Satz. Und ich weiß, dass sie in Gedanken auf ihm sitzt. Ich sehe es ihr an. In diesem Moment schläft sie mit ihm, und es würde mich nicht wirklich wundern, wenn sich gleich hier und jetzt eine *Harry und Sally*-Orgasmus-Szene abspielen würde, nur dass Marie ihren Orgasmus nicht vortäuschen würde. Ihr Blick ist abwesend. „Marie?"

„Oh, 'tschuldige ..."

„Schon okay ..." Ich muss grinsen. Alles hätte ich für möglich gehalten, doch das nicht. Nie im Leben.

„Na, jedenfalls haben wir die ganze Nacht miteinander geschlafen ..."

„Die ganze Nacht?", platzt es aus mir heraus. Und die beiden Frauen vom Nebentisch starren uns an. Marie nickt. „Und du kannst noch ...", dann wende ich mich zu den beiden Frauen, „Entschuldigen Sie bitte, aber das ist eine private Unterhaltung ..." Verschämt schauen sie wieder weg. Aber ich weiß, dass sie mit einem Ohr noch immer zuhören. „Du kannst noch laufen?", flüstere ich.

„Natürlich nicht nonstop ..."

„Wie oft?" Verlegen schaut sie auf den Tisch und nimmt mit einem angefeuchteten Finger Zuckerkrümel vom Tisch auf. „Sag schon ... wie oft?"

„So sechs, sieben Mal ..."

Emma

Ich liege auf meinem Bett. So wie meistens. Und nur zwei Türen weiter sitzt Leni auf ihrem. Und als ich mich gerade frage, ob es vielleicht doch ein Fehler war, ihr diesen Brief zu geben, öffnet sich meine Tür einen keinen Spalt. Ich setze mich auf und sehe Lenis Gesicht. Es ist rot und aufgequollen. Ihre Augen sind nur noch kleine Schlitze, und unzählige Flecken übersähen ihre sonst makellose Haut. Schluchzend kommt sie näher. Und in diesem Moment weiß ich nicht, ob sie mich gleich in die Arme schließen oder zusammenschlagen wird. Ich stehe auf. Für eine

Weile stehen wir etwa einen Meter voneinander entfernt und rühren uns nicht.

„Es tut mir leid ..." Es tut *ihr* leid? Ich kriege kein Wort raus. „Emma, es tut mir leid, dass ich das damals gesagt habe ..." In meinem Hals steckt ein riesiger Kloß. Ich sollte etwas sagen, aber mein gesamter Wortschatz scheint im Bruchteil einer Sekunde abhandengekommen zu sein. „Das war so gemein von mir." Und als sie sich gerade umdrehen will um zu gehen, halte ich sie an der Schulter fest.

„Mir tut es leid, Leni ... unendlich leid." Und dann geschieht, was seit einer Ewigkeit nicht mehr passiert ist. Wir sinken uns in die Arme. Meine kleine Schwester drückt sich an mich, und ich lege meine Arme beschützend um ihre schmalen Schultern. Ihr Kopf an meiner Schulter. Mein T-Shirt saugt ihre Tränen auf, und ihres meine. Lange stehen wir so da, in dieser Umarmung.

„Kann ich die Briefe lesen?" Sie flüstert das, und ihr Atem kitzelt in meinem Ohr.

„Natürlich ..." Als ich mich aus der Umarmung löse, um zu meinem Schrank zu gehen, hält sie mich am Arm fest.

„Und Emma?" Ich wende mich ihr zu.

„Ja?"

„Können wir sie danach verbrennen?"

Ich lächle, und frische Tränen kullern unaufhörlich über meine Wangen. „Sicher können wir das ..."

Und gemeinsam sitzen wir auf dem Fußboden und lesen Timos schmalzige Liebesschwüre. Anfangs fließen noch Tränen, und es fallen ein paar unschöne Schimpfworte, aber nach einer Weile können wir lachen. Und wir lachen über Timo. Zum ersten Mal seit so langer Zeit lachen wir wieder. Und das ist ein unbeschreibliches

Gefühl. Unbeschreiblich schön. Unbeschreiblich vertraut. Und unbeschreiblich heilsam.

Marie

Er nimmt mich fest in den Arm, und gemeinsam schlendern wir durch die warme Sommerluft, die kleine Tüte in meiner Hand knistert voller Vorfreude.

Auf dem Weg zurück nach Hause kommen wir an einer U-Bahn-Station vorbei. Er bleibt stehen.

„Was ist?", frage ich verwundert.

„Sind da unten nicht Toiletten?"

„Toiletten? Wieso Toi... Ach so ..."

Dann schaut er mich an. „Willst du?" Ich nicke. Und dann laufen wir die Treppen zu den öffentlichen Toiletten hinunter. Die Tüte hüpft vor Freude.

„Aua ... das ist unbequem ...", fluche ich.

„Tut mir leid ... warte ..."

„Stopp ... mein Bein ..."

„Geht es so?"

„Warte, ich dreh mich mal um ..." Ich stelle meinen rechten Fuß auf den Klodeckel, schiebe meinen Rock hoch und meine Unterhose zur Seite. Dann drehe ich mich nach ihm um. „Wird es so gehen?"

Seine Hände gleiten zu meinem Hintern, sein Blick ist gesenkt. Zwischen seinen Fußgelenken hängt seine Hose. Dann öffnet er die Packung, zieht ein Kondom heraus, und reißt es auf. Ich schaue ihm zu, wie er es langsam abrollt. Ich liebe es, ihm dabei zuzusehen. Er geht leicht in die Knie, mit der einen Hand hält er mich an der Hüfte, mit der anderen Hand schiebt er den Rock noch weiter hoch. Dann spüre ich, wie er in mich eindringt. Mit den Händen stütze ich mich an der Wand ab. Langsam bewegt er sich. Er gleitet in mich hinein und dann wieder heraus. Mit der Zeit wird sein Griff fester. Er packt mich. Sein Körper klatscht gegen meinen. Er wird schneller. Unheimlich schnell. Er atmet tief.

„Gott, Marie ..." Es macht mich an, wenn er meinen Namen auf diese Art sagt. Er presst ihn aus sich heraus. „Marie ..." Und dann trifft er einen Punkt ... einen Punkt in meinem Körper, der mich unvermittelt aufstöhnen lässt. Und mit jedem weiteren Stoß drückt er ihn wieder, er streichelt ihn, er befriedigt ihn. Meine Brüste wippen mit seinen Bewegungen. Er nimmt mich. Ich stelle mir vor, wie wir beide gerade aussehen. Ich stelle mir vor, uns zuzusehen. Und bei diesem Gedanken seufze ich unvermittelt auf. Mit geschlossenen Augen sehe ich uns zu und konzentriere mich auf Pauls tiefes Atmen. Es erregt mich, ihn zu hören. Und wieder trifft er den wunderbaren Punkt. Mein Stöhnen hallt durch den Raum. Alles in mir kribbelt. Alles in mir brennt. Ich brenne.

„Gleich ... Paul ... gleich ..." Und dann dringt er tief in mich ein, und alles in mir spannt sich an. Alles in mir hält ihn fest. Alles in mir ist frei. Alles in mir ist glücklich ...

Emma

Leni und ich sitzen auf der Terrasse. Unsere Mutter ist noch schnell zum Einkaufen gejagt, und unser Vater ist nicht da. Er ist überall, außer zu Hause.

„Außer uns ist niemand da, oder?" Sie schüttelt den Kopf. „Schüttelst du den Kopf, weil niemand da ist, oder sollte das heißen, dass schon jemand da ist?"

„Es ist niemand da", sagt sie lächelnd. „Warum?"

„Ich brauche eine Zigarette ..."

„Du rauchst?"

„Gerade schon ..."

Ich gehe in mein Zimmer und hole eine alte Schachtel Zigaretten aus meinem Nachttisch.

Als ich wieder in den Garten komme, sitzt Leni im Schneidersitz auf der Wiese. Der kühle Schatten schmiegt sich an ihr Gesicht. Vor ihr stehen zwei Gläser gefüllt mit Eistee. Die Eiswürfel machen ein sommerliches Geräusch, als sie mir eines der beiden Gläser reicht. „Danke ..." Sie nickt, was so viel wie *gern geschehen* heißen soll.

„Kann ich auch eine haben?"

Entgeistert schaue ich sie an. „Nein."

„Warum nicht?"

„Weil du Leni bist ..."

„Was soll das denn heißen? Denkst du, ich habe noch nie eine Zigarette geraucht?"

„Ja, wenn ich ehrlich bin, dachte ich das ..."

„Und? Kann ich eine haben?"

„Nein."

„Warum?"

„Weil du immer noch Leni bist."

„Ach komm, Emma ..."

„Wenn Mama zurückkommt und dich mit einer Zigarette sieht, wird sie mich eiskalt ermorden und es wie einen Unfall aussehen lassen."

Leni lacht. „Kann ich dann wenigstens einmal ziehen?" Ich zünde mir die Zigarette an, dann nehme ich einen Schluck Eistee. Und nach einigem Zögern reiche ich ihr die Zigarette.

„Das schwarze Schaf hat dem Lämmchen Drogen gegeben."

„Ich bin kein Lämmchen ..."

„Na, da hast du dich aber gut getarnt", lache ich.

„Und du bist nicht das schwarze Schaf ... jedenfalls nicht für mich ..." Sie zieht an der Zigarette und streckt sie mir wieder entgegen. Schweigend sitzen wir da. Dann plötzlich fragt Leni: „Bist du eigentlich traurig wegen Clemens?"

„Wegen Clemens?", frage ich erstaunt.

„Ja, ich meine wegen der Sache mit Ella ..."

„Der Sache? Du meinst ihre kleine Nummer auf dem schrecklich gefliesten Klo?" Sie grinst und nickt. „Nein ... nicht wirklich."

„Ehrlich nicht?"

„Nein ..." Ich ziehe an der Zigarette. „Weißt du, ich habe Stefan geschrieben."

Sie setzt sich auf. „Ehrlich? Wann?"

„Vor ein paar Wochen ..."

„Und?"

„Was und?"

„Ja, hat er geantwortet?"

„Ja, hat er ... und es war ein schöner Brief ..."

„Kommt er wieder?"

„Ja ..."

„Und werdet ihr euch dann sehen?" Ich nicke. „Liebst du ihn eigentlich noch?" Sie streckt mir die Hand entgegen, und ich reiche ihr die Zigarette.

„Ich weiß es nicht. Ich weiß nur, ich habe fast jedes Mal an Stefan gedacht, wenn ich mit Clemens geschlafen habe ..."

„Verstehe ..."

„Und was ist mit dir?"

„Was soll sein?" Sie zieht an der Zigarette.

Und in dem Moment, als ich sie fragen will, ob es jemanden gibt, der ihr wichtig ist oder der ihr gefällt, steht unsere Mutter in der Tür und starrt mich ungläubig an. Es ist ein fassungsloser Blick. Und ich weiß, was sie denkt. Die böse Emma verleitet ihr kleines Blümchen zum Rauchen. Die böse, böse Emma. Ich sehe es ihr an.

„Das kann doch wohl nicht dein Ernst sein, Emma!" Ich wusste es. „Leni, geh in dein Zimmer, ich muss mit Emma reden." Doch Leni steht nicht auf. „Hast du nicht gehört, Liebes, geh bitte in dein Zimmer ..."

Aber Leni steht nicht auf. Sie bleibt neben mir sitzen. „Wieso musst du bitte mit Emma reden, wenn ich rauche?"

„Also, was ich sehe, bist du mit einer Zigarette in der Hand, und da diese Zigarette unmöglich von dir sein kann, und wir alle wissen, was Emma für einen Einfluss haben kann ..." Aber weiter kommt sie nicht.

„Wie du schon ganz richtig bemerkt hast, halte *ich* die Zigarette in der Hand, und Emma hat sie mir nicht mit Sekundenkleber gegen meinen Willen zwischen meine Finger geklebt, sondern ich halte sie freiwillig. Außerdem ist es ziemlich verletzend für Emma, wenn du mich *Liebes* nennst, obwohl ich diejenige bin, die Ärger bekommen sollte."

„Aber Leni ..."

„Ich war noch nicht fertig, Mama." Mit jedem Satz respektiere und bewundere ich sie mehr. „Denkst du, das ist meine erste Zigarette? Denkst du, dass ich nie etwas Schlechtes tue, nur, weil ich gerne lese?" Meine Mutter schweigt. „Du denkst wahrscheinlich auch, ich bin noch Jungfrau ... Du kennst mich gar nicht."

„Du bist keine Jungfrau mehr?", fragt meine Mutter schockiert. Und ich muss zugeben, auch ich bin schockiert.

„Nein, Mama, bin ich nicht ... und ich rauche ab und zu ... und ich habe auf einer Party sogar schon mal an einem Joint gezogen ... Was sagst du jetzt?" Sie sagt gar nichts mehr. „Merkst du überhaupt, wie unfair du zu Emma bist?"

Sie schaut mich an. „Ich ... also, ich ..." Ihre Stimme zittert.

„Du gibst ihr das Gefühl, dumm zu sein. Du gibst ihr das Gefühl, nicht liebenswert zu sein ... wenn du sie kennen würdest, dann wüsstest du, dass sie einen tollen Humor hat und dass sie kein bisschen dumm ist ... Und außerdem wüsstest du, dass ich sie *anbetteln* musste, mir überhaupt einen Zug von der Zigarette zu geben ... Und zwar genau deswegen. Weil sie wusste, dass du auf sie losgehen würdest." Meine Mutter sagt nichts. Leni nimmt die Zigarette in den Mund und zieht genüsslich und lang daran. Und während sie das tut, schaut sie ihr fest in die Augen. „Mama, wir sind nicht perfekt ... ich rauche manchmal eine Zigarette ... Komm drüber weg ..." Und dann dreht sich meine Mutter ohne ein Wort um und verschwindet im Wohnzimmer.

Lili

„Das kannst du doch unmöglich genauso gesehen haben", entgegne ich.

„Warum nicht?"

„Na, weil ich dich ja wohl nie als großen Bruder gesehen habe."

„Und woher sollte ich das wissen?", fragt er kopfschüttelnd. „Ich hätte nie gedacht, dass du mehr in mir siehst als Emmas großen Bruder."

„Ach komm", sage ich sichtlich irritiert. „Ich dachte, ich wäre ziemlich offensichtlich."

„Ich dachte, das wäre ich auch gewesen."

„Nein, das warst du nicht."

„Du auch nicht ..." Eine ganze Weile schweigen wir. Dann robbe ich mich zu ihm und kuschle mich mit geschlossenen Augen an seinen Oberkörper. Als plötzlich das Radio angeht, erschrecke ich mich fast zu Tode, was Elias unheimlich amüsiert. Schallend lachend windet er sich auf dem Bett. „Tut mir leid, Kleines ...", sagt er prustend, „ich habe vorhin den Timer gestellt um zu probieren, ob er funktioniert."

„Na, ganz offensichtlich tut er das ...", sage ich leicht verstört. Mein Herz schlägt mir bis zum Hals, so als hätte man mich gerade bei etwas ertappt. „Ich hatte nur fast einen Herzinfarkt wegen deinem blöden Timer, aber Hauptsache, du hattest was zu lachen ..." Er hört auf zu lachen und legt seine Hand auf meine Brust. Er schaut mich an. Der eben noch alberne Moment verschwindet, als Elias mir tief in die Augen sieht und seine Hand langsam unter meinem Oberteil verschwindet. Ich schließe die Augen. Seine Fingerspitzen sind wie kleine Elektroden, die elektrische Ladungen an meine Haut abgeben.

„Lass die Augen zu ... ich bin sofort zurück ..." Nachdem er das sagt, zieht er vorsichtig seine Hand wieder hervor, und ich höre, wie er das Zimmer verlässt. Ich spüre meinen Puls überall, fühle, wie sich unzählige kleine Härchen an meinem Körper aufrichten. Dann höre ich näher kommende Schritte. Sein Körper beschwert die Matratze. „Setz dich auf, aber lass die Augen zu ..." Er verbindet meine Augen mit einem blickdichten Tuch. Langsam zieht er mich aus. Erst mein Oberteil und den BH, dann drückt er mich sanft in die Kissen zurück. Die Wärme seiner Hände gleitet zu meinen Füßen. Er zieht mir die Socken aus und zuletzt die Jeans. Nackt und blind liege ich vor ihm. „Vertraust du mir?", fragt er leise.

„Ich vertraue dir", antworte ich. Es ist weniger als ein Flüstern, so als würden zu laut ausgesprochene Worte diese gespannte Atmosphäre vertreiben. Ich spüre, wie Elias erst meine Fußgelenke an die Bettpfosten fesselt und dann einen festen Knoten um meine Handgelenke schnürt. Jede noch so kleine Berührung durchfährt meinen gesamten Körper. Er gleitet mit den Fingerspitzen über meine Haut. Mit gespreizten Beinen liege ich ausgestreckt da, vollkommen entblößt, absolut entspannt, voll innerer Spannung. Ich spüre seine Blicke auf meinen Konturen, seine Erregung, seinen Körper. Ich höre, wie er seinen Gürtel öffnet und seine Hose zu Boden fällt. Und auch, wenn ich ihn nicht sehen kann, so weiß ich, dass er nackt ist. Die Matratze biegt sich, als er sich ans Bettende setzt. Mit den Fingerspitzen tastet er sich von meinen Fußgelenken langsam nach oben. Ein eisiger Schauer läuft über meinen Rücken. Als er an meinen Knien ankommt, atme ich tiefer. Er malt kleine Muster auf meine Haut. Dann verschwindet sein Kopf zwischen meinen Beinen. Die winzig kleinen Bewegungen seiner Zunge werden fester und mein Atem schneller. Mit seinen Händen umfasst er meine Hüfte. Ich bäume mich auf unter der Lust, vergesse all meine Hemmungen. Seine rechte Hand wandert von meiner Hüfte zwischen meine Beine, und langsam, betont langsam dringt er mit seinen Fingern in mich ein. Noch nie habe ich so empfunden. Noch nie habe ich meinen Körper so deutlich wahrgenommen. Lust durchströmt mich. Ich spüre, dass ich jeden Moment kommen werde, und ich versuche es hinauszuzögern, den Augenblick festzuhalten.

Ich kann nicht sagen, ob ich stöhne, ich weiß nicht einmal, ob ich noch atme. Vielleicht schreie ich, vielleicht gebe ich keinen Laut von mir. Doch jede Zelle meines Köpers genießt den Moment. Die Triebe haben übernommen. Ich bewege mein Becken, fast schon gegen meinen Willen. Sich in Beherrschung zu versuchen, ist zwecklos. Und im Bruchteil einer Sekunde löst sich die Spannung. Ich höre mich aufstöhnen, höre mich kommen. Spüre wie niemals vorher das Pulsieren zwischen meinen Beinen. Bin erlöst worden, von Schmerzen, die ich am liebsten für immer ertragen hätte. Dieser klitzekleine Moment. Schrecklich schönes Verlangen nach Erlösung, und gleichzeitig der Wunsch, dass es niemals endet ... Dann hält er inne. Langsam gleitet er zu mir hoch. Seine Haut streift über meine. Er küsst mich, und er schmeckt ungewohnt, aber nicht abstoßend. Seine Fingerkuppen fühlen sich an wie warme, kleine Regentropfen, die auf meine Haut trommeln. Meine Muskeln ziehen sich wieder zusammen. Das Verlangen nach ihm erwacht, wie ein kleines, unersättliches Monster, das mehr will. Und dann der erlösende Moment, als er in mich eindringt. Die Intensität ist unbeschreiblich. Ganz langsam bewegt er sich in mir. Ich spüre, dass es ihn Kraft kostet, sich so langsam zu bewegen. Ganz tief dringt er in mich ein. Und zum ersten Mal verstehe ich, warum man es Verschmelzung nennt. Mein Körper nimmt einen Teil seines Körpers in sich auf. In Gedanken sehe ich seinen Rücken und seinen Hintern, seine sehnigen Arme, die sich neben meinem Kopf abstützen. Mein Atem wird schneller, und mit meinem Atem seine Bewegung. Ich bebe, zittere überall. Ich höre nur unser Stöhnen und unsere Körper. Bestehe nur noch aus Zellen; abertausend kleiner Zellen, die wie wild durch meine Adern strömen. Elias' Körper zuckt. Gleich wird er kommen. Und bei dem Gedanken, wie er in mir kommt, verschwindet alles um mich herum.

Emma

Das Telefon klingelt. Und weil ich gehört habe, wie meine Mutter theatralisch die Türe hinter sich zugeworfen hat, stehe ich auf und gehe dran.

„Altmann ..."

„Emma?" Das kann nicht sein. Unmöglich. „Hallo? Emma? Bist du das?"

„Stefan?"

„Ja ... wie geht es dir?"

„Ähm, gut. Und ... und dir?" Ich stottere. Na toll.

„Auch gut ... Ich hatte doch gesagt, ich melde mich, wenn ich wieder in München bin ..."

„Du, du bist wieder hier? Hier in München?"

Er lacht. „Ja, ich bin bei einem Freund."

„Ah ... schön ..."

„Hast du heute noch was vor?"

„Ich?" Ja, wer denn sonst ...?!

„Ja, du ..."

„Also, nein, ich also, ich habe Zeit ..."

„Was hältst du davon, wenn wir uns in eineinhalb Stunden auf 'nen Cocktail im *Corretto* treffen? Das gibt's doch noch, oder?"

„Ja, das gibt es noch."

„Und, was meinst du? In eineinhalb Stunden dort?"

„Das hört sich doch klasse an ..." Was rede ich denn da bloß für einen Mist zusammen. Das hört sich klasse an??

„Schön, dann treffen wir uns dort. Der, der zuerst da ist, sucht einen schönen Tisch aus, okay?"

Kurz und bündig, Emma. Antworte einfach kurz und bündig. „Perfekt ..."

„Freut mich. Also dann, bis später!"

„Ja, bis dann ..."

Fassungslos halte ich den Hörer noch immer an mein Ohr gepresst. Es ertönt schon das Besetztzeichen. Ich schaue auf die weiße Wand. Na ja, eigentlich schaue ich durch sie hindurch. Er hat angerufen. Seine Stimme zu hören, ist fast wie ein Tagtraum. Er hat eine sanfte, warme Stimme. Er hat eine schöne Stimme. Ich habe ihm schon immer gerne zugehört, wenn er etwas erzählt hat. Es gibt solche und solche Stimmen. Und Stefan hat eine von diesen ganz besonderen Stimmen. Ich muss mich umziehen. Wie in Trance gehe ich die Treppen hoch. Der muss mich für komplett bescheuert halten, nach dem ganzen Müll, den ich von mir gegeben habe. Erst stottere ich, dann sage ich *das ist doch klasse* und dann ... ach was soll's? Ich werde mich jetzt umziehen und sehen, was der Abend so bringt. Und auch wenn ich entspannt tue, in mir ist nichts entspannt. Nicht einmal meine Augenlider.

Ich schaue an mir runter und frage mich, was ich anziehen soll, aber dann wird mir klar, dass ich mich für Stefan nicht verstellen muss. Ich hatte dieses Gefühl fast schon vergessen. Das Gefühl, dass es jemandem tatsächlich um meine inneren Werte geht, nicht um meinen Arsch.

Ich bleibe so, wie ich bin. Zumindest in Sachen Kleidung. Dann gehe ich ins Bad und schminke mich. Noch zwei Spritzer Parfum und ein paar Tropfen meines Duftöls auf den Hals und die Innenseite meiner Handgelenke. Fertig. Ich schaue in den Spiegel, und ich finde mich schön. Ich sehe aus wie Emma, und genauso möchte ich aussehen, wenn ich Stefan wiedersehe.

Lili

Ich sitze auf dem Klo und schaue mich um. Es ist dunkel, doch vom Flur spiegeln sich die Reflektionen der Lampen in den weißen Fliesen. So also fühlt sich Erfüllung an. Irgendwie empfinde ich den Gedanken als seltsam, dass Elias' DNS gerade in die Kloschüssel unter mir tropft. Und ich muss lächeln.

Dieses kleine Lächeln ist so schnell verschwunden, wie es entstanden ist. Es wird erstickt von der plötzlichen Erkenntnis, dass da gar nichts aus mir heraustropfen sollte. Dieses Mal hat der Griff in die oberste Schublade gefehlt, weil die oberste Schublade mitsamt Nachtkästchen noch nicht an ihren Platz gefunden hat. Dieses Mal haben wir kein Kondom benutzt. Es ist einfach über uns gekommen, einfach geschehen. Ganz plötzlich wird mir übel. Das Gefühl der Erfüllung von eben scheint Jahre her zu sein. Ich spüle und gehe zurück ins Schlafzimmer. Ich brauche keinen Spiegel um zu wissen, dass ich kreidebleich bin. Wie konnte das bloß passieren ...

Elias stützt den Kopf in seine Hände. Mein Puls rast. Ich weiß nicht, was ich mir erwartet hatte ... Elias ist vierundzwanzig Jahre alt, und wir sind noch nicht lange zusammen. Dann frage ich mich plötzlich, was er tun würde, wenn ich tatsächlich schwanger wäre. Und dann denke ich, dass ich mich so was gar nicht fragen darf. Die Stille zwischen uns ist wie dichter Nebel, so als wäre mit dieser Nachricht ein pyroklastischer Strom über unsere innige Zweisamkeit hereingebrochen. Mit brachialer Kraft walzt sich die Angst über mich, dass Elias sich gerade fragt, ob all das mit uns vielleicht doch ein gewaltiger Fehler ist. Dann schaut er hoch.

„Was denkst du?", frage ich leise. Meine Stimme klingt klein und vibriert, und meine Frage hat den Anklang, als stellte sie ein schüchternes Mädchen.

Er sieht mir direkt in die Augen. Was soll ich sagen", antwortet er nach einer kleinen Pause.

„Das, was du denkst ..."

„Die Wahrheit?", fragt er vorsichtig. Das klingt nicht gut. Es klingt vielmehr so schlecht, dass mir Tränen in die Augen steigen. Ich nicke. „Offengestanden weiß ich grad nicht so recht, was ich denken soll", fängt er an. Erwartungsvoll schaue ich ihn an und schweige. „Ich meine, du bist erst achtzehn ..." Jetzt wird er es sagen. Gleich wird er genau das sagen, was ich nicht hören will. Ich schließe die Augen. Vor ein paar Minuten haben wir noch miteinander geschlafen, ohne an die Folgen zu denken. Es gab nur den Moment, nur uns beide und unsere Liebe. Oder war es Lust? Oder beides? Was es auch war, es ist weg, und anstelle des warmen, wohligen Gefühls der Vertrautheit weht nun ein eisiger Wind zwischen unseren Körpern hindurch. Mit angezogenen Knien sitze ich zusammengekauert auf den Kopfkissen, er wie ein gebrochener Mann am Fußende des Bettes. Die Schnüre, die eben noch meine Fesseln an den Pfosten gehalten haben, baumeln Richtung Boden. „Ich meine, was machen wir, wenn tatsächlich etwas passiert ist?", fragt er dann, und er kann seine Angst nicht verbergen.

„Keine Ahnung", antworte ich.

„Ja, das ist ja das Problem ... Ich nämlich auch nicht." Ich weiß nicht warum, aber ich bin unsagbar enttäuscht. Vielleicht bin ich ja naiv gewesen, aber ich hätte nie gedacht, dass mein Traummann so reagieren könnte. Ich habe das schließlich auch nicht geplant. Und ich wünsche mir mit Sicherheit kein Kind, und trotzdem hätte ich mir etwas anderes erwartet. Vögeln können sie alle wie die Weltmeister, aber wenn dann was schiefgeht, dann sind sie plötzlich keine Männer mehr. Jeder Vierzehnjährige ist imstande, eine Erektion zu bekommen, das ist keine Kunst ... Ich stehe auf, ohne ein Wort zu sagen, und gehe ins Wohnzimmer. Es ist dunkel, und ich zünde zwei Kerzen an, die ich vorhin auf den Tisch gestellt habe. Männer kaufen ein Haus, Frauen machen ein Heim. Im Schein der Kerzen rauche ich eine Zigarette. Völlig allein mit meinen Gedanken, wird mir plötzlich klar, dass ich im Augenblick nur zwei Möglichkeiten habe. Entweder warte ich ab und schaue, was passiert, oder ich mache mich auf den Weg in eine Klinik und lasse mir die Pille danach verschreiben. Egal, was ich tue, ich muss mich entscheiden, denn letztlich bin ich die, die sich nicht drücken kann. Elias könnte das. Ich nicht. Ich schaue an mir herunter. Es ist ein seltsamer Gedanke, dass mein Körper die Fähigkeit besitzt, Kinder zur Welt zu bringen. Leben zu schenken. Aber ich bin zu jung. Viel zu jung. Und auch wenn mein Körper diese Gabe hat, so habe ich weder die Nerven noch die Geduld, Mutter zu sein. Im Schein der Kerzen schlängelt sich der Rauch der Zigarette in grazilen, tänzelnden Bewegungen zur Zimmerdecke. Die Entscheidung ist eigentlich klar.

Marie

Ich liege auf Pauls Schoß, und wir schauen einen Film. Das haben wir schon unzählige Male getan, aber noch nie als Paar. Ich freue mich schon jetzt auf die Diskussion, die wir nach dem Film haben werden. Denn Paul und ich, wir schauen nicht nur Filme, wir reden sie tot. Und ich liebe das. Vor allem, weil wir uns verstehen. Wir versuchen nicht, den jeweils anderen mit unserer Meinung zu überfahren, wir sehen beide Seiten. Und das ist selten. Das kann man nicht mit jedem.

Da liege ich also auf seinem Schoß und freue mich, da vibriert es unter meinem Kopf. „Warte, ich muss kurz an mein Handy ran ..." Er hebt meinen Kopf und kruscht in seiner Hosentasche. Wie man so lange brauchen kann, um ein Handy aus einer doch verhältnismäßig kleinen Tasche zu holen, ist mir ein Rätsel. Dann endlich, ein Zeitalter später, hat er es geschafft, und ich kann meine Nackenmuskeln wieder entspannen. Er drückt Pause und geht ran. „Hallo? ... Ähm ... Zu Hause ... Nein, es passt nicht ... Nein ... Ja, Marie ist bei mir ..."

„Wer ist das?", frage ich genervt. Anstatt zu antworten, macht Paul eine blöde Handbewegung, die wohl so etwas heißen soll, wie *gedulde dich*. Und ich gedulde mich. Vorerst.

„Nein ... nein, ich meide dich nicht ... bitte, das ist doch lächerlich ..." Und dann dämmert es mir. Ich denke, ich weiß, wer da am anderen Ende ist. Helene. Wer sollte sich sonst gemieden fühlen?

„Ist das *sie*?", zische ich. Und wieder macht er die blöde Handbewegung. Doch dieses Mal haue ich ihm auf den Handrücken.

„Jetzt hör doch auf. Wenn du es so erfahren willst ... ja ... Ja, ich bin mit ihr zusammen ..." Mensch, leg doch einfach auf. Ich stehe auf und gehe in die Küche. Das wird wohl nichts mit unserer Filmdiskussion. Da musste Helene dazwischenpfuschen. Blöde Kuh. „Nein, ich sehe das nicht so ... nein ... ja ganz einfach, weil ich das nicht so sehe ... nein, ich habe dir keine Hoffnungen gemacht ... und wenn, dann tut es mir leid ..." Und dann fange ich an, mich zu fragen, warum er sich so rechtfertigt. Und warum er mich warten lässt. Und das wegen ihr. Und ich frage mich, warum er einen Streit mit mir riskiert? Er kennt mich. Und er sollte wissen, dass es mir nicht gefallen wird, Ewigkeiten rumzusitzen und zu warten, bis er sein Telefonat mit

Helene beendet hat. Ich spüre die neue Marie in mir erwachen. Die eifersüchtige-Furien-Marie.

Und dann wird mir klar, an was mich dieses Gespräch erinnert. Es ist wie ein Streitgespräch zwischen einem Paar. Zugegeben, zwischen einem unglücklichen Paar, aber einem Paar. Und die beiden sollten nicht so klingen wie ein Paar. Auch nicht wie ein unglückliches. „Jetzt hör doch auf ... nein, ich will dich nicht verletzen ... warum sollte ich so was wollen?"

Ich stecke meinen Kopf ins Wohnzimmer. „Paul?"

„Warte mal eine Sekunde ..." Dann dreht er sich zu mir. „Was ist denn?" Niemals zuvor hat Paul mich so angeschnauzt. Zumindest nicht ohne Grund.

Fassungslos starre ich ihn an. Dann wende ich mich ab, hole meine Sachen aus seinem Zimmer und verlasse wortlos die Wohnung. Und wenn er keine gute Erklärung für dieses Verhalten hat, dann auch gleich ihn.

Lili

Im Flur knarzt der Parkettboden unter Elias' Schritten. „Lili?" Seine Stimme klingt beschämt.

„Ich bin im Wohnzimmer ..." Er schiebt die Tür auf und setzt sich zu mir an den Tisch. Lange sagen wir beide kein Wort.

„Es tut mir leid.", flüstert er schließlich.

„Was genau tut dir leid?", frage ich kalt.

„Ich habe mich daneben benommen ... Ich liebe dich, und ich wollte dir mit meiner Reaktion nicht wehtun, wir sind aber einfach beide so jung." Er schaut mich an. „Verstehst du mich?"

„Ich möchte mir die Pille danach verschreiben lassen, und ich möchte, dass du mich zur Klinik bringst." Ich bin selbst überrascht über meinen sachlichen Tonfall. Elias Blick zu deuten, ist nicht einfach. In seinen dunklen Augen vermischen sich Erleichterung und Fassungslosigkeit.

„Bist du dir da sicher?"

„Was schlägst du denn vor?", frage ich zurück. „Einfach warten und schauen, was passiert?" Er schüttelt den Kopf. „Ich hatte meine Tage vor fast zwei Wochen, das heißt, ich bin in der Mitte meines Zyklus. Ich denke, ich brauche dir nicht zu erklären, was das heißt ..."

„Ich liebe dich ... Das weißt du, oder?"

Ich weiche seinem Blick aus. Weiß ich das? Dann schaue ich in seine tiefbraunen Augen. „Lass uns fahren."

Emma

Der Wind pfeift mir um die Ohren, es ist dunkel. Doch es ist nicht pechschwarze Nacht, denn es ist Sommer. Ich will früher da sein als Stefan. Ich will nicht die sein, die ihn suchen muss, ich will die sein, die entspannt an einem schönen Tisch sitzt und gefunden wird. Nicht, dass das *Corretto* so groß wäre, aber wenn es voll ist, findet man sich nicht immer gleich. Wir waren früher oft dort. Jetzt nicht mehr. Das liegt zum einen sicher daran, dass Stefan nach Kanada gezogen ist, Lili eine Beziehung hat, und ich nicht alleine gehen würde, zum anderen sind die Kellner dort unfreundlich. Das waren sie nicht immer. Anfangs waren sie aufmerksam und schnell. Jetzt sind die meisten unhöflich und schauen einen grimmig an, wenn man für den miserablen Service, den sie einem bieten, kein exorbitantes Trinkgeld springen lässt.

Ich biege in die Heerstraße ein. Mein Fahrrad macht bei jeder Rechtskurve knackende Geräusche. Solange es nicht auseinanderfällt, soll es das ruhig tun. Marie mag diese Straße nicht. Und das nicht wegen der Straße an sich, sondern weil hier die Person gewohnt hat, die ihr die Grundschulzeit zur Hölle gemacht hat. Immer wenn ich hier durchfahre, denke ich an Marie. Und ich frage mich, warum ein Kind ein anderes so behandelt. Marie hat ihr sicher nie etwas getan. Was geht in einem Kind vor, das sich selbst so sehr hasst, dass es andere Kinder klein machen muss, um sich selbst größer zu fühlen? Marie hat einmal gesagt, sie sei inzwischen davon überzeugt, dass es nichts mit ihr zu tun gehabt hätte. Manche Kinder quälen Tiere, andere eben Kinder.

Ich kenne dieses Miststück nicht persönlich. Aber Marie hat gehört, dass sie vorhat, Medizin zu studieren. Vielleicht ist das die Lösung. Wenn man selbst kein Herz hat, setzt man anderen eines ein. Man ist ein Halbgott in Weiß. Man bekommt endlich die Anerkennung und den Respekt gezollt, den man braucht, um die eigenen Minderwertigkeitskomplexe endlich zum Schweigen zu bringen.

Wenn ich einmal operiert werden muss, hoffe ich, dass ich nicht an einen solchen Arzt gerate, sondern an einen, der ein Herz hat. An einen, der durch diesen Beruf nicht sein Ego stärken, sondern anderen helfen will.

Ich biege in die Waldhornstraße ein, vorbei an der Kirche und der Grundschule. Und dann sehe ich schon die Terrasse des Restaurants. Kleine orange-rot-gelbe Flecken schweben in der Nacht. Die Fackeln verströmen ein warmes, weiches Licht. Ich stelle mein Rad ab und wickle das lange Schloss um den Rahmen und ein Verkehrsschild, dann schlendere ich die letzten Meter zum Eingang.

Und ich bin nicht nervös. Ich bin entspannt und fühle mich erfrischt. So als hätte ich gerade in einem kühlen See gebadet. Ich steige die Steinstufen hinauf und schaue mich zwischen den Menschen, die schon lachend und essend und trinkend und redend im Schein der Fackeln sitzen, nach einem schönen Tisch um. Und dann, als ich mich gerade zu einem der wenigen freien Tische schlagen will, sehe ich Stefan. Wie eine Fata Morgana. Und ich bin mir sicher, wenn ich näher komme, wird er immer durchsichtiger werden, und wenn ich an diesem Tisch ankomme, wird er nicht mehr da sein.

Er lächelt mich an. Noch ist er nicht durchsichtig. Und auch als ich näher komme, verliert seine Silhouette nicht an Schärfe. Nach so langer Zeit sehe ich ihn zum ersten Mal wieder. Und er ist keine Fantasie. Er ist real.

Er steht auf und breitet seine Arme aus. In diesen Armen bin ich unzählige Male eingeschlafen. Ich habe mich in ihnen sicher gefühlt. Sicher und geliebt. „Emma ..." Wir stehen einander gegenüber. Dann kommt er einen Schritt auf mich zu und nimmt mich in die Arme.

Lange stehen wir so da. Mein Gesicht an seiner Brust, seine Arme an meinem Rücken. Unsere Wärme vermischt sich. Und zum ersten Mal seit Langem rieche ich seinen Duft. Er riecht genauso wie früher. Meine Augen sind geschlossen, ich inhaliere nur diesen Duft und genieße es, dass mein Körper sich an seinen schmiegt.

Und dann setzen wir uns. Wortlos. Wir schauen einander nur an. Und unsere Blicke scheinen sich zu unterhalten. Sie sagen Dinge wie, *schön dich zu sehen*, oder *du hast mir gefehlt*, oder *du siehst einfach umwerfend aus*, oder *es tut gut, dich zu sehen*.

„Du riechst gut ..." Seine Stimme klingt nicht mehr so sicher wie vorhin am Telefon.

„Danke." Ich frage mich, ob er dieses Parfum immer getragen hat. Denn ich muss zugeben, dass ich das Parfum, das ich heute trage, seit einer Ewigkeit nicht mehr verwendet habe. Ich trage es seinetwegen. Er liebte diesen Duft.
„Du auch ... so vertraut." Er holt gerade Luft, da taucht

einer von diesen unsensiblen Kellnern auf. Ob wir denn bestellen wollen. „Also, ich nehme einen Erdbeershake ..."

„Und ich hätte gern ein Cola-Weizen ..." Der unsensible Kellner nickt kurz und verschwindet dann in dem Meer aus Tischen.

„Wie geht es dir?" Ich fange mit den Fragen an, weil ich nicht weiß, was ich ihm antworten soll, wenn er mich etwas fragt.

„Es geht mir eigentlich ziemlich gut ... ich suche nach einer Wohnung ..."

„In München?", frage ich erstaunt.

„Ja, in München."

„Und wo? Ich meine, in der Stadt oder eher weiter draußen?" Ich frage mich, warum ich ihm nichts von der Wohnung in Elias' Haus erzähle. Aber irgendetwas hält mich davon ab.

„Möglichst nah an der Uni ..."

„Willst du immer noch Meeresbiologie studieren?"

Er nickt. „Und was willst du machen?"

„Ich weiß nicht ... Ich habe nie zu den Menschen gehört, die schon im Kindergarten wussten, was sie einmal machen wollen ... Leider."

„Aber du hast doch noch Zeit ..."

„Was denkst du, würde zu mir passen?"

„Das ist schwer zu sagen, weil ich dich lange nicht gesehen habe, aber ich finde, dir könnte vielleicht Kunstgeschichte gefallen."

„Und was macht man mit Kunstgeschichte?"

Er lacht. „Da gibt es viele interessante Tätigkeiten ..."

„Und welche?"

Ich höre ihm aufmerksam zu, wie er versucht, mir Kunstgeschichte zu verkaufen. So was kann er gut. Er ist ein sehr überzeugender Mensch. Und trotzdem sehe ich mich nicht Kunstgeschichte studieren. Nicht in diesem Leben. Aber das behalte ich für mich.

Lili

Ich stütze mich mit den Händen auf der Klobrille ab. Der Arzt hatte recht. In machen Fällen führt die Pille danach zu schwerer Übelkeit und Erbrechen. Ich bin einer dieser Fälle. Elias hält meine Haare zurück. Immer und immer wieder muss ich mich übergeben. Vor einigen Stunden habe ich noch Elias' DNS in diese Schüssel tropfen hören, und jetzt hänge ich hier und würge alles aus mir heraus. Um mich ist alles unscharf, und meine Arme zittern unter meinem Gewicht. Tränen der Anstrengung laufen über meine Wangen.

Es ist mir unangenehm, dass Elias mich so sieht, aber gleichzeitig gibt mir seine Nähe Sicherheit. So wie damals, als meine Mutter hinter mir stand, wenn es mir schlecht ging. Nun ist er es, der mir Worte der Zuversicht ins Ohr flüstert und mir mit seiner Hand über den Rücken streichelt. Zwischendurch höre ich, wie er sich entschuldigt.

Zwei Stunden später hebt mich Elias dann vom kalten Fußboden auf und trägt mich ins Schlafzimmer. Zitternd und schwach liege ich in seinen Armen. In meinem Hals der saure Geschmack von Erbrochenem. Ganz sachte legt er mich ins Bett. Genauso wie damals, als wir zusammengekommen sind. Behutsam deckt er mich zu und greift nach einem Fläschchen Pfefferminzöl. Um meinen Kopf träufelt er ein paar Tropfen auf mein Kissen, steht dann auf und kommt einen Moment später mit einem kleinen Eimer wieder, der mit ein wenig Wasser gefüllt ist. Und auch in den Eimer lässt er ein bisschen von dem Öl tropfen. Das ganze Zimmer riecht nach Pfefferminze. Er steht wieder auf und schließt meinen iPod an seine Stereoanlange an. Stephen Fry's Stimme hallt durch den Raum. Dann legt sich Elias hinter mich und nimmt mich in die Arme. Langsam wird mir wieder warm. Seine Nähe, das Pfefferminzöl und CD 13 von „Harry Potter and the Half Blood Prince" beruhigen mich. Dann höre ich noch, wie Elias sagt, „Ich liebe dich, Kleines ..." und schlafe ein.

Marie

Ich gehe die Straße entlang. In Gedanken versunken. Oder auch in Unsicherheit. Warum bin ich eigentlich gegangen? Ich hätte nicht gehen sollen. Und er hätte mich nicht anschnauzen sollen. An sich hat er nichts gemacht. Bei anderen hat man immer mehr Durchblick, als wenn es um einen selbst geht. Ich weiß noch, wie ich Lili vorgeworfen habe, sie ließe sich ihr Glück nehmen. Und was tue ich? Ich bin noch schlimmer. Denn im Vergleich zu mir hatte sie einen triftigen Grund, an Elias zu zweifeln. Im Nachhinein betrachtet hatte sie recht skeptisch zu sein.

Und auch, wenn es sich nicht bewahrheitet hätte, kann ich es jetzt verstehen, dass es für sie einen Unterschied gemacht hat. Objektive Betrachtungsweisen mögen einem vielleicht helfen, eine Situation aus einem andern Blickwinkel zu sehen, aber was man subjektiv sieht, ist eben doch noch etwas völlig anderes. Und sogar, wenn man weiß, dass der objektive Betrachter vielleicht recht hat, ändert das nichts an den eigenen Gefühlen.

Was habe ich mir erwartet? Ich meine, wer legt schon einfach auf? Hätte ich denn an seiner Stelle aufgelegt? Wohl eher nicht. Und hätte er sich deswegen geärgert? Wahrscheinlich. Warum fällt es uns so schwer zu vertrauen? Warum frage ich mich, ob da noch einmal etwas zwischen ihm und Helene war? Vielleicht weil es einfach naheliegend wäre. Er war mir keine Rechenschaft schuldig. Er dachte, ich liebe Lili, und er dachte, dass diese Nacht zwischen uns eine Art Abschied war, was es ja eigentlich auch war, nur dass es dann eben doch nicht der Abschied, sondern der Anfang war. Oder eben der Abschied von Lili.

Sie hat sich wahrscheinlich in ihn verliebt. Und anscheinend war sie sich sicher, dass von seiner Seite auch Gefühle im Spiel sind. Hat sie es einfach fehlinterpretiert, oder hat er ihr Anlass dazu gegeben? Würde ich ihm vertrauen, stünde die Antwort auf diese Frage schon fest. Würde ich ihm vertrauen, wäre ich davon überzeugt, sie habe sich da etwas eingebildet oder schöngeredet. Aber da bin ich mir nicht sicher. Ich kenne Paul, und ich kann mir gut vorstellen, dass er sich vielleicht gewünscht hat, sich in sie zu verlieben. Ich könnte mir denken, dass er etwas mit ihr hatte. Und wenn das stimmt, kann ich verstehen, dass sie sich Hoffnungen gemacht hat. Vielleicht projiziere ich aber auch. Vielleicht hätte ich mich einfach so verhalten und unterstelle Paul deswegen, dass er es auch so tun würde oder getan hat. Wenn ich Pascal getroffen hätte, dann wären wir im Bett gelandet. Und ich war kurz davor, sie anzurufen. Gut, ich habe es nicht getan, aber hätte ich es ihm gesagt, wenn ich es getan hätte? Wohl eher nicht. Und das ganz einfach deswegen, weil es erstens nichts bedeutet hätte, und zweitens, weil ich nicht gewusst hätte, wann der richtige Zeitpunkt gewesen wäre. Andererseits ist Pascal etwas anderes, weil Paul weiß, dass ich nie etwas für sie empfunden habe. Und außerdem ist sie eine Frau und daher keine direkte Konkurrenz für ihn. Helene allerdings ist eine scharfe Konkurrenz für mich, und sie haben keine Vorgeschichte, wie Pascal und ich sie haben. Außerdem ist es ja nicht so, als ob deren Gartenhüttensex schon Jahre zurückliegt. Es ist erst vor einigen Wochen passiert. Und Paul ist sonst so gar nicht der Typ für schnelle Nummern in fremden Gartenhäuschen. Oder vielleicht ist er es doch, und ich weiß es nur nicht?

Kurz spiele ich mit dem Gedanken, Lili anzurufen, doch dann verwerfe ich diese Idee, weil ich weiß, was sie sagen würde, und ich habe keine Lust denselben Vortrag gehalten zu bekommen wie den, den ich ihr gehalten habe.

Ich bleibe stehen. Wo will ich überhaupt hin? Ziellos durch die Nacht zu rennen, ist doch total idiotisch. Ich sollte nach Hause fahren. Ich sollte Paul anrufen. Nein, das ist nicht gut. Er soll mich anrufen. Ich meine, er hat mit mir geredet, als wäre ich ihm lästig. Und ich rufe keine Menschen an, die mich so behandeln. Und zugegeben, es bringt einen nicht zwangsläufig weiter, wenn man übertrieben stolz reagiert, aber so ein bisschen Stolz hat noch keinem geschadet.

Ich gehe in Richtung Bushaltestelle, als plötzlich mein Handy klingelt. Es ist Paul. Und ich weiß nicht, ob ich mit ihm reden will. Was ich nämlich weiß, ist, dass ich keine Lust habe, mir Eifersucht vorwerfen zu lassen. Und ich habe auch keine Lust, mich zu rechtfertigen. Ich habe auch keinen Grund dazu. Aber vielleicht will er mir gar nichts vorwerfen. Vielleicht will er sich entschuldigen. Und das werde ich nur wissen, wenn ich rangehe.

„Ja?"

„Marie?"

„Was willst du?"

„Wissen, wo du bist."

„Weg."

„Ja, das ist mir auch aufgefallen, aber wo?"

„Ich bin gleich am Bus ..."

„Du fährst nach Hause?"

„Sieht so aus ..." Also, wenn er nicht gleich mit einer Entschuldigung kommt, lege ich auf.

„Ich dachte, wir schauen noch einen Film ..."

„Ach? Einen Film ..."

„Was ist denn los?"

„Wenn dir nicht einmal klar ist, was los ist, dann sollten wir aufhören zu telefonieren."

„Was kann ich dafür, dass sie mich angerufen hat?"

„Du kannst nichts dafür, dass sie dich angerufen hat."

„Warum bist du dann so sauer?"

„Du kannst zwar nichts dafür, dass sie dich angerufen hat, aber du kannst sehr wohl etwas dafür, wie lange du mich hast warten lassen, und du kannst sehr wohl etwas dafür, dass du mich so schwach angeredet hast ... Oder war das auch ihre Schuld?"

„Hör mal, ich war am Telefon ... und immer wieder bringst du Kommentare, die es nicht einfacher gemacht haben, außerdem war das nicht so lange ..."

„Wir haben ganz offensichtlich ein ziemlich unterschiedliches Zeitempfinden ..."

„Anscheinend ..."

„War das dann alles?", frage ich spitz.

„Nein ...", antwortet er nüchtern.

„Was gibt es denn noch?"

„Ich will nicht mit dir streiten ..."

„Zu dumm."

„Marie, komm doch wieder her und lass uns reden."

„Worüber?"

„Die Situation ..."

„Gibt es da etwas Bestimmtes, das du mir noch nicht gesagt hast?", ignoriere ich seinen Vorschlag.

„Wie zum Beispiel?"

„Hat Helene deine Gefühle einfach falsch eingeschätzt, oder hast du ihr Anlass dazu gegeben zu denken, dass du mehr für sie empfindest?"

„Was willst du eigentlich wissen? Ich meine, auf was genau spielst du an?"

„Ich meine die Frage ganz genau so, wie ich sie gestellt habe ..."

„Du willst wissen, ob nach der Gartenhütte noch etwas zwischen uns war?"

„Ja, das will ich ..." Mein Herz rast, und ich weiß nicht, ob ich es wirklich wissen will. Ich weiß nicht, ob ich hören will, dass da noch etwas war. Aber ich bin mir sicher, dass da noch was gelaufen ist. Er schweigt. Und auf einmal bin ich mir sicher, dass ich es wissen will. „Sag es ..."

„Marie, was spielt das noch für eine Rolle?"

„Du hast noch einmal mit ihr geschlafen, richtig?" Keine Antwort. „Oder vielleicht war es ja nicht nur einmal. Vielleicht hast du ja die Chance gleich mehrfach genutzt?"

„Es war nur einmal ..."

Abrupt bleibe ich stehen. „Was?!"

„Ich will dich nicht belügen ..."

Eine Weile sage ich nichts. „War es Lust oder Verzweiflung?"

„Können wir nicht persönlich darüber reden ..."

„Wir reden doch persönlich."

„Ich meine ..."

„Ich weiß, was du meinst", unterbreche ich ihn. „Ich weiß allerdings nicht, ob ich mich nicht übergeben muss, wenn ich dich sehe."

„Marie ..."

„Was?"

„Ich liebe sie nicht ..."

„Na und?"

„Ich liebe dich ... und das seit Jahren."

„Damit kannst jetzt auch nicht punkten, Paul. Du hast sie gevögelt."

„Ja, weil ich dachte ..."

„Beruhigend zu wissen, dass da überhaupt noch was passiert in deinem kümmerlichen, kleinen Hirn."

„Marie ..."

„Sag nicht ständig meinen Namen ... Was soll das?"

„Es tut mir leid ..."

„Ja, mir tut es auch leid."

„Marie, es tut mir wirklich leid ... Ich habe einen Fehler gemacht, aber ich habe das nur getan, weil ..."

„Du hast es getan. Punkt." Und in diesem Augenblick schießt mir ein Bild in den Kopf, das ich nicht sehen will. Paul liegt auf Helene. Er schläft mit ihr. Und es tut weh. Es tut unbeschreiblich weh.

„Marie, bist du noch dran?"

„Ich muss erst mal nachdenken ... "

Als ich das sage, spüre ich, wie sich meine Augen mit Tränen füllen, und lege auf. Und auf einmal ist mir völlig klar, warum Menschen nicht vertrauen. Weil sie recht haben.

Emma

„Vermisst du Kanada?"

„Ich glaube, ich bin noch nicht lange genug weg, um es vermissen zu können ..."

„Verstehe ..."

„Aber ich denke, es wird schon Dinge geben, die mir fehlen werden."

„Was zum Beispiel?"

„Meine Freunde ... meine Familie natürlich ... aber auch das Land an sich und die Kleinigkeiten ..."

„Die Kleinigkeiten?"

„Zum Beispiel Dinge, die ich gerne gegessen habe, die es hier nicht gibt, oder das kleine Café, in dem man mittags diese fantastische Pasta bekommen hat ... lauter winzige Dinge, die man mit einem Ort verbindet ..." Ich trinke einen Schluck. Er ist wunderschön. Ich fand ihn immer schön. Vom Aussehen hat er sich kaum verändert. Sein Stil ist ein wenig anders, und er sieht älter aus, aber ansonsten ist er immer noch der Stefan, den ich kenne. „Bist du eigentlich noch mit dem Kerl, den du nicht wirklich liebst zusammen?"

„Clemens?"

„Wenn er so heißt ..."

„Ja, so heißt er, und nein, sind wir nicht ..."

„Warum?"

„Ich habe ihn bei einer Party erwischt, wie er eine angebliche Freundin von mir in einem schrecklich gefliesten Klo von hinten genommen hat ..."

„Oh ..."

„Ja."

„Hat dich das verletzt?"

„Na ja ... ich war nicht begeistert, aber es hat mich nicht wirklich verletzt."

„Erstaunlich."

„Wieso? Ich habe ihn nicht geliebt."

„Ja schon, aber ich wäre in meinem Stolz verletzt gewesen."

„Wie gesagt, ich fand es nicht toll, aber ich kann ihm eigentlich nichts vorwerfen."

„Das verstehe ich nicht ..."

„Ich habe in Gedanken dasselbe getan. Und ich hätte es wahrscheinlich nicht nur in Gedanken getan, wenn du hier gewesen wärst ..." Ich bin erstaunt über meine Ehrlichkeit. Und auch Stefan ist sprachlos. „Ich bin auf jeden Fall nicht traurig, dass es vorbei ist."

„Das ist gut." Ich schaue mich um. Ein Großteil der Leute ist inzwischen gegangen. Wir sind fast allein. „Es ist unglaublich heiß, dafür, dass es schon so spät ist."

„Das stimmt ... Ich zerfließe auch ..."

„Hast du noch was vor?"

„Nein, warum?"

„Wir könnten noch zum Lußsee fahren, wenn du magst."

„Meinst du jetzt gleich?"

„Warum nicht?"

Erst zögere ich, stimme dann aber zu. „Okay, dann lass uns austrinken ..." Wir trinken aus und rufen den Kellner zu uns. Stefan bezahlt für uns beide, obwohl ich protestiere, dann schlendern wir zum Ausgang.

„Du bist mit dem Fahrrad hier?", fragt er amüsiert.

„Lia hat das Auto ... Wie immer ..."

„Mein Auto steht da drüben ..." Wir steigen in seinen Golf und fahren in Richtung Verdistraße. Mit weit geöffneten Fenstern und Musik jagen wir über die Autobahn. Und ich bin nicht nervös. Warum bin ich nicht nervös? Ist es, weil ich Stefan kenne? Oder ist es, weil ich mich bei ihm wohlfühle? Was empfinde ich für Stefan? Ich kann es nicht sagen. Ja, ich fühle mich zu ihm hingezogen, aber das war schon immer so. Und ja, er erregt mich. Aber ist da noch mehr? Ich war mir so sicher, wenn ich ihn erst einmal sehen würde, wäre alles klar. Ich dachte, ich würde ihn sehen, und die Kruste um mein Herz würde aufreißen und alte Gefühle wieder auferstehen lassen. Aber so war es nicht. Ich bin verwirrt. Und ich frage mich, wie es in Stefan aussieht.

Er fährt auf den Parkplatz. Um den See sind ein paar vereinzelte Lagerfeuer zu sehen, und eine Mischung von Musikrichtungen tanzt über das Wasser. Er parkt in der Nähe eines Weges.

„Ist alles okay, Emma?"

„Sicher ..."

Ich weiß nicht, ob alles okay ist, aber ich wüsste nicht, was sein sollte, also ist meine Antwort nicht wirklich gelogen. Wir gehen in Richtung Kiesstrand, und plötzlich greift Stefan nach meiner Hand. Ich erwidere den Druck und genieße es, seine weiche Hand in meiner zu spüren. Mit dem Daumen streichelt er über meinen Handrücken. Ich schaue zu ihm hoch. Er lächelt. Und dann schlendern wir gemeinsam zum Ufer.

Marie

Ich sitze an der Bushaltestelle. Hätte ich doch ein Auto. Hätte ich doch bloß ein Auto. Was bringt einem ein Führerschein, wenn man kein Auto hat? Nie hätte ich gedacht, dass ich Paul hassen könnte. Aber ich habe mich getäuscht. Ich kann es sogar ziemlich gut. Mein Verstand kann verstehen, warum er es mir nicht gesagt hat. Manchmal wünschte ich, mein Herz hätte ein Hirn, dann könnte ich es ihm erklären. Aber es hat kein Hirn, und deswegen überschwemmt es mich mit Gefühlen, die ich nicht haben will. Hass zum Beispiel. Und Wut. Und Trauer. Wobei die Trauer nicht überwiegt. Es ist der Hass. Und vielleicht liegt das daran, dass ich nicht aufhören kann, mir vorzustellen, wie er mit ihr schläft. Und in meiner Vorstellung gefällt es ihm. Mehr noch. Er ist ekstatisch.

Das Grausame an Fantasien ist, dass sie einem nicht gehorchen. In Zeitlupe gleitet er in sie, und als er das tut, hat ihr Gesicht so einen Ausdruck. Ich war schon immer schlecht darin, Bilder passend zu beschreiben. Schon in der Schule. Meine Lehrerin meinte, ich hätte keine blühende Fantasie. Also, wenn die jetzt sehen könnte, was meine Fantasie da fabriziert, müsste sie eingestehen, dass sie sich getäuscht hat. Mehr noch. Sie müsste mich um Verzeihung bitten.

In ihrem Gesicht ist Anspannung. Ihre Stirn schimmert. Schweißperlen bahnen sich ihren Weg über ihren Körper. Ihre Brüste drängen sich an seine Brust. Seine Hände ... *halt.* Was soll das denn jetzt? Nein. Das geht wirklich zu weit. Das von eben war harmlos. Es war das Vorspiel. Denn jetzt kniet sie vor ihm. Er hält sie an den Hüften. Nein, das, was Paul da tut, ist nicht einfach nur halten. Er packt sie. Seine Hände sind angespannt. Sie beben. Die pure Besessenheit. Sein Becken peitscht gegen ihren Hintern, ihre Brüste wippen bei jedem Stoß. Das sind zwei gierige Körper, die sich verschlingen. Sie bestehen nur noch aus Fleisch und aus Verlangen.

Ihre Hände sind in den Daunen vergraben, lange Haarsträhnen kleben an ihrem Rücken. Sie genießt es, die Härte seines Körpers zu spüren. Ihre Augen sind geschlossen. Nicht entspannt, sondern zusammengekniffen. Am liebsten würde ich sie erwürgen, damit ich ihr Stöhnen nicht mehr hören muss. Er atmet schneller. Seine Hände gleiten zu ihren noch immer wippenden Brüsten. Ihre Brüste sind größer als meine. Miststück.

„Marie ..." Paul klingt außer Atem.

„Was suchst du denn hier?"

„Na, dich ..." Ich sage nichts. Vor meinem inneren Auge wippen noch immer ihre Brüste. „Hör zu, Marie ..."

„Ich hab für heute genug gehört, Paul ..."

„Du hast nicht mehr mit mir geredet, du hast gesagt, du fährst zu Pascal ..."

„Es war an dem Abend?!", unterbreche ich ihn schockiert. „An dem Abend, als wir ..." Der restliche Satz bleibt mir im Hals stecken.

Er nickt betreten. „Wir haben etwas getrunken, sie hat mir gestanden, dass sie sich in mich verliebt hat, und da habe ich es getan ..."

„Und was ist mit dem Brief? Den hast du doch an diesem Abend gestohlen ..."

„Gestohlen? Es stand mein Name drauf ..."

„Lenk nicht ab ..."

„Ja, ich habe den Brief mitgenommen, aber erst hatte ich nicht vor, ihn zu lesen ..."

„Und wieso nicht?"

„Na, weil du ihn mir nicht gegeben hast ... außerdem hatte ich Angst vor dem, was drinstehen könnte ..."

„Und da vögelst du eine andere?"

„Es war eben ... eine Übersprunghandlung ..."

„Eine was?", frage ich aufgebracht.

„Wenn ein Tier zwei gleich starke Instinkte zur selben Zeit verspürt, macht es etwas vollkommen anderes."

„Also, Paul das Tier ... Das kann ich mir vorstellen, bildlich sogar ..."

„Nein, nicht so ..." Er denkt nach. „Sagen wir, zwei Hähne tragen einen Wettkampf aus, okay? Sie greifen also an ... wenn einer der beiden dann während des Kampfes bemerkt, dass der andere ihm gewachsen ist, bekommt er Angst und will fliehen. Gleichzeitig will er angreifen, um seine Stellung zu verteidigen ... und weil beide Impulse gleich stark sind, fängt er an, nach imaginären Körnern zu picken ... er tut etwas vollkommen anderes, etwas, das mit der eigentlichen Situation nichts zu tun hat, weil er sich nicht zwischen Flucht und Angriff entscheiden kann, verstehst du?"

Ich starre ihn an. „Also Flucht, den Brief nicht lesen, Angriff, den Brief lesen ... Übersprunghandlung Helene vögeln ... Richtig so?" Er nickt. „Na dann sollte ich hoffen, dass du nicht häufiger in solche schwierigen Situationen kommst ... Auf Parties zum Beispiel, oder wenn ..."

„Warum hast du gesagt, du triffst Pascal?"

„Na, weil du nicht kapiert hast, was ich eigentlich sagen wollte, und deswegen bin ich davon ausgegangen, dass du mich nicht willst ..."

„Dass ich dich nicht will? Wohl eher andersrum ... ich wollte nicht von dir hören, dass das alles ein Fehler war ... das eine Mal hat völlig gereicht ..."

„Ach, und dann sagst du es vorsichtshalber selbst ..."

„Genau."

„Toll ... Das war mit ein Grund, warum ich gesagt habe, ich treffe Pascal, und weil du schon wieder ans Telefon gegangen bist, als dieses blöde Miststück angerufen hat." Eine Weile schaue ich ihn nur an und frage mich, ob ich ihm diese Frage wirklich stellen will. Neugierde oder Selbstschutz. Jeder, der mich besser kennt, weiß, welcher Teil in mir da gewinnt. „Hat es sich denn gelohnt?" Er schaut mir in die Augen und schüttelt seufzend den Kopf. „Du bist nicht gekommen?"

„Das schon ..."

„Weißt du was, Paul, verpiss dich ..."

„Wann kommt ein Kerl nicht, wenn er mit einer Frau schläft, Marie?"

„Genau deswegen hat es mir besser gefallen, lesbisch zu sein."

„Hätte ich lügen sollen? Du hast mich direkt gefragt."

„Ja, das war dumm von mir."

„Ja, vielleicht war es das ..."

„Innerhalb von ein paar Tagen gleich zwei Frauen flachzulegen hätte ich dir gar nicht zugetraut. Du ein Don Juan ... und nie hätte ich gedacht, dass ich eine von ihnen sein würde ..."

„Ich will nichts von Helene ... ich will dich ..."

„Du kannst nicht mit einem Arsch auf zwei Gäulen reiten."

„Aber das will ich doch auch gar nicht ..."

„Und wann machst du ihr das klar? Ich meine, wann wirst du nicht mehr springen, wenn sie anruft?"

„Ich habe ein schlechtes Gewissen, Marie ..."

„Ihr gegenüber?"

„Ja ..."

„Und warum bitte?"

„Weil sie mir gesagt hat, dass sie sich in mich verliebt hat ... sie hat sich zu mir gelehnt ... und ich wusste, dass ich sie nicht will. Trotzdem habe ich ihren Kuss erwidert ..."

„Hat sich doch auch gelohnt. Ich meine, du bist doch schließlich auf deine Kosten gekommen ... und ich bin mir sicher, sie hat auch nicht gerade darunter gelitten ..."

„Währenddessen wohl nicht, nein, aber jetzt tut sie es."

In diesem Moment sehe ich den Bus kommen. „Na dann solltest du aber ganz schnell zu ihr fahren und sie trösten, meinst du nicht?"

„Sie trösten?"

„Ja ... Dir fällt da sicher etwas ein, wie du sie wieder aufheitern kannst ..."

Als er gerade etwas sagen will, hält der Bus, und ich stehe auf. Die Türen öffnen sich, und ich steige ein.

„Marie ... bitte geh nicht."

„So ein bisschen Sex kann eine wunderbare Ablenkung sein, hab ich gehört. Komm, sei lieb und geh sie trösten ..."

Dann gehen die Türen zu, und der Bus setzt sich schwerfällig in Bewegung. Und ich spüre, wie er mir nachschaut. Und damit wäre jetzt doch der perfekte Zeitpunkt für eine weitere Übersprunghandlung geboren. Anrufen, oder abwarten? Oder vielleicht doch lieber Helene vögeln? Das Leben steckt voll schwieriger Entscheidungen. Und Paul mittendrin.

Emma

Wir sind allein. Um uns nur das Plätschern des Sees und Musik von den weit entfernten Lagerfeuern. Und dann fängt Stefan an, sich auszuziehen. Als ich wie angewurzelt stehen bleibe, schaut er zu mir. „Worauf wartest du? Wir wollten doch schwimmen gehen ..." Langsam knöpfe ich meine Jeans auf und ziehe mir das T-Shirt über den Kopf. Lauer Wind umweht meinen Körper. Nackt steht Stefan neben mir.

„Wir baden nackt?" Nachdem ich die Frage gestellt habe, ist mir auch klar, dass sie überflüssig war, denn schließlich ist er schon nackt.

Er lacht. „Es ist ja nicht so, dass ich dich noch nie nackt gesehen habe ..." Ich rühre mich nicht. Unvermittelt kommt er auf mich zu. Ich spüre seine Wärme, und ich inhaliere seinen Duft. Er öffnet meinen BH und schiebt die Träger von meinen Schultern. Lange schaut er mich an. Dann zieht er meine Unterhose aus. Und schließlich stehen wir beide nackt da. Er nimmt mich bei der Hand und wortlos gehen wir gemeinsam zum Wasser.

Es ist kühl und erfrischend. Bis zu den Knien waten wir ins Wasser, dann zieht er mich zu sich. Seine Haut an meiner. Meine Brüste fest an ihn gedrückt, seine Arme um mich geschlungen. Und dann küsst er mich. Es ist, als hätte dieser Kuss die ganze Zeit zwischen uns gestanden. So als würden wir mit diesem Kuss die Mauer zwischen uns zum Einsturz zwingen. Es ist schön, ihn zu küssen. Es ist vertraut und doch spannend. Aber es ist nicht wie früher. Es erregt mich, aber eben nicht auf dieselbe Art. Es ist anders. Und auch wenn anders nicht zwangsläufig bedeutet, dass etwas schlechter ist, das hier ist es. Es ist schlechter, weil es viel zu schnell geht. Will ich ihn küssen? Wenn ich nach meinem Körper gehe, dann ja. Jedoch nicht, weil ich ihn liebe, sondern weil ich scharf auf ihn bin. Ich will ihn, weil ich weiß, wie gut es tut, mit ihm zu schlafen. Ich will seine Hände auf meiner Haut, ich will ihn schmecken und ich will ihn spüren, aber ich will das nur, weil er mich erregt. Ich spüre nicht, was ich früher gespürt habe. Der Funke fehlt. Das Gefühl fehlt. Die Liebe fehlt.

Er hebt mich hoch und geht weiter. Unsere ineinander verschlungenen Körper werden vom kühlen Wasser verschluckt. Ich schlinge meine Beine um seine Hüften. Es ist schön zu spüren, wie erregt er ist. Seine großen Hände an meinem Hintern.

Und dann pfuscht mir mein Hirn dazwischen. Was mache ich hier? Wenn ich ihn nicht liebe, wieso küsse ich ihn dann? Ich drücke ihn von mir weg. „Stefan ..." Er schaut mich irritiert an. Sein schwerer Atem streift meine Wange.

„Was ist los?"

„Ähm, also irgendwie geht mir das alles ein bisschen zu schnell, und zweitens ... was ist mit Verhütung?"

„Du nimmst nicht die Pille?"

„Nein, tue ich nicht ... und sogar wenn ich die Pille nehmen würde, würde ich es nicht tun ..." Als ich gerade etwas sagen will, etwas in die Richtung, *na ja, dann lass uns mal wieder zum Ufer gehen*, packt er mich und dringt mit zwei Fingern in mich ein. Und ja, ich sollte das nicht zulassen, doch ich tue es. Denn es ist unglaublich, wenn er das tut. Das war es damals und das ist es jetzt. Im Gegensatz zu Clemens, weiß *er* nämlich, dass man Finger bewegen kann. Ich küsse ihn und lasse mich gehen. Wie eine solch kleine Bewegung unser Handeln verändern kann.

„Ich will dich ..." Er flüstert es ganz leise. „Gott, Emma, ich will dich ..." Und es macht mich an, dass er das sagt. Es zu spüren, ist eine Sache, es dann auch noch zu hören, eine vollkommen andere.

„Es ist nicht so, dass ich nicht will, es geht nur nicht."

„Und draußen?"

„Draußen?"

„Am Ufer ..." Ich stehe drauf, wenn seine Stimme sich so anhört. Sie klingt nach Lust. Sie klingt nach hemmungslosem Sex. Sie klingt nach Schweiß und nach Anstrengung.

„Am Ufer?"

„Ich hab Kondome."

Na, der hat ja vorgesorgt. Ich schiebe ihn von mir weg. „Hast du etwa gewusst, dass das passiert?"

„Bist du denn nicht froh, dass ich welche habe?"

„Das war nicht die Frage ..."

„Emma, ich habe zwei Kondome dabei. Im Geldbeutel ... "

Ich schaue ihn an. „So, wie früher ..."

„Ja, so, wie früher ..." Wir schweigen. Seine Finger noch immer in mir. Langsam fängt er wieder an, sie zu bewegen. Und wie immer, wenn er das tut, werde ich willenlos. „Zum Ufer?" Erst reagiere ich nicht, weil es so gut ist. Dann wird der Druck stärker. Ich atme auf. Dann fragt er noch einmal. „Zum Ufer?"

„Ja ...", seufze ich. „ ...ja, zum Ufer ..."

Die großen Steine unter meinem Rücken sind noch warm von der Sonne. Er rollt das Kondom über, dann küsst er mich. Lange küsst er mich. Dann schiebt er sich zwischen meine Beine. Und dann dringt er in mich ein. Und wieder ist es ein schönes Gefühl, aber es ist nicht, wie es einmal war. Es ist unbeschreiblich, ihn in mir zu spüren. Aber ich brenne nicht unter seinen Bewegungen. Es könnte auch ein anderer sein. Ich könnte auch jetzt die Augen schließen und mir wieder vorstellen, mit Stefan zu schlafen, obwohl ich gerade mit ihm schlafe. Denn der Stefan in mir ist nicht der Stefan von früher.

Und dann wird es mir klar. Ich liebe ihn nicht. Ich begehre ihn nur. Doch lieben tue ich ihn nicht. Nicht mehr. Und das tut weh, denn ich wünschte, ich würde ihn lieben. Es war schön, ihn zu lieben. Und es war schön, von ihm geliebt zu werden. Doch das hier ist nur Lust. Und daran ist nichts auszusetzen, denn es ist gut. Es ist unwahrscheinlich gut. Es fragt sich nur, was es für Stefan bedeutet. Und während er sich weiter bewegt, hoffe ich, dass es für ihn auch nur Lust und Begierde ist, denn ich will ihm nicht wehtun. Nicht noch einmal. Und nicht so.

Und dann höre ich auf zu denken. Denn jetzt gibt es ohnehin kein Zurück mehr. Und deswegen sollte ich das Beste daraus machen. Und das tue ich. Stefan nimmt mich. Ich spüre seinen Atem an meinem Nacken, ich spüre seine Hände an meiner Hüfte, und ich spüre, wie er sich immer schneller in mir bewegt. Er küsst mich. Ich rieche ihn, ich schmecke ihn. Nur lieben tue ich ihn nicht. Trotzdem wäre ich gerade nirgends lieber als hier unter ihm. Ich öffne die Augen und sehe ihn an. Seine Augen sind geschlossen, sein Mund leicht geöffnet. Die Anspannung in seinem Gesicht spiegelt wider, wie sich alles in mir anfühlt. Er dringt tief in mich ein. Ich spüre ihn überall. Und dann kommt der Augenblick, in dem es mir völlig egal ist, ob ich ihn liebe oder nicht. In diesem Moment ist es mir sogar egal, wer da auf mir liegt. Wer es auch ist, er weiß, was er tut.

Und dann komme ich. Und es ist überwältigend. Ich lebe. Jede Zelle in mir lebt. Und es ist, als würde ich gerade jeden Millimeter meines Körpers spüren. Und als ich das letzte Mal schwer und laut atme, spüre ich, dass auch Stefan kommt. Und auch das fühlt sich gut an. Ich mochte dieses Gefühl schon immer. Diese gigantische Entladung im Bruchteil einer Sekunde ... Komplett ermattet liegt er auf mir, und ich genieße die Schwere seines Körpers.

„Emma ..." Er öffnet die Augen und schaut mich an.

„Ja?" Er lächelt, und ich erwidere sein Lächeln.

„Ich liebe dich ..."

„Was?" Ich versuche, nicht zu geschockt zu klingen. Und dann wiederholt er es auch noch. „Ich liebe dich ... ich habe nie damit aufgehört ..."

Er küsst mich auf die Stirn und legt seinen Kopf auf meine Schulter.

All die guten Gefühle von eben sind Geschichte. Er liebt mich. Auch das noch. Warum denn? Wir hätten einfach eine schöne und unverbindliche Zeit haben können, wenn er nicht mit diesem Satz aller Sätze gekommen wäre. Wir hätten es genießen können. Wir hätten wochenlang nichts tun können, außer miteinander zu schlafen. Und dann sagt er das. Früher hätte ich ihn geküsst und ihm gesagt, dass ich ihn auch liebe. Aber damals hat es ja auch gestimmt.

Und was soll ich ihm jetzt sagen? Ich kann ihm doch nicht vorlügen, dass auch ich ihn noch liebe. Denn, das tue ich nicht. Ich wünschte, es wäre anders. Aber es ist, wie es ist. Ich liebe ihn nicht. Ich begehre ihn. Und das sehr. Aber lieben? Nein. Lieben tue ich ihn nicht.

Lili

Ein paar Tage nach dem unliebsamen Zwischenfall mit der Pille danach, robbe ich über den Wohnzimmerboden und hebe Glasscherben auf. Eine kleine Unachtsamkeit, und schon ist eine Lampe hin. Es ist doch immer wieder erstaunlich, dass Glas so hart und doch so zerbrechlich ist. Genauso wie manche Menschen. Ich frage mich, was gewesen wäre, wenn ich mich dafür entschieden hätte, einfach abzuwarten. Aber das werde ich nie erfahren. Der

Arzt in der Klinik jedenfalls hat mir *dringend* zur Einnahme der Pille danach geraten. Ich habe richtig gehandelt. Und ich bin erleichtert. Das glaube ich zumindest ...

Elias ist nicht zu Hause. Er hat eine Vorlesung, die er nicht versäumen darf. Inmitten dieser unzähligen Kartons komme ich mir fast ein wenig hilflos vor. Absolutes Chaos verscheucht jegliche Kontrolle. Der sonst so scharfe Überblick weicht der ständigen Frage, ob der eine oder der andere das eine oder das andere gesehen oder inzwischen gefunden hat. Ein schlichter Akt wie Zähneputzen erhält eine völlig neue Bedeutung, wenn man die blöden Bürsten und die Tube Zahnpasta ohne System gepackt hat. Dem ganzen Stress zum Trotz sieht es langsam richtig schön aus in Elias' neuer Wohnung.

Der Installateur der Telekom ist gerade gegangen. Elias hat eine neue Telefonnummer. Das ist schon seltsam. Jahrelang hat man bei den Eltern gelebt, und dann packt man alles ein, was man besitzt. Ich glaube, Elias war auch ein bisschen traurig. Er zeigt das nicht, aber es war sein ganzes Leben lang normal, dass seine drei Schwestern nur ein paar Meter weit entfernt sind. Sicher freut er sich auch, aber ein wenig Wehmut war ihm anzusehen, als er den letzten Karton zum Umzugswagen geschleppt hat.

Ich öffne einen Umschlag und ziehe einen Brief heraus. *Sehr geehrter Herr Altmann*, blablabla, *Ihr M-Net Anschluss*, blablabla, *Ihre neue Telefonnummer lautet: 089-5121253*. Ich rufe Marie an. Ich habe schon zu lange nicht mehr mit ihr telefoniert. Seit die Ferien begonnen haben und ich sie im *Glockenspiel* getroffen habe, habe ich nichts mehr von ihr gehört. Ich wähle ihre Nummer. Es klingelt. Der Anschluss ist freigeschaltet. Juhu!

„Hallo?"

„Hey Marie ..."

„Lili?"

„Ja, ich bin's ..."

„Was ist das für eine Nummer? Von wo aus rufst du an?"

„Das ist Elias' neue Nummer ... du bist die erste Person, die ich anrufe!" Und auch wenn sie sagt, dass sie das freut, sie klingt nicht so. „Was ist los?"

„Ach, nichts ..."

„Paul?" Ich frage das vorsichtig, weil ich nicht das Gefühl vermitteln will, dass ich davon ausgehe, dass sie und Paul Probleme haben. Denn vielleicht geht es ja auch um ihre Mutter. Das glaube ich zwar nicht, aber man weiß ja nie. Eine ganze Weile antwortet sie nicht. Schließlich brummt sie zustimmend in den Hörer. „Was war denn?"

„Ich hätte nie gedacht, dass ich das einmal sage, aber Männer sind Schweine ..."

Ich muss lachen, unterdrücke es aber. „Warum ist Paul ein Schwein?"

„Er hat diese Helene gevögelt ..."

„Was?! Wann?"

„Ironischerweise an dem Abend, als wir zusammengekommen sind."

„Also nachdem ihr neulich miteinander geschlafen hattet?" Sie brummt wieder. „Und warum?"

„Ist doch egal ... er hat es getan ..."

„Ja, aber warum?"

„Was soll denn dieses ewige Warum-Gefrage?"

„Er muss doch gedacht haben, dass das mit euch nichts wird, sonst hätte er das sicher nicht gemacht."

„Möglich ..."

„Ja, was sagt er denn dazu?"

„Er sagt, es war ein Fehler."

„Und?", frage ich vorsichtig.

„Was und?"

„Na, ist das alles?"

„So ungefähr ...", antwortet Marie gereizt.

„Aha ..."

„Er ist so ein Arsch."

„Ja, liebt er dich denn nicht?"

„Doch, das tut er ..."

„Und du liebst ihn ..."

„Ja."

„Und warum zum Teufel schläft er dann mit Helene?"

„Na, weil er ein Mann ist ..."

Ich muss lachen, und diesmal schaffe ich es nicht, es zu unterdrücken. „Tut mir leid ..."

„Was tut dir leid?"

„Dass ich lachen musste ..."

„Das ist kein Problem."

„Und sonst hat er nichts gesagt?", frage ich, und dieses Mal schaffe ich es, mich zusammenzureißen.

„Er hat etwas von kämpfenden Hähnen gesagt, die sich zwischen Angriff und Flucht nicht entscheiden können, oder so ähnlich. Keine Ahnung. Ich hab vergessen, wie man das nennt."

„Eine Übersprunghandlung", antworte ich.

„Ja genau, das war es." Sie macht ein abschätziges Geräusch. „So ein Quatsch." Sie seufzt. „Du, Lili? Kann ich dich was fragen?"

„Sicher ..."

„Weißt du, ob Elias gekommen ist, als er mit Giselle geschlafen hat?"

„Ich habe ihn nicht direkt gefragt, aber ich gehe mal davon aus."

„Und das stört dich nicht?"

„Doch, sicher stört es mich, aber was soll ich noch machen?"

„Ich kann nicht aufhören, es mir vorzustellen."

„Wie sie miteinander schlafen?"

„Ja ..."

„Das kann ich verstehen ... aber das hört auf."

„Ehrlich?"

„Ja, ehrlich."

„Und wann?"

„Na, ein bisschen dauert das schon ..."

„Ich kann es aber nicht mehr ertragen, wie ihre Brüste vor meinen Augen wippen ..."

„Glaub mir, ich weiß genau, wie es dir geht ..."

„Ich werd einfach auch mit einem anderen schlafen."

„Ach, komm ... das bringt doch nichts ..."

„Wer weiß?"

„Ich bin mir da ziemlich sicher." Ich wünschte, ich könnte ihr helfen. Ich wünschte, es gäbe eine Lösung für solche Probleme. Doch ich kenne keine. „Hat er dich denn nicht angerufen?"

„Doch ... mehrfach."

„Und?"

„Es gibt im Moment nichts, was er sagen könnte, dass es mir besser geht. Er macht es nur noch schlimmer ..."

„Marie ... ich will nicht sagen, dass es nichts zu bedeuten hat, und ich will auch nicht sagen, dass du es ihm verzeihen sollst, aber ich denke, es ist wichtig, dass du dir darüber klar wirst, dass er dich wirklich liebt. Und das schon lange ... Hätte er geahnt, dass ihr eine Chance habt, hätte er geahnt, was du empfindest, dann hätte er das nicht getan. Und woher hätte er das wissen sollen? Ich meine, du hast ihm vor einem Jahr ziemlich klargemacht, dass du auf Frauen stehst ... er war sich vermutlich sicher, dass er deine Zeichen falsch deutet ..." Sie schweigt. „Ich meine das nicht als Vorwurf, falls das so rüberkam, ich meine nur, dass ..."

„Ich habe es auch nicht als Vorwurf verstanden", unterbricht sie mich. „Ich verstehe, was du meinst ..."

„So blöd das vielleicht auch klingen mag, bei mir wurde es besser, als wir miteinander geschlafen haben."

„Und du meinst, das sollte ich tun? Zu ihm fahren und mit ihm schlafen? Das ist doch wohl nicht dein Ernst ..."

„Nein, nicht jetzt ... aber du hast mich gefragt, wann es aufhört mit den Bildern ... Bei mir war es, als ich mit ihm geschlafen habe. Nach und nach wurde mir klar, dass du recht hattest ..."

„Ich? Womit?"

„Dass es unterm Strich keine Rolle spielt ... weil er mich liebt und nicht sie ..."

„Für diesen blöden Vortrag wollte ich mich übrigens noch entschuldigen."

„Objektiv gesehen hattest du schon recht ..."

„Ja schon, aber besonders aufbauend ist es nicht ..."

Emma

„Emma?" Die Stimme meiner Mutter hallt durch den Flur. Ich habe keine Lust, mit ihr zu reden. Und dann noch mal „Emma? Bist du da?" Ich stehe auf und öffne die Tür.

„Was ist?"

„Du hast Besuch ..."

„Und wen?" Ich erwarte niemanden. Und ich will auch keinen sehen.

„Es ist Stefan ... komm doch runter." Oh, nein. Nicht Stefan. Und dann auch noch mit meiner Mutter. In ihren Augen ist Stefan, glaube ich, das Einzige, was ich in meinem Leben bisher hinbekommen habe. Er ist der Musterschwiegersohn. Kai Pflaume in jung. „Emma? Kommst du?"

„Ja, ist gut ... ich komme gleich ..." Was für ein Albtraum.

„Ein Stück Kuchen, Stefan?"

„Nein, danke, das ist sehr lieb, aber ich habe keinen Hunger."

„Aber man isst doch Kuchen nicht, weil man Hunger hat ..." Sie lächelt. Es ist dieses perfekte Mutter-Lächeln. Bei diesem Lächeln knickt Stefan ein.

„Ein kleines Stück würde ich schon probieren ..."

„Na, siehst du ..." Noch immer lächelt sie. Ihre schneeweißen Zähne funkeln. Sie sieht aus wie Frau Perlweiß. Meine Mutter, die Zahnarztfrau. „Emma, du auch ein Stück?"

„Nein danke."

„Aber er ist wirklich lecker ..."

„War es eine Frage, ob ich ein Stück möchte, oder gilt ein *Nein* als Antwort nicht, Mutter?"

„Ach Emma ... ich dachte, du würdest dich freuen, wenn wir gemeinsam ein Stückchen Kuchen essen."

„Seit wann isst du gerne mit mir Kuchen?" Sie schaut zu Boden. Und ich erkenne Wut in ihrem Gesicht.

„Oh, entschuldige, wir spielen heile Welt ... das hatte ich für einen kleinen Moment vergessen." Ich räuspere mich, dann säusle ich: „Selbstverständlich möchte ich ein Stück Kuchen. Wie lieb von dir, dass du fragst ... ich liebe unsere täglichen Pläuschchen bei einer frischen Tasse Kaffee ..." Ich klatsche in die Hände. „Nein, ist das etwa Erdbeer-Sahne? Wie lieb von dir ... mein Lieblingskuchen!" Es wundert mich nicht, dass sie nicht darauf eingeht. Stattdessen legt sie behutsam ein Stück Kuchen auf Stefans Teller, dann auf meinen.

„Du möchtest Kaffee, Schatz?"

„Häh?"

„Du sagtest doch, du liebst unsere täglichen Pläuschchen bei einer frischen Tasse Kaffee ... Möchtest du einen Kaffee?"

„Sicher. Was wäre auch ein Kuchen ohne einen frischen Kaffee?", frage ich sarkastisch.

„Du auch, Stefan?"

„Ich? Ähm, ja sehr gerne ..." Sie strahlt. Wie macht sie das nur? Wie schafft sie es, andauernd so zu lächeln? Sie nickt, dann steht sie auf und verschwindet in der Küche.

„Was war das denn?", flüstert Stefan verstört.

„Lange Geschichte ...", antworte ich.

„Was hat sie denn gemacht, dass du so unfreundlich zu ihr bist?" Wieder nur ein Flüstern.

„Sie hat mich mein Leben lang ignoriert. Reicht das als Grund?" Ich flüstere nicht. Soll sie es doch hören. Ist mir egal. Ich hatte ja auch nicht die Idee mit diesem schaurigen Kaffeekränzchen. Ich bin unfreiwillig hier. Die Einzige, die voll in ihrem Element zu sein scheint, ist meine Mutter, die in diesem Augenblick mit einem großen Tablett auf uns zukommt.

„Ein Tässchen für dich, Stefan ..." Sie hält ihm eine Tasse dampfenden Kaffees entgegen. „Und eines für dich, Liebes ..."

„Liebes?" Ein böser Blick funkelt in meine Richtung, dann strahlt sie wieder.

Eine halbe Stunde und drei Stück Kuchen später, sitzen wir noch immer da, und meine Mutter löchert Stefan mit Fragen über Kanada, seine Zukunftspläne und seine Familie. Er spielt mit. Oder vielleicht spielt er gar nicht. Vielleicht genießt er diese schreckliche Unterhaltung tatsächlich. Dann höre ich, wie jemand einen Schlüssel ins Schloss steckt und die Haustüre geöffnet wird. Meine Mutter hebt einen Zeigefinger und lächelt. „Einen Moment bitte, Stefan ... ich will auf keinen Fall etwas verpassen, ich sehe nur eben, wer da gekommen ist ..."

„Lia? Das ist aber eine schöne Überraschung." Sie schreit diesen Satz durch den ganzen Flur. Stefan soll schließlich hören, *wie* schön diese Überraschung ist. In Wirklichkeit verstehen sich Lia und meine Mutter zurzeit nicht besonders gut, weswegen sie fast nie zu Hause ist. Lias Freund Simon ist kein Stefan. Und damit ist Simon nicht der perfekte Schwiegersohn. Kein Kai Pflaume. Die Tatsache, dass Lia ihn liebt, spielt dabei nur eine untergeordnete Rolle, denn meine Mutter sähe Lia lieber bei einem Rechtsanwalt oder Investmentbanker, nicht bei einem Erzieher, auch wenn sie weder mit dem Rechtsanwalt oder dem Investmentbanker glücklich wäre.

Leises Gemurmel im Flur, dann kommen sie ins Wohnzimmer, wo Stefan und ich noch immer sitzen und warten. „Emma, sieh mal, wer da ist ..." Es ist schön, sie zu sehen. Sie sieht, wie immer, super aus.

„Emma ..." Sie breitet ihre zierlichen Arme aus und kommt auf mich zu. „Schön, dich zu sehen ..." Ich stehe auf und drücke sie an mich.

„Ja, finde ich auch", sage ich nach einer Weile. Sie lächelt, dann entdeckt sie Stefan.

„Ach, hallo Stefan ... Ich wusste gar nicht, dass du wieder da bist?"

„Nein, woher auch? Du bist ja nie hier ..." Das war wieder so ein typischer Seitenhieb meiner Mutter.

„Mutter weiß es auch erst seit etwa einer halben Stunde ... du hättest es also auch nicht gewusst, wenn du hier gewesen wärst ...", falle ich meiner Mutter in den Rücken. Lia lächelt. Wir Geschwister haben viel zu wenig zusammengehalten. Es war hauptsächlich immer nur Konkurrenz.

Nachdem meine Mutter auch Lia gegen ihren Willen mit Kaffee und Kuchen versorgt hat, erzählt Stefan seine Kanada-Geschichten weiter. Und noch eine Stunde vergeht. Wenn nicht bald etwas passiert, dann fange ich an zu schreien. Ganz laut. Ich stehe einfach auf und schreie. Und dann passiert es. Lia fällt Stefan ins Wort.

„Mama ..."

„Ja, einen Moment, Schatz ... Stefan erzählt doch gerade ..."

„Ich bin nicht wegen Kaffee und Kuchen hier ... und ich bin auch nicht gekommen, um mir Geschichten über Kanada anzuhören ...", sie wendet sich Stefan zu, „... tut mir leid, Stefan, ich will nicht unhöflich sein."

„Nein, nein, schon gut ..." Er wirkt fast erleichtert, dass er nicht noch mehr von der unglaublich schönen Landschaft erzählen muss.

„Was ist denn, Lia?" Die Stimme meiner Mutter klingt frostig. „Was gibt es denn, das nicht warten kann?"

„Mama ..."

„Ja? Was?"

Sie schaut zu Stefan, dann zu mir. Sie scheint abzuwägen, ob sie das, was auch immer sie sagen will, vor uns sagen soll. „Können wir vielleicht kurz nach nebenan gehen?"

„Ich lasse doch meinen Gast nicht hier alleine sitzen."

„Also erstens ist er mein Gast", unterbreche ich sie, „... und zweitens ist er nicht allein. Ich bin schließlich auch noch da ..."

„Aber sicher bist du das, Schatz ...", flötet sie, dann wendet sie sich Lia zu. „Ich sehe keinen Grund, warum wir nicht hier reden sollten, Liebes."

„Bist du dir sicher?"

„Aber ja, Stefan gehört doch quasi zur Familie." Ihre Perlweiß-Zähne strahlen. Stefan schiebt sich das letzte Eckchen Kuchen in den Mund und kämpft mit seinem Würgreflex. Nach drei Stück Erdbeer-Sahne kein Wunder. „Noch ein Stückchen Kuchen, Stefan?"

Lia schaut mich fassungslos an. „Mutter?"

„Ja, gleich Schatz." Meine Mutter greift nach dem Tortenheber und schiebt ein großes Stück Torte darauf.

„Nein, nicht gleich, jetzt." Lias Tonfall ist bestimmt. Er ist fordernd und kalt.

Meine Mutter schaut sie an. „Ja, was ist denn los?"

„Ich bin schwanger."

Dann höre ich nur noch, wie ein Stück Erdbeer-Sahne mit einem lauten *Pflatsch* auf den Tisch fällt, knapp gefolgt vom Scheppern des silbernen Tortenhebers, den meine Mutter bis vor ein paar Sekunden noch fest in der Hand hatte. Vor ein paar Sekunden, als ihre Welt noch heil war.

Lili

„Und was hat deine Mutter gesagt?"

„Nicht viel ..." Er liegt auf dem Bett und schaut zur Decke. „Emma hat mich eben angerufen und es mir erzählt ..."

„Lia ist zwanzig, so jung ist das doch nicht."

„Darum geht es nicht ... das Kind ist von Simon ..."

„Aber Lia liebt Simon ..."

„Das ist nicht der Punkt."

„Ja, und was ist dann bitte der Punkt?", frage ich verständnislos.

„Meine Mutter kann ihn nicht leiden."

„Aber sie kennt ihn doch kaum."

„Darum geht es nicht ...", sagt Elias und seufzt. „Wenn es nach meiner Mutter geht, ist er einfach nicht gut genug für Lia ..."

„Oh ..."

„Genau."

„Und was sagt dein Vater?"

„Ach, mein Vater", entgegnet Elias abschätzig.

„Was meinst du damit?"

„Der ist doch sowieso nie da ...", sagt er.

„Ja, er arbeitet eben viel ..."

„Ja, vielleicht, aber sicher nicht so, wie wir uns das vorstellen ..."

„Kannst du aufhören, in Rätseln zu sprechen?"

„Mein Vater hat eine andere."

Ich starre Elias an. „Was?", frage ich perplex. „Das glaube ich nicht. Dein Vater würde das nicht tun ..."

„Lili, du hast ein völlig falsches Bild von meiner Familie."

„Vielleicht täuschst du dich ... ich meine, woher willst du wissen, was er tut, wenn er weg ist?"

„Emma hat ihn mit einer Frau gesehen."

„Vielleicht war es nur eine Kollegin."

„Es war ganz sicher eine Kollegin ..."

„Ja, und woher weißt du, dass da etwas lief?"

„Lili, ich weiß es einfach ..."

„Ja, aber woher?"

„Weil er sie auf unserem Sofa gevögelt hat, okay?"

„Er hat was?"

„Emma hat sie gesehen ..."

Lange schaue ich ihn nur an, er starrt noch immer zur Decke. „Warum hat Emma mir nichts gesagt?"

„Wir haben niemandem etwas davon gesagt. Unserer Mutter zuliebe."

„Vielleicht sollten wir Lia einladen", sage ich zusammenhanglos. Er schaut mich an. „Sie soll wissen, dass nicht alle so denken wie eure Mutter ..."

In seinem Gesicht ein kleines Lächeln. „Du hast recht ..." Er setzt sich abrupt auf und beugt sich zu seinem Nachttisch, wo sein Handy liegt. „Könntest du Emma anrufen?"

„Sicher ... und was soll ich ihr sagen?"

„Bitte sie, zu kommen ... sie und Leni ..."

„Ist gut, mach ich ..." Ich stehe auf und gehe ins Wohnzimmer. Lia ist schwanger. Und auf einmal ist sie nicht mehr die perfekte Tochter. Und Emmas Vater hat eine andere. Vielleicht liebt er sie sogar ... Es ist echt nichts so, wie es scheint.

„Ach ja ... kannst du Leni Bescheid geben?"

„Ja, natürlich."

„Emma?"

„Hm?"

„Wieso hast du es mir nicht gesagt?", frage ich und versuche, nicht vorwurfsvoll zu klingen.

„Was gesagt? Dass Lia schwanger ist?"

„Nein, dass dein Vater deine Mutter betrügt."

„Elias hat es dir erzählt?"

„Ja, hat er."

Eine Weile antwortet sie nicht. „Ich wollte es einfach nicht sagen."

„Ich hätte für dich da sein können."

„Ich weiß, aber ich konnte es dir nicht sagen."

„Verstehe ..."

„Bitte sei mir nicht böse ... es ist nicht, dass ich dir nicht genug vertraut hätte, ich ..."

„Das ist schon in Ordnung ...", unterbreche ich sie. „Ich verstehe das." Einen Augenblick schweigen wir. Dann frage ich, „Könnt ihr in 'ner Stunde da sein?"

„Eher in eineinhalb. Wir schicken uns ..."

„Gut, dann bis nachher."

„Ja, bis dann."

Ich lege das Telefon zur Seite und gehe ins Schlafzimmer, wo Elias auf dem Bett liegt. „Emma und Leni sind in eineinhalb Stunden hier ..."

„Lia und Simon auch ..."

„Ist es dir lieber, wenn ich nicht da bin?"

„Nein, ganz im Gegenteil ..." Er schaut mich irritiert an. „Wie kommst du darauf?"

„Ich wollte nur sichergehen, damit du mich nicht darum bitten musst zu gehen."

„Komm her ..." Ich gehe zum Bett und setze mich auf die Kante. Er zieht mich zu sich. Eng an ihn geschmiegt, liege ich da. „Kleines?"

„Hm ..."

„Was geht dir durch den Kopf?"

„Nichts Bestimmtes ..."

„Ich sehe doch, dass du nachdenkst ..."

„Ich denke darüber nach, mir die Spirale einsetzen zu lassen." Wir schweigen und starren an die Decke. „Und ich möchte, dass du mitkommst."

„Sicher, sag mir nur, wann."

„Ich habe gehört, dass das ganz schön schmerzhaft sein soll", sage ich leise.

„Und warum dann nicht die Pille?"

„Weil ich mir sicher bin, dass ich die immer wieder vergesse zu nehmen."

„Ist gut, ich komme mit. Versprochen." Eine ganze Weile sagen wir beide kein Wort. Ich liege nur auf Elias' Schulter und starre ins Nichts. „Weißt du, was ich schon immer mal machen wollte?"

„Nein, was?"

„Ich will dir einmal dabei zusehen, wie du es dir selber machst." Im Augenwinkel sehe ich ihn lächeln. „Also nicht jetzt, einfach irgendwann."

Ich schaue ihn an. „Und was spricht gegen jetzt?"

Er lächelt. „Nichts ..."

Nackt liegen wir auf dem Bett. Er liegt mir gegenüber. Wir schauen uns an. Er lehnt mit dem Rücken an der Wand, ich am Fußende des Bettes. Langsam greift er zwischen seine Beine, und langsam bewegt er seine Hand auf und ab. Es ist erregend, ihm dabei zuzusehen. Seine Augen wandern über meinen Körper. Meine Fingerkuppen kreisen über meine Brüste, dann gleite ich zwischen meine Schenkel. Seine Augen folgen meinen Bewegungen.

Immer schneller bewegt er seine Hand. Ich atme tief ein. Mit weit gespreizten Beinen liege ich vor ihm. Der

Ausdruck in seinem Gesicht ist erwartungsvoll. An der Art, wie er seine Hand bewegt, sieht man, dass er das schon oft getan hat. Er macht das aus dem Handgelenk, Frauen eher aus dem Arm. Mein Körper ist angespannt, meine Brüste wippen rhythmisch zu meinen Bewegungen. Langsam fühle ich das Kribbeln, das sich durch meinen Körper bahnt. Ich schließe die Augen. Die Lust kriecht meine Haut entlang, hoch zu meinem Mund, und seufzend atme ich sie aus. Erst ist es ein kaum hörbares Hauchen. Je intensiver die Anspannung in mir wird, desto lauter höre ich mich atmen. Und ich höre Elias. Und es macht mich an, ihn zu hören. Ich öffne die Augen. Seine Beine sind angespannt, so als wäre er innerlich geladen. Mit einer Hand fange ich an, meine Brust zu massieren. Ich will sehen, wie er reagiert. Und ich liebe diese Reaktion. Sein Atmen wird lauter, seine Hand noch schneller. Es wird nicht mehr lange dauern. Weder bei ihm, noch bei mir. Und allein der Gedanke, zu sehen, wie er kommt, reicht aus ... Der Gedanke an seinen Gesichtsausdruck und sein tiefes Atmen. Ich schaue ihn an. Und dann ist alles um mich unwichtig. Da ist nur sein Körper. Da ist nur dieser winzige Augenblick, nach dem wir uns beide sehnen, weil wir es kaum noch aushalten können.

„Ich beziehe die Betten neu, wenn alle gegangen sind." In seinem Gesicht sehe ich ein Fünkchen Schamgefühl aufblitzen.

„Warum überziehen?" Er schaut mich an. „Wegen mir müssen wir das nicht ..."

„Schau dir die Sauerei mal an ..."

Mein Blick fällt auf die Decken und wandert von Fleck zu Fleck. „Man sieht doch kaum etwas."

„Aber spüren wird man es." Er fährt mit dem Finger über eine der nassen Stellen. „Wenn das erst mal getrocknet ist ..." Ich sehe Elias vor mir. Sein Blick auf meinen

Brüsten, auf meinem Gesicht, zwischen meinen Beinen. In seinem Gesicht enorme Anspannung. Seine Hand rast.

„Wie du meinst ... mich stört es jedenfalls nicht ..."

„Sicher nicht?"

„Kein bisschen." Er wirkt irritiert. Ich schaue zu meinem Kissen. „Schau mal, sogar das Kissen hast du getroffen ..." Ich lächle.

„Deswegen mache ich das lieber unter der Dusche."

In Boxershorts steht er vor mir. Das ist ein sehr hübscher Anblick. Noch hübscher wäre es, wenn er nichts anhätte. „Warum schaust du mich so an?" Er grinst. Ich zucke mit den Schultern.

„Nur so ..."

„Und was denkst du?"

„Weißt du, was *ich* schon immer mal machen wollte?"

Er schüttelt den Kopf. „Nein, was?" In seiner Stimme Neugierde.

Ich knie mich vor ihn, und ziehe langsam seine Boxershorts nach unten. Mein Gesicht in seinem Schritt.

„In weniger als zehn Minuten kommen die anderen."

„Länger brauche ich nicht ...", sage ich lächelnd, und meine Lippen öffnen sich. Das wollte ich schon immer einmal tun. Zumindest bei Elias.

Es klingelt. Elias seufzt, und hält mit den Händen meinen Hinterkopf. Es klingelt ein zweites Mal. „Kleines ..." Ich werde schneller. Meine Zunge und meine Lippen schmecken ihn. Ich mag diesen Geschmack. „Ich muss ..." Aber weiter kommt er nicht. Seine Hände vergraben in meinen Haaren. Er bewegt sein Becken. Immer schneller bewegt er es. Es klingelt ein drittes Mal.

„Mach auf ... Beeil dich ..." Er rennt in den Flur, drückt den Einlasser und rennt zurück ins Schlafzimmer, wo ich noch immer auf dem Boden knie. Und ich mache weiter. Er atmet schnell.

„Oh ja ... gleich ..." Meine Hände an seinem Hintern, mein Mund weit geöffnet. Und dann spüre ich es. Gleich wird er kommen. Nur noch wenige Sekunden. Ich schmecke die ersten Tropfen. Seine Hände bewegen meinen Kopf. Ein letztes Mal schiebt er sein Becken nach vorne, dann plötzlich erstarrt er. Flüssigkeit schießt in meinen Mund. Im ersten Moment erschreckt mich das. Doch dann schlucke ich. Langsam bewege ich mich weiter, dann ziehe ich meinen Kopf zurück und schaue ihn an. Ich liebe diesen Ausdruck in seinen Augen.

Wir springen panisch in unsere Kleidung, und ich renne ins Bad. „Nimm die ..."

„Wozu?", fragt er irritiert.

„Wir haben geputzt ..."

In diesem Moment klingelt es an der Tür. Elias, rennt zur Tür, ich ins Bad.

Emma

„Ich hoffe, wir haben sie nicht bei irgendwas unterbrochen ...", sagt Leni, als niemand uns öffnet.

„An so was will ich gar nicht denken."

„Wir sind zu früh ... fünf Minuten."

„Lass das. Du weißt doch, wie lebhaft meine Fantasie ist."

„Ich meine ja nur, wir sollten vielleicht noch hier unten eine rauchen ..." Vielleicht bin ich ja komisch, aber das widert mich an. Außerdem hatten sie uns gebeten, dass wir uns beeilen. Und dann machen sie uns nicht auf, weil sie gerade *jetzt* vögeln müssen. *Igitt*. Mein Bruder und Lili. *Ugh*. „Komm, lass uns eine rauchen."

„Ich sehe es gar nicht ein, hier zu warten." Ich drücke noch einmal auf die Klingel.

„Mensch, Emma."

„Nichts, Mensch Emma ..." Leni schüttelt den Kopf. Dann summt es, und wir können endlich rein. „Das wurde aber auch Zeit", schimpfe ich.

Mit dem Fahrstuhl fahren wir nach oben. Vor meinem inneren Auge presst Elias' Körper Lili an die Wand, ihre Beine sind um Elias' Becken geschlungen. Sie klammert sich an seinen Schultern fest. Er hält sie am Hintern. Sie atmet schwer. Die Türen des Aufzuges öffnen sich. Hoffentlich sind sie fertig, bis wir an der Tür ankommen. Im Flur hört man keinen Laut, alles ist still. Ich drücke auf die Klingel. Und wenige Sekunden später öffnet Elias die Tür. Er ist außer Atem. Sein Gesicht hochrot, seine Haare zerzaust. Na, wunderbar. Er trägt Putzhandschuhe. Ich starre ihn an. Wofür haben die Putzhandschuhe gebraucht? Ich glaube, das will ich lieber gar nicht wissen.

„Hallo ... kommt rein ..."

„Putzt du?", fragt Leni irritiert.

Er nickt hastig. „Ich bin noch nicht ganz fertig."

„Das sieht man ..." In meiner Stimme ist ein unüberhörbarer sarkastischer Unterton.

„Wir hatten die Pinsel vom Malern in der Badewanne ... alles ist blau."

„Wir können ja helfen ...", biete ich an, und schiebe mich an ihm vorbei ins Bad, wo Lili über dem Badewannenrand hängt und mit einem Schwamm eifrig schrubbt. Auch ihr Gesicht ist knallrot.

„Das geht nicht weg ..." Sie schaut hoch. „Ah, hallo Emma ..." Sie haben tatsächlich geputzt. „Habt ihr lange warten müssen?" Ich nicke. „Tut mir leid ... wenn die Tür zum Bad zu ist, hört man die Klingel so schlecht."

„Macht ja nichts", sagt Leni, als ich nicht reagiere.

„Machen wir später weiter, Kleines." Sie richtet sich auf und wirft den Schwamm in die Wanne.

„Wir sollten Waschbenzin kaufen ..."

„Gut, dann fahren wir morgen zum Bauhaus ..." Elias zieht die Putzhandschuhe aus. „Gib mir deine auch." Lili hält ihm ein zweites Paar entgegen. Er dreht sie um und legt sie auf den Waschbeckenrand. „Lasst uns ins Wohnzimmer gehen." Etwas verwirrt verlasse ich das Bad. Wir setzen uns an den Tisch. Im Hintergrund läuft leise Musik. „Wollt ihr einen Kaffee?" Leni und ich nicken. „Du auch, Kleines?"

„Lieber einen Schluck Wasser ... mein Mund ist so trocken." Zärtlich streift er über ihre Wange und lächelt.

„Kein Wunder." Dann geht er in die Küche. Tassen klappern, die Kaffeemaschine brummt, und Schränke gehen auf und zu. Dann klingelt es an der Tür.

„Ich mach auf", sagt Lili und verschwindet im Flur.

Marie

Noch nie war ich so nervös. Und wenn doch, dann habe ich es vergessen. Mein Finger ist ausgestreckt. Es fehlen nur noch Millimeter. Los, Marie, gib dir einen Ruck. Drück auf die Klingel. Und plötzlich, völlig unvermittelt geht die Tür auf. Und vor mir steht Pauls Vater.

„Marie ..."

„Ähm, hallo ...", stottere ich.

„Schön, dich mal wieder zu sehen."

„Ja, finde ich auch." Neben ihm erscheint eine junge Frau.

„Simona, dass ist Marie ... Marie, Simona, meine Freundin." Ich schüttle ihr die Hand. Wir lächeln. „Paul hat nicht gesagt, dass du kommst."

„Wir haben nichts ausgemacht, ich bin ganz spontan hier." Das ist die größte vorstellbare Lüge. Wir haben zwar nichts ausgemacht, aber spontan? Nein. Sicher nicht. Ich habe Stunden mit mir gerungen. Tage. Und dann endlich hatte ich den Mut dazu. Und nun stehe ich hier. „Ist Paul da?"

„Er ist in der Wohnung oben."

„Wie in der Wohnung oben?"

„Ja, hat er das gar nicht erzählt?"

„Was erzählt?"

„Simona wird hier einziehen, und da vergangene Woche die Wohnung im ersten Stock frei geworden ist, ist er letzte Woche oben eingezogen." Ich verstehe das nicht. Warum zieht Paul um, nur weil Simona einzieht. Simona wird ja wohl kaum in Pauls Zimmer ziehen.

„Thomas, wir müssen dann los." Sie schaut auf die Uhr. „Wir haben den Tisch für sieben reserviert."

„Oh ... dann müssen wir wirklich."

„Nur eine Frage noch."

„Sicher, frag nur ..." Er lächelt. Und wenn er lächelt, erinnert er mich an Paul.

„Warum ist Paul ausgezogen? Ich meine, es geht mich nichts an, aber Ihre Wohnung ist doch auch für drei Leute groß genug."

„Simona ist schwanger, wir bekommen ein Kind, und da brauchen wir den Platz." Ich starre ihn an. „Außerdem wollte Paul ausziehen, aber es war mir wichtig, dass er in der Nähe ist." Immer noch starre ich ihn an und sage nichts.

„Schatz?"

„Tut mir leid, Marie, wir müssen. Aber auf dem Tisch in der Küche liegt ein Schlüssel für die Wohnung oben ... Hörst du die Musik? Das ist Paul." Er streckt mir seinen Wohnungsschlüssel entgegen. „Wirf mir den Schlüssel später einfach in den Briefkasten." Ich nehme den Schlüssel, dann dreht er sich um und geht in Richtung Straße. „Wenn er dich nicht hört, dann kannst du einfach reingehen, das stört ihn sicher nicht." Dann winkt er mir, und auch Simona winkt. Und weil ich nicht unhöflich sein will, winke ich auch.

Mit dem Schlüssel in der Hand stehe ich vor Pauls Wohnungstür. Meine Finger zittern. Meine Knie auch. Ich klingle ein zweites Mal. Aus der Wohnung höre ich laute Musik. Ein paar Sekunden warte ich, dann schließlich stecke ich den Schlüssel ins Schlüsselloch und sperre auf. Ich stehe im Flur. Die Wohnung sieht genauso aus wie die seines Vaters, nur dass von diesem Flur nur vier Zimmer weggehen, anstelle von sechs. Bis auf eine Tür sind alle offen. Es müsste die zum Bad sein, wenn diese Wohnung so geschnitten ist wie die andere. Ich folge dem Klang der Musik. Im Wohnzimmer stehen einige Kisten, ein Sofa, ein Fernseher und eine Anlage. Unsicher gehe ich zurück in den Flur. Ich frage mich, ob Pauls neues Bad auch eine so riesige Badewanne hat. Ich stecke den Kopf ins Schlafzimmer. Sein Bett, ein paar Kisten, ein Schrank, ein Ventilator. Die Decken sind zerwühlt. In der Abstellkammer brennt Licht. Zwei Regale, eine Waschmaschine und noch mehr Kisten. Ich schleiche zurück in den Flur. Ganz plötzlich fühle ich mich unwohl. Ich fühle mich wie ein Eindringling, völlig fehl am Platz. Und gerade, als ich überlege, ob ich leise verschwinden soll, geht die Badezimmertür auf, und Paul steht nackt vor mir. Erst bemerkt er mich nicht, dann dreht er sich um.

Er schreit auf, was vom Krach der Musik verschluckt wird, und springt erschrocken einen Schritt rückwärts. Ich schaue ihn an. Seine Haut glänzt. Einzelne Tropfen schimmern auf seinem Körper. Sein Haar ist nass und wuschelig. Er geht ins Wohnzimmer und macht die Musik leiser. Dann kommt er zurück in den Flur.

„Marie, was machst du denn hier?"

Ich hatte mir das alles ein wenig anders vorgestellt. Irgendwie besser. „Ich kann auch wieder gehen."

„Nein, nein ... so war das nicht gemeint."

„Genau so klang es aber."

„Ich bin erschrocken, das ist alles." Die ganze Wohnung duftet nach Parfum.

„Hast du noch etwas vor?" Er schweigt. „Das heißt dann wohl ja." Er nickt. „Kommt Helene vorbei?" Und wieder nickt er. „Das war es dann wohl." Ich drehe mich zur Tür.

„Nein, Marie, warte."

„Spar dir den Atem, Paul."

„Marie, hör mir doch bitte mal zu. Helene und ich schauen doch nur einen Film." Das ist fast so schlimm, als würde er mit ihr schlafen. *Wir* haben immer Filme geschaut. *Nur wir.* Das war unser Ritual.

„Und deswegen ersticke ich hier fast in einer Parfumwolke? Weil ihr einen Film schauen wollt?" Betreten schaut er zu Boden. „Das alles ist falsch. Ich hätte nie gedacht, dass ich das einmal sagen würde, aber ich hasse dich, Paul ... und ich wünschte, ich hätte nie mit dir geschlafen." Fassungslos starrt er mich an. „Du bist ein

Fremder ... für mich bist du gestorben ..." Ich öffne die Tür. Ein letztes Mal schaue ich ihn noch an, dann gehe ich aus seiner neuen Wohnung und werfe die Tür hinter mir ins Schloss.

„Warte ..." Ich stehe auf der obersten Stufe und drehe mich zu ihm um. Er steht nackt im Hausgang. „Bitte, hör mir zu." Ich sage kein Wort. „Marie, ich liebe dich ..."

„Das ist mir egal."

„Du lügst ... ich weiß, dass das nicht stimmt ..." Ich gehe eine Stufe weiter. „Nein, bitte ..." Er kommt aus dem Schatten des Türrahmens und stützt sich auf dem Treppengeländer ab. Im grellen Licht des Flurs stehen wir und schweigen. „Komm bitte noch mal rein." Ich schüttle den Kopf. Aber ich muss zugeben, dass ich bewundere, dass er meinetwegen nackt im Flur steht. Ich höre, wie es bei Paul klingelt. Dann höre ich entfernt Stimmen. Und wenig später, wie unten jemand den Schlüssel ins Schloss steckt und die Türe aufsperrt.

„Da kommt jemand", sage ich kalt.

„Danke, dass sie mich reingelassen haben, mein Freund hört immer so laut Musik ..."

„Das ist doch kein Problem." Die Schritte kommen näher.

Ich starre Paul an. *„Mein Freund?"* In meiner Stimme höre ich Tränen. „Hat sie gesagt *mein Freund?*", frage ich noch einmal. Die Schritte kommen noch näher. Gleich werden sie am Treppenabsatz sein. Helene und ein Nachbar. Gleich werden sie Paul in seiner vollen Pracht bestaunen können. „Du bist ihr Freund?" Das Licht geht aus. Er schüttelt den Kopf. Zumindest sieht es in der Dunkelheit so aus wie ein Kopfschütteln. Tränen laufen über seine Wangen. „Du hast sie also getröstet." Meine Stimme zittert. Alles in mir zittert. Wie ein kleines Blatt im Wind. Das Licht geht wieder an.

„Ich nehme den Aufzug ... ich wohne im fünften Stock."

„Ich muss in den Ersten ... ich gehe zu Fuß."

„Schönen Abend noch."

„Danke, Ihnen auch ..." Und dann sehe ich sie. Am liebsten würde ich sie die Treppen runterstoßen. Oder erwürgen. Kalt schaue ich sie an. „Was macht *sie* denn hier?", fragt Helene und schaut zu Paul. Als ich gerade antworten will, bemerkt sie, dass er splitterfasernackt am Geländer lehnt. „Und warum bist du *nackt?*" Paul antwortet nicht. Seine Augen sind geschlossen. „Paul?"

„Ich geh dann mal", sage ich kühl. Sie lächelt. Ihr Lächeln ist hinterhältig. Ich wende mich Paul zu. „Du wirst das noch bereuen. Wir haben eine Geschichte, du und ich. Irgendwann wirst du morgens aufwachen und dich fragen, ob sie es wert war."

„Rede nicht von mir, als wäre ich nicht da." Langsam geht sie an mir vorbei. Ich könnte sie jetzt schubsen. Ich könnte sie jetzt einfach die Stufen runterstoßen. Und wieder mustert sie Paul von oben bis unten. „Warum bist du nackt?"

„Er wollte mich davon abhalten zu gehen."

„Nackt?"

„Weißt du, Helene ..."

„Ich heiße *Lene*", unterbricht sie mich.

„Wie auch immer ... du bist unwichtig ... Paul liebt mich. Das weißt du. Das weiß Paul, und das weiß ich." Sie schaut zu Paul. Und es scheint so, als würde sie erwarten, dass Paul protestiert. Sie scheint zu glauben, dass er mich anschreien wird, mich zurechtweisen. Aber ich weiß, dass er das nicht tun wird. Noch immer laufen Tränen über seine Wangen. „Auch, wenn er dich ab und zu flachlegt, das ändert nichts daran, dass er mich liebt und nicht dich."

Und plötzlich ist sie weg, ihre Selbstsicherheit. Ich sehe es in ihren Augen. „Es geht dich zwar nichts an, aber wir haben nicht miteinander geschlafen. Wir wollen uns Zeit lassen."

„Zeit lassen? Wozu?", frage ich irritiert. „Es ist ja nicht so, als hättet ihr euch füreinander aufgespart."

Nach einer Ewigkeit spricht Paul zum ersten Mal. „Ich wollte nicht." Er sagt das leise.

Ich schaue ihn an. „Du wolltest nicht?"

Er schüttelt den Kopf. „Nein ..."

„Und warum nicht?" Die Stille zwischen uns bereitet mir fast körperliche Schmerzen. Helene und ich stehen auf der Treppe, Paul über uns. Das Licht ist schon wieder ausgegangen. „Warum?", frage ich ein zweites Mal.

„Weil ich sie nicht liebe ... ich liebe dich."

Lili

Simon ist unheimlich schüchtern. Sanft streichelt er über Lias Handrücken.

„Seit wann weißt du es?"

„Ich habe es zwei Stunden, bevor ich es Mama und Emma erzählt habe, bestätigt bekommen."

„Und wie weit bist du?"

„Sechste Woche ..." Sie schaut zu Simon und lächelt.

„Ich versteh nicht, was sie gegen mich hat ... " Zum ersten Mal höre ich Simons Stimme. „Kann mir das einer von euch vielleicht erklären?" Elias, Emma und Leni schauen alle drei gleichermaßen betreten. „Ich meine, sie kennt mich doch überhaupt nicht."

„Das hat eigentlich nichts mit dir zu tun", sagt Emma schließlich. „Sie ist einfach so ..."

„Ja, das hat Lia auch gesagt ... Aber warum?"

„Wenn ich das wüsste."

„Ich bin nicht das, was sie sich für Lia vorstellt. Das ist es doch, oder?"

„Es wäre anders, wenn du Staranwalt oder Investmentbanker wärst", sagt Leni und seufzt.

„Und das ist alles?" Leni nickt. „Aber ich liebe Lia."

„Das ist nicht so wichtig."

„Wie kann das nicht wichtig sein?" Lia küsst ihn auf die Wange.

„Sie hat eine seltsame Vorstellung davon, was gut für uns wäre", sagt Emma nach einer Weile. „Sie denkt, sie weiß das besser als wir ..."

„Wir wollten nur, dass ihr wisst, dass wir nicht so denken ..." Elias legt seine Hand auf Simons Schulter. „Wir freuen uns ehrlich für euch. Und, wenn ihr Hilfe braucht, könnt ihr auf uns zählen."

„Ich bin froh, dass ihr das so seht", sagt Lia leise.

„*Wir* sind froh", verbessert sie Simon.

„Ja, stimmt, *wir* sind froh." Er lächelt.

„Was ist eigentlich mit deinem Studium?"

„Ich studiere weiter ... das machen viele Frauen. Ich muss eben ein paar Semester kürzertreten." Lia ist wirklich bildschön. Sie hat ein ganz spezielles Gesicht. Ein außergewöhnliches Gesicht. Ich glaube, es sind ihre Augen. Es ist nicht die Farbe, es ist die Form.

„Hast du es Papa schon gesagt?", fragt Elias. Sie nickt. „Und?"

„Er freut sich ..." Sie räuspert sich. „Er war bei dieser *Frau*, als ich ihn angerufen habe ... Ich habe sie im Hintergrund gehört."

„Du weißt von ihr?", unterbricht sie Emma.

„Was für eine Frau?", fragt Leni verständnislos. Plötzlich werden alle still. Denn Leni weiß von nichts. Leni wurde in dem Glauben gelassen, dass zwischen ihren Eltern alles in Ordnung wäre. Wir alle starren sie an. Und jeder scheint dasselbe zu denken. „Was für eine Frau?", wiederholt Leni ihre Frage.

„Papa hatte eine Freundin", sagt Elias nach einigen Sekunden, die sich wie Stunden anfühlen.

„Er *hat*, nicht hatte", korrigiert ihn Lia.

„Was?", fragt Leni fassungslos. „Seit wann?"

Niemand spricht. Nach einer Weile antwortet dann wieder Elias. „Schon länger ... wie lange genau, weiß ich nicht."

„Woher wisst ihr es?"

„Ich habe die beiden zusammen gesehen." Emmas Tonfall ist ruhig.

„Wo?"

„Das ist doch nicht so wichtig."

„Mir schon ... wo hast du sie gesehen, Emma?"

Einen Moment zögert Emma, dann antwortet sie: „Er hat mit ihr auf unserer Couch geschlafen ..." Lenis Augen füllen sich mit Tränen.

„Ich weiß aber nicht, ob er noch mit ihr zusammen ist", sagt Elias, um die Situation zu entschärfen.

„Hat sie braunes, längeres Haar?", fragt Lia. Emma nickt. „Ich denke, dann ist es noch dieselbe Frau."

„Woher weißt du das?", fragt Elias, und er scheint schockiert über Lias sachlichen Tonfall.

„Ich habe die beiden vor einigen Monaten gesehen. Ich habe ihn zur Rede gestellt, und da hat er mir gesagt, dass er sie liebt."

„Er hat was? Ja, und was hast du gesagt?"

„Was hätte ich schon sagen sollen? Es ist sein Leben. Ich habe nicht das Recht, mich da einzumischen. Ich habe ihm gesagt, er soll es Mama sagen ... ich habe gesagt, er soll sich von Mama trennen, wenn er eine andere liebt."

Lange sagt Leni nichts mehr. Dann schließlich räuspert sie sich. Lia hält ihr ein Taschentuch entgegen. „Ich dachte, sie lieben sich. Ich dachte wirklich, sie lieben sich." Große Tränen laufen über ihre Wangen. „Und ich hätte wirklich nicht gedacht, dass mir keiner von euch etwas davon sagen würde." Enttäuscht schaut sie zu ihren Geschwistern.

„Mir hat es auch keiner gesagt, Leni", sagt Lia nach einer Weile.

„Und ich habe es Elias nur gesagt, weil er der Einzige war, der da war. Mama und du wart Skifahren, und Lia war verreist", sagt Emma rechtfertigend.

„Und ich hatte keine Ahnung, dass er noch immer mit ihr zusammen ist. Ich dachte wirklich, er hätte es beendet." Elias schaut auf die Tischplatte.

Nach ein paar Minuten betretenen Schweigens fragt Emma schließlich: „Ist sonst noch etwas los mit dir, Leni?" Sie schaut hoch. Ihre großen braunen Augen sind rot und ein wenig geschwollen.

„Wie kommst du darauf?", fragt sie unsicher.

„Ich dachte, ich hätte dich heute Morgen schon weinen hören."

„Mich?" Frische Tränen laufen über ihre Wangen.

„Entweder dich oder Mama." Leni schweigt. Und mit diesem Schweigen wissen alle in der Runde, dass Emma Leni gehört hat.

„Du musst es nicht sagen", sagt Lia und streichelt ihr liebevoll über den Kopf.

„Ich kann auch rausgehen, wenn es dir unangenehm ist, dass ich ...", sagt Simon vorsichtig.

„Nein ...", unterbricht ihn Leni. „Du störst kein bisschen." Sie schaut ihn an, dann Emma. „Ich habe einen großen Fehler gemacht."

„Einen Fehler? Was für einen Fehler?", fragt Elias erstaunt. Sie wischt sich die Tränen aus dem Gesicht.

„So schlimm kann es doch nicht sein", sagt Emma. Und ganz plötzlich ist da ein seltsames Knistern in der Luft. Und nicht nur ich spüre das. Alle spüren es. „Was ist denn, Leni?" Emmas Blick ist ängstlich.

„Emma", fängt Leni an, „ich habe das nicht getan, um dir wehzutun."

„Was denn getan?" Ihre Stimme zittert. Leni rührt sich nicht. Sie starrt Emma lediglich an. „Wovon redest du?"

„Ich hatte was mit Clemens ..."

Marie

„Danke, dass du noch geblieben bist", sagt Paul, als er sich neben mich auf die Couch setzt. Was mache ich hier eigentlich? Ich hätte gehen sollen. Aber stattdessen stehe ich in Pauls Wohnzimmer. Und er ist noch immer nackt.

„Paul, kann ich mal telefonieren?"

„Sicher, wen willst du denn anrufen?"

„Meine Mutter, ich will sie bitten, mich abzuholen."

„Du kannst auch hier ..."

„Ich will nicht hier schlafen", unterbreche ich ihn.

„Marie, was soll ich noch tun? Ich habe dir SMS geschrieben, ich habe angerufen, ich habe dir Nachrichten hinterlassen, ich bin vorbeigekommen ... du hast auf nichts reagiert ... du warst eiskalt."

„Und?"

„Ich habe mit ihr geschlafen, da waren wir noch nicht zusammen ... ich hätte nie gedacht, dass du wirklich mehr für mich empfindest als Freundschaft ... ich hätte nie gedacht, dass mein Handeln dich verletzen könnte." Es ist genauso, wie Lili gesagt hat. „Ja, du hast mir Zeichen gegeben, im Nachhinein betrachtet, eindeutige Zeichen, aber ich war mir sicher, sie falsch zu deuten. Ich war mir sicher, dass ich nur sehe, was ich sehen will ... und dann hat sie mich geküsst, und ich dachte, ja, warum eigentlich nicht? Warum hänge ich an einer Frau, die mich als asexuelles Wesen wahrnimmt, wenn es auch welche gibt, die das nicht tun?"

Ich schaue ihm tief in die Augen. „Hast du seitdem noch einmal mit ihr geschlafen?", frage ich nüchtern.

„Nein ..."

„Wirklich nicht?"

„Wirklich nicht."

„Wie kam sie dann darauf, dass du ihr Freund bist?"

„Keine Ahnung ... da war nichts."

„Nicht mal ein Kuss?"

„Nein."

„Ehrlich nicht?", frage ich ungläubig.

„Die letzte Person, die ich geküsst habe, bist du." Lange schweigen wir. Paul steht auf und schaut mich an. „Hasst du mich wirklich?"

„Ein bisschen ..."

Er geht langsam auf mich zu. „Du hasst mich ein bisschen?" Ich nicke. „Wie kann man jemanden ein bisschen hassen?", fragt er halb irritiert, halb erleichtert.

„Ich kann das."

Er steht vor mir. Sein Duft tanzt vor mir her. Ich spüre die Wärme seines Körpers. Und dann passiert, was schon eine Ewigkeit überfällig ist. Er küsst mich. Und dieser Kuss ist so wunderbar, dass ich ihn nicht einmal mehr ein bisschen hasse. Zumindest im Moment.

Seine Lippen sind weich, seine Zunge schmeckt salzig. Zum ersten Mal seit Langem geht es mir gut. Erst jetzt, wo es mir gut geht, wird mir klar, *wie* schlecht es mir die vergangenen Tage ging. Gott, wie ich ihn vermisst habe ... jeder Tag ohne ihn war scheußlich. Jeder Abend, an dem ich alleine, weinend eingeschlafen bin, reinste Verschwendung. Seine warmen Lippen saugen an meinen. Sein Atem trifft meine Haut. Er haucht meinen Namen. „Marie ..."

„Was?", hauche ich zurück.

„Nichts ... ich wollte nur deinen Namen sagen."

Lili

Mit weit aufgerissenen Augen schaut Emma ins Leere. Es ist still. Es ist so still, dass ich meinen eigenen Herzschlag hören kann.

„Aber du hast nicht mit ihm geschlafen, oder?", fragt Emma verstört.

„Doch, hab ich." Simon schaut angestrengt aus dem Fenster.

„Aber warum?"

„Ich ...", fängt Leni an, spricht dann aber nicht weiter. Sie hat sich eben in ihn verliebt. Ich weiß das. Sie hat es mir gesagt.

„Leni?" Sie schaut hoch, direkt in Emmas stechend blaue Augen.

„Ich mag ihn ... ich mag ihn wirklich."

„Aber du kennst ihn doch gar nicht." In Emmas Stimme ist nichts Vorwurfsvolles zu hören. Nicht einmal unterschwellig.

„Was soll ich sagen?", schluchzt sie. „Ich habe mich in ihn verliebt." Elias greift nach seiner Kaffeetasse. Ich denke, er tut das, weil er nicht weiß, was er sonst tun soll.

„Aber er ist ein Arschloch, Leni."

„Ich weiß, dass er dich verletzt hat."

„Und woher weißt du, dass er das nicht auch bei dir tun wird?"

„Ich weiß es eben." Sie klingt bestimmt.

„Ja, aber woher?", fragt Emma ein zweites Mal.

„Ich habe ihn vergangene Woche zufällig getroffen ... und dann sind wir in ein Café gegangen und haben uns stundenlang unterhalten. Es hat sich einfach so ergeben."

„Ihr habt euch *unterhalten?*", fragt Emma entgeistert. Sie nickt. „Worüber?"

„Über alles Mögliche. Seine Familie, Filme, Bücher, Freunde ... über vieles eben ..." Regungslos sitzt Emma da.

Würde sie nicht atmen, wäre ich sicher, sie wäre aus Plastik. „Er hat mir auch von euch und von Ella erzählt." Emmas Gesichtsausdruck ist leer. „Emma, es tut mir leid." Doch Emma reagiert nicht. „Ich dachte, du bist wieder mit Stefan zusammen."

„Du bist wieder mit Stefan zusammen!?", frage ich entgeistert. Emma schaut kurz zu mir und schüttelt den Kopf.

„Bist du nicht?", fragt Elias erstaunt.

Erst sagt sie nichts. Doch dann antwortet sie leise: „Ehrlich gesagt, weiß ich es nicht."

„Aber du hast doch gesagt, dass das mit Clemens dir nicht so nahegeht."

„Leni, ich liebe Clemens nicht, das ist nicht das Problem."

„Was ist es dann?"

„Er ist einfach ein Arschloch."

„Wahrscheinlich hast du recht. Aber, das werde ich dann selbst herausfinden müssen ..."

Eine Stunde später verteilt Elias Teller und Besteck. „Das riecht aber gut, findet ihr nicht?", fragt Lia und schaut vorsichtig zu Emma und Leni, die auf dem Balkon stehen und reden.

„Und wie", sage ich übertrieben begeistert. Ich zünde mir eine Zigarette an. „Oh ... stört es euch? Ich meine wegen dem Baby?"

„I wo, das ist schon in Ordnung." Als ich gerade aufstehe, um einen Aschenbecher zu holen, klingelt Elias' Handy.

„Kannst du hingehen, Kleines?"

Ich greife nach seinem Handy und gehe dran. „Hallo?"

„Ist das nicht Elias' Handynummer?" Es ist ein junger Mann mit einem Akzent, den ich nicht kenne. Weder den Akzent noch den jungen Mann.

„Doch, doch ... ich bin seine Freundin Lili ... Elias kocht gerade."

„Ach so, hallo Lili, ich bin Joakim, ein Freund von Elias."

„Der Freund aus Finnland?", frage ich unsicher.

„Genau der ..." Er lacht. „Hat er kurz Zeit?"

„Ja, sicher, warte, ich gebe ihn dir ..." Ich gehe in die Küche und reiche Elias das Telefon. Er sieht mich fragend an. „Es ist Joakim."

„Ah! Danke, Kleines ..." Er trocknet sich die Hände ab und nimmt das Telefon. „Joakim? ... Ja gut, und dir? ... Wo? Am Flughafen? ... Oh ... Nein, nein, das ist schon okay, ich dachte nur, du kommst erst morgen ... Ja, soll ich dich holen? ... Das ist kein ... Bist du sicher? ... Macht dir das sicher nichts aus? ... Ja, Volkartstraße ... Nein, nicht 19, sondern 17 ... Ja, steht an der Klingel ... okay, dann bis später ... ja, ich mich auch ..." Er legt das Handy zur Seite und holt einen weiteren Teller aus dem Schrank und bringt ihn ins Wohnzimmer. „Joakim kommt schon heute ... könnt ihr alle ein Stück zusammenrutschen?"

„Ich hole einen Stuhl vom Balkon." Ich schiebe mich mit dem Stuhl an Emma und Leni vorbei, die zusammen eine rauchen.

„Nein, Leni, ich freue mich, wenn du glücklich bist", höre ich Emma sagen. „Es wird nur komisch, ihn zu sehen, das ist alles." Als ich gerade die Balkontür wieder schließe, höre ich noch, wie Emma fragt: „Seid ihr eigentlich zusammen?" Mein Blick fällt auf Leni, die betreten zu Boden schaut und dann schließlich nickt.

Emma

Leni schläft mit Clemens, ich schlafe mit Stefan. Das sollte mich doch freuen. Ich glaube, das, was so wehtut, ist die Tatsache, dass Clemens nie mit mir geredet hat. Mit ihr hat er mehrere Stunden geredet. Über alles Mögliche. Mit mir nicht. Mit mir hat er nur geschlafen. Ich war gut fürs Bett. Und nicht einmal dafür war ich gut genug, denn da war ja auch noch Ella. Gut, ich habe Clemens nicht geliebt, aber er hat mich trotzdem verletzt. Und zugegeben, ich weiß, sie wäre nicht mit ihm zusammengekommen, wenn ich ihr nicht gesagt hätte, dass ich nichts von ihm will. *Deswegen* hat sie mich gefragt, wie es mir wegen Clemens geht. Deswegen sah sie so erleichtert aus, als ich ihr von Stefan erzählt habe. Jetzt gibt das alles plötzlich Sinn. Da hatte sie ihn schon getroffen. Ich weiß, sie will mir nicht wehtun. Und ich weiß, dass sie ihn erst nach unserem Gespräch wieder gesehen hat. Eigentlich kann ich ihr nichts vorwerfen. Aber trotzdem tut es weh. Und es ist irgendwie seltsam, dass es das tut.

„Reichst du mir mal das Salz?" Lili lächelt mich an, lehnt sich über den Tisch und greift nach dem Salzstreuer.

„Hier."

Ich lächle sie an und streue Salz über meine Nudeln. Neben Elias ist noch ein freies Gedeck, obwohl wir schon alle sitzen. „Kommt noch jemand?", frage ich, während ich das Salz unter meine Nudeln mische.

„Joakim kommt schon heute", antwortet Elias mit vollem Mund. „Du weißt schon ... der Finne ..."

„Ach ja ... stimmt." Dann frage ich mich, ob Elias den Makler wegen der Wohnung im ersten Stock noch einmal angerufen hat. „Hast du eigentlich noch mal wegen der Wohnung im ersten Stock nachgefragt?"

Er nickt. „Du hattest recht, da ist noch eine Wohnung frei. Wir haben den Besichtigungstermin Mittwochnachmittag."

Etwas über zwanzig Minuten später klingelt es. Elias steht auf und geht zur Tür. Er nimmt den Hörer ab. „Joakim? Ja, dritter Stock links ..." Dann drückt er den Einlasser. „Joakim schläft auf dem Sofa, wenn es dir recht ist."

„Mir?", fragt Lili erstaunt. „Ähm, natürlich, das ist doch deine Wohnung."

Er küsst sie auf die Stirn. „Ich sehe es eher als *unsere* Wohnung." Er lächelt. So eine Beziehung, wie Lili und Elias sie haben, hätte ich gerne. Aber nicht mit Stefan. Wäre sie mit Stefan, wäre sie auch nicht so, wie bei Lili und Elias. Ich hätte nicht gedacht, dass die beiden so gut zusammenpassen. Aber das tun sie. Elias ist Lilis Deckel. Oder sie seiner. Wie auch immer.

„Komm rein, komm rein." Joakim entgegnet etwas, das ich nicht genau verstehe, dann kommen sie gemeinsam ins Wohnzimmer. Er sieht anders aus, als ich ihn mir vorgestellt habe. Er ist größer. Er hat hellblondes kurzes Haar, ein schmales Gesicht, helle Augen. Ob sie blau sind, kann ich aus der Entfernung nicht sagen. Er trägt eine dunkelbraune Hornbrille. Aber diese Brille macht ihn nicht zum Bücherwurm. Sie macht ihn interessant. Er trägt eine blaue Jeans und ein schmales, schwarzes T-Shirt. „Das ist Joakim, das sind meine Schwester Lia und ihr Freund Simon." Joakim geht auf sie zu und schüttelt beiden die Hand. „Das ist Lili, meine Freundin ..."

„Ah, schön, dich kennenzulernen." Sie lächelt.

„Und das sind meine beiden Schwestern Emma und Leni."

Er kommt auf uns zu und streckt uns seine Hand entgegen. „Eine hübscher als die andere ..." Er schaut zu Elias und grinst. Und in diesem Moment frage ich mich, wen von uns beiden er wohl hübscher findet. *Eine hübscher als die andere.* Klar weiß ich, dass das eine Redensart ist, trotzdem würde mich interessieren, wer von uns beiden ihm wohl besser gefällt.

Joakim ist ich-bezogen, selbstverliebt und arrogant. Er ist ein absoluter Vollidiot. Und ich frage mich, wie Elias sich mit so einem Arschloch abgeben kann. Er kramt nach seinen Zigaretten. Und weil er sie nicht finden kann, fängt er an, den Inhalt seiner Tasche auf dem Tisch auszubreiten. Unter anderem ein Buch.

„Ich liebe dieses Buch", sagt Leni unvermittelt.

„Du hast es gelesen?", fragt er beeindruckt.

„Natürlich ..."

„Was ist das für ein Buch?", frage ich interessiert.

„Die unerträgliche Leichtigkeit des Seins", entgegnet er. „Hast du es auch gelesen?" Ich schüttle den Kopf.

„Ich mag dieses Buch nicht so gerne", sagt Lili nüchtern.

„Ach, nein?"

„Nein ..."

„Wieso nicht?", fragt Joakim verwundert.

„Ich kann Thomas nicht leiden, und ich finde dieses philosophische Vorwort auch ein bisschen viel."

„Vielleicht hast du es ja nicht richtig verstanden?", fragt er vorsichtig.

„Nur, weil es mir nicht so gut gefällt, denkst du gleich, ich habe es nicht richtig verstanden?"

„Dann haben sich also all die begeisterten Leser getäuscht?", entgegnet er mit einem arroganten Unterton.

„Vielleicht denken sie nur, es verstanden zu haben. Oder aber sie glauben, es gut finden zu müssen, weil irgendjemand gesagt hat, dass dieses Buch Weltklasse ist", antwortet Lili nicht weniger arrogant. „Manche Leute lassen sich eben nicht vorschreiben, was ihnen gefällt ... andere schon." Joakim lacht und sieht zu Elias. Elias nickt zustimmend.

„Ich finde das Buch nicht schlecht, aber so unbeschreiblich toll finde ich es auch nicht", gibt Lia zu.

„Leni, was hat dir an dem Buch gefallen?", fragt Joakim nach einer Weile.

„Ich finde es schön, wie realistisch die Charaktere sind ... diese Liebesgeschichte ist aufwühlend, und gleichzeitig abartig. Er tut ihr weh, nur weil er ist, wie er ist und trotzdem fühlt sie sich zu ihm hingezogen. Oder vielleicht gerade deswegen. Der geschichtliche Hintergrund, kombiniert mit der Tiefe der Gefühle, hat mir einfach gefallen." Sie schaut betreten.

Alle haben dieses Buch gelesen. Nur ich nicht. „Gibt es da nicht auch eine Verfilmung?", frage ich in die Runde.

„Du kennst dich wohl bei Filmen besser aus als bei Büchern", antwortet Joakim.

„Also gibt es eine ...", übergehe ich diese Äußerung. Leni nickt. „Ich fand den Film nicht so toll."

„Wir reden hier vom Buch und nicht von der Verfilmung." Verdutzt schaue ich ihn an. „Du kannst da, denke ich, nicht wirklich mitreden." Er lächelt. Und ich fasse es nicht, dass er die Dreistheit besitzt, auch noch zu lächeln, als er das sagt.

„Vielleicht sollten wir dann über etwas reden, das nicht nur dich interessiert, Joakim."

„So? Über was denn? Etwa über Schuhe? Oder Volumen-Mascara?"

„Joakim, hör auf." Er schaut zu Elias, Elias zu mir.

„Das war doch nicht böse gemeint." In seiner Stimme ist kein Bedauern zu hören. Er hat es so gemeint. Genau so und nicht anders. Ich stehe auf.

„Emma, bitte setz dich wieder."

Ich schlucke und schüttle den Kopf. „Ich glaube, ich gehe jetzt lieber ..."

„Ach komm schon ... deswegen?" Ich schaue Joakim an. Meine Augen füllen sich mit Tränen. Ich hasse es, vor Wut zu weinen. „Im Ernst jetzt?"

„Joakim, hör auf. Lass sie in Ruhe."

„Was hab ich denn gemacht?"

„Du bist ein ich-bezogener, arroganter Vollidiot. Und ich frage mich, warum mein Bruder sich mit jemandem wie dir abgibt." Ich wische mir mit dem Handrücken über meine Wangen, dann verlasse ich wortlos die Wohnung.

Lili

„Was sollte das?", frage ich verärgert. Als er nicht antwortet, schaue ich zu Elias. „Was bildet der sich eigentlich ein?"

„Woher sollte ich bitte wissen, dass sie so empfindlich ist?", verteidigt sich Joakim.

„Empfindlich?", frage ich kopfschüttelnd. Sein Blick klebt auf der Tischplatte. „Kann sein, dass Emma empfindlich ist", fahre ich ihn an, „du dagegen bist einfach nur ein Trampel." Ich gehe zur Tür, und da steht sie. Sie wartet auf den Aufzug. Ich gehe auf sie zu. „Emma ... warte."

„Bitte, lass mich in Ruhe ..." Ihre Stimme zittert. Sie weint. Die Wimperntusche läuft über ihre Wangen. Ich höre, wie sich die Wohnungstür öffnet. Langsam kommt Leni auf uns zu. Gemeinsam stehen wir vor dem Aufzug. Emma, Leni und ich. Und dann öffnen sich die Türen. Emma hält ihre Hand vor die Lichtschranke. „Ich weiß, ihr meint es gut, aber ich möchte wirklich lieber alleine sein."

„Was willst du denn so ganz allein machen?", fragt Leni sanft.

„Ich fahre in die Stadt ..."

„Und was willst du dort tun?"

Sie zuckt mit den Schultern. „Spielt keine Rolle. Ich will einfach alleine sein." Dann macht sie einen Schritt in den Aufzug, und die Türen schließen sich hinter ihr.

„So ein Arschloch ...", sagt Leni. Sie wirkt bedrückt.

„Ja, der ist wirklich ein Idiot", sage ich zustimmend. Langsam gehen wir wieder in Richtung Wohnung.

„Ich fand ihn richtig sympathisch ... und dann ..."

„Geht mir genauso." Schweigend und nachdenklich stehen wir vor der Wohnungstür. Dann klingle ich.

„Ich hab das nicht böse gemeint", höre ich Joakim sagen, als wir wieder ins Wohnzimmer kommen.

„Sondern?" Lias Tonfall ist scharf. „Wie hast du es dann gemeint?"

„Sie sieht so selbstsicher aus ... ich habe doch nur einen blöden Spaß gemacht."

„Einen Spaß?", frage ich ungläubig.

„Ja, einen Spaß ... ich dachte, Emma steht da locker drüber. Aber ganz offensichtlich tut sie das nicht."

„Nein, das tut sie nicht", sagt Elias ruhig. „Sie wird meistens nicht wirklich ernst genommen. Die meisten sehen nur ihre gute Figur und ihr Aussehen. Die meisten halten sie für dumm und oberflächlich." Joakim schweigt. Und in diesem Augenblick sehe ich ihm an, dass es ihm leidtut. Wirklich leid. Aber sagen tut er nichts. Joakim schweigt lieber.

Emma

„Ich wollte mich bei dir bedanken ... Ja, ich bin noch in der Stadt ... Ja, es geht mir gut ... nein, das ist lieb von dir ... nein, wirklich, ich bin gerade gerne allein ... Später? Ich glaube, da treffe ich Stefan ... Nein, wir sind nicht zusammen ... Da reden wir ein anderes Mal, okay? ... Ja, das weiß ich ... danke ..." Ich schalte mein Handy aus. Denn egal, wer mich anrufen würde, ich habe keine Lust zu reden. Mit niemandem. Nicht jetzt. Und auch nicht später. Warum geht es mir so beschissen? Vielleicht, weil Joakim nicht ganz unrecht hat. Wofür interessiere ich mich schon groß? Für gar nichts. Und anstatt dazu zu stehen, bin ich verletzt. Er hat gesagt, wie es ist. Es ist ja nicht so, als würde ich besonders viel von Joakim halten. Er ist ein eingebildeter, pseudo-intellektueller Schnösel. Gut, vielleicht ist er ja wirklich intelligent. Aber sicher bei Weitem nicht so, wie er tut. Gebildet vielleicht, belesen auch, aber sonst? Er studiert ja auch Literaturwissenschaft ... da sollte er belesen sein. Und zugegeben, er sieht nicht übel aus, aber so gut nun auch wieder nicht.

Vergraben in meinen Gedanken, schlendere ich in den Hugendubel. Und ich gehe nie in den Hugendubel, denn dort gibt es nur Bücher zu kaufen. Und ich kaufe keine Bücher. Warum auch? Ich habe ein paar Bücher angefangen und keines zu Ende gelesen. Warum gehe ich dann jetzt rein? Kurz spiele ich mit dem Gedanken, wieder zu gehen. Doch ich tue es nicht. Stattdessen inhaliere ich den Duft von Büchern. Es ist ein schöner Duft. Der Trubel der Innenstadt hat mich hierher getragen. Hier ist es ruhig und kühl. Und ich genieße die Stille. Ziellos wandere ich umher. Ich schaue mich um. Romane sind im Obergeschoss. Also fahre ich nach oben. Es ist fast schon unheimlich, wie viele Bücher es gibt. Regale vollgestopft mit Fachliteratur, Sachbüchern, Romanen, Kinderbüchern ... Und hinter jedem dieser Bücher steckt ein Mensch. Jemand, der Wort für Wort zu Papier gebracht hat. Und nun stehen all die Werke hier und wetteifern um Käufer.

Ich werde mir ein Buch kaufen. Nicht gerade *Die unerträgliche Leichtigkeit des Seins*. Lieber etwas Leichteres, etwas, das zu mir passt. Aber was passt zu mir? Ich gehe zur Information. Hinter dem Tresen sitzt eine junge Frau und tippt etwas in den Computer ein. Sie schaut hoch.

„Kann ich Ihnen helfen?" Ihre Stimme ist sanft und freundlich.

„Das hoffe ich ..." Ich seufze.

„Sagen Sie mir einfach, was Sie suchen, und ich werde es für Sie finden ..." Sie lächelt.

„Wenn ich ehrlich bin, weiß ich nicht genau, was ich suche ..."

„Hm ... Nicht einmal eine Richtung?" Ich schüttle den Kopf.

„Wissen Sie, um ganz ehrlich zu sein, habe ich noch nie ein Buch zu Ende gelesen, und ich bin hier, um ein Buch zu finden, dass mich so fesselt, dass ich es zu Ende lesen werde."

„Vielleicht eine Komödie?"

„Nein, es soll schon was Anspruchsvolles sein."

Sie steht auf. „Dann lassen Sie uns mal nach einem guten Buch suchen ..." Unbeholfen gehe ich hinter ihr her. Ich frage mich, was sie wohl von mir denkt. Vielleicht hätte ich lieber nicht sagen sollen, dass ich noch nie ein Buch zu Ende gelesen habe. Plötzlich bleibt sie stehen. „Also, dieses Buch ...", sie nimmt ein Buch und hält es mir entgegen, „... habe ich *verschlungen* ..."

Ich nehme es. „*Das Parfum*?" Sie nickt. Ich drehe das Buch um und lese den Klappentext.

„Sie werden es lieben."

„Meinen Sie?"

Sie nickt. „Ganz bestimmt ... Ach, ja, da fällt mir noch eines ein ... Kommen Sie ..." Ich folge ihr.

„*Der Fänger im Roggen* ...?"

„Dieses Buch ist unbeschreiblich ..." Als ich sie ungläubig ansehe, lächelt sie mich an und sagt, „... Glauben Sie mir ..." Sie scheint viel zu lesen, denn ein paar Sekunden später schleift sie mich schon zum nächsten Regal. Und wieder findet sie ein Buch, das ich unbedingt lesen sollte. „*Die Buddenbrooks* ist ein wirklich bedeutendes Buch ... Es ist vielseitig und unterhaltsam. Ich finde, jeder sollte es gelesen haben. Ist Ihr Englisch eigentlich gut genug, um englische Bücher zu verstehen?"

„Ich denke schon, das kommt auf das Niveau an ..."

„Weil *der Fänger im Roggen* auf Englisch wirklich viel besser ist." Sie drückt mir die englische Ausgabe in die Hand und nimmt mir die deutsche aus der Hand.

Eine dreiviertel Stunde später stehe ich an der Kasse. Und ich kaufe nicht nur ein Buch, ich kaufe fünf. *Das Parfum* von Patrick Süskind, *Die Buddenbrooks* von Thomas Mann, *The Catcher in the Rye* von J.D. Salinger, *Elf Minuten* von Paulo Coelho und den ersten Band von *Harry Potter*. Den muss ich auch auf Englisch lesen, hat die Verkäuferin gesagt. Also tue ich das.

„Das macht dann 57 Euro und 65 Cent." Entgeistert schaue ich die Kassiererin an.

„Ähm, einen Moment bitte ..." Ich strecke ihr meine EC-Karte entgegen.

„Da haben Sie eine wirklich gelungene Auswahl getroffen ..."

„Finden Sie?" Sie nickt. „Vielen Dank ..." Ich unterschreibe auf der Rückseite des kleinen Zettels, dann reicht sie mir die Tüte und wünscht mir einen schönen Abend. „Den wünsche ich Ihnen auch ..."

„Und viel Spaß beim Lesen ..." Ich nicke und gehe schwer beladen aus dem Geschäft.

In der Tram greife ich blind in die Tüte und gleite mit den Fingerkuppen über jedes einzelne Buch. Dann entscheiden meine Finger, dass ich mit dem Buch, das sie gerade abtasten, anfangen sollte. Ich ziehe es hervor. *Elf Minuten*. Nun gut. Ich atme tief durch, dann öffne ich es und fange an zu lesen. In der Sekunde, als ich es öffne, bin ich mir sicher, dass ich es nach drei Seiten wieder schließen werde, weil es mich wie alle seine Vorgänger langweilen wird. Aber es kommt anders. Vollkommen anders.

„Nächste Station Amalienburgstraße – Endstation, bitte alle aussteigen." Wie gebannt lese ich, ich verschlinge Wort für Wort. Die Art, wie Coelho schreibt, ist einfach wunderbar. Es ist von einer Leichtigkeit, die einen absolut beflügelt. Es ärgert mich richtig, dass ich aussteigen muss. Langsam stehe ich auf und gehe zur Tür. Lesend gehe ich zum Bus, lesend verbringe ich die Fahrt, lesend steige ich aus. Und lesend gehe ich nach Hause. In dieser Nacht werde ich mein erstes Buch zu Ende lesen. Und auch wenn das für manch einen nach einer klitzekleinen Sache klingt, für mich ist das eine enorme Sache. Es ist die größte Sache überhaupt. Es ist absolut unbeschreiblich.

Marie

„Sie tut was?"

„Ja ... sie liest ...", antwortet Lili.

„Emma? *Die* Emma?"

Sie nickt. „Ich war eben bei ihr."

„Und sie hatte keine Zeit, weil sie gelesen hat?" Lili nickt. „Ist sie krank?" Sie zuckt mit den Schultern. „Hat Emma je ein Buch gelesen?"

„Nein."

„Und in den letzten Tagen dann gleich zwei?"

„Sie ist nur noch am Lesen ..."

„Und was liest sie so?"

„Ziemlich anspruchsvolles Zeug."

„Tut sie das wegen diesem Joakim?"

„Ich weiß es nicht." Lili schaut über das Geländer des Balkons. „Vielleicht hat sie die Bücher seinetwegen gekauft, aber ich denke, lesen tut sie sie jetzt für sich. Sie wirkt richtig glücklich."

„Und bei dir und Elias? Wieder alles in Ordnung?"

„Ja, schon, aber ich verstehe immer noch nicht, warum er mit so einem Kerl befreundet ist. Und ich finde auch, dass er sie mehr hätte in Schutz nehmen müssen."

„Das war für ihn sicher auch nicht so einfach." Ich versuche, das Richtige zu sagen. Wenn sie jetzt das Thema wechselt, habe ich es nicht geschafft.

„Wann kommt Paul?" Und sie wechselt das Thema.

„Er dürfte jeden Moment kommen ..."

„Ich bin schon so gespannt." Ich schenke uns noch mehr Eistee ein. Die Eiswürfel erliegen ihrem Schicksal in der brütenden Mittagssonne. „Ist bei euch wieder alles gut?", fragt sie vorsichtig.

„Besser als das ..."

Sie strahlt mich an. „Das freut mich für dich." Sie nimmt einen großen Schluck Eistee. Eine Weile schweigen wir. „Marie?"

„Hm?"

„Weiß er von uns? Also ich meine, weiß er *alles*?"

Ich muss lachen. „Du meinst, ob er weiß, dass wir miteinander geschlafen haben?"

„Du weißt genau, was ich meine."

„Ja."

„Ja, du weißt, was ich meine, oder ja, er weiß, dass wir miteinander geschlafen haben?"

Sie schaut in ihr Glas. „Beides."

„Und was sagt er dazu?"

„Zu uns? Inzwischen findet er den Gedanken, glaube ich, ganz schön."

„Im Ernst?"

Und wieder muss ich lachen. „Ja, ich denke schon." Wenig später höre ich einen Schlüssel. Und in dieser Sekunde schlägt mein Herz panisch gegen meine Rippen. Als er zu uns auf den Balkon kommt, bin ich schrecklich nervös. „Paul, das ist Lili, Lili, das ist Paul ..."

„Lili, ich habe schon viel von dir gehört." Er lächelt und streckt ihr seine Hand entgegen. Sie wird rot und nimmt sie.

„Das kann ich mir vorstellen ..."

Er lacht. „Ich habe auch viel von dir gehört", sagt sie nach einer kleinen Pause. „Ziemlich viel."

Er schaut mich an. „Na ja, ich nehme an, das ist fair, sie hat mir schließlich auch alles von euch beiden erzählt." Er lächelt. „Wenn du sagst *ziemlich viel*, dann kennst du vermutlich die ganze Geschichte."

„Wenn du damit dich nackt auf der Treppe meinst, dann ja ..."

„Und die Vorgeschichte dazu vermutlich auch." Sie nickt. „Ich muss zugeben, dass mich das ein kleines bisschen einschüchtert und dass ich mich fühle wie ein Idiot, aber das wird sich sicher mit der Zeit legen."

„Ungefähr so fühle ich mich in deiner Gegenwart auch", sagt Lili und lächelt.

„Das macht es leichter", sagt er lachend. „Es ist jedenfalls schön, dich endlich kennenzulernen." Er klingt aufrichtig.

„Setz dich zu uns, mein Schatz. Magst du auch einen Eistee?" Ich greife nach einem unbenutzten Glas und halte es ihm hin.

„Danke." Er schenkt sich etwas Eistee ein, dann setzt er sich neben mich. Und da sitze ich nun, zwischen den beiden wichtigsten Menschen meines Lebens. Und wir unterhalten uns. Die Sonne scheint mir auf den Bauch, und der Eistee läuft kühl meine Kehle hinunter. Das Leben ist schön. Es ist bildschön ...

Emma

Es klopft an meiner Tür. Ich sitze auf dem Balkon, meine Beine auf dem Geländer, neben mir eine Kanne eiskalter Pfefferminztee, auf meinem Schoß ein Buch. Es klopft ein zweites Mal. Dann geht die Tür auf.

„Emma?"

Ich drehe mich um. „Was gibt's?"

„Ich habe dir ein paar Sandwiches gemacht." Meine Mutter hält mir einen Teller entgegen.

Ich versuche, meinen irritierten Gesichtsausdruck in ein Lächeln umzuwandeln, was mir nicht so ganz gelingt. Ich schaue zu ihr hoch. „Ähm, danke ...", stottere ich und nehme ihr den Teller aus der Hand. „Warum?"

„Was, warum?"

„Warum hast du mir Sandwiches gemacht?"

„Du hast heute noch nichts gegessen. Da dachte ich, ich mache dir welche, damit du weiterlesen kannst." In ihren Augen schimmert etwas Zartes. „Jetzt will dich aber nicht länger stören ..." Sie geht zur Tür.

„Mama ..."

Sie dreht sich zu mir. „Ja?"

„Das ist wirklich lieb von dir. Danke."

„Das habe ich gerne gemacht." Sie lächelt mich an, dann verlässt sie mein Zimmer.

Genüsslich beiße ich von einem der Brote ab. Schinken, Geramont, Tomaten. Köstlich. Absolut köstlich. Dann nehme ich einen Schluck Tee. Und dann lese ich weiter. Buch Nummer drei. *Das Parfum.* Ich bin gerade bei der Stelle, als Grenouille dem unwiderstehlichen Duft einer jungen Frau durch ganz Paris folgt. Die Sätze in Süskinds Werk sind wunderschön verschachtelt. Jeder für sich ein kleines Kunstwerk. Mein Brot und ich sitzen auf dem Balkon und lieben das Leben. Alles erscheint mir schön. Und ich bin glücklich. Seit Langem zum ersten Mal. Zumindest seit Langem so richtig glücklich.

Abends klopft es wieder. Und wieder ist es meine Mutter. Dieses Mal kommt sie mit einem Tablett ins Zimmer. „Ich hab dir Nudeln gemacht. Und einen kleinen Salat", sagt sie strahlend.

„Mama, das brauchst du doch nicht."

„Weißt du, Emma ..." Sie stellt das Tablett auf den kleinen Beistelltisch. „... es freut mich einfach, dass du etwas gefunden hast, das dich glücklich macht." Sie streichelt mir über den Kopf. „Lass es dir schmecken." Dann dreht sie sich um und geht in Richtung Tür. „Leni und ich schauen einen Film ... Vielleicht magst du später auch runterkommen?"

„Ja, mache ich ..."

„Aber wirklich nur, wenn du Lust hast." Sie lächelt mich an, dann verschluckt sie die Dunkelheit. Ich schaue ihr nach. So liebevoll war sie lange nicht mehr, wenn sie es überhaupt jemals war. Das ist bestimmt unfair. Sie war bestimmt schon oft so liebevoll. Vielleicht habe ich es einfach vergessen. Aber an diesen Tag werde ich mich erinnern. Zumindest wünsche ich mir das.

Lili

„Wie geht es Emma?", fragt Joakim.

„Ganz gut ..."

„Ja?" Er klingt erleichtert.

„Ja, es geht ihr gut", sage ich kalt.

„Aber sie ist bestimmt noch sauer auf mich ..."

„Vermutlich." Eigentlich weiß ich das nicht. Ich denke es nur. Vielleicht gehe ich auch zu sehr von mir aus. Ich wäre bestimmt noch sauer.

„Was macht ihr beiden?" Elias kommt aus dem Bad. Um seine Hüften ein Handtuch, seine Haare nass.

„Ich versuche krampfhaft, mich mit Lili zu unterhalten, und Lili versucht krampfhaft, sich nicht mit mir zu unterhalten." Ich muss lächeln. „Wann ist die Besichtigung?", fragt Joakim und schaut auf die Uhr.

„In einer Stunde", antwortet Elias in Gedanken versunken. „Du wirst dir aber jemanden suchen müssen, der sich die Wohnung mit dir teilt."

„Wieso? Ist sie größer als die hier?"

„Ja, es ist 'ne Drei-Zimmer-Wohnung ... ideal für eine WG."

„Eine was?", fragt Joakim amüsiert.

„Eine Wohngemeinschaft. WG ist die Abkürzung für Wohngemeinschaft."

„Kennst du jemanden, der eine Wohnung sucht?"

„Ich werd mich mal umhören."

„Danke ... Kann ich jetzt ins Bad?"

„Ja, sicher."

Er steht auf, schaut mich an und sagt, „Bitte entschuldigen Sie mich. Ich hoffe, Sie können mir vergeben, dass ich Sie nun verlassen muss. Ich habe unsere Unterredung wirklich sehr genossen." Er macht eine kleine Verbeugung, dann verschwindet er im Gang. Ich unterdrücke ein Lächeln.

„Kleines?" Ich schaue hoch. „Wann redest du wieder mit mir?"

„Ich rede doch mit dir."

„Mag sein, aber deine Sätze sind immer so kurz wie möglich."

„Ich verstehe nicht, warum du Emma noch nicht angerufen hast."

„Ich regle das mit Emma, aber ich mache das so, wie ich es für richtig halte."

„Na, dann."

„Genau das meine ich", schnauzt er mich an.

„Du brauchst nicht gleich pampig zu werden."

„Gleich?", fragt er fassungslos. „Gleich?" Ich starre ihn an. „Das geht schon seit Tagen so." Ich weiß, dass er recht hat. „Warum bist du so sauer auf mich?"

Ich wette, er hat es vergessen. Bestimmt hat er das. Die ganze Zeit redet er von der blöden Besichtigung, verliert aber kein Wort von meinem Termin. „Keine Ahnung. Was sollte sein?"

„Na, toll ..." Er macht ein abschätziges Geräusch und geht in den Flur, dann dreht er sich noch einmal um. „Kommst du mit zu der Besichtigung?"

„Ich kann nicht", sage ich genervt.

„Wieso nicht?" Er hat es tatsächlich schon wieder vergessen. Es darf nicht wahr sein. „Wieso nicht? Komm doch mit."

„Ich kann nicht, weil ich heute den Frauenarzttermin habe, von dem ich dir schon hundertmal erzählt hab." Er schaut mich an. „Ja, genau, der Termin, bei dem du mir versprochen hattest, du würdest mich begleiten ..."

„Kleines ... ich ..."

„Ja, du hast es vergessen ... ich weiß ...", unterbreche ich ihn. „Ich hatte irgendwie gehofft, dass dir dieser Termin vielleicht wichtiger ist als diese bescheuerte Wohnungsbesichtigung, aber da habe ich mich ganz offensichtlich geirrt."

„Es tut mir ..."

„Ehrlich gesagt, ist mir das egal." Ich stehe auf.

„Lili, warte ..."

„Nein, Elias, ich muss jetzt los."

Ich greife nach der Handtasche und meinem Schlüsselbund und verlasse kochend vor Wut die Wohnung.

Emma

Das Ende ist seltsam. Es ist nicht schlecht. Nur seltsam. Ich schlage das Buch zu. Langsam stehe ich auf und gehe nach unten in die Küche. Mein Tee ist leer, und ich habe Hunger. Als ich mir gerade ein Brot schmiere, klingelt es an der Tür. In Gedanken noch immer bei meinem Buch, öffne ich sie.

„Stefan? Was machst du hier?", frage ich erstaunt.

„Hast du Zeit?"

„Ähm, ja, doch ..." Er strahlt. „Oh, entschuldige, komm doch rein ..."

„Ich habe dir Eis mitgebracht ..." Er streckt mir eine große Packung Eis entgegen. „Es war doch *Fossil Fuel*, oder?"

„Das hast du dir gemerkt?", frage ich erstaunt. Er nickt. In seinem Gesichtsausdruck erkenne ich, dass er auf genau diese Reaktion gewartet hat.

„Das ist wirklich eine schöne Überraschung", sage ich lächelnd und verstaue es im Tiefkühlfach. „Ich brauche erst mal was Salziges. Magst du auch ein Brot?"

„Ein Emma-Brot?" Ich nicke „Dann, gerne." Er erzählt von einem Treffen mit alten Freunden, und ich schmiere Brote. Es ist eine schöne Stimmung. Und es ist schön, ihn zu sehen.

Eineinhalb Stunden später sitzen wir gemeinsam auf der Terrasse und essen Eis. „Ich liebe dieses Eis", schwärme ich.

„Ja, das ist wirklich gut." Ich schaue ihn an und muss lachen. „Was ist?"

„Du hast da Schokolade ..."

„Wo?"

„Na, da." Ich zeige auf die Stelle. Er wischt sich mit dem Handrücken über den Mund.

„Ist es weg?"

„Nein, weiter unten ... Am Kinn."

Er wischt sich das Kinn ab. „Ist es jetzt weg?"

„Ja, alles weg ..." Lachend sitzen wir in der Sonne. Es ist wie früher. Zumindest fast.

Ich erzähle ihm gerade von meinem neuen Buch, als Elias im Türrahmen der Terrasse erscheint. „Elias ... schön dich zu sehen!" Sie gehen aufeinander zu.

„Freut mich auch, Stefan ... Ist lange her." Die beiden nehmen sich in die Arme und klopfen sich gegenseitig auf den Rücken. „Kann ich mich zu euch setzen?", fragt Elias vorsichtig. Er schaut mich an.

„Sicher, setz dich." Mein freundlicher Tonfall scheint ihn zu irritieren. „Willst du auch ein Eis?"

„Ein Eis?", fragt er erstaunt.

„Ja, Stefan hat Eis mitgebracht."

„Ähm, im Moment nicht, aber danke."

„Kann ich mir ein Bier holen?" Stefan war schon immer gut darin zu merken, wann es besser ist zu gehen.

„Sicher ... Du weißt ja, wo es ist", sage ich lächelnd.

„Will einer von euch auch eins?"

„Ich hätte gerne ein Bier", antwortet Elias.

„Emma?"

„Nein, ich nicht ... danke."

Stefan verschwindet im Wohnzimmer. Und kaum ist er außer Hörweite, rutscht Elias ein Stückchen in meine Richtung und sagt: „Es tut mir leid ..."

„Ist schon in Ordnung."

„Ehrlich?"

„Ehrlich", antworte ich und zucke mit den Schultern. „Mach dir keinen Kopf."

„Ich war von der Situation überfordert."

„Das ist wirklich kein Problem ..."

„Was ist los mit dir?"

„Nichts, ich bin einfach glücklich ..."

„Ist es Stefan?"

Ich schaue an Elias vorbei ins Wohnzimmer. Ich will nicht, dass Stefan das hört. „Nein, ist es nicht."

„Was ist es dann?", flüstert er.

„Ich habe mir Bücher gekauft."

„Bücher?"

„Ja, Bücher ..."

„Und *deswegen* bist du glücklich?", fragt er verdutzt.

„So ist es."

Eine Weile schweigt er. Dann schließlich stellt er die Frage, auf die ich warte. „Hat das etwas mit Joakim zu tun?"

Ich lächle. „Er war der Auslöser, ja."

„Aber, Emma ..."

„Nein, das ist schon gut ...", unterbreche ich ihn. „Ich bin ihm fast ein wenig dankbar." Im Hintergrund sehe ich Stefan durchs Wohnzimmer schleichen.

„Aber ..."

„Nicht jetzt", sage ich leise und lächle.

„Hier dein Bier."

Elias dreht sich um. „Danke." Er holt ein Feuerzeug aus seiner Hosentasche und macht die Flasche auf. „Soll ich deine auch aufmachen?"

„Ja, gern." Elias öffnet die zweite Flasche und gibt sie Stefan. „Soll ich lieber drinnen warten?"

Ich schüttle den Kopf. „Setz dich zu uns."

„Sicher?"

Er schaut zu Elias. „Jetzt setz dich schon hin." Sie stoßen an und fangen an zu reden.

„Wisst ihr was?" Ich stehe auf. „Ich glaube, ich will doch ein Bier."

„Soll ich dir eins holen?"

„Nein, bleib nur sitzen, ich hole mir selbst eins."

Ich stehe in der Küche und suche einen Flaschenöffner. Mit dem kühlen Bier in der Hand gehe ich zurück auf die Terrasse. Die Fliesen sind angenehm kalt.

„ ...wie sieht denn die Wohnung aus?", höre ich Stefan fragen.

„Die Wohnung ist der Hammer, aber Joakim kann sie sich alleine nicht leisten ..." Oh, nein. Die Wohnung. Böses Thema.

„Wie ist dieser Finne denn so?"

„Im Großen und Ganzen ist er ein echt netter Kerl."

„Ja, hat er denn schon jemanden, mit dem er die Wohnung teilen könnte?" Elias, bitte sag, dass er jemanden hat. Bitte sag, dass er jemanden hat. Jetzt sag es schon.

„Nein, noch nicht." Idiot. Er nimmt einen Schluck Bier. „Wieso? Suchst du 'ne Wohnung?" Ich stehe im Wohnzimmer und kann mich nicht bewegen.

„Ja, hat Emma das nicht erzählt?"

„Nein, kein Wort." Warum sind Männer immer so ehrlich?

„Ich bin nur noch bei Besichtigungen. Entweder sind die Wohnungen zu teuer, oder es sind Bruchbuden." Eine Weile höre ich nichts mehr. Und dann sagt er es.

„Wenn du willst, können wir die Wohnung morgen anschauen. Ich kann den Makler anrufen."

„Das wäre genial." Stefan hält seine Flasche hoch. „Auf den Finnen und auf die Wohnung." Langsam gehe ich auf die Terrasse. „Emma ... wo warst du so lange?" Stefan strahlt. „Elias hat vielleicht eine Wohnung für mich!"

„Ach was", sage ich, und ich versuche, überrascht zu klingen.

„Ja ... sein finnischer Freund ...", er schaut zu Elias, „wie heißt er noch?"

„Joakim."

„Ja, genau, dieser Joakim ist an einer Wohnung dran und auch noch in Elias' Haus ... wusstest du das?" Ich nicke. „Du hast das gewusst?", fragt er enttäuscht.

„Ja, aber ich dachte, sie wäre zu klein."

„Ach so." Er scheint zufrieden mit dieser Antwort. Elias schaut zu Boden. In diesem Moment wird ihm klar, dass ich Stefan absichtlich nichts von der Wohnung gesagt habe. Denn Elias weiß, dass ich weiß, dass diese Wohnung drei Zimmer hat, und damit das Gegenteil von zu klein ist. „... morgen schaue ich sie an ... Und was sagst du?"

Ich lächle. „Das ist echt ein Glücksfall."

„Ja, das ist es ... wenn alles klappt, dann wohne ich bald im selben Haus wie Elias."

„Ja, das wäre doch was", sage ich mechanisch lächelnd. „Und dann wirst du bei mir sein und Elias nur zwei Etagen über uns ... und Lili ..." Stefan schwärmt. Er ist glücklich. Ich war es. Bis vor etwa zehn Minuten.

„Kommst du morgen mit?"

„Mit? Wohin?", frage ich abwesend.

„Mensch, Emma ... Zur Wohnungsbesichtigung."

„Ach so, ähm, ja klar, wenn du mich dabeihaben willst?"

„Und ob ich dich dabeihaben will." Er küsst mich auf die Wange. „Die Wohnung muss dir doch auch gefallen."

„Wieso soll sie mir auch gefallen?", frage ich verständnislos.

„Du bist meine Freundin. Deine Meinung ist mir einfach wichtig." Als ich gerade etwas sagen will, klingelt Elias' Handy.

„Kleines? ... ich kann dich nicht verstehen ... Hör auf zu weinen ... hey, Kleines, bitte hör auf zu weinen ... was ist denn passiert? Hat es mit dem Termin zu tun?" Ich schaue ihn an. Und dann fällt es mir wieder ein. Auf einmal fällt mir ein, dass Lili heute den Frauenarzttermin hatte, vor dem sie sich so gefürchtet hat. Und ich habe es vergessen. Sie wollte nicht alleine gehen. Aber wie es aussieht, war sie allein. „Ich komm sofort nach Hause ... ja, ich mache mich gleich auf den Weg ... Ich bin bei Emma ... Ja ... ich bin in 'ner viertel Stunde da ..." Er legt auf.

„Du bist ganz blass, ist alles in Ordnung?", fragt Stefan besorgt.

„Die Spirale?", frage ich noch, bevor Elias antworten kann.

Er nickt. „Ich muss los ..."

„Ist schon gut, fahr nur."

Wäre Elias mit Lili zum Frauenarzt gefahren, so wie er es versprochen hatte, wüsste Stefan nichts von der Wohnung, und Lili würde jetzt nicht alleine zu Hause sitzen. Hätte er sie doch einfach begleitet.

„... darf ich bei dir schlafen?" Oh nein, auch das noch.

„Lieber nicht, Stefan ... ich ..." Er schaut enttäuscht. „Ich will noch lesen."

„Du willst lieber lesen?" Ich nicke. Gut, das ist vielleicht zu hart, aber ich muss anfangen, das zu tun, was ich will. Und ich will lieber lesen als mit ihm zu schlafen. Vielleicht auch deswegen, weil er einfach so beschlossen hat, dass ich seine Freundin bin. Und weil ich weiß, dass von seiner Seite Liebe im Spiel ist. Und deswegen lese ich. Die einen stricken, die nächsten malen, und wieder andere schreiben. Und ich? Ich lese. Ich tauche in Welten ein, die ich wieder zuschlagen kann. Ich erlebe die Fantasie anderer Menschen. Ich bringe Stefan zur Tür. „Und du bist dir sicher, dass ich gehen soll?" Ich nicke. „Früher hättest du dich nicht so entschieden." Ja, früher habe ich dich ja auch

noch geliebt. Das denke ich nur. Ich kann es nicht sagen.
„Emma?"

„Ich meine das nicht böse, aber ich brauche das. Für mich."

Ich sehe, dass es ihn verletzt. Aber sagen tut er nichts. Zumindest nichts Unfreundliches. Er lächelt, gibt mir einen Kuss auf die Wange und sagt: „Na dann, gute Nacht, Emma ..."

„Gute Nacht, Stefan ..."

Lili

Zusammengekrümmt liege ich auf dem Bett. Es ist dunkel, und ich friere. Ich hasse Elias. Er hat gesagt, dass er mitkommt, und dann legt er den blöden Besichtigungstermin auf heute Nachmittag um drei. Noch nie habe ich solche Schmerzen gehabt. Noch nie habe ich mich so klein gefühlt. Blöder Frauenarzt. Tränen laufen über meine Wangen. Und für diese Tortur bezahlt man auch noch.

„Es tut mir leid, Kleines ... es tut mir so sehr leid." Er liegt hinter mir, seine warme Hand auf meinem Bauch. „Wie kann ich das wiedergutmachen?"

„Gar nicht", sage ich kalt.

„Es muss doch etwas geben, wie ich das wiedergutmachen kann?" Ich bin froh, dass er jetzt da ist. Aber das sage ich ihm nicht. „Bitte, Kleines ..." Er küsst mich auf die Stirn. „Was kann ich tun?" Eine Weile sage ich nichts. Ich genieße nur die Küsse auf meiner Stirn. „Soll ich dir eine Wanne einlassen?" Als er gerade aufstehen will, halte ich ihn fest. „Soll ich noch hierbleiben?" Ich sage nichts. „Dann bleibe ich hier ..." Er greift nach der Decke, die hinter ihm liegt, und deckt uns beide zu. Und auch wenn es dunkel ist, es ist nicht mehr kalt. Es ist wohlig warm.

Denn Elias ist da. Eine ganze Weile sagen wir beide kein Wort. Ich spüre nur seine Hand und seine Wärme, die sich langsam in meinem Körper ausbreitet. Er streichelt mir sanft über den Kopf. „Kleines ..."

„Hm?"

„Ich glaube, ich hab Scheiße gebaut ..."

„Wieso? Was hast du denn gemacht?"

Er seufzt. „Ich habe Stefan von der Wohnung erzählt und dass Joakim sie sich nicht alleine leisten kann." Er macht eine Pause. „Ich habe ja nicht gewusst, dass Stefan auch eine Wohnung sucht ..."

„Lass mich raten, du hast ihm vorgeschlagen, sie sich anzusehen", unterbreche ich ihn.

„Ja ..."

„Und Emma findet das nicht so toll."

„Das ist noch untertrieben ..."

Ich küsse ihn auf die Wange. „Das konntest du nicht wissen."

„Nein, das nicht, aber was soll ich denn jetzt machen?"

„Du kannst nichts machen. Wenn Stefan und Joakim sich sympathisch finden, werden sie zusammenziehen."

„Scheiße."

„Ach komm, Emma liebt Stefan nicht, das ist nicht deine Schuld." Er atmet tief ein. „Wann ist denn die Besichtigung?"

„Ich habe den Makler und Joakim auf dem Heimweg angerufen ... Morgen um zwölf."

„Soll ich mitkommen?"

Er schaut mich an. „Würdest du?"

„Kommt Emma auch?"

„Ich nehme es an."

Ich lächle. „Na gut ... dann also morgen um zwölf."

Emma

„Das ist die Küche." Der Makler öffnet die Küchentür. Stefan geht hinein, schaut sich um und öffnet die Schränke. Joakim bleibt draußen. Er kennt die Wohnung bereits. „Hier ist das Bad ... die Badewanne ist sehr geräumig." Als er das sagt, schaut der Makler Stefan und mich an. Und Joakim sieht das.

„Ihr seid zusammen?", fragt er.

„Ja, sind wir", sagt Stefan schnell und nimmt mich bei der Hand.

„Ah schön ..." Joakim geht in Richtung Wohnzimmer und verschwindet auf dem Balkon, während Stefan mich ins Bad zieht. Lili und Elias schauen uns nach. Und auch hier öffnet Stefan alle Schränke.

„Wenn Sie mir nun bitte ins Wohnzimmer folgen würden." Und im Gänsemarsch folgen wir dem Makler ins Wohnzimmer. „Das Wohnzimmer verfügt über einen Zugang auf den großen Balkon, ebenso wie beide Schlafzimmer." Ich schaue in den Hof. Die Aussicht aus Elias' und Lilis Wohnung ist schöner.

„Das ist eines der Schlafzimmer." Wir schauen uns um, dann gehen wir in das zweite. „Der Balkon ist eine zusätzliche Verbindung der beiden Schlafzimmer."

„Ach, das ist nur ein Balkon?", frage ich enttäuscht.

„Ist das denn nachteilhaft?"

„Ähm, nein ... nein, das ist es nicht." Der Makler lächelt mich an. Es ist ein ekliges Lächeln.

„Die beiden Schlafzimmer sind exakt gleich groß ...", sagt der Makler dann. „... das kommt nicht oft vor."

Eine Stunde später unterschreiben Joakim und Stefan den Mietvertrag. Sie werden tatsächlich zusammenziehen. Vor der Tür überreicht der Makler ihnen die Schlüssel. „Überweisen Sie bitte unbedingt noch heute Kaution und Provision, sonst komme ich in Teufels Küche."

„Keine Sorge ...", sagt Stefan lächelnd. „Wir werden uns jetzt gleich darum kümmern." Joakim strahlt, Stefan strahlt. Lili und Elias schauen verunsichert. „Emma, mein Schatz." Stefan kommt auf mich zu. „Hier ... deine Schlüssel."

„Meine Schlüssel?", frage ich entgeistert.

Er lacht. „Ja, natürlich." Er streckt mir einen Ring mit zwei Schlüsseln entgegen. „Hier ..."

„Ähm, danke." Ich nehme sie und befestige sie an meinem Schlüsselbund. Das wird eine interessante WG. Stefan, Joakim und ich. Da bin ich ja mal gespannt.

Marie

„Ich gehe einkaufen." Paul schaut über meine Schulter. Schnell lege ich meine Handflächen über meine Zeichnung.

„Nicht schauen."

Er küsst mich auf die Wange. „Soll ich irgendwas Bestimmtes mitbringen?" Ich schaue zu ihm hoch.

„Vielleicht Eis?"

„Gut, bring ich mit." Er steht auf. „Sonst noch etwas?"

„Das Klopapier ist fast alle."

„Gut, dass du mich erinnerst."

„Soll ich dich sicher nicht begleiten?"

„Nein ... zeichne du nur weiter."

Zulassungsbestimmungen. Wir erwarten von jedem Bewerber/jeder Bewerberin eine Mappe mit einer Auswahl an bereits gefertigten Arbeiten und Skizzen. Zusätzlich wird von der Akademie ein Thema gestellt, zu welchem der Bewerber/die Bewerberin mindestens fünf, höchstens jedoch zehn Arbeiten zu erstellen hat. Diese müssen die folgenden Kriterien erfüllen ... Und das sind viele. Ich studiere die Seite und stolpere über ein paar Beispielarbeiten von Absolventen. Vielleicht sollte ich mich doch nicht bewerben. Mit denen kann ich nicht mithalten. Und dann kommt es noch besser. *Bitte beachten Sie, dass wir von allen Bewerbern/Bewerberinnen pro Semester maximal zwanzig berücksichtigen können.* Zwanzig. Von wahrscheinlich mehreren tausend. Das sind ja Aussichten.

Ich liege auf dem Boden und starre in den Himmel. Wie hoch ist wohl die Wahrscheinlichkeit, dass ich eine von diesen beneidenswerten Zwanzig sein werde. Ich setze mich kurz auf und zünde mir eine Zigarette an, dann lege ich mich wieder hin. Vielleicht ist es besser, einen Traum zu träumen, als zu versuchen, ihn zu leben. Denn wenn man scheitert, dann ist der Traum geplatzt. Träumt man ihn einfach weiter, kann einem niemand dieses wunderbare Gefühl nehmen, das er in einem auslöst. Wenn Träume in Erfüllung gehen, sind es keine Träume mehr. Und sobald sie den Regeln der Realität begegnen, sind auch Träume einfach nur real. Und alles, was real ist, hat Schattenseiten. Vielleicht sollte ich es gar nicht erst versuchen. Dann weiß ich zwar nie, ob ich genommen worden wäre, muss mich aber auch nicht damit auseinandersetzen, dass ich vielleicht abgelehnt werde.

Emma

Wir liegen auf dem Bett. Umgeben von Kisten und Chaos. „Ich will dich."

„Joakim kann uns hören ...", flüstere ich.

„Ja und? Soll er uns doch hören." Er zieht mich aus.

„Ich weiß nicht. Das ist mir unangenehm ..."

„Soll ich aufhören?" Ich spüre seine Zunge zwischen meinen Beinen. Ich seufze auf. Einen kurzen Moment hält er inne. „Soll ich aufhören?" Ich kann nicht antworten. Ich bin völlig erstarrt. Ich drücke seinen Kopf wieder nach unten, dann macht er weiter. Joakim ist vergessen. Alles ist vergessen. Ich atme laut. Meine Hände vergraben in Stefans Haaren, bewege ich langsam mein Becken auf und ab. Wieder hält er inne. „Soll ich aufhören?" Seine Finger bewegt er weiter. „Soll ich?"

„Nein ...", stöhne ich.

„Ich soll weitermachen?"

„Ja." Meine Augen sind geschlossen. Mit weit gespreizten Beinen liege ich auf dem Bett.

„Dann sag es ... Was soll ich tun?"

„Mach weiter ...", seufze ich.

„Ist das alles?" Ich bewege mein Becken, Stefan seine Finger.

„Mach's mir ... bitte mach's mir ..." Und dann macht er es mir. Und es ist gigantisch.

Am späteren Abend gehe ich aus Stefans Zimmer und schleiche aufs Klo. Im Flur treffe ich auf Joakim. Und sein Blick verrät, dass wahrscheinlich nicht nur er, sondern das ganze Haus mich gehört hat. Verlegen schaue ich zu Boden. Bevor ich im Bad verschwinde, drehe ich mich noch einmal nach ihm um. Noch immer steht er im Flur und schaut mich an.

„Gute Nacht, Emma ..."

Ich lächle. „Schlaf schön, Joakim." Dann gehe ich ins Bad und schließe die Tür hinter mir.

Lili

Mein Blick fällt auf die Uhr. Ich zucke zusammen und renne ins Bad. Immer, wenn ich schreibe, verliere ich mein Zeitgefühl. So als wäre da eine unsichtbare Person, die zur Uhr schleicht und unerkannt die Zeit vordreht. Wenn ich dann hochschaue, sind wieder fast einainhalb Stunden vorbei, obwohl es mir so vorkommt, als wären es vielleicht zwanzig Minuten gewesen.

Ich werfe einen letzten Blick in den Spiegel, dann mache ich mich auf den Weg ins Kino. Während ich die Stufen hinuntersteige, frage ich mich, wann Emma und ich das letzte Mal im Kino waren und was wir uns angesehen haben, aber ich komme nicht darauf.

Wir schlendern wortlos nebeneinander her. Der Film scheint ihr ebenso im Magen zu liegen wie mir. Neben einer kleinen Bar bleibt sie plötzlich stehen und schaut mich fragend an.

„Wollen wir vielleicht noch was trinken?"

„Klar ..."

Schweigsam setzen wir uns hin, schweigend warten wir auf die Kellnerin. Wir bestellen beide einen Cocktail, dann schweigen wir weiter. Kurz frage ich mich, ob Emma wirklich wegen des Films so nachdenklich ist, oder ob sie vielleicht etwas anderes beschäftigt, und entscheide mich dann dafür, sie einfach eine Weile in Ruhe zu lassen. Emma trägt ihre Probleme nicht auf der Zunge. Wenn sie reden will, wird sie es tun. Und wenn nicht, dann werden wir eben gemeinsam schweigen.

Wir sitzen einander gegenüber und beobachten die Menschen an den Nachbartischen. Genuschelte Gesprächsfetzen dringen zu uns an den Tisch, und ich frage mich, was diese Menschen wohl für ein Leben führen.

„Du, Lili?"

Ich schaue sie an. „Hm?"

„Ich glaube, ich habe einen Fehler gemacht."

In ihrem Blick merke ich, dass es sie Überwindung kostet, das zuzugeben. „Was für einen Fehler?"

„Das mit Stefan."

„Du liebst ihn nicht ..." Sie schüttelt den Kopf. „Aber da kannst du doch nichts dafür."

„Nein, dafür kann ich nichts, aber ich kann etwas dafür, dass ich mit ihm schlafe."

Einen kurzen Augenblick sage ich nichts, dann frage ich: „Und warum tust du es dann?"

„Das weiß ich nicht."

Im Hintergrund läuft *Dream a Little Dream of Me* von *The Mamas and the Papas*. Vor ein paar Jahren haben Emma und ich dieses Lied andauernd gehört. Damals hat sie Stefan noch geliebt. Und damals habe ich Elias schon geliebt. Ich lächle, und auch Emma lächelt. Sie denkt dasselbe wie ich. Und während die Melodie verträumt vor sich hin plätschert, überlege ich, was ich Hilfreiches sagen könnte, aber mir fällt nichts ein.

„Vielleicht ist es für ihn ja auch nur Sex?", frage ich vorsichtig.

Sie schüttelt den Kopf. „Für ihn ist es mehr."

„Bist du da sicher? Ich meine, hat er das gesagt?" Sie rührt mit dem Strohhalm in ihrem Cocktail herum. „Hat er gesagt, dass er dich liebt?" Sie schaut hoch und nickt. „Und was hast du gesagt?"

„Na, nichts."

„Du solltest es ihm sagen."

„Ja, Lili, das weiß ich auch ..." Sie greift über den Tisch nach meinen Zigaretten und zündet sich eine an. „Das Problem ist, dass ich es ihm nicht sagen *kann*. Ich bringe es nicht fertig, ihn so zu verletzen."

„Und wenn wir uns eine gute Lüge überlegen?"

Sie lächelt. „Und was?"

„Na, vielleicht dass du jemanden kennengelernt hast, in den du dich verliebt hast? Irgendwas, wofür du nichts kannst ..."

Sie seufzt und legt die Stirn in Falten. „Ich will ihm nicht wehtun."

„Ich fürchte, da kommst du nicht drumrum."

Emma

Je näher ich der Wohnung komme, desto lauter wird die Musik. Es ist elf Uhr nachts, und ich wundere mich, dass sich noch niemand beschwert hat. Ich durchforste meine Tasche nach meinem Schlüssel. Der Boden vibriert unter dem Bass. Ich sperre die Tür auf. Im Flur ist es dunkel, doch in der Küche brennt Licht. Ich schließe die Tür, ziehe meine Schuhe aus und hänge meinen Schlüssel auf.

Das Lied ist zu Ende und in der Sekunde, bevor das nächste beginnt, höre ich aus der Küche schweren Atem. Wie angewurzelt bleibe ich stehen und lausche, aber das nächste Lied hat bereits begonnen. Langsam gehe ich weiter in Richtung Küche. Ich sehe Schatten auf dem Boden. Mir stockt der Atem. Ich weiß, dass ich mich umdrehen sollte und gehen, ich weiß, dass es mich nichts angeht, was sich da direkt hinter dieser Küchentür abspielt. Kurz frage ich mich, ob das Stefan sein könnte. Aber sogar wenn er es wäre, würde es keinen Unterschied machen, denn ich liebe ihn nicht. Außerdem bin ich mir sicher, dass es nicht Stefan ist. Ich weiß, ich sollte verschwinden, doch ich tue es nicht. Stattdessen gehe ich weiter und werfe einen Blick durch den Spalt ... Erst sehe ich nichts, doch dann sehe ich ein Bein. Zweifelsohne ein weibliches Bein. Seidige Haut und schlanke Fesseln ... Trotz der ohrenbetäubenden Musik höre ich lautes Stöhnen ... Eine seltsame Mischung aus der Angst, ertappt zu werden, und unbändiger Neugierde überkommt mich. Auf Zehenspitzen taste ich mich ein bisschen weiter vor. Da liegt eine Frau nackt auf dem Boden. Ihr Höschen baumelt an ihrem Schenkel. Auf ihr liegt Joakim, die Hose zwischen seinen Fußgelenken. Lang ausgestreckt liegen sie da. Mit einem Arm stützt er sich neben ihrem Kopf ab, mit dem anderen hält er ihre Hüfte. Langsam und tief dringt er in sie ein. Sie hat ihre grazilen Arme um ihn geschlungen. Zwischen ihren Körpern drücken sich ihre Brüste hervor, mit jedem Stoß ein bisschen mehr. Verborgen in der vollkommenen Dunkelheit beobachte ich, wie ihr Körper seinen aufsaugt. Dieser Anblick macht mich krank. Und gleichzeitig erregt er mich. Warum stört es mich, dass Joakim mit ihr schläft? Soll er doch. Er hält inne. Sie küssen sich. Langsam gleitet er aus ihr. Sein Gesicht vergräbt sich zwischen ihren Brüsten, seine Hände wandern über ihre Kurven. Die Augen der Fremden sind geschlossen, ihre Lippen leicht geöffnet. Immer weiter gleitet Joakim nach unten, bis sein Gesicht zwischen ihren weichen Schenkeln verschwindet. Mit weit gespreizten Beinen liegt sie absolut verletzlich und sanft da. Ihre Brustwarzen haben sich zusammengezogen, ihre Arme liegen ausgestreckt neben ihr auf dem kühlen Boden. Ihr Oberkörper bäumt sich auf. Seine

Hände umfassen ihre Hüfte, sein Kopf bewegt sich in einem konstanten Rhythmus. Ihre Arme sind nicht mehr entspannt. Jeder Muskel in ihrem Körper scheint kontrahiert. Ihre Hände suchen nach Halt und finden ihn am Tischbein hinter ihrem Kopf. Sie klammert sich fest, krallt ihre Nägel ins helle Holz. Das Lied ist zu Ende. Für ein paar Sekunden höre ich sie laut stöhnen. Ihre Stimme vibriert. In ihrem Gesicht erkenne ich einen minimalen Anflug von Schmerz. Und dann in dem Bruchteil, bevor das nächste Lied beginnt, stöhnt sie laut auf und ihr Körper erschlafft. Joakim kriecht langsam nach oben, dann dringt er wieder in sie ein. In der Sekunde, in der sie ihn spürt, kehrt die Anspannung in ihr Gesicht zurück. Das Sanfte weicht dem Animalischen. Und plötzlich wünschte ich, ich wäre sie. Das kann ich doch unmöglich wollen. Ich meine, ich mag ihn nicht. Ich kann ihn nicht leiden. Immer fester dringt er in sie ein, immer schneller bewegt er seine Lenden. Sie klammert sich an ihn, zieht sich an ihm hoch, lässt ihren Kopf in den Nacken fallen. Ich kann sie hören. Trotz der lauten Musik kann ich sie hören. Das tiefe Atmen ist Joakim, das laszive Stöhnen ist die junge Fremde. Er wird lauter. Ich sollte verschwinden. Ich hätte gleich gehen sollen. Und doch bleibe ich stehen. Ich will Joakim kommen sehen. Vor meinen Augen. Ich kann mich nicht daran erinnern, dass mich jemals etwas so erregt hat. Und auch noch nie so verletzt. Mit jedem Stoß tut er mir weh. Ihre Lippen einen Spalt weit geöffnet, ihre Schenkel komplett gespreizt, ihr Stöhnen, ihre Brüste, die sich im Rhythmus sanft bewegen. Ich wünschte, ich läge da unter ihm. Ich wünschte, er würde gerade mich küssen. Ihnen zuzusehen ist schmerzhaft, aber gleichzeitig schrecklich schön, voller Widersprüche. Sein Körper ist wunderbar. Ich schaue in das Gesicht der Fremden. Zuzusehen, wie sie kommt, ist furchtbar. Ich schaue zwischen ihre Schenkel und sehe, wie er immer wieder genussvoll in sie hinein und aus ihr heraus gleitet. Dann, ganz plötzlich, erstarrt er über ihr. Ich atme flach und in diesem Augenblick bin ich froh, dass die Musik so laut ist, dass man mich nicht hören kann. Seine Bewegungen werden langsamer, schlaffer. Gleich wird sie die Augen öffnen, und wenn sie das tut, wird sie mich sehen. Ich muss weg, kann mich aber nicht bewegen. Ich versuche wegzusehen, schaffe es aber nicht. Wie hypnotisiert starre ich auf ihre Haut, auf ihre Rundungen, auf ihre Brüste. Ich wünschte, ich wäre die gewesen, in der er sich so bewegt. Ich wünschte, er hätte gerade mit mir geschlafen. Die Vernunft klopft laut gegen meine Schläfen. Ich muss gehen. Auf Zehenspitzen schleiche ich in Stefans Zimmer. Ich lege mich aufs Bett und versuche zu lesen. Als ich jedoch zum fünften Mal denselben Satz anfange, schlage ich das Buch zu. Aus der Küche höre ich Stimmen. Ich höre sie lachen. Noch immer spielt die Musik, doch dieses Lied ist ruhiger. Langsam ziehe ich mich aus und schließe die Augen. Ich höre nur auf seine Stimme, und ich sehe ihn vor mir. Ich genieße den Film, der in meinem Kopf abläuft. In diesem Film liege *ich* auf dem Küchenboden, und Joakim liegt auf mir. In diesem Film küsst er mich. Und in diesem Film schleiche ich mich nicht davon. Sie existiert nicht. Sie ist unwichtig. Ich gleite mit den Fingern zwischen meine Beine. In der vollkommenen Dunkelheit liege ich nackt da. Joakim küsst mich. Seine Fingerkuppen gleiten über meinen Körper, seine Lippen berühren sanft meine Haut. Was ist, wenn er sie liebt? Was ist, wenn sie nicht nur eine Bettgeschichte ist. Meine Hand erstarrt. Ich höre sie lachen. Sie hat ein schönes Lachen. Ich ziehe mein Schlaf-T-Shirt an und stehe auf. Ganz plötzlich habe ich riesigen Durst. Und ich will kein Wasser. Ich will Eistee. Und den finde ich leider nur in der Küche.

Marie

„Und, was denkst du?" Ich spiele nervös mit den Fingern, während ich sein Gesicht beobachte. „Ich meine, das ist natürlich noch nicht fertig, aber ..."

„Ich finde die Mappe großartig." Er schaut hoch. Als er den Ausdruck in meinen Augen sieht, fängt er an zu lachen. „Im Ernst jetzt, Marie. Die Bilder sind wirklich großartig."

„Das sagst du doch jetzt nur so ..."

„Wieso wusste ich nicht, dass du so zeichnen kannst?", ignoriert er mich.

„Keine Ahnung, ich hab es dir eben nie erzählt."

Er betrachtet wieder meine Bilder. „Schick die Mappe so ab, wie sie ist."

„Die Wahrscheinlichkeit, dass die mich nehmen, ist gleich null."

„Das sind Ausreden." Ich lege mich auf den Boden und starre an die Decke. Ich weiß, dass er recht hat. Natürlich hat er das. Gut, es ist unwahrscheinlich, dass die mich nehmen, aber es ist nicht unmöglich. „Wo ist die Schule?"

„Die haben mehrere ..."

„Auch eine in München?" Ich nicke kurz, starre dann weiter an die Decke. „Worauf wartest du dann?"

„Wenn die mich nicht nehmen, weiß ich nicht, was ich sonst machen könnte."

„Darüber solltest du erst nachdenken, wenn es so weit ist." Er legt sich zu mir. „Außerdem gibt es noch einige andere Studiengänge, für die man zeichnen können muss."

Ich drehe mich auf die Seite und schaue ihn an. „Findest du wirklich, ich habe das Thema gut umgesetzt?"

„Ich finde deine Arbeiten großartig."

„Ja, aber auch die, die ..."

„Alle", fällt er mir ins Wort. „Und wenn du diese Mappe nicht abschickst, werde ich es tun."

Emma

„Oh ... Emma ..." Er und die Fremde schauen betreten zu Boden. „Ich wusste gar nicht, dass du da bist." Ich lächle. „Haben wir dich geweckt?" Er wird rot. „Ich meine, die Musik. Hat dich die Musik geweckt?"

Ich schüttle den Kopf. „Nein ... ich habe gelesen." Erstaunt schaut er mich an. „Ja, Joakim, das mag ein Schock für dich sein, aber ich kann lesen ..." Die Fremde lächelt mich an. „Es ist die Haarfarbe", sage ich lächelnd und gehe einen Schritt auf sie zu. „Ich bin Emma." Plötzlich scheinen Joakims Manieren zu ihm zurückzukehren.

„Oh, entschuldigt ... Clarissa, das ist Emma, Emma, das ist Clarissa." Wir reichen uns die Hand.

„Schön, dich kennenzulernen."

„Finde ich auch ..." Sie klingt verlegen, als sie das sagt. Auf dem Boden liegt Joakims Hose, Socken, ein BH, und ihre Jeans. Sie trägt ein Unterhemd und ihre Unterhose. Joakim nur seine Boxershorts.

„Ich will euch nicht länger stören, ich hatte nur Lust auf Eistee."

„Sicher ... Der ist im Kühlschrank."

Ich grinse in mich hinein. „Wo sollte er auch sonst sein?"

„Ja, genau ..." Er sagt das leise, er nuschelt es vor sich hin. Ich nehme ein Glas aus dem Küchenschrank.

„Will sonst noch jemand Eistee?"

„Ja, ich hätte gern ein Glas."

„Und du, Joakim?"

„Ich? Ähm, nein, danke." Ich schenke mir und Clarissa etwas ein, dann reiche ich ihr das vollere der beiden Gläser.

„Danke."

„Kein Problem." Ich stelle den Eistee in den Kühlschrank zurück. „Joakim?" Er schaut mich an. „Der Eistee ist jetzt wieder im Kühlschrank. Nur, falls du ihn suchen solltest." Clarissa grinst. Sie ist wirklich hübsch. Schulterlanges hellbraunes Haar, grazile Statur, ein schönes Gesicht. Nur das Muttermal, das sie auf der Stirn hat, stört mich ein wenig. Es ist zu dominant für ein solch zartes Gesicht. „Ich geh dann mal wieder."

„Lesen?"

Ich nicke. „Ja, Joakim, lesen."

„Was liest du denn?"

„Nicht *Die unerträgliche Leichtigkeit des Seins*." Er lächelt schuldbewusst. „Ich lese *Die Buddenbrooks*." Völlig entgeistert schaut er mich an.

„Und wie ist es?", fragt Clarissa.

„Es ist intelligent, unterhaltsam und herrlich altmodisch."

„Du liest wirklich *Die Buddenbrooks*?" Ich nicke. „Von Thomas Mann?"

„Gibt es denn einen anderen Schriftsteller, der ein Werk mit demselben Titel veröffentlicht hat?" Er schüttelt den Kopf.

„Wieso findest du es so seltsam, dass Emma dieses Buch liest?" Er schaut zu Clarissa. Und weil er nicht antwortet, tue ich es.

„Es wundert ihn, weil es in dem Buch nicht um Schuhe oder Volumenmascara geht."

„Das verstehe ich nicht", sagt sie irritiert.

„Das kann Joakim dir erklären." Ich lächle ihr zu, dann verlasse ich die Küche. Und ich habe nicht nur Eistee dabei, sondern auch den Triumph über Joakim.

Marie

Ich sitze im Bus und starre aus dem Fenster. Es scheint fast so, als würde ich das nur tun, um den großen Umschlag, der neben mir liegt, zu vergessen.

Der blaue Himmel umrahmt die Laubbäume. Ihre Blätter zittern im Wind. Die Sommerhitze glänzt auf meiner Stirn. Ich schaue durch den fast leeren Bus. Außer mir sitzen da nur vier Leute. Jeder in seiner Welt, beschäftigt mit seinen Gedanken. Mein Blick fällt auf die Lehne des Sitzes vor mir und auf einen Satz, der dort geschrieben steht. Man sieht, dass jemand diesen Satz während der Fahrt geschrieben hat. *Stell dir vor, Gott gibt dir ein Leben, was würdest du damit tun?* Immer und immer wieder lese ich ihn. Und in diesem Augenblick wird mir klar, dass ich nie so recht wusste, was ich mit meinem Leben machen soll. Ich habe keine Ahnung. Es scheint fast so, als wäre dieses Leben die Generalprobe für das eigentliche Leben. So eine Art Übungslauf für die Realität. Und das ist ein Fehler.

Ich schaue wieder aus dem Fenster. Was will ich? Studieren. Okay, das ist ein Anfang. Und ich denke, ich weiß sogar, was. Aber das ist nicht der Punkt. Die Wahrheit ist nämlich, dass ich nicht hier studieren will. München ist nichts Neues. Es scheint so, als würde diese Stadt von Jahr zu Jahr kleiner. *Weltstadt mit Herz* ... Also eine Weltstadt ist das hier nicht. Aber hier bin ich zu Hause. Und genau das ist das Problem. Ich will etwas Neues erleben, aber ich will nicht weg. Aber genau das müsste ich tun. Meine Sachen packen und abhauen, bevor ich so fest mit dieser Stadt verwachsen bin, dass ich es nicht mehr schaffe zu gehen.

Ich betrachte den Umschlag, der neben mir liegt. Und auf einmal weiß ich, was ich tun muss. Und in genau diesem Augenblick kriecht die Angst durch meinen Körper. Sie versucht, mich davon abzuhalten. Sie versucht, mich zurückzuhalten. Aber dieses Mal werde ich es tun. Ich lasse es darauf ankommen. Ich stehe auf und drücke auf den Stopp-Knopf. *Stell dir vor, Gott gibt dir ein Leben, was würdest du damit tun?* Wer das auch immer geschrieben hat, ich danke dir. Ich glaube, ich habe es verstanden.

Emma

„Ich muss in die Stadt. Kommst du mit?" Ich lege mein Buch beiseite. Erwartungsvoll schaut mich Stefan an.

„Ähm ..."

„Lass mich raten ... du willst lieber lesen." An seinem Tonfall höre ich, dass er enttäuscht ist. Doch da ist noch etwas anderes. Etwas Verärgertes.

„Was brauchst du denn in der Stadt?"

„Was spielt das für eine Rolle?"

Er dreht sich um und verlässt das Zimmer. Ich stehe auf und folge ihm. „Stefan, warte." Lange schauen wir uns an. „Wenn du möchtest, komme ich mit."

„Nein, ist schon gut." Er nimmt seinen Schlüssel. „Ich geh alleine." Gerade will ich noch etwas sagen, da öffnet er die Wohnungstür und geht, ohne sich noch einmal umzudrehen.

Warum schlittere ich immer wieder in Beziehungen mit Kerlen, die ich nicht liebe? Ich glaube, auf mir liegt ein Fluch. Ein böser Fluch. Ich schlendere in die Küche und hole mir ein Glas Wasser. Dann gehe ich auf den Balkon, um eine zu rauchen. Wie soll ich Stefan bloß erklären, dass ich ihn nicht liebe. Warum habe ich das nicht einfach gleich getan? Na, weil ich einige Sekunden, bevor er mir seine Liebe gestanden hat, noch stöhnend unter ihm lag.

„Emma?"

Ich schrecke zusammen. „Joakim ... Du hast mich vielleicht erschreckt."

Er lächelt. „Tut mir leid, das wollte ich nicht."

„Ist schon gut." Er trägt nur eine Jeans und seine Brille. Als ich mich dabei ertappe, wie ich seinen Körper mustere, schaue ich abrupt weg. Und ich hoffe, dass er es nicht bemerkt hat.

„Kann ich mich zu dir setzen?"

„Sicher, setz dich." Er dreht sich eine Zigarette. „Wo ist Clarissa?", frage ich nach einer Weile.

„Clarissa?" Er leckt über den kleinen Klebestreifen, dann klebt er die beiden Enden zusammen.

„Ja, Clarissa."

„Keine Ahnung." Er schaut mich an und lacht, dann zündet er sich die Zigarette an.

„Na, ihr seid doch zusammen, oder?"

„Manchmal ...", antwortet er vage.

„Manchmal?"

„Ja, manchmal ..."

Was soll das denn bitte heißen? „Wie kann man manchmal mit jemandem zusammen sein?"

„Wir sind zusammen, wenn wir uns sehen."

„Offensichtlich willst du dich nicht unterhalten." Ich stehe auf. „Ich gehe dann mal wieder lesen."

„Nein, warte." Ich schaue ihn an. „Wir schlafen miteinander, das ist alles ..."

„Für sie auch?"

Er zieht an seiner Zigarette. „Ehrlich gesagt, weiß ich das nicht."

Ich setze mich wieder hin. „Aber sie ist doch wirklich nett, und sie sieht doch auch wirklich gut aus."

„Vielleicht solltest du dich mit ihr verabreden, wenn sie dir so gut gefällt." Er grinst.

„Ich meine ja nur ..."

„Was meinst du nur?"

„Es hat sich eben so angehört, als wärt ihr zusammen." Er schaut mir tief in die Augen. Und das macht mich nervös. Ich spüre, wie meine Halsschlagader sich ausdehnt und wieder zusammenzieht.

„Du hast uns also gehört ..."

Seine Augen sind blau. Und damit meine ich nicht so ein langweiliges, schwammiges Blau. Sie sind stechend blau. Ozeanblau. „Das war nicht zu überhören."

„Trotz der Musik?" Er schmunzelt. „War sie wirklich so laut?"

„Ähm ... na ja."

Er grinst. „Dann war sie wohl so laut wie du neulich."

Ich schaue auf meine Füße. „Das kann ich schlecht beurteilen." Ein paar Sekunden sagen wir beide nichts.

„Wo ist Stefan?"

„Wer?" Sein Blick klebt auf mir. „Ach so, Stefan. Der ist in der Stadt." Ich greife nach meiner Zigarettenschachtel. Und in genau diesem Augenblick streckt er seinen Arm aus, um den Aschenbecher näher an sich heranzuziehen. Für den Bruchteil einer Sekunde berühren sich unsere Arme, dann ziehe ich meinen weg.

Er stellt den Aschenbecher zwischen uns auf den Tisch. „Und? Bist du schon weitergekommen mit deinem Buch?"

„Ja, das bin ich."

„Wie findest du es?"

„Ich mag es", antworte ich und nehme einen Zug von meiner Zigarette.

„Was magst du besonders?"

„Die Art, wie er die Dinge beschreibt, sogar die ganz kleinen, eigentlich nebensächlichen Details."

„Denkst du, es wird ein Lieblingsbuch?", fragt er nach einer Weile.

„Wie kann man Bücher, die so unterschiedlich sind, miteinander vergleichen?" Er lächelt mich an. Und seine Augen scheinen mich anzufassen. Vielleicht ist das aber auch nur Wunschdenken.

„Dann nenn mir eines, das du besonders magst."

„Puh ... ein Buch, das ich besonders mag ..." Ich ziehe an der Zigarette und beobachte seine Hände. „*Das Parfum* ... ja, *Das Parfum* mag ich besonders."

Die nächsten zwei Stunden werden wir uns über Bücher unterhalten. Und es wird eine der besten Unterhaltungen meines Lebens sein. Und mit Abstand die beste, die ich je mit einem Mann geführt habe.

Lili

Ich stehe im Flur. Ich sehe noch, wie ich den Schlüssel noch einmal auf der Kommode im Flur ablege und aufs Klo laufe. Und jetzt stehe ich hier und der Schlüssel liegt keine fünf Meter von mir entfernt, aber die Türe ist zu. Mist. Kurz spiele ich mit dem Gedanken, zu Marie zu fahren. Aber eigentlich habe ich keine Lust. Das hat nichts mit Marie zu tun, aber sie wird bei Paul sein. Und auch wenn ich Paul wirklich mag, habe ich gerade wenig Lust, mich wie das dritte Rad am Wagen zu fühlen. Ich gehe die Treppen hinunter. Und weil ich nicht weiß, wo ich hinwill, klingle ich erst mal bei Joakim. Denn vielleicht ist Emma ja da. Und ich will zu Emma.

Als nach dem zweiten Mal klingeln keiner aufmacht, drehe ich mich um und gehe in Richtung Treppen. „Lili, warte ..." Ich schaue mich um. Es ist Joakim.

Ich gehe langsam auf ihn zu. „Ist Emma da?"

„Ja, ist sie, komm doch rein." Die Wohnung sieht toll aus. Unglaublich, was Stefan und Joakim in der kurzen Zeit geschafft haben. „Wir sitzen auf dem Balkon, deswegen haben wir das Klingeln nicht gleich gehört."

Ich folge ihm ins Wohnzimmer. „*Ihr* sitzt auf dem Balkon?", frage ich verwundert.

„Ja, Emma und ich ..." Na, sieh mal einer an. Emma und Joakim sitzen zusammen auf dem Balkon.

„Lili!", sie springt auf und nimmt mich in den Arm. „Schön, dich zu sehen." Sie nimmt einen Klappstuhl und stellt ihn für mich hin.

„Ich geh dann mal rein", sagt Joakim, als ich mich hinsetze.

„Wegen mir musst du das wirklich nicht", sage ich kopfschüttelnd.

„Ist schon gut, es macht mir nichts …"

„Du könntest doch noch eine mit uns rauchen", schlägt Emma vor.

Er lächelt uns an. „Wenn es euch sicher nichts ausmacht …"

Emma und ich schütteln den Kopf. „Tut es nicht."

Und da sitzen wir zu dritt auf dem Balkon. Emma, Joakim und ich. Und wir reden und reden. Total gebannt, lauschen wir seinen Geschichten. Und je länger ich mit ihm auf dem Balkon sitze, desto schwerer fällt es mir, mich an Joakim das Arschloch zu erinnern. Der Typ, der mir gerade gegenübersitzt, sieht gut aus, ist sehr intelligent und einfühlsam. Und nicht nur ich scheine das so zu sehen. Es klingelt. „Ich mache schon auf", sagt Joakim und steht auf.

„Kannst du einen Eistee mitbringen? Der ist übrigens im Kühlschrank", sagt Emma grinsend.

„Wo sollte der auch sonst sein?", frage ich irritiert.

Joakim lächelt. „Das ist eine längere Geschichte …", sagt er und verschwindet dann in der Wohnung.

„Eine längere Geschichte?", frage ich verwundert. Emma nickt. „Na, los, erzähl schon …"

„Das ist echt peinlich …", sage ich lachend. „Wieso bist du denn in die Küche gegangen? Du wusstest doch, dass er mit ihr dort war." Lange schaut sie mich an. „Emma?"

„Ich wolle etwas trinken …"

„Du hättest aber doch auch einfach Leitungswasser trinken können …"

Sie hört mir gar nicht zu. Stattdessen schaut sie über ihre Schulter ins Wohnzimmer. „Wo bleibt der denn? Ich habe Durst."

„Komm, lass uns einfach selbst etwas holen", schlage ich vor, weil ich weiß, dass Emma nicht mehr darüber reden will.

„Ah, hallo Emma." In der Küche stehen Joakim und eine hübsche junge Frau. Emma begrüßt sie mit zwei Bussis auf die Wangen. Joakim holt Gläser aus dem Küchenschrank, der Eistee steht schon auf einem Tablett.

„Ich wollte euch den Eistee gerade bringen." Er schaut zu mir. „Oh, Lili, tut mir leid ... Lili, das ist Clarissa, Clarissa, das ist Lili ..." Wir schütteln uns die Hand. „Lili ist Elias' Freundin ... Von Elias habe ich dir doch erzählt, oder?"

„Hat nicht er dir die Wohnung besorgt?" Joakim nickt. „Er wohnt auch hier im Haus, oder?", fragt Clarissa interessiert.

„Im dritten Stock", antwortet Emma.

„Du kennst ihn also auch?"

„Er ist mein Bruder ..."

„Ah ... okay ..." Sie schaut zu mir. „Dann kennt ihr euch also alle über Elias?"

Ich schüttle den Kopf. „Nein, ich kenne Elias über Emma. Wir sind seit Jahren befreundet ... Woher kennt ihr beiden euch eigentlich?", frage ich und zeige auf sie und Joakim.

„Wir haben uns in einer Bar kennengelernt." Clarissa ist hübsch. Doch sie hat so ein Muttermal auf der Stirn, das mich irgendwie stört.

„Welche Bar?", fragt Emma.

„Wie heißt die nochmal, Joakim?"

Er schenkt Eistee in vier Gläser. *„Für Freunde",* antwortet er abwesend.

„Und wo genau ist das?", frage ich, ein wenig zu interessiert. Ich klinge wie eine Schwiegermutter.

„Am Gärtnerplatz", antwortet Clarissa lächelnd.

„Und wann habt ihr euch kennengelernt?", frage ich, um die Unterhaltung in Gang zu halten.

„Vor ein paar Tagen."

„Ach, und da seid ihr schon zusammen?", frage ich erstaunt. Joakim stellt die vollen Gläser nacheinander auf das Tablett.

„Für mich war ganz schnell klar, dass ich mich in Joakim verliebt hatte ... Ich wusste es noch am ersten Abend." Eines der vollen Eisteegläser zerspringt auf den Fliesen. Joakim springt zur Seite. Der Tee schwappt über den ganzen Boden und läuft die Fugen entlang.

„Toll, Joakim ... Ganz toll ...", sagt Emma scharf.

„Aber das war doch nur ein Glas", sagt Clarissa besänftigend. „Er hat das sicher nicht absichtlich gemacht." Und genau da liegt Clarissa falsch. Es war nicht nur ein Glas. Es war viel mehr als nur ein Glas.

„Es war mein Lieblingsglas", poltert Emma. Clarissa schaut erst auf den Boden, dann auf das Tablett.

„Es war doch genau so eines, wie die, die noch auf dem Tablett stehen ..." Sie zeigt auf die drei vollen Gläser. „Ein Ikea-Glas, wenn ich mich nicht irre ..."

„Clarissa?" Sie schaut mich an. „Was hältst du davon, wenn wir beide einfach das Tablett nehmen und schon einmal auf den Balkon gehen ... zu viert treten wir uns nur gegenseitig auf die Füße, und außerdem haben wir beide keine Schuhe an ... nicht, dass wir uns die Füße aufschneiden."

„Joakim, soll ich dir nicht lieber helfen?", fragt sie vorsichtig.

„Nein, ist schon gut ... geh nur mit Lili nach draußen ... wir kommen dann gleich."

Emma

„Ihr seid also zusammen", flüstere ich schroff. „Nicht nur manchmal, sondern so richtig." Ich knie in Eistee und hebe Glasscherben auf.

„Was geht dich das eigentlich an?", fragt Joakim wütend.

„Du hast gelogen ..."

„Nein, habe ich nicht."

„Ach nein?" Ich schaue ihn an.

„Sie hat das gesagt, nicht ich ..."

„Ja, und vor Schreck lässt du gleich ein Glas fallen."

„Was soll das eigentlich? Du bist schließlich mit Stefan zusammen."

„Das tut jetzt nichts zur Sache", flüstere ich verärgert.

„Aha, und warum nicht?"

„Na, weil wir gerade von dir sprechen."

„Nur damit ich das richtig verstehe, du kannst dich von Stefan vögeln lassen, aber ich soll bitte nicht mit Clarissa schlafen?"

„Du kannst schon mit ihr schlafen."

„Das ist aber lieb, dass ich das darf ..." Er steht auf und nimmt eine frische Küchenrolle aus der Packung.

„Das ändert nichts an der Tatsache, dass du gelogen hast."

Wir knien einander gegenüber. Seine Augen sind zwei kleine Schlitze, die mich wütend anstarren. „Ich habe nicht gelogen ..."

„In Finnland ist also lügen etwas anderes als hier, ja?"

„Ach, lass mich einfach in Ruhe, du blöde Kuh."

Ich stehe auf. „Blöde Kuh?", schreie ich ihn an. „Du nennst mich eine blöde Kuh?"

„Sieht ganz so aus."

„*Du* nennst *mich* eine blöde Kuh?", frage ich noch einmal.

„Du bist doch auch eine blöde Kuh ...", sagt er grinsend.

„Ach, räum doch deinen Scheiß alleine auf." Ich schaue auf den Boden und mache dann vorsichtig einen Schritt in Richtung Flur.

„Und das ist alles?"

Ich drehe mich um. „Was meinst du?"

„Also du bist mit Stefan zusammen und ich mit Clarissa."

„Genau", sage ich kalt.

„Ich wollte nur sichergehen", zischt er.

„Na, dann ..." In dem Moment, als ich mich wieder umdrehe, packt er mich am Arm und zieht mich wieder zurück. „Was soll das?", frage ich erschrocken. „Lass mich los." Seine Hand umfasst mein Handgelenk. Ich schaue auf den Boden. Genau hier lag er auf ihr. „Es ist mir vollkommen egal, dass du mir ihr schläfst", sage ich zusammenhangslos.

„Und mir ist es auch egal, wenn du durch die ganze Wohnung schreist ... Stefan scheint zu wissen, was er tut."

„Von Clarissas Gesichtsausdruck ausgehend, weißt du das auch", fauche ich ihn an. Was sage ich denn da? Ich schaue zu Boden.

„Du hast uns gesehen?", fragt er fassungslos.

„Jetzt, schau dir nur die Sauerei an."

„Emma, scheiß auf den Eistee ..." Sein Griff um mein Handgelenk wird fester. „Hast du uns zugesehen?"

„Ich, nein ... Lass mich los ..." Ich versuche, meinen Arm aus seinem Griff zu befreien.

„Hat es dich verletzt?" Ich halte ihn am Handgelenk, er mich.

„Was?", frage ich ausweichend.

„Hat es dich verletzt, uns zuzusehen?"

„Bitte, lass mich ..."

„*Ob es dich verletzt hat*, habe ich dich gefragt", unterbricht er mich scharf.

„Wenn du es genau wissen willst, ja hat es ... Bist du jetzt zufrieden?", schreie ich ihn an. Entgeistert schaut er mich an. „Und jetzt lass mich endlich los, du ... du ..." Doch mir fällt nicht ein, was er ist. Ich suche nach einem passenden Ausdruck, doch ich finde keinen.

„Warum hat es dich verletzt?" Er schaut mir direkt in die Augen.

„Wie warum? Es hat mich eben verletzt." Dann packt er mich, zieht mich an sich und küsst mich. Als ich endlich begreife, was gerade passiert, lege ich meine Arme um ihn. Eng aneinandergepresst stehen wir in einer riesigen Eistee-Pfütze. Seine Lippen verschlingen mich. Seine Zunge umspielt meine. Er hält mich fest. Ganz fest. Wir atmen schwer. Am liebsten würde ich jetzt und hier mit ihm schlafen. Ich würde mich am liebsten ausziehen und in die

Eistee-Pfütze legen. Und ich wünschte, er würde nie aufhören, mich zu küssen.

Er schaut mich an. „Und was jetzt?"

„Ich habe keine Ahnung", sage ich leise.

„Was ist das zwischen uns?", fragt er unsicher. „Bin ich einer von vielen?"

„Nein", sage ich irritiert. „Wie kommst du darauf?"

„Emma, ich bin nicht blöd."

„Ich weiß, dass du nicht blöd bist."

„Wir wissen beide, dass ich nicht in deiner Liga spiele. Du könntest jeden haben, und das weißt du."

„Komisch. Ich habe eher das Gefühl, dass ich nicht in deiner spiele." Ich schaue zu Boden. Wir schweigen.

„Was?", fragt er lachend. Ich möchte hochschauen, doch ich kann nicht. „Emma, bitte schau mich an." Langsam schaue ich hoch. „Ich will *dich*. Ich will dich, genau so wie du bist ..." Dann nimmt er mein Gesicht zwischen seine großen Hände und küsst mich wieder. Ich liebe es, ihn zu küssen.

Er saugt an meinen Lippen. Mit den Fingerkuppen gleitet er über meinen Rücken. „Und wirst du es Stefan sagen?", haucht er. Ich nicke. „Sag es."

„Ich werde es ihm sagen." Er gleitet mit seinen Fingerspitzen über meinen Rücken. „Und du Clarissa?" Ich küsse ihn am Hals.

„Mhm ..."

„Wir müssen aufhören ..." Wir atmen flach und schnell.

„Ich will aber nicht aufhören." Sein Atem streift über meinen Nacken. Ich spüre ihn überall. Meine Haut glüht unter seinen Händen.

„Ich will auch nicht, aber ..." Er küsst mich wieder. Noch nie wurde ich so geküsst. „Clarissa und Lili sitzen doch draußen." Seine Lippen sind weich und warm. Sie schmecken nach einer neuen Welt, einer Welt voll neuer Eindrücke, voller Abenteuer. „Wir müssen doch aufräumen", hauche ich.

„Ja, wir müssen aufräumen", flüstert er.

„Vielleicht ist es besser, du sagst ihr nichts von uns", sage ich seufzend, als er mich am Hals küsst. Ich inhaliere seinen Duft.

„Du hast recht ..." Er atmet schwer, als er das sagt. „Bestimmt hast du recht ..."

Ich werfe die letzten Scherben in den Mülleimer.

„Was sagen wir, warum wir so lange gebraucht haben?", fragt er, als wir uns gerade auf den Weg nach draußen machen.

„Spiel einfach mit", sage ich lächelnd. Kurz bevor wir ins Wohnzimmer kommen, zieht er mich ein letztes Mal an sich und küsst mich. „Ich bin verrückt nach dir, Emma."

Lili

„Wie lange sind Emma und Stefan eigentlich schon zusammen?" Nicht nur ich habe bemerkt, dass da etwas zwischen Joakim und Emma ist.

„Ziemlich lange. Er war ein Jahr in Kanada, aber vor ein paar Wochen ist er dann wieder zurückgekommen ..."

„Aha ...", sagt sie nachdenklich.

„Was ist?", frage ich nach einer Weile.

„Will Emma was von Joakim?"

Ich zucke mit den Schultern. „Gesagt hat sie nichts."

„Nein?"

„... nein, kein Wort ..."

„Neulich kommt sie in die Küche, wo wir ein paar Sekunden zuvor noch miteinander geschlafen haben, und jetzt flippt sie aus, weil er ein Glas runtergeworfen hat? Na, wohl kaum."

„Ich glaube nicht, dass Emma an Joakim interessiert ist", lüge ich.

„Sie hat sich doch niemals wegen einem Glas so aufgeregt ..."

„Sondern, warum hat sie sich deiner Meinung nach dann aufgeregt?"

„Na, weil Joakim und ich zusammen sind. Sie dachte wahrscheinlich, ich wäre nur eine flüchtige Bettgeschichte."

„Das kann ich mir nicht vorstellen. Sonst hätte sie mir wohl kaum von dir erzählt ...", improvisiere ich wild.

„Was hat das eine mit dem anderen zu tun?"

„Na, wenn sie an ihm interessiert wäre, hätte sie, wenn überhaupt, sicher nichts Nettes über dich gesagt, egal ob du nur eine Bettgeschichte oder seine Freundin bist. Das hat sie aber ...", sage ich ruhig.

„Wieso, was hat sie denn gesagt?" In ihrer Stimme höre ich einen Anflug von Neugierde.

„Dass du sehr hübsch bist und dass sie dich sehr sympathisch findet", lüge ich. Sie schaut nachdenklich. Aus der Küche höre ich, wie Emma Joakim anschreit. Und dann, wie Joakim ihr widerspricht. Doch was sie sagen, kann man Gott sei Dank nicht verstehen. Zumindest ich nicht.

„Und? Habt ihr euch wieder eingekriegt?", frage ich vorsichtig, als Joakim und Emma mit einem vierten Glas Eistee zu uns auf den Balkon kommen. Beide nicken. Doch so ganz nehme ich ihnen dieses Nicken nicht ab.

„Das war doch nie im Leben dein Lieblingsglas, Emma", sagt Clarissa, als Emma sich neben sie setzt.

„Nein, das nicht ...", gibt Emma zu.

„Sondern? Was war dann das Problem?"

„Es war schon das dritte Glas, seit wir hier wohnen ... Stefan und ich kaufen das ganze Zeug, und er schmeißt es dann durch die Gegend." Sie nimmt einen Schluck Eistee, dann zündet sie sich eine Zigarette an. „Ich habe überreagiert, aber er kann nicht in einer WG wohnen, wenn er keine Ahnung davon hat, was *Rücksicht* bedeutet und wie man mit den Sachen von seinen Mitbewohnern umzugehen hat."

„Wieso ersetzt du ihr die Gläser nicht?", fragt Clarissa nun Joakim.

„Ja, das ist ja das Nächste", regt sich Emma auf. „Er hat bereits letzte Woche gesagt, er würde welche kaufen ... und hat er es gemacht? Natürlich nicht. Genauso ist es mit dem Klopapier. Ich kaufe es, er braucht es auf ..." Sie spielt gut. Ziemlich gut sogar. Aber das konnte Emma schon immer.

„Ich habe auch schon einmal Klopapier gekauft", verteidigt sich Joakim.

„Ja, *einmal* ... und dann auch noch das *billigste*. Du nimmst und nimmst und irgendwann reicht es einfach ..." Clarissa zündet sich eine von Joakims selbst gedrehten Zigaretten an.

„Du übertreibst", sagt Joakim kopfschüttelnd.

„Ich kann schon verstehen, dass sie das nervt", sagt Clarissa schließlich.

„Danke, Clarissa ... wenigstens eine versteht mich." Eine Weile sind wir alle still.

Dann räuspert sich Joakim und sagt: „Es tut mir leid, okay? Ehrlich. Ich werde die Gläser ersetzen."

Sie lächelt. „Okay ... ist in Ordnung." Sie zieht an ihrer Zigarette, dann hebt sie ihr Glas und hält es über den Tisch. „Auf uns!" Wir nehmen unsere Gläser und stoßen an. Und ich bin mir sicher, dass Emma mit *uns* im Stillen nur sich und Joakim gemeint hat. Emma ist verliebt. Und das bis über beide Ohren.

Emma

„Ich kann es Stefan nicht sagen. Ich kann nicht mit ihm Schluss machen."

„Und wieso nicht?", fragt Joakim irritiert.

„Na, wenn ich mit ihm Schluss mache, ihm aber nicht sage, dass es etwas mit dir zu tun hat, habe ich keinen Grund mehr, hier zu sein, und wir sehen uns nicht mehr."

Er schweigt. „Ja, und was schlägst du stattdessen vor?"

Ich zucke mit den Schultern. „Keine Ahnung."

Mit dem Daumen streichelt er über meinen Handrücken. „Wenn du nicht mit ihm Schluss machst, mache ich auch nicht mit Clarissa Schluss."

„Was soll das denn jetzt?"

„Na, glaubst du ernsthaft, ich schaue dabei zu, wie er dich küsst? Glaubst du, ich halte mir einfach die Ohren zu, während er mit dir schläft? Na, wohl kaum."

„Ach, und du denkst, das ist jetzt die Lösung?"

„Es ist sicher nicht die optimale Lösung, aber dir fällt doch auch nichts ein, oder?"

„Und wenn ich dir verspreche, nicht mit ihm zu schlafen?", frage ich verzweifelt.

„Und mit welcher Begründung?", fragt er lachend.

„Ich will nicht, dass du mit ihr zusammenbleibst ..."

„Und ich will, dass du mit Stefan Schluss machst." Im Wohnzimmer höre ich Schritte. Und ich weiß, dass Stefan nach Hause gekommen ist. Was ich nicht weiß, ist, wie viel er gehört hat. Ich ziehe meine Hand weg.

„Würdest du mir *Bronsteins Kinder* ausleihen?" Joakim schaut mich irritiert an. „Ich habe mein Buch bald durch, und wenn es dir so gefallen hat, gehe ich davon aus, dass es mir auch gefallen wird."

Dann scheint auch er ihn gehört zu haben. „Klar, gerne ... ich habe Notizen an den Rand gemacht, ich hoffe, das stört dich nicht."

„I wo, keine Spur." Dann kommt Stefan auf den Balkon.

„Hallo Stefan", sagt Joakim freudig. Für meinen Geschmack ein wenig zu freudig. Aber Stefan scheint das nicht so zu empfinden.

„Hey, ihr beiden." Er setzt sich auf den Stuhl zwischen uns. „Ich habe dir etwas mitgebracht, Maus." Er lehnt sich zu mir und küsst mich. Als Stefans Lippen meine berühren, tritt mich Joakim unterm Tisch. Ich schrecke zurück.

„Aua!" Ich werfe Joakim einen bösen Blick zu, dann bücke ich mich und reibe mein Schienbein.

„Was ist denn passiert?", fragt Stefan.

„Ach, nichts." Ich beiße die Zähne zusammen und lächle. „Ich habe mich am Schienbein gestoßen."

„Tut es sehr weh?"

„Nein, nein, es geht schon wieder", lüge ich.

„Hier, das ist für dich." Er reicht mir eine klitzekleine Tüte.

„Ähm, für mich? Wieso für mich?", frage ich stotternd.

„Einfach so ... Los, pack es schon aus." Langsam greife ich in die kleine schwarze Tüte. An meinen Fingerkuppen seidiger Stoff. Oh nein. Bitte lass es nicht Reizwäsche sein. „Jetzt pack es schon aus." Stefan lächelt.

„Ähm, ich denke, ich würde das lieber nachher auspacken."

„Wegen Joakim?", fragt er grinsend. „Ich denke, der hat so etwas schön öfter gesehen."

„Ja, trotzdem ...", sage ich leise.

„Jetzt sei nicht so verschämt, Maus." Ich schaue zu Joakim.

„Pack es nur aus", sagt Joakim kalt. „Mich stört das nicht." Das ist eine Lüge. Ich sehe, dass es ihn stört. Langsam ziehe ich ein schwarzes Seidenhemdchen aus der Tüte. Am Ausschnitt ist es mit schwarzer Spitze besetzt.

„Das war noch nicht alles." In Stefans Gesicht vermischen sich Erwartung und Erregung. Dann ziehe ich ein dazu passendes, winziges schwarzes Seidenhöschen aus der Tüte. Auch das Höschen ist mit schwarzer Spitze besetzt.

„Ähm, danke, Stefan ..."

Stefan schaut zu Joakim. „Das wird spitzenmäßig an ihr aussehen, meinst du nicht?" Und in dieser Sekunde schießt mir durch den Kopf, dass Stefan es vielleicht schon längst weiß.

„Bestimmt", antwortet Joakim. Er ballt seine Faust, als er das sagt.

„Maus, wollen wir dann reingehen?"

„Reingehen? Ach, wieso denn, lass uns doch noch ein bisschen hier draußen bleiben." Meine Stimme trieft vor Schuldbewusstsein.

„Was wollen wir denn noch hier draußen?", fragt er eindeutig.

„Reden?", schlage ich vor.

„Mir ist nicht nach reden."

„Wir müssen aber reden", sage ich leise.

„Du hast recht, das müssen wir. Es betrifft euch beide." Nervös schauen Joakim und ich uns an.

„Uns beide?" Ich zittere am ganzen Körper.

„Ja."

Joakim richtet sich in seinem Stuhl auf. „Was gibt's?", fragt er gespielt entspannt. Er kann gut verbergen, dass er nervös ist. Viel besser als ich.

„Ihr wisst ja beide, dass ich im Herbst anfangen möchte, Meeresbiologie zu studieren."

„Meeresbiologie?", frage ich entgeistert. Er redet mit uns über *Meeresbiologie?*

„Ja, das weißt du doch", antwortet Stefan leicht gereizt.

„Ähm, ja sicher, weiß ich das ... entschuldige ..."

„Also, na ja, ein guter Freund von mir geht ab Herbst nach Kiel, um dort auch Meeresbiologie zu studieren."

„Und?", fragt Joakim.

„Sein Vater ist Professor in Kiel, und ich könnte dort einen Platz bekommen, wenn ich mich schnell entscheide." Er schaut mich an.

„Ja, und was willst du jetzt tun?", frage ich irritiert.

„Weißt du, Emma, das ist 'ne riesige Chance. Die Uni in Kiel ist viel besser, wenn man Meeresbiologie studieren will, allein schon deswegen, weil Kiel am Meer liegt."

„Was willst du mir damit sagen?", frage ich kopfschüttelnd. Innerlich flutet mich die Erleichterung. In diesem Augenblick fällt mir ein riesiger Stein vom Herzen. Er antwortet nicht. „Heißt das, du gehst nach Kiel?"

„Emma ... bitte tu nicht so, als wäre ich dir so wichtig", sagt er leise.

„Was redest du denn da?"

Er schaut kurz zu Joakim, dann wieder zu mir. „Emma, du liebst mich nicht. Du liebst ihn." Fassungslos schaue ich ihn an. „Vielleicht hast du es anfangs nicht einmal selbst gewusst." Ich schaue ihm in die Augen. „Allein die Art, wie du ihn anschaust. Die Art, wie es dich fertigmacht, wenn er Clarissa küsst." Er schüttelt den Kopf. „Ich bin nicht dumm, Emma." Tränen laufen über meine Wangen. „Und ich denke, dass nicht nur du ihn liebst." Gerade will ich etwas sagen, doch Stefan winkt ab. „Ich will es nicht wissen, Emma. Und ich will auch nicht wissen, ob schon etwas zwischen euch war. Ich will gar nichts wissen."

„Du bist so gefasst", sage ich erstaunt.

„Es ist für uns beide das Beste, wenn ich gehe." Dann erst begreife ich es.

„Du liebst mich auch nicht mehr." Er schaut zu Boden. „Richtig?"

Er nickt. Dann nach einer Weile sagt er leise: „Ich dachte wirklich, dass ich dich noch liebe, und irgendwie tue ich das auch." Wir schauen uns an. „Und ja, ich bin eifersüchtig auf jeden, der dich anfassen darf." Er schaut zu Joakim. „Aber das reicht nicht." Tränen laufen über meine Wangen. „Ich werde nach Kiel gehen und ihr ..." Er bricht ab. „... es ist jedenfalls besser so."

„Es tut mir leid, Stefan." Meine Stimme klingt verheult. „Ich hätte es dir schon viel früher sagen müssen."

„Es verletzt mich, aber es würde mich noch viel mehr verletzen, wenn ich dich wirklich lieben würde. Früher hätte es mich wahrscheinlich umgebracht." Er streichelt mir über die Wange.

„Was sollte das mit der Unterwäsche?", fragt Joakim mit einem eisigen Unterton.

„Wie schon gesagt", er räuspert sich verlegen und schaut mich an. „... du wirst sicher bestimmt spitzenmäßig darin aussehen."

„Das ist keine Antwort."

„Nein, da hast du recht."

„Du wolltest noch einmal mit ihr ins Bett gehen, richtig?", fragt Joakim angewidert.

„Vielleicht ...", gibt Stefan kleinlaut zu. „Ja, vielleicht hätte ich gerne noch einmal mit ihr geschlafen." Stefan schaut mich an. „Hättest du denn mit mir geschlafen? Ich meine, obwohl du mich nicht mehr liebst?" Ich schlucke. Was heißt da *hättest* ...? Ich habe die ganze Zeit mit ihm geschlafen, obwohl ich ihn nicht liebe. „Das war unglücklich formuliert", sagt Stefan dann. Und ich sehe ihm an, dass es ihn verletzt. „Ich meine, hättest du mit mir geschlafen, obwohl du *ihn* liebst?" Bei dem Wort *ihn* macht er eine abschätzige Kopfbewegung in Joakims Richtung.

„Nein, das hätte ich nicht."

„Dann liebst du ihn also wirklich." Ich nicke. „Und liebst du sie?", fragt er Joakim. Und auch er nickt. „Und was ist mit, wie heißt sie noch, Clarissa?"

„Was soll mit ihr sein?"

„Na, weiß sie es?"

Joakim schüttelt den Kopf. „Noch nicht."

„Aber du wirst es ihr sagen."

„Ich werde es beenden, ja ..."

Stefan steht auf. „Du musst dir einen anderen Mitbewohner suchen, in zwei Wochen fahre ich nach Kiel."

Joakim nickt. „Verstehe."

Stefan geht ins Wohnzimmer. Dann dreht er sich noch einmal um. „Ich hoffe, er wird dich nicht enttäuschen." Seine Stimme klingt sanft.

„Ich werde sie nicht enttäuschen", sagt Joakim gereizt. „Und wenn, dann geht dich das gar nichts an, sondern nur Emma und mich."

„Emma wird mich immer etwas angehen ...", sagt Stefan, ohne Joakim anzusehen. „Ich wünsche mir, dass du glücklich bist." Er lächelt mich an, dann geht er in sein Zimmer.

Eine Weile sagen weder Joakim noch ich etwas. Ich frage mich, wie lange Stefan es bereits wusste. Und ich frage mich, ob er es vielleicht sogar länger wusste als ich.

„Was machen wir jetzt?"

„Ich sollte gehen", sage ich sanft. „Ich kann nicht bei dir schlafen."

„Du hast recht." Ich schaue ihn lange an. Wir schweigen. Und auch wenn ich spüre, dass Joakims Blicke mich langsam ausziehen, weiß ich, dass es besser ist zu gehen. Ich kann nicht mit Joakim schlafen. Zumindest nicht, wenn Stefan nebenan ist. Ich könnte mich nicht entspannen. Und Joakim weiß das. „Soll ich dich nach Hause fahren?"

„Elias hat gesagt, du hast kein Auto ..."

„Ich habe vergangene Woche einen alten VW-Bus gekauft", antwortet er lächelnd. Das passt zu ihm. Ein alter VW-Bus.

„Es wäre nett, wenn du mich nach Hause bringen könntest." Er drückt seine Zigarette aus, dann steht er auf.

„Na, komm. Lass uns fahren."

Lili

Wir liegen auf dem Sofa und schauen fern. Als die Werbung anfängt, schaltet Elias den Ton aus.

„Ich will einen Schriftstellerkurs machen", sage ich und schaue ihn an.

„Einen Schriftstellerkurs?", fragt er erstaunt. „Du willst Schriftstellerin werden?" Ich nicke. „Hm ..."

„Was *hm?*"

„Na ja, das ist eben nicht einfach."

„Was ist schon einfach?", frage ich seufzend.

„Es gibt Dinge, die einfacher sind als andere."

Und auch wenn ich weiß, dass er recht hat, ärgert es mich, dass er so denkt. Da weiß ich endlich, was ich wirklich machen will, und dann kommt er gleich mit Gründen, die dagegensprechen. „Ich will trotzdem so einen Kurs machen."

„Es sagt ja auch keiner, dass du das nicht tun sollst." Er macht eine Pause. „Ich finde bloß, du solltest einen Plan B haben, falls das mit dem Schreiben nichts wird."

„Was ist denn dein Plan B?", frage ich gereizt.

„Mein Plan B?"

„Ja, falls es mit der Chirurgie nicht klappen sollte", frage ich schnippisch.

„Ich habe keinen."

„Ach so."

„Das ist etwas völlig anderes."

„Und wieso bitte?"

„Na, weil ich Medizin studiere, und wenn ich fertig bin, dann werde ich Chirurg."

„Du denkst also, ich habe nicht das Zeug dazu."

„Mensch, das sagt doch keiner ...", antwortet er genervt. „... aber viele haben das Zeug dazu, und schaffen tun es die wenigsten."

„Es gibt auch viele, die Medizin studieren, und erst wenn sie nicht mehr nur an Leichen herumschneiden, wird ihnen klar, dass auch sie nicht das Zeug dazu haben, es an lebenden Menschen zu tun."

„Das stimmt sicher auch."

„Und es gibt bestimmt auch einige, die es tun, obwohl sie nicht das Zeug dazu haben."

„Das ist auch gut möglich." Er lehnt sich nach vorne und greift nach seinem Glas. „Und worauf willst du hinaus?"

„Woher willst du wissen, dass es bei dir nicht auch so sein wird?"

„Ich weiß es einfach."

„Aha."

„Ja, Lili ..." Wütend schaut er mich an. „Wenn ich nicht an mich glaube, wie soll ich es dann schaffen?"

„Genau darauf wollte ich hinaus."

„Dass ich an mich glaube?"

„Ja", antworte ich sauer.

Er schüttelt den Kopf und zieht eine Augenbraue hoch. „Und?"

„Ich muss auch daran glauben, dass ich es schaffen kann." Dann stehe ich auf, gehe zu Elias' Laptop und melde mich für einen Schriftstellerkurs an.

Marie

Wir liegen auf dem Boden. „Am liebsten würde ich wegfahren", sage ich, ziehe an meiner Zigarette und strecke sie Paul entgegen.

„Wegfahren? Wohin?" Er greift nach der Zigarette.

„Keine Ahnung", sage ich leise. „Einfach weg."

Er setzt sich auf. „Es ist ja nicht so, als könnten wir das nicht tun."

Ich schaue ihn an. „Wir haben kein Geld."

„Gut, wir haben nicht viel, aber wir könnten doch im Zelt schlafen."

„Meinst du das ernst?"

„Ja, sicher meine ich das ernst", sagt er lächelnd. „Wir haben ein Zelt, wir haben ein Auto, wir könnten uns beim Fahren abwechseln." Ich setze mich auf. „Wir bräuchten Geld für Benzin und für Essen, aber ansonsten?"

„Und für Maut, Vignetten, Landkarten ..."

„Also Landkarten brauchen wir keine kaufen, mein Vater hat Unmengen davon", unterbricht er mich.

„Bleibt immer noch das Geld für die Maut und die Vignette in Österreich."

„Also ich bin dafür", sagt er begeistert.

„Hör auf zu spinnen, Paul", sage ich nüchtern. „Wir haben nicht einmal genug Geld, um das Benzin zu bezahlen."

„Na, und wenn wir uns etwas von unseren Eltern leihen?"

Ich schüttle den Kopf. „Das will ich nicht."

„Erst sagt du, du willst weg, und dann, wenn ich überlege, wie wir das machen können, redest du die ganze Zeit dagegen."

„Wir haben nun mal nicht das nötige Geld. So einfach ist das."

„Jetzt warte doch mal ..." In seinem Gesicht blitzt eine neue Idee auf. „Und wenn wir nicht alleine fahren?"

„Mit wem willst du denn fahren?", frage ich irritiert.

„Na, wir könnten Lili und ihren Freund fragen."

„Lili und Elias?"

„Ja", antwortet er strahlend. „Dann könnten wir uns das Geld zu viert teilen." Ich schweige und denke nach. An sich ist das gar keine schlechte Idee. „Was hat Elias für ein Auto?", fragt er nach einer Weile. „Er hat doch ein Auto, oder?"

„Ja, aber ich weiß nicht, was für eines ..."

„Also meins ist ein bisschen klein für vier Leute, Zelte und Taschen."

„Ich werde Lili fragen."

„Gut, mach das", sagt er lächelnd. „Ich gehe in den Keller und schaue, ob der Gaskocher noch funktioniert."

Emma

„Ich will dich sehen", flüstert er ins Telefon. „Kann ich zu dir kommen?"

„Meine Mutter ist da."

„Ich bin gut mit Müttern", sagt er lachend.

„Na, an meiner wirst du dir die Zähne ausbeißen."

„Was macht dich da so sicher?"

„Sie ist ein Stefan-Fan", sage ich ohne Umschweife.

Er schweigt. Dann sagt er: „Gut, dann hole ich dich eben ab."

„Nein, Joakim, solange Stefan da ist, komme ich nicht zu dir."

„Emma, ich muss dich sehen ... und ich muss mit dir reden."

„Reden? Worüber?"

„Wir können in meinem Auto reden."

„Ich habe dir gesagt, dass ich in diesem schmutzigen Karren sicher nicht mit dir schlafe."

„Woher weißt du, dass ich ihn nicht schon längst aufgeräumt habe?"

„Hast du?", frage ich ungläubig.

Er lacht. „Ich fahre jetzt zu dir."

„Nein, Joakim, warte ..." Doch dann höre ich nur noch das Besetztzeichen. Er hat einfach aufgelegt.

Eine halbe Stunde später klingelt es an der Tür. Ich renne die Stufen hinunter. „Ich mach schon auf, Emma ..." Nein. Nicht.

„Hallo, ich bin Joakim." Er hält meiner Mutter seine Hand entgegen. Sie nimmt sie. „Ich bin mit Emma verabredet. Ist sie da?", fragt er höflich.

„Ja, komm doch bitte rein." Sie dreht sich um und schaut mich an. Sie lächelt.

„Hallo Emma ..." Er kommt auf mich zu und umarmt mich. Dann schaut er sich um. „Sie haben ein sehr schönes Haus."

„Oh, danke." Meine Mutter geht in Richtung Küche.

„Soll ich die Schuhe ausziehen?" Das wird ihr gefallen. Jemand der von sich aus fragt, ob er die Schuhe ausziehen soll.

„Das ist wirklich nicht nötig." Sie lächelt. „Willst du etwas trinken? Ich darf doch *du* sagen?"

Er strahlt sie an. „Aber natürlich dürfen Sie das ... und ja, ich würde sehr gerne etwas trinken." Wir gehen in die Küche.

„Tee? Kaffee? Oder vielleicht lieber einen Eistee?"

„Ein Eistee wäre toll." Er trägt eine hellgraue Jeans und ein schmal geschnittenes, kurzärmliges T-Shirt. Seine Haare sind nicht ganz so zerzaust wie sonst. Er duftet nach Parfum. Sie streckt ihm ein Glas Eistee entgegen. Die Eiswürfel klirren.

„Emma, willst du auch eines?"

„Ja, gerne."

Er kann wirklich mit Müttern. Eine halbe Stunde später frisst sie ihm förmlich aus der Hand. Er erzählt von Finnland, er erzählt von seiner Liebe zu Büchern. Er hört aufmerksam zu. „Ich habe von meiner Mutter eine Orchidee geschenkt bekommen, aber ich habe leider überhaupt kein Talent mit Pflanzen." Er schaut auf das Fensterbrett. „Ich habe sogar einen Dünger gekauft, aber sie verwelkt trotzdem."

„Vielleicht gießt du sie zu häufig? Das mögen sie nicht." Er redet mit ihr über Pflanzen. Er ist wirklich gut. Fast schon beeindruckend. „Wie alt bist du eigentlich?"

„Mama", sage ich leise.

„Oh, Entschuldigung, war das indiskret?", fragt sie verunsichert.

Joakim lacht. „Nein, gar nicht. Ist schon gut. Ich bin fünfundzwanzig."

„Seid ihr beiden zusammen?"

Ich schaue zu Boden. „Ich bin wahnsinnig in Emma verliebt", sagt er und lächelt mich an. „Es war Emma sehr wichtig, dass ich Sie kennenlerne. Und mir natürlich auch." Meine Mutter strahlt. „Frau Altmann, entschuldigen Sie, aber wo finde ich denn das Badezimmer?"

„Gleich neben der Eingangstür."

„Vielen Dank." Er steht auf und verlässt das Zimmer.

Kaum ist er im Flur verschwunden, sage ich: „Stefan und ich haben uns getrennt."

Sie schaut mich an und lächelt. „Das war abzusehen."

„Findest du?"

„Ihr habt es eben noch einmal versucht …", sagt sie und nimmt einen Schluck Eistee. „Joakim scheint auch besser zu dir zu passen."

„Meinst du das ernst, oder ist das ironisch gemeint?", frage ich vorsichtig.

„Was?"

„Na, dass er besser zu mir passt?"

"Er ist *viel* interessanter als Stefan."

Das haut mich um. In nur einem Treffen hat Joakim Kai Pflaume auf die Ersatzbank geschickt.

Lili

"Ja, und wohin? ... Doch, doch, das klingt gut ..." Elias setzt sich auf und schaut mich an. "Machen wir's so, ich rede mal mit ihm, und dann rufe ich dich zurück, ja? ... Was er für ein Auto hat? ... Nein, groß ist es nicht ... Ich rufe dich einfach zurück. Gut, bis gleich ..." Ich setze mich zu Elias auf den Boden.

"Und?", fragt er neugierig.

"Paul und Marie wollten wissen, ob wir spontan für ein paar Tage wegfahren wollen?"

"Hört sich gut an, und wohin?"

"Nach Istrien."

"Und für wie lange?"

"Zwei Wochen oder so ..."

"Klingt teuer", sagt er nachdenklich.

"Sie wollen zelten ... es wäre also hauptsächlich das Benzin."

"Und wie ist dieser Paul so?"

"Paul?", frage ich, während ich mir eine Zigarette anzünde. "Der ist ein total netter Kerl."

"Ein total netter Kerl?", fragt er mit hochgezogenen Augenbrauen.

"Ja, Elias, er ist nett."

Er lächelt. „Und warum hat Marie gefragt, was ich für ein Auto habe?"

„Weil Paul einen Fiesta hat."

„Oh", antwortet er schmunzelnd. „Das wird eng ..." Ich nicke. „Warte mal ..."

„Was?"

„Joakim ...", sagt er nachdenklich.

„Was ist mit ihm?"

„Er hat sich vergangene Woche einen VW-Bus gekauft."

„Ehrlich?", frage ich begeistert. „Das wäre doch perfekt."

„Ruf du Marie an und frag sie, ob sie etwas dagegen haben, wenn Joakim mitkommt ... wenn sie einverstanden sind, rufe ich Joakim an."

„Du meinst wohl Joakim und Emma", sage ich vorsichtig.

„Wie, Joakim und Emma?", fragt er verständnislos.

„Ich glaube, zwischen denen ist was."

„Ach, niemals ...", sagt Elias lachend. Als ich nicht anfange, mit ihm zu lachen, wird er ernst. „Echt jetzt?", fragt er fassungslos. Ich nicke. Und dann erzähle ich ihm von dem kleinen Schauspiel in der Küche und auf dem Balkon. „Nein!", platzt es aus ihm heraus. „Joakim und Emma?" Ich nicke. Prustend greift er nach seinem Handy. „Ich rufe ihn an ... das muss ich aus seinem Mund hören."

Emma

Unter dem Tisch streichelt Joakim sanft über die Innenseite meines Oberschenkels. Und während er das tut, redet er mit meiner Mutter über die Verfilmung eines Buches. „Wenn Sie wollen, könnten wir den Film später ansehen." Er schaut mich an. „Was meinst du, Emma?" Sein Finger gleitet über meine Leiste.

„Was? Ja, unbedingt", presse ich aus mir heraus.

Meine Mutter lächelt. „Leni wollte diesen Film auch ansehen."

„Ja, dann schauen wir ihn doch alle zusammen an ... ich kann ihn in der Videothek holen ..."

„Vielleicht ist das doch keine so gute Idee."

„Warum nicht?", fragt Joakim vorsichtig.

„Lenis Freund ist da."

„Na, und?", fragt Joakim.

„Er ist Emmas Exfreund." Joakim gleitet mit einem Finger meine Leiste entlang.

„Stört es dich, wenn Leni und ihr Freund den Film mit uns ansehen?"

„Nein ... gar nicht ...", hauche ich.

„Ist alles in Ordnung, Emma?"

„Alles bestens, wirklich, mir geht es gut ..." Ich muss mich wirklich zusammenreißen. Und Joakim weiß das.

„Dann gehe ich die beiden mal fragen." Sie steht auf, dann verschwindet sie im Flur.

„Spinnst du?", frage ich und wische mit den Schweiß von der Stirn.

„Ich kann aufhören. Du musst nur etwas sagen." Er grinst. Dann zieht er seine Hand unter dem Tisch hervor.

„Sie würden den Film gerne anschauen", sagt meine Mutter, als sie ein paar Minuten später zurückkommt.

„Dann würden wir in einer viertel Stunde losfahren und ihn holen."

„Vielleicht noch einen Eistee, bevor ihr fahrt?"

„Sehr gerne." Sie nimmt die Gläser und verschwindet in der Küche. Als sie mit zwei vollen Gläsern zurückkommt, gleite ich mit meiner Hand in Joakims Schritt. Er zuckt zusammen.

„Ist alles in Ordnung?", fragt meine Mutter besorgt.

„Aber ja, ich habe mich nur angestoßen", lügt er.

„Brauchst du einen Eisbeutel?"

„Nein, nein ...", seufzt er. „Ist schon wieder okay."

„Das klingt aber nicht so ... warte, ich hole dir schnell einen ..." Versteckt unter der Tischdecke öffne ich den Reißverschluss seiner Hose und gleite mit den Fingern in seine Boxershorts.

„Hör auf ..." An meinen Fingerspitzen fühle ich sanfte Haut. „Du sollst aufhören ...", flüstert er ein zweites Mal. In meiner Hand spüre ich, wie er langsam immer härter wird.

„Hier hast du einen Eisbeutel."

Er nimmt ihn entgegen. „Das ist sehr nett von Ihnen." Er gleitet mit der Hand unter den Tisch. Es klingelt.

„Das muss mein Päckchen sein", sagt meine Mutter und geht in den Flur.

„Lass das ...", sagt Joakim. Er zieht meine Hand aus der Boxershorts, macht den Reißverschluss zu und drückt den Eisbeutel in seinen Schritt.

„Lass uns den Film holen", sage ich lächelnd.

„Ich kann doch so nicht aufstehen", sagt er ernst.

„Ach, das schaffst du schon ..."

„Miststück", sagt er leise

„Was hast du gesagt?", frage ich grinsend.

„Du hast mich schon gehört."

Wir drängen uns an meiner Mutter vorbei, die noch immer mit dem Postboten spricht. „Wir holen jetzt den Film", sage ich lächelnd.

„Ist gut", antwortet sie.

„Bis gleich, Frau Altmann ..."

„Bis gleich, ihr beiden."

Er lässt den Motor an. Schwerfällig setzt sich der Bus in Bewegung. Joakim biegt in die nächste Seitenstraße. Dann biegt er noch einmal ab. Schließlich fährt er rechts ran. Er schnallt sich ab, dann rutscht er zu mir und küsst mich. An der Wölbung in seiner Hose sehe ich, dass der Eisbeutel nichts gebracht hat. Ich schiebe sein T-Shirt hoch. Er greift unter meines. Hastig öffnet er den Verschluss meines BHs. „Lass uns nach hinten gehen", seufzt er.

„In diesem dreckigen Ding schlafe ich nicht mit dir." Er ignoriert diese Aussage, steigt aus und geht oben ohne zur Schiebetür. Dann öffnet er sie. Er steigt ein und schließt sie hinter sich. Ich drehe mich um, doch ich kann ihn durch die dunkle Folie nicht sehen. Nach einer Weile steige auch ich aus. Ich stehe vor der Schiebetür. Langsam öffne ich sie. Ich starre ihn an. „Du hast ihn wirklich aufgeräumt ..."

„Los, komm rein ..." Ich klettere in den Bus, dann schließt er die Tür. Mit einem lauten Scheppern fällt sie ins Schloss.

Ich betrachte ihn. Seine weiche Haut schmiegt sich seidig über seinen sehnigen, definierten Körper. Nackt stehe ich vor ihm. „Du hast wunderschöne Brüste."

„Sie sind zu klein", sage ich verschämt.

„Nein, das sind sie nicht ..."

„Doch, das sind sie." Er gleitet mit den Fingern über meine Brüste.

„Ich finde sie wunderschön ..." Ich schaue ihn an. „Komm her ..." Er zieht mich zu sich. Ich will ihn. Seit ich ihn in der Küche beobachtet habe. Seit ich gesehen habe, wie er sich in ihr bewegt. Ich sitze auf seinem Schoß. Wir küssen uns. Um uns ist es dunkel. Die Vorhänge hüllen uns in schummriges Licht. Ich küsse ihn. Seine vollen Lippen saugen an meinen. Ich spüre seine Erregung zwischen meinen Beinen. „Warte." Ich öffne die Augen. „Das hier ist falsch."

„Warum?", frage ich irritiert.

„Wir sollten das erste Mal nicht *hier* miteinander schlafen. Ich meine, in irgendeiner Seitenstraße am Straßenrand ..." Er nimmt mein Gesicht zwischen seine Hände. Vielleicht hat er recht. Aber wenn es falsch wäre, würden dann meine Zellen in meinen Adern Amok laufen? Das Blut schießt durch meinen Körper, als würde es fliehen. Meine Hände zittern. „Was denkst du?"

„Ich will nicht mehr warten."

„Bist du dir sicher?", flüstert er.

Ich beuge mich vor. Mit den Fingern gleite ich durch sein Haar. „Ich will mit dir schlafen", flüstere ich. Er schaut mich lange an, dann greift er neben sich und zieht ein Kondom aus seinem Geldbeutel. Wir küssen uns. Hinter meinem Rücken reißt er die Verpackung auf. Dann schiebt er mich zurück und schaut mich an. Bevor er das Kondom aus der Packung nimmt, wandert er mit der Hand zwischen meine Beine. Seine Finger gleiten in Flüssigkeit. Ich schließe die Augen. „Schlaf mit mir ..."

„Willst du das wirklich? Ich kann warten." Ich betrachte den Ausdruck in seinem Gesicht.

„Aber ich nicht ...", seufze ich. Seine Augen wandern über meinen Körper. Dann nehme ich ihm das Kondom aus der Hand. Ich ziehe es vorsichtig aus der Hülle, dann, ganz langsam rolle ich es ab. Er schließt die Augen. Ich ziehe mich hoch, dann gleite ich wieder nach unten. Er hält mich an der Hüfte. Und dann dringt er in mich ein. Ich spüre die Härte seines Körpers in mir. Vorsichtig bewege ich mich. Ganz, ganz vorsichtig. Ich spüre, wie er aus mir hinaus gleitet und dann wieder ganz tief in mich hinein. Er hält mich fest. Mit geschlossenen Augen bewege ich mein Becken. Ich atme schwer. Ich atme tief ein, sauge meine Lungen voll und als ich ausatme, vibriert meine Stimme. Ihn zu spüren, ist von einer dermaßenen Intensität, dass ich nichts anderes mehr spüre. Mein Gehirn ist leer. Da sind keine Gedanken. Alles in mir konzentriert sich darauf, ihn zu spüren.

„Emma ...", seufzt Joakim auf. Ich öffne die Augen. Wir schauen einander an. Seine Augen sind angespannt. Mein Körper zittert. Seine Hände gleiten über meine Haut. Er küsst mich am Hals. Sein Griff um meine Hüfte wird fester. Er dirigiert mich. Und dann ist es da. Das Kribbeln. Alles in mir vibriert. Ich atme schneller. Ich rieche Schweiß, ich rieche seinen Körper, und ich spüre nur noch seine Bewegungen in mir und auf meiner Haut. Noch nie habe ich mich so vollkommen gefühlt. Sein Körper ist angespannt. Jeder Muskel, jede Faser. Ich lasse mich fallen, gebe mich hin. Unsere Haut klebt aneinander, unser Atem vermischt sich. Und dann krampft sich alles in mir zusammen. Ich stöhne auf. Und es ist mir egal, ob mich jemand hören kann. Alles ist mir egal, absolut alles, solange er nur weitermacht.

„Ja ...", seufze ich auf. „Ja ..." Und dann kann ich nicht mehr atmen. Innerlich explodiere ich. Ich halte mich fest, klammere mich an ihn. Dann erstarrt auch Joakim. Komplett verspannt sitze ich auf ihm. Wir rühren uns nicht. Dann lasse ich los. Ich atme all die Gefühle laut aus, sie sich in meinem Körper zusammenballen. Dann ist es vorbei.

„Wo seid ihr?"

Ich bin außer Atem. „Sie hatten den Film nicht", improvisiere ich. Ich sitze noch immer auf seinem Schoß. „Wir fahren noch schnell zu einer anderen Videothek ... wir beeilen uns", schnaufe ich.

„Du bist so außer Atem ..."

„Ja, ich bin grad zum Auto zurückgelaufen." Joakim grinst.

„Ach, so", sagt meine Mutter, und ich höre sie lächeln. „Wir bestellen in zehn Minuten Pizza ... schafft ihr es, in einer halben Stunde wieder da zu sein?" Ganz langsam fängt Joakim an, sich wieder in mir zu bewegen.

„Ja, das schaffen wir sicher ... dann bis gleich, Mama", sage ich schnell und lege auf. „Wir müssen uns beeilen ..."

„Ich will dich noch einmal kommen sehen", flüstert er. Ich schaue ihn an, dann bewege ich mein Becken. Er sieht mir zu. Ganz langsam bewege ich mich. Vor und zurück. „Magst du es so? Ich meine, so langsam?", fragt er angespannt. Mit geschlossenen Augen nicke ich. Er hält mich fest. Alles in mir zieht sich zusammen. Ein letztes Mal gleite ich mit meinem Becken ganz nah an seinen Körper, dann lehne ich den Kopf zurück, öffne meine Lippen, und seufze auf. Mein Körper pulsiert. Blut jagt durch meine Adern. Ich öffne die Augen. Joakim starrt mich an. „Das ging schnell ...", sagt er fasziniert. Ich lache. „Langsam, also?" Ich nicke. „Das fühlt sich so irre an." Er lacht.

„Was?", flüstere ich.

„Dieses saugende Gefühl." Er zieht mich fest an sich und legt seinen Kopf auf meine Schulter. „Das war unglaublich."

Mein Film und ich sitzen lächelnd auf dem Beifahrersitz. Klappernd jagen wir über die Menzinger Straße. Es ist noch nicht ganz dunkel. Im Hintergrund läuft *Homebird* von *Foy Vance* und der Wind tanzt vergnügt durch den alten Bus.

„Ich liebe dieses Auto", sage ich laut, damit Joakim mich hören kann.

Er setzt den Blinker rechts, wird langsamer und biegt in die Schlehbuschstraße ein. Er stellt den Motor ab, und wir kurbeln die Fenster hoch. Als ich gerade aussteigen will, hält er mich am Arm fest. „Emma?" Ich drehe mich zu ihm um. Er rutscht zu mir und schließt mich in seine Arme. „Minä tykkään sinusta ..." Verständnislos schaue ich ihn an.

„Was?"

„Das ist finnisch und bedeutet *ich liebe dich.*"

Marie

„Und?" Paul kramt in einer riesigen Kiste, die er aus dem Keller seines Vaters hochgeschleppt hat. „Was sagen sie?"

„So ein Freund von Elias hat einen VW-Bus." Ich seufze. „Dieser Joakim, ich hab dir doch von ihm erzählt."

„Na, das ist doch wunderbar." Er klatscht in die Hände, dann schaut er mich an. „Es ist wohl nicht wunderbar", sagt er verstört. Ich schüttle den Kopf. „Was daran ist nicht wunderbar?"

„Joakim und Emma haben was am Laufen."

„Wie bitte? Ich dachte, der hätte sich so danebenbenommen?" Ich zucke mit den Schultern. „Na, das war doch er, oder?"

„Ja, das war er."

„Und was interessiert es uns, dass die beiden was am Laufen haben?"

„Es geht um Emma."

Er schaut mich fragend an. „Wieso? Was ist mit Emma?"

Ich ziehe an meiner Zigarette. „Emma und ich waren einmal befreundet ..."

„Das wusste ich gar nicht."

„Doch, wir waren befreundet."

„Und warum seid ihr das jetzt nicht mehr?"

„Durch Emma habe ich Lili kennengelernt, und nach und nach mochte ich Lili einfach lieber als Emma." Ich bücke mich nach dem Aschenbecher. „Ich habe Emma irgendwann einfach nicht mehr angerufen."

„Das war nicht in Ordnung", sagt er leise.

„Nein, war es nicht ...", gebe ich zu.

„Und deswegen hast du jetzt Angst vor diesem Urlaub, weil du Emma zum ersten Mal so lange siehst?"

„Ja, so ungefähr ...", sage ich kleinlaut. Er legt seine Hand auf mein Bein.

„Vielleicht ist es ja ganz gut."

Ich schaue ihn an. „Was meinst du?"

„Na, dass wir alle wegfahren."

Ich drücke die Zigarette aus. „Meinst du?", frage ich wenig überzeugt.

Er nickt. „Wer weiß, wo es uns nach dem Abi hin verschlägt ... vielleicht ist das das letzte Mal, dass wir so etwas zusammen machen können ... vielleicht ist jetzt der richtige Zeitpunkt ..."

Emma

Telefonierend geht er auf und ab. „Ich geh schon mal rein", flüstere ich lächelnd. Er nickt mir zu, dann laufe ich zum Haus. Als ich gerade nach meinem Schlüssel suche, geht die Tür auf. „Tut mir leid, Mama", sage ich, als ich sie sehe. „Das war vielleicht eine Odyssee."

„Macht doch nichts ... Clemens und Leni haben gerade die Pizzen abgeholt." Ich gehe langsam in die Küche. Clemens steht hinter Leni, die gerade mit dem Pizza-Roller die Pizzen in Achtel schneidet. Er hat seine Arme um sie geschlungen.

„Ja, du hast recht, das kannst du wirklich viel besser als ich", sagt er kleinlaut. Neben ihnen liegt ein Karton mit einer Pizza, die eher in Scheiben gerissen als geschnitten wurde.

„Oh, Emma." Leni schaut mich ängstlich an. Clemens nimmt seine Arme von ihren Schultern.

„Hallo", sage ich lächelnd. Sie wirken irritiert. „Soll ich noch Getränke aus dem Keller holen?"

„Ähm, ich habe schon welche geholt", sagt Clemens kaum hörbar.

„Gut, dann richte ich im Wohnzimmer alles her ..."

„Ist alles fertig", sagt Leni. Wir schauen uns an.

„Das muss nicht so sein", sage ich nach einer Weile. „Ehrlich nicht ... zumindest nicht meinetwegen." Ein paar Sekunden schaue ich ihn nur an. „Es ist nicht so tragisch, Clemens. Wirklich nicht ..." Leni weiß, dass ich das ihr zuliebe tue. Ja, es tut mir nicht mehr weh, dass er mit Ella geschlafen hat, aber verzeihen tue ich ihm, damit sie glücklich werden kann. Wäre es nicht für Leni, würde ich nie wieder mit Clemens sprechen.

„Ehrlich nicht?", fragt er irritiert.

Ich schüttle den Kopf. „Du hast mich nicht geliebt, und ich habe dich nicht geliebt."

„Ja, aber ..."

„Jetzt mal im Ernst, Clemens, es ist in Ordnung." Hinter mir geht die Küchentür auf.

„Hallo Leni." Joakim nimmt mich von hinten in die Arme und küsst mich auf die Wange.

Leni schaut mich vollkommen fassungslos an. Dann nach ein paar Sekunden lächelt sie. „Hallo Joakim", sagt sie leise.

Er drückt mich fest an sich. „Dann bist du also Lenis Freund?" Clemens schaut ihn völlig entgeistert an. „Und Emmas Exfreund, richtig?" Joakim lächelt, dann geht er auf ihn zu und streckt Clemens seine Hand entgegen. „Freut mich."

„Ja, ähm, mich freut es auch", sagt er verlegen.

„Hast du auch Lust auf ein Bier?", fragt Joakim souverän. Clemens nickt schüchtern. Es scheint fast so, als hätte Clemens Angst vor Joakim. Ist ja witzig. Sie nebeneinander zu sehen, ist irgendwie seltsam. Im Gegensatz zu Clemens ist Joakim ein Mann. Meine Mutter kommt in die Küche. „Frau Altmann?", fragt Joakim in seiner Mutter-Flüsterer-Art.

„Joakim, nenn mich doch bitte Lydia ..."

„Sind Sie sicher?" Leni schaut mich völlig entgeistert an. Und auch mich wundert es, dass er sie so schnell um den kleinen Finger gewickelt hat.

„Ja, ich bin mir sicher ..." Sie lächelt.

„Lydia, ist es Ihnen recht, wenn Clemens und ich ein Bier trinken?"

„Ja sicher ... Bier ist im Keller."

Nach dem Film liegen wir in meinem Zimmer. Ich liege auf Joakims Brust, die sich langsam hebt und dann wieder senkt. „Wer hat dich eigentlich vorhin angerufen?"

„Ach ja ... Elias hat angerufen."

„Und was wollte er?", frage ich neugierig.

„Er wollte wissen, ob zwischen uns etwas läuft."

„Und was hast du gesagt?"

„Na, die Wahrheit." Er grinst mich an. „Ich habe ihm erzählt, dass ich dich gerade in meinem Bus gevögelt habe ..." Er lacht dreckig. Ich boxe ihm in die Rippen.

„Nein, im Ernst, ich habe ihm gesagt, dass wir zusammen sind."

Ich setze mich auf. „Und, was hat er dazu gesagt?"

„Erst hat er gelacht, dann hat er gesagt, dass er sich das hätte denken müssen, dann hat er wieder gelacht, und dann hat er gesagt, dass ihn das freut ..."

„Das hat er gesagt?", frage ich erleichtert.

„Ja, hat er." Er streicht mir mit dem Zeigefinger über den Rücken. „Ach ja, und er hat gefragt, ob wir Lust haben, spontan nach Istrien zu fahren."

„Was?", frage ich überrascht. „Wann?"

„Morgen oder übermorgen."

„Lili und er wollen nach Istrien fahren?"

„Ja, die beiden und noch so eine Marie und ein Paul."

Ich schaue zu Boden. „Sie wollen mit Marie und Paul fahren?"

„Ja, warum?"

„Ach nur so ...", antworte ich ausweichend.

„Was meinst du? Wollen wir fahren?"

„Ich ... ich weiß nicht ..."

„Wir müssen nichts mit dieser Marie und ihrem Paul zu tun haben ... wir schlafen im Bus, die anderen in ihren Zelten ... wir gehen nachts nackt baden ... wir grillen am Strand ... ich lese dir vor ... Ich schlafe mit dir."

Ich lächle ihn an. „Und wie lange?"

„Wie lange ich mir dir schlafe?" Und wieder das dreckige Grinsen.

„Nein ...", sage ich und schüttle lächelnd den Kopf. „Wie lange wollen sie fahren?"

„Zehn Tage oder zwei Wochen ... Da waren sie sich noch nicht sicher."

Ich lege mich wieder auf seine Brust. „Gut, wir fahren", sage ich leise, „aber nur, wenn wir all das machen, was du eben gesagt hast." Er legt seine Arme um mich, gleitet mit den Händen unter mein Oberteil und streichelt mir über den Rücken. Die Härchen an meinen Armen richten sich unter seiner Berührung langsam auf.

„Das machen wir ...", sagt er leise, und riecht an meinem Haar. „Glaub mir, das wird schön ..."

Lili

„Hast du alles?" Ich schaue auf meine Liste.

„Schlafsack, Isomatte, Laterne, Grillanzünder, Taschenlampe, Moskitospray, Camcorder, Sonnenmilch, die kleinen Boxen, den iPod, Aufladekabel, Reiseapotheke, Zahnputzzeug, Wolldecke, Teelichter ... ja, ich glaube ich habe alles ..." Es klingelt. „Hast du dein Handy?"

„Ja, hab ich ..." Er zwinkert mir zu, dann geht er zur Tür. „Joakim? ... Ja, wir kommen gleich runter ..." Er hängt auf und schaut sich um. „Hast du die Zigaretten eingepackt?" Ich nicke. „Feuerzeuge?"

„Ja ..."

„Und das Essen ..." Er schaut in eine Tüte. „... haben wir auch ..." Er lächelt mich an, dann hievt er meinen Rucksack auf seine Schultern. Angespannt verzieht er sein Gesicht.

„Zu schwer?", frage ich besorgt.

„Nein, nein, das geht schon ...", sagt er keuchend. Er schaut mich an. „Dann haben wir wohl alles."

„Geldbeutel?", frage ich.

Er klopft auf seine hintere Hosentasche. „Ja, hab ich ..." Ich bücke mich und stemme den anderen Rucksack auf meinen Rücken. „Na, dann wollen wir mal." Er zieht die Tür hinter uns zu und sperrt ab. „Sind alle Fenster zu, das Licht aus?"

„Ja, ich hab geschaut."

„Gut, dann mal los."

Beladen, als würden wir für mindestens drei Jahre verreisen, quetschen wir uns in den Aufzug und fahren nach unten.

Emma

Ich schaue auf meine Liste. Kondome, Moskitospray, Schlafzeug, Musik, Kerzen, Decke, Kissen, Ladekabel, Reiseapotheke, Ohrenstöpsel, Campinggeschirr, Besteck, Musik, Wörterbuch, noch mehr Kondome, drei Bücher, Taschenlampe, Fotoapparat, sieben Rollen Klopapier, Portmonee, Konservendosen, Gaskocher, Töpfe ... hm ... ich denke, ich habe an alles gedacht. Nervös rutsche ich auf meinem Sitz hin und her.

„Das wird schön ..." Seine Stimme ist tief und weich.

„Meinst du?"

„Ich weiß es."

„Ach, und woher?", frage ich ungläubig.

„Wir werden schwimmen, wir werden einander vorlesen, wir werden miteinander schlafen, wir werden in der Sonne liegen und Eis essen ..." Er streichelt über meine Beine. Seine Hand gleitet zwischen meine Schenkel. „Es wird schön ... entspann dich. Ach ..." Er zeigt in Richtung Tür. „Da sind sie ja ..."

„Wenn du das hier hinstellst, kann der Rucksack vielleicht da noch rein ..." Zu viert drücken wir unsere Berge an Gepäck in den Kofferraum. Joakim bückt sich nach Lilis Tasche und versucht, sie hochzuheben.

„Was ist denn da drin? Blei? Ein paar Goldbarren?", fragt er lachend. Lili wird rot uns schaut zu Boden. Elias und Joakim zerren an der Tasche und hieven sie gemeinsam in den Wagen. „Jetzt brauche ich wirklich Urlaub", sagt Joakim und hält sich das Kreuz. Elias stützt sich am Auto ab und fängt schallend an zu lachen. Beide stehen sie da und lachen sich kaputt. Und irgendwie ist ihr Lachen unheimlich ansteckend.

Der Kofferraum platzt aus allen Nähten. „Ich hoffe, Paul und Marie haben nicht ihren halben Hausstand eingepackt", sagt Joakim grinsend und schaut zu Lili.

„Ist gut jetzt", sagt sie ein bisschen eingeschnappt.

„Mal im Ernst ... was ist da drin?"

„Wir müssen los ...", sagt Elias und schaut auf die Uhr. „... wir sind schon spät dran."

Der Bus stottert, so als wäre er trotzig. Knatternd und zäh setzt er sich widerwillig in Bewegung. Joakim dreht das Radio lauter, und schließlich verschluckt die Musik das jämmerliche Ächzen des Motors. Ich hoffe, Joakim hat recht. Ich hoffe, die nächsten Tage werden schön. Ich bin eigentlich schon damit zufrieden, wenn sie wenigstens erträglich werden.

Marie

„Hast du die Pille?" Ich nicke. „Und das Insektenspray?"

„Ja, wir haben alles", sage ich ungeduldig.

„Sicher?"

„Wenn du willst, können wir auch alles noch einmal auspacken und nachsehen", sage ich sarkastisch.

„Ich will nur nicht, dass wir dann in Istrien sitzen, und dann fällt uns ein, dass wir etwas Wichtiges vergessen haben ..."

„Paul, unter *spontan wegfahren* stelle ich mir echt was anderes vor ... deine akribische Planerei geht mir langsam wirklich auf die Nerven."

Verärgert schaut er mich an. „Beschwer' dich bitte bloß nicht bei mir, wenn wir etwas vergessen haben."

„Mach ich nicht."

Er öffnet seinen Rucksack zum mindestens siebten Mal. „Pflaster, Antiseptikum ..."

„Jetzt hör schon auf!", sage ich völlig entnervt. „Wir haben alles, was wir brauchen." Es klingelt. „Ich geh schon mal runter."

„Ich komm gleich nach, ich hab noch was vergessen ..." Ich atme tief ein, verdrehe die Augen und beiße mir auf die Zunge. Das kann ja heiter werden.

„Hey Marie ..." Lili kommt auf mich zu und nimmt mir eine Tasche ab. „Wo ist denn Paul?", fragt sie lächelnd.

„Der versucht wahrscheinlich gerade noch, ein Kajak in seinen Rucksack zu packen ..." Emma lacht. Ich gehe auf sie zu.

„Hallo Emma."

„Hallo", sagt sie noch immer lachend.

„Ich bin Joakim ..." Er streckt mir seine Hand entgegen. Ich stelle meine Tasche ab und nehme sie.

„Ich bin Marie, schön dich kennenzulernen."

Eine halbe Stunde später sitzen wir endlich im Auto. „Moment, ich glaube ich habe nicht abgesperrt", sagt Paul aufgekratzt.

„Paul!", sage ich wütend.

„Ist gut, lasst uns fahren."

Ich bekomme Kopfschmerzen. Und ganz tief in mir drin bereue ich jetzt schon, dass ich neulich gesagt habe, ich würde gerne wegfahren. Mein Nacken ist steif, und mein Rücken tut weh, und wir sind noch nicht einmal auf der Autobahn.

Emma

Unser Urlaub wird wohl doch recht amüsant. Als Paul gesagt hat, er habe vielleicht vergessen, die Tür abzusperren, dachte ich, Marie würde jeden Moment das kleine Schiebefenster neben sich aufreißen, Paul packen und so lange auf ihn einschlagen, bis er letzten Endes durch die kleine Öffnung passt. Schon bei der ersten Tankstelle halten wir an, weil Lili aufs Klo muss. Und kaum wollen wir losfahren, fällt Joakim dann ein, dass er etwas aus seiner Tasche braucht, die ganz unten im Kofferraum verstaut ist. Oder auf dem zweiten Rücksitz. Auf jeden Fall weit weg. Also packen wir alles wieder aus und dann wieder ein. All das erscheint mir so absurd, dass ich immer bessere Laune bekomme.

Marie lehnt am Auto und schluckt Schimpfwörter hinunter, die sie dem Anschein nach am liebsten Paul, Joakim und auch Lili an den Kopf werfen würde. Ich gehe zu ihr.

„Na?", frage ich strahlend.

„Wenigstens hat einer hier Spaß", sagt sie gereizt. Ich sage nichts dazu. „Spontan wegfahren, dass ich nicht lache ...", sagt sie nach einer Weile. „Also, wenn wir in dem Tempo vorankommen, sind wir in zwei Wochen noch nicht einmal in Österreich." Ich muss lachen. Es ist seltsam, aber ich habe ganz vergessen, wie sehr ich Maries Humor immer geschätzt habe.

„Es könnte schlimmer kommen ..."

„Noch schlimmer?", fragt sie mit hochgezogenen Augenbrauen. „Und wie?"

„Na, nehmen wir an, Lilis Blasenschwäche entwickelt sich zu einer Blasenentzündung ... oder wir haben eine Autopanne ... einen geplatzten Reifen oder einen Motorschaden ..."

„Das wäre keine Tragödie ...", unterbricht sie mich. „Paul hat bestimmt vorsorglich eine Premium-Mitgliedschaft beim ADAC abgeschlossen, nur um ganz sicherzugehen." Ich versuche, es nicht zu tun, aber ich kann nicht anders, als zu lachen. „Weißt du Emma, wir haben drei Gaskocher, mindestens vier Reiseapotheken, Insektenspray, um einen ganzen Campingplatz damit zu versorgen, und wenn es nach Paul ginge, hätten wir für diesen ganz *spontanen Kurztrip* auch noch gleich eine Auslandszusatzversicherung abgeschlossen."

Ich presse meine Lippen aufeinander und unterdrücke mein Lachen. Zumindest, so gut es geht. „Willst du auch ein Bier?", frage ich grinsend. Sie schaut zu Lili, Paul, Joakim und Elias, die noch immer damit beschäftigt sind, unsere Zelte, Isomatten und Wolldecken sorgsam übereinanderzuschichten.

„Ja, ein Bier wäre nicht schlecht", sagt sie lächelnd.

„Das nächste Mal fahren wir vielleicht doch besser zum Pilsensee", sage ich leise.

Marie fängt laut an zu lachen. Sie hakt sich bei mir unter, dann gehen wir gemeinsam in die Tankstelle.

Lili

„Muss noch jemand aufs Klo? Oder braucht noch jemand etwas aus dem Kofferraum?", fragt Joakim grinsend.

„Jetzt fahr schon los", sagt Marie. Im Rückspiegel sehe ich, wie Paul vorsichtig einen Arm um Maries Schultern legt. Erst schaut sie ihn giftig an, dann kuschelt sie sich an ihn. Elias, Lili, Paul und Marie quetschen sich auf der Bank, hinter ihnen Berge von Gepäck.

„Irgendwie hab ich Hunger", sagt Elias nach fünf Minuten Fahrt. „Wo sind denn die Brote, die wir gemacht haben?" Er schaut zu mir, ich zu Marie, und Marie schließt die Augen und seufzt.

„Bitte sag, dass sie nicht im Kofferraum sind ...", flüstert Paul mit zitternder Stimme.

„Sie sind hier", sagt Emma und wirft Elias ein Sandwich entgegen.

„Gott, sei Dank ...", höre ich Marie sagen.

Mein Hintern schläft langsam ein. Dreihundert Kilometer haben wir geschafft. Sieben Mal mussten wir halten. Viermal musste jemand aufs Klo, einmal mussten wir tanken, einmal eine Vignette kaufen, und dann haben Joakim und Elias Platz getauscht. Marie wippt mit den Schenkeln, was mich ganz wahnsinnig macht, und Paul schaut aus dem Fenster. Joakim isst ein Brot, und ich rutsche auf meinem Platz hin und her, weil mein Hintern sich taub und platt anfühlt. Das wiederum scheint Joakim furchtbar auf die Nerven zu gehen, denn er schaut mich immer wieder von der Seite an und rückt ein Stückchen näher zum Fenster.

„Kannst du das mal lassen?", frage ich Marie nach weiteren fünfzehn Kilometern stetigen Schenkelwippens.

„Das wollte ich dich auch gerade fragen", sagt Joakim seufzend.

„Meine Beine sind eingeschlafen", verteidigt sich Marie.

„Ja und ich spüre meinen Po nicht mehr", sage ich zu Joakim. Der Einzige, der sich unkompliziert zeigt, ist Paul. Sein Kopf lehnt am Fenster, sein Mund ist halb offen. „Schläft der etwa?", frage ich neidisch. Marie nickt.

„Na, der hat's gut …", flucht Joakim, während er versucht, eine bequeme Position für seine langen Beine zu finden. Emma und Elias unterhalten sich unterdessen über Leni und Clemens.

Langsam tropft Paul Spucke auf den Schoß. Ein langer Faden spannt sich zwischen seinem Mundwinkel und der Jeans. Ich stoße Joakim in die Seite. „Guck mal … Paul …", flüstere ich. Joakim lehnt sich nach vorne, schaut zu Paul und fängt an, dreckig zu lachen. Marie weiß nicht, ob sie ihn in Schutz nehmen oder selber lachen soll, und ich halte mir die Hand vor den Mund und schlucke mein Lachen hinunter.

„Mach ein Foto", sagt Joakim.

„Ach, komm … das ist gemein."

„Na und?", fragt er lachend.

„Also ich mach keins", sagt Marie, gegen ihren Willen schmunzelnd.

„Dann mach ich eben eins." Joakim kramt in einem kleinen Rucksack herum, der seine Beine einquetscht. Er beugt sich vor, zoomt näher an Paul heran und macht ein Foto. Dann rutscht er noch weiter nach vorne, und macht noch eines. Er dreht die Kamera um und drückt auf einen kleinen Knopf. Dann bricht er in schallendes Lachen aus. Sein ganzer Körper bebt. Paul erschrickt, reißt die Augen auf und schaut uns panisch blinzelnd an.

„Was ist?" Seine Stimme klingt rau. Er tut mir fast ein bisschen leid. „Was ist los?" Joakim hält ihm lachend die Kamera entgegen. Paul reibt sich den Schlaf aus den

Augen und schaut auf das grelle Display. „Ihr seid Arschlöcher", sagt er ein bisschen beleidigt, dann fängt jedoch auch er an, furchtbar zu lachen.

„Du warst eben sehr entspannt ...", sagt Joakim prustend.

„Warte nur, das kriegst du zurück", sagt Paul und gibt ihm den Fotoapparat wieder.

Marie

„Ist es noch weit?", fragt Paul mit einer gespielt quengelnden Stimme.

„Joakim hat mich gehauen", sagt Lili quietschig.

„Und Lili stinkt", sagt Joakim in einem bockigen Tonfall. Emma dreht sich zu uns.

„Ruhe jetzt, Kinder", sagt sie ernst. „Oder wollt ihr euren Papa aufregen?"

Kurz sind wir still, doch dann sagt Joakim, „Lili stinkt aber ..." Als er das sagt, brechen wir in schallendes Lachen aus.

„Ich sehe was, was du nicht siehst ..."

„Das ist nicht schwer, ich sehe nämlich gar nichts", sagt Paul und arrangiert sein Bein neu.

„Mir ist langweilig", sagt Lili.

„Mir auch", sage ich leise. Elias fährt tapfer weiter. Schleppend nähern wir uns unserem Ziel. Ich trinke einen Schluck Wasser. „Bäh ... das ist ja ganz warm", sage ich angewidert.

„Nicht nur das Wasser ist warm", sagt Paul und massiert seinen Oberschenkel.

„Pass doch auf, Joakim", sagt Lili genervt.

„Ich muss meinen Arm doch irgendwo hintun ..."

„Ja, aber vielleicht rammst du ihm mir das nächste Mal nicht in den Bauch ..."

„Das sind vielleicht schlechte Autobahnen", schimpft Paul. „Ein Schlagloch nach dem andern ..." In dem Moment, als er das sagt, erwischen wir wieder eines, und Lili, die eben die Flasche angesetzt hat, um einen Schluck warmes Wasser zu trinken, kommt die Flasche aus.

„Scheiße!", flucht sie laut.

Joakim schaut nur völlig verständnislos an sich hinunter. „Wie hast du das denn jetzt geschafft?", fragt er genervt.

„Das war nicht meine Schuld", antwortet sie verärgert. Joakim greift in seinen Rucksack und holt eine Packung Taschentücher hervor. Er zieht zwei heraus. Eines reicht er Lili, mit dem anderen moppt er die kleine Wasserlache auf, die sich in seinem Schritt gebildet hat.

„Können wir mal anhalten?", fragt Paul vorsichtig.

„Du sprichst mir aus der Seele", sagt Joakim, als er gerade wieder einmal versucht, seine Beine auszustrecken.

„Beim nächsten Parkplatz halte ich an", sagt Elias. Das muss man ihm lassen. Elias hat wirklich eine Engelsgeduld.

„Was machst du denn da?", fragt mich Joakim.

„Ein Video", sage ich lächelnd.

„Na, toll ... und wie lange schon?"

„Etwa zehn Minuten", antworte ich grinsend.

„Da ist ein Parkplatz", sagt Lili freudig. Elias braust an der Ausfahrt vorbei.

„Was?", fragt er.

„Ach, nichts ...", sagt Joakim ärgerlich.

„Was?", fragt Elias noch einmal.

„Da war ein Parkplatz", schreie ich nach vorne.

„Oh ..."

„Ja, oh ...", sagt Joakim und rutscht auf seinem Platz hin und her.

Emma

„Ich glaube, wir sollen umdrehen", sagt Elias.

„Ja, Joakim, wir haben uns verfahren."

Er schüttelt den Kopf. „Da vorne muss das Meer kommen."

Stur fährt er weiter. Der Schotterweg macht einen Knick. Und dann, ganz plötzlich ist es da. In unzähligen Facetten schimmert uns das intensive Blau entgegen. Für diesen kurzen Augenblick wird es fast schon andächtig still. Wir alle schauen aus dem Fenster, als hätten wir noch nie die Farbe Blau gesehen. So als wären wir auf einen Schatz gestoßen und könnten es selbst noch nicht fassen. Joakim bleibt stehen. Und einer nach dem anderen steigen wir aus. Wir sind am Ziel. Wir haben dieses wunderbare Fleckchen Erde gefunden, ohne genau zu wissen, was wir eigentlich suchen. Und in dem Moment, als wir es gesehen haben, wurde uns klar, dass wir es doch gewusst haben. Die ganze Zeit.

Lili

„Ist das richtig so?" Ich zeige auf zwei Stangen.

Elias schüttelt lachend den Kopf. „Nein, ich glaube, die müssen andersrum zusammengesteckt werden." Ich fluche leise, dann ziehe ich sie wieder auseinander. Ich drehe die eine der Stangen um, dann versuche ich erneut, die Enden ineinanderzuschieben. Elias schaut über meine Schulter. Ich fühle mich wie in einer Klausur, in der mir ein Lehrer über die Schulter schaut. Und genau wie die Lehrer, scheint Elias nach potenziellen Fehlern zu suchen.

„Was ist?"

„Nichts", antwortet er. „Ich schaue nur, ob du es richtig machst." Ein paar Meter von uns entfernt höre ich Marie laut fluchen.

„Weißt du was, Paul, dann mach du es eben allein."

„Mensch, Marie, jetzt warte doch ..." Doch Marie wartet nicht. Und ich kann gut verstehen, dass sie die Schnauze voll davon hat, sich kluge Ratschläge in Sachen Zeltaufbautechniken anzuhören, auch wenn sie noch so gut gemeint sind.

„Lili?" Ich lächle sie an. „Wollen wir Holz sammeln gehen?"

Ich drehe mich zu Elias und drücke ihm wortlos die beiden Stangen in die Hand. Dann schaue ich wieder zu Marie. „Lass uns gehen ..."

Ich bücke mich nach herumliegenden Ästen. „Lili?" Ich schaue sie an.

„Was?"

„Glaubst du, dass du und Elias lange zusammenbleiben werdet?"

Das ist eine seltsame Frage. „Warum fragst du das?"

Sie zuckt mit den Schultern. „Ich weiß nicht. Einfach so ..."

Nachdenklich gehe ich weiter. „Ich glaube schon, ja." Sie schaut mich von der Seite an. Ich spüre ihren Blick. „Es muss doch einen Grund geben, warum du das fragst", sage ich nach einer Weile.

„Nein, eigentlich nicht." Ihr Tonfall klingt aufgesetzt.

„Und *uneigentlich*?", frage ich lächelnd.

Sie lacht. „Ich weiß nicht ..." Sie bückt sich nach zwei Ästen. Unter meinen Füßen weicher Sand. „In ein paar Monaten sind wir fertig mit der Schule."

„Und?", frage ich verständnislos.

„Ich will Modedesign studieren."

„Das wusste ich gar nicht", sage ich leise.

„Bis vor Kurzem wusste ich das auch noch nicht." Ich sehe zu ihr. „Paul hat mich auf die Idee gebracht ..." Sie schaut zu Boden.

„Und was hat das eine mit dem anderen zu tun?", frage ich vorsichtig.

„Alles."

Ich halte sie am Arm fest. „Was ist los?"

„Pro Semester werden maximal zwanzig Studenten akzeptiert. Was ist, wenn ich nicht dabei bin?"

„Es gibt doch nicht nur eine Akademie, an der man Modedesign studieren kann"

„Nein, das stimmt ... es gibt viele ..."

„Na, siehst du ..." Ich streife mir eine Strähne aus dem Gesicht.

„Eine davon ist in Hamburg."

„In *Hamburg?*", frage ich irritiert. Sie nickt. Und plötzlich macht ihr Verhalten Sinn. „Und du bist dir nicht sicher, was du machen sollst, wenn du nicht in München, sondern in Hamburg genommen wirst." Und wieder nickt sie. „Aber warum solltest du dort eher genommen werden als in München?", frage ich vorsichtig. Sie schaut mich an, antwortet aber nicht. „Du möchtest lieber nach Hamburg?" In ihren Augen sammeln sich Tränen. „Warum?", frage ich erstaunt.

„Ich wollte immer woanders studieren." Sie schaut mich an. „Abgesehen davon ist die Schule in Hamburg eine der besten überhaupt."

„Und was sagt Paul dazu?"

Sie bohrt ihren rechten Fuß in den warmen Sand. „Der weiß es noch nicht ..." Die Sonne scheint warm auf unsere Schultern. „Ach, was soll's ... Ich werde wahrscheinlich sowieso nicht genommen." *Hoffentlich,* denke ich und schäme mich fat ein wenig dafür. Voll beladen mit Ästen gehen wir wenig später zurück. „Bitte, sag Paul nichts davon ..." Ihre Stimme klingt unsicher.

„Wie käme ich dazu, Paul etwas davon zu sagen?", frage ich erstaunt.

„Ich meine ja nur."

Lange schaue ich ihr in die Augen. „Ich sage kein Wort ..."

„Wo wart ihr denn so lange?", fragt Emma strahlend. Dann fällt ihr Blick auf die vielen Äste in unseren Armen. „Wartet, ich nehme euch was ab." Sie streckt ihre Arme aus. „Ich habe da drüben einen Lagerfeuerplatz gemacht." Stolz zeigt sie auf einen platt getretenen Bereich, der von großen Steinen umringt ist. Schweigend stapeln wir das Holz. „Ist bei euch alles in Ordnung?", fragt Emma nach einer Weile in die drückende Stille. Ich schaue zu Marie, dann wieder zu Emma.

„Lili, magst du für uns drei ein Bier holen?" Emma schaut ratlos zwischen Marie und mir hin und her. „Lass uns bei einem kühlen Bier darüber reden ..."

Marie

„Ihr habt sogar Grillfleisch mitgebracht ...", sage ich begeistert.

Elias nickt und reißt die Plastikfolie auf. Die Sonne geht langsam unter und taucht den Strand in rotes Licht. Jeden Moment wird sie die Wasseroberfläche berühren. Mein Vater hat immer zu mir gesagt, wenn man ganz still ist, hört man es zischen, wenn die Sonne ins Meer eintaucht. Ich habe immer ganz angestrengt gelauscht, doch ich habe es nie gehört. Und irgendwann wurde mir klar, dass er sich das ausgedacht hat. Lili setzt sich neben mich und reicht mir eine Flasche Bier.

„Wisst ihr, woran mich das hier erinnert?" Wir alle schauen zu Emma.

„Nein, an was?", fragt Joakim.

„An eine dieser Becks Werbungen ..."

Wir schauen uns um. „Ja, du hast recht ...", sagt Elias und grinst. „Jetzt fehlt nur noch irgendeine Version von *Sail away*, und die Situation wäre perfekt." Ich muss lachen. Es ist schon komisch, wie werbe-geschädigt wir sind. Aber es stimmt, hier haben wir die Freiheit, die uns in der Becks Werbung immer verkauft wird. Nur, dass wir kein Becks trinken.

„Wartet mal", sagt Joakim grinsend. Er steht auf und läuft aufgedreht zum Bus.

„Was macht der?", fragt Paul ein paar Minuten später. Joakim hängt noch immer kopfüber im Kofferraum des Busses.

„Keine Ahnung", antworte ich.

„Das ist echt irre", sagt Emma beeindruckt.

Elias lächelt verlegen. „Danke ..."

„Ja, das ist echt toll ...", schließe ich mich Emma an. Elias hat eine Art Grill gebastelt. Es ist ein Gestell aus Eisenstangen und einem Rost. Auf dem Rost liegen mariniertes Fleisch und Spießchen.

„Hmm ... Wie das riecht!" Lili lehnt sich zu Elias und küsst ihn auf die Wange.

„Ha!", ertönt es aus dem Kofferraum. Wir drehen uns zu Joakim.

„Was ist?", fragt Emma. Ohne zu antworten, rennt er zur Beifahrertür, und ein paar Sekunden später kommt er mit einem breiten Grinsen auf uns zu. Hinter seinem Rücken versteckt er etwas.

Ich liege auf Pauls Schoß und schaue in den Himmel. Es riecht nach gebratenem Fleisch, nach Bier und nach Sommer. Über mir funkeln die Sterne. Im Hintergrund singt Joe Cocker *Sail away*. Das Meer rauscht, und ein lauer Wind gleitet über meine Haut.

„Es ist perfekt", sage ich leise.

„Ja, das ist es wirklich", flüstert Emma.

Emma

Ich kann mich nicht daran erinnern, jemals so gutes Fleisch gegessen zu haben. Vielleicht liegt es auch daran, dass wir es mit den Händen essen. Mit den Händen schmeckt alles besser. Schmatzend sitzen wir ums flackernde Lagerfeuer. Noch nie habe ich mich so frei gefühlt. In diesem Moment scheint alles möglich zu sein. Die Zukunft ist nicht beängstigend, sondern spannend. Ich schaue mich in der Runde um. Vielleicht wird es das letzte Mal sein, dass wir so etwas zusammen machen. Wer weiß schon, was passieren wird? Vielleicht geht Marie nach Hamburg. Vielleicht geht auch Joakim zurück nach Finnland. Bei diesem Gedanken ist das Gefühl von Freiheit plötzlich verschwunden. Darüber habe ich überhaupt noch nicht nachgedacht. Was, wenn er nach ein oder zwei Semestern wieder verschwindet. Und was würde ich tun, wenn er sich dazu entschließen würde zu gehen? Ich meine, seine Familie ist dort, seine Freunde ... sein Leben. Ich schaue ihn an. Lachend hält er ein Stück Fleisch in den Händen. Seine Hände sind mit Marinade verschmiert. Fettige Flecken, die im Schein des Feuers glänzen.

Ich gehe ins Meer und wasche mich. Lili steht neben mir. Und dann kommt auch Marie. Das lauwarme Wasser umspült unsere Knie.

„Es ist schon komisch", sage ich nach einer Weile.

„Was ist komisch?", fragen Lili und Marie.

„Wir werden wahrscheinlich nie wieder so zusammen sein ..." Nachdenklich schauen wir aufs Wasser. Eine ganze Zeit lang sind wir alle still.

„Falls das stimmt ...", sagt Marie lächelnd, „... sollten wir diese Wochen erst recht genießen ..." Ich schaue zu ihr. Sie hebt ihre Bierflasche hoch. Ihre Augen funkeln.

„Auf die Freiheit ..." Dann nimmt sie einen großen Schluck und reicht mir ihre Flasche.

Ich höre Lili kichern. Sie und Elias haben sich in ihrem Zelt verkrochen. Marie und Paul sitzen am Wasser und reden. „Was denkst du?", fragt Joakim und küsst mich am Nacken.

„Nichts Bestimmtes", lüge ich.

„Du lügst ..." Irritiert starre ich ihn an. „Dich beschäftigt doch schon seit Stunden etwas." Er streift mir über die Wange. „Was hast du?" Lange schaue ich ihn nur an, dann fällt mein Blick wieder auf meine Füße.

„Wie lange wirst du in München bleiben?", frage ich nach ein paar Sekunden.

„Darüber denkst du nach?" Ich nicke. „Du denkst darüber nach, wann ich wieder gehe?"

„Nein, ich denke darüber nach, wie lange du bleibst. Das ist ein Unterschied."

„Ich weiß es nicht ..." Er streichelt mit der Handfläche über meinen Rücken. „Aber, wann es auch sein wird, wir finden eine Lösung."

Ich schaue hoch. „Versprichst du das?"

„Ja, ich verspreche es ..."

Ich liege auf Joakims Schoß. Unter mir der kühle Sand. Die Musik hallt durch die Nacht. Die Sterne funkeln, und der Mond glitzert auf den Wellen. Lili lacht. Dann plötzlich springen sie und Elias aus dem Zelt. Man sieht nur ihre Silhouetten. Quietschend rennen sie zum Wasser. Sie lachen laut, dann springen sie schreiend in die Fluten. In diesem Moment nehme ich mir vor, diesen Augenblick niemals zu vergessen. Die Stimmung, die Lichter, den

Geruch, Lili und Elias, und wie ich auf Joakims Schoß liege. Ich will mich für immer daran erinnern.

Marie

Ich bin angetrunken. Paul sitzt neben mir und starrt in die Ferne. „Worüber denkst du nach?", frage ich nach einer Weile.

„Über dich ..."

„Und was genau denkst du, wenn du über mich nachdenkst?"

Er schaut zu mir und lächelt. „Du machst mich glücklich ..." Ich erwidere sein Lächeln, dann lehne ich mich an seine Schulter. Im Hintergrund läuft Musik. Ich höre Lili laut lachen. Paul und ich drehen uns um. Ein paar Sekunden später rennen Lili und Elias schreiend an uns vorbei. Ich kann sie nicht gut genug erkennen, aber ich denke, sie sind nackt. Sie kreischen und lachen, dann verschluckt sie das Meer. Meine Beine liegen im nassen Sand. Immer wieder drängt sich Wasser um meine Haut und saugt den Sand unter meinen Waden schwerfällig zurück ins Meer. Pauls Hand liegt auf meinem Schenkel. „Lass uns ein Stück gehen ...", sagt er leise. Dann steht er auf und streckt mir seine Hand entgegen. Langsam zieht er mich hoch. Ich drehe mich um und sehe, wie Joakim und Emma in den dunkelgrünen VW-Bus steigen. Erst höre ich es knarzen, dann fällt die Schiebetür scheppernd ins Schloss. Elias und Lili sind nicht zu sehen. Wir sind allein.

Seufzend liegt er auf mir. Der nasse Sand reibt an meiner Haut. Kühle Wellen legen sich sanft auf unsere erhitzten Körper, dann ziehen sie sich zurück. Alles um uns herum ist schwarz. Nur ganz entfernt sehe ich unser Feuer flackern. Ich spüre Pauls sanfte Bewegungen. Seine Hände wandern über meinen Körper. Blut, getränkt mit Bier, jagt durch meine Adern. Mir ist schwindlig. Paul wird hastiger. Immer schneller bewegt er sich. „Marie ..." Ich mag es, wenn er meinen Namen seufzt. Und ich mag es, wenn er so schwer atmet. Und nach ein paar Sekunden spüre ich das Kribbeln in meinem Körper. Ich bewege mich mit ihm. Sein Körper reibt gegen meinen. Kühles Wasser strömt zwischen meine Beine. Ich atme auf. Mein gesamter Körper konzentriert sich nur noch auf einen Punkt. Er wartet auf den erlösenden Moment, auf den Augenblick, in dem sich all die Anspannung in mir löst. Meine Muskeln zucken. Dann gleitet er wieder ganz tief in mich. Alles in mir zieht sich zusammen. Alles ist angespannt. Jede Faser freut sich auf das, was jetzt passieren wird. Und dann passiert es. In mir ein rauschendes Fest, ein Feuerwerk der Lust. In diesem Augenblick bin ich glücklich. Mehr noch, ich bin grenzenlos frei ...

Vor sechs *Wochen*

Lili

Als ich aufwache, ist Elias schon längst weg. Und wenn ich abends ins Bett gehe, ist er meistens noch nicht da. Elias ist Arzt. Er lebt seinen Traum. Ich arbeite als freiberufliche Journalistin und nebenbei schreibe ich an meinem ersten Buch. Aber zurzeit geht es nicht. Das Schreiben meine ich ... Denn sein Traum ist mein Albtraum. Seit über neun Jahren sind wir jetzt zusammen. Und von Jahr zu Jahr sehe ich weniger von ihm. Sicher, ich kenne all die Arztserien, und ich weiß, dass Assistenzärzte unbarmherzige Schichten haben, ich weiß auch, was ein Defibrillator ist und was es heißt, wenn ein Abdomen perforiert. Aber da ist ein Bereich in diesen Serien, der nicht der Realität entspricht. Denn in den Serien haben die Ärzte noch ein Privatleben. Sie haben Sex.

Vielleicht ist es doch realistisch. All diese Ärzte haben nämlich nur Sex mit ihren Kollegen, weil sie sonst niemanden zu Gesicht bekommen. Elias und ich haben jedenfalls keinen Sex. Wann auch? Er ist ja nie hier. Und wenn er mal da ist, dann schläft er. Und wenn er nicht schläft, dann ist er übermüdet. Und wenn er nicht übermüdet ist, dann bin ich es. Ich bin siebenundzwanzig Jahre alt, und mein Sexualleben beschränkt sich auf Masturbation. Wenn Elias dann mal einen freien Tag hat, was ohnehin nur einmal alle hundert Jahre ist, dann genießt er es, einfach seine Ruhe zu haben. Er entspannt sich, indem er liest oder ein langes Bad nimmt. Er vergräbt sich in Fachzeitschriften oder verschanzt sich hinter seinem riesigen Flachbildschirm. Und manchmal, wenn er ganz viel Energie übrig hat, unterhalten wir uns über seine Arbeit.

Vor ein oder zwei Jahren habe ich mit dem Gedanken gespielt, ihn zu verlassen. Und nicht nur damals. Ich tue es oft. Heute zum Beispiel. Aber ich bringe es nicht fertig.

Ich rede mit ihm, er versteht mich, verspricht mir, dass er sich bemühen wird und sagt mir, wie unbeschreiblich er mich liebt. Und dann ein paar Tage später schläft er mit mir, und es ist unbeschreiblich. Kurz danach kehrt dann aber alles zur alltäglichen Routine zurück. Zumindest bis ich ihm das nächste Mal sage, wie unglücklich ich bin. Und weil ich eine hoffnungslos blöde Kuh bin, setze ich mich in solchen Momenten auf mein Bett und schaue alte Fotos an. Fotos aus Zeiten, als Elias einfach nur Elias war, und wir beide glücklich. Inzwischen brauche ich diese Fotos, um mich überhaupt daran erinnern zu können. So viel von dem, was gut war, ist weg. So viel von dem, was ich brauche, wird ignoriert oder übersehen. Manchmal frage ich mich, seit wann es nicht mehr gut ist. Aber ich weiß es nicht. Es kam so schleichend. Er hatte immer ein bisschen weniger Zeit, war immer ein bisschen weniger aufmerksam. Und irgendwann habe ich erkannt, dass er mir fremd geworden ist. Ganz plötzlich. Ich erinnere mich noch, dass ich in dem Moment, als es mir klar wurde, gerade gebügelt habe. Nebenher habe ich einen Film angesehen. Und in diesem Film war ein Mann, der so sehr damit beschäftigt war, an seiner Karriere zu feilen, dass er vollkommen vergessen hat, dass es noch etwas anderes gibt. Seine Frau verlässt ihn, nachdem er sie jahrelang nicht gesehen hat. Und erst als sie weg ist, wird ihm klar, dass er alles verloren hat, was ihm wirklich wichtig war. Er wollte eine Familie. Er wollte seine Frau glücklich machen. Aber da war keine Familie, weil er nie mit seiner Frau geschlafen hat. Und es gab keine Frau mehr, vielleicht weil er nie mit ihr geschlafen hat. All die Reizwäsche hat nichts gebracht. Gespräche wurden sinnlos, Versprechungen gebrochen. Und dann eines Tages findet er einen Zettel am Kühlschrank, auf dem sie ihm schreibt, dass sie ihn verlässt. Und in dem Moment wurde es mir schlagartig klar. Das war mein Leben. Und an jenem Abend redete ich zum ersten Mal mit Elias über meine Empfindungen. Ich erzählte ihm von dem Film und dass ich mich in ihrer

Rolle wiedergefunden habe. Er weint. Er entschuldigt sich. Er schläft mit mir. Und dann verspricht er mir, dass sich das ändern wird. Und da fing es an, dass Gespräche sinnlos wurden und Versprechungen gebrochen.

Marie

„Ich gehe schnell noch etwas einkaufen." Ich stehe auf einem kleinen, wackeligen Schemel.

„Warte mal", brumme ich aus der Kammer. Ich höre, wie sich seine Schritte langsam nähern.

„Ist alles okay?", fragt er, als er die Türe vorsichtig öffnet.

„Ja, schon ..." Mein Tonfall klingt anders als okay. Er streckt den Kopf durch den Spalt in der Tür. „Kannst du mir noch schnell die zwei Schachteln von da oben runterholen?" Ich zeige auf zwei alte, zerbeulte Schuhkartons.

„Sicher." Er stellt sich auf die Zehenspitzen und gibt mir erst den einen, dann den anderen. „Hier", sagt er lächelnd. „Kann ich dir sonst noch helfen?"

Ich schüttle den Kopf. „Nein, aber danke." Er streichelt sanft über meine Wange, dann verschwindet er im Flur. Dass ich auch jeden Mist aufheben muss. Jedes Zettelchen, jede Postkarte, jede Kleinigkeit meiner Vergangenheit. So als wäre sie dann weniger vergangen. So als könnte ich sie mit all den Zettelchen und Postkarten überlisten und behalten. Und im Endeffekt landen dann all die Erinnerungen in Schachteln. Die Erinnerungen werden erst eingesperrt, und dann verstauben sie.

Ich nehme die beiden Kartons und gehe ins Schlafzimmer. Vielleicht sollte ich sie einfach in den Müll werfen. Vielleicht sollte ich nicht hineinschauen. Denn wenn ich das tue, dann behalte ich ja doch wieder alles. Lange schaue ich die Schachteln verächtlich an. Dann seufze ich und öffne den Deckel des kleineren Kartons. Unzählige Zettelchen, Briefe, Postkarten, ein Paar Geldstücke, zwei Tagebücher ... Ich greife nach einer hellblauen Karte. Es ist eine Geburtsanzeige. Auf der Vorderseite ist das Foto eines winzig kleinen Säuglings. Er trägt einen winzig kleinen, gelben Strampelanzug. Die Hände sind zu klitzekleinen Fäusten geballt, die Augen geschlossen. Feiner, blonder Flaum bedeckt den kleinen Kopf. Das winzige Gesichtchen ist vollkommen entspannt. Auf den Strampelanzug ist ein roter Bus aufgenäht. Unter dem Foto steht in verschnörkelter Schrift *Vincent Samuel* und ein Nachname, den ich nicht aussprechen kann. Unter dem Namen steht ein Geburtsdatum. Vincent Samuel ist ein kleiner Widder. Ich schlage die Karte auf. Auf der rechten Innenseite ist noch ein Foto. Joakim umarmt Emma, Emma hält Vincent in den Armen. Beide strahlen. Das auf diesem Bild ist greifbares Glück. So etwas schmeißt man doch nicht weg.

Ich weiß noch genau, dass ich unbeschreiblich gerührt war, als ich diese Karte vor drei Jahren bekommen habe. Gerührt, und vielleicht auch ein bisschen eifersüchtig. Und neidisch. Und vielleicht sogar ein wenig wütend. Ich lese die Zeilen unter dem Foto. *Endlich ist er da, unser kleiner Sohn. Wir wollten diesen unbeschreiblich schönen Augenblick mit den Menschen teilen, die uns am wichtigsten sind.* Es wundert mich, dass ich so eine Karte bekommen habe, denn ich habe nicht mitbekommen, dass ich Joakim oder Emma so wichtig wäre. In den letzten Jahren haben wir vielleicht dreimal telefoniert. Wenn es hoch kommt. Ja, da gab es sicher gute Gründe. Viele gute Gründe. Da waren das Studium und dann die Arbeit, da war Joakim, und der Umzug nach Finnland, dann kam Vincent. Und bei mir der Umzug nach Hamburg, das Studium, der Nebenjob, die Trennung von Paul, der Abschluss, die Jobsuche, dann kam Hannes, dann kam noch ein Umzug in die gemeinsame Wohnung mit Hannes, dann kam eine scheußliche

Trennung, dann eine neue Wohnung, dann ein Job, und jetzt ist da Markus.

Ich lege die Karte weg. Und genau wie damals, als ich sie zum ersten Mal gelesen habe, empfinde ich Rührung auf der einen Seite, und Enttäuschung und Wut auf der anderen. Kurz frage ich mich, wie es Emma wohl geht. Dann nehme ich einen Brief aus der Schachtel. Erst als ich ihn aus dem Umschlag ziehe, weiß ich wieder, von wem er ist. Die Ecken sind nicht mehr eckig, sondern rund. An den Stellen, wo der Brief geknickt wurde, ist die Schrift abgewetzt.

Liebste Marie,

es ist nicht so, dass ich dich nicht verstehen kann. Zumindest ein Teil von mir kann es, der andere nicht. Vielleicht liegt das daran, dass ich es noch nicht wirklich begreife. Oder ich verdränge es. Wir waren über drei Jahre zusammen. Und für mich waren es wunderschöne drei Jahre.

Ich habe lange mit mir gerungen, ob ich dir diesen Brief schreiben soll, aber irgendwie muss ich es tun. Es kann sein, dass ich denke, nur so von dir loszukommen. Vielleicht kann ich ja meine Gefühle in diesen Umschlag stecken und zu dir zurück schicken. Ich will sie nämlich nicht mehr. Alles, was sich einmal gut und richtig angefühlt hat, tut jetzt weh. Ich versuche krampfhaft, Spaß zu haben. Aber je mehr ich das versuche, desto beschissener geht es mir. Ich frage mich, wie es dir geht. Und ich frage mich, ob es einen andern gibt. Und dann bin ich froh, dass ich das nicht weiß. Denn es soll dir nicht gut gehen, und wenn es einen anderen gibt, frisst mich das von innen auf. Und deswegen ist es besser, es nicht zu wissen.

Ich will keine Antwort von dir auf diesen Brief. Denn wenn du antwortest, wäre es kein Abschiedsbrief, und genau das soll es sein. Ein Abschied. Ein Abschied nach achtzehn Jahren. Ich verliere nicht nur meine Freundin, ich verliere auch meine beste Freundin.

Wir kennen uns seit dem Kindergarten. Und plötzlich darf ich dich nicht mehr anrufen. Ich hoffe, zumindest das tut dir weh.

Deine Zeichnungen habe ich von den Wänden genommen. Endlich. Anfangs dachte ich, ich würde sie verbrennen. Doch das kann ich nicht. Denn eigentlich liebe ich diese Bilder. Ich kann sie nur nicht ansehen, ohne mich schlecht zu fühlen. Und deswegen mussten sie alle weg. Dann habe ich kurzzeitig überlegt, ob ich sie dir einfach schicken soll. Auch das habe ich nicht übers Herz gebracht. Sie liegen in einem Karton, zusammen mit unseren Fotos, den Briefen und all den anderen Dingen, die nun vergangen sind.

Warum scheint alles so unweigerlich mit dir verbunden zu sein? Vielleicht, weil es eben so ist. Ich höre Musik und denke an dich, ich schaue einen Film und denke an dich, ich lege mich ins Bett und denke an dich. Mit dir scheine ich über jeden Film diskutiert zu haben, über jedes Lied, über jedes Buch.

Ich habe endlich verstanden, was du immer gesagt hast. Leider zu spät. Meine Eifersucht hat dich nach und nach von mir weggetrieben. Es ist genau das passiert, wovor ich mich am meisten gefürchtet habe. Wovor ich versucht habe, mich zu schützen. Ich habe dich verloren.

Immer wieder nehme ich den Hörer in die Hand. Und immer wieder lege ich auf. Denn ganz tief in mir habe ich verstanden, dass es vorbei ist. Mein Hirn hat es kapiert. Mein Herz noch nicht ganz.

Das Seltsamste ist aber, dass ich mir nicht wirklich wünsche, dass es dir schlecht geht. Ein Teil wünscht sich das schon, aber ein anderer eben nicht. Dieser andere Teil wünscht sich, dass du glücklich bist. Ich denke, das ist der Teil, der dich noch immer von ganzem Herzen liebt. Der andere ist der, der mich liebt und dich hasst, weil du ihn verletzt hast.

Ich wollte, dass du weißt, dass du mir fehlst. Ich wollte, dass du weißt, dass es mir leidtut, dass ich dich so eingeengt habe. Und ich wollte, dass du an mich denken musst, weil ich auch nicht aufhören kann, an dich zu denken. Ich wünsche mir, dich irgendwann einmal wiederzusehen ... in ein paar Jahren vielleicht, wenn mein Leben nicht mehr so nach Sackgasse aussieht. Wenn ich meine Wunden lange genug geleckt habe. Wenn ich mich nicht mehr fühle wie ein getretener Hund.

Wir hatten unzählige wunderschöne Momente. Zahllose Kleinigkeiten, die uns zusammengeschweißt haben. Und jeder Moment und jede Kleinigkeit sticht mich nun von innen. Mir tut alles weh. In mir zerbricht eine Welt. Und trotzdem danke ich dir für diese unzähligen wunderschönen Momente und die zahllosen Kleinigkeiten, auch wenn sie mich jetzt stechen.

Ich liebe dich,

Paul

Ich wische mir die Tränen aus dem Gesicht. Als ich diesen Brief zum ersten Mal gelesen habe, lag ein fremder Mann in meinem Bett. Ich habe nichts für ihn empfunden, aber ich habe mit ihm geschlafen. Damals dachte ich, so könnte ich den Schmerz betäuben. Ich dachte, so würde ich wenigstens für ein paar wunderbare Minuten nicht an ihn denken müssen. Natürlich war das absoluter Quatsch. Das war der schrecklichste Sex meines Lebens. Total verkrampft lag ich unter einem Fremden, der sich völlig falsch bewegte, der völlig falsch roch und der völlig falsch küsste. Die Ironie an der ganzen Geschichte ist, dass ich an dem Tag, als ich diesen Brief bekommen habe, an meiner Entscheidung gezweifelt habe. Ich bin morgens neben dem Fremden aufgewacht und wusste, dass ich nur einen wirklich will, und das war Paul. Ich wollte ihn anrufen, sobald der Fremde gegangen wäre, doch Pauls Brief kam mir zuvor. Sicher, ich hätte ihn trotzdem anrufen können. Aber ich habe es nicht getan. Ich habe seinen Brief als Abschiedsbrief genommen und still und heimlich gelitten.

Ich greife nach dem zweiten Karton. Vielleicht habe ich ja da die weniger traurigen Erinnerungen eingesperrt. Ich öffne den Deckel. Ein dicker, fetter Stapel Fotos. Jedes hat eine Geschichte. Und gerade, als ich die Schachtel wieder zumachen will, sticht mir eines ins Auge. Ich ziehe es vorsichtig hervor. Auf dem Bild ist ein dunkelgrüner VW-Bus. Die Schiebetüren sind offen. Der Himmel ist wolkenlos, die Sonne brennt vom Himmel. Sechs strahlende Gesichter. Joakim, Elias und Paul sitzen im Bus. Emma, Lili und ich auf ihren Schößen. Mein Blick fällt auf Paul und mich. Seine Arme sind um mich geschlungen, meine Hände liegen auf seinen. Jede Pore in unseren Gesichtern scheint vor Freude zu platzen. Neben uns Elias. Lili sitzt mit angezogenen Beinen auf seinem Schoß, er greift mit seinen Armen um sie herum und verschränkt die Hände auf ihren Knien. Ihr Kopf liegt auf seiner Schulter. Ihr Mund steht weit offen. Sie lacht. Emma streichelt mit den Händen über Joakims Gesicht. Seine großen Hände halten sie am Bauch. Damals wussten sie noch nicht, dass Vincent kommen würde. Damals wusste ich nicht, dass ich mich von Paul trennen würde. Damals ahnte ich noch nicht, dass unser Kontakt nach und nach verkümmern würde ...

Emma

„Ich bin am Telefon, Vincent!"

„Aber Mama, du hast gesagt ...", wimmert er in einer quengeligen Stimme.

Ich halte den Hörer mit meiner linken Hand zu. „Es ist mir egal, was ich gesagt habe", unterbreche ich ihn streng, „ich bin am Telefon. Du musst warten ..." Seine Augen füllen sich mit Tränen. Mit seinen kleinen Händen wischt er sie trotzig weg und schleicht langsam den Flur hinunter. „Ja, entschuldige, ich bin wieder dran ... Joakim ist an der Uni, wo sonst ... ja, er ... warte mal kurz ... Was ist denn nun schon wieder, Vincent?"

„Luis ist aufgewacht." In seinem Gesicht ein verschmitztes Lächeln.

„Hast du ihn geweckt?", schreie ich ihn an. Er schüttelt hastig den Kopf. Nervös reibt er seine Handflächen aneinander. Das tut er immer, wenn er lügt. „Vincent, hast du Luis aufgeweckt?" Dann höre ich lautes Schreien aus dem Kinderzimmer. „Lili, es tut mir leid ... ja, Luis ist wach ... ja, ich rufe dich an ... Tschüss ..." Ich schaue Vincent verärgert an, dann hieve ich mich aus dem Sessel und gehe ins Kinderzimmer. Vincent folgt mir. Meine Füße sind geschwollen, mein Kreuz bringt mich fast um.

Luis steht schreiend in seinem Bett und streckt mir seine Arme entgegen. Sein kleines Gesicht ist knallrot, seine Augen wässrig. „Schschsch ... es ist alles in Ordnung", sage ich sanft, als ich ihn aus seinem Gitterbettchen hebe. Und obwohl Luis fast nichts wiegt, gibt es mir den Rest, ihn ins Wohnzimmer zu schleppen. Ich bin noch nicht einmal achtundzwanzig und erwarte mein drittes Kind. Und in diesem Moment wird mir wieder einmal klar, dass ich mir vom Leben mehr erwartet habe als einen Haufen schreiender Kinder. Mir wird klar, dass meine Träume verpufft sind. Sie sind so unendlich weit weg. Und mit jedem Tag entfernen sie sich noch mehr von mir.

Ich will nicht unfair sein. Ich habe in vielerlei Hinsicht wirklich Glück gehabt. Ich habe einen Mann an meiner Seite, den ich wirklich liebe, und der mich wirklich liebt. Ich habe zwei wunderbare Söhne. Ich lebe in einem schönen Haus, mit einem schönen Garten und netten Nachbarn. Joakim und ich können über alles reden. Wir können diskutieren, wir können über Probleme sprechen, wir sind füreinander da. Wir können gemeinsam schweigen und miteinander lachen. Und sobald die Kinder im Bett sind, sind wir nicht mehr nur Eltern, sondern wieder ein Paar. Wir schlafen oft miteinander. Im ganzen Haus. Das erklärt vielleicht auch, warum ich am laufenden Band schwanger bin. Kaum ist ein Kind draußen und abgestillt, nistet sich das nächste ein. Ich habe das Gefühl, ich bin die fruchtbarste Frau in ganz Finnland. Dauerschwanger. Da hat sich wenigstens die Umstandsmode gelohnt.

Geburtstermin für Kind Nummer drei ist in zwei Wochen. Wieder ein Junge. Nicht, dass ein Junge nicht in Ordnung wäre, aber ich hatte mir, ehrlich gesagt, eine Tochter gewünscht. Ich bin andauernd von männlichen Wesen umgeben. Joakim ist leider der, der am seltensten da ist. Und Vincent und Luis sind anstrengend. Vor allem, weil ich immer schwanger bin. Manchmal möchte ich mich einfach eine Stunde hinlegen, die Beine ausstrecken, ein Buch lesen, oder mit jemandem reden, der nicht erst drei beziehungsweise zwei Jahre alt ist. Joakims Mutter versucht zu helfen, wo es geht, vor allem seit Joakims Vater vergangenen Winter überraschend gestorben ist. Außer seiner Mutter sind da noch zwei, drei Freundinnen. Aber diese beiden kommen weder an Lili noch an Marie ran. Sie sind Zweckfreundinnen. Sie sind eben da. Und deswegen sind sie meine Freundinnen. Dann wäre da noch meine Nachbarin. Sie nimmt die Jungs ab und an zu sich. Aber sie stopft sie jedes Mal dermaßen mit Süßigkeiten voll, dass ich sie nicht gerne lange dort lasse.

Ich sitze auf dem Boden und spiele mit Vincent und Luis. Und während ich dort sitze, frage ich mich, wann ich zum letzten Mal im Kino war. Ich frage mich, welchen Film ich angesehen habe. Doch ich kann mich nicht daran erinnern. Es ist zu lange her. Und der Titel des letzten Buches, das ich gelesen habe, will mir auch nicht mehr einfallen. „Mama, holst du uns die Bauklötze?", fragt Vincent strahlend.

„Nein, Vincent, ihr habt hier wirklich genug Zeug zum Spielen."

„Bitte ... bitte, bitte ..."

„Ich habe *Nein* gesagt, Vincent ..." Und nun fängt auch noch Luis an zu weinen. Ich habe einfach keine Nerven mehr. Ich habe mir das alles anders vorgestellt. Ich bin doch keine Legehenne. Ich habe keine Lust mehr. Ich bin am Ende. „Wenn du nicht gleich aufhörst zu weinen, Luis, dann stecke ich dich ins Bett, dann spielt ihr eben überhaupt nicht mehr!", fahre ich ihn an. Luis plärrt weiter. Immer lauter kreischt er durchs Haus. Schwerfällig stehe ich auf, nehme Luis unter den Arm und gehe in Richtung Kinderzimmer. Er strampelt, schreit, schlägt um sich. Vincent rennt mir brüllend hinterher. Und dann kann ich nicht mehr. Ich stelle Luis auf den Boden im Flur, drehe mich um und gehe zum Wohnzimmer. Ich schaue die beiden noch einmal an. „Ihr kommt nur dann zu mir, wenn etwas *wirklich* Schlimmes passiert, ansonsten *wagt* ihr euch nicht in dieses Zimmer ... Verstanden?" Mein Tonfall ist eiskalt und distanziert, als ich das sage. Sie schauen mich verschreckt an. Dann gehe ich ins Wohnzimmer und schließe leise die Tür hinter mir. Und plötzlich ist es still. Diese Stille ist wie Balsam für meine Seele. Ich setze mich auf die Couch und starre in die Leere. Kaum hörbar schluchze ich und streichle über meinen immensen Bauch. Mein Blick fällt auf einen Bilderrahmen auf dem Kaminsims. Ein dunkelgrüner VW-Bus, strahlend blauer Himmel, sechs glückliche und unbeschwerte Gesichter. Zärtlichkeit und Wärme scheinen aus dem Foto zu strömen. Joakims Hände liegen auf meinem Bauch, der damals noch flach war. Damals wusste ich noch nicht, dass ich wenige Jahre später nur noch schwanger sein würde. Ich wusste nicht, dass ich nach Finnland ziehen würde, und ich wusste nicht, dass ich umsonst studieren würde, weil man fürs Muttersein kein geisteswissenschaftliches Studium braucht. Ich wusste nicht, dass ich eines Tages dieses Foto voller Verachtung ansehen würde, weil es mich an eine Zeit erinnert, in der ich frei war. Ich war unbeschwert. Alles stand uns offen. Alles war möglich. Die Zukunft war greifbar nah und doch noch weit genug weg. Das Leben bestand aus Liebe und Freundschaft und Sex. Ich habe nicht diese Verantwortung tragen müssen. Ich war leicht. Aber damals war mir das nicht wirklich bewusst. Mir war nicht klar, dass ich in der unbeschwertesten Phase meines Lebens steckte. Sex am Strand, im Meer, im dunkelgrünen VW-Bus ... Joakims Hände auf meiner Haut. Lagerfeuer, gegrilltes Fleisch, Sonne und das Rauschen der Wellen. Sternenklare Nächte, gierige Küsse, Lebenshunger. Lange Gespräche, große Träume und die beste Gesellschaft. Wir sind einfach weggefahren. Und aus zwei Wochen wurden vier. Einfach, weil wir noch nicht nach Hause wollten.

So was wäre heute nicht mehr drin. Heute wären da Vincent und Luis. Sie würden Sonnenbrand bekommen, sie würden sich streiten, wer mit dem Sandspielzeug spielen darf, sie würden ohne Schwimmflügel ins Meer rennen und ich hochschwanger hinterher. Sie würden nicht schlafen wollen, und Joakim würde nicht im Meer mit mir schlafen, weil Luis sich die Knie aufgeschürft oder Vincent sich die Ellenbogen aufgeschlagen hätte. Sie würden weinen und schreien, weil die Mückenstiche sie wach halten würden. Und wenn nicht Vincent und Luis das Problem wären, dann die Tatsache, dass Elias nicht dabei sein könnte, weil er nur noch arbeitet. Lili hätte gerne ein Kind, aber der dazu nötige Geschlechtsakt hat schon viele Monate nicht mehr stattgefunden. Und auch Paul wäre nicht da, denn Paul ist nicht mehr Teil von Maries Leben. Marie lebt in Hamburg mit einem Kerl namens Markus, den weder Lili noch ich je zu Gesicht bekommen haben. Paul ist Vergangenheit, Elias ist in Sachen Beziehung komatös, und ich bin schwanger.

Durch dieses Foto wurde ein perfekter Moment eingefroren. Das Foto erinnert mich daran, dass ich einmal große Träume hatte. Es erinnert mich daran, dass ich Freunde hatte. Und es erinnert mich daran, dass ich heute weder das eine noch das andere habe. Stattdessen habe ich ein schönes Haus mit Garten, nette Nachbarn und bald drei Kinder. Ich bin noch nicht einmal achtundzwanzig und dennoch habe ich manchmal das Gefühl, als wäre mein Leben bereits vorbei.

Marie

„Was ist denn die letzten Tage nur los mit dir?", fragt Markus verständnislos.

Ich habe auf diese Frage gewartet. Ich wusste, dass sie kommen würde. „Ich bin einfach nicht glücklich", sage ich kälter, als ich es will.

„Meinetwegen?" In seinen dunkelbraunen Augen sehe ich Unsicherheit, die man dort nicht oft sieht.

„Ich weiß es nicht genau." Das ist nicht einmal völlig gelogen.

„Hat es vielleicht etwas mit dem Brief zu tun, der unter deinem Kopfkissen liegt?"

„Hast du ihn gelesen?", frage ich fassungslos.

Er schüttelt den Kopf. „Nein, aber vielleicht sollte ich das."

„Dieser Brief ist persönlich", sage ich leise.

„Wer ist dieser Paul?"

„Du hast ihn also doch gelesen!", schreie ich ihn an.

„Nein, ich habe nur geschaut, ob er von einem Kerl ist ..." Ich stehe auf und hole mir ein Glas Wasser aus der Küche, dann setze ich mich wieder zu ihm an den Tisch. „Wer ist Paul?", fragt er ein zweites Mal.

„Mein Exfreund."

„Aha ...", sagt Markus mit hochgezogenen Brauen. „Und wieso zum Teufel versteckst du einen Brief von deinem Exfreund unter dem Kopfkissen?"

„Ich habe ihn nicht versteckt. Und was hattest du überhaupt unter meinem Kissen zu suchen?", schreie ich Markus an.

„Ich habe die Betten gemacht", schreit er zurück.

„Das machst du doch sonst auch nie!", fauche ich. Lange schauen wir uns nur an. So wie zwei Raubtiere, die sich jeden Augenblick zerfleischen werden.

„Zweifelst du an uns?" Ich schaue ihm in die Augen. Ich zucke mit den Schultern. „Du weißt es nicht?", fragt er fassungslos.

„Nein, Markus, ich weiß es nicht."

„Und was ist mit Köln?"

„Das weiß ich auch nicht", sage ich leise.

„Nur wegen diesem beschissenen Brief, weißt du nicht ..."

„Das ist kein beschissener Brief!", unterbreche ich ihn.

Mit halb offenem Mund starrt er mich an. „Marie, wir hatten doch einen Plan ..."

„Ich weiß."

„Ja, und?"

„Ich bin mir eben nicht mehr so sicher, dass das der richtige Plan für mich ist."

„Das fällt dir ja früh ein!", schreit er mich an. „Deine Wohnung ist gekündigt, meine Wohnung ist gekündigt, ich habe den Arbeitsvertrag in Köln schon unterschrieben, und die Kaution für unsere neue Wohnung ist auch schon bezahlt." Ich schaue auf die Tischplatte und sage nichts. „Marie, ich rede mit dir."

„Das ist mir schon klar ...", sage ich angespannt.

„Wir sind fast ein Jahr zusammen ..."

Ich schaue hoch. „Und?", frage ich verständnislos.

„Willst du das einfach so wegwerfen?"

Ich schüttle den Kopf. „Nein, das will ich nicht ..."

„Das tust du aber gerade." Ich schaue weg. Was soll ich dazu sagen? Er hat wahrscheinlich recht. Nach ein paar Sekunden steht er dann plötzlich auf und geht in Richtung Tür.

„Wo willst du hin?", frage ich irritiert.

„Ich fahre zu mir. Der Umzugswagen kommt in einer Stunde." Er dreht sich um und geht in den Flur.

„Warte ..." Ich springe auf und gehe ihm nach, aber er macht keine Anstalten stehen zu bleiben. Er geht weiter. „Paul, warte!" Ich bleibe wie angewurzelt stehen. Ich habe ihn *Paul* genannt. Wenn es noch das Fünkchen einer Chance für Markus und mich gab, habe ich es gerade erstickt.

Er dreht sich zu mir und schaut mich an. Sein Blick ist erstarrt. „Paul?!", fragt er fassungslos. Und auch, wenn ich versuche zu sprechen, ich kriege keinen Ton raus. Mit geöffnetem Mund stehe ich Markus gegenüber. Und in diesem Moment weiß ich, dass ich ihn gerade zum letzten Mal sehe.

Markus ist vor fünf Stunden gegangen. Und ich sitze noch immer auf dem Boden im Flur und schaue die Tür an. Vor fünf Stunden hat er sie mit Tränen in den Augen hinter sich zugeworfen. Ich frage mich, ob er mir je verzeihen wird. Aber eigentlich ist das nicht wichtig. Markus hat immer nur an sich gedacht. Er hat auch nur gesehen, was er sehen wollte. Seine Arbeit, seine Freunde, seine Chancen, seine Träume, sein Ego. Wollte ich überhaupt nach Köln? Ich kann es nicht sagen. Neben seinem Ego war nicht mehr viel Platz für das, was ich wollte. Ich habe das nicht wirklich bemerkt. Nur immer mal wieder zwischendurch. Und jedes Mal, wenn es mir klar wurde, habe ich die Augen geschlossen, weil ich es nicht sehen wollte. Vielleicht auch deswegen, weil es mir nicht so viel ausgemacht hat. Er war eine mittelgroße Welle, nach einer Bruchlandung namens Hannes. Und Hannes war eine ziemlich beachtliche Welle, nach der bisher größten Welle meines Lebens: Paul.

Ich sitze an meinem Laptop und suche nach Wohnungen in München. Als ich vorhin im Flur saß, wurde mir klar, dass man, wenn man nicht weiß, wo man hinsoll, dahin zurück gehen sollte, wo es einem am besten ging. In diesem Fall ist München der Anfang und das Ende. Dort sind die Menschen, die ich liebe und die ich vermisse, seit ich vor fast acht Jahren nach Hamburg gegangen bin. Ich habe meine Mutter vor Ewigkeiten zum letzten Mal gesehen. Genauso wie Lili. Nach nicht einmal fünf Minuten habe ich die perfekte Wohnung gefunden. Und ich glaube ja sonst nicht an Zeichen, aber das ist eines, denn es war zu einfach.

Wunderschöne drei Zimmer Dachgeschosswohnung im sanierten Altbau in München Neuhausen. Die Wohnung befindet sich in einem wunderschönen sanierten Gebäude, in einer ruhigen Seitenstraße nur wenige Minuten vom Rotkreuzplatz entfernt. Das Haus verfügt über einen Aufzug und Stellplätze im Hinterhof. Die gesamte Wohnung ist mit wunderschönem, originalem Fischgrätparkett ausgestattet. Die große Wohnküche verfügt über einen kleinen Balkon. Über dem Wohnzimmer befindet sich eine kleine Dachterrasse, die den besonderen Charme der gemütlichen Wohnung zusätzlich unterstreicht. Das Schlafzimmer geht zum Hinterhof, was es noch ruhiger macht. Das geräumige Bad ist mit einer Badewanne und einer separaten Dusche ausgestattet. Ein zusätzliches Gäste-WC und eine Abstellkammer in der Küche runden das Bild ab. Das dritte Zimmer kann beispielsweise als Büro oder Kinderzimmer verwendet werden. Es gibt im Obergeschoss nur eine Wohnung, wodurch man absolut ungestört ist. Die Wohnung steht leer und ist ab sofort zu vermieten. Bitte wenden Sie sich an ...

Das ist meine Wohnung. Sie ist in der perfekten Gegend, sie ist im Dachgeschoss, sie ist in einem Altbau und es gibt einen Aufzug. Diese Wohnung wird bald mir gehören. Zumindest werde ich bald in dieser Wohnung wohnen. Ich überfliege noch einmal die Daten der Wohnung. 95 Quadratmeter, drei Zimmer, Etage fünf von fünf, Dachterrasse, wenige Minuten vom Rotkreuzplatz. Ich klicke ein letztes Mal durch die Bilder, dann rufe ich die Maklerin an. Ich erkläre ihr meine Situation und sage ihr, dass ich die Wohnung unbedingt will. Und weil man manchmal im Leben einfach Glück hat, bin ich ihr *unheimlich* sympathisch.

Ich nehme mein Handy, weil meine Festnetznummer schon abgemeldet ist. Ich wähle die Nummer meiner Mutter, aber es nimmt keiner ab. Dann suche ich nach Lilis Nummer. Das Handy wählt. Und Lili ist zu Hause. „Lili? ... Ja, ich bin's, Marie ... nein, ich bin in Hamburg ... Hast du gerade Zeit? ... Ich brauche eine Wohnung in München ... Ja, in München ... ja, im Ernst, ich komme zurück ..." Am anderen Ende der Leitung schreit Lili vor Freude. Sie lacht. „So schnell wie möglich ... ja, ich hab meine Wohnung schon gekündigt ... genauer gesagt sitze ich zwischen fertig gepackten Umzugskisten ... das erzähle ich dir, wenn ich da bin ... Kannst du für mich eine Wohnung besichtigen gehen?" Ich schicke ihr den Link zu dem Wohnungsangebot. „Hast du die Mail schon bekommen? Ja, genau, drei Zimmer in Neuhausen ... Hört sich gut an, oder? ... Doch, die hat einen Balkon und eine Terrasse ... doch das steht weiter unten ... Ja, schon ... ja, sie ist teuer, aber es ist ein Altbau mit Aufzug, und die Wohnung ist im Dachgeschoss ... ja, eben, und Parkett ... Ich hab da schon angerufen, und um drei könnte sie dort sein ... ich schick dir die Nummer ... Tausend Dank! Sag ihr, ich könnte übermorgen einziehen, ich habe die Provision in bar ... ja ... danke dir ... und Lili? Ruf mich bitte gleich danach an, okay?"

Weitere zwei Stunden später klingelt endlich mein Handy. Ich bin aufgeregt. „Ja? ... Ja ... Und? ... Nein, ehrlich? ... Das ist der Hammer! Danke, danke, danke! ... ja, und wann soll ich dort sein? ... okay ... ja, das schaffe ich schon ... ach, ja, und Lili? Würdest du mich zur Schlüsselübergabe begleiten? ... ja, wir telefonieren morgen ... ja, ich mich auch ... bis dann."

Ich lege mich auf meine Matratze und schaue an die Decke. Es ist schon sehr lange her, dass ich mich so unbeschwert gefühlt habe. Es ist schon sehr lange her, dass ich das Gefühl hatte, mich richtig zu entscheiden. Und es ist schon sehr lange her, dass ich so glücklich war. Ich bin auf dem richtigen Weg. Es geht gen Süden.

Lili

Ich stehe auf dem Gehweg. Die Sonne strahlt vom Himmel. Ein letztes Mal schaue ich die Fassade hinauf zu Maries zukünftiger Wohnung. Sie kommt zurück. Diese Nachricht ist das Beste seit Langem. Es ist, als hätte sie mein Herz geöffnet. Es gibt doch mehr als das, was ich mein Leben nenne. Denn da ist Marie.

Ich beneide sie fast ein bisschen um diesen Neuanfang. Vielleicht weil ich nicht den Mut hätte. So wie ich Marie kenne, hat sie sich von Markus getrennt und einfach aus dem Bauch heraus beschlossen, dass sie nicht mehr in Hamburg bleiben will. Ich hätte nie gedacht, dass sie wiederkommen würde. Sie hat immer so von Hamburg geschwärmt. Sie hat mir von ihren Lieblingscafés erzählt und von ihrer Uni. Und sie hat geschwärmt, wie schön es ist, in einer fremden Stadt zu studieren. Einer Stadt am Wasser. Sie hat es geliebt, dort alles neu kennenzulernen und zu entdecken. Ich dachte, sie hätte sich in dieser Stadt endlich gefunden. Und vielleicht hat sie das auch. Aber nun zieht es sie nach Hause. Was es auch immer ist, das sie hierher zurückbringt, ich bin dankbar, dass es da etwas gibt, das sie vermisst. Und ich denke, ich bin ein Teil davon. Und es fühlt sich schön an, jemandem so wichtig zu sein.

Als ich wieder zu Hause ankomme, gehe ich unter die Dusche. Kühles Wasser läuft über meinen Körper. Zum ersten Mal seit Langem fühle ich mich nicht taub. Ganz im Gegenteil, ich fühle mich lebendig. Ich fühle mich fantastisch.

Ich trockne mich oberflächlich ab, dann gehe ich nackt ins Schlafzimmer. Dort lege ich mich aufs Bett. Die Fenster sind weit geöffnet, die weißen Vorhänge nur halb zugezogen.

Lauer Wind streichelt über meine noch feuchte Haut. Wie sanfte Hände berührt er mich. Ich schließe die Augen. Alles in mir schreit nach Aufmerksamkeit. Alles in mir wünscht sich Nähe. Und weil ich alleine bin, schenke eben ich mir die Beachtung, die mir Elias seit Ewigkeiten verweigert.

Emma

Als Joakim nach Hause kommt, sitze ich noch immer im Wohnzimmer und schwelge in der Vergangenheit, die mich in letzter Zeit immer häufiger einholt. Ich schaue auf das Bild, das ich in meinen Händen halte. Vincent und Luis haben es für mich gemalt. Vor einer halben Stunde ist knarrend die Tür aufgegangen, dann haben sie sich ganz leise ins Wohnzimmer geschlichen, das Bild neben mich auf die Couch gelegt und sind dann schreiend im Flur verschwunden. Auf dem Bild ist eine dicke Frau, also ich, und zwei kleine Jungen. Die drei bunten Strichmännchen und eine riesige gelbe Sonne strahlen mir entgegen. Im Hintergrund ist ein Haus mit Garten. Die Wiese und der Himmel sind blau. Die dicke Frau hält die beiden strahlenden Jungen an der Hand. Joakim ist nicht mit auf dem Bild.

Die Art, wie Kinder sich entschuldigen, ist einfach zauberhaft. Mein Blick fällt auf die dicke Frau. Es ist schon seltsam, dass mich meine Söhne so sehen. Aber eigentlich kennen sie mich nicht wirklich anders. Alles ist still. Vincent und Luis spielen in ihrem Kinderzimmer. Als ich mich bei den beiden für ihr schönes Bild bedankt habe, saßen sie auf dem Boden, umgeben von Wachsmalkreiden. Ich betrachtete ihre großen Zeichnungen. Vincent hat einen Baum gemalt, Luis ein Gewirr aus bunten Strichen, das sofort als moderne Kunst durchgehen könnte. Als sie mich gesehen haben, sind sie aufgesprungen und haben ihre kleinen speckigen Arme um meine Beine geschlungen. Wenn sie lieb sind, dann sind sie wundervoll. Aber sie sind nicht immer lieb.

„Hallo, mein Schatz …" Joakim schließt mich von hinten in die Arme. Ich lege meine Hände auf seine.

„Hallo", sage ich müde.

„Ist alles in Ordnung?" Er beugt sich nach vorne und schaut mich von der Seite an. Ich zucke mit den Schultern. „Was ist mit dir?" Er geht um die Couch herum und setzt sich neben mich. Ich blicke zu dem Foto auf dem Kaminsims. „Emma?"

„Es ist nichts …"

Er legt seinen Arm um mich. „Ich sehe doch, dass es dir nicht gut geht." Sanft streicht er mir übers Haar.

„Ich bin erschöpft", sage ich angespannt.

„Soll ich dir die Füße massieren?" Ich schüttle den Kopf. „Oder soll ich uns etwas kochen?"

„Nein, Joakim, ist schon gut." Ich schaue ihn genervt an.

„Was ist denn?", fragt er gereizt.

„Ich bin schwanger, sonst nichts …"

Er zieht eine Braue hoch. „Und was genau soll das heißen?"

„Nichts ..." Ich schaue wieder zu dem Foto. Manchmal frage ich mich, ob Joakim glücklich ist. Ich meine, ob er sich sein Leben so vorgestellt hat. Er ist Anfang dreißig, verheiratet, Vater von zwei Kindern, und das Dritte ist unterwegs. Wir fahren nie in den Urlaub – weil zu anstrengend und stressig – wir bekommen eigentlich nie Besuch – weil zu anstrengend und stressig – wir gehen nie aus – weil zu anstrengend und stressig. Joakim traut den Babysittern nicht über den Weg und unsere Nachbarin mästet die Jungs. Dann wäre da noch seine Mutter. Ja. Joakims Mutter.

Joakims Mutter spricht so schnell mit mir, dass ich noch immer Probleme habe, sie zu verstehen. Sie scheint ab und an einfach zu *vergessen*, dass Finnisch nicht meine Muttersprache ist. Joakim betont zwar, dass sie mich wirklich mag, aber so ganz glaube ich das nicht. Grete akzeptiert mich, ja, aber mögen? Wenn sie nicht gerade meine Erziehung kritisiert, untergräbt sie meine Autorität, indem sie Vincent ein Eis kauft, obwohl ich ihm gerade erkläre, dass es in einer Stunde Abendessen gibt, und er deswegen keines haben kann. Sie lächelt dann immer und sagt, dass man doch nicht immer so streng sein muss. *Die Deutschen und ihre Regeln ...* Wie oft ich diesen Satz schon gehört habe, will ich gar nicht wissen. Und wenn sie nicht gerade meine Autorität untergräbt, dann erzählt sie mir, dass sie ja damals neben dem Haushalt und den Kindern auch noch gearbeitet hat, und sich dennoch nie so viel beschwert hat wie ich. Dass ihre beiden Söhne vier Jahre auseinander geboren wurden und meine nur elf Monate, macht dabei keinen Unterschied für sie. Vor ein paar Jahren waren Grete und ich einmal gemeinsam einkaufen und trafen zufällig auf Hana, Joakims Exfreundin. Dann ging es mehrere Stunden nur um Hana. *Hana hat ja immer ...* und *mit Hana konnte Joakim ...*, und *Hana war da immer ganz anders ...* Abends hat sie dann Joakim zugeschwallt, dass *Hana ja noch immer ledig sei, dass sie nie über diese schreckliche Trennung hinweggekommen sei ...* Arme Hana.

Eine ganze Weile habe ich das alles geschluckt. Vor einem Jahr habe ich den Vogel dann endgültig abgeschossen. Wir waren Einkaufen. Vincent wollte Schokolade, Luis einen Lolli. Ich habe ihnen erklärt, dass wir genug Süßigkeiten zu Hause hätten und deswegen keine neuen kaufen würden, bis die alten aufgegessen wären. Die böse, böse Mama hat also *Nein* gesagt. Und was macht die liebe, liebe Oma, als Vincent und Luis geknickt durch die Gänge schleichen? Sie packt die Sachen in ihren Einkaufswagen und zwinkert den beiden neckisch zu. Als ich die Taschen dann ins Auto hieve, hält sie den beiden eine Schokolade und einen Lolli entgegen. Und dann bin ich geplatzt.

„Ich hatte einen Grund, warum ich den beiden keine Süßigkeiten gekauft habe, Grete!", schreie ich sie an. Sie zuckt zusammen. In ihrem Gesicht blankes Entsetzen. „Und, wenn du mir jetzt wieder mit dem Satz kommst, *die Deutschen und ihre Regeln*, dann flippe ich völlig aus!" In diesem Moment schießt mir durch den Kopf, dass *Hana* Grete bestimmt niemals angeschrien hätte. Aber ich bin nicht Hana. Darauf hat mich Grete in den letzten Jahren oft genug aufmerksam gemacht.

„Ich kann den Jungs kaufen, was immer ich will!", sagt sie kalt und lächelt die Jungs an.

„Nein, das kannst du nicht!", poltere ich. „Das sind *meine* Söhne, nicht deine!" Als sie gerade Luft holen will, um etwas zu sagen, richte ich mich zu meiner vollen Größe auf und schaue auf sie hinunter. „Wenn ich sage, sie kriegen keine Süßigkeiten, dann kriegen sie auch keine!"

„Wie redest du denn mit mir?", fragt sie pikiert.

„Hör auf, meine Autorität zu untergraben, dann rede ich nicht so mit dir!" Vincent und Luis schauen mich verwirrt und ängstlich an. „Wenn eure Oma euch ab jetzt Süßigkeiten gibt, wenn ich es nicht erlaubt habe, dann erwarte ich mir, dass ihr sie mir gebt. Habt ihr mich verstanden?" Ich sage das auf Deutsch, damit Grete mich nicht versteht. „Ob ihr das verstanden habt, habe ich euch gefragt?" Vincent und Luis nicken und strecken mir die Schokolade und den Lolli entgegen. „Gut ..." Ich stecke beides ein und stelle die dritte Tasche in den Kofferraum. „Steigt bitte ein ..." Wortlos trollen Vincent und Luis sich ins Auto. Erst schnalle ich Luis an, dann überprüfe ich, ob Vincents Gurt richtig eingerastet ist. Denn Vincent *kann das allein*. Eine ganze Woche hat Grete nicht mit mir gesprochen. Und ehrlich gesagt, war mir das ganz recht. Als sie sich dann aber bei mir entschuldigt hat, konnte ich ja schlecht sagen, *scher dich zum Teufel, du finnische Irre* ... An ihrem Gesichtsausdruck konnte man sofort erkennen, dass Joakim sie zu dieser Entschuldigung genötigt hatte. Und wenn es doch nicht er war, dann entschuldigte sie sich nur deswegen, weil ihr nach einer Woche klar wurde, dass sie ihre Enkel nie wieder sehen würde, wenn sie nicht den entscheidenden Schritt machen würde. Denn Joakim wusste, dass ich in diesem Fall nicht nachgegeben hätte. Eher hätte ich Würmer gegessen.

Marie

„Und wohin geht es jetzt?"

„Nach Hause ..."

„Nach Hause ist gut ..." Daniela hat recht. Nach Hause ist gut. „Komm trotzdem mal wieder", sagt sie leise. „Du wirst mir fehlen."

„Du mir auch." Ich seufze. „Sehr sogar ..."

„Ach ja, und ruf mich an, wie es bei den Agenturen lief, ja?"

„Ich werde dich so oder so anrufen." Sie lacht. „Vielen Dank für deine Hilfe." Ich hoffe, dass man hören kann, dass ich mehr als nur dankbar bin.

„Das habe ich gerne gemacht ... Pass auf dich auf ... Und meld dich ..."

„Ja, mach ich, ich ruf dich an ..."

Ich sitze in meinem Auto, und der Wind bläst mir ins Gesicht. Laute Musik begleitet mich auf meinem Weg. Meinem Weg zurück in die Vergangenheit. Und in die Zukunft. Ein bisschen unverschämt finde ich es schon, dass der Umzugsdienst für die Strecke nach München fünfhundert extra will, aber was soll man machen? Ich hätte es nie alleine geschafft. Außerdem zieht man ja auch nicht ständig um.

Für einen kurzen Moment denke ich an Markus. Ich frage mich, ob er schon in Köln ist. Doch es sind keine wehmütigen Gedanken. Es sind eher erleichterte. Ich bin froh, dass ich nicht in Köln bin. Ich bin froh, dass ich nicht gerade Kartons auspacke, um in eine Wohnung zu ziehen, in die ich nie wirklich einziehen wollte. Und auch wenn mir die Stadt und auch die Wohnung gefallen haben, ich wäre dort irgendwie einfach falsch gewesen. Ich hätte es eigentlich merken müssen, als wir die Wohnung damals besichtigt haben. Ich wollte ins Dachgeschoss, aber Markus hat Höhenangst. Ich wollte Altbau, er wollte Neubau. Ich wollte einen großen Balkon, er wollte lieber einen kleinen Garten. Ich wollte Stuck, er wollte Glas und Metall. Und auch wenn mir die Wohnung gefallen hat, es war nicht *meine* Wohnung. Hochparterre, kleiner Garten, Erstbezug nach Fertigstellung. Beton, Glas und Metall. Alles war modern. Alles war wie Markus. Und an modern ist ja nichts auszusetzen, ich finde es nur nicht gemütlich.

Ich wusste in dem Moment, in dem Markus den Vertrag unterschrieben hat, dass ich meine Wohnung sehr vermissen würde. Meine Wohnung in Hamburg war fantastisch. Sie war im vierten Stock eines alten Gebäudes. Gut, es gab keinen Aufzug, aber die Aussicht war einfach atemberaubend. Drei Zimmer, eine Wohnküche, ein schöner Balkon, eine Abstellkammer, Parkett und hohe Decken. Und auch, wenn ich Hamburg mit einem weinenden Auge verlasse, das andere lacht München entgegen.

Ich fahre auf den Beschleunigungsstreifen der Autobahn und drehe die Musik auf. Laut singend rase ich der besten Entscheidung meines Lebens entgegen.

Nächste Ausfahrt Würzburg. In Kassel habe ich zuletzt angehalten. Das scheint ewig her zu sein. Weiter Richtung Augsburg. Ich frage mich, wie es Paul wohl geht. Ich frage mich, ob er vielleicht schon längst verheiratet ist. Und ich frage mich, ob er sich freuen würde, mich zu sehen. Mich würde es freuen, ihn zu sehen. So viele Jahre waren wir die besten Freunde. In den vergangenen Jahren war ich so oft versucht gewesen, ihn einfach einmal anzurufen. Ich hätte so gerne seine Stimme gehört. Ich hätte ihm so gerne von meinem Job erzählt. Und ich hätte so gerne gewusst, wie er wohl reagiert hätte, wenn ich ihm erzählt hätte, dass ich doch nicht Modedesign, sondern Innenarchitektur studiert habe. Das war damals auch eine richtig gute Entscheidung.

Ich bin Innenarchitektin. Und ich bin wirklich erfolgreich. Als ich in Hamburg gekündigt habe, hat meine Chefin gesagt, mein Nachfolger würde in sehr große Fußstapfen treten. Gestern Abend habe ich sie angerufen und ihr von meinem Streit mit Markus erzählt. Ich habe ihr gesagt, dass sie recht damit hatte, dass Markus nicht der Richtige für mich wäre. Wenn ich in Hamburg eine echte Freundin hatte, dann Daniela. Wir waren uns von Anfang an sympathisch. Sie hatte zwar nicht oft Zeit, aber die Zeit, die ich mit ihr verbinde, war eine der besten Erfahrungen, die ich in Hamburg gesammelt habe. Sie ist die Einzige, die mir das Gefühl gegeben hat, zu Hause zu sein. Und dann hat sie gesagt, dass sie in München Kontakte hat. Kontakte, die mir helfen könnten. Heute Morgen dann ein Rückruf, in dem sie mir verkündet, dass ich mich bei drei Agenturen vorstellen kann, wovon sie mir eine besonders ans Herz legt. Sie hat mich in allen drei Fällen wärmstens empfohlen. In vier Tagen stelle ich mich bei der ersten vor. Und auch wenn ich ein bisschen nervös bin, ich freue mich schon darauf. Es ist ein Neuanfang. Ein Neuanfang im Dachgeschoss, mit Terrasse und hohen Decken und Stuck. Es ist ein Neuanfang in München, der nördlichsten Stadt Italiens. Noch zehn Kilometer bis Augsburg. Bald bin ich da.

Emma

„Ich habe sie nicht in Schutz genommen."

„Doch, das hast du!", schreie ich Joakim an. „Hana, Hana, Hana! Immer wieder geht es um diese bescheuerte Hana."

„Du übertreibst ...", sagt er ruhig.

„Nein", sage ich bestimmt. Und ich habe recht. Ich übertreibe kein bisschen. Grete war zum Essen da. Und wen hat sie *rein zufällig* auf dem Weg hierher getroffen? Hana. Die Frage bleibt bestehen, ob es wirklich ein Zufall war. Und dann geht es plötzlich wieder nur um Hana. Ein böses und schauriges Phantom aus Joakims Vergangenheit. Und als mir dann nach einer dreiviertel Stunde – ich habe mehrfach auf die Uhr gesehen – der Hut hochgeht, reagiere ich übertrieben. Und Joakim nimmt sie in Schutz.

„Aber Hana hat dir doch nichts getan", sagt er verständnislos.

Ich starre ihn an. Meine Hände ruhen auf meinem gigantischen Bauch. „Und was habe ich deiner Mutter getan?", frage ich auf Deutsch. Grete schaut mich irritiert an.

„Meine Mutter mag dich", sagt er ruhig.

„Ja, genau ...", sage ich lachend, „... und *wie* sie mich mag."

„Hör auf, Deutsch zu reden, das ist unhöflich", sagt Joakim ebenfalls auf Deutsch.

„Unhöflich? Wieso unhöflich? Das ist nun einmal meine Muttersprache ... Ich kann doch nichts dafür, dass sie kein Deutsch spricht ..." Er schaut mich böse an. „Ist doch wahr, ich meine, dein Vater war deutsch, sie hätte doch wahrlich genug Zeit gehabt es zu lernen, findest du nicht?"

„Was ist denn los?", säuselt Grete auf Finnisch.

„Nichts", sagt Joakim und zwingt sich zu einem Lächeln, das so gestellt aussieht, dass ich fast lachen muss.

„Na, jedenfalls habe ich sie eingeladen." Grete schaut zu Joakim, dann zu mir. „Natürlich nur, wenn dir das recht ist, Emma." Sie sagt das wieder in einer Geschwindigkeit, als wollte sie unbedingt einen Schnellsprech-Wettbewerb gewinnen.

„Nein, es ist mir *nicht* recht", sage ich lächelnd.

„Es ist dir nicht recht?", fragt sie verwundert.

„Nein, ist es nicht ... und wenn wir schon dabei sind, ich will von dieser Frau nichts mehr hören ... Kein Wort mehr."

„Emma!", sagt Joakim laut.

„Du wolltest doch, dass ich finnisch spreche."

„Mama, sie meint das nicht so."

„Oh doch, sie meint es so ...", sage ich laut. „Kein Wort mehr von dieser Hana, oder ich gehe."

Sie schaut mich lange an. Ihr Blick ist giftig. „Dann werde ich ihr eben sagen, dass sie nicht erwünscht ist."

Ich nicke. „Gut, tu das."

„Nein, das wirst du nicht", sagt Joakim sanft. „Sie ist jederzeit willkommen."

„Was?!", schreie ich ihn an. „Sie ist was?" Grete lächelt und Joakim schaut mich vorwurfsvoll an. Dann stehe ich auf und verlasse die Küche.

„Warum übertreibst du so?"

„Ich übertreibe nicht", sage ich stur.

„Ich will doch nichts von Hana."

„Das wäre ja noch schöner!", schreie ich ihn an. Eine Weile stehen wir nur da und schauen uns an. „Wenn sie kommt, gehe ich."

„Mein Gott, Emma!"

„Nichts, *mein Gott Emma*!"

„Sie ist eine Freundin."

„Du warst *vier Jahre* mit ihr zusammen, du hast mit ihr geschlafen, du hast sie geliebt ... sie ist wohl kaum nur eine Freundin."

„Es ist doch schon ewig aus zwischen uns", sagt er seufzend.

„Gut, dann lade ich Stefan ein ..."

„Wenn du willst ..." Und in diesem Moment wird mir klar, dass ich vor Jahren in eine Sackgasse gefahren bin. Ich habe es immer wieder gespürt, aber so richtig verstanden habe ich es nie. Ich wollte es nicht verstehen. Was will ich hier? Ich fühle mich hier nicht zu Hause. Und ich habe mich nie zu Hause gefühlt. Es an der Zeit, dass ich umdrehe und kehrtmache. Raus aus der Sackgasse. Ich verlasse das Zimmer. „Wo willst du hin?", fragt Joakim verwundert und folgt mir in den Flur.

„Nach Hause", murmle ich vor mich hin.

„Aber wir sind doch zu Hause."

„Nein, *du* bist zu Hause." Joakim macht ein abschätziges Geräusch, dann geht er ins Wohnzimmer und knallt die Tür hinter sich zu. Ich schleppe mich durch den Flur. Vincent und Luis schlafen schon. Leise öffne ich die Tür zu ihrem Zimmer.

„Und wann bist du wieder da?", fragt Vincent verstört.

„In ein paar Wochen", sage ich lächelnd.

„Sind wir schuld?", fragt er mit Tränen in den Augen.

„Aber nein, ihr seid nicht schuld." Ich streichle ihm sanft über die Wange. „Ich möchte nur meine Familie und meine Freunde besuchen ..."

„Können wir mitkommen?"

„Ja, mit!", sagt Luis.

„Ich bin bald wieder zurück, und dann fahren wir zusammen nach München ... ich suche dort eine schöne Wohnung."

„Aber Papa bleibt hier, oder?"

„Ja, er passt auf euch auf ...", sage ich leise. „Er wird mit euch spielen, euch etwas zu Essen machen, euch ins Bett bringen ..." Eine halbe Stunde später lege ich Luis ins Bett, Vincent *kann das alleine*. Dann gebe ich beiden einen Kuss und schalte das Licht aus.

Hin- und Rückflug. Abflug 00:05, Ankunft 02:25. Ich muss Lili anrufen. Und meine Zweckfreundin, Marit. „Ja, meine Mutter braucht mich ... Ein Notfall? Nein, es ist kein Notfall ... ja, ich weiß, dass es spät ist ... und du bist dir sicher, dass die mich mitfliegen lassen? Ja? ... Vielen Dank ... Ja, lass am Handy anklingeln, Joakim schläft ... gut, dann bis später ..." Ich lege auf. Marit war noch nie wirklich schnell, wenn es darum ging, die einfachsten Dinge zu verstehen. Aber sie kommt. Und auch, wenn ich es nicht gedacht hätte, ihre Kontakte sind nützlich. Ich setze mich an den Schreibtisch und greife nach einem Block und einem Stift.

Ich kann so nicht weitermachen. Ich kann nicht länger ignorieren, dass nichts so läuft, wie ich es mir wünsche. Ich kann nicht länger nur Hausfrau und Mutter sein. Du sagst immer, du verstehst mich, aber du weißt nicht, wie es ist, an ein Haus und zwei kreischende Kinder gefesselt zu sein. Ich bin deinetwegen und unseretwegen nach Finnland gezogen. Aber inzwischen denke ich, dass das vielleicht ein Fehler war. Du bist fast nie da. Ich bin umgeben von Fremden oder von Kindern. Ich vermisse meine Freunde, ich vermisse meine Familie, ich vermisse meine Sprache, ich vermisse München ... ich werde für ein paar Wochen nach Hause fahren. In das Zuhause, das ich seit Jahren vermisse. In die Stadt und zu den Menschen, die ich im Herzen trage. Ich finde es nur fair, dass ich Vincent und Luis bei dir lasse. So kommst du auch einmal in den Genuss, deine Söhne rund um die Uhr um dich zu haben. Ich habe es mir verdient, einmal für mich zu sein, soweit das eben geht, denn meinen Bauch kann ich dir leider nicht dalassen. Und wer weiß? Vielleicht hilft dir ja Hana dann und wann. Ich tue es nicht mehr. Ich habe nicht studiert, um zur Dauerbrutmaschine zu werden. Ich hatte Träume. Ich hatte Freunde. Und jetzt habe ich ein Haus mit Garten und netten Nachbarn. Ich habe eine Schwiegermutter, die nur dann nett zu mir ist, wenn du in der Nähe bist. Aber das bist du fast nie. Und auch wenn du das nicht verstehst und du findest, dass ich übertrieben reagiere, frage ich mich, wann du vergessen hast, was Loyalität ist und was Loyalität in einer Beziehung bedeutet. Du bist nicht loyal – zumindest nicht mir gegenüber. Was ich denke und was ich will, sollte wichtig sein, Joakim. Aber das ist es nicht. Und deswegen ist es an der Zeit, dass ich mich um mich kümmere, weil es sonst keiner tut. Ich bin für mich und meine Zufriedenheit verantwortlich. Das kann ich nicht länger von dir abhängig machen.

Ich liebe dich, aber das reicht nicht, um hierzubleiben. Ich liebe dich, aber diese Liebe hält mich von allem anderen fern, das ich außer dir noch liebe. Ich habe mir mein Leben anders vorgestellt. Und ich habe nicht gedacht, dass ich mich mit noch nicht einmal achtundzwanzig Jahren alt fühlen würde. Ich hätte nicht gedacht, dass ich das Foto von uns vor dem alten VW-Bus einmal voller Verachtung ansehen würde, weil es mir zuflüstert, dass alles, was mir einmal wichtig war, vorbei ist. Ich habe damals nicht verstanden, wie frei ich war. Und nun, neun Jahre später, bin ich gefangen in einem Leben, das ich nicht wollte.

Ich werde vorerst zu meiner Mutter fahren. Sie hätte mich schon vor zwei Jahren gebraucht, aber ich hatte keine Zeit. Nun nehme ich mir Zeit. Zeit für sie, Zeit für Lili, Zeit für mich. Ich wünsche dir eine gute Zeit mit deinen beiden Söhnen. Es ist sicher eine völlig neue Erfahrung für dich, sie so viel zu sehen. Vielleicht verstehst du dann endlich, warum ich abends so fertig bin. Vielleicht höre ich dann in Zukunft nicht mehr, dass sie doch eigentlich ganz lieb und ruhig sind.

Sie wissen, dass ich fahre und dass sie die Zeit mit dir verbringen werden. Ich denke, sie freuen sich darauf. Du wirst viele Seiten an ihnen kennenlernen, die dir bis jetzt fremd sind. Die ein bis zwei Stunden, die du sie sonst siehst, sind nur ein klitzekleiner Hauch von dem, was sie sind. Im Guten und im Schlechten. Vielleicht fällt dir dann auf, wie wunderbar eine Unterhaltung mit einer erwachsenen Person sein kann. Für dich ist das selbstverständlich. Für mich ist es eine Seltenheit. Ich rede nur über Bauklötze und streite mich mit zwei Kleinkindern. Du solltest dich fragen, warum du auf keinem ihrer Bilder zu sehen bist. Da bin immer nur ich – die dicke Frau – und zwei kleine Jungen. Aber du bist nie da. Und das sollte dir zu denken geben.

Ich weiß, dass du dir Urlaub nehmen kannst, denn du hast dir ja noch nie welchen genommen. Es wäre ja auch einfach zu stressig gewesen mit den Kindern, nicht wahr? All die Zeit über hast du deinen Weg weiterverfolgt. Und nun erkenne ich, dass ich meinen vor langer Zeit verlassen habe. Ich bin falsch abgebogen. Ich bin in einem Land, in dem ich mich nie wirklich zuhause gefühlt habe. Ich bin gefangen in meinem eigenen Leben. Und wenn ich dann auch noch höre, dass Hana eine Freundin ist, dann kann ich dazu nur sagen, dass sie das für mich nicht ist. Sie war es nie, sie ist es nicht, und sie wird es nie sein.

Ich weiß, dass ich in dir einen wunderbaren Menschen gefunden habe. Ich weiß, dass ich in dir einen tollen Mann und Vater gefunden habe. Aber ich habe mich verloren. Und nun werde ich versuchen, mich zu finden. Und das geht nicht hier. Das geht nicht mit dir und das geht nicht mit brüllenden Kindern.

Du wirst mir fehlen. Und Vincent und Luis werden mir fehlen. Ich will dir nicht wehtun, auch wenn ich weiß, dass ich das tue. Aber ich muss jetzt an mich denken.

Ich liebe dich, Emma

Lili

„... ich rede mit dir ..."

„Ja, das ist mir schon klar", sagt Elias kalt.

„Und?", frage ich gereizt.

„Was und?" Ich schaue ihn wütend an. „Ja, du hast recht, wir sehen uns kaum, aber ich suche mir die Zeiten ja nicht aus ... es ist ja nicht so, als würde ich das absichtlich machen."

„Das sagt ja auch niemand", fahre ich ihn an.

„Was soll ich denn deiner Meinung nach machen?"

„Eröffne eine Praxis."

„Ich wollte immer im Krankenhaus arbeiten."

„Es geht aber nicht nur darum, was du willst." Ich greife nach meinen Zigaretten. „Wenn jetzt wieder ein Vortrag darüber kommt, dass das Rauchen mich langsam umbringen wird, dann ..."

„Was dann? Es stimmt doch ... ich sehe so was jeden Tag."

„Denkst du denn, du könntest dir für meine Beerdigung freinehmen?", frage ich sarkastisch. „Ich meine, *einen ganzen Tag?*"

„Worum geht es hier eigentlich?"

„Um uns", sage ich ruhig. „Es geht nur um uns."

„Und was genau soll das heißen?"

„Zwischen meinen Beinen haben sich Spinnweben gebildet, ich weiß nicht einmal mehr, wie du nackt aussiehst, geschweige denn, wann wir zuletzt miteinander geschlafen haben?"

„Geht das schon wieder los?", fragt er genervt.

„Wenn du endlich mal was machen würdest, dann könnte ich mir den Atem sparen."

„Das geht eben nicht auf Knopfdruck."

„Aber ein Mal im Quartal ist doch drin, oder?"

„Wir haben doch vor ein oder zwei Wochen miteinander geschlafen", fällt er mir ins Wort.

„Du meinst das eine Mal, als du währenddessen dreimal eingeschlafen bist?" Voller Verachtung schaut er mich an. „Ja, du bist gekommen, aber du bist dreimal eingeschlafen ... *dreimal* ... Wenn das nicht geht, ohne dass du einschläfst, dann ..."

„Dann was?", fragt er laut.

„Dann ...", fange ich an. Doch ich kann es nicht aussprechen. Der Satz bleibt mir im Hals stecken. So wie jedes Mal.

„Was ist dann?", fragt er noch einmal.

„Dann werde ich dich verlassen ..." So. Jetzt ist es raus. Ich habe es gesagt. Lange schaut er mich fassungslos an. „Was ist?", frage ich kopfschüttelnd. „Hast du dich noch nie gefragt, wie lange ich das noch mitmachen werde?" Er antwortet nicht. Stattdessen starrt er mich einfach weiter an. „Dir ist noch nie durch den Kopf gegangen, dass ich dich verlassen könnte?" Noch immer starrt er mich an. „Ja, Elias, ich kann so nicht mehr, und ich will auch nicht mehr ... es geht nicht ... du bist nicht mehr der, den ich liebe ... du bist nicht mehr der, den ich einmal kannte ... so will ich dich nicht ... entweder bist du müde oder nicht da. Oder du schläfst auf mir ein. So einen finde ich wieder. Einen, der seinen Traum lebt, auch wenn sein Traum mein Albtraum ist ... einen ich-bezogenen, eitlen Arzt finde ich wieder, glaub mir." Wortlos steht er auf und verlässt das Zimmer. Eine Weile starre ich in den Flur, in dem er verschwunden ist, dann schaue ich auf die Uhr. Ich springe auf und packe hastig ein paar Dinge in meine Tasche. In einer halben Stunde muss ich dort sein. Mit einem mulmigen und schweren Gefühl im Magen verlasse ich unsere Wohnung. Ich ziehe die Tür hinter mir ins Schloss und gehe zum Aufzug. In dem Moment, als ich in den Lift steige und auf *E* drücke, frage ich mich, warum ich noch immer bei ihm bin. Und mir fällt kein guter Grund ein. Ich weiß es nicht. Das ist ernüchternd. Es tut weh. Und ich schäme mich. Und ich weiß nicht einmal genau, warum.

Ich schaue auf mein Handy, dann schalte ich es aus. Ich will gerade nicht mit ihm sprechen. Und wenn er nicht anruft, will ich es nicht sehen, denn eigentlich sollte er mich anrufen. Ich fahre zu meiner Mutter. Ich freue mich, sie zu sehen. Und doch frage ich mich, ob ich die Frage nach eventuellen Enkelkindern heute ertragen kann. Ich kann ihr nicht sagen, wie ich mich fühle, denn sie wird mir erzählen, dass die Basis wichtiger ist als sexuelles Glück. Sie wird mir mit der Alex-versus-Lukas-Geschichte kommen, bei der Lukas gewinnt und Alex verliert. Ich schaue auf das dunkle Display meines Handys, dann stecke ich es in meine Tasche.

Emma

„Und es geht dir wirklich gut?", fragt meine Mutter besorgt.

„Ja, Mama, es geht mir gut ..."

„Ja, aber in deinem Zustand hättest du doch gar nicht fliegen dürfen ..."

In ihrer Stimme höre ich Besorgnis. „Es ist doch kein langer Flug gewesen."

„Trotzdem", sagt sie stur. Sie sieht müde aus. Und doch sah sie nie besser aus.

„Du scheinst glücklich zu sein", sage ich lächelnd.

„Das bin ich auch ..." Die Ampel wird rot, und wir bleiben stehen. Ich schaue nach draußen. Jede Kreuzung erscheint mir schön. Alles erscheint mir schön. Ich bin zu Hause. Nach so langer Zeit bin ich endlich zu Hause. Die Ampel schaltet auf grün. Ich öffne das Fenster einen Spalt und schließe die Augen. Die Sommerluft weht in mein Gesicht. „Warum hast du einen Flug mitten in der Nacht genommen?", fragt meine Mutter nach einer Weile.

„Joakim und ich haben gestritten", antworte ich mit noch immer geschlossenen Augen.

Lange sagt sie nichts. Sie scheint nachzudenken. Ich spüre, wie sie mich ansieht. „Weswegen denn?", fragt sie schließlich. Sie fragt es schüchtern, so als würde sie erwarten, dass ich sie jeden Augenblick anschreien werde, dass sie das einen feuchten Dreck angeht. „Das erzähle ich dir morgen, wenn das in Ordnung ist ... ich bin unglaublich müde ..."

„Das verstehe ich gut ... gleich sind wir da, und dann kannst du schlafen ..."

Ein letztes Mal versuche ich Lili zu erreichen, aber ihr Handy ist noch immer aus. Ich gehe schwerfällig die Stufen in den ersten Stock hinauf. Mein Blick fällt auf die Fotos an der Wand. Es hängen nun sieben Bilder mehr von mir. Das macht mich glücklich. Es ist ihre Art, mir zu zeigen, dass sie mich liebt. Und diese Art gefällt mir.

Ich kuschle mich in mein altes Bett. Die Bettdecken duften nach meiner Kindheit. Ganz tief stecke ich meine Nase in die flauschigen Decken und inhaliere den Duft. „Gute Nacht, mein Schatz ..." Sie streichelt mir sanft über die Stirn, dann drückt sie mir einen Kuss auf die Wange. „Schlaf ganz schön ..."

„Danke, Mama ..." Ich drücke ihre Hand. „Du auch."

Dann verlässt sie das Zimmer. Mein altes Zimmer ist nun ein Gästezimmer. Aber eigentlich sieht es genauso aus wie früher. Meine Mutter hat nun viele Gästezimmer, die alle so aussehen wie früher. Aber der Rest des Hauses ist anders. Sie hat viel verändert. Vor allem sich. Das Haus wirkt ungewohnt ohne meinen Vater, obwohl er nie viel da war. Aber ihr scheint es besser zu gehen. Besser ohne ihn. Sie scheint absolut unbeschwert und strahlend. Ich schalte das Licht aus und schließe die Augen. Ganz tief atme ich ein. Und es scheint so, als wäre sogar das Atmen leichter. Ich bin wieder da.

Lili

Als ich in die Frundsbergstraße abbiege, sehe ich Marie schon von Weitem. Sie hat sich verändert, aber nicht so sehr, dass ich sie nicht wiedererkennen würde. Sie hat längeres Haar und einen dichten Pony. Und es ist nicht mehr mittelbraun, es ist dunkel. Sie trägt eine braune Hornbrille.

Früher mochte sie Brillen nicht. Sie hat immer nur Kontaktlinsen getragen. Aber die Brille steht ihr. Über ihrer Schulter hängt eine große Ledertasche. Sie trägt eine hautenge, dunkelblaue Jeans und ein braunes, mit Spitze besetztes Unterhemd. Dazu Turnschuhe. Neben ihr steht ein schrankähnlicher Kerl. Sie unterhalten sich. Als ich nur noch ein paar Meter von ihr entfernt bin, dreht sie sich zu mir. Lange schauen wir uns nur an. Es ist, als wäre ein Teil von mir endlich wieder da. So als hätte ich ein Stück von mir vor Jahren verloren. Und plötzlich steht es vor mir auf dem Gehweg. Einfach so. Wir lächeln. Es ist ein Lächeln, als hätte sie eben dasselbe gedacht. So als wären wir nun endlich an dem Punkt, an dem wir schon seit Jahren sein sollten. Ich gehe auf sie zu. Sie legt ihre Arme um mich, und ich schließe sie in meine. Ohne ein Wort zu sagen, stehen wir in dieser Umarmung und fühlen uns gut, weil wir uns gegenseitig fühlen und damit wieder einen Teil unserer selbst, den wir vergessen hatten. Ich atme tief ein. Und es ist, als wäre die Hand, die mir jemand über Jahre auf Mund und Nase gedrückt hat, die Hand, die mich am atmen gehindert hat, mit einem Mal verschwunden. Langsam löse ich mich aus dieser Umarmung und schaue sie an. In ihren Augen schimmern Tränen. „Ich kann dir gar nicht sagen, wie gut es tut, dich zu sehen", sagt sie mit angeschlagener Stimme.

„Geht mir genauso ..."

„Guten Tag, Frau Richter", ertönt eine glockenhelle Stimme. Ich drehe mich um. Die Maklerin steht strahlend vor uns. „Dann müssen sie Frau Schuster sein ..." Sie streckt Marie ihre perfekt manikürte Hand entgegen.

„Ja, ich bin Frau Schuster", sagt Marie lächelnd und nimmt die Hand der Maklerin.

„Wollen wir dann reingehen?" Sie zeigt auf den Eingang. Marie dreht sich zu dem schrankartigen Mann.

„Es kann gleich losgehen, Bernd, ich schaue noch die Wohnung an."

„Ist gut ...", sagt er mit einer verhältnismäßig hohen Stimme. Bei seiner Statur hatte ich mit einem richtigen Bass gerechnet. Mit einer Stimme, die den Gehweg vibrieren lässt. Er lächelt.

„Und hier ist das Badezimmer ..." Die Maklerin deutet auf die letzte Tür. Sie öffnet sie mechanisch lächelnd und lässt Marie eintreten. „Es ist frisch renoviert worden."

Marie schaut sich um. „Das sieht man ...", sagt sie und nickt. „Und die Dachterrasse?"

„Um Himmels willen ... die Dachterrasse!" Sie dreht sich um und verschwindet im Flur. Marie und ich gehen ihr hinterher. Als ich die Wohnung besichtigt hatte, konnte sie den Schlüssel für die Terrassentür nicht finden. Ich hoffe, das war ein einmaliger Fauxpas. Wir steigen eine Treppe hinauf, die mitten im Wohnzimmer ins Nichts zu führen scheint. Die Maklerin kramt in ihrer Tasche nach einem Schlüssel. Ein leises Klirren, dann dreht sie den Schlüssel im Schloss um. Mit ihrer perfekt manikürten Hand schiebt sie die Tür auf. „Die Dachterrasse ..." Marie und ich schieben uns an ihr vorbei. Und was wir dann sehen, ist so wunderschön, dass man es nicht in Worte fassen kann. Ein winziges Paradies über den Dächern der Stadt. Ein kleines Stück Frieden, umgeben von blauem Himmel. An den Mauern wächst wilder Wein. Auf den vier Ecken der Mauer stehen Steine, die aussehen wie große Tannenzapfen, die auf dem Kopf stehen. Der Boden ist massiv. In langen Bahnen verlegte Bretter aus dunklem, schwerem Holz. Es sieht ein wenig aus wie auf einem Schiff. „Hier kann man wunderschön grillen, oder entspannen ... einfach ein Buch lesen, oder Musik hören." Weder Marie noch ich hören der Maklerin zu. Ich schaue zu Marie. Ihre Augen leuchten. Ich sehe ihr an, wie sie die Terrasse in Gedanken gestaltet. Ihre Gedanken scheinen sich auf der Terrasse auszubreiten. Sie greift in ihre Tasche und zieht ein Bündel Geld heraus.

„Die Kaution habe ich bereits gestern überwiesen ... hier ist Ihre Provision." Die Maklerin strahlt das Bündel an, dann nimmt sie es entgegen, zählt es ab und reicht Marie einen Schlüsselbund.

„Das sind drei Sätze Schlüssel für die Wohnungs- und Eingangstür, für den Briefkasten und dieser hier ist für die Terrasse. Sie müssen nur noch den Empfang quittieren, dann bin ich weg ..."

Marie

Lili stemmt sich gegen eine riesige Kiste. Es ist wunderschön, dass sie da ist. Wir sitzen zwischen Umzugskartons. Eine Flasche Eistee und ein Aschenbecher stehen auf dem Boden. Ich schaue dem Rauch meiner Zigarette nach. „Und er ist ehrlich dreimal eingeschlafen?", frage ich vorsichtig.

Sie seufzt. „Ist das zu fassen?"

„Das liegt sicher am Stress."

„Nimm ihn nicht in Schutz."

„Das tue ich nicht", sage ich ruhig. „Ich will nur sagen, dass es bestimmt nicht an dir liegt."

„Ach komm", schnaubt sie.

„Nein, das denke ich ehrlich nicht ..."

„Unterm Strich ist es doch egal." Lange schweigen wir. „Und Markus ist einfach gegangen?", fragt sie nach einer Weile in die Stille. Ich nicke. „Kann man ihm nicht verdenken."

„Ich hab ihn ja nicht absichtlich Paul genannt", verteidige ich mich.

„Trotzdem."

„Ja, Du hast recht ...", gebe ich zu. „Das war echt scheiße von mir ..."

„Vermisst du ihn?"

„Wen? Markus?" Sie nickt. Ich schüttle den Kopf. „Und Paul?" Lili fragt das vorsichtig, so als wüsste sie, dass sie mit dieser Frage auf eine Wunde drückt.

„Manchmal. Vermisst du Elias?"

„Eigentlich immer ..."

„Du solltest endlich dein Handy anmachen", sage ich lächelnd. „Er macht sich sicher Sorgen."

„Was ist, wenn er gar nicht angerufen hat?" In ihrer Stimme höre ich Unsicherheit.

„Er hat angerufen ..." Ungläubig schaut sie mich an. „Wenn er nicht angerufen hat, dann lade ich dich auf ein Eis ein."

Sie lächelt, greift in ihre Tasche und zieht ihr Handy hervor. „Und wie viele Kugeln?" Sie versucht das Unbehagen und die Nervosität zu überspielen.

„So viele, bis dir schlecht wird ..."

Sie lacht und gibt die PIN ein. Dann, ein paar Sekunden später, piept das Handy hysterisch los. „Emma hat acht Mal angerufen ...", sagt Lili erstaunt.

„Acht Mal?", frage ich perplex.

„Ja, acht Mal ... und das mitten in der Nacht."

„Vielleicht ist etwas passiert ...", sage ich beunruhigt.

Sie zuckt mit den Schultern. „Ich rufe sie an ..." Ich lehne mich zum Aschenbecher. Ich spüre meinen Puls in den Fingerkuppen. „Emma? Geht's dir gut? ... Gott sei Dank ... ja, ich hab grad 'nen richtigen Schock bekommen ..."

„*Wir* haben einen richtigen Schock bekommen ...", unterbreche ich sie.

„Ja, *wir* haben einen richtigen Schock bekommen ... nein, ich bin bei Marie ... Ja, Marie ist gestern gekommen ... nein, nicht zu Besuch, sie hat 'ne Wohnung hier ... ja ..." Sie dreht sich zu mir. „Grüße von Emma ..."

„Grüße zurück ...", sage ich lächelnd.

„Grüße von Marie ... Nein keine Ahnung, ich habe seit gestern Abend nicht mit ihm gesprochen ... wir haben gestritten ... bist du bei deiner Mutter? ... Ja, klar ... ja, wir holen dich ab ... gut ... ja, bis gleich ..." Sie legt auf.

„Und?", frage ich neugierig.

„Sie hatte Streit mit Joakim wegen irgendeiner Hana, und dann hat sie einen Flug gebucht und jetzt ist sie da ..."

„Was? Einfach so?", frage ich verdutzt.

„Anscheinend." Und auch Lili scheint darüber ziemlich erstaunt zu sein.

„Na, dann", ich trinke einen Schluck Eistee, der inzwischen lauwarm ist, „lass uns fahren." Die Sonne brennt vom Himmel. Vereinzelte Wolken tanzen über perfektes Blau. „Und, was ist mit Elias?", frage ich, als wir über den Kanal rasen.

„Was soll mit ihm sein?", fragt sie ausweichend.

„Na, schulde ich dir ein Eis?" Sie schüttelt den Kopf. „Er hat also angerufen ..."

„Ja, hat er."

„Und wie oft?", bohre ich.

„Vier Mal."

„Willst du trotzdem ein Eis?"

Sie grinst mich an, dann schließt sie die Augen und genießt den Wind. „Später vielleicht."

Emma sieht aus, als würde sie jeden Augenblick platzen. „Vorsicht, warte, ich schiebe den Sitz weiter nach vorn ...", sage ich und starre Emma auf den Bauch. Nach ein paar Minuten sitzen wir gemeinsam im Auto.

„Gott, ist das schön, euch zu sehen ..." Emma strahlt uns an. Sie sieht umwerfend aus. Ihre Hände liegen stolz auf ihrem riesigen Bauch.

„Es ist wie früher", sagt Lili glücklich.

„Es ist wie Istrien", schreie ich durchs Auto.

„Wie Istrien ...", höre ich dann beide leise sagen.

Nachdem wir uns zu dritt in den Aufzug gequetscht haben und auch erfolgreich wieder ausgestiegen sind, zeige ich Emma meine neue Wohnung. „Es ist so schön hier ...", sagt Emma, während sie sich die Stufen zur Dachterrasse hinaufhievt.

„Warte erst, bis du die Terrasse siehst", schwärmt Lili. Emma schiebt sich durch die Tür und schaut sich um. Dann schaut sie zu mir.

„Kann ich zu dir ziehen?" Ich fange an zu lachen. Doch Emma lacht nicht. Sie schaut vollkommen ernst.

„Im Ernst jetzt?", frage ich mit hochgezogenen Augenbrauen.

„Nein ..." Sie prustet los. Es ist schön, ihr Lachen zu hören.

„Weißt du, was es wird?", frage ich und starre wieder auf Emmas Bauch.

„Was wohl?", fragt sie seufzend.

„Also drei Jungs", sagt Lili lächelnd.

„Vier, wenn man Joakim mitzählt." Ich muss schmunzeln.

„Ich will auch ein Baby", sagt Lili und streichelt sanft über Emmas Bauch.

„Überleg dir das gut", sagt Emma. „Man kann die nicht zurückgeben."

„Ich will es ja auch nicht zurückgeben", sagt Lili verträumt.

„Ja, bis du eins hast."

„Ich meine das ernst."

„Ich auch", sagt Emma und legt ihre geschwollenen Beine hoch.

„Ich hab noch nicht einmal den geeigneten Vater", sage ich mehr zu mir selbst.

„Ich doch auch nicht", sagt Lili leise.

„Elias wär sicher ein guter Vater", sagt Emma sanft.

„Ja, einer, der nie da ist, einer, der nur arbeitet, einer, der nicht infrage kommt, weil er nicht mit mir schläft, und wenn doch, dann schläft er währenddessen ein."

„Er schläft währenddessen ein?", fragt Emma völlig entgeistert.

„Ja ... drei Mal ..."

„Er ist schon drei Mal eingeschlafen?", fragt sie noch immer entgeistert.

„*Letztes Mal* ist er dreimal eingeschlafen."

„Oh ..."

„Ja, genau ... *Oh* ...", sagt Lili seufzend.

Ich sehe Emma an, dass sie gerne etwas Tröstendes sagen würde, doch es scheint ihr nichts einzufallen. „Und was ist mit deinem Markus? Wäre der denn kein guter Vater?", fragt Emma, um das Thema zu wechseln.

„Ich bin nicht mehr mit Markus zusammen."

„Oh ..."

Ich muss lachen. „Ist nicht so tragisch."

„Ist es nicht?" Ich schüttle den Kopf.

„Als er die Wohnung verlassen wollte, hat sie ihn *Paul* genannt", sagt Lili schmunzelnd.

„Nein!", sagt Emma schockiert.

„Das war ein *Versehen* ...", sage ich betreten.

„Hast du noch was mit Paul zu tun?", fragt Emma. Ich schüttle den Kopf. „Hättest du denn gerne was mit ihm zu tun?"

„Ich weiß nicht", lüge ich.

„Also, wenn du es weißt, sag Bescheid ... Joakim und Paul haben noch engen Kontakt ..."

„Ehrlich?", platzt es aus mir heraus. „Seit Istrien?"

Sie nickt. „Sie telefonieren, schreiben Mails."

„Das wusste ich gar nicht." Ich schaue auf den Eistee. „Hat er eine Freundin?" Ich versuche, möglichst gleichgültig zu klingen, als ich das frage. Sie nickt. „War ja klar", sage ich leise. Was hab ich mir auch erwartet. Natürlich hat einer wie Paul eine Freundin. „Und wie lange?" Es will mir einfach nicht gelingen, gleichgültig zu klingen.

„Ich glaube, drei Jahre oder so."

„Hm, doch schon so lange", sage ich gespielt gelassen.

„Ich glaube zumindest, dass es dieselbe ist ... ganz sicher bin ich mir nicht ..." Kaum hat sie ihren Satz beendet, klingelt ihr Handy. Sie schaut auf das Display. „Es ist Joakim ..."

„Willst du nicht drangehen?", frage ich vorsichtig.

Sie schüttelt den Kopf. „Wenn er will, kann er mir auf die Mailbox sprechen."

„Und? Hat er?", frage ich ein paar Minuten später.

„Er hat gesagt, dass er mich vermisst und dass ich ihn bitte anrufen soll", sagt sie kleinlaut.

„Und rufst du ihn an?", frage ich vorsichtig.

Sie zuckt mit den Schultern. „Keine Ahnung ..."

„Ruf ihn an", sagt Lili ruhig.

„Rufst du Elias an?" Lili schüttelt vehement den Kopf. „Gib ihm doch eine Chance." Lili schaut stur zu Boden. Und ihr Blick sagt, dass sie ihm schon viel zu viele Chancen gegeben hat. Aber das wird sie Emma nicht sagen.

Paul hat seit drei Jahren eine Freundin. Das will mir nicht in den Kopf. Und ich frage mich, warum mich das so verstört. Ich habe doch auch gelebt. Da waren Hannes und Markus. Ich frage mich, wie sie wohl aussieht. Und ich frage mich, ob er glücklich ist.

„Denk nicht über Paul nach, sondern hilf mir mit dem Regal", sagt Lili mit einem sanften Lächeln auf dem Gesicht. Und ich tue, was sie sagt. Bis fünf Uhr morgens packen wir Kisten aus und bauen Regale und Schränke auf. Und als das Bett steht, fallen wir mit Klamotten hinein und schlafen innerhalb von Sekunden ein.

vor vier *Wochen*

Emma

Lang kann es nicht mehr dauern. Den ganzen Morgen spüre ich es schon. Und ich kenne das Spiel ja inzwischen.

„Lili?"

„Was kann ich tun?", fragt sie besorgt.

„Ruf Joakim an ..."

„Okay ... was soll ich ihm sagen?"

„Er muss kommen", sage ich schnaufend. „Das Baby kommt heute nur, wenn er da ist."

„Ist gut, ich rufe ihn sofort an ..." Sie verschwindet im Flur.

„Hier, das Wasser." Marie reicht mir ein Glas mit eiskaltem Wasser.

Ich lege die Füße hoch, lehne mich zurück und trinke.

„Ich habe in der Klinik angerufen, aber das ist natürlich kurzfristig", sagt meine Mutter, als sie zur Tür hereinkommt.

„Hat Papa nicht einen Freund in dem Krankenhaus? Oder Elias?"

„Ja, sicher, Elias", sagt sie verwirrt und rennt hastig zurück in den Flur.

„Joakim hat einen Flug in eineinhalb Stunden ...", sagt Lili, als sie eine viertel Stunde später ins Wohnzimmer zurückkommt.

„Dann dürfte er so in sechs Stunden hier sein", sage ich leise. Sie schaut auf die Uhr und nickt.

Meine Mutter stolpert zurück ins Wohnzimmer. „Elias ruft gleich zurück." Sie hält das Telefon in beiden Händen, so als wäre es ein besonders wertvoller Gegenstand. „Er redet mit einem Kollegen." Lili schaut zu Boden. Ich weiß, dass sie ihn vermisst, auch wenn sie es nicht zugibt. Seit fast zwei Wochen hat sie ihn nicht gesehen. Meine Mutter verschwindet kopflos in der Küche. Dann kommt sie plötzlich zurück. „Sonst noch jemand Kaffee?" Wir drei schütteln die Köpfe. „Sicher?" Wir nicken, dann verschwindet sie wieder in der Küche. Ich schaue zu Lili.

„Hast du den Test inzwischen gemacht?", frage ich leise.

„Noch nicht."

„Und wieso nicht?"

„Weil ich nicht weiß, was ich tun soll, wenn er positiv ist und weil ich nicht weiß, was ich machen soll, wenn er negativ ist."

Ich lächle sie an. „Es ist besser, es zu wissen, glaub mir."

Als das Telefon klingelt, zucken wir alle zusammen. „Elias? ... Ja? ... Hm ... Hm ... Und jetzt? ... Oh, das ist gut ... ja, wunderbar ... ich fahre sie rüber ... danke, mein Schatz." Meine Mutter legt erleichtert auf. „Sein Kollege wird sich um dich kümmern ... ich soll dich in die Klinik fahren." Langsam stehe ich auf.

„Sollen wir hier auf Joakims Anruf warten? Marie und ich können ihn abholen und direkt ins Krankenhaus bringen", sagt Lili unruhig.

„Das wäre perfekt ... vielen Dank." Marie und Lili klauben alles auf, was ich vielleicht auch nur im Entferntesten brauchen könnte, und stopfen es in eine große Tasche. Zeitschriften, meinen Laptop, Filme, ein Buch, frische Kleidung, frische Unterwäsche, Erfrischungstücher ...

„Können wir?", fragt meine Mutter nervös. Ich nicke. Es ist so weit. Laurien kommt.

Lili

„Wie spät ist es?", frage ich zum wahrscheinlich hundertsten Mal.

„Er dürfte sich in frühestens zwei Stunden melden", antwortet Marie angespannt.

„Was machen wir denn jetzt nur die ganze Zeit?" Wenn ich nervös bin, rede ich viel. Das war schon immer so.

„Ich muss noch etwas besorgen."

„Und was?", frage ich ungläubig.

„Ich muss zum Tengelmann ... etwas zu trinken holen." In dem Moment, als sie das sagt, klingelt mein Handy. Es ist Elias. „Ach komm, etwas zu *trinken*? Das glaubt doch kein Mensch. Was willst du wirklich ..."

„Ja, was zu trinken", fällt sie mir ins Wort. „Ist das Elias?"

Ich nicke. „Warte, ich komm mit.", rufe ich ihr nach.

„Nein, du redest mit Elias, und ich gehe zum Tengelmann." Gerade, als ich noch etwas entgegnen will, höre ich, wie sie die Tür hinter sich zuwirft.

„Elias?"

„Hey Kleines ..." Er schweigt.

„Wie geht es Emma?"

„Ich habe sie noch nicht gesehen." Er seufzt. „Warum hast du mich nicht zurückgerufen?" In seiner Stimme flackert Unsicherheit.

„Ich wollte nicht mit dir sprechen ... es hat dich doch in den letzten Jahren auch nicht weiter gestört, dass wir nicht miteinander reden."

„Lass doch bitte einmal den Sarkasmus."

„Warum, es stimmt doch ... ist dir aufgefallen, dass du mich in den vergangenen zwei Wochen öfter angerufen hast als in den drei Jahren davor?"

„Lass uns reden. Bitte."

„Ja, wir sollten reden, aber nicht jetzt ..."

„Warum nicht jetzt?"

Ich schließe die Augen und sehe ihn vor mir. „Gerade ist eben nicht der beste Augenblick. Mir geht einfach zu viel durch den Kopf." Die Wahrheit ist, dass ich es nicht fertigbringe, ihn zu sehen. Denn vermutlich vergesse ich dann plötzlich alle Gründe, warum ich ihn nicht mehr will, und alles bleibt beim Alten.

„Wo bist du? Bei Marie?"

„Nein, ich bin nicht bei Marie."

„Und wo bist du dann?" Wenn ich es nicht besser wüsste, würde ich den Unterton in seiner Stimme als Eifersucht interpretieren, was ich mir beim besten Willen nicht vorstellen kann. Der neue Elias ist nicht eifersüchtig. Warum auch? Ich bin in seinem Leben die traurige, verdörrte Topfpflanze, die er alle paar Monate gießt und damit am Leben erhält.

„Was spielt das für eine Rolle?" Ich höre ihn atmen. „Hör zu, ich rufe dich an, wenn ich wieder klar denken kann, okay?"

„Wann, denkst du, wird das sein?"

„Ich weiß nicht, wann."

„Aber du rufst an?"

„Ja, ich rufe an", sage ich mit geschlossenen Augen.

„Du fehlst mir."

„Du fehlst mir auch. Na ja, zumindest der Elias von früher ... aber der hat mir die letzten Jahre auch schon gefehlt, da machen ein paar Wochen keinen großen Unterschied."

Ich starre auf das Display. Es war schön, seine Stimme zu hören. Da war ein totgeglaubter Unterton in seiner Stimme, den ich lange nicht mehr gehört habe. Eine Mischung aus Unsicherheit, Schuldgefühlen und Eifersucht.

Marie schaut mich kopfschüttelnd an und seufzt. „Meine Güte, Lili, jetzt mach schon endlich den blöden Test ..." Sie streckt mir eine Packung entgegen. „Ich habe drei gekauft, so haben wir etwas zu tun, und du kannst dir sicher sein, dass das Ergebnis stimmt."

„Von wegen Getränke ...", sage ich angespannt.

„Los, mach ihn schon." *Clearblue Plus Schwangerschaftstest – über 99% zuverlässig – für ein eindeutiges Ergebnis in nur 1 Minute. Testen zu jeder Tageszeit ab dem Fälligkeitstag der Periode möglich.*

„Der Punkt muss blau werden?", frage ich nervös.

Marie nickt. „Der linke Punkt zeigt, dass der Test funktioniert, das zweite Feld zeigt, ob du schwanger bist. Wenn ein zweiter blauer Punkt erscheint, dann bist du schwanger."

„Du kennst dich ja aus ...", sage ich erstaunt.

„Paul und ich mussten dreimal so einen Test machen." Ich betrachte ihr Gesicht.

„Ehrlich? Das hast du mir nie ..."

„Los mach schon, bring es hinter dich", unterbricht sie mich.

Mit zitternden Fingern halte ich das Stäbchen drei Sekunden in den Urinstrahl, dann drücke ich die Verschlusskappe über den Streifen und reiche den Test Marie. Sie nimmt ihn und streichelt über meine Hand. Ich bin froh, dass sie da ist.

„Ist da ein Punkt?", frage ich angespannt. Ihr Blick fällt auf das Stäbchen.

Sie lächelt und schaut auf die Uhr. „Nein ... sind ja auch erst zwanzig Sekunden ..." Es ist unglaublich, wie lange einem eine Minute erscheinen kann. Ich nehme ihr den Test aus der Hand und schließe die Augen.

„Und?" Ich öffne die Augen und schaue in meinen Schoß. Marie wippt ungeduldig mit dem Fuß. Ich starre nur auf das weiße Stäbchen. „Lili? Ist da ein blauer Punkt?" Ich halte ihr den Test entgegen. Sie nimmt ihn aus meiner Hand und dreht ihn um. Dann schaut sie mich an. In ihren Augen ein Ausdruck, den ich vorher noch nie gesehen habe. „Er mag eingeschlafen sein ..." Sie setzt sich vor mich in die Hocke und legt ihre linke Hand auf meine. In der anderen hält sie den Test. „... aber er scheint es zu Ende gebracht zu haben. Herzlichen Glückwunsch."

„Das heißt noch gar nichts. Ich glaube es erst, wenn ich die anderen Tests gemacht habe."

Ich gebe Marie das Teststäbchen und schirme mein Gesicht mit den Händen ab. „Und?", frage ich wenig später.

„Lili, es waren schon zwei Tests positiv, der dritte wird dir dasselbe zeigen ..."

„Der Test ist zu 99 Prozent sicher, das heißt, er ist in einem Fall zu Hundert Prozent *unsicher*."

„Ja, mag sein, aber das waren zwei Tests ... und beide sind positiv ..." Sie schaut mich irritiert an. „Ich dachte, du wolltest ein Kind."

„Ja, aber doch nicht so."

„Wie meinst du das?"

„Wir reden nicht miteinander ... Ich habe ihn seit zwei Wochen nicht gesehen, und außerdem würde das bedeuten, dass ich bei dem Mal schwanger wurde, als er dreimal eingeschlafen ist." Marie schaut auf den dritten Test. „Und?", frage ich angespannt. Sie hält mir das dritte Stäbchen entgegen.

„Zwei blaue Punkte ... du bist schwanger."

Marie

Lili ist schwanger, und Emma ist fast dreifache Mutter. Und ich? Ich denke an Paul. Das ist so erbärmlich. Und überhaupt, Paul hat wahrscheinlich auch schon einen Berg von Kindern. Nur ich nicht. Ist mir doch egal. Ich brauche keine Kinder, die mich davon abhalten, mein Leben zu leben. Ich bin erfolgreich. Ich habe alles, was ich brauche.

Ich war noch nie gut darin, mich von Lügen zu überzeugen. So ein Mist. Ich will auch einen Mann. Nein, ich denke, es ist noch viel schlimmer als das. Ich denke nämlich, ich will Paul. Hätte ich doch den Karton weggeworfen. Aber hätte ich das getan, wären der Karton und ich jetzt in Köln. Oder nur ich und der Karton im Müll. Ich würde neben Markus sitzen und mich fragen, ob das wirklich schon alles war. Und ich würde insgeheim doch an Paul denken. Wäre das denn besser?

„Willst du die Tests aufheben?" Lili nickt und steckt sie in ihre Handtasche. „Ist das dein Handy, das da klingelt?" Sie springt auf und rennt zum Küchentisch, wo sie ihr Handy nach dem Telefonat mit Elias hat liegen lassen.

„Joakim? ... Ja, wir machen uns auf den Weg ... sie ist in der Klinik ... ja, wir fahren dich dann direkt zu ihr ... Gut, wir sind unterwegs ..." Sie schaut mich an.

„Wie konnte er dich anrufen?"

„Er hat nur einen Business-Class Flug bekommen, da hat man ein Telefon ... er ist in einer halben Stunde da ..."

„Gut, dann lass die Packungen verschwinden, und wir fahren." Ich greife nach meiner Tasche und meinem Schlüssel. „Kommt er allein?"

„Keine Ahnung ... Hab ihn nicht gefragt", sagt Lili und schaut mich an.

„Na, egal, wir müssen ..."

Joakim fällt erst Lili, dann mir in die Arme. Neben ihm zwei kleine Jungs. „Vincent, Luis, bleibt schön hier stehen, ich mache eure Kindersitze fest." Er kriecht auf den Rücksitz und befestigt die Sitze. Die beiden Jungen stehen auf dem Gehweg und schauen uns interessiert an.

„Ihr seid auf dem Foto im Wohnzimmer", sagt der ältere der beiden.

„Ehrlich?", fragt Lili lächelnd und bückt sich zu ihm hinunter. „Auf was für einem Foto?"

„Auf einem mit einem Bus ..."

„Und ihr seid zu dritt Business-Class geflogen?", frage ich ein wenig erstaunt. Die Vorstellung, wie Joakim mit diesen beiden Zwergen und den Kindersitzen in der Business-Class sitzt, ist schon irgendwie lustig.

„Es ging ja nicht anders", antwortet Joakim völlig fertig. Er lehnt sich zurück und reibt sich die Augen.

Die Bäume rasen an mir vorbei. Oder ich an ihnen. Ich frage mich, was Paul gerade tut. Ich frage mich, ob es ihm gut geht. Und ganz tief drinnen hoffe ich, dass es ihm gut geht, aber wenn ich ehrlich bin, dann hoffe ich, dass es ihm nicht zu gut geht. Zu glücklich soll er nicht sein. Denn im Moment würde es mich zerreißen. Weil es mir nicht gut geht. Zumindest nicht wirklich.

vor zwei *Wochen*

Lili

„Und wie war der Termin?", fragt Marie vorsichtig. Ich lächle sie an. „Jetzt sag schon, hat er es bestätigt?"

Ich setze mich zu ihr an den Tisch. „Ja, hat er."

„Das ist doch wunderbar!", sagt sie strahlend und steht auf. Sie nimmt mich von hinten in die Arme. Ich reagiere nicht. „Oder ist es das nicht?"

„So lange wollte ich ein Kind, und jetzt weiß ich plötzlich nicht mehr, ob ich es will", sage ich nach ein paar Sekunden. Sie schaut mir über die Schulter.

„Du liebst Elias. Ihr seid seit einer Ewigkeit zusammen ... und er ist ein guter Kerl."

Ich mache ein abschätziges Geräusch. „Ja, wir sind seit einer Ewigkeit zusammen." Ich streiche mit den Fingern über die Tischplatte. „Marie, er ist doch nie da." Mir steigen Tränen in die Augen. „Er schläft nicht mit mir, er redet kaum." Marie geht um den Tisch herum und setzt sich mir gegenüber hin. „Ich sage ja nicht, dass er kein guter Kerl ist, und ja, ich liebe ihn, aber das reicht nicht. Ich kann das so einfach nicht mehr." Ziemlich unvermittelt fange ich an zu schluchzen. Marie streichelt sanft über meinen Handrücken.

„Dann denk in Ruhe darüber nach ... Nimm dir ein bisschen Zeit." Sie streckt mir ein Glas Eistee entgegen. Ich nehme das Glas und trinke einen großen Schluck. „Handle bloß nicht überstürzt."

Ich schaue sie lange an. „Machen wir weiter?", frage ich nach einer Weile.

„Weiter? Womit?"

„Na, mit der Wohnung."

„Ich habe die letzte Kiste ausgepackt."

„Aber ich hatte dich doch gebeten, damit zu warten", sage ich kopfschüttelnd.

„Lass uns einkaufen gehen ...", sagt sie und lächelt mich an. „Ich will eine Lampe für die Küche finden. Und ich brauche ein paar Pflanzen."

Wir gehen durch den Kölle. Marie schiebt einen riesigen Wagen vor sich her und schaut sich angestrengt um. „Die ist doch schön", sage ich und halte Marie eine Pflanze mit großen dunkelgrünen Blättern entgegen.

„Die geht bei mir in den ersten Wochen ein."

„Ach was", sage ich und wedle mit der Pflanze unter ihrer Nase herum. „Das wird sie nicht."

„Die finde ich besser", ignoriert sie meine Pflanze.

„Bitte kein Ficus ..."

„Was hast du gegen den Ficus?", fragt sie amüsiert.

„Der hat doch nie Blüten."

„Deine komische Pflanze hat doch auch keine, außerdem mag ich das Grün." Beim Anblick dieser blöden Pflanze muss ich an den Ficus bei meiner Mutter im Wohnzimmer denken, und wie vor Jahren mein BH zwischen seinen Blättern hing. Damals habe ich ein ausgefülltes Sexleben gehabt. „Woran denkst du?", fragt Marie neugierig.

„An nichts Bestimmtes", lüge ich.

„Du musst es mir nicht sagen ...", sagt sie mit hochgezogenen Brauen, „aber lügen musst du auch nicht."

„Es tut mir leid", sage ich und schaue zu Boden. „Der Ficus erinnert mich an ein erfülltes Sexleben."

„Verstehe", sagt sie lächelnd und stellt den Ficus gespielt angewidert weg. „Dann also kein Ficus ... *Böser Ficus.*" Ich muss lachen. „Und was hältst du von der?" Sie zeigt auf eine Pflanze mit einem komplizierten lateinischen Namen.

„Die ist schön ... So eine hab ich auch."

„Und wie lange?"

„Ein paar Jahre, warum?", frage ich verständnislos.

„Und sie lebt noch?"

Ich stoße ihr in die Seite. „Ja, sie lebt noch ..."

„Na dann nehme ich drei davon." Sie hievt sie auf den Wagen. „Wenn sie es bei dir schaffen, dann sind sie echt zäh ..." Und obwohl ich dagegen ankämpfe, muss ich lächeln.

„Hast du was von Emma gehört?", fragt Marie, als wir versuchen, die Pflanzen mit dem komplizierten lateinischen Namen in ihrem Kofferraum zu verstauen.

„Ja, ich war vorgestern da ... sie ist ziemlich fertig."

„Verständlich", sagt sie seufzend.

„Und was sagt sie zu deinen Neuigkeiten?"

„Sie weiß es noch nicht", sage ich, ohne Marie anzuschauen.

„Sie weiß es nicht?", fragt sie erstaunt. Ich schüttle den Kopf. „Und warum nicht?"

„Außer dir weiß es niemand ..."

In ihrem Blick sehe ich eine Mischung aus Rührung und Stolz. „Ich bin die Einzige?"

Ich nicke. „Ja, und ich will, dass es so bleibt ..."

„Ist klar", sagt sie lächelnd und stemmt sich gegen einen der Töpfe. „Laurien ist wirklich unheimlich süß ..." Sie schaut kurz zu mir, dann schnell wieder weg. „Findest du nicht?" Ich weiß, warum sie das fragt. Und bei diesem Gedanken lächle ich in mich hinein. Ganz tief in mich hinein. Hinunter in meinen Bauch, zu dem kleinen Wesen, das da in mir heranwächst. Denn ganz tief in mir weiß ich, dass ich dieses Baby bekommen werde. Die Entscheidung ist gefallen. Und das eigentlich schon in dem Moment, als ich den blauen Punkt auf dem ersten Test gesehen habe.

Emma

„Nein, Joakim", sage ich mit einer festen Stimme.

„Wie kannst du einfach so Nein sagen?", fragt er gereizt.

„Ich will nicht zurück nach Finnland. Punkt."

„Da habe ich wohl gar nichts zu sagen." Er klingt angespannt.

„Hör zu, ich bin vor sechs Jahren mit dir gegangen, aber jetzt kann ich das nicht mehr."

„Du kannst schon", sagt er stur.

„Na, dann will ich es eben nicht mehr."

„Was ist mit den Kindern? Was ist mit meinem Job und dem Haus?"

„Ich weiß es nicht", sage ich und schaue zu Boden.

„Wir haben uns doch ein Leben aufgebaut."

„Ja, aber das ist nicht *mein* Leben."

„Vincent und Luis haben Freunde in Finnland."

„Sie finden neue ..."

„Und was ist mit dem Haus? Und mit meiner Mutter? Sie wird so enttäuscht sein."

„Offen gestanden ist mir das egal." Mein Tonfall ist eisig.

„Warum bist du so?"

„Ich bin deinetwegen nach Finnland gegangen, jetzt bleib du meinetwegen hier ..." Lange sagt er nichts. „Ich will das Leben von vorher nicht ..."

„Was ist so verkehrt an unserem Leben?"

„Für dich ist nichts verkehrt. Joakim, du hast deine Arbeit, du hast Freunde, du hast Familie ... ich habe dort nur dich und die Kinder ... das reicht nicht."

„Wir reichen dir also nicht?", fragt er verletzt.

„Du hast mir einmal versprochen, dass wir einen Weg finden."

„Aber das haben wir doch auch ..."

„Nein, das haben wir nicht." Ich seufze. „Ich bin dir auf deinem gefolgt. Das ist ein Unterschied."

„Und jetzt ist die Lösung, dass ich dir auf deinem folge, oder was?", fragt er kopfschüttelnd.

„Vielleicht ist das nicht die Lösung für dich, aber es ist die Lösung für mich."

Er schaut mich ratlos an. „Emma, ich liebe dich."

„Ich weiß", sage ich ruhig. „Ich liebe dich auch. Aber mangelnde Liebe ist auch nicht das Problem."

„Was ist es dann?"

„Joakim, ich will einfach mehr vom Leben ... ich will arbeiten, ich will mich zu Hause fühlen, ich will mein Leben ändern."

„Mein Job bringt uns doch genug Geld ..."

„Verdammt noch mal, es geht nicht ums Geld", sage ich wütend. „ Es geht um Anerkennung, um Respekt, um Selbstständigkeit und um Freiräume, es geht darum, unter Erwachsenen zu sein und sich zu verwirklichen."

„Und was genau willst du bitte machen?", fragt er arrogant. „Du hast keine praktischen Erfahrungen, du hast keine Empfehlungen, du hast *gar nichts.*"

Fassungslos schaue ich ihn an. „Genau das meine ich mit Anerkennung und Respekt", sage ich verletzt. „Du erkennst mich und das, was ich tue, nicht an. Du schenkst mir keinen Respekt ..."

„Ach komm, bitte ..." Er steht auf und läuft unruhig auf und ab.

„Du kannst sagen, was du willst", sage ich nun ruhig. „Ich bleibe hier. Ich werde einen Job finden. Ich gehe nicht zurück ..."

Er bleibt stehen und schaut mich an. „Und das ist dein letztes Wort?", fragt er aufgebracht.

„Ja, das ist es", sage ich bestimmt.

„Na, wunderbar." Er setzt sich auf den Sessel, nimmt die Brille ab und reibt sich die Augen.

„Wenn du willst, kannst du die Kinder zu dir nehmen, dann sind sie bei ihren Freunden, und deine Mutter muss nicht enttäuscht sein."

„Das ist nicht dein Ernst", sagt er fassungslos. „Das kannst du unmöglich ernst meinen." Ich sage nichts. „Du würdest unsere Kinder aufgeben?" Ich schaue zu Boden. „Nicht genug, dass du mich aufgeben würdest, *uns* aufgeben würdest, aber unsere Kinder?"

„Ich gehe nicht zurück. Das ist mein letztes Wort." Und auch wenn es hart klingt, ich weiß, dass das die richtige Entscheidung ist. Es ist die einzige Entscheidung. Entweder er tut jetzt für uns, was ich vor sechs Jahren für uns getan habe, oder er tut es nicht. Und wenn er es nicht tut, dann soll er gehen. Aber ich bleibe hier. Im schlimmsten Fall allein.

Marie

Ich gehe die Straße entlang. Lili ist zu Hause und kocht. Vor einer Stunde wurde mein neuer Fernseher geliefert. Ein vierzig Zoll Flachbildschrim. Ich wechsle die Straßenseite. Die Sonne ist hinter den Häusern verschwunden. Der Himmel ist in tiefes Rot gehüllt. Ich ziehe einen Zettel aus meiner Tasche. *Milch, Eier, Hühnerbrustfilets, Schinken, Zucker, Reis und Zigaretten.*

Ich stecke meine Plastikmarke in den Einkaufswagen. Die elektrische Tür öffnet sich und ich schiebe meinen Wagen in Richtung Kühlregal. Hühnerbrustfilets, Milch und Eier hab ich. Ich wende meinen kleinen Wagen und steuere zielsicher auf den Schinken zu. Kurz vor der Frischetheke drängelt sich ein Kerl vor mich. Im Schneckentempo kriecht er vor mir her. Na, solche Leute liebe ich ja. Drängeln sich vor, und dann trödeln sie so rum. Da der Gang sehr schmal ist, kann ich ihn nicht überholen. Es macht mich krank, wie manche Menschen schleichen. Bei alten Menschen ist das ja kein Problem, aber der Typ vor mir ist maximal dreißig. Und als wäre die Schleicherei noch nicht schlimm genug, bleibt er plötzlich völlig unvermittelt stehen und schaut in das Regal rechts neben sich. Ganz gemächlich streckt er seine Hand aus und greift nach einem Glas Honig. Dann stellt er es wieder weg und inspiziert den Akazienhonig, der daneben steht. Gleich platzt mir der Kragen. „Entschuldigen Sie", sage ich gequält höflich, „aber entweder entscheiden Sie sich heuer für einen Honig, oder Sie lassen mich vorbei ..." Langsam dreht sich der Kerl um. Wie in Zeitlupe. Er scheint alles langsam zu tun. „Lassen Sie sich ruhig Zeit", sage ich genervt. Und dann sehe ich sein Gesicht.

Ich kann mich nicht bewegen. Mein Mund ist trocken und meine Knie zittern. Lange schauen wir uns an. Er hält noch immer den Honig in der Hand.

„Marie ..." Ich will etwas sagen, aber es kommt nichts raus. Ich öffne meine Lippen, doch meine Zunge ist wie gelähmt. Er strahlt mich an. Mit aufgerissenen Augen starre ich in seine.

„Entschuldigen Sie bitte, aber kann ich mal vorbei ..." Ich drehe mich um und sehe eine ältere Dame, die versucht, ihren Wagen an meinem vorbeizumanövrieren. Ihr Anblick haucht mir wieder Leben ein.

„Ähm, aber sicher ..." Ich schaue zu Paul. Langsam schieben wir unsere Wägen durch den Gang. Die ältere Dame lächelt und geht an uns vorbei. Seit Wochen habe ich an ihn gedacht. Immer und immer wieder habe ich mir gewünscht, ihn zu sehen ... Und jetzt steht er mir gegenüber. Einfach so. Und irgendwie sieht er völlig anders aus und irgendwie ganz genauso, wie ich ihn in Erinnerung habe.

Wir stehen vor der Bäckerei Neulinger und starren uns noch immer an. „Seit wann bist du wieder da?" Seine Stimme zittert. Gott ist das schön, ihn zu sehen. Er sieht einfach umwerfend aus. Er lacht.

„Was ist?", frage ich unsicher.

„Ich habe dich etwas gefragt", sagt er noch immer lachend.

„Ach so, ja, seit ein paar Wochen erst ..."

„Und wo wohnst du?"

„Da vorne." Ich zeige auf die nächste Querstraße.

„Da wohnst du?", fragt er sichtlich erstaunt. „In der Frundsbergstraße?"

Ich nicke. „Nummer 23 ... Und du?"

„In der Lachnerstraße ..."

„Das gibt's ja nicht", sage ich lachend. „Ist ja unglaublich." Ich habe ganz vergessen, wie groß er ist. Ich habe viel vergessen. Er schaut auf die Uhr. „Hast du es eilig?"

„Nein, ein bisschen Zeit hab ich noch." Ich höre in seiner Stimme, dass er eigentlich keine hat.

„Ich will dich nicht aufhalten."

„Das tust du nicht." Er stellt seine Tüten auf den Boden. „Ehrlich nicht ... Mensch, ist das schön, dich zu sehen. Richtig unwirklich."

„Finde ich auch", sage ich mit schmachtenden Augen. Eine Weile schweigen wir uns an. „Ich mache am Samstag in einer Woche eine Einweihungsfeier auf meiner Dachterrasse ..." Ich schaue zu ihm auf. Nein, eigentlich fresse ich ihn mit meinem Blick. „Wenn du kommen magst, würde ich mich freuen." Er schaut mir tief in die Augen. Er schaut so tief in meine Augen, dass ich fürchte, er kann in mein Gehirn schauen und meine Gedanken lesen. Das macht mich nervös.

„Nimm es mir nicht übel, Marie", sagt er dann und schaut weg, „aber ich denke, das wäre keine so gute Idee." Mit dieser Antwort habe ich nicht gerechnet, auch wenn ich im Grunde damit hätte rechnen müssen. Ich versuche, mir nicht anmerken zu lassen, wie sehr mich seine Ehrlichkeit kränkt. Mein Handy vibriert in meiner Hosentasche, und ich weiß, dass es Lili ist, die sich wundert, wo ich bleibe. „Marie, ich meine das nicht böse ..."

„Nein, nein, ehrlich, ist schon gut", unterbreche ich ihn. „Kein Problem." Ich schaue auf die Uhr. „Jetzt muss ich aber wirklich los." Ich bücke mich nach meiner Tüte.

„Nein, warte ..." Ich spüre, wie Tränen in meine Augen steigen. *Bleibt bloß da drinnen, ihr Tränen, verstanden? Ihr dürft erst raus, wenn er weg ist. Bleibt bloß da drinnen.* „Meine Freundin wäre sicher nicht begeistert, wenn ich zu dir komme ..."

Erst sage ich nichts. Dann räuspere ich mich. „Ist schon okay." Meine Stimme klingt belegt. „Das verstehe ich."

„Ich bin glücklich, und ich habe echt lange gebraucht, um über dich wegzukommen."

„Es freut mich, dass du glücklich bist", lüge ich. „Ehrlich ..." Er schaut noch einmal auf die Uhr. „Geh schon ... sie wartet."

„Auf dich scheint auch jemand zu warten", sagt er und zeigt auf meine Hosentasche, die schon wieder vibriert.

„Ja, Lili ...", antworte ich und frage mich im selben Moment, warum ich das gesagt habe.

„Ach so." Er lächelt. „Und sonst wartet niemand?" Ich schüttle den Kopf.

„Markus ist in Köln. Und Hannes ist verheiratet." Er schaut mich mit hochgezogenen Brauen fragend an. „Deine beiden Nachfolger."

„So, so ... Wollen wir noch eine rauchen?", fragt er schließlich. „Du rauchst doch noch, oder?"

„Es hat sich vielleicht viel geändert, Paul, aber das nicht." Er lächelt. Und auch wenn ich nicht mehr rauchen würde, dann würde ich eben jetzt wieder damit anfangen. „Was machst du beruflich?" Es passt gar nicht zu mir, solche Dinge zu fragen.

„Ich bin Lektor."

„Ach ehrlich?" Er nickt. „Lili schreibt gerade ihren ersten Roman, vielleicht kannst du ihr ja helfen?"

Er zündet sich die Zigarette an. „Klar, ich kann's versuchen ..." Er hält mir seine Schachtel entgegen.

„Danke." Ich nehme eine Zigarette. Er reicht mir ein Feuerzeug. Für den Bruchteil einer Sekunde berühren sich unsere Hände. Und auch wenn es albern klingt, diese winzige Berührung ist wie ein Stromschlag.

„Und was machst du?"

„Ich fange kommende Woche bei einer Agentur als Innenarchitektin an."

„Du bist Innenarchitektin?" Ich nicke. „Doch keine Mode?"

„Nein, doch keine Mode ..." Er holt eine Flasche Apfelschorle aus einer seiner Tüten und macht sie auf.

„Innenarchitektin also." Er nimmt einen Schluck und hält mir die Flasche entgegen. „Die Brille ist gut. Gefällt mir." Ich nehme die Flasche mit der einen und schiebe das Brillengestell mit der anderen reflexartig ein Stückchen hoch.

„Vielen Dank." Mein Handy vibriert ein drittes Mal.

„Willst du nicht dran gehen?"

Ich schüttle den Kopf. „Und deine Freundin? Was macht die beruflich?"

„Sie studiert noch."

„Aha, und was?"

„Veterinärmedizin ..."

Ich trinke einen Schluck. „Hast du ein Foto von ihr?" Warum tue ich mir das an? Wie kann man nur so dumm sein. Genau das scheint auch Paul sich zu fragen. Doch dann nickt er und zieht sein Handy aus der hinteren Hosentasche. Er tippt wild auf dem Display herum, dann reicht er es mir. Das erinnert mich an die Situation mit

Helene. Nur mit dem Unterschied, dass ich damals tief in mir wusste, dass er eigentlich nur mich will. „Sie ist wirklich hübsch." Ich versuche gelassen zu klingen und gleichzeitig meine Tränenkanäle in Schach zu halten. Sie hat naturrotes langes Haar, tiefblaue Augen, und ein paar vereinzelte Sommersprossen auf zarter Alabasterhaut. Ihre Lippen sind sinnlich und voll, ihre Zähne strahlendweiß. „Sehr hübsch sogar ..." Genau das habe ich damals bei Helene auch gesagt. Das scheint mehrere Jahrhunderte her zu sein. Ich gebe ihm das Handy zurück.

„Danke." Er steckt es wieder ein. Eine Weile schauen wir uns wieder an. „Marie, es ist nicht, dass ich nicht kommen will, ich kann es einfach nicht."

„Ich verstehe das schon ... ist schon gut."

„Weißt du, mein Leben ist nach Langem endlich gut, so wie es ist. Und das würde es nur wieder kompliziert machen."

„Du brauchst dich nicht zu rechtfertigen", sage ich und versuche krampfhaft, den fetten Kloß in meinem Hals herunterzuschlucken.

„Es tut mir leid ..."

„Ich brauche dir nicht leidzutun", sage ich schroff.

„Nicht *du*, *es* tut mir leid ..."

„Wie auch immer", sage ich unterkühlt, „ich muss jetzt wirklich los."

„Ja, ich auch ..." Ich halte ihm meine Hand entgegen, weil ich nicht weiß, wie ich mich von ihm verabschieden soll. Das letzte Mal, als ich ihn gesehen habe, waren wir noch ein Paar und haben uns zum Abschied lange und innig geküsst. Er ignoriert meine ausgestreckt Hand, kommt auf mich zu und schließt mich in seine Arme. Eng an ihn gedrückt, inhaliere ich seinen Duft. Er riecht nach

Abenteuer, er riecht nach Liebe, und er riecht nach Sex. Er riecht nach dem besten Sex, den ich je hatte.

Mit meiner Tüte schleiche ich heulend den Gehweg entlang. Er ist weg. Auf dem Weg zu ihr. Zu der namenlosen Rothaarigen. Zu der Frau an seiner Seite. Sie wird Tierärztin. Wer will schon Tierarzt werden? Und warum muss sie so gut aussehen? Und das Schlimmste ist, dass sie auch noch wirklich sympathisch wirkt. Die Horrorkombination.

Schluchzend schließe ich die Tür auf. Lili rennt auf mich zu. „Weißt du eigentlich, was ich mir für Sorgen ... Was ist los?", fragt sie besorgt. Ich stelle die Tüte auf den Boden und sacke in der Mitte des Flurs zusammen. Ich stütze meinen Kopf in die Hände. Lili setzt sich neben mich und legt ihren Arm um meine Schultern. „Was ist denn nur passiert?", fragt sie sanft.

„Paul ...", schluchze ich.

„Du hast Paul gesehen?" Ich nicke. „Hat er dich denn auch gesehen?" Ich nicke wieder. „Habt ihr miteinander gesprochen?"

„Er wohnt um die Ecke ... er wohnt da mit seiner Freundin", wimmere ich. „Sie studiert *Veterinärmedizin* ... und sie hat rote Haare ..."

„Sie war dabei?"

Ich schüttle den Kopf. „Er hat mir ein Foto gezeigt."

„Ach, Schatz ..." Sie streichelt mir über den Rücken.

„Ich habe ihn gefragt, ob er zu meiner Einweihungsfeier kommen will." Frische Tränen laufen über meine Wangen.

„Er hat *Nein* gesagt?", fragt sie vorsichtig.

Ich nicke. „Es würde sein Leben *kompliziert* machen, hat er gesagt." Lili schweigt. „Ich wünschte, ich hätte ihn nicht getroffen ..."

„Willst du die Feier lieber verschieben?"

„Nein", sage ich trotzig. „Ich werde diese Wohnung und diesen Neuanfang feiern, auch ohne Paul ..."

vor einer Woche

Lili

„Hast du dich entschieden?", fragt Marie. Ich nicke. „Und?", fragt sie ungeduldig.

„Ich werde es behalten." Sie strahlt. Das ist das erste Mal, seit der Supermarkt-Begegnung mit Paul, dass ich sie lächeln sehe.

„Das freut mich." Sie nimmt mich in den Arm und küsst mich auf die Wange. Eine Weile stehen wir so da, und es fühlt sich so an, als würden wir uns gegenseitig Halt geben.

„Wollen wir was essen?", frage ich nach einer Weile.

„Nein."

„Ach komm, Marie, du musst etwas essen ..."

„Ich muss gar nichts ...", antwortet sie bockig.

„Ich habe auf der Terrasse gedeckt ..."

„Ich will aber nichts."

„Na gut", entgegne ich seufzend, „setzt du dich dann wenigstens zu mir?" Sie nickt und folgt mir auf die Terrasse. Ich hoffe, wenn sie mich sieht, wie ich ihre Lieblingscroissants esse, dass sie es sich dann vielleicht doch noch anders überlegt. „Mmmmm", schwärme ich, „die sind aber gut ... die sind ja *so was* von gut ... das sind ganz ohne jeden Zweifel ganz bestimmt mit Abstand die besten Croissants, die ich jemals gegessen habe", sage ich laut schmatzend.

„Na gut, dann gib schon eins her ...", sagt Marie lachend. Gemeinsam sitzen wir in der Sonne und genießen ein kalorienreiches, gehaltvolles Frühstück. „Hast du es Elias schon gesagt?"

„Noch nicht", sage ich mit vollem Mund. „Aber bevor du mich jetzt schimpfst, ich werde ihn noch heute anrufen."

Sie macht ein irritiertes Gesicht. „Tatsächlich?"

„Na, wenn nicht heute, dann morgen."

„Lili!"

„Ist ja gut, ich mach es heute ..."

Ich halte den Telefonhörer in der Hand und schaue auf die Tasten. Los jetzt. Jetzt ruf ihn schon an. In meinem Kopf höre ich Maries Stimme. *Bring es schon hinter dich.* Und in dem Moment, als ich unsere Telefonnummer zu Ende gewählt habe, klingelt mein Handy. Ich laufe zum Küchentisch und schaue ungläubig auf das Display. Es ist Elias. „Elias? ... Das ist ja echt irre, ich wollte dich auch gerade anrufen, weil ich dir etwas sagen muss ... ich hatte sogar schon die Nummer gewählt ... Nein, ist schon gut, was gibt's? ... Wohin? ... Warum soll ich dort hinkommen? Ja, aber was ist da? ... Na gut ... Ja, ich komme. Und wann? ... Ja, das schaffe ich ... Welche Nummer nochmal? ... 33, okay, und wo genau treffen wir uns? ... Okay ... Ja, bis später ..."

„Ihr trefft euch?", fragt Marie triumphierend. Ich nicke. „Und was ist das für ein Haus?"

„Keine Ahnung, was er mir zeigen will."

„Aber er hat gesagt, er will dir etwas zeigen ..."

„Ja ...", sage ich ängstlich.

„Was denkst du, dass es ist?"

„Ich habe absolut keine Ahnung."

Emma

Ich wische mit dem Handrücken über meine Wangen und spüre die Leichtigkeit. Ich könnte ewig in dieser Umarmung stehen bleiben. Sein Herz klopft gegen meinen Brustkorb. Es fühlt sich so aufgeregt an, wie meines.

„Du musst doch gewusst haben, dass ich ohne dich nicht gehe." Ich spüre seinen Atem an meinem Nacken.

„Ich war mir nicht sicher", flüstere ich.

„Was mich betrifft, kannst du dir sicher sein."

Ich schaue ihn an. Seine blauen Augen streicheln über mein Gesicht. „Ich liebe dich", flüstert er.

Seine Hände gleiten über meinen Körper. Seine Lippen bedecken meine Brüste mit Küssen. Seine Haut reibt gegen meine, sein Atem streift meinen Bauch. Mit geschlossenen Augen liege ich völlig gelöst unter ihm. Die Schwere seines Körpers presst mich in die Decken. Ich liebe es, wenn er mich berührt. Ich liebe es, ihn zu spüren. Es ist jedes Mal vertraut und doch jedes Mal anders. Gleichmäßig bewegt er sich in mir. Er ist ein Teil von mir und das nicht nur körperlich. Meine Haut brennt während meine Fantasie genüsslich ihre Flügel ausbreitet.

Und dann kommt der Moment, der so schrecklich schön ist, dass ich es kaum aushalten kann. Jeden Augenblick werde ich kommen. Jeden Augenblick werde ich mich so sehr spüren, wie schon lange nicht mehr. Ich halte mich an seinen Schultern fest, ziehe mich an ihm hoch und küsse ihn. Meine Muskeln zucken, mein Herz hämmert in meinem Brustkorb. Ich bin süchtig. Süchtig nach ihm.

Marie

Ich liege auf der Terrasse und schaue in den Himmel. Vielleicht ist es doch ganz gut, dass ich Paul getroffen habe. Jetzt weiß ich wenigstens, dass es vorbei ist. Jetzt muss ich mich nicht immer fragen, ob wir noch eine Chance gehabt hätten. Denn jetzt weiß ich, dass wir keine haben. Das ist doch gut. Ich habe Gewissheit. Und Gewissheit ist doch eine tolle Sache. Und trotzdem frage ich mich, was er wohl gerade tut, und ob unser Treffen ihn genauso verfolgt wie mich. Ich wünsche mir, dass es sein Leben komplizierter gemacht hat. Das wäre wenigstens fair. Und ich frage mich, ob er seiner Veterinärmedizinerin davon erzählt hat.

Als ich gerade aufstehen und in die Küche gehen will, um mir einen Kaffee zu machen, klingelt mein Handy. Ich kenne die Nummer nicht. Und weil meine Neugierde zu groß ist, um den Anruf abzuweisen, gehe ich dran. „Hallo? ... Markus? Wow ... ähm, nein, mit dir hatte ich wirklich nicht gerechnet ... Wie geht es dir? ... Ja, ich weiß, was soll ich sagen, das war unmöglich... es tut mir ehrlich leid... nein, im Ernst, das war wirklich ein Versehen ... Mir geht es gut ... ja, ich bin in München ... natürlich ein Altbau." Ich muss lachen. „Und bei dir? Wie ist der Job? ... Das hört sich gut an ... Bei mir? Ich fange morgen an ... Ja, Daniela hat mir geholfen. Es ist schön, von dir zu hören ... nein, ehrlich ..." Ich nehme den Kaffee und Kekse, dann gehe ich wieder auf die Terrasse und lege mich wieder auf meine große Decke. „Ja, sicher kannst du mich mal besuchen ... ja ... am Wochenende? Mir wäre das Wochenende drauf, ehrlich gesagt, lieber ..." Auch wenn ich nichts dagegen habe, dass Markus kommt, bei meiner Einweihungsfeier will ich ihn irgendwie nicht haben. „Ja, wunderbar ... ja, ich freu mich auch ... ruf mich doch einfach kommende Woche an ... ja, oder am Wochenende ... ja, dir auch, also dann ... danke für deinen Anruf ... Tschüss ..." Für eine Sekunde habe ich gezögert. Für einen winzigen Moment dachte ich daran, ihn doch einzuladen. Ich weiß, dass er mich nicht abgewiesen hätte. Aber was hätte das gebracht? Ich hätte ihn nur ein zweites Mal verletzt. Und das eine Mal hat gereicht. Markus ist ein echt toller Kerl. Aber mehr eben auch nicht. Und doch war da kurz der Gedanke, dass er mir guttun würde. Vielleicht deswegen, weil er mir nicht wehtun kann. Denn ich empfinde nichts für ihn außer tiefer Freundschaft. Würde er mich anfassen, wäre das zwar gut für den Moment und für mein Ego, aber ansonsten wäre es eben doch nicht gut. Es ist schon lustig. Da liege ich auf der Terrasse und denke an Paul und dann ruft Markus an. Vielleicht sollte ich ganz fest an Markus denken. Vielleicht würde ja dann Paul anrufen.

Lili

„Was willst du mir zeigen?", frage ich angespannt.

„Komm einfach mit." Er sperrt die Eingangstüre auf. Das gesamte Gebäude ist modern und puristisch. Die Eingangshalle ist riesig. Ich schaue zu Elias. Er hat mir mehr gefehlt, als ich es mir eingestehen wollte. Und obwohl er nicht gut aussieht, finde ich ihn trotzdem unheimlich schön. Er geht zielsicher zu den Aufzügen. Die Türen öffnen sich, und wir steigen ein. Er drückt auf die Sieben. Als wir im siebten Stock aussteigen, gehen automatisch die Lichter im Flur an. Vor der dritten Tür auf der linken Seite bleibt er stehen und sperrt die Tür auf.

„Und?", fragt er erwartungsvoll.

„Ähm, es ist schön", sage ich. „Vielleicht ein wenig steril." Er lacht. „Elias, was ist das hier?" Ich klinge aufgewühlt.

„Wonach sieht es denn aus?"

„Es ist eine leer stehende Wohnung ..."

„Nicht ganz", sagt er grinsend.

„Jetzt hör auf und sag mir, was das alles soll." Ich klinge verärgert. „Ist das deine neue Wohnung?"

„Meine was?", fragt er verdutzt. „Nein ... nein, das ist nicht meine neue Wohnung." Lange schaut er mich an. „Ich will, dass du nach Hause kommst ... du fehlst mir." Er streichelt sanft über meine Wange. „Du fehlst mir so sehr."

Ich schaue mich um. „Was ist das dann, wenn nicht deine neue Wohnung?"

„Das ist meine zukünftige Praxis."

„Deine *was*!?" Fassungslos starre ich ihn an. „Das ist nicht dein Ernst."

„Doch, ist es."

„Du kündigst im Krankenhaus?" Er nickt. „Ehrlich?"

„Ich habe schon gekündigt", antwortet er strahlend. Lange schaue ich ihn an.

Wir gehen durch die Räume. „Hier kommt eine Rezeption hin, und da das Wartezimmer ... und da drüben ist eine kleine Küche ... und da sind die drei Behandlungszimmer ..."

„Drei?"

„Ja, drei ..."

„Ist das nicht ein bisschen viel?", frage ich vorsichtig.

„Ich werde mit zwei Kollegen aus dem Krankenhaus eine Gemeinschaftspraxis eröffnen ..." In seiner Stimme höre ich Stolz. Lange schaue ich ihn nur an. „Was wolltest du mir eigentlich sagen?" Er klingt unsicher, als er das fragt.

„Ich ..."

„Bitte, sag nicht, dass es zu spät ist ... ich weiß, dass ich Scheiße gebaut habe, und ich weiß, dass ich nach all den Jahren eigentlich keine Chance mehr verdient habe, und ja, ich bin beim Sex eingeschlafen, aber ich liebe dich ... ich liebe dich unglaublich ... ich ..."

„Elias", unterbreche ich ihn kopfschüttelnd.

„Was?" Er schluckt.

„Elias ... Ich bin schwanger."

Emma

„Ich habe lange mit deiner Mutter geredet." Joakim liegt mit dem Kopf auf meiner Brust.

„Und worüber?"

„Darüber, wie es dir geht, und dass du nicht zurück willst." Ich schaue an die Decke. „Ich habe nicht gesehen, dass du unglücklich bist."

„Ich habe ja auch nichts gesagt." Sanft fahre ich mit den Fingern durch seine Haare.

„Sie hat gesagt, dass eine Partnerschaft ihrer Meinung nach nur dann funktionieren kann, wenn man versucht, dem anderen zu geben, was er braucht, oder es zumindest zu sehen, ohne sich dafür aufgeben zu müssen." Er schaut mich an. „Und ich habe es nicht gesehen." Ich küsse ihn auf dir Stirn. „Ich glaube, ich wollte es nicht sehen, weil ich nicht wusste, wie ich dir geben soll, was du brauchst." Ich schaue wieder an die Decke. „Und ich habe nicht gesehen, dass du unglücklich bist ..."

„Ich hätte etwas sagen müssen", sage ich leise. Mit dem Finger malt er Kreise auf meinen Bauch.

„Nein, ich hätte es sehen müssen. Ich wusste früher, was dich glücklich macht. Ich glaube, ich war viel zu sehr mit mir selbst beschäftigt."

Lange schaue ich an die Decke. Und in diesem Moment frage ich mich, wie oft ich wohl schon hier lag und an die Decke geschaut habe. Ich scheine immer auf Antworten gewartet zu haben, die ich nie bekommen habe. Und doch hat diese Decke etwas Tröstliches an sich. Sie war immer da. Und auch jetzt liege ich hier und starre nach oben.

Und während ich an die Decke starre und mit den Fingern durch Joakims Haar streiche, denke ich daran, wie ich Joakim zum ersten Mal gesehen habe und wie ich mich gefragt habe, ob Leni oder ich ihm besser gefällt. Ich denke an meinen Ausflug zum Hugendubel und die ersten Bücher, die ich gelesen habe. Ich denke an meine Mutter, die mir Brote gemacht hat, und daran, dass Joakim mich dazu gebracht hat herauszufinden, was ich will. Ich denke an mein Studium und muss lächeln. Wenn mir einmal jemand gesagt hätte, dass ich Literaturwissenschaften und Germanistik studieren würde, hätte ich nur laut gelacht. Aber letztlich ist es genau so gekommen. Ich denke an Joakims und mein erstes langes Gespräch. Es war das erste von unzähligen Gesprächen.

„Weißt du was?"

Mein Blick wandert von meiner geliebten Zimmerdecke zu Joakim. „Nein, was?"

„Ich freue mich, dass wir hier bleiben." Seine dunkelblauen Augen strahlen.

„Ehrlich?", frage ich etwas irritiert.

„Ja ..." Er streichelt über meinen Arm. „Ich liebe München. Hab ich immer."

Lili

„... du bist *was*?", fragt Elias völlig verständnislos. Ich schaue ihn an und versuche, in seinem Gesichtsausdruck zu lesen. Aber da ist kein Ausdruck. Ich sehe nur zwei handtellergroße Augen, die mich fassungslos anstarren. Ich hatte mir das irgendwie ein bisschen anders vorgestellt.

„Ich bin schwanger ..." Meine Stimme zittert.

„Schwanger?", sagt er blass.

„Ja, verdammt noch mal, ja, ich bin schwanger", sage ich aufgebracht.

„Das ist ..." Er starrt mich an. „Das ist ..."

„Was!?", schreie ich ihn an. „Was ist das?" Wenn er nicht bald etwas sagt, dann erwürge ich ihn hier und jetzt in seiner neuen Praxis und werfe ihn aus dem Fenster.

„Das ist der *Hammer* ...", sagt er völlig perplex.

„Der Hammer?", frage ich kopfschüttelnd.

Seine Augen füllen sich mit Tränen. Er rührt sich nicht. Es sieht fast so aus, als hätte ihn der Schlag getroffen. Wie festgeklebt steht er vor mir. Und dann, ganz plötzlich springt er auf mich zu, packt mich und drückt mich an sich. Laut lacht er in mein Ohr. So aktiv habe ich Elias seit Jahren nicht mehr erlebt. Er lässt mich los, geht einen Schritt zurück und schaut mich an. Und in dem Moment, als ich lächelnd etwas sagen will, nimmt er mein Gesicht zwischen seine großen Hände und küsst mich. Es ist ein hastiger, überschwänglicher Kuss. Dieser Kuss trifft mich wie eine gigantische Welle.

Er drückt mich so fest an sich, dass ich kaum atmen kann. Meine Brüste drücken gegen seinen Körper. Unsere Zungen spielen miteinander. Sie gleiten umeinander herum. Sie haben sich vermisst. Während er mich küsst, schiebt er langsam mein Kleid nach oben. Ich inhaliere seinen Duft und vergrabe meine Hände in seinen Haaren. Etwas unbeholfen und hektisch öffne ich seinen Gürtel und den Reißverschluss seiner Hose. Ich sauge an seinen Lippen. Seine Haut reibt an der Innenseite meiner Schenkel. Die Hose und Boxershorts rutschen bis zu seinen Fußknöcheln.

„*Keine Unterwäsche ...*", flüstert er, und ich höre, dass er lächelt. Sein feuchter Atem streift meinen Nacken. Mit der Hand gleitet er meinen Bauch entlang und verschwindet zwischen meinen Beinen. Seine Finger gleiten in Flüssigkeit. Es fühlt sich gut an, ihn zu spüren. Es fühlt sich unwirklich an. Es fühlt sich echt an. Er hebt mich hoch und setzt mich auf der Spüle ab. Die Kälte des Metalls trifft auf meine brennende Haut. Mit einer Hand hält er mich am Rücken, die andere verschwindet zwischen unseren Beinen. In der Sekunde, als er in mich eindringt, atme ich tief ein. Seine Hände wandern über meine Oberschenkel. Sein Atem ist feucht und warm. Ich presse mich an ihn. Ganz langsam bewegt er sich in mir. Ich spüre jeden Millimeter. Meine Beine zucken, meine Zellen tanzen. Ich halte die Luft an, weil ich die Anspannung kaum aushalte. Ich kann nicht mehr atmen. Mit jeder seiner Bewegungen in mir wird das Kribbeln stärker. Es kriecht durch meinen Körper, es ist überall. „Ja, gleich ...", höre ich Elias seufzen. „Gleich ..." Und dann platzt es aus mir heraus. Ich stöhne laut auf. Alles in mir zuckt und vibriert. Meine Stimme zittert, meine Beine zittern. Ich spüre die saugenden Bewegungen meines Körpers. Mein Kopf ist leer. Frei von Gedanken. Benommen und benebelt.

Mein Kopf liegt auf seiner Schulter, er lehnt seinen gegen meinen. Ich kann mich nicht bewegen. Als ich die Augen öffne, sehe ich nicht scharf. Vor mir sind unzählige Kreise, die wild durchs Zimmer springen.

Langsam fängt er an, sich weiter in mir zu bewegen. Unsere Flüssigkeiten vermischen sich bei jedem Mal, das er in mich hinein und wieder aus mir hinaus gleitet. Er zieht mein Becken weiter nach vorne. Das ist die perfekte Position. Er weiß das. Laut seufzend erstarre ich. Sein Körper drückt sich gegen meinen. Ganz tief dringt er in mich ein. Ich spüre ihn in mir. Er scheint mich vollkommen auszufüllen. Er ist überall. Und er ist wach. Mehr noch, er ist aktiv.

Marie

„Und ihr habt es in der Küche seiner neuen Praxis getrieben?", frage ich erstaunt. „Ehrlich?" Lili nickt. Ich habe sie schon ewig nicht mehr so gesehen. „Und wie es scheint, war es gut."

„Es war ...", stottert sie. „Es war ..." In ihrem Blick sieht man, dass sie nach einem Wort sucht, das das beschreiben kann, was sie gefühlt hat. Und das erinnert mich an unser Treffen im *Café Glockenspiel* vor einigen Jahren. Nur dass ich damals die war, der die Worte gefehlt haben.

„Unbeschreiblich?", frage ich lächelnd.

„Besser", sagt sie seufzend.

„Noch besser als unbeschreiblich?", frage ich ein bisschen neidisch. Sie nickt. Ich stelle mir Elias und Lili vor. Schwitzende Körper, neugierige Hände, zarte Bewegungen. Leises Stöhnen, schwerer Atem und angespannte Muskeln. Ich genieße es, ihnen zuzusehen, während Lili mir davon erzählt. Es ist schön, die Anspannung in ihrem Gesicht zu sehen. Doch dann verändert sich Elias' Gesicht. Er sieht nicht mehr aus wie Elias, er sieht aus wie Paul. Und auch Lili ist nicht mehr Lili. Sie sieht aus wie Pauls Veterinärmedizinerin. Ihre Haare sind plötzlich naturrot. Ihre Brüste sind kleiner. Ihre Haut weißer. Pauls Hände wandern über ihre Rundungen. Seine Lippen übersäen ihre Brüste mit gehauchten Küssen. Ihre Lippen sind geöffnet, ihre Stimme vibriert. Sie stöhnt. Ihre Brüste wippen sanft. Paul bewegt sich immer schneller. Alles in mir zieht sich zusammen. Ich will das nicht sehen. Ich wollte Lili und Elias zusehen, nicht Paul und seiner Tierärztin. Und sie scheint extra laut zu stöhnen, so als wüsste sie, dass ich ihnen zusehe. *Miststück.*

„Marie?" Ich sehe ihr Gesicht. Ihr gesamter Körper verkrampft sich. Gleich wird sie kommen. „Marie?", höre ich Lilis Stimme erneut. „Ist alles in Ordnung?" Ich schaue ihr direkt in die Augen. „Du bist ganz blass ..."

„Es ist nichts", sage ich schwitzend.

„Sicher?" Sie reicht mir ein Glas Wasser.

„Ich habe eben an Paul gedacht, das ist alles." Ich versuche, mit fester Stimme zu sprechen, aber das klappt nicht so gut, wie ich es gehofft habe.

„Und an was genau hast du gedacht?"

„Ich habe daran gedacht, wie er mit seiner Tierärztin schläft."

Lili schweigt. Doch es ist nicht die Art Schweigen, die mir sagen soll, dass ich ihr hätte zuhören sollen. Es ist die Art Schweigen, die flüstert, dass einem nichts einfällt, was man sagen soll. Es ist die Art Schweigen, die alles sagt. Es ist ein liebevolles Schweigen.

Gegenwart

Lili

„Es ist schön, dass du wieder zu Hause bist", sagt Elias und streift mir eine Haarsträhne aus dem Gesicht.

„Finde ich auch", hauche ich ihm ins Ohr. Wir liegen im Bett und genießen den Sonnenaufgang. Seine warme Hand liegt auf meinem Bauch.

„Ich habe schon ewig keinen Sonnenaufgang mehr gesehen", sagt er leise.

„Ich beobachte oft, wie das Sonnenlicht über die Fassaden der Häuser wandert." Lange schaue ich nach draußen. Die Balkontüren sind offen. Der Himmel ist ein Gewirr aus Lila-Tönen. Lauer Wind weht sachte ins Schlafzimmer.

„Warum hast du mich nicht verlassen?"

„Ich weiß es nicht", sage ich kopfschüttelnd. „Ich habe darüber nachgedacht." Ich drehe mich zu ihm. „Ich habe *oft* darüber nachgedacht. Aber ich konnte es nicht."

„Ja, aber warum?"

„Erst dachte ich, ich hätte einfach Angst davor, doch das war es nicht." Ich seufze und schaue ihn an. „Vielleicht war das ein Teil, aber viel entscheidender war, dass wir eine Geschichte haben." Seine Augen lächeln. „Alles, was wirklich wichtig ist, verbinde ich mit dir ..." Ich stütze mich auf dem Ellenbogen ab. „Ich habe mir wirklich oft gewünscht, eines Morgens aufzuwachen und dich nicht mehr zu lieben, aber das ist nie passiert." Ich lächle und zucke mit den Schultern. „Ich wollte nicht ohne dich, aber ich wollte auch nicht länger eine unbedeutende Begleiterscheinung deines Lebens sein ..."

„Das warst du nie ...", unterbricht er mich.

„Das spielt jetzt auch keine Rolle mehr." Als er gerade etwas sagen will, schüttle ich den Kopf. „Ich will nicht mehr darüber reden." Und wieder holt er Luft, um etwas zu sagen. Ich lege meine Hand auf seine Lippen. „Ich will, dass wir wieder Geschichte schreiben ..."

Zwei Stunden später schlüpfe ich in meine Schuhe und werfe einen kurzen Blick in den Spiegel im Flur, dann rufe ich auf den Balkon, „Elias, ich gehe jetzt."

„Was?", schreit Elias zurück. Die Waschmaschine schleudert nebenan die dunkle Wäsche.

Ich stecke meinen Kopf ins Wohnzimmer. „Ich gehe jetzt", rufe ich ein zweites Mal. Dieses Mal lauter.

„Warte ..." Ich höre, wie Elias einen Stuhl beiseite schiebt, dann kommt er durch die Tür. Er nimmt mich in die Arme und küsst mich. „Ich freue mich auf später", sagt er leise.

„Ich mich auch", antworte ich und gehe rückwärts in Richtung Wohnungstür.

Er betrachtet mich von Kopf bis Fuß, dann fragt er, „Hast du da etwa auch nichts drunter?"

Ich schaue ihn an, dann an mir hinab. „Nein."

Er zieht die Augenbrauen hoch. *„Nein?"*, fragt er lächelnd.

„Nein ..." Langsam kommt er auf mich zu. Er greift mit beiden Händen unter meinen Rock und gleitet mit der Hand zwischen meine Schenkel. Ich schaue ihm fest in die Augen. Er nimmt mich am Handgelenk und zieht mich hinter sich ins Bad. Ich folge ihm. Wortlos dirigiert er mich zur vibrierenden Waschmaschine. Ich stehe regungslos vor ihm. Er knöpft seine Jeans auf und schiebt sie nach unten. Dann die Boxershorts. Ich schaue an ihm hinunter.

Er kommt auf mich zu und hebt mich auf die Waschmaschine. Mein Körper vibriert im Schleudergang. Elias schiebt langsam meine Beine auseinander, dann küsst er mich. Er greift zwischen meine Schenkel. Und dann, schreiben wir Geschichte.

Marie

Lili kommt zu spät. Na ja, was soll man machen. Dann warte ich eben. Ich blättere durch eine Zeitung und schneide Bilder und Wörter aus. Ich habe mir einen großen, weißen Karton gekauft. Es ist kein normaler Karton. Es ist, wie soll man sagen, es ist ein großes, weißes Dings, das ich an die Wand genagelt habe. Und auf dieses Dings kommen alle Sachen, die ich interessant finde. Schöne Worte, Zitate, Bilder, Ausschnitte, Fotos, eben alles, was mich auf irgendeine Art berührt oder inspiriert. Um mich liegen viele Schnipsel. Ich bin umringt von Kartons und Fotos. Mein Blick fällt auf die Wand, an der ich das weiße Dings aufgehängt habe. In der Mitte hängen bereits zwei Bilder. Eines davon war der Grund, warum ich mein Leben geändert habe. Sechs lachende Gesichter und ein dunkelgrüner VW-Bus. Das andere ist ein Bild von Paul und mir. Ich habe beschlossen, meine Vergangenheit nicht länger in diversen Kartons einzusperren. Sie soll so frei sein, wie ich es damals war. Unter den beiden Fotos stehen die Worte *irgendwo dazwischen* in großen schwarzen Druck-Buchstaben, weil ich finde, dass sie zu dieser Zeit passen. Sie spiegeln alles wider.

„Hast du das Fleisch?", fragt Lili mit einem breiten Lächeln. Ich nicke grinsend. Ihre brodelnde Laune ist in den vergangenen Stunden auf mich übergeschwappt. Und ich habe Widerstand geleistet. Zumindest das Paul-Monster in meiner Brust. Lili strahlt aus jeder Pore. Eine Waschmaschine ist eben doch nicht nur ein reines Nutzobjekt. „Ich hole mal den Wein", sagt sie noch immer lächelnd. In ihren Augen glänzt etwas Kindliches. Etwas, das mich an Zeiten erinnert, in denen man keine Sorgen hatte. Zeiten, in denen man jeden Augenblick gelebt hat. Unbeschwert und beschützt.

„Und Bier ... nimm doch auch noch Bier mit", rufe ich ihr nach. Ich schlendere durch den Supermarkt. In diesem Gang habe ich Paul vor ein paar Tagen wiedergesehen. Ich schaue auf den Honig und muss lächeln. Das Leben ist schon eine komische Sache. Eine ziemlich komische sogar. Es ist ständig in Bewegung, nur manchmal so langsam, dass wir meinen, es steht still. Das Paul-Monster in meinem Brustkorb, zum Beispiel, gibt mir das Gefühl, dass es mir für immer schlecht gehen wird. Seine Klaue hält mein Herz fest umschlossen. Und jedes Mal, wenn ich an ihn denke, und sei es auch nur für den Bruchteil einer Sekunde, drückt es noch ein bisschen fester zu.

Jeder Neuanfang ist der Tod von etwas anderem. Dabei kann man nicht abstrahieren. Ein echter Neuanfang tötet fast alles, was vorher war. Eine Beziehung kann nicht halb enden. Wenn sie endet, ist das, wie wenn ein Knoten gelöst wird. Alles, was daran hängt, fällt auseinander, das Gefüge geht kaputt. Und deswegen tut es so weh.

Ich hätte nie gedacht, dass sich mein Leben einmal in einem Supermarkt ändern würde. Ich hätte aber auch nie gedacht, dass ein Glas Honig mich für den Rest meines Lebens an Paul erinnern könnte.

Eine Stunde später hänge ich kopfüber in den Einkaufstüten. „Ich gehe und decke den Tisch", sagt Lili und verschwindet mit einem riesigen Tablett voller Teller und Gläser.

„Ich komme gleich nach." Sie strahlt mich an und klettert vorsichtig die Stufen zur Terrasse hoch. Mein Blick fällt auf das weiße Dings an der Wand. Ich nehme einen Papierfetzen von der Arbeitsfläche. Es ist ein Zitat über Australien, das mich fasziniert. *Zeitlos archaisch und zugleich aufregend neu.* Ich öffne den Kleber und schmiere den Papierfetzen ein, dann gehe ich zu dem weißen Dings und klebe ihn unter Paul.

Ich schaue auf die reichlich dekorierte Terrasse. Lili zündet die Fackeln an. Viele kleine Flammen tanzen auf dem Tisch. Der Himmel prahlt mit seinem Sonnenuntergang. „Ich hole die Anlage ...", sage ich zu Lili und gehe die Stufen hinunter. Als ich wieder hochkomme, sitzt sie auf der Holzbank und schaut auf die vielen kleinen Kerzen, die die Terrasse in warmes Licht tauchen.

„Machst du wieder eine Kollage?", fragt sie, als ich die Anlage anschließe.

„Ja", sage ich abgelenkt.

„Das ist schön", sagt sie leise. „Ich liebe deine Kollagen." Ich greife lächelnd nach der erstbesten CD und lege sie ein. *Sail away*. Das war keine Absicht. Lili und ich schauen uns an und wir beide fangen an zu lachen. „Was ist das für eine CD?", fragt sie melancholisch.

„Ich habe sie beim Umzug gefunden."

„Was ist da noch drauf?"

„Wenn es die CD ist, die ich denke, dass es ist, dann ..." Ich schlucke.

„Was dann?", fragt Lili.

„Dann ist es die, die Paul nach Istrien zusammengestellt hat." Wir schweigen und lauschen der Musik. Nach einer Weile schaue ich zu Lili. „Das war eine unglaubliche Zeit ..."

„Ja, das war es", antwortet sie verträumt. „Es war die beste Zeit."

„Machst du auf?", frage ich Lili, als es um sieben klingelt. Sie nickt und springt die Treppe hinunter. Ich drehe die Musik leiser, dann wenig später höre ich Stimmen aus dem Wohnzimmer. Und weil ich gerade so schön melancholisch bin, schalte ich wieder auf Lied Nummer eins.

„*Sail away*?", höre ich Emma aufschreien. Sie kommen die Treppen hoch. Emma bleibt stehen und schaut sich um. „Es sieht wunderschön aus", sagt sie anerkennend. Sie kommt auf mich zu und nimmt mich in die Arme. „Schön, dich zu sehen."

„Finde ich auch", sage ich rührselig. „Willst du was trinken?"

„Ja, gerne ...", sagt sie strahlend.

„Und was?"

„'nen Weißwein", sagt sie enthusiastisch.

„Ist das kein Problem wegen dem Stillen?"

„Das geht schon in Ordnung ...", sagt sie grinsend. „Hab abgepumpt ..."

Emma

Ich nehme einen kleinen Schluck Wein. Dieser Abend erinnert mich an früher. Er erinnert mich an eine Zeit voller Unbeschwertheit, an eine Zeit, in der alles aufregend und neu war. Ich denke an Joakims und meinen ersten Kuss in der Eistee-Pfütze und an den Abend mit Stefan am See. Ich denke an meinen Streit mit Lili und an den kleinen Karton, mit dem ich auf meinem Bett saß, nachdem ich im Wohnzimmer meiner Eltern mit Clemens geschlafen habe. Ich denke an den Tag, als ich Joakim kennengelernt hatte, und daran, dass ich fast sechzig Euro für Bücher ausgegeben habe. Ich denke an Clarissa und daran, dass ich sie und Joakim in der Küche beobachtet habe. Ich denke an Istrien und an den dunkelgrünen VW-Bus. Ich denke an das rauschende Meer und den Sternenhimmel. Ich denke an Paul und Marie, und an das Video, das Marie auf der Fahrt gemacht hat. All diese Erinnerungen sind wie unzählige Mosaiksteine meines Lebens. Sie vervollständigen es. Sie vervollständigen *mich*.

„Wann kommt Joakim?", fragt Lili.

„Er kommt um acht", antworte ich noch immer in Gedanken versunken.

„Mit den Kindern?", fragt Marie.

„Ich dachte, es wäre in Ordnung, dass sie mitkommen?", sage ich unsicher.

„Ja, sicher ist es das ...", sagt Marie lächelnd. „Ich wollte nur wissen, ob sie dabei sind oder nicht."

Erleichtert atme ich aus. „Ja, sie kommen." Lange schaue ich Marie an. „Wie geht es dir?", frage ich nach einer Weile vorsichtig.

„Du meinst wegen Paul und seiner Tierärztin?" Ich nicke. „Es ist, wie es ist", antwortet sie ehrlich. „Es tut mir weh, und ich werde drüber wegkommen."

Ich liebe ihre Art. Und ich bewundere sie dafür. „Ich bin mir sicher, dass es ihn auch nicht kaltlässt", sage ich und versuche dabei, aufrichtig einfühlsam zu klingen.

„Das sage ich mir auch ...", seufzt sie, „... aber wenn man es genau nimmt, spielt es keine Rolle ..."

Sie hat recht. Es spielt keine Rolle, ob er auch darunter leidet. Denn das ändert nichts an der Situation. „Tut mir leid", sage ich ausweichend. „Ich hätte das Thema nicht anschneiden sollen."

„Ach Blödsinn ...", sagt sie lachend. „Du kannst jedes Thema anschneiden." Sie greift nach der Weinflasche. „Noch mehr Wein?"

Ich nicke. „Mehr Wein ist gut", sage ich. „Mehr Wein ist sogar sehr gut."

Lili

Elias steht am Grill und ist glücklich. Joakim hat Vincent auf dem Schoß und schneidet ihm ein Schweinekotelett in kleine Stücke. Luis sitzt schmatzend neben mir und genießt seinen Kartoffelsalat. Emma hält Laurien im Arm und unterhält sich mit Marie, die ein Baguette in Stücke reißt. Und auch, wenn ich weiß, dass Marie es nie zugeben würde, sie bedauert gerade, dass Paul nicht hier ist. Sie bedauert, dass sie alleine ist. Sie bedauert, dass sie mit zwei Paaren feiert. Und mit Kindern. Und sie bedauert, dass keines davon ihres ist.

Und doch sehe ich in ihren Augen auch jenen Schimmer, der zeigt, dass sie glücklich ist, ihren Neuanfang und ihre neue Wohnung mit uns zu feiern. Mit uns, ihren Freunden. Ich beobachte sie, wie sie lacht und von Hamburg erzählt. Und als ich sie betrachte, denke ich an unsere gemeinsame Nacht. Ich erinnere mich an verstohlene Blicke und an leidenschaftliche Küsse. Ich erinnere mich an das laute künstliche Stöhnen der Pornodarstellerin, und ich erinnere mich an ihren Duft. Sie schaut mich an und zwinkert mir zu. Ich denke an den Tag im Café, als sie mir von ihrer Marathon-Liebesnacht mit Paul erzählt hat. Ich sehe sie noch unter dem grünen Sonnenschirm, und ich sehe den Ausdruck in ihrem Gesicht. Mein Blick fällt auf Emma. Sie hält ihren kleinsten Sohn liebevoll in den Armen. Ihre blauen Augen leuchten. Und plötzlich muss ich daran denken, wie wir mit Gurkenscheiben auf den Augen auf dem Sofa lagen und über Clemens geredet haben. Im Nachhinein gesehen hatte ich recht. Clemens war der Alex unseres Lebens. Ich schaue zu Elias. In diesem Augenblick sieht er genauso aus wie damals auf der Terrasse seiner Eltern. Er lächelt mich an. Ich denke an unseren ersten Kuss und daran, wie er mich die Treppen hinaufgetragen hat. Und ich erinnere mich an die Folgen. Und dann muss ich lachen. Ich schließe die Augen und denke an heute Mittag und an die Waschmaschine. Und dann denke ich an den winzigen Zellhaufen, der gerade langsam in mir zu einem kleinen Menschen wird.

„Kann jemand Wein und Bier aus der Küche holen?", fragt Marie, die gerade dabei ist, Luis mit noch mehr Kartoffelsalat zu versorgen. Kinder stehen ihr. Auch, wenn sie das nicht weiß. Ich stehe auf und gehe zur Tür. Dann höre ich ein Geräusch.

„Habt ihr das auch gehört?", frage ich in die Runde. Emma und Marie schütteln den Kopf.

„Nein, was?", fragt Joakim.

„Ach, keine Ahnung ..." Ich zucke mit den Schultern. „... ich hab mich wohl getäuscht."

Als ich in der Küche stehe und Wein und Bier aus dem Kühlschrank hole, klingelt es. Das war *eindeutig* ein Klingeln. Ich stelle die Flaschen ab, gehe zur Tür und hebe den Hörer ab. „Ja?", sage ich mit fester Stimme. Ich höre nur Genuschel. „*Wer* ist da?", frage ich laut. Beim zweiten Mal verstehe ich den Namen. Und dann fällt mir der Hörer aus der Hand.

Marie

„Wo bleibt die denn?", sagt Emma, als sie zum dritten Mal ihr leeres Weinglas ansetzt, um einen Schluck zu trinken.

„Keine Ahnung ...", sage ich und zucke mit den Schultern. Ich schaue zur Tür. Und dann sehe ich sie.

„Da bist du ja", sagt Elias lachend. „Hast du mir ein Bier mitgebracht?"

Sie reagiert nicht. „Ist alles okay?", fragt Joakim. Sie bleibt im Türrahmen stehen. Und sie hat weder Bier noch Wein dabei.

„Wo ist der Wein?", fragt Emma.

„Es hat doch geklingelt ... Vorhin, als ich was gehört habe. Es hat doch geklingelt." Ihr Gesicht ist farblos und ihre Stimme blass.

„Ja und?", frage ich verständnislos. „Wo ist der Wein?" Emma lacht, doch Lilis Gesicht ist noch immer leer. Sie geht einen Schritt zur Seite und schaut hinter sich. Und dann sehe ich jemanden die Stufen hinaufsteigen. Und als ich sein Gesicht erkenne, verstehe ich die Leere in ihrem Gesicht.

Ich starre ihn an. Und nicht nur ich starre ihn an. Alle starren ihn an. „Paul ...", sage ich wie in Trance und stehe auf. Ein kleiner Teil in mir befürchtet, dass seine Tierärztin jeden Moment neben ihm auftaucht, aber das tut sie nicht. Er ist allein. Und er ist hier. Wir sind vollzählig. Endlich.

Elias rutscht zur Seite, Emma holt noch ein zusätzliches Gedeck und den ersehnten Wein und das Bier, Joakim umarmt Paul. Die CD ist zu Ende. Lili bückt sich und drückt wieder auf Play. *Sail away* beginnt von vorne.

Paul dreht sich zu mir und lächelt. „Ist das *die* CD?" Ich nicke. Dann kommt er auf mich zu und schließt mich in die Arme. Und da ist er wieder. Der Duft. Sein Duft.

Er setzt sich zwischen mich und Elias. Und auch wenn alle versuchen, so zu tun, als wäre alles wieder normal, ist es das nicht. Alles ist anders. Alles ist besser. Denn Paul ist da.

Emma

Ich gehe leise aus dem Zimmer und schließe die Tür. Sie schlafen. Endlich. Als ich bewaffnet mit meinem Babyfon zurück zum Wohnzimmer gehe, fällt mein Blick auf eine angefangene Kollage. In der Mitte hängt das Foto von uns vor dem alten VW-Bus. Daneben hängt eines von Paul und Marie. Unter den beiden Bildern stehen die Worte *irgendwo dazwischen*. Sie hat sie aus der Zeitung ausgeschnitten. Ich gehe ins Wohnzimmer und steige leicht angetrunken die Stufen hinauf. *Irgendwo dazwischen* ... Ich muss lächeln. Das spiegelt alles wider. Als ich oben ankomme, fällt mein Blick auf meinen Bruder. Bald wird er Vater. Elias wird Vater. Das ist ein seltsamer Gedanke. Lili sitzt auf seinem Schoß und küsst ihn auf die Wange. Er streichelt ihr über den Rücken. Joakim sucht einen Flaschenöffner, und Paul ist schwer damit beschäftigt, Marie *nicht* anzusehen. Es ist amüsant, ihm dabei zuzusehen. Marie schaut ihn von der Seite an. Und für jeden Außenstehenden wird klar, dass die Vergangenheit der beiden vielleicht doch noch nicht so vergangen ist.

Joakim kommt auf mich zu und legt seine Arme um mich. Im Mondlicht tanzen wir auf Maries Terrasse. Die Flammen der Kerzen flackern, die Luft zwischen Paul und Marie knistert. Dieser Abend wird ein weiterer Mosaikstein. Es ist wie damals. Nur eben heute.

Marie

„Warum bist du gekommen?", frage ich direkt.

„War es ein Fehler?"

„Das kommt drauf an ..."

„Worauf?", fragt er.

„Darauf, warum du gekommen bist."

Er nimmt einen Schluck Bier. Mein Herz rast. „Keine Ahnung ...", sagt er nach einer Weile. „Es hat sich richtig angefühlt."

„Und wie fühlt es sich für deine Veterinärmedizinerin an?"

Er lächelt. „Verena ist nicht begeistert."

„Verena also ..." Er nickt. „Hör zu, Paul", sage ich ernst, „Ich weiß, dass es meine Entscheidung war und dass ich dir nichts vorwerfen kann. Ich weiß, dass ich dich verlassen habe. Und ich kann damit leben, dass du eine Freundin hast ... zwar nur schwer, aber das kann ich akzeptieren." Ich nehme einen großen Schluck Wein. „Aber das kann ich nur, wenn du nicht Teil meines Lebens bist." Lange schaut er mich an. „Ich werde nicht so heuchlerisch sein und sagen, dass wir Freunde sein können."

„Das können wir nicht?"

„Nein, das können wir nicht", sage ich nüchtern.

„Und warum nicht?"

Ich schaue mich um. Die Terrasse bewegt sich. Ich bin angetrunken, vielleicht sogar betrunken. „Es würde eben nicht funktionieren."

„Ja, das habe ich verstanden, aber warum würde es das nicht?"

„Könntest du das?", frage ich viel zu laut. „Könntest du nur befreundet sein?"

„Das habe ich nicht gesagt", antwortet er mit einem seltsamen Gesichtsausdruck. „Ich wüsste einfach gerne, warum es für dich nicht funktionieren würde."

„Na, weil du nach dem besten Sex riechst, den ich je hatte."

Er fängt an zu lachen. In seinem Gesichtsausdruck blitzt etwas Schelmisches auf. „Ist das so?", fragt er grinsend.

„Ja", sage ich und nehme noch einen Schluck Wein. Er sagt nichts. Langsam schaue ich nach oben. In seinen Augen könnte ich mich verlieren. Und ich tue es. Ich verliere mich. Unter dem Tisch streift seine Hand meine. Lange sitzen wir so da und starren uns an. Und auch wenn ich nicht weiß, was das alles zu bedeuten hat, spielt es eigentlich keine Rolle. Er ist da. Und er schaut mich an. Dieser Blick ist wie tausend Hände auf meiner Haut. In diesem Blick sehe ich dieselbe Leidenschaft, die ich früher gesehen habe, wenn Paul mich angesehen hat. In diesem Blick sehe ich, dass wir eine Geschichte haben, die lange zurück geht. Eine Geschichte, die uns niemand nehmen kann. Auch Verena nicht. Und es wird sich zeigen, ob diese Geschichte ein weiteres Kapitel meines Lebens ausfüllen wird, oder ob die Erinnerung an ihn und uns das letzte Kapitel war. Denn Paul ist *zeitlos archaisch und zugleich aufregend neu*. Und das wird er in meinen Augen immer sein.

Lili

Ich sitze auf Elias' Schoß. Immer wieder fällt mein Blick auf Paul und Marie. Sie sehen sich an, als würde ihr Leben davon abhängen. Sie sehen aus wie damals. Ich schaue in den Himmel, und dann zu Emma und Joakim, die im Mondschein tanzen. Die Musik und die laue Luft erinnern mich an Istrien. Alles heute Abend erinnert mich an die unzähligen Momente, die wir gemeinsam geteilt haben. Alles erinnert mich an die Menschen, die mein Leben auf ihre Art bereichert haben. Ich schaue zu Marie und Paul. Und in diesem Moment wird mir klar, dass Istrien erst der Anfang war.

Es hat sich viel verändert. Es hat sich unbeschreiblich viel verändert. Wir haben uns verändert. Und plötzlich begreife ich, wie grenzenlos frei wir damals waren. Ich schaue in Elias' schwarze Augen. Vielleicht werde ich in einigen Jahren zurückblicken, und dann wird mir klar werden, wie grenzenlos frei ich in diesem Moment war. Ich muss lächeln.

Ich schließe die Augen und erinnere mich an das Rauschen der Wellen. Ich erinnere mich an das Gefühl von Elias' nasser Haut auf meiner. Es war eine Zeit voller Widersprüche. Es war eine Zeit voller Zweifel. Es war eine Zeit voller Träume. Alles war intensiver, alles war dramatischer, alles war absoluter. Wir waren weder Kinder noch Erwachsene. Vielleicht hat Marie recht. Vielleicht waren wir *irgendwo dazwischen* ...

Ende.

Über die Autorin

Anne Freytag liebt Geschichten (vor allem die, die das Leben schreibt). Sie liebt spannende Charaktere und erschafft diesen gerne einen eigenen kleinen Kosmos. Inspiriert vom Leben (und den Geschichten, die es schreibt), schreibt Anne Freytag Geschichten, die diesem gewidmet sind. Sie sagt sich gerne, dass ihre Romane Geschichten sind, die auch das Leben schreiben würde (wenn es die Charaktere wirklich gäbe).

Frau Freytag liebt glaubwürdige und greifbare Charaktere. Das Genre ist ihr dabei egal. Ein Held muss authentisch sein. Ist er es nicht, ist er kein Held.

Es gibt noch viele Charaktere - die meisten wurden noch nicht geboren, sie rumoren lediglich als Ideen in Freytags Hirn. Sie hofft, dass einige von ihnen im Laufe ihrer Gedanken noch spannend genug werden, um ihnen einen eigenen kleinen Kosmos zu erschaffen.

Anne Freytag liebt das Schreiben und das Eintauchen in den Kosmos ihrer Charaktere. Sie liebt jeden einzelnen ihrer Protagonisten. Ganz tief in sich drin, ist Frau Freytag davon überzeugt, dass sie alle in München leben und die Geschichten genießen, die das Leben (für sie) schreibt.

Informationen zu verwendeten Schriften:

Haupt-Font: Garamond
Schmuckschrift (Cover und Überschriften) Brannboll Small

Printed in Germany
by Amazon Distribution
GmbH, Leipzig